告

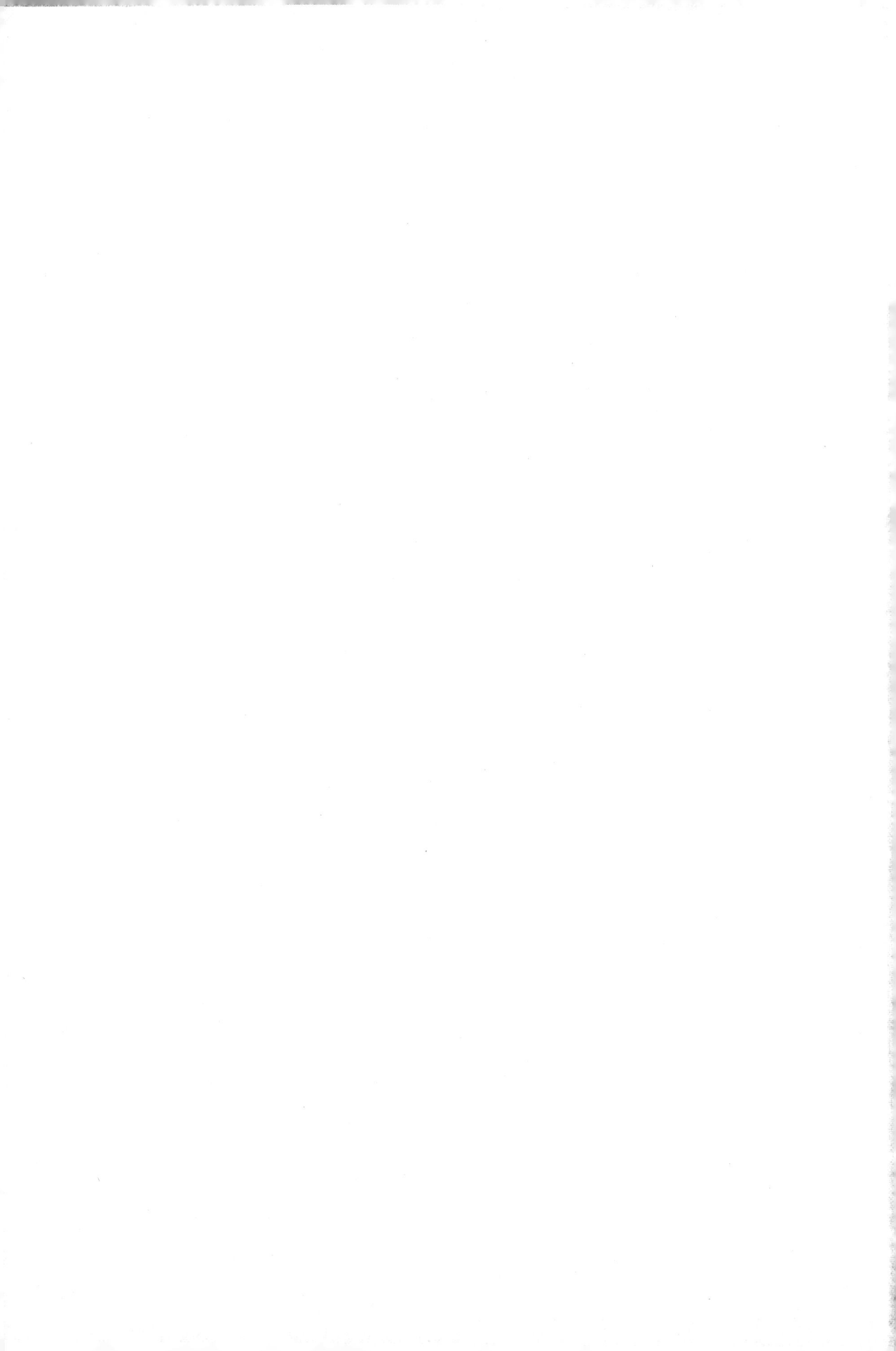

金圣叹选批
唐才子诗 ◆ 杜甫诗

金圣叹 ◆ 选批

北京联合出版公司
Beijing United Publishing Co.,Ltd.

总目

目录

金圣叹选批唐才子诗

目录

金圣叹选批杜甫诗

金圣叹选批
唐才子诗

顺治十七年，春二月八之日，儿子雍强欲予粗说唐诗七言律体。予不能辞。既受其请矣，至夏四月望之日，前后通计所说过诗可得满六百首。则又强欲予粗为之序，予又不能辞也，因复序之。

序曰：夫诗之为德也大矣！苞乎天地之初，贯乎终古之后，绵绵暖暖，不知纪极，虚空无性，自然动摇，动摇有端，音斯作焉。夫林以风戛而籁若笙竽，泉以石碍而淙如钟鼓，春旸照空而花英乱发，秋凉荡阶而虫股切声。无情犹尚弗能自已，岂以人而无诗也哉？离乎文字之先，缘于怊怅之际，性与情为挹注，往与今为送迎。送者既渺不可追，迎者又欻焉善逝，于是而情之所注无尽，性之受挹为不穷矣。

其为状也，既结体以会妙，又散音以流妍，初吐心以烁幽，转附物而起耀。其坚也洞乎金石，其轻也比于丝篁，其远也追乎鬼神，其近也应于风雨。斯皆元化之所未尝陶钧，江山之所不及相助者也。盖是眉睫动而蚤成于内，喉咯转而毕写于外。彼岂又欲借挥洒于笔林，求润泽于墨江者哉？苍帝未生，有绳无字，黄钟先鼓，展气应律，律之所应，讴吟遍野。于是屮角孺子，荷蓑笠而长谣；蒨袖女儿，置懿筐而太息。太息之声，即是孔圣之所莫删；长谣之语，乃为卜氏之所伏读。固不待解绳而撰字，贯字以为文，夫而后托肺腑于音辞，树芳馨于文翰者也。

《三百》之目，传乎泗水，始《关》终《挞》，各分章句。章句之兴，所由来矣。章者，段也。赤白曰章，谓比色相宣，则成段也。斐然成章，亦言成段则可观揽也。为章于天，言其成段，非散非迆也。句者，勾也，字相勾连，不得断也。又言连字之尽，则可勾而绝之也。夫花本依于蒡跗，而花有鲜鲜之千重。晕特托于云河，而晕有熊熊之万状。由来妙舞回风，必有缀兆之位。清歌流尘，不失抗坠之节。此固凡物之恒致，而非学士之雕撰矣。

先师崛兴，众称大匠，虽由独秀，实妙兼通。兼通者，先师之才；独秀者，先师之道。才非道，固无酝酿；道非才，亦难翱翔。此譬如大海必潜大龙，而亦不让鱼虾；大山必称大材，而亦旁罗莎藓者也。况其周流天涯，曾与万变徘徊，迨于退老故乡，复遭四时侵逼，因而随物宛转。既各得其本情，加之纵心往还，遂转莹其玄照。由是而手提劈岳之笔，笔濡溢海之墨，墨临云净之简，简作参天之书。而亦曾不出于静女夭夭之桃花，征人依依之杨柳，黄鸟嘤嘤之小响，草虫趯趯之细材者，此固其所也。

是故，其篇有几章，章有几句，而止换一字，其余全同者，初吟则恐郁陶，更端始当条畅也。其篇有几章，而章无定句，句无定字，又全不同者，求伸固只一理，难伸遂仗多言，先欲置理以横断，既仍转言而得达也。又有几章全同，而一章独异者，或情文相缠，而遽吐飙焰，或弥缝久之，而终露廉锷。又有章句全异，而末句必同者，众音繁会，而适期悦耳，膏芗齐化，而意在甘口，口之所甘，耳之所悦，乃在于斯，则不自觉忽忽乎其屡称之也。凡此者，虽非出上圣元始之手，实已经上圣珪璋之心。正如离离夜灯，既托昭昭白日，则固锽锽洪钟，非复铮铮细响。况此又直九合十五诸侯，会星弁以对扬一人，匪特三顾七十二子。持丹漆以流通万世，则其命为学术之奥区，尊曰王人之鸿教，腾跃于《离骚》《乐府》之上，彪炳于《大易》《尚书》之间，堂堂乎独自成经，其谁谓不宜哉？自是而降，屈、宋变响，沿流相传，汉魏不绝。汉自河梁而外，实有枚叔、傅仲，魏当建安之初，并称王、徐、应、刘，其余又有嵇、阮清峻而遥深，左、陆析文以雕采。

吾尝闲访乎翰墨之林，固亦窃骇于龙鸾之多也。然而王迹歇矣，风人不存，即有荣华，何关制作。惜乎停云妙笔，尚嗟其狂狷不及受裁也已，岂况玉树新声，乃欲与《风》《雅》居然接辔者也。天不丧文，聿挺大唐，斫斧乍息，人文随变，圣情则入乎风云，天鉴则比乎日月，帝心则周乎神变，王度则合乎规矩。于是乘去圣之未远，依名山之多才，酌六经之至中，制一代之妙格。选言则或五或七，开体则起承转收。选言或五或七者，少于五，则忧其促，多于七，则悲其曼也。开体起承转收者，先欲其如威凤之树耀，继欲其如祥麟之无迹也。当其时也，上自殿廷，下行郡县，内连宫闼，外涉关河，以至山阿蕙帐之中，破院芋炉之侧，沧江蓬舟之上，怨女锦机之前，固无不波遭风而尽靡，山出云而成雨矣。

夫诗之为言诎也，谓言之所之也；诗之为物志也，谓心之所之也。心之所之必于无邪，此孔子之法也。心之所之必于无邪，而言之所之不必其皆无邪，此则郑卫不能全删，为孔子之戚也。今也，一敬遵于孔子之法，又乘之以一日之权，而使心之所之必于无邪，言之所之亦必于无邪。然则唐之律诗，其真为《三百》之所未尝有也。夫圣者，天之所命以斟酌群言也；王者，天之所命以总一众动也。圣人之事，王者必不能代；王者之事，圣人必不敢尸。然而孔子之时，世无王者，则孔子固于斟酌群言之暇，亦既总一众动矣。如哀周东迁，而奋作《春秋》，是也。大唐之时，世无孔子，则大唐固于总一众动之便，亦遂斟酌群言矣，如惩隋浮艳，而特造律体，是也。

故夫唐之律诗，非独一时之佳构也，是固千圣之绝唱也，吐言尽意之金科也，观文成化之玉牒也。其必欲至于八句也，甚欲其纲领之昭畅也；其不得过于八句也，预坊其芜秽之填厕也。其四句之前开也，情之自然成文，一二如献岁发春，而三四如孟夏滔滔也。其四句之后合也，文之终依于情，五六如凉秋转杓，而七八如玄冬肃肃也。故后之人如欲豫悦以舒气，此可以当歌矣；如欲怆快以疏悲，此可以当书矣；如欲婉曲以陈谏，此可以当讽矣；如欲揄扬以致美，此可以当颂矣；如欲辨雕以写物，此可以当赋矣；如欲折衷以谈道，此可以当经矣。何也？《三百》犹先为诗而后就删，唐律乃先就删而后为诗者也。

《大易》学人金人瑞法名圣叹述撰
学人顾祖颂孙闻校过

葭秋堂诗序

同学弟金人瑞顿首：弟年五十有三矣。自前冬一病百日，通身竟成颓唐。因而自念：人生世间，乃如弱草，春露秋霜，宁有多日，脱遂奄然终殁，将细草犹复稍留根荄，而人顾反无复存遗耶？用是不计荒鄙，意欲尽取狂臆所曾及者，辄将不复拣择，与天下之人一作倾倒。此岂有所觊觎于其间？夫亦不甘便就湮灭，因含泪而姑出于此也。弟自端午之日，收束残破数十余本，深入金墅太湖之滨三小女草屋中。对影兀兀，力疾先理唐人七律六百余章，付诸剞劂，行就竣矣。忽童子持尊书至，兼读《葭秋堂五言诗》，惊喜再拜。便欲拏舟入城，一叙离阔。方沥米作炊，而小女忽患疾蹶，其势甚剧，遂尔更见迟留。因遣使迎医，先拜手上致左右。夫足下论诗以盛唐为宗，本之以养气息力，归之于性情，皆哉是言。但我辈一开口而疑谤百兴，或云"立异"，或云"欺人"。即如弟《解疏》一书，实推原《三百篇》两句为一联，四句为一截之体，伧父动云"割裂"，真坐不读书耳。足下身体力行，将使盛唐统序自今日废坠者，仍自今日兴起。名山之业，敢与足下分任焉！弟人瑞死罪死罪，顿首顿首。

杜审言 二首

字必简，襄州人。举进士，初为隰城尉。雅善五言诗，工书翰，有能名。尝谓人曰："吾之文章，合得屈、宋作衙官；吾之书迹，合得王羲之北面。"其矜诞如此。累转洛阳丞，坐事贬授吉州司户参军。又与州僚不叶，免官。后则天召见，将加擢用，问曰："卿欢喜否？"审言蹈舞谢恩，因令作《欢喜诗》，甚见嘉赏，拜著作佐郎。神龙初，坐事配流岭外。寻召授国子监主簿，加修文馆直学士。年六十余，将死，谓宋之问、武平一曰"我在，久压公等。今且死，但恨不得替人"云。与李峤、崔融、苏味道为文章四友。集一卷。

春日京中有怀

今年游寓独游秦，愁思看春不当春。
上林苑里花徒发，细柳营前叶漫新。
公子南桥应尽兴，将军西第几留宾。
寄语洛城风日道，明年春色倍还人。

【前解】

当时初有律诗，人都未知云何。看他为头，先出好手，盘空发起，异样才思，浩浩落落，平开二解。前解曰：今年不当春。三、四承之，便不别换笔，只一直写曰：花亦不当花，柳亦不当柳。盖二句十四字并，更不出"不当春"之三字也。于是遂为一代律诗前解之定式。呜呼，岂不伟哉！

【后解】

后解曰：明年倍还春。五、六先之，亦更不远出笔，只就势起曰：南桥公子，今虽尽兴，西第将军，已自留宾。然我今不与，便都不算，一齐寄语，都要重还。一直读之，分明只如一句说话。于是又遂为律诗后解之定式。斯真卓尔罩代之奇事也。〇后来文孙工部，无数沉郁顿挫，乃更未尝出此。索解人未遇，我谁与正之。

大酺

毗陵震泽九州通，士女欢娱万国同。

伐鼓撞钟惊海上，新妆袚服照江东。

梅花落处疑残雪，柳叶开时任好风。

火德云官逢道泰，天长地久属年丰。

【前解】

公时适在毗陵，故咏毗陵大酺也。一是毗陵；二士女欢娱，是大酺；三、四，"伐鼓撞钟""新妆袚服"，是大酺；"惊海上""照江东"，是毗陵。俱用大笔、大墨、大起、大落，此是人所共晓。乃人所不能晓者，看他于"毗陵"下，斗地横插"震泽"字，便令毗陵有"九州通"三字，而于是毗陵之大酺，亦便有"万国同"三字，斯则真奇绝之事也。盖大酺为普天同乐盛典，须单写毗陵不得，然一时身在毗陵，又不可置毗陵反泛写他处。如此奢切之间，安排恰好。全唐巨作虽多，未见出其右矣。

【后解】

故事：因禁酒，故赐酺。然所以禁饮者，只为恐失农事。今既赐酺已毕，便仍须加意东作。五因从初春，六疾接仲春，言自此而杏花、菖蒲乃在转盼之间矣。火德，君也，云官，臣也，言自来君臣一德之朝，别无祈天永命之法，惟有连书大有可以长治万年。一解纯用箴规，而读者误作赞颂，只因不识"逢"字、"属"字矣。

李峤

一首

字巨山，赵州赞皇人。为儿时，梦人遗双笔，自是有文词。十五通五经，二十擢进士第。始调安定尉，举制策甲科，迁长安授监察御史。文册大号令，多主为之。官至中书令、加修文馆大学士。封赵国公，以特进同中书门下三品。后改庐州别驾。卒年七十。峤富才思，有所属缀，人多传讽。其前与王勃、杨盈川接，中与崔融、苏味道齐名，晚诸人没，独为文章宿老。一时学者取法焉。集五十卷，有张方注。

奉和初春幸太平公主南庄

主家山第接云开，天子春游动地来。

羽骑参差花外转，霓旌摇飐日边回。

还将石溜调琴曲，更取峰霞入酒杯。

鸾辂已辞乌鹊渚，箫声犹绕凤凰台。

【前解】

此诗平开二解。一解写车驾幸庄，一解写公主留帝。纯用大笔大墨，不着一毫纤巧，允为一代作者冠冕。○前解，只写"动地来"三字。三、四，即动地来也。

【后解】

后解，"还将""更取""已辞""犹绕"字，纯写公主攀恋车驾也。后贤不睹唐初人如此大篇，便于律诗更不知所措手，唐初诗可不读哉！

沈　佺期　六首

字云卿，相州内黄人也。进士举。长安中，累迁通事舍人，预修《三教珠英》。佺期善属文，尤长七言之作，与宋之问齐名。音律婉附，属对精密，约句准篇，如锦绣成文，学者宗之，号为"沈宋"。语曰："苏、李居前，沈、宋比肩。"张燕公说尝谓佺期曰："沈三兄诗，须还他第一。"再转考功员外郎。坐赃，配流驩州。神龙中，授起居郎，加修文馆直学士。后历中书舍人，太子詹事。开元初卒。有文集十卷。

兴庆池侍宴

碧水澄潭映远空，紫云香驾御微风。

汉家城阙疑天上，秦地山川似镜中。

向浦回舟萍已绿，分林蔽殿槿初红。

古来徒羡横汾曲，今日宸游圣藻雄。

【前解】

一，写池；二，写驾；三、四重又写池。其一写池也，妙于"映远空"字，便只写得池中碧水湛然。其三、四重又写池也，妙于"汉家城阙""秦地山川"字，便直写兴庆无数台殿高低俱于此池碧水湛然中空明影现。此为避实笔、取虚笔，非俗儒之所能与矣。后来读者，只叹"天上""镜中"字佳，岂足与语此哉。

【后解】

后解，平压汉武，高颂当今。言昔者横汾一曲，相传秋风初起，今日萍绿槿红，亦正是其时矣，云云。

遥同杜员外审言过岭

天长地阔岭头分，去国离家见白云。

洛浦风光何所似，崇山瘴疠不堪闻。

南浮涨海人何处，北望衡阳雁几群。

两地春风万余里，何时重谒圣明君。

同，亦和也。和者，和其诗也。同者，同其题也。如张说和蔡起居《偃松篇》，亦曰遥同。

【前解】

一，"天长地阔"，用一"分"字，是正在岭上欲过未过时。二，"去国离家"，用一"云"字，便是已过岭下去也。看他写一"过"字，便写出如许分寸，而又毫不费手，真使后人何处复得临摹。四，欲告诉过岭苦趣；三，忽折笔反先致问都下。后来唐家三百年诗人如山，但学得此一折笔者，便自雄视一世，鼎垂千年去也。先生开创之功，岂可诬哉。

【后解】

人，即员外也。何处，言过岭以去，杳莫可问也。雁几群，遍指京华士大夫也。"两地"字，正接"南"字、"北"字。"两地""万余里"，中间插"春风"字，妙！便接出末句之"何时"。〔衡阳雁飞不到，而犹曰北望，则其去极南可知也。衡阳雁飞不到，而问其几群，则自望极北可知也。末句"何时重谒"，苦处却在七之"春风"二字，细细吟之。〕

再入道场纪事

南方归去再生天，内殿今年异昔年。

见辟乾坤新定位，看题日月更高悬。

行随香辇登仙路，坐近炉烟讲法筵。

自喜恩深陪侍从，两朝长在圣人前。

【前解】

公曾被贬南方，此再入道场，是从贬所归来，恰值内殿法事，因特记其庆幸也。前解，写被贬得归，无限悲喜。"再生天"，妙！言昔未贬时本是天上人，乃一去南方，如堕鬼国，何幸今日仍还故处！看他身入道场，便用道场字作点染，最是当行本色也。内殿，即道场也。今年，归来以后也。昔年，未贬之前也。言如此非常盛事，在南一总不知，今日若更不归，几乎到底不见，喜极出泪之辞也。辟，殿址也；乾坤，殿向也；题，殿题也；日月，殿落成纪工也。皆极写"异昔年"三字也。○三、四最是清空健爽之笔，颇见有人用板重说之。

【后解】

五、六极写七之"陪侍从"也。"行"则"随"，"坐"则"近"。地分亲切，四字尽矣。"香辇""炉烟"十字，乃点染也。"两朝圣人"，妙。昔年未贬，在一朝圣人前；今年贬归，又在一朝圣人前。笔下虽云自喜恩深，心头实惟自痛恩深矣。〔言归见新圣人，已不得见旧圣人也。〕

红楼院

红楼疑见白毫光，寺逼宸居福盛唐。

支遁爱山情漫切，昙摩泛海路空长。

经声夜息闻天语，炉气晨飘接御香。

谁谓此中难可到，自怜深院得回翔。

【前解】

院名奇。一，因院名有"红楼"字，便随手亦写"白光"字相映耀。此法不知起于何人，然唐固屡用之成妙矣。二，"逼宸居"，急接"福盛唐"，妙。拥护伽蓝，三字九鼎，他人乃当不晓。三、四又反言以极叹逼宸居也，言必欲深山遥海，始开道场，则佛云遍覆一切众生，独不欲与国王亲近，岂有是哉！如此奇情奇笔，直是拔地插天，岂常乎所得办。〔后人岂肯将三、四写作如此二句！不是无其笔力，亦是无其眼光。〕

【后解】

"闻天语""接御香"，写上"逼"字十成，然先生用意却正在"经声夜息""炉气晨飘"。"夜"字、"晨"字，特自表其深院回翔，非他人所得比。看他七又明说此中难到，以摇摆得到，可会也。

和上巳连寒食有怀京洛

天津御柳碧遥遥，轩骑相从半下朝。

行乐光辉寒食借，太平歌舞晚春饶。

红妆楼下东回辇，青草洲边南渡桥。

坐见司空扫西第，看君侍从落花朝。

【前解】

低手写色、高手写神，由来天定，那可争得！只如此诗起手七字，若谓是写柳色，即岂复成语话。高手人读之，便晓其正为"轩骑相从"四字写神，加"半下朝"三字，又妙。以此思"遥遥"，"遥遥"可知也。三、四，"行乐光辉""太平歌舞"即实接"轩骑相从"也。"寒食"，妙于"借"字，言今日上巳，已先偷得后一日寒食也。"晚春"，妙于"饶"字，言明朝寒食又正接连先一日上巳也。只此"饶""借"二字，便压杀他人无数拖笔沓墨，想见先生手法之高妙。

【后解】

五、六，写纷纷轩骑各自行乐，七、八，却于纷纷行乐之外，另写一等异样光辉，更非"楼下""洲边"之所得同。看他故用"东"字、"南"字、"西"字作章法，使读者心头、眼头便有争流竞秀之观，真为奇绝笔墨也！〇侍从落花朝，艳便艳杀人，清又清杀人。谓唐初人板重，斯岂趏论哉！

龙池

龙池跃龙龙已飞，龙德先天天不违。

池开天汉分黄道，龙向天门入紫微。

邸第楼台多气色，君王凫雁有光辉。

为报寰中百川水，来朝此地莫东归。

　　玄宗为平王时，赐第隆庆坊，坊南平地，忽变为池，日以浸广，有龙时见其中。中宗常泛舟以厌其祥。及帝即位，作《龙池乐》。

【前解】

　　看他一解四句中，凡下五"龙"字，奇绝矣。分外又下四"天"字，岂不更奇绝耶？后来只说李白《凤凰台》，乃出崔颢《黄鹤楼》，我乌知《黄鹤楼》之不先出此耶？细玩其落笔，先写"龙池"二字，三、四承之，便写一句池，一句龙，已是出色精严矣。乃因一、二详写玄宗起兵定难、入缵大统，前是跃龙，后是飞龙。跃龙是"先天"，飞龙是"天不违"，龙外又连用二"天"字者，于是索性亦于三、四中亦再加天汉、天门二"天"字，以多添气色。如此纵横跳跃，彼《凤凰台》不足道，我正恐《黄鹤楼》殊未抵其一半气力也。

【后解】

　　邸第，指潜龙之地；凫雁，指从龙之人。"气色""光辉"，写天方授之，有如此者，因言普天俱应倾心奉戴也。嘻，奇矣哉！畅矣哉！大矣哉！至矣哉！

宋之问 三首

字延清，虢州弘农人。弱冠知名，尤善五言诗，当时无能出其右者。初征，令与杨炯分直内殿，预修《三教珠英》。尝扈从游宴。则天幸洛阳龙门，令从官赋诗，左史东方虬诗先成，以锦袍赐之。及之问诗成，则天称其词愈高，夺虬锦袍以赏之。中宗增置修文馆学士，之问与薛稷、杜审言等首膺其选，当时荣之。正月晦日，帝幸昆明池赋诗，群臣应制百余篇，帐殿前结彩楼，命上官昭容选一首为新翻御制曲。从臣悉集其下，须臾纸落如飞，各认其名而怀之。既退，惟沈、宋二诗不下。又移时，一纸飞坠，竞取而观，乃沈诗也。及闻其评，曰："二诗工力悉敌，沈诗落句，词气已竭，宋犹健举。"沈乃伏，不敢复争。僧皎然云："沈、宋为有唐律诗之龟鉴，情多兴远，语丽为多，真射雕手。使曹刘降格为之，吾未知其孰胜。"睿宗即位，以之问附张易之、武三思，配徙钦州。先天中，赐死于徙所。友人武平一纂集其诗，共十卷，传于代。

三阳宫石淙侍宴得幽字

离宫秘院胜瀛洲，别有仙人洞壑幽。

岩边树色含风冷，石上泉声带雨秋。

鸟向歌筵来度曲，云依帐殿结为楼。

微臣昔忝方明御，今日还陪八骏游。

【前解】

是日石淙即景，乃定不得不写树，定不得不写泉也。写树与泉，又定不得不写岩前石上也。写岩前石上，又定不得不写含风带雨也。写含风带雨，又定不得不写"冷"字、"秋"字也。固也，只是于侍宴那得相应耶？因而于石淙上先补出一层，言天子宫院自有胜于瀛洲者；却又再补出一层，言除天子正宫正院，其离宫秘院亦自有胜于瀛洲者。夫然后用"别有"字折笔到石淙，呜呼！真异事也。

【后解】

五、六，若谓其写歌筵帐殿，便是下下俗子。即谓其写鸟写云，犹未是上上好手。须知前解是写石淙，此解乃写侍宴。盖七、八写侍，五、六写宴也。宴必度曲，必结楼，今鸟度曲，云结楼，则是不度曲，不结楼可知也。开宴而又不度曲、不结楼，则是天子亦能深领石淙幽趣也。然则五、六正写天子。所谓上上好手，其妙如此，下下俗子不知道也。七、八自言昔从具茨，七圣同迷；今日陪游，岂犹尘墙！表己亦能深领幽趣，以见与君合德也。

和赵员外桂阳桥遇佳人

江雨朝飞湿细尘，阳桥花柳不胜春。

金鞍白马来从赵，玉面红妆本姓秦。

妒女犹怜镜中发，侍儿堪感路旁人。

荡舟为乐非吾事，自叹空闺梦寐频。

【前解】

前解只写桥，只写佳人，却留"遇"字，独与后解写，遂为后来作律诗一定之式。〇一、二，写桥，看他桥下添一"江"字，江上添一"雨"字，雨上带一"朝"字，朝上带一"春"字，春上平添"花柳"等字。于是此桥便使不遇佳人，早是无边骀荡。世真不信唐初人有如此细妙，故又欲读季人诗也。三、四写佳人，亦平添出"金鞍白马"，总是不欲一笔实写。

【后解】

此解，独写"遇"字也。夫所遇者，佳人也；遇之者，我也。今写佳人，则只写发，只写侍儿；写我，则轻轻避过，亦只写妒女，只写路旁人。如此，便令"遇"字已成镜花水月之事。于是七、八始得直结之云：此非吾事，而但自述频梦故内。此即暗用"缟衣綦巾"法成诗，为君子立言之体也。〇读此，奈何又读李文山"裙拖六幅"耶？

奉和春初幸太平公主山庄

青门路接凤凰台，素浐宸游龙骑来。

涧草自迎香辇下，岩花应待御筵开。

文移北斗成天象，酒近南山作寿杯。

此日侍臣将石去，共欢明主赐金回。

【前解】

题是幸主山庄，诗却写"青门路接"，妙，妙！言孟春之月，盛德在木，天子亲载耒耜，行庆赐于东郊。用是特出青门，而适与山庄路接，因而回龙骑、游素浐也。涧草先合，言春气已动；岩花未开，言春光正浅，便如从称戬上称出"春初"二字，又特用细意熨帖。想到自迎应待，以代申主人望幸之至情也。

【后解】

此写是日君臣赋诗饮酒，雍雍成礼而退也。移北斗成天象者，宸翰先成，传示群臣，遍令继作，如斗杓右旋，而众星皆应也。近南山作寿杯者，群臣以次，遥指南山，捧觞上寿，如《天保》所颂，"不骞不崩"也。于是既极燕乐，仍不喧哗，酒行既毕，君臣皆起。不知者，只谓公主山庄，乘槎得石，其知者，共叹叔孙汉殿，定礼赐金。细读如此起、如此结，真为一代雅颂高手，岂复句栉字比之士而已也。

崔湜

一首

字澄澜，定州安喜人。少以文辞称，第进士。累擢左补阙，稍迁考功员外郎。景龙二年，骤迁兵部侍郎。俄拜中书侍郎、检校吏部侍郎、同中书门下平章事，时年三十八。尝暮出端门，缓辔讽诗。张说见之，叹曰："文与位固可致，其年不可及也。"

奉和春日幸望春宫

淡荡春光满晓空，逍遥御辇到离宫。
山河眺望云天外，台榭参差烟雾中。
庭际花飞锦绣合，枝间鸟啭管弦同。
即此欢娱齐镐宴，唯应率土乐薰风。

【前解】

一，写春日，只用"淡荡"二字；二，写车驾，只用"逍遥"二字，便见此幸不是赏玩物华。三、四，欲写台榭，先写山河，言天子自有本所应望者，特望其本所应望，而台榭亦遂参差于望中也。看他重写"眺望"，轻带"参差"，唐初人早自用字精妙如此。人只赏后来某大家、某名家用字精妙，岂知其皆出于唐初人哉！

【后解】

五、六，又写是日，不陈锦绣，不奏管弦，惟是飞花啭鸟，娱适皇情。因言此虽成周之宴，岂更过哉！率土之民，解愠阜财，其在今日之一望矣，其在今日之一望矣！

马怀素 二首

字惟白，润州丹徒人。客江都，师事李善。贫无资，昼樵，夜辄燃以读书，遂博通经史。擢进士第，又中文学优赡科，补郿尉。开元初，官至户部侍郎。封常山县公，进兼昭文馆学士。卒，谥曰文。

奉和人日宴大明宫恩赐彩缕人胜

万户千门平旦开，天容辰象列昭回。

三阳候节金为胜，百福迎祥玉作杯。

就暖风光偏着柳，辞寒雪影半藏梅。

何幸得参词赋职，自怜终乏马卿才。

【前解】

赐宴大明宫，则天子临轩，百寮环侍，故曰"天容辰象"。天容者，圣容如天；辰象者，会弁如星也。乃次句未写天容辰象，而起句先写万户千门者，此虽指九天阊阖，而已概穷檐蔀屋也，不过暗用孟子"民贵君轻"一段奇论，翻作妙诗。然而题中"人日"二字，不如此写，便不得畅。三写胜，四写宴，一解四句，一气读之，真可称"发端既遒，又逢壮采"者也。

【后解】

五、六，风光着柳、雪影藏梅，写人日春色恰在浅深之间。然本意却为趁便要写"就暖""辞寒"四字，自明生于单微、升于禁近，而又自谦词赋之非其长也。

奉和立春游苑迎春

玄篇飞灰出洞房，青郊迎气肇初阳。

仙舆暂下宜春苑，太寝行开上寿觞。

映水轻苔犹隐绿，缘堤弱柳未舒黄。

唯有裁花饰双鬓，相随圣藻狎年光。

【前解】

题曰立春游苑迎春者，言以立春之日，车驾游苑，便当迎春也。夫立春非细事也，迎春乃巨典也。若游苑者，不过以勤政余闲、寓目娱情已耳，而乃欲以漫然相当，此非可以训也。因而擎笔直从冬至灰飞，追至春气始动之初，遥遥作起，言此固天地之大德，先王之至理，群生之本命，王人之首务，有非可以等闲视之者。三、四因接"暂下""行开"四字，言天子方且亲帅公孤，布令一毕，便还太寝，遍赐劳酒，见非留连于苑中也。〔立春之日，天子亲帅三公、九卿、诸侯、大夫，迎春东郊，三推帝籍，还反太寝，执爵遍赐，命曰"劳酒"。〕

【后解】

前解，一、二写立春，三、四写迎春，此解，又独写游苑也。言时方初春，则春光尚浅，春物未敷，有何寓目？有何娱情？无非裁花饰鬓，聊当承应至尊。然则迎春礼成，便宜车驾还宫，不须又游苑也。〔唐初，虽有篇章，全成规切，既条畅以任气，复优柔以怿怀，其妙有如此者。〕

武平一

一首

名甄，以字行。颍川郡王载德子也。博学，通《春秋》，工文辞。武后时，畏祸不敢与事，隐嵩山，修浮屠法。屡诏不应。中宗复位，平一居母丧，迫召为起居舍人，丐终制，不见听。景龙二年，兼修文馆直学士，迁考功员外郎。玄宗立，贬苏州参军，徙金坛令。平一见宠中宗，时虽宴豫，尝因诗颂规诫。开元末卒。

立春日内出彩花树

鸾辂青旗下帝台，东郊上苑望春来。

黄莺未解林间啭，红蕊先从殿里开。

画阁条风初变柳，银塘曲水半含苔。

欣逢睿藻光韶律，更促霞觞畏景催。

【前解】

一，言帝方出迎。二，言春方未至。三、四，一捺一抬，言花信全无，而花枝忽现。不惟全读四句是绝妙章法，试单读一句"黄莺"句，亦绝妙手法也。

【后解】

五、六，言春风徐徐，春水与与，百花消息，胡能催促！七、八，言然而圣人先天，天弗敢违，霞觞未终，丽景已至，此又必然之理也。[《景龙文馆纪》云：是日中宗手批云："平一年虽最少，文甚警新。悦红蕊之先开，讶黄莺之未啭，循环吟咏，赏叹兼怀，今更赐花一枝，以彰其美。"所赐学士花，并令插在头上，后所赐者，平一左右交插，因舞蹈拜谢。时崔日用乘酣饮，欲夺平一所赐花。上于帘下见之，谓平一曰："日用何为夺卿花？"平一跪奏曰："读书万卷，从日用满口虚张；赐花一枝，学平一终身不获。"上及侍臣大笑，更赐酒一杯，时人叹美。]

字元度，宋州宁陵人。弱冠举进士。累除冬官员外郎。神龙初，坐尝为张易之所引，自吏部侍郎出为渝州刺史。俄复入为太仆少卿，兼修国史，加修文馆学士。景云初，三迁太子詹事。卒，赠兖州都督。集三十卷。

刘宪
二首

立春日内出彩花树

禁苑韶华此日归，东郊道上转青旗。

柳色梅芳何处所，风前雪里觅芳菲。

开冰池内鱼新跃，剪彩花前燕始飞。

欲识王游布阳气，为观天藻竞春辉。

【前解】

一，写立春。二，写迎春。笔墨和平，神态闲雅。忽然三、四掉笔一转，遽问柳色梅芳，寻到风前雪里，不知是虚是实，但觉欲离欲合，真可谓玄解之宰，向虚空而定墨，独照之匠，窥意象而运斤者也。〔如此写彩花树，真是异样空灵奇妙。后来名家，罕见其比。〕

【后解】

此始出剪彩也。言时方冰开鱼陟，未宜裁花剪燕，然而天地和同，草木萌动是其时矣，布德和令，毕达阳气，固其宜也。恭读天藻，仰知圣情，岂有万乘之君，而为儿女之戏者哉！

奉和春日幸望春宫

暮春春色最便妍，苑里花间列御筵。

南山积翠临城起，浐水浮光共幕连。

莺藏嫩叶歌相唤，蝶碍芳丛舞不前。

欢娱节物今如此，愿奉宸游亿万年。

【前解】

此诗，排仗又奇。看首句，写春日。次句，写幸望春宫。三、四，却阁起春日不承，单单只承幸望春宫。言正面，南山翠起；左右，浐水光连，映带花间御筵，端正有如此者。

【后解】

五、六，转笔然后再写春日，言今日欢娱既洽，已后节物正长，自此莺蝶为始，愿见无穷莺蝶也。

京兆万年人。擢进士第，补东阿尉，迁左台监察御史。以事贬感义尉，俄召为主客员外郎，迁中书舍人。

韦元旦

一首

兴庆池侍宴

沧池漭沆帝城边，殊胜昆明凿汉年。

夹岸旌旗疏辇道，中流箫鼓振楼船。

云峰四起迎宸幄，水树千重入御筵。

宴乐已深鱼藻咏，承恩更欲奏甘泉。

【前解】

前解，赞颂；后解，规切。○兴庆池，即龙池也。殊胜昆明者，言汉武乃为欲通身毒，而恶昆明闭道，故发谪吏并工穿凿。今皇帝自以龙潜兴庆，平地天涌成池，不由人力，自然浸广，此固不可同年语也。然则今日上膺天瑞，下协地灵，既缵大统，奄有神宝，而夹岸回旗，中流发鼓、暂辞帝殿，来观旧服，固亦群情之同庆，不独皇心之独愉也。

【后解】

转笔乃忽写"云峰四起""水树千重"者，此即《甘泉》所云，"事变物化、目骇耳回"，于漭沆池中，固不可以不虑者也。"宴乐已深"，妙！言今日已乐，然乐不可极，天子宜别有澄心清魂，储精垂恩之方，不可流连而忘返也。唐初人诗，敦厚严整，莫不如此。〔道树云：更奏《甘泉》者，是时玄宗未有皇嗣，而《甘泉》为汉成帝郊祀泰畤，恤胤锡羡之辞，故欲承恩，遂奏之也。〕

裴 漼

一首

绛州闻喜人也。父琰之，仓部郎中，以老疾废于家。漼色养劬劳，十数年不求仕进。父卒，后应大礼举，拜陈留主簿。累迁监察御史，三迁中书舍人，寻转兵部侍郎，以铨叙平允，特授一子为太子通事舍人。开元五年，迁吏部侍郎，再转黄门侍郎，代韦抗为御史大夫。漼早与张说特相友善，时说在相位，数称荐之，漼善于敷奏，上亦嘉重之，擢拜吏部尚书，寻转太子宾客。卒年七十余。赠礼部尚书，谥曰懿。

龙池

乾坤启圣吐龙泉，泉水年年胜一年。

始看鱼跃方成海，即睹龙飞利在天。

洲渚遥将银汉接，楼台直与紫微连。

休气荣光恒不散，悬知此地是神仙。

【前解】

一，写无池而忽然有池。二，写小池而浸成大池。三，写皇帝于斯发祥。四，写皇帝克日受命，炳玄符，镜鸿业，义吐光芒，辞成廉锷，此为一代之伟制也。

【后解】

五、六，又加写皇帝龙飞已后，此池与邸，亦既接银汉、连紫微矣。而其休气内亭，荣光外畅，犹然未散，有如此者。然则勒功乔岳，铸鼎荆山，经道纬德，通天凝化，其为灵瑞，又可限乎！

字道济，洛阳人。永昌中，武后策贤良方正，糊名较覆，说所对第一，授太子校书郎，迁补阙，擢凤阁舍人，兼修文馆学士。睿宗即位，擢中书侍郎，兼雍州长史。玄宗为太子，说与褚无量侍读，尤见亲礼。逾年，进同中书门下平章事，监修国史，为中书令，封燕国公。坐与姚崇不睦，罢为相州刺史。苏颋见帝，为陈说忠謇有勋，不宜弃外，遂迁荆州长史。俄以右羽林将军、检校幽州都督、兼天兵军大使、修国史。敕赍稿，即军中论撰。召拜兵部侍郎、同中书门下三品，实封三百户。说又倡封禅议，受诏与诸儒草仪，多所裁正。帝召说与礼官学士，置酒集仙殿，曰："朕今与贤者乐于此，当遂为集贤殿。"乃下制，改丽正书院为集贤殿书院，而授说院学士，知院事。军国大务，帝辄访焉。卒，年六十四。赠太师，谥文贞。说没后，帝使就家录其文。诏配享玄宗庙廷。集三十卷。《天宝遗事》载："说母见一玉燕自东南飞来，投入怀中，而有孕，生说。果为宰相，其至贵之祥也。"

奉和春日幸望春宫

别馆芳菲上苑东，飞花淡荡御筵红。

城临渭水天河近，阙对南山雨露通。

绕殿流莺凡几树，当蹊乱蝶许多丛。

春园既醉心和乐，共识皇恩造化同。

【前解】

前解，写至尊非玩物华，后解，写群臣实窥圣德。○一，言别馆在上苑之东，其芳菲则诚有之也。二，言飞花落御筵之上，其淡荡乃已无多也。三、四，因言然则今日车驾之来，岂曰舍弃万几，而徒寻觅余春。夫亦仰思天河之正近，则宜何以挹注汪涉；俯思雨露之可通，则宜何以沾濡品物。惟夏谚固云："吾皇不游，吾何以休。"斯固非无事而空行也。

【后解】

五、六，言皇情既有如此之勤，则皇泽果有如此之及，因而遍指殿莺蹊蝶，以征丕冒之众多也。"既醉心和乐"，妙！醉则和，和则乐，乐则人尽人性，物尽物性，人物和同，了无隔碍。呜呼！自非造化，其又孰能当此者乎？

三月三日承恩游宴定昆池官庄

凤凰楼下对天泉，鹦鹉洲中匝管弦。

旧识平阳佳丽地，今逢上巳盛明年。

舟将水动千寻日，幕共林横两岸烟。

不降王人观禊饮，谁令醉舞拂宾筵。

【前解】

一，写庄池。二，写游宴。三，忽折笔，言此庄此池，非不久闻，然而自省生平，曾不敢过。四，仍拢笔，言今月今日，若不奉勅，虽复再更年月，亦未必来。看他特地分别"平阳佳丽地""上巳盛明年"，自明今此从游，臣自乐盛明之上巳，我不赏平阳之佳丽也。

【后解】

《唐书》：安乐公主尝请昆明为私沼，帝告以先帝未尝许人。公主怒，自凿定昆池，延袤数里。此五、六，正目慑此池之延袤数里，因而讽言：若非扈从至尊，我则何为而至斯也？呜呼！不恶而严，可以觇先生之忠謇，有若斯矣。

幽州新岁作

去岁荆南梅似雪，今年蓟北雪如梅。

共嗟人事何常定，且喜年华去复来。

边镇戍歌连夜动，京城燎火彻明开。

遥遥西向长安日，愿上南山寿一杯。

【前解】

一、二，梅似雪，是梅；雪如梅，是雪。此写荆南、蓟北，地气不同也。又"去岁荆南"，是荆南不是长安；"今年蓟北"，是蓟北又不是长安。此写去岁今年，人事不同也。三、四，"共嗟"，妙！只是一、二之两上半句；"且喜"，妙！只是一、二之两下半句也。笔态扶疏磊落，读之疑其非复韵语。

【后解】

五，写身在幽州，通夕不寐。六，写心在京城，通夕不忘也。

澄湖山寺

空山寂历道心生，虚谷迢遥野鸟声。

禅室从来尘外赏，香台岂是世中情。

云间东岭千重出，树里南湖一片明。

若使巢由同此意，不将萝薜易簪缨。

【前解】

不因寂历，不生道心，然而寂历非道心也。不因迢遥，不传鸟声，然而迢遥无鸟声也。庞居士曰："但愿空诸所有"，是寂历道心生义也；"慎勿实诸所无"，是迢遥野鸟声义也。三、四，"从来"，妙！"岂是"，妙！僧问玄沙："清净本然，云何忽生山河大地？"玄沙答僧："清净本然，云何忽生山河大地！"僧问玄沙，是"从来尘外赏"义也。玄沙答僧，是"岂是世中情"义也。［空山寂历，是人今坐处；虚谷迢遥，是鸟声来处。三、四承之，犹言鸟声从来尘外赏，鸟声岂是世中情也。然则鸟声寂历道心生，又不待言也。］

【后解】

东岭千重，妙在一"出"字。出之为言，不劳瞻眺也。南湖一片，妙在一"明"字。明之为言，无烦窥觑也。此本写寺中现景，然实试思，今日面前，除却千重东岭、一片南湖以外，真又有何物。"巢由同此意"，"意"字妙！所谓簪缨从来尘外赏，簪缨岂是世中情也。呜呼，微矣！

苏颋

四首

字廷硕。弱岁敏悟，一览至千言，辄覆诵。第进士。武后封嵩高，举贤良方正异等，除左司御率府胄曹参军。吏部侍郎马载曰："古称一日千里，苏生是已。"再迁监察御史，又迁给事中、修文馆学士，拜中书舍人。时瑰同中书门下三品，父子同在禁苑，朝廷荣之。玄宗平内难，书诏填委，独颋在太极后阁，口所占授，功状百绪，轻重无所差。书吏白曰："丐公徐之，不然，手腕脱矣。"中书令李峤曰："舍人思若涌泉，我所不及。"迁太常少卿，仍知制诰。遭父丧，起为工部侍郎，辞不拜，终制，乃就职。帝问宰相："有自工部侍郎得中书侍郎乎？"对曰："陛下任贤惟所命，何资之计？"乃诏以颋为中书侍郎，明日加知制诰，给政事食，给食自颋始。时李义对掌书命，帝曰："前世李峤、苏味道，文擅当时，号'苏李'，今朕得颋及义，何愧前人哉！"俄袭封许国公。开元四年，进同紫微黄门平章事，修国史。八年，罢为礼部尚书。俄检校益州大都督长史，按察节度剑南诸州。卒，年五十八。诏赠右丞相，谥文宪。颋性廉俭，俸廪悉推散诸弟亲族，储无长资。自景龙后，与张说以文章显，称望略等，时号"燕许大手笔"。帝爱其文，曰："卿所为诏令，别录副本，署臣某撰，朕当留中。"后遂为故事。颋年五岁，时裴谈尝过其父，颋方诵庾信《枯树赋》，避谈字讳，因易其韵曰："昔年移柳，依依汉阴。今看摇落，悽怆江浔。树犹如此，人何以任。"谈叹曰："此儿他日，必主文章。"○韦嗣立拜中书，瑰署官告，颋为之辞，薛稷手书，时谓三绝。又东明观道士周彦云，欲为其师立碑，谓瑰曰："成某志，不过烦君诸子：五郎文，六郎书，七郎致石。"瑰大笑，口不言而心服其公。集本四十六卷，今亡其半矣，韩休为序。

奉和初春幸太平公主南庄

主第山门起灞川，宸游风景入初年。
凤凰楼下交天仗，乌鹊桥头敞御筵。
往往花间逢彩石，时时竹里见红泉。
今朝扈跸平阳馆，不羡乘槎云汉边。

【前解】

一，是太平公主南庄。二，是初春。三、四，是幸。此皆唐初律诗前解之最精整者。○交天仗，言车驾既到主门，则带刀捉仗之士，皆即交过承应，散去东西廊下也。敞御筵，言公主预闻临幸，则恭设香花，出门远迎也。写"幸"字甚详。

【后解】

　　五、六，"逢"，言今朝初逢，"见"，言今朝初见。写南庄一一景物，皆为目所未经。又加"往往""时时"者，写此目所未经之景物，今在南庄，乃至应接不暇，则公主之豪富，可想见也。

兴庆池侍宴

降鹤池前回步辇，栖鸾树杪出行宫。

山光积翠遥疑逼，水态含青近若空。

直视天河垂象外，俯窥京室画图中。

皇情未使恩波极，日暮楼船更起风。

【前解】

兴庆池侍宴，必在楼船之中，此前解，则先写未下楼船之前也。言天子身为万乘之主，宗庙社稷所系，故出必称警，入必称跸，跬步之近，必驾和鸾，侍史载笔，动则纪之。无他，亦以千金之子，犹不垂堂，况在至尊，自非率尔也。今也，回步辇，出行宫，曰：朕且欲至池上。三、四，因双写山光水态，犹言如此积翠遥临，含青近漾，亦足可以奉怡圣情矣。言外便有不必更下楼船之意也。

【后解】

此直视俯窥，则已是泛楼船之中也。"天河垂象外"，言池之前浦，苍茫无极也。"京室画图中"，言池之中流，倒映无底也。既苍茫以无极，复倒映而无底。然则鼓枻扬舲，诚然有足乐者。无何，乐不可极，自古为戒，于是皇情才动，天风应之。此真为先生保傅之格言，而非徒近体之选声也。

扈从鄠杜间奉呈刑部尚书舅崔黄门马常侍

翠辇红旂出帝京，长杨鄠杜昔知名。

云山一一看皆异，竹树丛丛画不成。

羽骑时过持袂拂，香车欲度卷帘行。

汉家曾草巡游赋，何似今来应圣明。

【前解】

扈从鄠杜间，出手便写其地旧是长杨，已早有仰邀三公同来草赋之意。三，"看皆异"，此是写赋心。四，"画不成"，此是写赋手。不得浅浅谓此六字，只是写他云山竹树而已。

【后解】

五，言属车之人，无不对景动容。六，言今上天子，方亦露冕眷注。然则此行所历，真不可不早来应诏，速撰丽赋也。

奉和春日幸望春宫

东望望春春可怜，更逢晴日柳含烟。

宫中下见南山尽，城上平临北斗悬。

细草偏承回辇处，飞花故落舞筵前。

宸游对此欢无极，鸟弄歌声杂管弦。

【前解】

七字中，凡下二"望"字，二"春"字，此比沈《龙池》，却是又一样选字法，想来唐人每欲以此为能也。"更逢晴日"四字，妙！亦只是寻常欣快，写来却异样踊跃。三、四，"下见南山""平临北斗"，则正承此"更逢晴日"也。言是日无遐不览，无微不尽。圣人睹物，大明中天，其气象有如此者，皆是是日晴日之为也。〔三、四，"下见南山""平临北斗"，正紧承二之"更逢晴日"，以极写望春宫之"望"字，乃见俗儒旧解，俱欲作"高"字释，夫"高"即与诗有何涉乎。〕

【后解】

后解，则只写"宸游对此"四字也。细草不必承回辇，而此必写偏承回辇。飞花不必落舞筵，而此必写故落舞筵者。此非细草新花，必欲媚兹一人，正是天容茂对，实许群情毕达也。如此则天既爱物，物敢违天！鸟杂管弦，真至诚能尽物性，可以赞化育矣。

張九齡　一首

字子寿，韶州曲江人。七岁，知属文。擢进士，始调校书郎。以道侔伊吕科，策高第，为左拾遗，俄迁左补阙。时张说为宰相，亲重之，与通谱系。尝曰："后出词人之冠也。"说知集贤院，荐九龄可备顾问。说卒，天子思其言，召为秘书少监、集贤院学士，知院事。会赐渤海诏，而书命无足为者，乃召九龄为之，被诏趣成。迁工部侍郎、知制诰。又迁中书侍郎，以母丧解。是岁，夺哀，拜中书侍郎，同中书门下平章事。固辞，不许。明年，迁中书令。卒年六十八。赠荆州大都督，谥曰文献。初，安禄山以范阳偏校入奏，气骄蹇，九龄谓裴光庭曰："乱幽州者，此胡雏也。"及讨奚、契丹败，张守珪执如京师，九龄请诛之，帝不许。后在蜀，思其忠，为泣下，且遣使祭于韶州。开元后，天下称曰"曲江公"而不名云。曲江既卒，明皇每用人，必曰："风度能若九龄乎？"有《曲江集》二十卷。

奉和圣制早发三乡山行

羽卫森森西向秦，山川历历在清晨。

晴云稍卷寒岩树，宿雨微销御路尘。

圣德由来合天道，灵符即此应时巡。

遗贤一一皆羁致，犹欲高深访隐沦。

【前解】

看他写山川，只用"历历"二字。看他写山川历历，只用"在清晨"三字。唐初人应制诗，从来人人骂其板重，又岂悟其有如是之俊爽耶！三、四，"晴云稍卷""宿雨微销"，此只谓是写清晨异样好手，初并不觉山川历历，亦已向笔墨不到之处，早自从中如画也。

【后解】

后解，连上转笔，言所以晨光历历者，只为宿雨快晴也。所以宿雨快晴者，只为圣德合天也。所以圣德合天者，只为群贤尽起、无有遗滞也。然则圣德之合，已无容颂，而灵符之应，实为可欣。既仰承帝命之如响，为益思帝心之简在。今日如此大山大川，定有伏龙伏凤，正不可不更加意也。

贾曾

一首

河南洛阳人。曾少有名，景云中，为吏部员外郎。玄宗为太子，遴选宫僚，以曾为舍人。太子数遣使采女乐，就率更寺肄业。曾力谏，太子手令嘉答。俄擢中书舍人。与苏晋同以文辞称，时号"苏贾"。卒。子至。

奉和春日出苑瞩目应令

铜龙晓辟问安回，金辂春游博望开。

渭水晴光摇草树，终南佳气入楼台。

招贤已从商山老，托乘还征邺下才。

臣在东周独留滞，欣逢睿藻日边来。

【前解】

君子立言，与臣则依于忠，与子则依于孝，因事纳劝，无微不到。如此诗，鼎鼎为唐初人妙笔，须知并不因其晴光草树、佳气楼台、宝光烛天、金声掷地也。直要晓得当时太子明明只是出苑游春，他却斗地先于起句，侃侃写作"问安回"三字，只因此三字写起在上，便自令他晴光草树、佳气楼台等字，字字中间俱带有当今皇帝万寿无疆气色，此真三百篇中雅颂之音，未易一二为后来诗客道也。

【后解】

此五、六，又写尊师傅、集贤英。须知不是再勉太子，只图引起自己留滞东周耳。唐人律诗，后解体如此。

徐安贞

一首

信安龙丘人。尤善五言诗。尝应制举，一岁三擢甲科，人士称之。开元中，为中书舍人，集贤院学士。上每属文，及作手诏，多命安贞视草，甚承恩顾，累迁中书侍郎。

闻邻家理筝

北斗横天夜欲阑，愁人倚月思无端。

忽闻画阁秦筝逸，知是邻家赵女弹。

曲成虚忆青娥敛，调急遥怜玉指寒。

银锁重帏听未辟，不如眠去梦中看。

【前解】

写闻筝，看他一、二只是闲闲出手，不惟恰似不咏闻筝，乃至恰似不欲作诗者。已而，三，忽闲闲写出闻筝，已而，四，又闲闲添出赵女。试想唐初人有如此轻秀之章，并非唐末人之所得而方轨也。

【后解】

此五、六，"曲成""调急"，是写所闻之筝；"青娥""玉指"，是写理筝之人。试思前解不添赵女，即此时何处得有此解。然而某又特欲细看其中间之"虚忆"字、"遥怜"字，便是七、八"不如眠去"之文情生起。欲学唐人律诗后解，即如此等妙篇，其可不刳心也哉！

字泰和，扬州江都人。父善，注《文选》，释事而忘意，书成，以问邕，邕不敢对。善诘之，邕意欲有所更，善曰："试为我补益之。"邕附事见义。善以其不可夺，故两书并行。既冠，见特进李峤，自言："读书未遍，愿一见秘书。"峤曰："秘阁万卷，岂时日能习耶？"邕固请，乃假直秘书。未几，辞去。峤惊，试问奥篇隐帙，了辨如响。峤叹曰："子且名家。"因与张廷珪共荐之，乃召拜左拾遗。御史中丞宋璟劾张昌宗等反状，武后不应。邕立阶下大言曰："璟所陈，社稷大计，陛下当听。"后色解，即可璟奏。邕出，或让曰："子位卑，一忤旨，祸不测。"邕曰："不如是，名亦不传。"历淄、滑二州刺史，上计京师。始，邕早有名，重义爱士，久斥外，不与士大夫接。既入朝，人间传其眉目瑰异，至阡陌聚观，后生望风内谒，门巷填隘。中人临问，索所为文章，且进上，以谗媢不得留，出为汲郡北海太守。李林甫素忌邕，复傅以罪，诏刑部员外郎祁顺之、监察御史罗布奭，就郡杖杀之，时年七十。邕之文，于碑颂是所长。人奉金帛请其文，前后所受巨万计。邕虽诎不进，而文名天下，时称李北海。卢藏用尝谓："邕如干将、莫邪，难与争锋，但虞伤缺耳。"后卒如言。杜甫知邕负谤死，作《八哀诗》，读者伤之。有集七十卷。

奉和初春幸太平公主南庄

传闻银汉支机石，复见金舆出紫微。
织女桥边乌鹊起，仙人楼上凤凰飞。
流风入座飘歌扇，瀑水当阶溅舞衣。
今日还同犯牛斗，乘槎共泛海潮归。

【前解】

此为从幸公主山庄，故以乘槎犯汉为起。然因"传闻""复见"一落，手法既宽，便不检括，竟于结句再用此语，此固是其通长。前后二解，欲作大开大阖，然读者则须细玩。其前解仍是前解，后解仍是后解，并不因起结只用一语，遂混作中四句诗也。○前解只是写旧所不信，今乃惊见。三、四，犹言织女桥边、乌鹊真起，仙人楼上、凤凰果飞，讽言车驾之下幸公主，洵为异闻也。

【后解】

后解，"歌扇""舞衣"，更无少讳，甚至直写出风飘水溅。见是日不论何色人等，并得纵心寓目，故结句特下一"犯"字，再加一"同"字，讽言此系陛下闺门，未宜举朝尽随也。○前解，写车驾果幸山庄。后解，写群臣尽见公主。

孙逖

一首

博州武水人。幼有文，属思精敏。年十五，见雍州长史崔日用，令赋土火炉，援笔成篇，理趣不凡。日用骇叹，遂与定交。举手笔俊拔、哲人奇士、隐沦屠钓及文藻宏丽等科。开元十年，又举贤良方正。玄宗御洛城门引见，命户部郎中苏晋等第其文异等，擢左拾遗。张说命子均、垍往拜之。李邕负才，自陈州入计，衷其文示逖。以起居舍人人为集贤院修撰。改考功员外郎，取颜真卿、李华、萧颖士、赵骅等，皆海内有名士。俄迁中书舍人。开元间，苏颋、齐瀚、苏晋、贾曾、韩休、许景先及逖，典诏诰，为代言最，而逖尤精密。张九龄视其草，欲易一字，卒不能也。官终少詹事。上元中卒。赠尚书右仆射，谥曰文。集二十卷。

和左司张员外自洛使入京中路先赴长安逢立春日赠韦侍御及诸公

忽见云间数雁回，更逢山上一花开。

河边淑气迎芳草，林下轻风待落梅。

秋宪府中高唱入，春卿署里和歌来。

共言东阁招贤地，自有西征作赋才。

"自洛使入京中路先赴长安逢立春日赠韦侍御及诸公"，此左司张员外题也，孙则和之。

【前解】

如此络索题，看唐人大笔，乃全不以为意。看他四句中，如"忽见数雁""更逢一花""淑气迎草""轻风待梅"，一意只写立春，更不分心别顾。而其间如"云间"句，却是写洛回；"山上"句，却是写中路；"河边"句，却是写长安；"林下"句，却是写韦侍御及诸公。凡题中所有，乃更无所不有，此真超然大笔也。

【后解】

前解尽将如此络索题，中间无有不写。独余"赠"字、"和"字，留俟后解定夺。而此后解，乃更不止定夺"赠"字、"和"字，偏有本事直挑动到"及诸公"三字。言张员外自赠韦侍御，却要孙先生与他代和，岂不遭侍御笑云："我府中自有诸公，何劳床头人与我捉刀耶？"真写尽知己倡和之乐也。○颇有先生深嫌其间"上""边""下""中""里"等字，贱狗徒知咬橛耳。

张谔

一首

登景龙进士第。

延平门高斋亭子应岐王教

花源药屿凤城西，翠幕纱窗莺乱啼。
昨夜葡萄初上架，今朝杨柳半垂堤。
片片仙云来渡水，双双燕子共衔泥。
请语东风催后骑，并将歌舞向前溪。

【前解】

花源药屿，即高斋亭子；翠幕纱窗，则高斋亭子中间之最深曲处也。其对法，花源与药屿对，翠幕与纱窗对，谓之当句自对。至于足此二句，而一云凤城西，一云莺乱啼。凤城西是纪其地在延平门外，莺乱啼是纪其时在深春，已更不复求对。然而试细寻之，即"凤""莺"二字却又成对，此又谓之"手便错对"也。此皆唐初人熟精律体，放胆成文，非已后小家所得漫拟也。三、四，承"莺乱啼"，只写得"昨夜今朝"四字，并非写上架之葡萄，垂堤之杨柳，须知，仿此。

【后解】

上解，葡萄杨柳，只是承莺乱啼，纪其时在深春。此"仙云""燕子"，则即七句请语之东风也。言仙云既是渡水，燕子又必衔泥。然则后骑徐来，正应觌面相值，欲劳乘便寄语，并催一发前来，此即杜必简"寄语洛城风日"一样文法。而不解者误谓其是写景，真所谓无缝铁椎者也。

庾
光
先

一
首

奉和刘采访缙云南岭作

百越城池枕海圻，永嘉山水复相依。

悬萝弱筱垂清浅，宿雨朝暾和翠微。

鸟讶山经传不尽，花随月令数仍稀。

幸陪谢客题诗句，谁与王孙此地归。

【前解】

欲写永嘉，又必先写边海诸郡。此非衬永嘉使不单薄，正言永嘉乃即百越之一，言外便有招魂之意，如云"南方不可久留"也。三，写永嘉水。四，写永嘉山。吟之是非常清丽，思之是异样卑湿，真为《离骚》已后又一高手已。

【后解】

五、六，言永嘉鸟，非中原鸟；花，非中原花。夫《山经》《月令》，此为中原圣人之书，今既略不笔其花鸟，则是中原圣人绝意不至此地可知也。七、八，言寄诗不如早归。谁与，犹言孰比也。

李憕

一首

太原文水人。早聪敏，以明经举。开元初，为咸阳尉。时张说自紫微令燕国公出为相州刺史、河北按察使。有洺州刘行，善相人，说问寮案后谁贵达。行乃称憕及临河尉郑岩。说乃以女妻岩，妹婿阴行真女妻于憕。后为尚书右丞、京兆尹，转光禄卿、东京留守，判尚书省事。安禄山反，迁礼部尚书，与御史中丞卢奕留守，城陷，俱被害。禄山传首殉河北，颜真卿斩其使，浴其首，殓以木函，祭而葬之，以闻。玄宗赠憕司徒，仍与一子五品官。

奉和圣制从蓬莱向兴庆阁道中留春雨中春望之作

别馆春还淑气催，三宫路转凤凰台。

云飞北阙轻阴散，雨歇南山积翠来。

御柳遥随天仗发，林花不待晓风开。

已知圣泽深无限，更喜年芳入睿才。

【前解】

前解，一，是从蓬莱。二，是向兴庆。三、四，是雨中春望。最详整也。

【后解】

前解，写从蓬莱向兴庆雨中春望，已尽。此解，独写圣制也。言只因圣制《春望》之篇一出，即御柳尽发，林花毕开，天言所临，百物皆应也。〔本言五、六是年芳入睿才，看他七又先作一折笔，言常年花柳，皆属圣泽，独有今日，更蒙睿才，真可谓无意不到矣。〕

贾至

一首

字幼邻，曾之子。擢明经第，解褐单父尉。从玄宗幸蜀，拜起居舍人，知制诰。帝传位，至当撰册，既进稿，帝曰："昔先天诰命，乃父为之辞；今兹命册，又尔为之，两朝盛典，出卿家父子手，可谓继美矣。"至顿首，呜咽流涕。历中书舍人，迁尚书左丞。转礼部侍郎，待制集贤院，徙兵部。累封信都县伯，进京兆尹。以右散骑常侍卒，年五十五。赠礼部尚书，谥曰文。集十卷。苏弁编次，常仲孺为序。

早朝大明宫呈两省僚友

银烛朝天紫陌长，禁城春色晓苍苍。

千条弱柳垂青琐，百啭流莺绕建章。

剑佩声随玉墀步，衣冠身惹御炉香。

共沐恩波凤池里，朝朝染翰侍君王。

【前解】

前解，通写早朝大明宫。一，是朝，二，是早，三、四，是大明宫，最华整。○须悟其发兴，本是因朝大明宫，忽然一念庆快，遂呈两省僚友。裁诗却是因呈两省僚友，要其各知庆快，故更补写早朝大明宫。盖举朝如此多官，而独有两省诸公，载其笔墨，侍从天子，高华清切，无能与比，此真不可不知庆快者。只看其起句"银烛朝天紫陌长"之一句七字，银烛者，言朝天既早，载烛而行。紫陌长者，言银烛众多，迤逦紫陌，极目远视，不见穷尽。正以极明早朝之官之多，何虑若干若干也。后解，便只从此一句七字中间抽出两省僚友，言独有我辈，非其余银烛之比。○和诗三章，独有杜工部别换机杼。他如王之"万国衣冠"，岑之"玉阶千官"，皆是先生一样章法。

【后解】

后解，专写两省僚友。○看他五、六，又自作轻轻顿挫，言两省之臣，如论剑佩，则虽同随玉墀之步，若辨衣冠，则实独染御炉之香。盖入直凤池，含毫待诏，人生自幼识字读书，真得如是一日亦足也。

王维

十五首

字摩诘，太原祁人。父处廉，终汾州司马。徙家于蒲，遂为河东人。维开元九年进士擢第。事母崔氏，以孝闻。与弟缙，俱有俊才，博学多艺，亦齐名。闺门友悌，多士推之。历右拾遗、监察御史、左补阙、库部郎中。居母丧，柴毁骨立，殆不胜哀。服阕，拜吏部郎中。天宝末，为给事中。禄山陷两都，玄宗出幸，维扈从不及，为贼所得。维服药取痢，伪称喑病。禄山素怜之，遣人迎置洛阳，拘于普施寺，迫以伪署。禄山宴其徒于凝碧宫，其工皆梨园子弟、教坊工人，维闻之悲恻，潜为诗曰："万户伤心生野烟，百官何日再朝天。秋槐叶落空宫里，凝碧池头奏管弦。"贼平，陷贼官三等定罪。维以"凝碧诗"闻于行在，肃宗嘉之，会缙请削己刑部侍郎以赎兄罪，特宥之，谪授太子中允。迁太子中庶子、中书舍人，复拜给事中，转尚书右丞。维以诗名盛于开元、天宝间，昆仲宦游两都，凡诸王驸马、豪右贵势之门，无不拂席迎之。宁王、薛王，待之如师友。维尤长五言诗，书画特臻其妙，笔踪措思，参于造化，非绘者之所及也。人有得《奏乐图》，不知其名，维视之，曰："《霓裳》第三迭第一拍也。"好事者集乐工按之，一无差，咸服其精思。维兄弟俱奉佛，居尝蔬食长斋，不衣文彩。得宋之问蓝田别墅，在辋口，其水周于舍下，别置竹洲花坞，与道友裴迪，浮舟往来，弹琴赋诗，啸咏终日。尝聚其诗，号《辋川集》。在京师，日饭数十名僧，以谈玄为乐，斋中无所有，惟茶铛、药臼、经案、绳床而已。退朝之后，焚香独坐，以禅诵为事。妻亡，不再娶，三十年孤居一室，屏绝尘累。乾元二年七月卒。临终之际，以缙在凤翔，忽索笔作别缙书。又与平生亲故，作别书数幅，多敦厉朋友，奉佛修心之旨。舍笔而绝。代宗时，缙为相，帝好文，谓缙曰："卿之伯氏，天宝中诗名冠代，朕尝于诸王座闻其乐章。今有多少文集，卿可进来。"缙曰："臣兄开元中诗百千余篇，天宝事后，十不存一。比于中外亲故间，相与编缀，都得四百余篇。"翌日上之，帝优诏褒赏。凡十卷。○宁王宪贵盛，宠妓数十人，皆上色。宅左有卖饼妻，纤白明媚。王一见属意，因厚遗其夫，求之，宠爱逾等。岁余，因问曰："汝复忆饼师否？"使见之，其妻注视，双泪垂颊，若不胜情。时王坐客十余人，皆当时文士，莫不悽异。王命赋诗，维先成，云："莫以今时宠，难忘旧日恩。看花满眼泪，不共楚王言。"坐客无敢继者，王乃归饼师，以终其志云。

大同殿生玉芝龙池上有庆云百官共睹圣恩便赐宴乐敢书即事

欲笑周文歌燕镐，还轻汉武乐横汾。

岂知玉殿生三秀，讵有铜池出五云。

陌上尧尊倾北斗，楼前舜乐动南薰。

共欢天意同人意，万岁千秋奉圣君。

【前解】

忽然笑周轻汉，人问何故，曰："彼二朝岂知生芝，讵有出云耶？"一解诗，读之只如蒿枝轻拂相似。小儒诟其平平无奇，不知此为先生真奇。盖朝廷喜言祥瑞，既非我所乐闻，然则只用随手随口，轻轻递得过去便休，又岂能与之铺张乎哉！

【后解】

此"尧尊""舜乐"，前人皆误解为御酒法曲，于是七之"天意同人意"五字，遂更不知如何成语。不知前解生芝出云是为天意，今此五、六则是人意。推言天意何故有彼，则惟人意实先有此也。"陌上"字，妙！便知尧尊直通田家瓦盆。"楼前"字，妙！便知舜乐直通妇子连袂。于是而休嘉之气上通彼苍，人天既协，神灵斯应，生芝出云，如何不宜也！〔如此，方是儒者之言。〕

酬郭给事

洞门高阁霭余晖，桃李阴阴柳絮飞。

禁里疏钟官舍晚，省中啼鸟吏人稀。

晨摇玉珮趋金殿，夕奉天书拜琐闱。

强欲从君无那老，将因卧病解朝衣。

【前解】

看他写余晖，却从"洞门高阁"字着手，此即"返景入深林，复照青苔上"文法，言余晖从洞门穿入，倒照高阁也。再加"桃李"句，写余晖中一人闲坐，真是分明如画。再加禁钟、省鸟，写此花阴柳絮中间闲坐之一人，方且与时俱逝，百事都捐，真又分明如画也。前解，先生自道，比来况味，只得如此。〔读此一解，使人火气都尽。〕

【后解】

后解，始酬郭给事也。言摇玉珮、奉天书，与君同事，岂不夙愿。然晨趋夕拜，老不堪矣。诵之，使人油然感其温柔惇厚，不觉平时叫嚣之气皆失也。

早秋山中作

无才不敢累明时，思向东溪守故篱。

岂厌尚平婚嫁早，却嫌陶令去官迟。

草间蛩响临秋急，山里蝉声薄暮悲。

寂寞柴门人不到，空林独与白云期。

【前解】

"无才"非先生自谦，"明时"非先生虚颂，直是深信一时。君臣合德，无绩不奏，身于其间，半手莫措，于是战战惧其或累，兢兢抱其不敢，因而眼思梦想，但得忽然一日，乘秋风、归故篱，便是通身轻快，无量安乐者也。三、四，因言人生多故，惟是婚宦二端，今幸儿女之事，亦已早毕，如何轩冕之途，犹未拔足！盖力疾求去之辞也。

【后解】

唐人每欲咨嗟迟暮，则必以岁已秋、日已暮为言，其法悉仿诸此。○岁已秋、日已暮，举二反三，殆是百年，亦复垂垂将尽也。"空林""白云"者，人但无心，便是同期，非定欲绝人远去也。

敕赐百官樱桃

芙蓉阙下会千官，紫禁朱樱出上兰。

总是寝园春荐后，非关御苑鸟衔残。

归鞍竞带青丝笼，中使频倾赤玉盘。

饱食不须愁内热，大官还有蔗浆寒。

【前解】

敕赐樱桃诗，妙在第一句全不提起樱桃，只奋大笔先书曰"芙蓉阙下会千官"。盖阙下即至尊也，阙下会千官，即会朝至尊也。如此便见君臣同德，日会阙下。朝廷之事，必有大者，而此樱桃，不过一日偶然宣赐之微物，此谓："笔墨所争甚微，而立言所关甚大"也。如出小人俗手，必将一起便写樱桃，则不知千官为樱桃故来会阙下乎，抑阙下为樱桃故召会千官乎？竟不成话说矣。三、四，两使樱桃事，最精切。然妙实在写出一片敬受其臣之盛心，正不徒以精切为能也。

【后解】

五，写先受赐者。六，写后受赐者。不谓连百官之"百"字，先生妙笔，直有本事教都写出来，读之，分明立午门左右，亲看其纷纷续续而去也。末又意外再写君恩无穷，又如逐员逐员宣谕之。

积雨辋川庄作

积雨空林烟火迟，蒸藜炊黍饷东菑。

漠漠水田飞白鹭，阴阴夏木啭黄鹂。

山中习静观朝槿，松下清斋折露葵。

野老与人争席罢，海鸥何事更相疑。

【前解】

此解，即《豳风》"馌彼南亩"句中所有一片至情至理，特当时周公不曾说出，留教先生今日说出也。盖一家八口，人食一升，一年人三百六十升，八人共计食米二十八石八斗，除国税婚丧在外，此项全仰今日下田苦作之人之力，更无别出可知也。今使因积雨致炊迟，因炊迟致饷晚，因饷晚致农饥，此即合家嗷嗷仰食之人无不为之仓皇蹴踏、身心无措者也。故三、四承之，言如此水田无际，望之但见飞鹭，则应念我劳人胼胝，不知直到何处。如此夏木阴长，听来百啭黄鹂，则应念我劳人腹枵，不知已忍几时。奈何不过一藜一黍，至今犹然未得传送。一解四句，便只是精写得一"迟"字。如何细儒不知，乃漫谓之写景也！○如何千年以来，说唐诗者，一味皆谓闲闲写景！夫使当时二南、十五国风、二雅三颂，亦曾无故写景，则谓唐亦写景，可也。若三百篇并无此事，则唐固并无此事也。○"漠漠"句，言作苦。"阴阴"句，言日长。作又苦，日又长，然后积雨炊迟，一"迟"字方是当家主翁淳厚心田中一段实地痛恻也。若必争之曰写景，则藜黍既迟，苦饥正切，而主翁顾方看鹭听鹂，吾殊不知此为何等诗，又为何等人之所作也！［近日颇复见人画此二句，不知此二句只是"迟"字心地，夫心地则又安能着笔！］

【后解】

上解，是写居辋川心地。此解，是写居辋川威仪。○言颇彼有人，见我庄居，因遂疑我习静修斋，夫我亦何静之可习，何斋之可修乎？不过眼见槿花开落，因悟身世并销。正逢葵叶初肥，不免采撷充膳，是则或有之耳。且夫人生世上，适然同处，以我视之，我固我也，彼固彼也。如以彼视之，彼亦我也，我特彼也。然则百年并促，三餐并艰，人各自营，谁能相让。今必疑我习静修斋，则岂欲令二三野老侧目待我，一如阳居所云"家公执席，妻子避灶"，然后自愉快耶？亦大非本色道人已。

既蒙宥罪旋复拜官伏感圣恩窃书鄙意兼奉简新除使君等诸公

忽蒙汉诏还冠冕，始觉殷王解网罗。

日比皇明犹自暗，天齐圣寿未云多。

花迎喜气皆含笑，鸟识欢心亦解歌。

闻道百城新佩印，还来双阙共鸣珂。

【前解】

既赦罪，又复官，若顺事各写，此成何章句。今看其小出手法，只将二事拼作一句，言我直至复官之后始悟既已赦罪矣。便令前此畏罪之深，后此蒙恩之重；前此惊魂一片，后此衔感万重，所有意中意外、如恍如惚、无数情事，不觉尽出。此谓临文变化生心之能也。三、四，承"忽蒙""始觉"文势，自更不得不出于感颂。三是感，四是颂，此自是一时至情至理，切不得嫌其陋俗也。

【后解】

上解，伏感圣恩，此解，奉简诸公也。言诸公新除百城，诚无便来双阙之理，然我今无限欢喜，实已更不自持，安得知己都来，一齐看我欢喜。五、六，花皆含笑，鸟亦解歌者，盖事出望外，心神颠倒，所谓不自知其手之舞之、足之蹈之也。

酌酒与裴迪

酌酒与君君自宽，人情翻覆似波澜。

白首相知犹按剑，朱门先达笑弹冠。

草色全经细雨湿，花枝欲动春风寒。

世事浮云何足问，不如高卧且加餐。

【前解】

一解，只妙于"酌酒与君"四字，犹言咄咄裴生，今日乃得王先生与之酌酒，便足一生自豪，直不应又以好唇舌再问他人情如何也。看他命题，便已直直，只此五字，意即可知。三、四，正极写翻覆波澜也。三之砉毒，在"白首"二字，言半生对床，不妨一刻便为敌国也。四之轻薄，在"先达"二字，言一朝云霄，不认昨夜谁共灯火也。此自是千古至今绝妙地狱变相，兹反觉吾王先生说之为饶舌也。

【后解】

前解，写显相，后解，写密相也。显相必是裴所已受，故前解只作宽慰之语。密相乃是裴所未悟，故后解更作告诫之辞。五，"草色"七字，言我方不意，则彼先暗伤也。六，"花枝"七字，言我乍欲行，则彼必重挤也。此皆自古至今绝妙地狱变相也。

春日同裴迪过新昌里访吕逸人不遇

桃源面面绝风尘，柳市南头访隐沦。

到门不敢题凡鸟，看竹何须问主人。

城外青山如屋里，东家流水入西邻。

闭户著书多岁月，种松皆老作龙鳞。

【前解】

二，柳市南头，即新昌里。隐沦，即吕逸人也。三，不敢题门，言逸人不在。四，看竹，言己与裴不能以逸人不在而遂去也。俱易解。最奇最妙者，看先生于二、三、四句未写以前，忽然空中无因无依，随笔所荡，先荡出"桃源面面绝风尘"之七字。今世之人，不能看书心细如发，则直谓此不过写他新昌里耳。殊不知新昌里自有"柳市南头"四字承认。不应一写不已，又迭写至再也。某因大书揭壁，誓以十日坐卧其下，务期必得其旨。及至瞥地看出，却亦只是平常。然而其中实有两通妙理，终是忍俊不禁，不妨对众拈出也。其一，言我与裴是日亦不必定访吕逸人，盖桃源面面，总非人间，南北东西，无非妙悟。如此，则遇逸人亦不为欣，不遇逸人亦不为憾，便将逸人失晤早已视如流云。下解空玩庭柯，正复大惬来意也。其一，言逸人此时虽不知其何在，然而桃源面面，既非人间；南北东西，总无异缘，则亦乌知其不为访人未值，正在旁皇，不访反逢，方当欢握。既是深浅只在山中，料应毛羽无非一色，便任纵心他往，于我有何异同也。试思先生如此高手，如此妙手，真乃上界仙灵。其吹气所至，皆化楼台，又岂下土笔墨之事所能奉拟哉。

【后解】

此写不遇逸人后一段徘徊闲畅神理也。五，仰眺其墙外；六，俯玩其阶下；七、八，进窥其窗中，出抚其庭树。何必不遇逸人，亦何必定遇逸人？盖此日与裴特地发兴远来，至是，亦可谓大获我心而去矣。

过乘如禅师萧居士嵩丘兰若

无着天亲弟与兄，嵩丘兰若一峰晴。

食随鸣磬巢乌下，行踏空林落叶声。

迸水定侵香案湿，雨花应共石床平。

深洞长松何所有，俨然天竺古先生。

【前解】

二大士合住一精舍，若非先生心知其事，正复不审如何措手。今忽巧请无着天亲、兄弟菩萨，先将如椽大笔，公然横起一语，然后再于"嵩丘兰若"，轻轻安个"一峰晴"三字。而二大士之无着所以为无着，是此三字；天亲所以为天亲，亦此三字矣。三、四，写二大士受食，而巢乌亦下，此犹与有情平等，经行而落叶有声，此直与无情平等。然则为是二大士各有"一晴峰"，为是"一晴峰"双现二大士？此非复诗家之所与闻，吾欲与天下道人参之。〔菩萨与菩萨萧然不相得，曰无着。菩萨与菩萨脀然不可开，曰天亲。〕

【后解】

庞居士常曰："但愿空诸所有，慎毋实诸所无。"此一解四句，正特表二大士已尽得"空诸所有"，而先生妙笔，则反戏写其"实诸所无"，以俟人之从空悬解，由然失笑也。言二大士澄清绝点，彼其兰若之中，则岂更有纤尘得染者乎！有则或有珠玉迸水；有则或有天女散花。除此二者而外，如再彻底检阅，有则或有瞿昙先生，金像俨然，深洞庄严，长松荫覆，如是焉而已耳。看他四句二十八字，只为欲写"何所有"之三字，却乃翻作如此异样笔墨，真为翰林之罕事也。

和贾至舍人早朝大明宫呈两省僚友之作

绛帻鸡人报晓筹，尚衣方进翠云裘。

九天阊阖开宫殿，万国衣冠拜冕旒。

日色才临仙掌动，香烟欲傍衮龙浮。

朝罢须裁五色诏，珮声归到凤池头。

【前解】

此全依贾舍人样。前解，通写早朝；后解，专写两省也。若其中间措手，又有不同者，贾乃于起一句便安"银烛朝天紫陌长"之七字，是预从"早"字先已用意；于是而三、四写"朝"字，便无过只是闲笔。此却于第四句始安"万国衣冠拜冕旒"之七字，是直到"朝"字方乃用意；于是而一、二写"早"字，亦无过只是闲笔。此则为两先生各自匠心也。

【后解】

五，日色才动，写朝光满殿，翻上"早"字。六，香烟欲浮，写双引驾退，翻上"朝"字。七、八，急接"朝罢"二字，言此时千官尽散，而独有我辈，只归凤池也。

出塞作

居延城外猎天骄，白草连天野火烧。

暮云空碛时驱马，秋日平原好射雕。

护羌校尉朝乘障，破虏将军夜渡辽。

玉靶角弓珠勒马，汉家将赐霍骠姚。

时为监察御史。

【前解】

首句曰"猎天骄"，则是三句皆写猎也，殊不知首句曰"猎天骄"，则是三句皆写天骄也。看他"白草连天"，便是野火连天，先已不可向迩。三、四承之，写其驱马射雕。再加"暮"字、"时"字，便可见闪忽无常，又加"秋"字、"好"字，便可知弓马轻快，其骄至于如此，真为当事者北望之一大忧也。○看他起笔"居延城外"四字，三、四"暮"字、"时"字、"秋"字、"好"字，却似一道紧急边报然。

【后解】

前解，写天骄是真正天骄，后解，写边镇是真正边镇。○言乘障者乘障，渡辽者渡辽，士气蓬蓬勃勃，一气便直取玉靶、珠勒等。二句十四字，言人人无不自以为居然属我也。〔前解，不写得如此，便不足以发我之怒。后解，不写得如此，便不足以制彼之骄。〕

敕借岐王九成宫避暑

帝子远辞丹凤阙，天书遥借翠微宫。

隔窗云雾生衣上，卷幔山泉入镜中。

林下水声喧笑语，岩间树色隐房栊。

仙家未必能胜此，何事吹箫向碧空。

【前解】

一，远辞。二，遥借。既说"远"，又说"遥"，詹詹小生，便嫌犯合，殊不知一解特地争胜，乃只在此二字。言帝子瞻恋天容，何敢远辞宸幄，乃至尊过忧溽暑。昨已遥借离宫，既是至尊遥借之敕已宣，即是帝子远辞之行不免也。看他写得兄弟君臣之间，一片友爱、一段恭慎，只用二字，便乃无美不备，妙，妙！三、四，云雾通窗，山泉入镜，此是极写所借之地，暑气全无，清凉隔世，正特为题中"避暑"二字，且未及描画九成胜景也。

【后解】

上三四，只是说九成无暑。此五六，方写其景也。七，"此"字，总结水喧笑语，树隐房栊，可知。

奉和圣制从蓬莱向兴庆阁道中留春雨中春望之作

渭水自萦秦塞曲，黄山旧绕汉宫斜。

銮舆迥出千门柳，阁道回看上苑花。

云里帝城双凤阙，雨中春树万人家。

为乘阳气行时令，不是宸游玩物华。

【前解】

看他一、二，先写"渭水自萦""黄山旧绕"，即三、四之銮舆看花、阁道留辇，宛然便在无数山围水抱之中间也。先生为画家鼻祖，其点笔吮墨、布置远近，居然欲与造化参伍。只如此一解四句，便是其惨淡经营之至妙至妙也。

【后解】

后解四句承上"花"字，言不知者，以为为花也；其知者，以为不为花也。夫阁道回看，正回看双凤阙耳，正回看万人家耳。"双凤阙"，言上畏天眷；"万人家"，言下恤民岩。若"云里帝城""雨中春树"八字，只是衬色也。

和太常韦主簿五郎温泉寓目

汉主离宫接露台，秦川一半夕阳开。

青山尽是朱旗绕，碧涧翻从玉殿来。

新丰树里行人度，小苑城边猎骑回。

闻道甘泉能献赋，悬知独有子云才。

【前解】

此前解，是写温泉，然吾详玩其四句次第，却是细细又写寓目。譬如作大幅界画者，其正经主笔，本自定于一幅之居中；而其初时起手，却必自最下一角，先作从旁小景，既而渐渐添成，便是远近正偏，无数形势，一齐俱备矣。〇一，"汉主离宫"，即指今温泉，特以不敢斥言当时，故远借汉主也。"接露台"，言寓目者，则应从秦始露台祠边而起也。二，秦川夕阳，言一路依渭水迤逦而去。其半道有矗起者，寓目者宜知此为骊山夕阳楼也。三、四，方正写温泉。然三，犹通写合宫、朱旗，言盛陈仪卫也；四，方独写汤殿、碧涧，言阴泉灌输也。此为寓目时，自远而近，自边而中，最精最细之理路也。〇某尝言：看好山水，眼中须有章法；述好山水，口中须有章法。如此一解四句，便是右丞满胸章法。其为画家鼻祖，岂无故而然乎！

【后解】

后解，写韦太常。五、六者，所谓《甘泉赋》料也。〔前解一二，只是陪写温泉；后解五六，却是五郎赋料。然则诗中写景处，固自有定限矣。〕

送杨少府贬郴州

明到衡山与洞庭，若为秋月听猿声。

愁看北渚三湘远，恶说南风五两轻。

青草瘴时过夏口，白头浪里出瞿城。

长沙不久留才子，贾谊何须吊屈平。

【前解】

此前解，手法最奇。看他一、二，公然便向并未曾别之人，预先用勾魂摄魄之笔，深探入去，逆料其后来，到衡山、到洞庭，必不能对秋月而听猿声者。于是三、四，方更抽笔出来，重写"愁看北渚""恶说南风"，目今一段惜别光景，此皆是先生一生学佛，深入旋陀罗尼法门，故能有如此精深曲畅之文也。［绕，候风扇也，以鸡羽为之，重五两，故楚人谓之五两。郭璞《江赋》曰："飘雾褛于清旭，觇五两之动静。"《淮南子》曰："若绕之候风也。"］

【后解】

此五六，只是急赶"不久留才子"之一句也。言今一路，且过夏口，径出瞿城，不妨解维，放心便去，多恐未必前到郴州，而赐环之命且下也。

裴迪

一首

迪初与王维、崔兴宗俱居终南。天宝后，为蜀州刺史，与杜甫友善。

春日与王右丞过新昌里访吕逸人不遇

恨不逢君出荷蓧，青松白屋更无他。

陶令五男曾不有，蒋生三径枉相过。

芙蓉曲沼春流满，薜荔成帏晚霭多。

闻说桃源好迷客，不如高卧眇庭柯。

【前解】

裴君自是右丞门下学人，看他一诗前后二解，波澜虽复老成，然其不逮右丞，则已千里万里。此自是右丞众推"天子"，初非等闲可拟，固不关裴小巫气尽也。○一，"恨不逢君出荷蓧"，言恨不逢君，致君荷蓧而出，意谓脱若相逢，知君决不又出，盖深自赞叹。而逸人既为我所特访，则自不必又与赞叹，此所谓高一格用笔法也。二，"青松白屋"下，又加"更无他"三字，写此逸人天姿高寒，非复寻常住山之比。三、四，再接五男不有，三径枉过者，又言是日彼已不成延款，我亦无由留语。盖如此不遇，乃为不遇之至。然实则三承二、四承一法也。

【后解】

此言再访且恐并失其处，则不如便于芙蓉沼上，薜荔帏中，竟托高卧，以俟其归也。○试想是日已有右丞诗在上头，而先生又能尽脱右丞笔墨，别自标奇领异，真为右丞学人无忝也。

孟浩然

三首

字浩然，襄州襄阳人。隐鹿门山。年四十，乃游京师。尝于太学赋诗，一座嗟伏，无敢抗。张九龄、王维雅称道之。维私邀入内署，俄而玄宗至，浩然匿床下，维以实对，帝喜曰："朕闻其人而未见也。"诏浩然出。帝问其诗。浩然再拜，自诵所为，至"不才明主弃"之句，帝曰："卿不求仕，而朕未尝弃卿，奈何诬我！"因放还。采访使韩朝宗，约浩然偕至京师，欲荐诸朝。会友人至，剧饮欢甚，或曰："君与韩公有期。"浩然叱曰："业已饮，遑恤他！"卒不赴。朝宗怒，辞行，浩然不悔也。初，王维过郢州，画浩然像于刺史亭，因曰"浩然亭"。咸通中，刺史郑诫谓贤者名不可斥，更署曰"孟亭"。诗二百一十首，王士源序次为三卷，今并为一。

除夜有怀

五更钟漏欲相催，四气推迁往复回。

帐里残灯才去焰，炉中香气尽成灰。

渐看春逼芙蓉枕，顿觉寒销竹叶杯。

守岁家家应未卧，相思那得梦魂来。

【前解】

只起句七字，写尽除夜。二，是再从大处写，七字中，便有前三百六十日、后三百六十日也。三、四，是再从细处写，十四字中，便直写到一焰续、一焰已灰，一焰又续、一焰又灰，如是焰焰续、焰焰成灰。此即世尊四阿含经说"不能尽之无常"精义也。二，是放开眼界写，三、四是精着眼色写。不如此，便不是除夕诗也。

【后解】

上三、四，是先生写自家除夕。此五、六，是写他家除夕，即七之守岁未卧诸人也。"渐看"，是新年忽亲，"顿觉"，是旧年全失。盖家家意思即不过如是矣。先生自相思，彼何曾在意？以未卧故，或无梦来。怨而不怒，真忠厚之言也。

登安阳城楼

县城南面汉江流，江嶂开成南雍州。

才子乘春来骋望，群公暇日坐销忧。

楼台晚映青山郭，罗绮晴娇绿水洲。

向夕波摇明月动，更疑神女弄珠游。

【前解】

登城楼，临汉江，望南雍州，看他何等眼界，何等胸襟！因言普天下凡有此等眼界，此等胸襟者，必是才子；其无此等眼界，此等胸襟者，亦是群公。然则乘春骋望，固是其有眼界，有胸襟，而果暇日来坐，即亦不怕其无眼界，无胸襟也。〔看他县城下"南面"字、汉江下"流"字、南雍州上"江嶂开成"字，分明心手之间，欲代元化布置。〕

【后解】

前解，只是虚叹其胜。此解，始实写其胜也。必又用到"神女弄珠"者，非为汉皋郑交甫一爱未割，正是极写好景不能舍去，直须坐到月上也。

春情

青楼晓日珠帘映，红粉春妆宝镜催。

已厌交欢怜枕席，相将游戏绕池台。

坐时衣带萦纤草，行即裙裾扫落梅。

更道明朝不当作，私邀共斗管弦来。

【前解】

写女郎，写来美，是俗笔；写来淫，是恶笔；必要写来憨，方是妙笔。又写女郎憨，写女郎自道憨，是俗笔；写女郎要人道其憨，是恶笔；必要写女郎憨极，不自以为憨，方是妙笔。今先生此诗，是纯写憨，是纯写憨极，不自以为憨，此始为真正写女郎妙笔也。○有时写女郎憨，写其宴眠不起。今却写其早起不眠，既是天生妙笔，便乃何所不可！○一解，首句是女郎眠起图，二句是女郎妆成图，四句是女郎下楼图。三句便是三幅女郎，冉冉从床上、镜前、梯头，渐渐蛇蜕而下。然犹未曾写到其憨也，憨则在先生妙手，巧插此第三句。厌，足也，怜，昵也，未足则昵，既足则厌。看他七字，分明是淫，乃使人读之，但见其憨，不见其淫。此所谓上界真灵，照见下方蛆虫蠢动，因而与之尽情宣说，而曾不污其莲花齿颊者也。

【后解】

前解，叙。后解，画。真画尽憨也。看他坐时坐得憨，行时行得憨，又想如此憨情，即岂一日得了。于是图赖上作，又图赖得憨，只是世上容有如此女郎，先生学道人，胸中何故有如此笔墨？才人游戏之事，诚乃不知所际也。[问曰：亦有此等诗，必辨其是词。今此诗，亦似可谓之为词，又必辨其是诗，此于何分明？答曰：看他前解，对起甚不苟，第三句又故作一曲，然后正落。此是前解式也。后解，平写五、六后，第七句更虚纵起，然后与结。此是后解式也。若是春词，便都无此洼棱起落，且此诗，又律中之最细者。]

字少伯，江宁人。第进士，补秘书郎。又中宏词，迁汜水尉，又贬龙标尉。为诗绪密而思清，时谓王江宁云。集五卷。〇开元中，诗人王昌龄、高适、王之涣齐名。时风尘未偶，而游处略同。一日天寒微雪，三诗人共诣旗亭，贳酒小饮。忽有梨园伶官十数人，登楼会宴。三诗人因避席隈映，拥炉火以观焉。俄有妙伎四辈，寻续而至，奢华艳曳，都冶颇极。旋则奏乐，皆当时之名部也。昌龄等私相约曰："我辈各有诗名，无不自定其甲乙，今者可以密观诸伶所讴，若诗入歌词之多者，为优矣。"俄而一伶拊节而唱，乃曰："寒雨连江夜入吴，平明送客楚山孤。洛阳亲友如相问，一片冰心在玉壶。"昌龄则引手画壁曰："一绝句。"又一伶讴曰："开箧泪沾臆，见君前日书。夜台何寂寞，犹是子云居。"适则引手画壁曰："一绝句。"寻又一伶讴曰："奉帚平明金殿开，强将团扇共徘徊。玉颜不及寒鸦色，犹带朝阳日影来。"昌龄又引手画壁曰："二绝句。"之涣自以得名已久，谓诸人曰："此辈皆潦倒乐官，所唱皆巴人下里之词耳，岂阳春白雪之曲，俗物敢近哉。"因指诸伎中最佳者，"待此子所唱，如非我诗，是即终身不敢与子争衡矣。脱是我诗，子等当须列拜床下，奉我为师。"因欢笑而俟之。须臾，次至双鬟发声，则曰："黄河远上白云间，一片孤城万仞山。羌笛何须怨杨柳，春风不度玉门关。"之涣即揶歈二子曰："田舍奴，我岂妄哉！"因大谐笑。诸伶不喻其故，皆起诣曰："不知诸郎君何此欢噱？"昌龄等因话其事，诸伶竞拜曰："俗人不识神仙，乞降清重，俯就筵席。"三子从之，饮醉竟日。

万岁楼

江上巍巍万岁楼，不知经历几千秋。
年年喜见山常在，日日悲看水独流。
猿狄何曾离暮岭，鸬鹚空自泛寒洲。
谁堪登望云烟里，向晚茫茫发旅愁。

【前解】

江上万岁楼，不知何人创造，复不知何人题名。尝试纵心思之，真是胜情奇举，设使不得如此好诗对副，真为辜负古人不了也。盖统计是名"万岁"，分之只是"千秋"，再分之只是"年年"，再分之只是"日日"，其间山在水流，明抽暗换，乍悲还喜，似悟仍迷，吾亦总以一言概之曰："不知。"此非愚故不知，任是绝世聪明，竟复谁能知此！四句诗，只是四七二十八字，便将一《大藏经》彻底掀翻，真奇事也。

【后解】

"何曾离"，妙！"空自泛"，妙！伟哉，大化！绵绵莫莫，欲去者孰容之去，欲住者孰容之住？万岁以上，有猿狖鸬鶒；万岁以下，亦有猿狖鸬鶒。夫以如是浩浩楼头，而乃有人登望发愁，试问此一点愁，为力几何？而堪对彼万岁云烟哉！我尝诵先生《礼塔》诗曰："真无御化来，妙有乘化归。如彼双塔内，孰能知是非。"便是一副旋陀罗尼，在在处处，我当供养，以诸香花而散其处也。○总持法师曰："一句万岁，二句千秋，三句年年，四句日日，此用去丈取尺，去尺取寸法也。"又曰："见山在，是粗行人，故着'年年'字。见水流，是细行人，故着'日日'字。"此用世尊与诸比丘说无常义法也。又曰："猿狖巧，巧既无所施其巧。鸬鶒专，专又无所用其专。此用大火聚四面凑手不得法也。"

九日登高

青山远近带皇州，霁景重阳上北楼。

雨歇亭皋仙菊润，霜飞天苑御梨秋。

茱萸插鬓花宜寿，翡翠横钗舞作愁。

漫说陶潜篱下醉，何曾得见此风流。

【前解】

九日登高诗，从来都用眼泪磨墨，此独尽废苦调，别发夏声。看他起便遍指青山，言远远近近，尽带皇州，则知无一处登高，无不乃心王室者也。三、四，菊必写仙菊，梨必写御梨，全然皆非常套。

【后解】

五、六，即末之"此风流"三字也。言今日所以上客纪年，寿花簪鬓，侍姬呈态，翠羽流钗，得有如此风流者，实是上荷圣人之至治，下极同人之欢赏。不似昔人，生既不辰，适丁艰步，性又耿介，常至离群也。

高适

五首

字达夫，渤海人。少落魄，不治生事。客梁宋间，宋州刺史张九皋奇之。举有道科，中第，调封丘尉。不得志，去。客河西，遇节度使哥舒翰，表为左骁卫兵曹参军、掌书记。禄山乱，召翰讨贼。即拜左拾遗，转监察御史，佐翰守潼关。翰败，天子西幸。适走间道，及帝于河池。俄迁侍御史，擢谏议大夫，除扬州大都督府长史、淮南节度使。李辅国短毁之，下除太子少詹事。未几，蜀乱，出为蜀、彭二州刺史。天子罢崔光远，以适代为西川节度使。后召为刑部侍郎、左散骑常侍，封渤海县侯。永泰元年卒，赠礼部尚书，谥曰忠。适年五十，始为诗，即工，以气质自高。每一篇已，好事者辄传布。集一卷。

同陈留崔司户早春宴蓬池

同官载酒出郊坼，晴日东驰雁北飞。
隔岸春云邀翰墨，傍檐垂柳报芳菲。
池边转觉虚无尽，台上偏宜酩酊归。
州县徒劳那可度，后时连骑莫相违。

【前解】

一，出手便写"同官"二字，使人读之，想见当时未得载酒出郊以前，无限身心烦闷。二，疾接"晴日"七字，此即觌面指点同官，言如此日驰雁飞，未宜一味做官去也。三、四者，所谓心胸垒块，天地文章，借得酒杯，互为草稿，为悲为畅，我都不知，一任后来妙人，自行理会也。

【后解】

观此后解，益悟其出手便写"同官"二字，非漫笔也。"转觉虚无尽"，妙！试思池边如何谓之虚无？且虚无如何又谓之尽？又"虚无尽"上如何又加得"转觉"二字？此皆先生亲从连月案牍中来，故斗地眼前实见有此，他人不许滥吟也。七、八，更不含蓄，一直结破，正与前解一、二，是一副心期。

夜别韦司士得城字

高馆张灯酒复清，夜钟残月雁归声。

只言啼鸟堪求侣，无那春风欲送行。

黄河曲里沙为岸，白马津边柳向城。

莫怨他乡暂离别，知君到处有逢迎。

【前解】

一之七字，字字快意语也；二之七字，字字败意语也。字字快意，故三承以“只言”二字云云也；字字败意，故四承以“无那”二字云云也。此是唐人四句分承法，于前解每用之。〇看先生用意，乃在“啼鸟堪求侣”五字。想此韦司士，必是一绝妙可爱之人，时与先生方订初欢，我于“到处有逢迎”句识之。

【后解】

五、六，极写离别，然而韦莫怨也；此行虽不免别，然而只是暂时。我则正忧，如君其人，到处有合，后欢既极，前期顿忘，将使暂别且成久别耳。然则我于异日，或当怨君，君于今日，又何必怨。真为超距之笔也。

东平送前卫县李寀少府

黄鸟翩翩杨柳垂，春风送客使人悲。

怨别自惊千里外，论交却忆十年时。

云开汶水孤帆远，路绕梁山匹马迟。

此地从来可乘兴，留君不住益凄其。

【前解】

只加"翩翩"二字，便知其写出两黄鸟也。"杨柳垂"之为言，值此良日也。不过点点虫蚁，而乘时引伴，双飞并鸣，其乐如此。曾是我之与君，而固一鸟不如，乃于此处春风送别乎哉？三、四申言，非惊千里远别，实念十年旧恩，此为自来用"黄鸟"字法也。

【后解】

"云开"，写少府既别而去也。"路绕"，写自己既送而归也。"远"字，见去者之太疾；"迟"字，见送者之不舍。末又补写东平，言今日设无此别，则此处与君正堪乘兴，而今已不必说也。

重阳

节物惊心两鬓华，东篱空绕未开花。

百年将半仕三已，五亩就荒天一涯。

岂有白衣来剥啄，一从乌帽自欹斜。

真成独坐空搔首，门柳萧萧噪暮鸦。

【前解】

二之东篱花绕，此即一之惊心节物也。何故节物惊心？可惜青青好鬓，比来遽成二毛，今日又见此花，便是岁行复尽故也。三、四承之，看他只是年老、官拙、家贫、路远四语，却巧用"百"字、"三"字、"五"字、"一"字，四数目字，练成峭语，读之使人通身森森然。〔写花用"未开"二字，妙！言我已垂垂欲老，彼方得得初开，两边对映，便成异彩。〕

【后解】

后解，写尽人情世态。言我既年老、官拙、家贫、路远，则自然更无一人问及也。"岂有"者，我心自揣为何而有？"一从"者，人心都道与我无干也。因结之云：往常顺口，便说独坐，必如今日，方是真成独坐矣！门柳暮鸦，极写虽尽此一日，终无一人来也。

送李少府贬峡中王少府贬长沙

嗟君此别意何如，驻马衔杯问谪居。

巫峡啼猿数行泪，衡阳归雁几封书。

青枫江上秋天远，白帝城边古木疏。

圣代即今多雨露，暂时分手莫踌躇。

【前解】

庄子《人间世》篇，仲尼之语叶公曰："臣之于君，义也，无适而非君也，无所逃于天地之间。故事君者，不择地而安之，忠之盛也。奚暇至于悦生而恶死？夫子其行矣！"今先生正用此段至论成妙诗也。妙绝在"嗟君此别意何如"之一句，"嗟"，嗟其意也，非嗟其别也。如言君于此别，得无怨与？若诚有之，此非我所敢闻，君其试明语我，怨与不怨，为定何如？如此，方是孝子忠臣，一片起敬起爱，不敢疾怨，纯粹心地。乃下仍不免一问谪居者，既明人臣事君安之若命之义，然则君命巫峡，臣便听猿下泪；君命衡阳，臣便看雁寄书。犹言：君命巫峡便巫峡，君命衡阳便衡阳也。

【后解】

若君不明此谊，而必谓青枫白帝，天远木疏，流离道途，悲苦万状者，则君固未解吾君爱眷群臣之盛心，今日只是暂时分手也。呜呼！如此诗，于三百篇又何让焉。

汴州人。登进士第。累官司勋员外郎。天宝十三载卒。诗一卷。○颢少年为诗，属意浮艳，多陷轻薄。晚岁，忽变常体，风骨凛然，鲍照、江淹，须有惭色。

黄鹤楼

昔人已乘黄鹤去，此地空余黄鹤楼。

黄鹤一去不复返，白云千载空悠悠。

晴川历历汉阳树，芳草萋萋鹦鹉洲。

日暮乡关何处是，烟波江上使人愁。

【前解】

此即千载喧传所云《黄鹤楼》诗也。有本乃作"昔人已乘白云去"，大谬！不知此诗正以浩浩大笔，连写三"黄鹤"字为奇耳。且使昔人若乘"白云"，则此楼何故乃名"黄鹤"，此亦理之最显浅者。至于四之忽陪"白云"，正妙于有意无意，有谓无谓。若起手未写"黄鹤"，先已写一"白云"，则是"黄鹤""白云"，两两对峙，"黄鹤"固是楼名，"白云"出于何典耶？且"白云"既是昔人乘去，而至今尚见悠悠，世则岂有千载"白云"耶！不足当一噱已。○作诗不多，乃能令太白公阁笔，此真笔墨林中大丈夫也。颇见龌龊细儒，终身拥鼻，呦呦苦吟，到得盖棺之日，人与收拾部署，亦得数百千万余言，然而曾不得一乡里小儿暂时寓目，此为大可悲悼也。○通解细寻，他何曾是作诗，直是直上直下，放眼恣看，看见道理却是如此。于是立起身，提笔濡墨，前向楼头白粉壁上，恣意大书一行。既已书毕，亦便自看，并不解其好之与否，单只觉得修已不须修，补已不须补，添已不可添，减已不可减，于是满心满意，即便留却去休。固实不料后来有人看见，已更不能跳出其笼罩也。且后人之不能跳出，亦只是修补添减，俱用不着，于是便复袖手而去，非谓其有字法、句法、章法，都被占尽，遂更不能争夺也。○太白公评此诗，亦只说是"眼前有景道不得，崔颢题诗在上头。"夫以黄鹤楼前，江矶峻险，夏口高危，瞰临沔汉，应接要冲，其为景状，何止尽于崔诗所云晴川芳草日暮烟波而已！然而太白公乃更不肯又道，竟遂俯首相让而去。此非为景已道尽，更无可道，原来景正不可得尽，却是已更道不得也。盖太白公实为崔所题者，乃是律诗一篇，今日如欲更题，我务必要亦作律诗。然而公又自思律之为律，从来必是未题诗，先命意；已命意，忙审格；已审格，忙又争发笔。至于景之为景，不过命意、审格、发笔以后，备员在旁，静听使用而已。今我如欲命意，则崔命意，既已卓矣；如欲审格，则崔审格，既已定矣；再如欲争发笔，则崔发笔，既已空前空后，不顾他人矣。我纵满眼好景，可撰数十百联，徒自呕尽心血，端向何处入手？所以不觉倒身着地，从实吐露曰："有景道不得。"有景道不得者，犹言眼前可惜无数好景，已是一字更入不得律诗来也。嗟乎！太白公如此虚心服善，只为自己深晓律诗甘苦。若后世群公，即那管何人题过，不怕不立地又题八句矣。○一解，看他妙于只得一句写楼，其外三句皆是写昔人。三句皆是写昔人，然则一心所想，只是想昔人；双眼所望，只是望昔人，其实曾更无闲心管到此楼，闲眼抹到此楼也。试想他满胸是何等心期，通身是何等气概！几曾又有是非得失、荣辱兴丧等事，可以污其笔端？［一是写昔人，三是想昔人，四是望昔人，并不曾将楼挂到眉睫上。］凡古人有一言一行，一句一字，足以独步一时，占踞千载者，须要信其莫不皆从读书养气中来，即如此一解诗，须要信其的的读书，如一、二，便是他读得庄子《天道》篇，轮扁告桓公："古人之不可传者死矣，君之所读，乃古人之糟粕已夫。"他便随手改削，用得恰好。三、四，便是他读得《史记·荆轲列传》"易水"一歌："风萧萧兮易水寒，壮士一去兮不复还。"他便随手倒转，又用得恰好也。至于以人人共读之书，而独是他偏有本事对景便用，又连自家亦竟不知，此则的的要信其是养气之力，不诬也。［后人又有欲"捶碎黄鹤楼"者，若知此诗曾不略写到楼，便是空劳捶碎，信乎？自来皆是以讹传讹，不足供一笑也。］

【后解】

前解，自写昔人。后解，自写今人。并不曾写到楼。○此解，又妙于更不牵连上文，只一意凭高望远，别吐自家怀抱，任凭后来读者，自作如何会通，真为大家规摹也。○五、六，只是翻跌"乡关何处是"五字，言此处历历是树，此处凄凄是洲，独有目断乡关，却是不知何处。他只于句上横安得"日暮"二字，便令前解四句二十八字，字字一齐摇动入来，此为绝奇之笔也。

行经华阴

岧峣太华俯咸京，天外三峰削不成。

武帝祠前云欲散，仙人掌上雨初晴。

河山北枕秦关险，驿路西连汉畤平。

借问路旁名利客，无如此处学长生。

【前解】

写"岧峣太华"，看他忽横如杠大笔，架出"俯咸京"之三字。咸京者，即下解路旁千千万万名利之客，所为钻头不入、拔足不出、半生奔波、一世沉没之处。其处本不易俯，而今判之曰俯，则其为太华之岧峣，亦略可得而仿佛也。"天外三峰"句，正画"俯"字也。言三峰到天、天已被到，而峰犹不极，故曰"天外"。"削不成"之为言，此非人工所及，盖欲言其削成，则必何等大人，手持何器，身立何处，而后乃今始当措手？此三字，与上"俯咸京"三字，皆是先生脱尽金粉章句，别舒元化手眼，真为盖代大文，绝非经生恒睹也。至于三、四，只是承上"三峰"，自言是日，正值云散而晴，故得了了见之。〔如此三、四一联，乃只为了了得见三峰之故，唐人奈何有中四句诗哉！〕

【后解】

此五、六运笔，真如象王转身，威德殊好。盖欲切讽路旁之不须复至咸京，而因指点太华之北枕西连，则有秦关汉畤，当时两朝何等富贵，而今眼见尽归乌有，则固不如天外三峰之永永常存也。〔如此五、六一联，又只为指点路旁之故，唐人律体，真是大开大阖。〕

南阳人。文本裔孙。天宝三载进士。累官补阙、起居郎。出为嘉州刺史。杜鸿渐表置幕府，为职方郎中、兼侍御史。罢，终于蜀。参博览史籍，尤工缀文，属辞清尚，用心良苦。其有所得，往往超拔孤秀，度越常情。每篇绝笔，人竞传讽。至德中，裴垍荐其"识度清远，议论雅正，佳名早立，时辈所仰，可以备献替之官"云。集十卷。

西掖省即事

西掖重云开曙晖，北山疏雨点朝衣。

千门柳色连青琐，三殿花香入紫微。

平明端笏陪鹓列，薄暮垂鞭信马归。

官拙自悲头白尽，不如岩下掩荆扉。

【前解】

一解四句，看其庠序鱼雅，备极早朝盛容，读之，何人不庆。得君行道，端在此日。○一，写假寐待旦，如画也。三、四，写鞠躬入门，摄齐升殿，如画也。却不谓后解，忽然作如彼出落。

【后解】

看他转笔斗写"平明"二字，夫早朝至于平明，若有所敷陈，则已跪而敷陈矣；有所谘访，则已顾而谘访矣。今皆无有也。森森然序立班末，无非奉陪焉耳。奉陪既久，日已薄暮，无非归寓焉耳。加"端笏"字，写尽"陪"字之寸长莫展。加"垂鞭"字，写尽"归"字之满面惭惶。结云"自悲头白尽"，情知只在平明端笏，薄暮垂鞭中间白尽也。哀哉先生，一至是与？

九日使君席奉饯卫中丞赴长水

节使横行西出师，鸣弓㩳甲羽林儿。

台上霜威凌草木，军中杀气傍旌旗。

预知汉将宣威日，正是风尘欲净时。

为报使君多泛菊，更将弦管醉东篱。

【前解】

此诗，前后二解，一低一昂，备极笔墨之势。读前解，更不谓其后解却如此去。读后解，亦不谓其前解乃如此来。然无前解，则无以破敌胆于万里之外；无后解，又无以尊庙算于匕箸之间，真为前解恰应在前；后解恰应在后。此是唐初人大开大阖文字。后来韩昌黎、杜樊川，便极力欲学而终不得，可见此事真关气运也。○前解，一句中丞，二句羽林，三句承中丞，四句承羽林。写上将怒色，壮士死心，是一种笔墨。

【后解】

后解，五、六，转侧而下，七曰"多泛"，八曰"更醉"。写决胜樽俎，谈笑成功，又是一种笔墨。至于补写九日，特其余勇矣。

奉送杜相公发益州

相国临戎别帝京，拥旄持节远横行。

朝登剑阁云随马，夜渡巴江雨洗兵。

山花万朵迎征盖，川柳千条拂去旌。

暂到蜀城应计日，须知明主待持衡。

【前解】

前解，为相国纪程，则由别帝京，而登剑阁，而渡巴江也。为相国志遇，则帝既命之拥旄持节，天必又遣云为随马、雨为洗兵也。为相国写目无全敌，则下"远"字也。为相国写不遑启处，则下"朝""夜"字也。然我又细分题中"送"字与"发"字，"送"字实，"发"字虚，盖送当正送，发尚未发，然则别帝京，实写也；登剑阁、渡巴江，虚写也。拥旄持节，实写也；云随马、雨洗兵，虚写也。"远"字，实写也；"朝""夜"字，虚写也。为全唐送别诸诗之定式已。

【后解】

前解，为相国纪程。此解，为相国纪时。虽暗用出将入相为结，使相公平添身分，然用意却只在一"暂"字，正反《诗》云："昔我往矣，杨柳依依；今我来思，雨雪霏霏"句，成佳作矣。

暮春虢州东亭送李司马归扶风别庐

柳䫉莺娇花复殷，红亭绿酒送君还。

到来函谷愁中月，归去磻溪梦里山。

帘前春色应须惜，世上浮名好是闲。

西望乡关魂欲断，对君衫袖泪痕斑。

【前解】

"柳䫉""花殷"中，忽然横插"莺娇"，一奇。下再硬接"红亭绿酒"，二奇。二句十四字，先闲写去十一字，只余三字写得"送君还"，三奇。然而皆不具论。我正细读其"送君还"之三字，恰似今日幸甚，包还故物也者。看他三、四，写此司马，来便是愁，不是他人来而不得意始愁。梦久已去，不是今日直至送之归始去，便知此三字真是写出此司马通体轻快。此为名家之名笔，大家之大笔也。

【后解】

五、六，是司马当时高见。先生言：此亦是我久到之高见也。因转笔作此结。

首春渭西郊行呈蓝田张二主簿

回风度雨渭城西，细草新花踏作泥。

秦女峰头雪未尽，胡公陂上日初低。

愁窥白发羞微禄，悔别青山忆旧溪。

闻道辋川多胜事，玉壶春酒正堪携。

【前解】

此为后解"白发"二字，故先作此苦切翻跌。言只消一阵"回风度雨"，便见"细草新花"，一齐尽踏成泥。"回风度雨"，喻言时事翻覆。"细草新花"，喻言新进年少。"踏作泥"，喻言大势既倾，遂无一完也。三、四，又与重作叹息，言可惜未入破题，何意全无结局！如"雪未尽"，正是春犹未起；"日初低"，岂料竟成极尽也。

【后解】

上解，只是借言，世上或尚有此。此解，便明说，我今况是白发，真不宜又别青山也。看他直至"闻道"下，始以"多胜"字、"正堪"字写首春，然则前解四句，固真不是写首春耳。诗岂容易读哉！

和贾至舍人早朝大明宫呈两省僚友之作

鸡鸣紫陌曙光寒，莺啭皇州春色阑。

金阙晓钟开万户，玉阶仙仗拥千官。

花迎剑珮星初落，柳拂旌旗露未干。

独有凤凰池上客，阳春一曲和皆难。

【前解】

此亦全依贾舍人样，前解通写早朝，后解专写两省也。若其争奇竞胜，又各有不同者。看他欲写千官入朝，却将一、二反先写千官未入朝时。夫千官未入朝时，则只须"鸡鸣"七字，便写"早"字无不已尽。而今又更别添"莺啭"七字者，意言如此风日韶丽，谁不诗情满抱？然而下朝以后，各供乃职，王事蹇蹇，竟成不暇，便早为结句"独有"字、"皆难"字，反衬出异样妙色。此又为右丞之所未到也。

【后解】

五、六，不惟星落露干，只就看见花柳，便是朝散解严之役也。此时合殿千官，无不纷纷并散，而独有凤池诸客，共以和曲为难。呜呼！因读书，得作官；既作官，仍读书。言和曲虽难，然此难岂复他官之所有哉！

和祠部王员外雪后早朝即事

长安雪后似春归，积素凝华连曙辉。

色借玉珂迷晓骑，光添银烛晃朝衣。

西山落月临天仗，北阙晴云捧禁闱。

闻道仙郎歌白雪，由来此曲和人稀。

【前解】

从来雪后最不似春归，而此言长安雪后独似春归者，长安有早朝盛事。如下三、四之所极写雪得早朝而借色，早朝又得雪而添光，色既因光而剑珮愈华，光又映色而素姿转耀，于是更无别语可以赏叹，因便快拟之曰"似春归"也。"积素"七字者，细写雪后。"后"字言始雪则积素，雪甚则凝华，至于雪后，已连曙辉也。前解，写雪后早朝。

【后解】

后解，写即事属和，言正当落月晴云，雪方新霁，天仗禁闱，朝犹未终，而仙郎丽才，已成高唱，因而便巧借"白雪""和稀"字，以盛赞之也。

赴嘉州过城固县寻永安超禅师房

满树枇杷冬着花，老僧相见具袈裟。

汉王城北雪初霁，韩信坛西日欲斜。

门外不须催五马，林中且听演三车。

岂料巴川多胜事，为君书此报京华。

【前解】

《法华经》云："众生见劫尽，大火所烧时。我此土安隐，天人常充满。"先生正用此义写超禅师房中也。言岁行入冬，百卉俱凋，何意此间枇杷独秀！无所卒岁，人人荒促，何意大师威仪宴然！然则世上头等英雄，到头终有销散，不如高僧出世，现住常住真境也。三、四，"汉王城""韩信坛"，虽取城固古迹，然正为其是头等英雄。"雪初霁""日欲斜"，虽取是日冬景，然正借其喻到头销散。一解诗，便如佛说《大方》等经，若果龙象之人，未有不哭震大千者也。

【后解】

此后解，始写赴嘉州，特自称五马，为此来失笑也。古云："相公豪气三千丈，方丈门前一阵风。"特又书报京华，亦为诸公失笑也。何也？转眼便见雪霁日斜，则固不如大家早到袈裟下，讨一出身之处也。

使君席夜送严河南赴长水得时字

（存目）

李颀

东川人。开元十三年，贾季邻榜进士。调新乡尉。诗一卷。

五首

送魏万之京

朝闻游子唱骊歌，昨夜微霜初度河。

鸿雁不堪愁里听，云山况是客中过。

关城曙色催寒近，御苑砧声向晚多。

莫是长安行乐处，空令岁月易蹉跎。

【前解】

一，是正写题，如云："子欲别耶？"二，是题前添写一句，如云："时且秋矣。"三，却趁便反先接题前添写之一句，如云："秋且不堪。"四，方仍接正写题，如云："乃又别乎？"质言之，只是如此四句，而其手法转接离即，妙至于此，真绝调也。

【后解】

五，言一年轻轻又便过也。六，言一日轻轻又便过也。如此轻轻一日，又轻轻一日；轻轻一年，又轻轻一年，岁不我与，转盼老至。然则特地之京，竟为何事？君子赠人以言，此"行乐""蹉跎"之四字，无谓今日言之不早也。

题璇公山池

远公遁迹庐山岑，开山幽居祇树林。

片石孤云窥色相，清池白月照禅心。

指挥如意天花落，坐卧闲房春草深。

此外俗尘都不染，惟余玄度得相寻。

【前解】

此借远公当璇公也。一，是从世间遁入山中。二，是从山中开出精舍。三，"色相"句，著"片石孤云"，妙！石亦不常，云亦不断，若问色相，色相如是。四，"禅心"句，着"清池白月"，妙！月亦不一，池亦不异，若问禅心，禅心如是。诚能是，则遁迹可，开山又可。设不然，则遁迹不应又开山，开山便是不遁迹也。〔三，写山；四，写池。〕

【后解】

"指挥如意"，写璇公动相也；"坐卧闲房"，写璇公静相也。七句"此"字，正指满房落花、绕床深草，言璇公面前，只许尔许，其外更无杂色人闯得一个人来，所以深表己之为一色人也。

寄綦毋三

新加大邑绶仍黄，近与单车向洛阳。

顾盼一过丞相府，风流三接令公香。

南川粳稻花侵县，西岭云霞色满堂。

共道进贤蒙上赏，看君几岁作台郎。

【前解】

题是寄綦毋三，诗却为綦毋三讽切朝堂，此一最奇章法也。看他一句"仍"字，二句"与"字，孰"仍"之，孰"与"之乎？若谓未承顾盼，则既已一过丞相府矣；若谓未著风流，则凡经三接令公香矣。如此人者，只疑让席相推，乃更单车外遣，真使旁人亦不胜惋惜者也。

【后解】

此又续写其洛阳新绩，以叹三之诚贤也。五，见其巡行阡陌，重者国本。六，见其鼓吹文章，进者国华。以如此人，顾曾不得辱一台郎，而久令之单车在外。"共道"妙，妙！"几岁"妙，妙！当时谁为丞相、谁为令公？有贤不进，而上赏虚叨，又何以自解哉！又何以自解哉！

宿莹公禅房闻梵

花宫仙梵远微微，月隐高城钟漏稀。

夜动霜林惊落叶，晓闻天籁发清机。

萧条已入寒空静，飒沓仍随秋雨飞。

始觉浮生无住着，顿令心地欲皈依。

【前解】

只起句"远微微"三字实写，已下悉用揣测成文，奇绝，妙绝！犹言此何声耶？为是钟，为是漏？论此时月落城阴，即钟漏已歇。然则霜叶耶？抑天风耶？若在夜动，则或霜叶，今自晓闻，恐是天风。凡写三七二十一字，悉不写梵，而梵之妙谛已尽。〔或试别拟，已更无着笔处，何也？梵固不可得而着笔也。〕

【后解】

妙绝，妙绝！此天然是闻梵，天然不是闻歌。今后纵有妙笔再欲拟作，任是髯枯血竭，亦终作得闻歌，决作不出闻梵也。"萧条已入"，妙！便是过去法过去。"飒沓仍随"，妙！便是现在法无住。此为亲眼现见三世三心了不可得，又安能不生无所住心？

送司勋卢员外

流渐腊月下河阳，草色新年发建章。

秦地立春传太史，汉宫题柱忆仙郎。

归鸿欲度千门雪，侍女新添五夜香。

早晚荐雄文似者，故人今已赋长杨。

【前解】

前人如此解法，后人乃曾未到。看其手下只是一折一迭，纸上早是七曲八曲，真为名家之名笔也。○一、二，"流渐下河阳"，是纪送别是腊月；"草色发建章"，是纪到京是新年。试思正此送别，如何斗接到京？此直是其笔体自来轻健，不关苦心吟哦所得也。三、四，"立春传太史"，是写员外京中欢喜；"题柱忆仙郎"，是写自己此地相思。试思才写欢喜，如何又斗写相思？此又是其笔体轻健所得。彼苦心吟哦者，固必无是事也。

【后解】

前解，送卢。后解，自托也。言明年归鸿叫雪之时，是君含香入殿之时，知己若复荐我，我敢俨然不让？又妙于虚虚用"文似"二字自赞，盖前解固已暗推员外为相如矣。

祖咏

一首

洛阳人。开元十三年进士。张说引为驾部员外。有司试《终南山望余雪》诗，咏赋云"终南阴岭秀，积雪浮云端。林表明霁色，城中增暮寒"四句，即纳于有司。或诘之，咏曰："意尽也。"集一卷。

望蓟门

燕台一望客心惊，笙鼓喧喧汉将营。

万里寒光生积雪，三边曙色动危旌。

沙场烽火侵胡月，海畔云山拥蓟城。

少小虽非投笔吏，论功还欲请长缨。

【前解】

二、三、四句，只写得一"惊"字，三是直下望，四是直上望，须知此直下直上所望，单单望一汉将，犹言大丈夫当如此矣。

【后解】

五、六，写慨然欲赴其处，真乃身虽未行，神已先往也。八之"还"字，全为七之"少小"字，更自按捺不得也。○此诗已是异样神彩，乃读末句，又见特添"少小"二字，便觉神彩再加十倍。

万楚

一首

开元进士第。

五日观妓

西施漫道浣春纱，碧玉今时斗丽华。

眉黛夺将萱草色，裙红妒杀石榴花。

新歌一曲令人艳，醉舞双眸敛鬓斜。

谁道五丝能续命，却疑今日死君家。

【前解】

乐府，"碧玉小家女"，此泛取以代妓，固当。但上之翻之，忽以西施；下之拟之，直以丽华；其言咄咄可怪，窃恐有所指斥也。"眉黛""裙红""萱草""榴花"，写得妓与"五日"，交光连辉，欲离欲合。[一之"浣纱"字，中间明明加一"春"字，以翻跌二之"今时"字。今时者，五日也。有人嫌其无干，非也。]

【后解】

艳，心动也。《首楞严》云"心发爱涎，举体光润"是也。"令人艳"，言我方心动；"敛鬓斜"，言彼又目成。五丝续命者，恰用五日事翻成妙结。宋人不是不肯作，直是不能作也。

字孝通。开元中，由宜寿尉入集贤院待制，迁右拾遗，终著作郎。诗一卷。

綦毋潜 一首

经陆补阙隐居

不敢要君征亦起，致君全得似唐虞。

谠言昨叹离天听，新像今闻入县图。

琴锁坏窗风自响，鹤归乔木隐难呼。

学书弟子何人在，点检犹存谏草无。

【前解】

读二、三、四句，陆可称真补阙矣。乃起手又必追写其被征之初者，盖为题是经陆隐居，隐居是陆未授补阙时所居，则陆之舍此而终去，正在起为补阙之日也。陆之为补阙也，如二、三、四句所云，则可称无忝矣。独是不敢要君，一征竟起，遗此故居，终竟不返，以是为极痛也。不然，便似题是哭陆补阙。

【后解】

五、六，非写琴鹤，乃是借琴鹤以兴下"谏草"，言琴可亡，鹤可去，遗稿决不可失。然亦是切隐居以写补阙，故妙。

崔曙

一首

开元二十六年，登进士第。《纪事》云：《试明堂火珠》诗云："正位开重屋，中天出火珠。夜来双月满，曙后一星孤。天净光难灭，云生望欲无。还将圣明代，国宝在京都。"曙以是诗得名。明年卒。惟一女，名星星，始悟其谶也。

九日登仙台呈刘明府容

汉文皇帝有高台，此日登临曙色开。

三晋云山皆北向，二陵风雨自东来。

关门令尹谁能识，河上仙翁去不回。

且欲近寻彭泽宰，陶然共醉菊花杯。

【前解】

登高台，乃斗然发唱，却是汉文皇帝。嗟乎！高台固自岿然，汉文皇帝即奚在乎？急接"此日"二字，虽出题中九日，然其意思，实有无数慷慨，特是蕴藉，遂不觉也。"曙色开"，妙！一是，高台久受湮没，气象忽得一开；一是，登高台人久抱抑郁，情思忽得一畅。如三、四之"云山""风雨"，昔为汉文皇帝眼中好景，今为某甲眼中好景是也。

【后解】

五、六，承上转笔，自言此段慷慨意思，真是索解人殊未易也。"谁能识"，言无人识得；"去不回"，言识得人又不在也。特请关门尹与河上翁者，为题中仙台之"仙"字刷色也。唐人凡撰五、六，俱为顿出七、八。如言，既是索解未易，则且与刘明府共醉，而又称之曰"彭泽宰"者，为"九日"二字刷色也。此诗前解，九日登台；后解，寄呈明府。

元结

一首

后魏常山王遵十五代孙。少不羁，十七，乃折节向学。事元德秀。天宝十二载，举进士。礼部侍郎阳浚见其文，曰："一第，恩子耳，有司得子是赖。"果擢上第。复举制科。会天下乱，沉浮人间。国子司业苏源明，见肃宗，问天下士，荐结可用。时史思明攻河阳，帝将幸河东，召结诣京师，问所欲言。乃上《时议》三篇。帝悦曰："卿能破朕忧。"擢右金吾兵曹参军，摄监察御史，为山南西道节度参谋。史思明乱，帝将亲征。结建言："贼锐，不可与争，宜折以谋。"帝善之，果全十五城。以讨贼功，迁监察御史里行。荆南节度使吕諲请益兵拒贼，帝进结水部员外郎，佐諲府。又参山南东道来瑱府。瑱诛，结摄领府事。会代宗立，固辞，丐侍亲，归樊上。授著作郎。益著书，《元子》十卷，《猗玕子》一卷，《文编》十卷。

橘井

灵橘无根井有泉，世间如梦又千年。
乡园不见重归鹤，姓氏今为第几仙。
风冷露坛人悄悄，地闲荒径草绵绵。
如何蹑得苏君迹，白日霓旌拥上天。

【前解】

前解，写苏仙。

【后解】

后解，写自己。

严武

一首

字季鹰，华阴人。母裴不为其父挺之所容，独厚其妾英。武始八岁，怪问其母，母语之故，武奋然以铁槌碎英首。左右惊白挺之曰："郎戏杀英。"武辞曰："安有大臣厚妾而薄妻者？儿故杀之，非戏也。"父奇之，曰："真严挺之子。"年二十二，为给事黄门郎。明年，拥旄西蜀。杜甫乘醉言："不谓严挺之乃有此子。"武恚，目久之曰："杜审言孙子，拟捋虎须。"合坐皆笑以弥缝之。永泰元年卒，年四十。

巴岭答杜二见忆

卧向巴山落月时，两乡千里梦相思。

可但步兵偏爱酒，也知光禄最能诗。

江头赤叶枫愁客，篱外黄花菊对谁。

跂马望君非一度，冷猿秋雁不胜悲。

【前解】

一句微有难读，少若心粗，读作巴山落月之时，便是卧到，非"向"字也。先生此句，乃是卧向巴山落月，自言我当此时也。二句，"两乡"在两头，"千里"在中间，梦亦千里，相思亦千里，彼亦千里，我亦千里，此即"卧向落月"，其时其事也。三、四，一是真实性情，一是真实学问，不必更问谁爱、谁能，大约定是同爱、同能矣。

【后解】

江，巴江也；江头，严望杜处也。客，严自谓也，言不见子美，但见赤叶，则严愁也。篱下黄花，严处菊也。"对谁"之为言，杜来则对杜，今杜不来，则与谁相对？托菊以自申也。跂马，鞲马于侧，以便迎杜也。"冷猿秋雁"，忽忽有闻，皆疑是杜，而更非也。看先生此诗，始悟工部昔日相依，直是二人才力、学力，自应投分至深，岂为草草交游之云而已哉！登床、钩帘之疑，吾更不欲辨焉。

字正言，河南人。天宝二年进士。乾元中，以尚书郎，出使夏口。沔州牧杜公觞于江城南湖，谓命李白标之，白目为郎官湖。

春园家宴

南园春色正相宜，大妇同行小妇随。

竹里登楼人不见，花间觅路鸟先知。

樱桃解结垂檐子，杨柳能低入户枝。

山简醉来歌一曲，参差笑杀郢中儿。

【前解】

唐人诗，直是羽翼圣经，助流风化，不止作韵语而已。如此诗，一，表天时和应，二，表闺门肃雍，三、四，又言此为人家内行，不必外人之所与闻，便将天地一段太和元气，欲发而为礼乐文章者，已无不酝酿于此。呜呼！此岂后代小生之所得而措手乎！〔往读《三妇艳》，大妇小妇，一向风流扫地，何意遽成大雅！〕

【后解】

解结子，妙！能低枝，又妙！自来妻妾，愁其不解结子，乃才解结子，又可恨是不能低枝。今既解结子，又能低枝，此真佛经所称"女宝"。而《易》曰："无攸遂，在中馈。"《诗》曰："黾勉同心，莫不静好。"《礼》曰："婉娩听从。"皆是此物此志也。诚有妻妾如此，而丈人犹不饮酒歌曲，夫岂人情！〇读此诗，使人深思内助之重。

杜侍御送贡物戏赠

铜柱朱崖道路难，伏波横海旧登坛。

越人自贡珊瑚树，汉使何劳獬豸冠。

疲马山中愁日晚，孤舟江上畏春寒。

由来此货称难得，多恐君王不忍看。

【前解】

一开口，便说道路难，妙，妙！且不论贡物之来，民生如何疲困，只论侍御之去，朝廷是何意旨乎？况于铜柱朱崖，同是此地；伏波横海，同为一人，乃彼何人斯，出众登坛？尔何人斯，代人贡物？直是精剥鼠子面皮，更无余地许活也。三、四，又反复治之，偏要提出其獬豸冠来，恶极，妙极！

【后解】

五、六，又刻写"道路难"三字，穷极治之。七、八，用相如《喻巴蜀檄》文法，出脱朝廷，最得宣示远人大体。

别韦郎中

星轺计日赴岷峨，云树连天阻笑歌。

南入洞庭随雁去，西过巫峡听猿多。

峥嵘洲上飞黄蝶，滟滪堆前起白波。

不醉郎中桑落酒，教人无奈别离何。

【前解】

前解，言使车速发，特因钦限逼迫也。三、四之"南入洞庭""西过巫峡"，即二之"云树连天"。"随雁去""听猿多"，即阻笑歌也。

【后解】

后解，言正值深秋，况经奇险，多谢故人，劳劳相送，自当饮尽其卮中也。

西亭子言怀

数丛芳草在堂阴，几处闲花映竹林。

攀树玄猿呼郡吏，傍溪白鸟应家禽。

青山看景知高下，流水闻声识浅深。

官属不令拘礼数，时时缓步一相寻。

【前解】

前解，写境；后解，写人。笔疏墨明，谁当不晓？乃我独有神解于此诗者，看他前解，为堂阴，为芳草，为数丛，为竹林，为闲花，为几处，为树，为猿，为溪，为鸟，全是一人指指点点、申申夭夭于其间，但细读"在"字、"映"字、"攀"字、"呼"字、"傍"字、"应"字，便自见，所谓尽是此人闲心妙手，并非西亭有此印板景致也。然则前解，正是写人。

【后解】

后解，看他写到看景知山，闻声识水。二三属吏，尽捐町畦，则不知山水之为我，我之为山水；自之为他，他之为自；一之为多，多之为一。所谓休乎天钧，嗒焉尽丧，是先生之杜德机也。然则后解乃写人无其人。

刘方平 一首

方平《泛舟思乡》云："西北浮云外，伊川何处流？"盖洛中人也。皇甫冉《之京留别方平》诗云："迟迟越二陵，回首但苍茫。乔木清宿雨，故关愁夕阳。"冉尝为河南从事，自是迁左拾遗，留别于河南也。萧颖士云："山东茂异，有河南刘方平。"

秋夜寄皇甫冉郑丰

洛阳清夜白云归，城里长河列宿稀。

秋后见飞千里雁，月中闻捣万家衣。

长怜西雍青门道，久别东吴黄鹄矶。

借问客书何所寄，用心不啻两乡违。

【前解】

明是"洛阳城里"四字，却分"洛阳"着首句，"城里"着二句，最是疏奇之笔。然后人切不可学，学之且将失步也。〇此写洛阳清夜也。一句，云归。二句，天净。三句，见雁。四句，闻砧。因云归，故天净；因天净，故见雁；因见雁，故闻砧。以云引天，以天引雁，以雁引砧，此是古诗十九首《青青河畔草》遗法也。〔飞雁远来，捣衣远去。先雁后衣，其序可知。〕

【后解】

"西雍青门道"，是二子客中，"东吴黄鹄矶"，是二子家中。今则不知二子，为已归东吴耶，为尚客西雍耶？既已茫无的耗，便知渺无定踪，使我寄书，当向何处？盖不怨其不归，而招之早归意，言外甚明。

陶岘

一首

彭泽之孙也。开元末，家昆山。泛游江湖，自制三舟，与孟彦深、孟云卿、焦遂共载。吴越之士，号为水仙。省亲南海，获昆仑奴，名摩诃，善泅水。至西塞山下，泊舟吉祥佛寺。见江水深黑，谓必有怪物，投剑命摩诃下取，久之，支体磔裂，浮于水上。岘流涕回棹，赋诗自叙，不复游江湖矣。

西塞山下回舟作

匡庐旧业是谁主，吴越新居安此生。

白发数茎归未得，青山一望计还成。

鸦翻枫叶夕阳动，鹭立芦花秋水明。

从此舍舟何所诣，酒旗歌扇正相迎。

【前解】

此诗，妙写随遇而安，略无宿见。人诚如此，便是世间大丈夫也。○匡庐虽有旧业，吴越亦是新居。若必恋恋旧业，在客时挂心头；安知区区新居，临归又不累坠。因用四句双承法，言白发数茎，想已无有归理，然则匡庐数椽，已听他人自主。而青山一望，近来稍成片段，即吾生有涯，竟欲投老其间也。

【后解】

上写终身之计，此又写一日之计也。"夕阳动"，言晚也；"秋水明"，言滩也。"晚"，言已宜舍舟；"滩"，言便宜于此处舍舟也。或问：既舍舟后，又何所诣者？则或诣酒旗，或诣歌扇，维我亦未卜我之双足也。

字至之，河南洛阳人。为儿时，读《孝经》，父试之曰："儿志何语？"对曰："立身行道，扬名于后世。"父奇之。天宝末，以道举高第，补华阴尉。代宗以左拾遗召。既至，上疏陈政。俄改太常博士，迁礼部员外郎。历濠、舒二州刺史。以治课，加检校司封郎中，赐金紫。卒，年五十三。谥曰宪。及喜鉴拔后进，如梁肃、高参、崔元翰、陈京、唐次、齐抗，皆师事之。性孝友。其为文，彰明善恶，长于论议。晚嗜琴，有眼疾，不治，欲听之专也。《毗陵集》二十卷。

同皇甫侍御斋中春望见示之作

望远思归心易伤，况将衰鬓偶年光。
时攀芳树愁花尽，昼掩高斋厌日长。
甘比流波辞旧浦，忍看新草遍横塘。
因君赠我江枫咏，春思于今未易量。

斋中春望，乃皇甫题。

【前解】

春望题，却于题前，先补"望远思归"，是早有一层伤心。看他又加"衰鬓"字，便是又再一层伤心也。三、四，又愁又厌者，三承衰鬓，故愁；四承年光，故厌。盖衰鬓是望春之人，年光是所望之春。望春之人，日恐其少，故愁；人望之春，日度其长，故厌也。

【后解】

后解，感谢见示也。言逝者如斯，负我而趋，冬非我冬，春非我春，我已久付无可奈何，更不少留心眼，却因今日新篇见及，因而斗地寒灰再然。笔笔备极顿挫之妙也。

张志和　一首

字子同，婺州金华人。始名龟龄。十六擢明经，以策干肃宗，特见赏重，命待诏翰林，授左金吾卫录事参军，因赐名。后坐事贬南浦尉，会赦还，以亲丧不复仕。居江湖，自称"烟波钓徒"。颜真卿为湖州刺史，志和来谒。真卿以舟敝漏，请更之，志和曰："愿为浮家泛宅，往来苕、霅间。"善图山水，酒酣后，舐笔辄成。尝撰渔歌，著《玄真子集》，亦以自号。

渔父

八月九月芦花飞，南溪老人垂钓归。

秋山入帘翠滴滴，野艇倚槛云依依。

却把渔竿寻小径，闲梳鹤发对斜晖。

翻嫌四皓曾多事，出为储王定是非。

【前解】

两岸先衬芦花，中分溪水一道，秋山远远送翠，老人闲闲看云，四句诗，便是一幅秋溪罢钓图。先写之为前解也。○看他闲，看他高，看他忘机械，看他识时务。

【后解】

上解，渔父在船；此解，渔父上崖也。"把渔竿"，言所持甚狭；"寻小径"，言所安甚陋；"梳鹤发"，言所存甚短；"对斜晖"，言所与甚暂。既有如此五、六二句，便自然必笑四皓无疑耳。

李白

七首

　　字太白。兴圣皇帝九世孙。白生时，母梦长庚星，因以命之。十岁，通诗书。及长，隐岷山。州举有道，不应。苏颋为益州长史，见白，异之，曰："是子天才奇特，少益以学，可比相如。"然喜纵横术，击剑为任侠，轻财重施。客任城，与孔巢父、韩准、裴政、张叔明、陶沔，居徂徕山，日沉饮，号"竹溪六逸"。天宝初，南入会稽，与吴筠善。筠被召，故白亦至长安。往见贺知章，知章见其文，叹曰："子谪仙人也！"言于玄宗，召见金銮殿，论当世事，奏颂一篇，帝赐食，亲为调羹。有诏供奉翰林，白犹与饮徒醉于市。帝坐沉香亭子，意有所感，欲得白乐章，召入，而白已醉，左右以水颒面，稍解，援笔立就《清平乐》词三章，婉丽亲切。帝爱其才，数宴见。白尝侍帝，醉，使高力士脱靴。力士素愧恨之，摘其诗以激杨贵妃，帝欲官白，妃辄阻之。白与知章、李适之、汝阳王琎、崔宗之、苏晋、张旭、焦遂，为酒中八仙人。恳求还山，帝赐金放还。安禄山反，明皇幸蜀。永王璘节度东南，白时卧庐山，迫致之。璘败，坐系浔阳狱。崔涣、宋若思，验治白，以为罪薄，释白囚，使谋其军。乾元元年，终以璘事流夜郎，以赦得释，过当涂卒。集二十卷。

登金陵凤凰台

凤凰台上凤凰游，凤去台空江自流。
吴宫花草埋幽径，晋代衣冠成古丘。
三山半落青天外，二水中分白鹭洲。
总为浮云能蔽日，长安不见使人愁。

【前解】

　　人传此是拟黄鹤楼诗，设使果然，便是出手早低一格。盖崔第一句是"去"，第二句是"空"，去如阿閦佛国，空如妙喜无措也。今先生岂欲避其形迹，乃将"去""空"缩入一句，既是两句缩入一句，势必句上别添闲句，因而起云"凤凰台上凤凰游"，此于诗家赋比兴三者，竟属何体哉？唐人一解四句，四七二十八字，分明便是二十八座星宿，座座自有缘故，中间断无无缘故之一座者也。今我于此诗一解三句之上，求其所以必写凤游之缘故而不得也。然则先生当日，定宜割爱，竟让崔家独步，胡为亦如后世细琐文人，必欲沾沾不舍，而甘出于此哉！○"江自流"，亦只换"云悠悠"一笔也。妙则妙于"吴宫""晋代"二句，立地一哭一笑。何谓立地一哭一笑？言我欲寻觅吴宫，乃惟有花草埋径，此岂不欲失声一哭！然吾闻，伐吴，晋也，因而寻觅晋代，则亦既衣冠成丘，此岂不欲破涕一笑。此二句，只是承上"凤去台空"，极写人世沧桑。然而先生妙眼妙手，于写吴后偏又写晋，此是其胸中实实看破，得失成败、是非赞骂，一总只如电拂，我恶乎知甲子兴之必贤于甲子亡？我恶乎知收瓜豆之人之必便宜于种瓜豆人哉？此便是《仁王经》中最尊胜偈。〔固非止如杜樊川、许丹阳之仅仅一声叹息而已。〕

【后解】

前解，写凤凰台。此解，写台上人也。"三山半落""二水中分"之为言，竭尽目力，劳劳远望，然而终亦只见金陵，不见长安也。看先生前后二解文，直各自顿挫，并不牵合顾盼，此为大家风轨。

题雍丘崔明府丹灶

美人为政本忘机，服药求仙事不违。

叶县已泥丹灶毕，瀛洲当伴赤松归。

先师有诀神将助，大圣无心火自飞。

九转但能生羽翼，双凫忽去定何依。

【前解】

炉火不必定有其事，政使决无，亦复无须说破，留得与他世上绝顶聪明男子寄托雄心，殊自快乐。但为之，亦有其地、其人、其时、其宜，方始相应。如深山闲院，其地也；晚年绝欲，其人也；长夏凉风，其时也；却病摄心，其宜也。除此四者，而妄意成仙，甚至如崔，现为雍丘，而署安丹灶，此真老大不便也。看先生此一解四句诗，直是满肚不然，却作两通回护。一、二，言为政久已忘机，早与仙理冥合；三、四，言今既从事修炼，定将解组即去。反之，便是服药求仙，非为政之道；雍州公廨，非烧丹之所。而其词令乃更委婉，此非其余诗人之所易到也。［看他"本"字、"不违"字、"已"字、"毕"字、"当"字、"归"字，字字满肚不然，却又不说破。］

【后解】

后解，只为要问他"但"字、"何"字，言崔信慕既笃，功夫转深，神必将助，火必自飞，理之自然，固不必说。但不知既生羽翼，乃欲何去？雍州苍生，又如之何？真是教他拑舌抵齿，一时更无可对，妙绝，妙绝！○读此诗，如知全集中有无数神仙丹药之语，皆是当日雄心寄托，所谓世上绝顶聪明男子，则如先生者是也。我见近日食矢之人，矫诬上苍，谓言天上官阶，一如人世可以迁转。于是诳诸小儿，纷纷求买，不半年后，群自诧语："我是真人""我是御使""我是大夫"。彼倡之者固是乞丐无聊，独不知和之者，其胸中作何意会也？

送贺监归四明

久辞荣禄遂初衣，曾向长生说息机。

真诀自从茅氏得，恩波宜许洞庭归。

瑶台含雾星辰满，仙峤浮云岛屿微。

借问欲栖珠树鹤，何年却向帝城飞。

【前解】

送贺监归四明，固必须书朝廷诏许。然使笔尖稍不用意，便写作贺监乍请，而朝廷即许，此岂复见吾君眷礼贤臣至意！即贺监此行，亦复成何荣宠！看先生起手，先纵妙笔补出一段文字，言辞荣遂初，其志已久，请乞君前，既非一日。下始缓缓然以"应许"二字承之，言今日却是更不可不放归也。呜呼！先生诗，夫岂四七二十八字而已哉。〔长生，殿名。先生用入此，正合。笑白乐天用入《长恨歌》夜半无人时也。〕

【后解】

上解，写许归。此解，写归后君臣交眷也。五、六，言云雾微茫，君之眷臣，无日无之。七、八，言鹤路千年，臣如眷君，何日再至？盖一片惋惋恻恻，实备哀乐之至正矣。

题东溪公隐居

杜陵贤人清且廉，东溪卜筑岁将淹。

宅近青山同谢朓，门垂碧柳似陶潜。

好鸟迎春歌后院，飞花送酒舞前檐。

客到但知留一醉，盘中只有水晶盐。

【前解】

又有律诗，取第一句，分作前后解，如此"清廉"二字即是也。○前解，写东溪公清，要看其"岁将淹"三字。夫人之于世间，诚非一眼亲见朝衣涂炭，即未有不数数然者也。今东溪公，诚不知其行年几何，然其卜筑如彼，即知立志如此，殆于决意不肯复来也。三、四，正画东溪卜筑。"岁"，余年也；"淹"，待死也，言特卜筑以待死于其中也。

【后解】

后解，写东溪公廉。廉，训棱角峭厉也。言东溪虽弃世，世不弃东溪，然则此时，又当作何处置？曰：今日诸公，奈何复溷我为？若有到者，我但与一醉而已。客才到，也但知只一法也，一醉毋多言也。五、六，鸟当歌、花当舞者，借之以为进酒之先容也。末句，又表公本赤贫，谁爱杯杓？只图来人不得开口。写其棱角峭厉，至于如此也。〔前解清以持己，后解廉以待人。〕

鹦鹉洲

鹦鹉来过吴江水，江上洲传鹦鹉名。

鹦鹉西飞陇山去，芳洲之树何青青。

烟开兰叶香风起，岸夹桃花锦浪生。

迁客此时徒极目，长洲孤月向谁明。

【前解】

此必又拟《黄鹤》，然"去"字乃至直落到第三句，所谓一蟹不如一蟹矣。赖是"芳洲"之七字，忽然大振，不然，几是救饥伧父之长歌起笔。先生英雄欺人，每不自惜有此也。○"芳洲之树何青青"，只得七个字，一何使人心杳目迷，更不审其起尽也。

【后解】

五、六，兰叶风起，桃花浪生，正即"此时极目"之"此时"二字也。看他"风"字、"浪"字，言我欲夺舟扬帆，呼风破浪，直上长安，刻不可待，而无如浮云蔽空，明月不照，则终无可奈之何也。［不敢斥言圣主，故问长洲孤月。］

寄崔侍御

宛溪霜夜听猿愁，去国长如不系舟。

独怜一雁飞南海，却羡双溪解北流。

高人屡解陈蕃榻，过客难登谢朓楼。

此处别离同落叶，朝朝分散敬亭秋。

【前解】

侍御，即崔宗之也。时与先生同在金陵，而先生是日，又以他行出宿宛溪，因作此诗寄之。言使我比来曾以金陵为家，即今夜且宜以宛溪为客，乃我固无日无刻而不心于王室也者。然则今夜之在宛溪，固犹前夜之在金陵，此身殊未尝辨居停之果何在也。三、四，承之以"一雁南飞"，喻身；"双溪北流"，喻心也。

【后解】

上解，写身在宛溪，心不在宛溪。此解，写心既不在宛溪，即身亦未尝在宛溪也。言承宛溪之人，家家下榻相留，而我宛溪之客，处处过门不入。"朝朝分散"之为言此中逢迎甚多，而曾未尝少作留连也。

别中都兄明府

吾兄诗酒继陶君，试宰中都天下闻。

东楼喜奉连枝会，南陌愁为落叶分。

城隅绿水明秋日，海上青山隔暮云。

取醉不辞留夜月，雁行中断惜离群。

【前解】

赞中都明府，而先之以诗与酒者，明吾兄乃非一宰之才而已也。天下闻吾兄明府之宰中都，而弟仍独赞其诗与酒者，今日东楼之会，弟固只知吾兄之诗、与吾兄之酒也。"连枝""落叶"，如对不对，有意无意，故妙，如后人特地为之，即拙矣。

【后解】

五，言楼上当昼高会也，六，言楼上高会至暮也，七，言高会入夜不散也，八，言所以如此其眷眷者，正为连枝之爱，又有异于寻常故也。

字文房。至德监察御史，以检校祠部员外郎为转运使判官，知淮西鄂岳转运留后。鄂岳观察使吴仲孺诬奏，贬潘州南巴尉。终随州刺史。○皇甫湜云："诗未有刘长卿一句，已呼宋玉为老兵矣；语未有骆宾王一字，已骂宋玉为罪人矣。"其名重如此。权德舆尝谓之为"五言长城"。诗九卷，杂文一卷。

汉阳献李相公

退身高卧楚城幽，独掩闲门汉水头。

春草雨中行径没，暮山江上卷帘愁。

几人犹忆孙弘阁，百口同乘范蠡舟。

早晚却还丞相印，十年空被白云留。

【前解】

"退身高卧"，即"独掩闲门"；"楚城幽"，即"汉水头"。而先生又必写作两句者，自朝端问之，则谓之退身高卧；自林下问之，则见其独掩闲门；自普天问之，则直在楚城之幽；自当地问之，则只在汉水之头也。三承二，言人见其退身高卧，已更无一来。四承一，言相公虽独掩闲门，然终不忘朝廷也。

【后解】

前解，写相公乞休。后解，写相公再相也。言宰相须以进天下之贤为务，今天下待进之贤不少，而相公岂请退之日哉！特用"早晚"字，以明天下之望相公如此其急切，又特漏"十年"字，以讽朝廷之置相公如此其若遗也。

献淮宁军节度使李相公

建牙吹角不闻喧，三十登坛众所尊。

家散万金酬士死，身留一剑答君恩。

渔阳老将多回席，鲁国诸生半在门。

白马翩翩春草绿，邵陵西去猎平原。

【前解】

言建牙吹角，则知相公身领百万子弟，此只须人出一声，其势即如海翻雷动者也。乃今观其军前，方且悄然寂然，问之，人则告我曰："余一军素尊相公，其事信有然者。"因而试问何等相公，则曾不过鬖鬖初髭、三十左右之人也。然则尊之者何也？三、四承之，言相公不惟国尔忘家，乃至君尔忘身。夫相公既肯以死许君，即一军无敢不以死许相公者也。

【后解】

上解，言相公神观。下解，言相公风流也。五，言相公麾下，武则尽天下之忠勇。六，言相公幕中，文则尽天下之雅儒。七、八，言相公以翩翩少年，领此文武诸僚，日惟于春草平原，较射赋诗，斯真为一代之无双儒将也。

赠别严士元

春风倚棹阖闾城，水国春寒阴复晴。

细雨湿衣看不见，闲花落地听无声。

日斜江上孤帆影，草绿湖南万里情。

东道若逢相识问，青袍今已误儒生。

【前解】

出手最苦是先写"春风"二字，犹言春风也，而倚棹于此耶？下便紧接"春寒"二字，犹言然则人自春风，我自春寒，其阴其晴，身自受之，又向何处相告诉也！三、四，承阴晴极写，言浸润之谮，乃在人所不意，则流落之苦，已在人所不恤，盖自叙吴仲孺之诬也。

【后解】

"日斜江上"，言日月逝矣；"草绿湖南"，言岁不我与。"孤帆影""万里情"，言青袍误人，今日遂至于此也。因而更嘱"东道"，遍诉"相识"，其辞绝似负冤临命、告诫后人也者，哀哉！

登余干古城

孤城上与白云齐，万里萧条楚水西。

官舍已空秋草没，女墙犹在夜乌啼。

平沙渺渺迷人远，落日亭亭向客低。

飞鸟不知陵谷变，朝来暮去弋阳溪。

【前解】

一，写古城之高。三、四承二，写古城之萧条。然看其一中有"上与"二字，即知早已写到登古城者。二中有"万里"与"楚水西"五字，即知早已写到登古城之人，其胸中有两行热泪，一时且欲直迸出来也。

【后解】

上解，只写古城城上。此解，又写城上四望也。"平沙渺渺"，写城上人欲去何处？"落日亭亭"，写城上人欲待何日？然则只好心绝气绝于此弋阳溪上耳。而其如陵谷之又速变何，我能为无知之飞鸟也哉？

将赴岭外留题萧寺远公院

竹房遥闭上方幽，苔径苍苍访昔游。

内史旧山空日暮，南朝古木向人秋。

天香月色同僧室，叶落猿啼傍客舟。

此去播迁明主意，白云何事欲相留。

【前解】

相其二句方云"苔径苍苍"，则一句之竹房高闭，乃是意中追画旧游，故下一"遥"字也。细思满胸先晓，竹房高闭，而一路犹寻苔径苍苍，此真访旧妙绝神理。然非有此曲折之笔，固决写不出来也。三、四，"内史旧山""南朝古木"，皆是旧游之所已见。"空日暮""向人秋"，则尚极写"访"字，殊未到上方叩竹房也。

【后解】

上解，写特访。下解，写谢留也。五，"天香月色"，六，"叶落猿啼"，双举二境，不判苦乐，以听客之自择，此院僧留之之辞也。七、八，先生更引莫逃大义，毅然谢之。呜呼！后之为迁客者，胡可不敬读此诗乎哉！

使次安陆寄友人

新年草色远萋萋，久客将归问路溪。

暮雨不知郧口处，春风只到穆陵西。

孤城尽日空花落，三户无人自鸟啼。

君在江南相忆否，门前五柳几枝低。

【前解】

草色萋萋，自是新年景物，今随手却先下一"远"字，使知此是归客问路之眼色也。三、四，言适遭泥雨，未抵郧口，即日风光，滞在穆陵。此正详写一之"远"字，言去家尚隔如许道里，而二之"问路溪"字，亦已尽于是也。

【后解】

前解，写次安陆。此解，写寄友人。○五、六，孤城花落，三户鸟啼，非再写安陆荒凉也。先生正言我当此况，那不忆君？特不审君亦忆我否耳！盖言君虽忆我，然乌乎知我之花落鸟啼？亦犹我今忆君，而不知君之门前五柳也。

送耿拾遗归上都

若为天畔独归秦，对水看山欲暮春。

穷海别离无限路，隔河征战几归人。

长安万里传双泪，建德千峰寄一身。

想到邮亭愁驻马，不堪西望见风尘。

【前解】

"若为"之为言如何也，犹言反复展转思之，而终恐无有其事也。何也？秦在天畔，一未易事也；以天畔之秦，而欲一人独归，又一未易事也。反复展转思之，除非以春又欲暮，以是为汲汲乎？正甚言此归之决定无有其事也。三，穷海无限路，再写一之"天畔"字；四，隔河几归人，再写一之"独归"字，皆以反复展转"若为"之二字也。〔"欲暮春"，上加"对水看山"，又妙！言但据山红水绿，则似欲暮春耳，其余人事，固皆不然。〕

【后解】

上解，既极陈独归之难；此解，又自明不归之故，所以多方沮劝之也。言我日夕眼泪满面，何曾一刻忘归？然欲性命苟且得全，则现见不归在此，犹俗言"尔若得归，则我已先归"也。结言"想到"者，言我今反复沮君，而君决意不听，则意必有中途驻马之一日，始信今日之言之不谬耳。看他八句诗中，凡用无限意思，却又笔笔能到。

送陆澧仓曹西上

长安此去欲何依，先达谁当荐陆机。

日下凤翔双阙迥，雪中人去二陵稀。

舟从故里难移棹，家在寒塘独掩扉。

临水自伤流落久，赠君空有泪沾衣。

【前解】

言长安诚多先达，此亦何待君说。但我第一要问者"何依"；第二要问者"谁当"。何依者，言君欲何人荐；谁当者，言谁人必荐君也。只须两问，早令西上之人，心口一时讪然，更复不知所措，妙，妙！三、四，反复再晓譬之，言日下凤翔，设使得荐，诚然快事；但"雪中人"去，万一不荐，为之奈何？"双阙迥"，又带言其地甚远；"二陵稀"，又微言去者甚少也。

【后解】

上解，讽陆不必西上。此解，述已不复西上也。言己昔在长安，流落乃不可说，然则今之得归故里，寄在寒塘，其为幸甚，岂可胜道。而肯于他人之去，乃独欣欣相送耶？["难移棹"，言有棹亦不移也。"独掩扉"，言无扉亦必掩也。五、六二句，只是极写"流落久"之一"久"字也。]

自夏口至鹦鹉洲望岳阳寄阮中丞

汀洲无浪复无烟，楚客相思益渺然。

汉口夕阳斜度鸟，洞庭秋水远连天。

孤城背岭寒吹角，独戍临江夜泊船。

贾谊上书忧汉室，长沙谪去古今怜。

【前解】

起句妙，妙！言使今夜有浪、有烟，即相思还可推托，乃今如此风清月朗，此真如何好置怀抱也！三，夕阳度鸟，写为时既已无及；四，秋水连天，写为地又颇不近。然则但好相思，不好相过，固有不待更说者也。〔妙写"望"字、"寄"字也。〕

【后解】

上解，写望岳阳寄阮中丞。此解，写自夏口至鹦鹉洲也。五，孤城吹角，写出城根有夜泊之船。六，独戍泊船，写出船中有听角之人也。七、八，恰引贾谊上书，被谪长沙，而又轻轻于"古"字下，逗一"今"字，以自诉己之宜应见怜也。

江州重别薛六柳八二员外

生涯岂料承优诏，世事空知学醉歌。

江上月明胡雁过，淮南木落楚山多。

寄身且喜沧洲近，顾影无如白发何。

今日龙钟人共弃，愧君犹遣慎风波。

【前解】

一、二，言余生不望昭雪，一味只有潦倒；三、四，言然过雁终惊北客，极目惟见楚山，以兴下解二子之见存也。〔此亦三承一、四承二法也。一，言不望优诏，故三承之云：任凭月明雁过也。二，言只学醉歌，故四承之云：已安木落山多也。〕

【后解】

五、六转笔，只写得"龙钟共弃"之四字。五，言身近沧洲，则既晓然共弃；六，言无如白发，则又甚矣。龙钟此固人人之所更不垂盼也者，而何幸乃承二子犹以风波相勖哉！〔"慎风波"，盖预戒其得承优诏之后也。细读，便悟其发笔之有故。〕

送柳使君赴袁州

宜阳出守新恩至，京口因家始愿违。

五柳闭门高士去，三苗按节远人归。

月明江路闻猿断，花暗山城见吏稀。

惟有郡斋窗里岫，朝朝空对谢玄晖。

【前解】

前解，只是三承二、四承一法也。言宜阳出守之新恩一至，京口因家之始愿遂违；乃五柳闭门而高士甫去，即三苗按部而远人早归。甚言朝廷之用得其人，而使君之出处为不忝生平也。〔三、四，为朝廷用得其人；一、二，为出处无忝生平。〕

【后解】

后解，分外加写使君不是寻常俗吏。五，写赴袁一路，六，写已到袁州，七、八，写其清净淡泊，与民休息也。

题灵祐和尚故居

叹逝翻悲有此身，禅房寂寞见流尘。

六时行径空秋草，几日浮生哭故人。

风竹自吟遥入磬，雨花随泪共沾巾。

残经窗下依然在，忆得山中问许询。

【前解】

哭和尚，看他不悲和尚无身，反悲自己有身，妙绝，妙绝！便知和尚自住寂寞真境，而人自随流尘起见，于是既已偃然寝于巨室，而不通命者，犹欲嗷嗷然哭之也。三、四承之，言随尘起见，诚有满庭秋草，但观化及我，竟存几日余年？必如此，方是哭沩山大师诗。不然，岂不被某甲水牯牛痛棒打杀哉！

【后解】

然而师恩深重，终又不得不哭也。所谓是其始死，我独胡能无慨然也？

登松江驿楼北望故园

泪尽江楼望北归，田园已陷百重围。

平芜万里何人去，落日千山空鸟飞。

孤舟漾漾寒潮小，极浦苍苍远树微。

白鸥渔父徒相待，未扫搀枪懒息机。

【前解】

前解，写故园已付度外。

【后解】

后解，写此身亦不拟归。〔五、六，言孤舟虽小，极浦虽远，然间道求归，亦可得达，但我意乃不欲尔也。〕

送灵彻上人还越

禅客无心杖锡还，沃洲深处草堂闲。

身随敝履经残雪，手绽寒衣入旧山。

独向青溪依树下，空留白日在人间。

那堪别后长相忆，云木苍苍但闭关。

【前解】

　　若论即日禅客既还已后，则实在沃洲最深之处，草堂极闲之中矣。但此禅客，以无边智，入解脱林，于四威仪，随意自在，沃洲若深，即何地不深？草堂若闲，即何处不闲？而今又必劳劳杖锡，得得还越者耶？故首句特地以无心判之。三、四，"身随敝履"，妙！"手绽寒衣"，妙！言其还也，履不暇换，衣不暇补，甚似有所至急也者，而不谓其固只一味是无心也。

【后解】

　　上解，写上人还越。此解，写上人还后永更不来也。"但闭关"之为言一任相忆，全不动摇也。

过贾谊故居

三年谪宦此离居，万古惟留楚客悲。

秋草独寻人去后，寒林空见日斜时。

汉文有道恩犹薄，湘水无情吊岂知。

寂寂江山摇落处，怜君何事到天涯。

【前解】

一解，看他逐句侧卸而下，又是一样章法。一，是久谪似贾谊。二，是伤心感贾谊。三，是乘秋寻贾谊。四，是空林无贾谊。"人去后"，轻轻缩却数百年；"日斜时"，茫茫据此一顷刻也。

【后解】

五、六言汉文尚尔，何况楚怀者！言自古谗谄蔽明，固不必皆王听之不聪也。"怜君何事"者，先生正欲自诉到天涯之故也。

北归入至德界偶逢邻家李光宰

生涯亲见已蹉跎，旧路依然此重过。

近北始知黄叶落，向南空指白云多。

炎州日日人将老，寒渚年年水自波。

华发相逢俱若是，故园秋草复如何。

【前解】

一期人寿，谓之生涯。"已蹉跎"，言不觉不知，遂已尽去，今日方始斗地亲见，早是急救不及也。"旧路依然"者，昔日从此来，今日从此去，昔来何所求而来？今去何所得而去？于是趁笔一与分南分北，言今日自此而北，一路尽是衰败；昔日自此而南，一场总是虚空也。

【后解】

五，写焦热者自焦热；六，写冷淡者自冷淡，为失声一哭也。写焦热用"日日"者，非此促字，不显焦热也。写冷淡用"年年"者，非此慢字，不显冷淡也。七，"华发"略断，"相逢俱若是"，一气五字为句，言人生世间，除幼小时略不动心耳，殆于华发之年，大抵无人不悟。因遂问李：子今亦复华发人矣，昨者从故园来，复见秋草何似，而犹欲匆匆南去耶？

赋得

莺啼燕语报新年，马走龙飞路几千。

家住层城临汉苑，心随明月到胡天。

机中锦字论长恨，楼上花枝笑独眠。

为问元戎窦车骑，何时返旆勒燕然。

【前解】

此亦三承一、四承二。言家临汉苑，故最易感春。心忆胡天，故欲问边路也。

【后解】

五，是所寄之书。六，是书中之情，即七之"为问"二字也。

钱起

四首

字仲文,吴兴人。天宝十载进士。历校书郎,终尚书郎、太清宫使。与郎士元齐名,时语曰:"前有沈、宋,后有钱、郎。"起初从乡荐,居江湖客舍,闻吟于庭中曰:"曲终人不见,江上数峰青。"视之,无所见也。明年崔沣试《湘灵鼓瑟》诗,起即用为落句,人以为鬼谣。诗一卷。

幽居暮春书怀

自笑鄙夫多野性,贫居数亩半临湍。

溪云杂雨来茅屋,山鸟将雏到药栏。

仙箓满床闲不厌,阴符在箧老羞看。

更怜童子宜春服,花里寻师上杏坛。

【前解】

此解,寓笔绝似工部。自称"鄙夫",妙;自供"多野性",妙;复"自笑",妙。鄙夫空空,一切不知,人世风波,到彼尽息。如是即不必更入风波中,亦不必定出风波外,此"贫居数亩半临湍"义也。三、四画之:云杂雨来,何等震荡!鸟将雏到,何等宴宁!乃雨收云散,既不惊心;觳破鸟飞,亦无德色。幽居书怀,怀尽于此一片冰壶,遍寄洛阳矣。

【后解】

五,言世上官阶,久让他人。六,言胸中奇计,并悔昔日。七、八,言既是有机尽忘,便与无机为友。童子句十四字,真一字一珠矣。

阙下赠裴舍人

二月黄鹂飞上林，春城紫禁晓阴阴。

长乐钟声花外尽，龙池柳色雨中深。

阳和不散穷途恨，霄汉长悬捧日心。

献赋十年犹未遇，羞将白发对华簪。

【前解】

此一解四句，前贤读之，只谓是五之"阳和"二字耳。殊不知其摅写情抱，罄无不尽，正是五之"穷途恨"三字也。一，言求友到京。二，言君门深远。三、四承之，言长乐钟声，龙池柳色，实是我目之所注，而今于"花外尽""雨中深"，则我方无路可通也。

【后解】

五云"阳和不散"，而六仍云"霄汉长悬"，神态矫矫，不败人意。不因此语，便疑末句乃是倦游。今始悟其切讽舍人，犹言我自白发，尔自华簪，因叹起手"黄鹂"字用得精切。

山中酬杨补阙见过

日暖风恬种药时，红泉翠壁薜萝垂。

幽溪鹿过苔还静，深树云来鸟不知。

青琐同心多逸兴，春山载酒远相随。

却惭身外牵缨冕，未胜尊前倒接䍦。

【前解】

一解四句，只写"种药时"三字。言暖日恬风，通身和畅，弗与世及，世亦弗及，真为无量快乐也。"红泉"七字，画出种药之处。三、四承之，叹其处幽深，非人迹所到，以反衬杨补阙之见过。［言除非鹿过，除非云来，此外何人曾到。］

【后解】

初睹此题，意谓钱在山中，杨则枉过，因更不解七、八如何成语。及细读"同心"字，始知时方同官；"相随"字，始知并在休沐，而后"却惭"一结，始释然。

夜宿灵台寺寄郎士元

西日横山含碧空，东方吐月满禅宫。

朝瞻双顶青冥上，夜宿诸天色界中。

石潭倒映莲花水，塔院空闻松柏风。

万里故人能尚尔，知君视听我心同。

【前解】

一，写不得不上灵台也。二，写忽上到灵台，亲见灵台之为灵台，乃有如许，于是遍身欢喜，且不写今夜来宿，且抽笔先写今朝望见。四句诗，便是四样身分，譬如云英卷舒，光彩不定，真妙笔也。

【后解】

五，自写亭，亭之姿，彻底清寒。六，自写矫，矫之节，至死不变。七，"尚尔"，"尔"字正指此两句。"万里故人"，钱自称，"能"之为言，不敢不勉，非自矜也。〔古诗："相去万余里，故人能尚尔。"〕八，即以自勉者，勉君胄，唐人交道，其厚如此。〔石潭，故解曰彻底。塔院，故解曰至死。〕

包何

字幼嗣，润州延陵人。融子也。与弟佶齐名，世称"二包"。大历起居舍人。集一卷。

三首

阙下芙蓉

一人理国致升平，万物呈祥助圣明。

天上河从阙下过，江南花向殿前生。

庆云垂荫开难落，湛露为珠满不倾。

更对乐悬张宴处，歌工欲奏采莲声。

【前解】

一、二，咏芙蓉，却写如此十四字作起，真是大儒格物平天下全副真才实学，岂为雕虫小技而已。三，"天上河"，妙；四，"江南花"，妙。又极清真，又绝英伟，并不借色金玉朱碧等字，而写来定是皇家异赏，非复已下所可滥当。〔一，写一人，不写芙蓉；二，写万物，还不写芙蓉，世上有如此笔墨！〕

【后解】

如此题，安可不着颂语，然才着颂语，早又着规语，所谓人臣之于君，忠爱必兼尽也。歌工欲奏，即奏五、六二语，可知。

和程员外春日东郊即事

郎官休浣怜迟日，野老欢娱为有年。

几处折花惊蝶梦，数家留叶待蚕眠。

藤垂宛地萦珠履，泉长侵阶浸绿钱。

直待开关朝谒去，莺声不散柳含烟。

【前解】

一，写郎官。二，却无端陪写一野老。三，"几处折花"，承"郎官"。四，"数家留叶"，却无端亦承他野老。此为何等章法耶？不知郎官到休沐时，必须异于野老几希，然后始成其为休沐。又此休沐之郎官，必须欢娱实过野老，然后始成其为郎官，然则写野老，正是出像写郎官。先生用意，固加人一等也。

【后解】

五、六，忽写藤萦泉浸，一似攀辕卧辙，不听郎官便去者。将东郊无情景物，特地写出一片至情，此又奇情妙笔也。七、八又言，便使郎官假满终去，然东郊莺柳，只是眷恋不已。作诗有何定态？庄子云："手触、肩倚、足履、膝踦，官自止，神自行，技之至此，盖真有之也矣。"

同阎伯均宿道观有述

南国佳人去不回，洛阳才子更须媒。

绮琴白雪无情弃，罗幌清风到晓开。

冉冉修篁依户牖，迢迢列宿映楼台。

纵令奔月成仙去，且作行云入梦来。

【前解】

此所述，竟不晓其为何事也。然今以意测之，是亦大可恨也，故亦更无婉转，而直劝之曰"更须媒"焉。言自古才子必悦佳人，佳人亦必悦才子；不悦佳人者，固决非才子；然则不悦才子者，亦决非佳人。且我亦因才子悦故，遂以为佳人耳。如据不悦才子，彼岂复佳人者，通夜反复思之，身是真正才子，定有真正佳人。何谓真正佳人，但能真正悦才子者即是也。然则岂无良媒，胡不与谋？徒自苦思，甚为无益，计真无如舍故就新之为上上者也。三、四，再将"去不回"三字极画一通，以甚著其轻薄之罪焉。

【后解】

后解，然而才子终亦不忍也！倚户焉，又倚牖焉；登楼焉，又登台焉。"冉冉"者，日则"修篁"也；"迢迢"者，夜则"列宿"也。于修篁中呼之或出，无有是也；于列宿边从天而堕，无有是也。盖直至于真既不回，梦亦不入，夫而后才子之眼穿，才子之泪枯，才子之心断，才子之气尽焉。呜呼！世岂非真有此人哉！

字公绪，越州会稽人。天宝末，避乱剡溪。北都留守薛兼训奏为右卫率府仓曹参军，不就。客泉州南安，有九日山，大松百余章，俗传东晋时所植。系结庐其上，穴石为研，注《老子》，弥年不出。刺史薛播，数往见之，岁时致羊酒，而系未尝至城门。姜公辅之谪，见系，辄穷日不能去，筑室与相近，忘流落之苦。公辅卒，妻子在远，系为葬山下。张建封闻系之不可致，请就加校书郎。与刘长卿善，以诗相赠答。权德舆曰："长卿自以为五言长城，系用偏师攻之，虽老益壮。"年八十余卒。南安人思之，为立祠于亭，号其山为高士峰云。

献薛仆射

由来那敢议轻肥，散发行吟自采薇。

逋客未能忘野兴，辟书翻遣脱荷衣。

家中匹妇空相笑，池上群鸥尽欲飞。

更乞大贤容小隐，益看愚谷有光辉。

系家于剡，向盈一纪。大历五年，人以文闻邺守薛公。无何，奏系为右卫率府仓曹参军。意所不欲，自献斯文。

【前解】

读之，一何訚訚然闵子汶上之音也。前解，开口先将自与世间说得萧然两不相碍，言人自轻肥，我自淡泊，各本其性，各从其能。人固不能强我轻肥，我亦何曾责人淡泊。便自使人一段景慕、无数猜疑，早已尽情销释。下文承之，却并不言此行决不可浼，只轻轻然，说个"未能忘""翻遣脱"，一似自己欲去亦可得去，只是仆射欲已，不妨亦已。既是辟书，为一时偶然之举，即逋客亦可作一时偶然之辞。看他绝和平，绝耿介，丰稜又不错，气质又不乖，真为天地间第一等人，作此第一等诗也。

【后解】

后解，言便去亦无大妨碍，我亦只为无奈匹妇何，无奈群鸥何，故也。夫以大贤缥帛，贲于小隐丘园。此是何等光辉，岂为世间恒有？但既承知我而爱，何妨有加无已。今日倘得相容，光辉斯为益著。看他高人下笔，不惜公然竟写出"光辉"二字，便知真正冰雪胸襟，了无下土尘滓。彼嵇叔夜答山巨源书，纯是一段名士恶习，至今犹不烧之，何为也？

题章野人山居

带郭茅亭诗兴饶，回看一曲倚危桥。

门前山色能深浅，壁上湖光自动摇。

闲花散落填书帙，戏鸟低飞碍柳条。

向此隐来经几载，如今已是汉家朝。

【前解】

　　既创茅亭，切忌带郭，带郭，多令诗兴常时被扫，今章野人亭又带郭，兴又不扫，此是何故耶？原来却是一曲清水，隔断来人，虽设飞桥，实难度过。于是眼无俗物，手信天机，时得好诗，自吟自赏也。三，山色深浅，是写野人门前，并无送迎也；四，湖光动摇，是写野人四座，并无酬对也。写景固有之，而实不止写景，只是倚危桥一意成解也。

【后解】

　　五，言窗中只是摊书；六，言戏鸟不能入户。既与古人相对，乃至无暇拂花，安能手剪柳枝，通他闲人来往乎？七、八，先生婉辞问之：目今无秦苛法，野人住此几年，若终不通融，无乃绝物已甚耶？

李嘉祐

六首

　　字从一，赵州人。天宝七载进士，为秘书正字，袁、台二州刺史。善为诗，绮靡婉丽，有齐梁之风，时以比吴均、何逊云。

题游仙阁息公庙

仙冠轻举竟何之，薜荔缘阶竹映祠。

甲子不知风御日，朝昏唯见雨来时。

霓旌翠盖终难遇，流水青山空所思。

逐客自怜双鬓改，焚香多负白云期。

【前解】

　　有时写仙是慕仙，有时写仙是不信有仙。此诗，后解却似慕仙；前解又似不信有仙，然而皆非也。老子云：我有大患，为我有身；及我无身，我有何患。人生在此世间，实是身为大累。譬如飞蛾入网，并非网有相加，但使无身飞来，十面是网何害！今此诗，正是被逐无计，大恶此身。是日偶登仙阁，一时恰触愁心，于是不觉低头至地，极致叹慕也。"轻举"字，妙！逐客累坠，此不如也。"竟"字妙，逐客牵制，此又不如也。"何之"字妙，逐客讥防，此又不如也。下一句与二、四句，一总皆写欲寻其身，杳无有身，为逐客浩叹。

【后解】

　　前解，既写无身之乐，后解，再写逐客之苦也。五，"终难遇"妙，身为逐客，则与之升沉永判也。六，"空所思"妙，身为逐客，则真是题目先差也。七、八，双鬓已改，而白云未期，我实为之，于人何尤！横插"焚香"字妙，只是珠玉在前，惶恐无地，并非与仙有期。

题灵台县东山主人

处处征胡人尽稀，村村无食暮烟微。

门临莽苍经年闭，身逐嫖姚何日归。

贫妻白发输残税，余寇黄河未解围。

天子如今能用武，只应岁晚息兵机。

【前解】

第一句，是写天下；第二句，是写一县；第三、四句，始是写东山主人。

【后解】

税是何等紧急，却责贫妻令输。贫妻遗秉滞穗之是给耳，却责令之输税，哀哉哀哉！加写"白发"字，极状其疲困；再加写"残"字，极状其酷毒也。六云寇未解围，而七、八云岁晚息兵，须知能武亦息兵，不能武亦息兵，言决在今年岁晚，更自展期不得也。

早秋京口旅泊赠张侍御

移家避寇逐行舟，厌见南徐江水流。

吴地征徭非旧日，秣陵凋弊不胜秋。

千家闭户无砧杵，七夕何人望斗牛。

只有同时骢马客，偏题尺牍问穷愁。

时七夕。

【前解】

韩非子云，矢来有乡，则一铁足以备之。今且矢来无乡，当不免为铁室。此"移家避寇逐行舟"之七字，正复相似也。夫寇从南来，斯北避可也；寇自北至，斯南避可也。乃今南北西东，寇来无乡，然则不免移家入舟，团团摇转，终食之顷，濒死数十，此其仓皇窘迫，固非未经乱人之所梦见也。厌足也，朝看江水，暮看江水，除饱看江水外，别无事事也。如此，则安得不起大征大徭！如此，则安得不至极凋极弊！张时正为侍御，故特告诉之。

【后解】

后解，顺逆说之，凡得二章。顺一章，是深感；逆一章，是切讽。此非某欲巧说，看他七句特用"只有"字，明是顺承五、六，言独有张问；八句特用"偏""问"字，明是逆提五、六，言张胡不及也。细细辨之。

自苏台至望亭驿人家尽空春物增思怅然有作因寄从弟纾

南浦菰蒲覆白蘋，东吴黎庶逐黄巾。

野棠开遍空流水，江燕初归不见人。

远树依依如送客，平田渺渺独伤春。

那堪回首长洲苑，烽火年年报虏尘。

【前解】

前解写自苏台至望亭驿人家尽空。一，写一带皆空江。三，写一带皆空岸。四，写一带皆空屋。若其所以尽空之故，则竟横插于第二句。此是唐人诗律精熟，故有此能。○细玩诗语，皆是舟中寓目，如首句云云。

【后解】

树送客者，言无人送客也。夫客无人送，可也；若无人送客，必不可也。何也？无人送客，则方无人耕田也。看他"依依"字，虚写送客之树；"渺渺"字，实写无耕之田，妙，妙！目今正值春时，此将可奈之何哉！七、八，言此由苏台至于望亭一带，岂昔所称长洲苑者非耶？而何以至此？则岂非边烽不绝，故人人思乱乎？后解，写"春物增思，怅然有作"也。

送朱中舍游江东

孤城郭外送王孙，越水吴洲共尔论。

野寺山边斜有径，渔家竹里半开门。

青枫独映摇前浦，白鹭闲飞过远村。

便是西陵征战处，不看秋草自伤魂。

【前解】

送人，更不叙是人情亲，一口只说江东兵火之后破坏已极者，此是身先从江东归，亲眼实睹其事，时时欲向朝堂伸诉，而不觉借题发之也。○前解，言江东非有所谓黄壤千里，沃野弥望，四塞之国，用武之场者也。不过南人好佛，则多野寺；鱼鳖杂处，则有渔家；越水吴山，如是而已矣。

【后解】

后解，言何意亦遭征战。至于渺无烟火，极望前浦，可指者，仅一青枫耳。寂寂远村，任飞者，无数白鹭耳。此即前日羽书所传被兵之西陵，而今遂至于伤心惨目，不可复道者也。

暮春宜阳郡斋愁坐忽闻枉刘七侍御诗因以酬答

子规夜夜啼楮叶，远道逢春半是愁。

芳草伴人还易老，落花随水亦东流。

山当晡睨常多雨，地接潇湘畏及秋。

惟羡君为周柱史，手持黄纸到沧洲。

【前解】

子规言不如归去，故闻其啼，而悟宜阳郡斋，与家且隔远道也。子规昨夜啼，今夜又啼，故闻而又悟，逢春未几，且将送春也。三、四承之，言即使人自老，春自住，犹尚不可；岂可人又老，春又去，却在远道哉！"芳草"即住春也，"落花"即去春也。细看"还"字、"亦"字，想其弄笔之姿，便如美女簪花矣。

【后解】

前解，是无端触物，忽悟浮生。后解，是电光智中，力疾求去。〇五，言一番山雨，便当送春也。六，言忽地秋风，又图改岁也。不是轻轻偷递"夏"字，正是忙忙画出"老"字也。"惟羡"也者，刘为侍御，何等清要，而诏许还山，纵心自在，身住宜阳，有何多恋！而落花如许，不悟子规。黄纸，诏书也。

韩翃

七首

字君平，南阳人。侯希逸镇淄青，翃为从事。罢府闲居十年。李勉镇夷门，辟为幕属。时已迟暮，不得意，多居家。一日夜将半，客叩门急，贺曰："员外除驾部郎中知制诰。"翃愕然，曰："误矣！"客曰："邸报：制诰阙人，中书两进名，不从。又请之。曰：与韩翃。时有同姓名者，为江淮刺史。又具二人同进。御批曰：'春城无处不飞花，寒食东风御柳斜。日暮汉宫传蜡烛，青烟散入五侯家。'又批曰：'与此韩翃。'"客曰："此员外诗耶？"翃曰："是也。"升平公主宅即席，李端擅场。送王相之幽镇，翃擅场。送刘相巡江淮，钱起擅场。世传翃有宠姬柳氏，翃从辟淄青，置之都下，数岁，寄诗曰："章台柳，颜色青青今在否？纵使长条似旧垂，也应攀折他人手。"柳答曰："杨柳枝，芳菲节，可恨年年赠离别；一叶随风忽报秋，纵使君来岂堪折。"后果为番将沙叱利所劫。翃会入中书，道逢之，谓永诀矣。是日，临淄大校，置酒，疑翃不乐，具告之。有虞侯将许俊，以义烈自许，即诈取得之，以授韩。集五卷。

题仙游观

仙台初见五城楼，风物凄清宿雨收。

山色远连秦树晚，砧声近报汉宫秋。

疏松影落空坛静，细草春香小洞幽。

何用别寻方外去，人间亦自有丹丘。

【前解】

五城十二楼，昔所传闻，殊未目睹，今日乃幸斗然亲见。"初"字妙，言实是生平之所未经，况又加以夜来雨过，巧值新晴。再写七字，便使上七字又分外清绝也。"山色远连""砧声近报"，且不入观门，且先将观前观后、观左观右，无限风物，无限凄清，一例平收。"秦"字妙，"晚"字妙，"汉"字妙，"秋"字妙，不知是寓目，不知是送怀。我读之亦如列子御风，泠然其善，更不谓阅此诗时，正在三伏盛暑中坐矣。

【后解】

此方写入观来也。"疏松"犹庄子云"大年","细草"犹庄子云"小年","影落空坛"犹庄子云"断之则悲","春香小洞"犹庄子云"续之亦忧"。何用别寻丹丘，夫丹丘又岂出此疏松细草之外耶？读此五、六二句，便胜读全部道经，不谓先生眼光至此！

送王少府归杭州

归舟一路转青蘋，更欲随潮向富春。

吴郡陆机称地主，钱塘苏小是乡亲。

葛花满把能消酒，栀子同心好赠人。

早晚重过渔浦宿，遥怜佳句篋中新。

【前解】

前解，送人归杭州，却要其不住杭州。后解，送杭州人归杭州，自己是赵州人，却要也来住杭州。总之，只是要王少府到底住定杭州，切忌不可又不住杭州，于是遂写出如许奇文来。○前解，归舟者，归杭州之舟也；一路者，归杭州之路也。乃转青蘋，则是已到杭州而舟还不停也。何故舟还不停，则为更欲随潮向富春也。何故欲向富春，则以欲从严先生者游也。何故欲从严先生游，则以人生无常，贵在见机也。何故便知人生无常，则以眼见吴郡已无陆机，钱塘又失苏小也。〔才子佳人，一齐下泪。〕

【后解】

后解，又与要盟，言君亦更有何事，尚须不住杭州，再到北来者耶。除非篋中佳句，欲举似我，果尔，则请但储葛花、栀子，我且早晚便过矣。犹言宁可我来，汝不可来也。末句"遥怜佳句"，是找写早晚过宿之原故，非过宿后方始怜佳句也。细细看其"遥"字。○不得先生释，"遥"字乃不通。

送李少府入蜀

行行独出故关迟，南望千山无尽期。

见舞巴童应暂笑，闻歌蜀道又堪悲。

孤城晚闭清江上，匹马寒嘶白露时。

别后此心君自见，山中何事不相思。

【前解】

前解，写入蜀。后解，独写送。○关曰"故关"，妙。出故关曰"独出故关"，妙。独出故关又加一"迟"字，妙。独出故关迟，又加"行行"字，妙。行行者，言其行步可数，此是迟字之真正神理也。二，再加七字，写转入转深。三，笑。四，悲。悲固泪落不止，笑亦泪落不止者也。

【后解】

孤城，是其别后山中所经之城；匹马，是其别后山中所骑之马。言今日送君，向君挥泪，何足又道。念君别后，道路正长，或是城闭，或是马嘶，我当何一不动于心。君自见者，犹言今日说过，明日君到此境，便知是我相思之时也。〔五、六句十四字，却是送者心中所拟，妙，妙！〕

送冷朝阳还上元

青丝缆引木兰船，名遂身归拜庆年。

落日澄江乌榜外，秋风疏柳白门前。

桥通小市家林近，山带平湖野寺连。

别后依依寒食里，共君携手在东田。

【前解】

一解，看他将异样妙笔，只从自己眼中，画出一船。只画一船者，便是从船中，画出一冷朝阳，从冷朝阳心头，画出无限快活也。如言缆是青丝缆，船是木兰船，端坐于中，顺流东下。每当落日，便看澄江于乌榜之外，一见秋风，早报疏柳在白门之前。看江，是写船之日近一日；报柳，是写船之已到其地也。船中一人，则即冷朝阳。而此冷朝阳之心头，却有无限快活者，一是新及第，二是准假归，三是二人具庆，恰当上寿也。呜呼！人生世间，谁不愿有此事乎哉！

【后解】

前解，纯写冷朝阳之得意，此始写送也。言今别是初秋，乃我别后依依，则欲前期必订仲春。于是先以五、六，写他东田好景，言来年寒食，则我两人是必携手其地也。

送高别驾归汴州

信陵门下识君颜，骏马轻裘正少年。

寒雨送归千里外，春风沉醉百花前。

身随玉帐心应惬，官佐铜符势又全。

久客未知何计是，参差去惜汶阳田。

【前解】

此诗，通首惜高正少年不应归也。"信陵门下"，即高为其别驾之门下也。"骏马轻裘"，虽映衬少年，然亦可见不是失意。三，言今日此处寒雨；四，言明日家里春风。谓如此少年，乃送归于千里之外，可惜也；如此少年，乃沉醉于百花之前，可惜也。

【后解】

心惬，言不应归也。势全，言又不应归也。"久客"，韩自称，犹言我虽为客已久，却是全然不晓。如此少年，功名正盛，乃不惜玉帐铜符，而惜汶阳数顷，真为不可解之至也。

送故人赴江陵寻庾牧

主人持节拜荆州，走马应从一路游。

斑竹冈连山雨暗，枇杷门向楚天秋。

佳期笑把斋中酒，远意闲登城上楼。

文体此时看又别，吾知小庾甚风流。

【前解】

既是故人，何不著名？既故人且不著名，何得所寻反与著姓？故知庾是韩之故人，而此寻庾之人，则是庾之旧客，而今又向韩乞竿牍，是故作此诗与之，而因以故人二字，暂假之也。看他一，先写庾，二，只用"走马"字，"一路"字，从"游"字、"应"字，写此旧客，一段故情，一片高兴，便令主人不得不欢然相接。三、四，"斑竹冈""枇杷门"，虽写江陵景，然实是一路走马景，须知。〔看他写此故人，不惟题不著名，乃至篇中略不相道，亦并无惜别意，便信如此批为知言也。〕

【后解】

五，写初寻到之日。六，写既寻到之后日。七，"此时"，即把酒登楼之时。一解，便纯写庾厚情高兴，更不再写此故人。

送客归江州

东归复得采真游，江水迎君日夜流。

客舍不离青雀舫，人家多住白鸥洲。

风吹山带遥知雨，露湿荷花已报秋。

闻道泉明居止近，蓝舆相访会淹留。

【前解】

便以青雀舫、白鸥洲，为采真游也。长安马粪，高起三丈，此时想到此景，真复不曾谬我也。"复得"之为言，本自清凉国中来，还到清凉国中去。若其手眼妙处，则又在"江水迎君"七字，须知江水不是为迎君故昼夜流，正是为昼夜流故知其迎君也。言之者无罪，闻之者惊心矣。

【后解】

南方每至春夏之交，天如欲雨，山腰先有云如一匹练，谓之山带。此句犹写夏景，乃疾接下句，早入秋令也。"已报"之为言，秋至甚确；"露湿荷花"之为言，秋至尚浅也。七、八因言，人生迅速如斯，得与渊明多作淹留为幸，言外见，不必于此处又淹留也。

皇甫冉 七首

字茂政，润州丹阳人。十岁便能属文，张九龄叹异之，谓清秀迥拔，有江、徐之风。与弟曾皆善诗，天宝中，蹿登进士，当时比张氏景阳、孟阳云。集三卷，独孤至之序之曰："沈詹事、宋考功，财成六律，彰施五色，言之而中伦，歌之而成声，缘情绮靡之功，至是乃备。沈、宋既没，而崔司勋颢、王右丞维，复崛起于开元、天宝之间。得其门而入者，当代不过数人，补阙其一也。往以世道艰虞，避地江外，每文章一到，朝廷作者变色，谓自晋、宋、齐、梁、周、隋以来，使前贤失步，后辈却立，自非天假，何以追斯！恨长辔未骋，而芳兰早凋。悲夫！"

同温丹徒登万岁楼

高楼独上思依依，极目遥山合翠微。
江客不堪频北望，塞鸿何事又南飞。
丹阳古渡寒烟积，瓜步空洲远树稀。
闻道王师犹转战，谁能谈笑解重围。

温丹徒有诗，而皇甫亦用其题也。

【前解】

遥山，是一带翠微，极目遥山，则不止一带翠微。盖其依依之思，更在翠微之北，故曰合也。不堪北望，是伤其事；何事南飞，是伤其时。犹言正逢多难，早又深秋。

【后解】

七，"犹"字，八，"谁"字，连用甚妙。盖初转战，或问谁解围；犹转战，则眼见无能解围者。而又故问，殆于自欲慨然请缨也。故又特写寒烟远树，言奈何羁身此间耶？

宿淮阴南楼酬常伯能

淮阴日落上南楼，乔木荒城古渡头。

浦外野风初入户，窗中海月早知秋。

沧波一望通千里，画角三声起百忧。

伫立分宵绝来客，烦君步履忽相求。

【前解】

日落上楼，自是寻常求宿，看他急接"乔木"七字，一时写淮阴故迹（乔木），淮阴近事（荒城），与经过淮阴无限伤心男子（古渡），不觉遂尽。三、四，则今夜此一伤心男子，仰怀故迹，俯伤近事，而于楼上，极大无奈也。

【后解】

五，"沧波一望"，犹未入夜；六，"画角三声"，候报初更，便渐写到"分宵"二字也。"通千里"，是眼看何处，"起百忧"，是心念何事，而能不伫立耶？〔看写酬常处甚少。〕

使往寿州寄刘长卿

榛草荒凉村落空，驱驰卒岁亦何功。

蒹葭曙色苍苍远，蟋蟀秋声处处同。

乡路遥知淮浦外，故人多在楚云东。

日夕烟霜那可道，寿阳西去水无穷。

【前解】

前解，写使往寿州。后解，写寄刘长卿。村落尽空，勾当何事？慷慨激切，吐此痛言，不是自言无功，盖欲朝廷得闻寿州村落如此荒凉，便是一功也。三、四，再写“驱驰”二字之劳苦，言一路早发夜宿，不敢惮瘁，有如此也。〔三是早发。四是夜宿。〕

【后解】

“遥知”“多在”，一气十四字成句，不能读教断也。“日夕烟霜”者，日望侵烟，夕望侵霜，言望故人无有暂辍也。末句，又反言，若辍东望而更西望，则惟有无穷之水而已。夫无穷之水，则我望之胡为者哉！〔水无穷之为言无一故人也。〕

秋日东郊作

闲看秋水心无事，坐对寒松手自栽。

庐岳高僧留偈别，茅山道士寄书来。

燕知社日辞巢去，菊为重阳冒雨开。

浅薄将何称献纳，临岐终日独徘徊。

【前解】

前解，先自写其胸前一片雪淡也。闲看秋水，言去无所至也。坐对寒松，言来无所从也。庐岳高僧之留偈，即是此偈也。茅山道士之寄书，即是此书也。休沐诗，写到如此田地，真乃现宰官身而说法也。

【后解】

后解，便借秋景以比临岐也。言今日亦自分为相应与不相应乎？若不相应，则宜如燕之竟去；设复相应，则宜如菊之疾开，胡为献纳既不可旷，浅薄又不自及，终日徘徊王门，至今犹尚不去也。

酬李补阙

十年归客但心伤，三径无人已自荒。

夕宿灵台伴烟月，晨趋建礼逐衣裳。

偶因麋鹿随丰草，谬荷鹓鸾借末行。

纵有谏书犹未献，春风拂地日空长。

【前解】

此客全未得归，而自称早曰归客，又云怀抱其心，已至十年之久。人生不得自由，真有如此苦事也。"但心伤"，"但"字好笑，"已自荒"，"已"字好笑。只谓蒙被眷注，万不许放归耳。何意只是夕伴烟月，晨逐衣裳！四句一气读之，便是十年伴烟月，十年逐衣裳也。而三径则已十年荒也，而客心则但十年伤也。

【后解】

后又申明，七、八，言我自有书未献，非关献而不收也。自记昔日来京，本意原只干禄，谬叨诸公泛爱，便得分润升斗。只是十年腹负，十年面惭，如此长日，云何可度。此自是真心人，发实意语，在他人乃决不肯道也。

酬张二仓曹杨子所居见寄兼呈韩郎中

孤云独鹤自悠悠，别后经年尚泊舟。

渔父置词相借问，郎官能赋许依投。

折芳远寄三春草，乘兴来看万里流。

莫怪杜门频乞假，不堪扶病拜龙楼。

【前解】

若说张是云，则是孤云；若说张是鹤，则是独鹤。何则？别来已自经年，而至今泊舟未舍，此其悠悠之意，真有不堪持赠者也。三、四，正妙写其孤与独也。既是经年泊舟，岂许闲人轻问，除非江潭渔父，欲来借看《离骚》。此为真正绝妙好辞，在唐人亦未易多有也。

【后解】

五、六，写张不惟自泊，又来招人同泊，妙人、妙兴、妙事、妙理。七、八，言我亦久欲来同泊也。若寄韩郎中，则意谓君亦不妨即便来同泊也。

送孔巢父赴河南军

江城相送阻烟波，况复新秋一雁过。

闻道全师征北虏，更言诸将会南河。

边心杳杳乡人绝，塞草青青战马多。

共许陈琳工奏记，知君多宦未蹉跎。

【前解】

　　言今日相送，是此江城，若别后相阻，正复无定也。何也？据我传闻，是征北虏；乃据君自说，又赴南河。然则军行秘密，终无的耗。今日别去，君为定在南河，为复全师往北耶？加入"新秋一雁"句，聊以纪时也。

【后解】

　　此五、六，又代孔预写别后杳杳之心，而七、八急转笔极慰之也。唐诗难看，如"塞草青青战马多"句，正即极写上句边心之杳杳，犹言满眼纯是战马，并不见一乡人也。不会看唐诗人，乃谓竟写马多矣。〔便使果然马多，却是何与今日！〕

周逍遥公夐之后，待价生令仪，令仪生銮，銮生应物。由比部员外郎出刺滁州，改刺江州。追赴阙，改左司郎中。贞元初，历苏州，罢守，寓苏台永定精舍。性高洁，所在焚香扫地而坐。惟顾况、刘长卿、丘丹、秦系、皎然之俦，得厕宾客，与之酬唱。乐天《吴郡诗石记》，独书"兵卫森画戟，燕处凝清香"。刘太真与韦书云："顾著作来，以足下郡斋宴集相示，是何情致，畅茂遒逸如此！宋、齐间，沈、谢、何始精于理意，然悬情体物，备诗人之旨，后之传者，甚失其源。惟足下制其横流。师挚之始，关雎之乱，于足下之文见之矣。"集十卷。

宴李录事

与君十五侍皇闱，晓拂炉香上赤墀。

花开汉苑经过处，雪下骊山沐浴时。

近臣零落今犹在，仙驾飘飖不可期。

此日相逢思旧日，一杯方喜已成悲。

【前解】

浅人读之，谓只两人追写旧事耳，不知通首皆是先生胸前一段服勤至死，方丧三年至情至谊。我读之，不觉声泪为之齐下也。〇三、四正指皇闱也，言凡或经过、或沐浴，则皆有我两人侍之，所谓拂炉上墀者，至今犹如昨日也。

【后解】

近臣不止韦、李，故曰零落。然"今犹在"乃对下句，非承二字也。方喜已悲，"方""已"字妙，言宴李诚喜，而思旧实悲，此喜固不能敌此悲矣。

自巩洛舟行入黄河即事寄府县僚友

绿水苍山路向东，东南山豁大河通。

寒树依微远天外，夕阳明灭乱流中。

孤村几岁临伊岸，一雁初晴下朔风。

为报洛桥游宦侣，扁舟不系与心同。

【前解】

读一、二，如读《水经注》相似，便将自洛入河一路心眼都写出来。又如读《庄子》外篇《秋水》相似，便将出于涯涘，乃知尔丑，向不至于子之门，实见笑于大方之家，一段惭愧快活都写出来也。三、四，"寒树""远天""夕阳""乱流"，言山豁河通后，有如许眼界也。

【后解】

五、六，正双写末句不系之心也。"伊岸""孤村"，为已久如，"朔风""一雁"，现见初下。然而今日扁舟，适来相遇，我直以为村亦不故，雁亦不新。何则？若言村故，则我今寓目，本自斩新；若言雁新，则顷刻舟移，又成故迹，此真将何所系心于其间也乎！

寓居澧上精舍寄于张二舍人

万木丛云出香阁，西连碧涧竹林园。

高斋独宿远山曙，微霰下庭寒雀喧。

道心淡泊对流水，生事萧条空掩门。

时忆故人那得见，晓排阊阖奉明君。

【前解】

此不止是妙诗，直是妙画，且不止是妙画，直是禅家所谓妙境，乃至所谓妙理者也。看他"万木"下，便画"丛云"字，只谓是眼注万木耳，却不悟其乃是欲写"出香阁"之三字。"出"字，妙，妙！此自是当境人，一时适然下得之字，我今亦不知其如何谓之"出"也。二，忽然转笔又写一碧涧，又写一竹园，有意无意，不必比兴。三、四，"高斋独宿"，即是宿此阁中，"微霰下庭"，便是下此阁前之庭也。"远山曙"，妙！写尽独宿人心头旷然无事。"寒雀喧"，妙！写尽微霰中，众人生理凋瘁也。

【后解】

"淡泊"字，须知不是矜；"萧条"字，须知不是怨。"对流水"字，须知不为淡泊，"空掩门"字，须知不为萧条。总是学道人，晚年有悟，一片旷然无事境界也。时，不解作时时，是正当对水掩门之时，言此时，则正二舍人得君行志之时。夫行藏既已各判，忙闲自不相及，又安得而相见乎哉！

寄李儋元锡

去年花里逢君别，今日花开又一年。

世事茫茫难自料，春愁黯黯独成眠。

身多疾病思田里，邑有流亡愧俸钱。

闻道欲来相问讯，西楼望月几回圆。

【前解】

一、二，在他人便是恨别，在先生只是感时。何以辨之？盖他人恨别，皆以花纪别，今先生感时，乃以别纪花。以花纪别者，皆云已一年，今以别纪花，故云又一年也。三、四，世事，即花事也，春愁，即愁花也。花有何事？如去年开，今年又开，即花事也。花何用愁？见开是去年，见开又是今年，即花愁也。盖先生除花以外，已更无事、更无愁也。世上学道人，除"无常"二字以外，亦更无事、更无愁也。

【后解】

五、六别无他意，只是以实奉告李、元二子，言欲来即须早来，不然，我且欲去也。相其七、八，情知此二子，自是不怕花开人，看他分明欲来，而又愆期连月。〔此便是先生说无常偈。〕

字孝常。历侍御史，坐事贬徙舒州司马、阳翟令。高仲武云："昔孟阳之与景阳，诗德远惭厥弟，协居上品，载处下流。今侍御之与补阙，文辞亦尔。体制清洁，华不胜文，然'寒生五湖道，春及万年枝'。五言之选也，其为士林所尚，宜哉。"徐献忠《唐诗品》云："景阳华净，遂掩哲昆；平原英赡，竟难家弟。是以世乏联苞之凤，情欣并蒂之华，物犹如此，况复人士耶！皇甫兄弟，仕道既同，才名亦配，渤海高生犹持不足之叹，岂怜才之本意乎？侍御律调澄泓，声文华洁，俯视当世，殆已飘然木末矣。虽紫霞碧落，未堪凌驾，亦何可少。"

早朝日寄所知

长安雪后见归鸿，紫禁朝天拜舞同。
曙色渐分双阙下，漏声遥在百花中。
炉烟乍起开仙仗，玉佩成行引上公。
共荷发生皆雨露，不应黄叶久随风。

【前解】

题是"早朝日寄所知"，犹谓寻常相忆，乃我试读其诗，是何提心挂胆，写得世间有如此友谊也。看他雪后归鸿，只是未早朝先一日偶然所见，然已自心头隐隐有刺。及到明日早朝拜舞，忽然满眼看出"同"字，云何独有我此一人，不得同耶？因而重认曙色，重听漏声，此虽明明再写拜舞之"同"，然实明明再写独有一人不得同矣。

【后解】

五，"开仙仗"，是写吾君也；六，"引上公"，是写吾相也。七，"共荷发生"，即共荷吾君、吾相也，"皆雨露"，又言吾君、吾相必无私雨露也。八，言然则鸿归而独不归，人同而独不同，此独谓之何哉？

秋夕寄怀素上人

已见槿花朝委露，独悲孤鹤在人群。

真僧出世心无事，静夜名香手自焚。

窗临绝涧闻流水，客至孤峰扫白云。

更想清晨诵经处，独看松上雨纷纷。

【前解】

此非泛然相寄，乃是因惊生悔，因悔生悟，因悟生慕，于是作诗寄上高僧，便算一通大忏悔文。言槿花朝开暮落，已是至促，今又见有朝即委露者，于是吃惊不小，甚悔孤身落在人群，不知真僧之出世也。既忽又悟，彼真僧自是心头无事，故得出世，我则心头未免有事，云何能出于世！因而乘静夜、爇名香，遥望白云，敬礼双足，盖慕之至也。

【后解】

此极写真僧之无事也。"窗临绝涧"，我与世何事？"客至孤峰"，世与我亦何事？而或者又疑，虽无世事，或犹有僧事，则我见其清晨趺坐，更不诵经，只是看雨，此则不惟无已下事，甚至并无向上事。呜呼，至矣！〔"纷纷"字，妙！便是摩醯首罗竖亚一目，看四天下七日七夜雨也。〕

字君胄，中山人。天宝十五载进士。宝应元年，诏试中书，补渭南尉。历拾遗、郢州刺史。与钱起齐名。自丞相以下，出使作牧，二公无诗祖饯，时论鄙之。二公词体大约欲同，就中郎公，稍更闲雅，近于康乐矣。集一卷。

春宴王补阙城东别业

柳陌乍随洲势转，花源忽傍竹阴开。
能令瀑水清人境，直取流莺送客杯。
山下古松当绮席，檐前片雨滴春苔。
地主同声复同舍，留连不畏夕阳催。

【前解】

一，是城东。二，是别业。看他写得远近缥缈，便如仙城海楼相似。三，是主人。四，是春宴。看他写得清真潇洒，便又如上真流霞相似也。此诗，一解四句二十八字，字字出自匠心，字字只如无意。此为郎君胄之妙笔也。

【后解】

我心耐久，如山下古松；世事倏忽，如檐前片雨。既是昔托同声，又幸今忝同舍，夫复何畏、而不留连也。

酬王季友题半日村别业兼呈李明府

村映寒原日已斜，烟生密竹早归鸦。

长溪南路当群岫，半景东林照数家。

门通小径怜芳草，马饮春泉踏浅沙。

欲待主人林上月，还思潘令县中花。

【前解】

唐人诗句，每多侵让。如此诗，起句写村，却让三字，与下便只剩得四字。次句写半日，却侵过上句三字，便自占却十字也。三句，再写村，四句，再写半日。想其别业后是村，村后是高原，别业前是溪，溪南是群山，此真大好别业。又想人生四十以来，是下半生；入秋凌冬，是下半年；望舒生魄，是下半月；斋钟一动，是下半日，此四下半，最为悠悠忽忽，亦最为波波汲汲，今特取以名村，真又大好名字也。

【后解】

五，写主人俟客。六，写客就主人。七，写客自下榻，不问主人。八，写主人开樽，还少一客。真是胜地、良时、佳客、妙主，人生在世，何曾多遇！

还赠钱员外夜宿灵台寺见寄

石林精舍虎溪东，夜扣禅扉谒远公。

月在上方诸品净，心持半偈万缘空。

苍苔古道行应遍，落木寒泉听不穷。

更忆双峰最高顶，此心期与故人同。

【前解】

一写寺，是妙地。二写钱，是妙人。三写夜，是妙景。四写宿，是妙悟。以妙地，留妙人，对妙景，得妙悟。一解，凡将题中"钱员外夜宿灵台寺"八字，先写成异样出色，止留得"见寄"二字，到后解定夺也。

【后解】

此方写见寄也。"苍苔古道"，岂是寻常行履！"落木寒泉"，总非人间视听！况又进之以双峰高顶，试思员外何等心期，其寄我岂止一首佳诗，而我能不还赠哉？〔必如此，方是钱"见寄"，必如此，方是郎"还赠"。〕

盖少府新除江南尉问风俗

闻君作尉向江潭，吴越风烟到自谙。

客路寻常随竹木，人家大抵傍山岚。

缘溪花草偏宜远，避地衣冠尽向南。

惟有夜猿啼海树，思乡望国意难堪。

【前解】

江南尉问风俗，夫江南风俗，殊未易说也。三、四，亦只略举其粗，其意味深长，却全在"到自谙"三字。人生在世，来日大难，总以此三字为度厄秘章，此便是先师素富贵一篇秘密精义也。

【后解】

前解，凄恻。此解，宽慰。言远方花草，既悦人目，中国衣冠，又皆集会，彼中风日，亦殊不恶也。七、八，"惟有"字妙，言只此一事，或似"难堪"，只此"难堪"之为言，其余皆不妨也。〔言思乡，又必言望国，唐人笔下，精到必如此。〕

卢纶

三首

河中蒲人。避天宝乱，客鄱阳。大历初，数举进士不第。元载取纶文以进，补阌乡尉，累迁监察御史，辄称疾去。与吉中孚、韩翃、钱起、司空曙、苗发、崔峒、耿沣、夏侯审、李端齐名，号大历十才子。宪宗诏中书舍人张仲素，访集遗文。文宗尤爱其诗，问宰相："纶文章几何？亦有子否？"李德裕对："纶四子：简能、简辞、弘正、简求，皆擢进士第，在台阁。"帝遣中人悉索家笥，得诗五百篇以闻。

长安春望

东风吹雨过青山，却望千门草色闲。

家在梦中何日到，春来江上几人还。

川原缭绕浮云外，宫阙参差落照间。

谁念为儒逢世难，独将衰鬓客秦关。

【前解】

"东风"七字，人谓只是写春，不知便是写望，如云此雨自我家中来也。"闲"字骂草，妙，如云无谓也，扯淡也。三，恨自不得归。四，又妒他人得归，活写尽不归人心口咄咄也。

【后解】

"川原"七字中，有无数亲故。"宫阙"七字中，止夕阳一人。"谁"字，便是无数亲故也。"独"字，便是夕阳一人也。［不知唐诗人，谓五、六只是写景。］

晚次鄂州

云开远见汉阳城，犹是孤帆一日程。

估客昼眠知浪静，舟人夜语觉潮生。

三湘愁鬓逢秋色，万里归心对月明。

旧业已随征战尽，更堪江上鼓鼙声。

【前解】

一解，写尽急归神理。言望见汉阳城，便欲如隼疾飞、立抵汉阳，而无奈计其远近，尚必再须一日也。三、四承之，言虽明知再须一日，而又心头眼底，不觉忽忽欲去。于是厌他估客，胡故昼眠，喜他舟人，斗地夜语，盖昼眠便是不思速归之人，夜语便有可以速去之理也。若只作写景读之，则既云"浪静"，又云"潮生"，此成何等文法哉？

【后解】

后解，言吾今欲归所以如此其急者，实为鬓对三湘，心驰万里，传闻旧业，已无可归，而连日江行，鼓鼙不歇，谁复能遣，尚堪一朝乎哉！

早春归蓝屋旧居寄耿拾遗沣李校书端

野日初晴麦陇分，竹园村巷鹿成群。

万家废井生秋草，一树繁花对古坟。

引水忽惊冰满涧，向田空有石和云。

可怜荒岁青山下，惟有松枝可寄君。

【前解】

前解，写兵荒之后，已无旧居。〇看他次第自述初归蓝屋，恰值春晴，由麦陇、过竹园、到村巷，纯是鹿群，一望无人。于是先寻庐井，次展坟墓，真是久客远归，魂魄未招光景也。

【后解】

后解，写困穷虽极，誓保晚节。〇冰涧石田，非向二子诉穷，正是极表松枝在抱也。

耿沣

宝应中进士。为左拾遗。集二卷。

一首

上裴行军中丞

胡尘已灭天山外，闭阁阴阴日复曛。

枥上骅骝嘶鼓角，门前老将识风云。

旌旗四面高秋见，丝竹千家静夜闻。

莫道古来多计策，功成惟有李将军。

【前解】

灭胡后，却只是闭阁。写上相威德，千言不尽者，此便只以二字了之，真是奇情大笔也。又加写"阴阴日曛"四字，见阁门深沉，乃如九渊；又加写一"复"字，见自闭之后，永无消息。盖上相不如此，便无处功名之法，且先是亦已无制必胜之法也。三、四，写战马、写老将，又妙！若只用来写灭胡，便神彩亦有限，今却用来写闭阁，其神彩真乃无限。须知十四字，都在"阴阴日复曛"五字之中，故妙不可说也。

【后解】

五，写四郊多备，六，写内地燕乐，便翻古文出则方叔召虎、入则周公召公二语来作好诗，妙，妙！"莫道"下十二字为一句，言古人未可独步于前也。

司空曙 五首

字文明，广平人。登进士第，从韦皋于剑南。贞元中，为水部郎中，终虞部。集二卷。

南原望汉宫

荒原空有汉宫名，衰草茫茫雉堞平。

连雁下时秋水在，行人过尽暮烟生。

西陵歌吹何年别，南陌登临此日情。

身世悠悠不可问，寒禽野水自纵横。

【前解】

荒原也，原上茫茫，则衰草也。问雉堞，无有雉堞也。杳无所有而名汉宫，意必当时曾有汉宫而今已不在也。云何不在？汉已过尽也，汉已不在，则今谁在？我徒见秋水在也。云何汉已过尽？只今行人又过尽也。

【后解】

"何年"，妙！"此日"，妙！彼别不知何年，我来则是此日。盖前之人当时，定如我之此日，后之人更至，复不审我何年。此处更无可以着语，亦更无可以堕泪，只好闲闲然说个"悠悠不可问"五字而已。再写水禽纵横，不是冷眼相笑，亦不是慈眼等观。庄子云：知其不可奈何而安之为命。如是云尔！

酬李端校书见赠

绿槐垂穗乳乌飞，忽忆山中独未归。

青镜流年看发变，白云芳草与心违。

乍逢酒客春游惯，久别林僧夜坐稀。

昨日闻君到城阙，莫将簪弁胜荷衣。

【前解】

相其七、八，乃是李端校书新来都城，有所投赠，而司空赋此酬之。乃人且新来，而我反欲去，且言无不尽去，深嫌只有我未曾去，真令新来人兜头一杓冷水也。

【后解】

五、六，极写都城日只是酒，夜只是卧，特地到来，更无所事，然则君之昨日亦来，真乃大误矣。

题㬢上人院

闭门不出自焚香，拥褐看山岁月长。

雨后绿苔生石井，秋来黄叶遍绳床。

身闲何处无真性，年老曾言隐故乡。

更说本师同学在，几时携手见衡阳。

【前解】

　　佛经常言，诸大菩萨，不起于座，身不动摇，而又自然应现十方，所经国土，无不震动，此正用以赞㬢公也。前解，写㬢公闭门，便是彻底闭门，不惟自家不出，人亦莫得而入。"雨后绿苔"，言无一人行处，"秋来黄叶"，言无一人坐处，盖其门风孤峻，则有如此者。

【后解】

　　后解，写㬢公游行人间，又是彻底自在。五，或云摄化各处。六，或云还归本乡。七、八，或又云师友情缘，眷恋不舍，某年某日，又见在于某处，盖其分身无碍，又有如此者。

寄胡处士

日暖风微南陌头，青田红树起春愁。

伯劳相逐行人别，岐路空归野水流。

偏忆寻僧同看雪，谁期载酒共登楼。

为言惆怅嵩阳寺，明月高松应独游。

【前解】

前解，何其委宛。"南陌头"，言是日闲行，适然至斯也；"起春愁"，言闲行至斯，适然思及处士也。三，言处士前者因畏谗人，而默然逊去也；四，言处士既去，而彼谗人，果亦萧然也。凡诗家用"伯劳""岐路"等字，必皆有托，此是三百篇遗法。○遇谗人，实无如逊去是第一高着，不然，即岐路何年得成野水耶？

【后解】

后解，何其严冷。夫处士方被谗人之所不许，而我固惓惓思之不置，此则又何苦耶？因言我自欲与之寻僧看雪，彻骨总教冰冷，非欲与之载酒登楼，一片豪兴未除也。"明月"，言透体光明，"高松"，言孤搴世外。五、六，既已自明。七、八，又为处士代明也。

九日登高

诗人九日怜芳菊，逐客高筵瞰浙江。

渔浦浪花摇素壁，西陵树色入秋窗。

木奴向熟悬金实，桑落新开泻玉缸。

四子醉时争讲德，笑论黄霸旧为邦。

【前解】

此诗乍看，只道是揸颊看西山气色。细读，却悟是参军作蛮语声口，犹言一任诗人自怜芳菊，我逐客只看浙江去也。何也？既教我作浙江逐客，我又那得不看浙江。"渔浦浪花""西陵树色"，即其所看之景也。意思一肚，不然，只在诗人外，另叫出逐客之二字。

【后解】

此言既为浙江逐客，便自安心啖浙江果，饮浙江酒。必欲又言，为无应援，因到浙江，此大非也。当时四子狺狺所争讲德之论，识者早讯其为献谀之辞。然则我亦自有为邦旧事，略如颍川神君，君子亦道其所自有者耳。声闻过情，我无庸也。

李益

二首

字君虞。肃宗朝宰相揆之族子。登进士第。长为歌诗。贞元末，与宗人李贺齐名。每作一篇，为教坊乐人以赂求取，唱为供奉歌辞。然少有痴疾，而多猜忌，防闲妻妾过为苛酷，而有散灰扃户之谈闻于时，故时谓妒痴为李益疾，以是久之不调，而流辈皆居显位，愈不得意。宪宗雅闻其名，召为秘书少监、集贤殿学士。自负才地，多所凌忽，为众不容。谏官举其幽州诗，有"不上望京楼"之句，降居散秩。俄复用为秘书监，迁太子宾客、集贤院学士，判院事，转右散骑常侍。太和初，以礼部尚书致仕。卒。

送贾校书东归寄振上人

北风吹雁数声悲，况指前林是别时。

秋草不堪频送远，白云何处更相期。

山随匹马行看暮，路入寒城去独迟。

为向东州故人道，江淹已拟惠休诗。

【前解】

题是因送贾校书，带寄振上人。乃某细相其发笔落纸，却是一先断肠于振，而二始折笔到贾。其间主宾重轻，殊有无限差别。然后知此非因送贾便聊复寄振，多是特欲寄振故来送贾也。三，"频送"字，犹似带贾；四，"更""期"字，竟独问振。人生相知，分寸不同，实有如此至理也。

【后解】

五，写送者目断。六，写行者情留。只此十四字独写送贾。至七、八，依旧只结归振矣。

同崔颂登鹳雀楼

鹳雀楼西百尺樯，汀洲云树共茫茫。

汉家箫鼓空流水，魏国山河半夕阳。

事去千年犹恨速，愁来一日即为长。

风烟并是思归望，远目非春亦自伤。

【前解】

登楼对景，更不别睹，斗地出手，便先写一"樯"，下即急写"汀洲"，又急写"云树"，并不问此樯属何人，到何处，早已一片心魂，弥梨麻罗，一递一递，竟自归去也。因言当时何等汉魏已剩流水夕阳，人生世间，大抵如斯，迟迟不归，我为何事耶？

【后解】

此即趁势转笔，写是日归心刻不能待也。人见是春色，我见是风烟，即俗言不知天好天暗也。唐人思归诗甚多，乃更无急于此者。

崔峒

博陵人。登进士第。为拾遗，入集贤为学士，后终玄武令。诗一卷。

一首

寄上韦苏州兼呈吴县李明府

数年湖上谢浮名，竹杖纱巾遂称情。

云外有时逢寺宿，日西无事傍江行。

陶潜县里逢花发，庾亮楼中对月明。

谁念献书来万里，君王深在九重城。

【前解】

本意欲寄献书一段苦况，却不自意，忽然出手，笔下写作"数年"二字，于是一顺且说未来献书前，其行径得如此，真为疏放杀人，快活杀人。今日思之，实悔献书也。〔"遂"字，妙！妙！言亦既宽然有余，更无欠缺也。不知何一日，何一故，忽然又要献书。遂又生出无数不称情想。佛言：一切惟心。于此一字，亦可痛悟矣。〕

【后解】

此方出韦、李，"县里逢花""楼中对月"，只是极写苦乐互不相知也。

窦叔向　一首

字遗直，京兆人。以诗自名。常衮为相，引之。及贬，亦出为溧水令。五子：常、牟、群、庠、巩，皆工辞章，为《联珠集》，行于时。义取昆弟若五星然。

夏夜宿表兄宅话旧

夜合花开香满庭，夜深微雨醉初醒。

远书珍重何曾达，旧事凄凉不可听。

去日儿童皆长大，昔年亲友半凋零。

明朝又是孤舟别，愁见河桥酒幔青。

【前解】

先本醉，次始醒，醒而闻香，问之，知是夜合。是时适下微雨，天亦将次欲明。看他写来，便真是好兄弟连床说话时也。三，是窦问表兄。四，是表兄语窦。"珍重"下，接"何曾"，妙！"何曾"上，加"珍重"，妙！此亦人人常有之事，偏能写得出来也。

【后解】

五、六，是人人同有之事，是人人欲说之话，不叹他写得出来，叹他写来挑动"明朝又别"四字。隐然言他日再归，便是儿童亦已凋零，亲友并无半在也。可不谓之大哀也哉。

李端

二首

赵州人。大历五年进士。历校书郎，终杭州司马。始郭暖尚升平公主，贤明有才思，尤多招士，端等多从之。暖进宫，大集客，端赋诗最工。钱起曰："素为之。请赋起姓。"又工于前，客乃服。集三卷。

宿淮浦忆司空文明

愁心一倍长离忧，夜思千重恋旧游。

秦地故人成远梦，楚天凉雨在孤舟。

诸溪近海潮皆应，独树边淮叶尽流。

别恨更深何处写，前程惟有一登楼。

【前解】

"长"字，去声，即长物长字。言一倍是自己愁心，又长一倍，是朋友离忧也。"夜思"七字，独承离忧，言翻来覆去，更睡不得，即更放不得也。"秦地"十四字，再承夜思，言才睡得，即又梦，才梦得，即又觉，迷迷离离，恰似家中握手，淅淅沥沥，早是船背雨声也。真写尽"千重"二字矣。

【后解】

此非写景，正借其地自比，言此处淮海虽深，殊未抵我别恨也。因思古有远望当归之语，而又正在舟中，无楼可登，于是且待明日，看他前程。嗟乎！一望尚俟前程，然则握晤竟在何日哉？

送濮阳录事赴忠州

成名不遂双旌远，空印还为一郡雄。

赤叶黄花随野岸，青山白水映江枫。

巴人夜语孤舟里，越鸟春啼万壑中。

闻说古书多未校，肯令才子久西东。

【前解】

此为濮阳登第不得归，又被命之忠州，故送之云云也。前解，写送处景。

【后解】

后解，写忠州景。言便当召还，不令久住此中也。

张南史 一首

字季直，幽州人。初好弈棋，其后折节读书，遂入诗境。以试参军，避乱居扬州。再召，未赴而卒。诗一卷。

陆胜宅秋雨中探韵

同人永日自相将，深竹闲园偶辟疆。
已被秋风教忆鲙，更闻寒雨劝飞觞。
归心莫问三江水，旅服从沾九月霜。
醉里欲寻骑马路，萧条是处有垂杨。

【前解】

此写君子在野，无处告诉，遂托杯斝，纵心行乐也。看其"同人"字、"永日"字、"自相将"字，字字欢笑，字字眼泪。"同人"，言济济诸贤，不须借才也。"永日"，言迟迟良日，大堪戮力也。"自相将"，言并无一人，蒙被收目也。深竹闲园，即其自相将之地。已被风教，妙！更闻雨劝，妙！写得风雨一片情理，一段兴致，正复诸公一段牢骚、一片败坏也。

【后解】

他诗不得意，则亟思归，今此诗并不思归，真不辨其此日竹园，是欢笑、是眼泪也。"莫问"，妙！"从沾"，妙！"是处有"，妙！不知者，便谓如此真是快活。呜呼！受父母身，读圣贤书，上承圣君，下寄苍生，我将自处何等而取如此快活哉！

朱放

一首

字长通，襄州人。隐居剡溪。贞元初，召为拾遗，不就。

早发龙且馆舟中寄东海李司仓郑司户

沙禽相呼曙色分，渔浦鸣榔十里闻。

正当秋风度楚水，那值远道伤离群。

津头却望后湖岸，别处已隔东山云。

停舻目送北归翼，惜无瑶华持赠君。

【前解】

此是昨夜别过，今早发舟，而更留寄也。"沙禽"，写早。"十里"，写发。"正当""那值"，写留寄之故。看他一头发，一头自怨其发。人生不知为何事驱迫，而每每至此。

【后解】

前写初发，此写既发之后。风利舟驶，顷刻已非二子夜来分手之处，于是不胜悽惋，反更停舻也。

窦常

一首

字中行。大历中进士。不肯调，客广陵。多所论著。隐居二十年。镇州王武俊闻其才，奏辟，不应。杜佑镇淮高，署为参谋，历郎、夔、江、抚四州刺史，国子祭酒致仕。卒，赠越州都督。有集三卷。

寒食途次松滋渡先寄刘员外

杏花榆荚晓风前，云际离离上峡船。
江转数程淹驿骑，楚曾三户少人烟。
看春又过清明节，算老重逢癸巳年。
幸得柱山当郡合，在朝常咏卜居篇。

【前解】

写荒凉，一经佳笔，便令荒凉都不复觉，甚至乃有反以为清绝景事者。后贤今后欲写荒凉，不可不用意细读此等诗也。○"杏花榆荚"，写寒食时候也；"晓风前"，写松滋渡头禁受寒食之人也；"上峡船"，加"云际离离"，写是日望中所有也。三、四申言，如此云际离离之船，但有必皆入望，然则岂有松滋渡一路人烟，我顾全然不见者！胡为江已几折，骑已几程，而旧传三户，尽成乌有。此其一路荒凉，真为不堪寓目也。［"淹驿骑"，只是停骖再看，为下"少人烟"句作波。不是真正有所淹也。］

【后解】

寒食，是清明之前一日，"又过"者，犹言看看又过也。癸巳，是花甲之后一年，"重逢"者，犹言悠悠再起也。此十四字，真是老年人，日暮心孤，泪点血点，盛年人总不知也。"在朝"者，凡郡县公堂，俱得称朝。

窦牟

字贻周。贞元二年进士。累至都官郎中，终国子司业。集一卷。

一首

秋居对雨赠别卢七侍御

燕燕辞巢蝉蜕枝，穷居积雨坏藩篱。

夜长檐溜寒无寝，日晏厨烟湿未炊。

悟主一言那可学，从军五百竟何为。

故人骢马朝天去，洛下秋声恐要知。

【前解】

前解，只写秋居对雨。〇不惟"居"字、"雨"字写得苦，并"秋"字亦写得甚苦。此岂即所谓洛下秋声耶？抑亦心头别有其事，故甘此困穷，而以为洛下秋声也！

【后解】

后解，方写赠别侍御。〇"悟主"，车千秋也；"从军"，班定远也。引此者，必有时事，然已不必深考。大意若言我自为无救于此二者，故甘心穷居洛下。今故人骢马朝天，其必有以慰吾者也。

于
鹄

一
首

大历、贞元间诗人也。为诸府从事。居江湖间，有《卜居溪阳》，及《荆南陪樊尚书赏花》诗。其自述曰："三十无名客，空山独卧秋。"岂以诗穷者耶？集一卷。

送宫人入道

十五吹箫入汉宫，看修水殿种芙蓉。

自伤白发辞金屋，许著黄冠向雪峰。

解语老猿开晓户，学飞雏鹤落高松。

定知别后宫中伴，遥听缑山半夜钟。

【前解】

十五入宫，只加"吹箫"二字，便蚤具仙意。"看修水殿"，是纪其入宫之年。如问绛县甲子，却云叔仲惠会郤成，叔孙庄败长狄，即用此法。然亦殊画娇憨之甚也。"自伤"，一气贯下，十二字成一句，言颇闻有人，蒙被主上恩私，御前无求不许，独我入宫至今，曾未尝有是事，只有昨日一辞一许，算是一生至恩特荣，故伤之也。若解作伤白发，此岂复成语？

【后解】

五、六，写世外另一天地，若不出得宫来，几于全然不知。七、八，又反写未出宫者，以极形其自在解脱，盖言相慕，非言相思也。

中唐人。窦中行集有《立春寄怀杨郇伯》诗。

妓人出家

尽出花钿与四邻，云鬟剪落厌残春。

暂惊风烛难留世，便是莲花不染身。

贝叶欲翻迷锦字，梵声初学误梁尘。

从今艳色归空后，湘浦应无解佩人。

【前解】

"尽出花钿"者，剪落云鬟也；剪落云鬟者，心厌残春也。"残春"，"残"字妙！已识尽春滋味矣，亦有限春滋味矣！三、四，便是如来一切种智语，所谓放下屠刀，立地即佛也。

【后解】

五、六，在唐人本是佳句，近今乃纯作此言，便成恶道。○云何是唐人佳句？盖言积习既久，新力未充，切恐常时业相发现也。七、八，因更勉之，言出家乃是大丈夫之事，断头沥血，便请长辞，毋更留恋为佳也。云何是近今恶道？如贝叶与锦字，梵声与梁尘，专取两误，以为巧妙，于是乃至一题作数十首不自休也。

戴叔伦

五首

字幼公，润州金坛人。师事萧颖士，为门人冠。刘晏管盐铁，表主运湖南。至云安，杨惠琳反，驰客劫之，曰："归我金币，可缓死。"叔伦曰："身可杀，财不可夺。"乃舍之。试守抚州刺史，俄即真。期年，诏书褒美，封谯县男，加金紫服。迁容管经略使，绥徕夷落，威名流闻。其治清明仁恕，多方略，故所至称最。德宗常赋中和节诗，遣使者宠赐。代还，卒于道。年五十有八。

和汴州李相公人日立春

年来日日春光好，今日春光好更新。

独献菜盘怜应节，遍传金胜喜逢人。

烟添柳色看犹浅，鸟踏梅花落已频。

东阁此时闻一曲，翻令和者不胜春。

【前解】

东方岁占，正月一日为鸡，二日为狗，三日为羊，四日为豕，五日为牛，六日为马，七日为人，八日为谷。其日晴好，则其物丰熟，阴则有灾，故工部写忧诗曰："元日至人日，无有不阴时。"此又正反之以和相公曰："年来日日春光好，今日春光好更新。"盖切望阁臣，自不得不作尔语也。三，借立春，恰写自己。四，借人日，恰写相公。"独献"好，"喜逢"好，犹言何意良时，成此奇遇。

【后解】

此深言得和之为幸也。五、六，妙！妙！才说柳看犹浅，早说梅落已频，此即《论语》"日月逝矣，岁不我与"之意。其所望于相公特有至亟，不止是写立春景物而已。〔一、二，连用两"春"字，至末，又以"春"押脚。政复章法，浅人乃更讥其字重。〕

赠司空拾遗

侍臣何事辞金陛，江上弹冠见雪花。

望阙未承丹凤诏，开门空对楚人家。

陈琳草奏才还在，王粲登楼兴不赊。

高馆更容尘外客，仍令归去待琼华。

【前解】

观其七、八云"高馆更容""仍令归去"，则知司空之至江上，固有不容而令之至江上者也。于是特作婉辞问之，言司空之辞金陛而至江上，则果为何事乎？相其弹冠而望，绝不似欲老江上者。然而雪花如手，岁又暮矣，全无诏至，空自开门，此果谁为之也。〔开门，不是闲事，正写其日日望诏意，可想。〕

【后解】

五，言司空人才实难。六，言司空思归正苦。因语诸公，倘可相容，万望假涂，且教归去。此极刺之辞也。

过故人陈羽山居

向来携酒共追攀，此日看云独未还。

不见山中人半载，依然松下屋三间。

峰攒僧寺朱霞上，水绕渔矶绿玉湾。

却望夏洋怀二妙，满崖霜后树斑斑。

【前解】

　　特访高人不遇，必有无数惋惜。此只闲闲云，向来遍遍寻着，今日独相失耳。便自说得来访是偶然，不在亦是偶然。以偶然之人，有偶然之事，而适值偶然之时，于怀虽不大佳，于兴亦不大恶也。三、四，便缩取王摩诘门外青山一解，只作二句，言虽不睹其人，不妨且看其屋。夫三间之屋，既曰依然，便亦无大足看也。而必又写入诗者，所谓美人影亦好，此纯是性情边事，不能以笔墨求也。

【后解】

　　前解，且看其屋。后解，再算其人，言毕竟陈君此时当安在乎？为在高高朱霞之上乎？为在低低绿玉之湾乎？"二妙"句，未解。末言使我伫望必归之路，惟见一带霜树斑斑。想见先生是日，迁延而不能即去也。

酬耿少府见寄

方丈萧萧落叶中，暮天深巷起悲风。

流年不尽人自老，外事无端心已空。

家近小山当海畔，身留环卫隐墙东。

遥闻相访频逢雪，一醉寒宵谁与同。

【前解】

　　前解，自写。"方丈"者，寄居僧舍，其大小不过十笏也。"萧萧"者，叶既辞树，又不到地，方落未落，其景萧萧也。"中"者，天既欲暮，巷又独深，忽然风起，四面叶落。"暮天"则时时有风，"深巷"则寂寂无事，于是十笏之屋，更无所睹，但见其在落叶之中也。然则何不掩方丈，踏落叶，暂出深巷，略遣暮天。而无如年自流，人自老，事自多，心自空，既是了不相关，无妨死心独坐也。〔一解，只写无人见寄，以与后解顿挫耳。〕

【后解】

　　后解，写少府。家近小山，言少府亦将归隐。"身留环卫"，言少府特偶未去。称"环卫"者，少府职近宫闱故也。然则少府与我，心同，地同，寂寞同，牢落同，既是无所不同，便应无日不同。乃闻频频访我逢雪，何不特特招我同醉耶？〔少府见寄，只道相访。如此奉酬，便要相招矣。此非无俚穷相，实是同调共怜也。故云：唐人五、六措语，一意全为七、八。试看如此七、八，若无五、六，即岂复成诗？然如此五、六，若无七、八，则又何为而云乎？〕

过贾谊旧居

楚乡卑湿叹殊方，赋鹏人非宅已荒。

漫有长书忧汉室，空传哀些吊沅湘。

雨余古井生秋草，叶尽疏林见夕阳。

过客不须频太息，咸阳宫殿亦凄凉。

【前解】

此解，未写旧居，先哭贾傅。一，哭其身前。二，哭其身后。三承一，再哭其身前。四承二，再哭其身后。言如此卑湿，岂是人居，先生有治安三书，而顾令之住此，可哭也！如此荒芜，谁求遗迹？先生无《吊湘》一辞，几至名字不传，可哭也！

【后解】

此解，始写旧居。然贾傅遗居，亦止有井可认，其余草非贾谊草，林非贾谊林，雨非贾谊雨，夕阳非贾谊夕阳。不宁惟是，乃至今日，并非戴生夕阳。抑瞥地后日，且并非读戴生诗者之夕阳也。末句，忽又捎带咸阳宫殿者，言彼热闹处，亦已同尽，无为独悲此悒郁人也。赖此一结，稍复抒气，不尔，几欲损年矣。［“亦”字妙绝。］

字巨川，西蜀人。率履真素，放情江湖。郡国交辟，潜耀不起，有唐高人也。诗体幽远，兴用洪深，因词写意，穷理尽性，于咏物尤工。集一卷。

寻隐者韦九于东溪草堂

寻得仙源访隐沦，渐来深处渐无尘。

初行竹里惟通马，直到花间始见人。

四面云山谁是主，数家烟火自为邻。

路旁樵客何须问，朝市如今不姓秦。

【前解】

隐者韦九，吾初不知何人，若其东溪草堂，即一何绝人远去之太甚乎！看起句，用"寻得"字，便是早费推觅。乃二句犹有"渐来渐深"字，如三之"初行竹里"，四之"直到花间"，彼则诚有何所痛恶于世，而避之惟恐不力，一至是哉！是不可不用后解问之。

【后解】

五，如云普天皆王土。六，如云率土皆王臣也。四面谁主，而乃数家为邻耶？七、八，因与极言，古之君子，所以亦有绝人远去者，彼皆遭时不仁，然后乃不得已而或出于此。今韦九则胡为而至是乎？胡为而至是乎？

王建

二十一首

字仲初，颍川人。大历十年进士。初为渭南尉，历秘书丞，侍御史。太和中，出为陕州司马，从军塞上，后归，卜居咸阳原上。集十卷。○白居易《授王建秘书郎制》云："敕太府秘丞王建：太府丞与秘书郎，品秩同，而廪禄一。今所传移者，欲职其宜，而才适用也。诗人之作丽以则，建为文近之矣。故其所著章句，往往在人口中，求之辈流，亦不易得。帑藏之吏，非尔官也。尔翱翔书府，吟咏秘阁，改命是职，不亦可乎，可秘书郎。"

早春午门西望

百官朝下午门西，尘起春风满御堤。

黄帕盖鞍呈过马，红罗缠项斗回鸡。

馆松枝重墙头出，渠柳条长水面齐。

惟有教坊南草色，古城阴处冷凄凄。

【前解】

"下"之为言退也、散也。"尘起"者，朝散官退、人多马多，故尘起也。"春风"之为言光辉也。句法最好。向来只误读作"风起香尘满御堤"耳。三、四，不写百官，却写马，却写鸡，妙！妙！"黄帕盖鞍"，此马之春风也。"红罗缠项"，此鸡之春风也。马与鸡，尚有遭时得君之日，则亦下午门，行御堤，光辉遍身、顾盼自豪，其春风也。如此，彼避立门西、闲看下朝者，独奈之何哉？晏元献欲改"呈马过""斗鸡回"，痴狗咬块之才耳。［呈过马、斗回鸡，言呈过之马，斗回之鸡也。言马与鸡，则人见；言人，则马与鸡不见，故不写人，但写鸡与马也。晏元献岂非失言！］

【后解】

馆，御馆也；渠，御渠也。此皆避立门西、闲看下朝之人之热眼也。言何独御马，何独御鸡，虽无情之一松一柳，而但托天家，即春风十倍。末因自比坊南弱草，独自失时。呜呼！又何言哉？"古城"字，妙！比不入时尚。"阴处"字，好！比不到人前。
〔此诗头尾，以"午门西"字，应"教坊南"字；以"满御堤"字，应"古城阴"字；
以"春风"字，应"冷凄凄"字。〕

献王枢密

先朝行坐镇相随，今上春宫见长时。

脱下御衣亲赐着，进来龙马每教骑。

长承密旨归家少，独奏边机出殿迟。

不是大家频向说，九重争得外人知。

【前解】

一，写真是亲臣。二，写早又是老臣。三、四，着御衣、骑龙马，言非直近幸而已，朝廷方且与之无嫌无疑、并心同体也。句中特下"赐"字、"教"字，见非狎恩弄宠、矫驾君车之比也。○此解，写王枢密，蒙被天眷、无人不知事。

【后解】

此又写人所未知事也。"承密旨"，是内之信之，更无第二人。"奏边机"，是己之自信，亦更无第二人。外人不知，非不知其密旨边机，直不知其长承独奏也。

早秋过龙武李将军书斋

高树蝉声秋巷里，朱门冷静似闲居。

重装墨画数茎竹，长著香薰一架书。

语笑侍儿知礼数，吟哦野老任狂疏。

就中爱读英雄传，又说功勋恐不如。

【前解】

写山僧，必写其置酒，写美人，必写其学道，写秀才，必写其从猎，写武臣，必写其读书，谓之翻尽本色，别出妙理也。〇一、二，不写书斋，且先写其门，且又先写其巷，妙在欲写冷静，偏写蝉声，此皆是其作宫词之三昧，他人乃未易晓也。三、四，不写将军，却只写其画与其书。"重装"，妙！"香薰"，妙！此非写其画与其书，便是将军之天性人欲，都写出来。当时若写看画、读书，政复有分限耳。〔分明便是其宫词一首。因思天生作宫词人，虽欲不作宫词，不可得也。〕

【后解】

五，"礼数"字，并非将军本色，乃今不惟将军有，虽侍儿能有。六，"狂疏"字，极是将军本色，乃今野老不任将军，将军反任野老，真是全然不似将军也。七、八，因言，除非以英雄人，读英雄书，此时伧父或露故态，而其恂恂粥粥，转更儒者如此。呜呼！吾真不能复相之也。

送从侄凝赴江陵少尹

江陵少尹好闲官，亲故皆来劝自宽。

无事日长贫不易，有才年少屈终难。

沙头且买红螺盏，渡口多呈白角盘。

好向章华台下醉，莫冲云雨夜深寒。

【前解】

"好闲官"，是一时亲故，异口同声、相与失叹之辞。三、四承写，言闲官则贫，贫既实难，闲官则屈，屈又实难。看他写贫之难，难于无事，难于无事而又日长，妙，妙！屈之难，难于有才，难于有才而又年少，妙，妙！

【后解】

沙头买盏，渡口买盘，言一路惟有多治饮具，醉为上策也。[五、六、七，写得怨之甚，八，写得惜之甚。]

上阳宫

上阳花木不曾秋，洛水穿宫处处流。

画阁红楼宫女笑，玉箫金管路人愁。

幔城入涧橙花发，玉辇登山桂叶稠。

曾读列仙王母传，九天未胜此中游。

【前解】

一，将写宫中行乐，先写宫中景物也，言外边的的一片秋风秋日矣，今宫中之乐如此，定是未解秋来也。二，忽然又思宫中行乐，其事甚秘，外人在外，安得与闻，于是特地抽笔，闲插七字，言人自在宫墙之外，看他洛水漫流。三、四，实之。然所以又知此中情事者，只为楼阁出云，笑声时度，箫管亮发，行路共闻，其实此外固曾不得而又知之。〔次句之忽地抽笔闲插七字，最是唐人通身本事。如元微之《连昌宫辞》，亦忽地抽笔，插"宫边老人为予泣，少年选进因曾入"十四字。又忽地再抽笔，插"去年敕使因斫竹，偶值门开暂相逐"十四字。皆其法也。〕

【后解】

上言不曾秋，此又换笔，言是时其实已是一片秋风秋日也。"幔城入涧""玉辇登山"，虚写行乐。"橙花发""桂叶稠"，实写秋光。言入涧、登山，虽不可知，橙花、桂叶固莫不睹也。因叹九天仙界，未胜于此，而笔墨之外，轻轻已安"王母"二字。呜呼！其辞婉，其法严，真称诗史无愧矣。

华清感旧

尘到朝元边使急，千官夜发六龙回。

辇前月照衮衣泪，马上风吹蜡烛灰。

公主妆楼金锁涩，贵妃汤殿玉莲开。

有时云外闻天乐，疑是先王沐浴来。

【前解】

一解，写旧。〇起句，只是"边使急"之三字，二、三、四三句，只是"千官夜发六龙回"之七字耳。必又故加"尘到朝元"，写边使之急至于如此，必又故加"月照衮衣""风吹蜡烛"，写夜发之窘至于如此者，此非闲笔闲描，正复备列其状，以为后世炯鉴也。

【后解】

一解，写感。〇触目荒凉，何事不痛，而必独写公主、贵妃者，在当时亦止目侧于公主、贵妃，则今日亦止心悼于公主、贵妃也。末又故写天乐来，疑是沐浴来，以归重先皇，言事之至此，虽曰公主、贵妃之故，而岂公主、贵妃之故哉！

同于汝锡游降圣观

秦时桃树满山陂，骑鹿先生降大罗。

路尽溪头逢地少，门连内里见天多。

荒泉坏简朱砂暗，古塔残经篆字讹。

闻说开元斋醮日，晓移行漏帝亲过。

【前解】

降圣观为老子现神而建。夫老子出关西去，既已不知所终，然则今日必谓其坐大罗天上，已自出言不雅，况又谓其从大罗天下，此岂荐绅所宜道哉！首句先衬秦时桃树，妙，妙！桃称短命之花，寿乃不及诸树，今云秦时所种，即无辨其谬者。然则鹿又可骑，老子又骑鹿，天上不惟有老子，兼又有鹿，一时喧喧，一传十、十传百、百传千万，遂至上闻，遂至立庙，固其所也。三、四，"地少""天多"，又妙！虽写此观胜境，然而满陂皆秦树，树里又逢上真，则虽谓此观此陂，非复地上，直是天上，亦无不可，盖甚之也。

【后解】

后言，然而自开元至今日，曾几何时，而泉则已荒，简则已坏，砂则已暗，塔则已古，经则已残，字则已讹，竟如斯矣。此亦非必自开元直至今日，而后荒者始荒，乃至讹者始讹也。正就开元方当斋醮之日，而荒者暗已自荒，乃至讹者暗已自讹。何则？万物无常，刻刻改换，我身不觉，彼自久然。不信，则试思皇帝初临，行漏唱晓，皇帝还跸，行漏仍唱晓，固必无之事也。然则必谓山陂骑鹿，真是昔人，岂不过与？岂不过与？

寄旧山僧

因依老宿发心初，半学观心半读书。

雪夜每常同席卧，花时不省两山居。

猎人箭底求伤雁，钓户竿头乞活鱼。

自向风尘取烦恼，一身衰病日难除。

【前解】

此因深入风尘，遍身衰病，途穷事蹙，忽地回心，自悟八百军州镔铁，只铸就得一错，于是悔之无及，吐此四七二十八字，所谓一片快活中，只夹带得些些一点，便至弄出后一解来。若使当初十成全学观心，即又胡为而至此也。〔读书之与观心，为复是一是二？如何遽将后解，无端归咎读书？只因其亲口分作两半，便早供出，当初读书，全是烦恼根本故也。〕

【后解】

猎人伤雁，钓户活鱼，犹尚不忍；而今自身反无救护，真乃羡杀当年，怨杀当年也！

题金家竹溪

少年因病离天仗，乞得归家养病身。

买断竹溪无别主，散分泉水与西邻。

山头鹿下长惊犬，池面鱼行不怕人。

京使到门常款语，还闻世上有功臣。

【前解】

此非写病，乃是因病得归、因归得脱，于是极写快活，以反形天仗。买断无别主，妙！天仗下，张王李赵，弓刀剑戟，彼争我夺，朝得暮失，无此自在安隐也。散分与西邻，妙！天仗下，一顾不轻，片言莫借，目视枯鱼，曾不沾酒，无此通融无碍也。言向使不因病告，即不得归家，不得归家，即不离天仗，况在少年，血气方刚，安知今日不成祸事。盖深感一病之相救也。

【后解】

此又写归家既久，机事尽忘。鹿下鱼行，了无惊怖。闻彼世上功臣，朝受王命，夕发内热，幸而有成，万已余丧者，真有如春风之过聋耳也。

题石瓮寺

青崖白石夹城东，泉脉钟声内里通。

地压龙蛇山色别，屋连宫殿匠名同。

檐灯经夏纱笼黑，庭叶先秋腊树红。

天子亲题诗总在，画扉长锁壁龛中。

【前解】

此诗虽曰寄题佛寺，而实怀念先皇，所谓触事生悲、借壁弹泪者也。别问：既是怀念先皇，云何却题佛寺？答曰：只为此寺实近夹城，夹城者，先皇由东内达南内所筑之复道也。此寺与南内之相近也，泉则同脉也，钟则同闻也。何故泉则同脉？当时王宫佛刹，分场定杙，实维同选此山也。何故钟则同闻？当时王宫佛刹，取材救工，乃至同用一匠也。

【后解】

由是而先皇之幸寺中，乃为常常之事矣。虽在今日，俯仰之间，尽成陈迹。然所经题，煌煌御笔，无不总在。五、六，先写檐灯庭树，以奉严画扉，又写黑纱红叶，以暗配长锁。一解四句诗，便是一片眼泪也。

贺杨巨源博士拜虞部员外

合归兰署已多时，得上金梯亦未迟。
两省郎官开道路，九州山泽属曹司。
诸生拜别收书卷，旧客来看读制词。
残着几丸仙药在，分张还遣病夫支。

【前解】

看他才动手，笔下便自七曲八曲，如"合归"，如"已多时"，如"得上"，如"亦未迟"，使人一时读之，竟不知其是怨、是贺、是慰、是悲也。"开道路"句，承合归已多时，写意本未满。"属曹司"句，承得上亦未迟，写命则已拜。总是言，直至今日，始以此官辱吾景山，为未快意也。

【后解】

上解，与景山较量新除。此解，与景山发放旧署也。诸生收书，来客看制，画出博士员外升转匆匆。而又于中间，自插病夫支药，以作一笑者，不尔，便令上文一段意气，无法销释也。

赠卢汀谏议

青蛾不得在床前，空室焚香独自眠。

功证诗篇离景象，药成官位属神仙。

闲过寺观正冲夜，忽送封章直上天。

近见兰台诸吏说，御诗新看未教传。

【前解】

前解，写谏议密行。○人生男女之事，少年或有不免，一知别有大事，未有不痛与隔绝者也。"不得在床前"，妙！所谓并断因缘。"焚香独自眠"，妙！所谓特自庄严。盖不断因缘，则终恐自犯，而不自庄严，又且恐犯我也。如是而有何功之不证，何药之不成乎？云何功证？"诗篇离景象"是也。云何药成？"官位属神仙"是也。夫景象之离与不离，与神仙之属与不属，此非我之所得测也。然一切因缘，则既永断，无量庄严，则既久修，此固我之所眼见也。看他写出严净毗尼，亦只用宫词一手，妙，妙！

【后解】

后解，写谏议奇迹。○亦不必定于寺，定于观，定于冲夜，然而或于寺，或于观，或于冲夜，忽然见其封章直上，则时时有此奇绝之举动矣。我先亦甚为惊诧，近因见台吏私说，而后始知天子就之学诗也。

从军后寄山中友人

爱仙无药住溪贫，脱却山衣事汉臣。

夜半听鸡梳白发，天明走马入红尘。

村童近去嫌腥食，野鹤高飞避俗人。

劳动先生远相示，别来弓箭不离身。

【前解】

一、二，看他从军人，却写出如此十四字告诉知己，呜呼哀矣！因他一、二先写出如此十四字，便令人诵其三、四，不觉字字流出泪来。所谓我哭之尚恐不及，其又孰敢笑之！

【后解】

既已至此，又复何言！然生平之心，不敢没也。因反托笔童、鹤，自明本色。末又自笑自哭，言童亦离身，鹤亦离身，却反有弓箭不离于身，真乃羞杀平生也。

赠崔杞驸马

凤凰楼阁连宫树，天子崔郎自爱贫。

金埒减添栽药地，玉鞭平与卖书人。

家中弦管听常少，分外诗篇看却新。

一月一回陪内宴，马蹄犹厌踏香尘。

【前解】

写游侠驸马易，写寒士清贫亦易，今却欲写驸马清贫，此当如何着笔耶？忽然隽管撩天，先与扳亲叙眷，言此楼阁连宫，乃是天子崔郎也者。然而金埒改为药栏，玉鞭贱酬书价，此则自是其天性使然，非他人所得而强也。如此，便自上半脱出香粉气，下半又不入酸馅气矣。〔"天子"二字，只作刷色用，妙，妙！此便从寡人女婿句法化来。〕

【后解】

"弦管"，加"家中"，"诗篇"，加"分外"，字字写绝驸马。若在他人，即弦管安得家中，诗篇如何分外耶？末又言一月三十日，假使二十九日读书，只有一日不得读书，彼当犹以为恨，然又必写此一日作陪内宴者，极表正是当今爱婿，非其他驸马之比，以见清贫之非落魄也。

微雪早朝

蓬莱春雪晓犹残，点地成花绕百官。

已傍祥鸾迷殿角，还穿瑞草入袍襕。

无多白玉阶前湿，积渐青松叶上干。

粉画南山棱郭出，初晴一半隔云看。

【前解】

"晓犹残"之为言，从夜到晓，而终不得积也。"绕百官"之为言，才得成花，而绕墀正拜也。"已傍""还穿"之为言，虽无所积，而飞飞未止也。写微雪至此，可称天女散花手矣。

【后解】

前解殿角、袍襕，从上写至下。此解阶前、松上，从下写至上。从上写至下者，飞雪也。从下写至上者，消雪也。以无多故，阶前已先消也。以积渐故，松上犹未消也。末又写朝廷正面结之。粉画者，未消也；棱郭者，已消也。〇总是前解写飞，后解写消；前解写百官，后解写至尊。

送宫人入道

休梳丛鬓洗红妆，头戴芙蓉出未央。

弟子抄将歌迭遍，宫人分散舞衣裳。

问师始得经中字，入静犹烧内里香。

发愿蓬莱见王母，却归人世施仙方。

【前解】

前解写舍俗之诚，后解写初心之猛。○菩萨六波罗密，必以布施而为第一。故大雄丈夫教人学道，先学舍施。能舍施者，是名健儿，不舍施者，虽学千劫，终非道也。舍施之法，从难舍起，必当拣其心所最爱不可舍者，而先舍之。如此三、四，则真所谓能舍难舍者也。盖美人心性，最惜歌舞，歌有迭有遍，父子一拍不传；舞有衣有裳，姐妹暂时不借。而今任意抄传，尽情分俵，则是一去永去，更不还来。观一、二之尽废梳掠，头戴花冠，便是通身放倒，更无寸丝未断者也。

【后解】

始得经字，犹烧内香，教中谓之轻毛菩萨，正即为出九仞，方覆一篑意也。而能发大愿力，誓必成就，见王母，归人世者，犹言不见王母，决不归来。呜呼！其勇猛也如此，然则后日从王母边来，我真欲旦暮俟之也。○作宫词人，不谓其胸中又有如此事。

送司空神童

杏花坛上授书时，不废中庭趁蝶飞。

暗写五经收部帙，初年七岁着衫衣。

秋堂白发先生别，古巷乌衣学伴归。

独向凤城持荐表，万人丛里有光辉。

【前解】

背写五经，尽成部帙，而年方毁齿，才着衫衣，此自是写神童必到之文。妙莫妙于偏写其不废趁蝶，宛然群儿，便使人分明看见神童更小，而神童更神。至于将欲写其趁蝶，而预取杏坛拆开，插放花字，使读者瞥然眼迷。此又其百首宫词之秘法也。

【后解】

正写不过被荐赴京耳，看他"凤城"上，陪出"秋堂"，陪出"古巷"；"独"上，陪出"先生"，陪出"学伴"；"荐表"上，陪出"别"，陪出"归"；"有光辉"上，陪出"白发"，陪出"乌衣"，真乃出像反衬法也。〔神童诗中间偏下得"白发"字，有此妙笔，虽再作宫词百首，安得才尽！〕

岁晚自感

人皆欲得长年少，无那排门白发催。

一向破除愁不尽，百方回避老须来。

草堂未办终须置，松树难成亦且栽。

沥酒愿从今日后，更逢二十度花开。

【前解】

自感也，而统举世人发论者。昔尝妄谓人人自老，而我独不老，抑我尚不知有老，抑我尚不闻有人向我说老者也。无何，瞥眼之间，老顾奄然忽至，于是斗地惊心，疾往排门遍问，则见人人果已皆老。因而大悟，人欲不老，谁不如我，今既一例都然，然则我无独免也。故此一、二，正是真正自感，正是大聪明人，从大鹘突处看得出来，不是街头乞儿劝世声口也。三、四又推出一愁字者，言老为死因，而愁实为老因也。

【后解】

夫老为死因，非细事也，而愁实为老因，此不可以不加意也。于是愿从今日，特谋所以无愁之法焉。久思置一草堂，今虽未办，其必力疾置之也。久思栽几松树，今虽难成，其必力疾栽之也。何也？人本有心，心本求称，心称则不愁，不愁则不老。然则从今以后，但得一年，即皆于我草堂之中、松树之下，恣心恣意，只学无愁。嗟乎！如是而不老，则真胜算也。万一终亦不免，而得如是而老，亦真胜算也。至矣哉，此诗乎！〔"愿从今日后"，愿字，非愿再活二十年；乃愿二十年，年年置草堂，栽松树也。莫误读之。〕

闻说

桃花百叶不成春，鹤寿千年也未神。

秦陇州缘鹦鹉贵，王侯家为牡丹贫。

歌头舞遍回回别，鬓样眉分日日新。

鼓动六街骑马出，相逢总是学狂人。

【前解】

立题妙绝，不知其说何国也，不知其说何年也，不知其说何人也。非曰见之也，夫亦闻之而已，窃谓其不可也。夫闻之而尚窃谓其不可也，胡可又令之或见之也。一解，写争奢斗侈，无有底止，至于如此。

【后解】

二解写心短事蹙，不可少延，又至如此。"学狂人"，"学"字妙，隐然指一始狂之人，以为痛戒也。

送吴谏议上饶州

鄱阳太守是真人，琴在床头箓在身。

曾向先皇边谏事，新于上帝处称臣。

养生自有年支药，税户应停月进银。

净扫冰堂无侍女，下阶惟共鹤殷勤。

【前解】

一解，送吴谏议上饶州，却如代吴谏议向饶州百姓前，呈递脚色手本。此皆是其百首宫词千变万化之异样聪明，在先生只是轻轻弄笔便成，在他人乃更精思十日未得拟也。

【后解】

一解，写吴谏议到饶州后，又如与之画作白描行乐图。看他界画如线，翎毛花草，色色精到，如此笔墨，实是只推先生独步也。

故梁国公主池亭

平阳池馆枕秦川，门锁南山一朵烟。

素柰花开西子面，绿榆枝散沈郎钱。

装檐玳瑁随风落，傍岸鸥鹏逐暖眠。

寂寞空余歌舞地，玉箫声绝凤归天。

【前解】

写故主池亭，不十分作荒凉败意之语，只轻轻下"门锁"二字，便已无意不尽。○"枕秦川"，妙！言欲看池馆，一路行来也。"南山一朵烟"，妙！言不意前看门锁，因而转身回看，反见南山也。"柰花""榆荚"，微缀西子、沈郎，妙！言门前凄凉花木，色色皆为公主旧物也。一解四句中，全写池馆门前，一人徬徨叹息。

【后解】

玳瑁，水中介虫，故得与鸥鹏为对。此五、六，正写七之"寂寞"二字也。"空余歌舞地"，言止有一片地在；其余，箫已无、凤亦无，一切都无也。

武元衡 四首

字伯苍，河南缑氏人。祖平一，有名。举进士，始为华原令，以移疾去。德宗奇其才，召拜比部员外郎，岁内三迁，至右司郎中。以详整任职，擢为御史中丞。常对延英，帝目送之曰：是真宰相器。为山陵仪仗使、监察御史，改太子右庶子。会册皇太子，元衡赞相，太子识之。及即位，是为宪宗。复拜中丞，进户部侍郎，同中书门下平章事，以吏部尚书，兼门下侍郎，为剑南西川节度使。由肖县伯，封临淮郡公。一夕，为盗所害，年五十八。帝闻，震惊，罢朝，赠司徒，谥忠愍。公在西川时，大宴，从事杨嗣复，狂酒逼公大觥，不饮，遂以酒沐公，公拱手不动，沐讫，徐起更衣，终不散宴。集十卷。

崔敷叹春物将尽恨不同览时余方为事牵求及往寻不遇因题留赠

九陌迟迟丽景斜，禁街西访隐沦赊。

门依高柳空飞絮，身逐闲云不在家。

轩冕强然趋世路，琴樽空自负年华。

残阳寂寞下城曲，惆怅东风落尽花。

【前解】

访隐沦，写是日九陌丽景，既用"迟迟"字，又用"斜"字，真得访隐沦妙理也。盖迟迟者，春日渐长，不便得斜也。斜者，迟迟既久，不能更迟也。今又言迟迟，又言斜，则是本意出门，欲访隐沦，而心闲步散，一路留赏，殆于到门，不觉傍晚也。因此"一斜"字句，便早有崔君不复在家之理。三、四，似更妙于右丞蓝本一层。不信，则试可共读之。

【后解】

五，补为事牵求。六，补春物将尽，恨不同览。七、八，补因题留赠也，易解。

秋夕对雨寄史近崔积

坐听宫城传晚漏，起看衰叶下寒枝。

空庭绿草闲行处，细雨黄花独对时。

蟋蟀已惊凉节至，茱萸空忆故人期。

相逢莫厌樽前醉，春去秋来总不知。

【前解】

坐听者，坐而无所事事，因闲听也。起看者，起而无所事事，因闲看也。坐而闲听，不必欲听晚漏，而适听晚漏，因而遽惊，今日则已夕也。起而闲看，不必欲看落叶，而适看落叶，因而更惊，不惟今日已夕，乃至今年则已秋也。三、四承之，言我行空庭，天适细雨，绿草黄花，萧然尽暮。此即后解，更无别法，惟有一醉之根因也。

【后解】

故人茱萸之期，当在去年重九。意谓遥遥正隔，何期奄然忽至。嗟乎，嗟乎！人非金铁，遭此太迫，不入沉冥，奈何得避！通篇只是约二子共醉意可知。

严司空荆南见寄

金貂再入三公府，玉帐连封万户侯。

帘卷青山巫峡晓，云微碧树渚宫秋。

刘琨坐啸风清塞，谢朓裁诗月满楼。

白雪调高歌不得，美人南望翠蛾愁。

【前解】

答寄诗。乃于出手，先盛述其入相出将一段异样荣贵者，直为世间有等先辈，得志一旦，尽弃生平，甚至开眼不见巫峡，岂惟秋来不念云树，故特于司空寄诗，大书其官，以志感也。三、四，"帘卷""云微"，顿挫又妙，帘卷还是每日晓色，云微方是此日秋心，其间并不平对也。

【后解】

五、六，本意只感其裁诗月满，而又先补其坐啸风清者，一以见军务倥偬，尚劳垂注，一以见悠慢坐镇，不废啸歌也。末句，美人，谓司空；翠蛾，武自谓也。

春题龙门香山寺

众香天上梵仙宫，钟磬寥寥半碧空。

清景乍开松岭月，乱流长响石楼风。

山河杳映春云外，城阙参差晓树中。

欲尽出寻那可得，三千世界本无穷。

【前解】

前解，写香山寺景。言"清景乍开"，乃是松岭之月，"乱流长响"，乃是石楼之风。

【后解】

后解，写香山寺外景。○读此一解，心服先生始是大休歇人。某颇怪人，见人耳语，必欲与闻。夫人既耳语，则自不应闻。此且不论。我直笑三千世界，除我面前外，何处无人耳语，我又安得一一与闻？此特心不休歇，便有如此闲管，安得以先生诗遍示之也。

王表

一首

大历十四年，潘炎下登第，试《花发上林苑》，表诗曰："御苑春何早，繁花已绣林。笑迎明主仗，香拂美人簪。地接楼台近，天垂雨露深。晴光来戏蝶，夕景动栖禽。欲托凌云势，先开捧日心。方知桃李树，从此别成阴。"

清明日登城春望寄大夫使君

春城闲望爱晴天，何处风光不眼前。

寒食花开千树雪，清明日出万家烟。

兴来促席惟同舍，醉后狂歌尽少年。

闻说莺啼却惆怅，诗成不见谢临川。

【前解】

"爱晴天"之为言，正欲闲望，恰值晴天，为可爱也。"风光"曰何处不眼前者，此虽城头现景，然接上文气，实必晴天，始有此快瞩也。三、四，极写风光，妙手写千树作昨日花，万家作今日烟，此是慧眼细看清明，因而慧手细分寒食也。

【后解】

上解，写清明登城。此解，写奉寄大夫使君。○五、六，只看其"惟"字、"尽"字，翻出大夫使君。

字载之，天水略阳人。生四岁，能属诗。七岁，居父丧，以孝闻。十五，为文数百篇，编为《童蒙集》十卷。名声日大。试秘书省校书郎。贞元初，再迁监察御史。德宗雅闻其名，征为太常博士，转左补阙，迁起居舍人、兼知制诰，转驾部员外郎，司勋郎中，职如旧。迁中书舍人。贞元十七年冬，以本官知礼部贡举，来年真拜侍郎。凡三岁掌贡士，号为得人。历兵、吏二部侍郎，改太子宾客，迁太常卿，拜礼部尚书平章事。寻以检校吏部尚书为东都留守。后改刑部尚书。十一年，复以检校吏部尚书出镇兴元。十三年八月，有疾，诏许归阙。道卒，年六十。赠左仆射，谥曰文。集五十卷。

田家即事

暂卧藜床对落晖，翛然便觉世情非。
漠漠稻花资旅食，青青荷叶制儒衣。
山僧相劝期中饭，渔父同游约夜归。
待学尚平婚嫁毕，渚烟溪月共忘机。

【前解】

此日先生，不知何故，偶过田家，适睹其粗衣粝食，淡然充足。于是忽发大悟，自悔鹿鹿世上，生计艰难，不觉又悯又笑，因而吐此苦吟也。一、二，"暂"字、"便"字，妙！言此理本在眼前，何故人都不省！三、四，承写"非"字，言稻花漠漠，便拟救饥，荷叶青青，妄思制服，真画尽儒衣旅食人，无量饥寒苦恼也。

【后解】

前解，写"非"字。此解，写"翛然"字也。言假如山僧期饭、渔父约游，但离世情，何快不有！然则自今以后，我于一切世情，独有男婚女嫁，其事不得尽废，其余我当一笔都勾也。

待漏假寐梦归江东旧居因思惠阇黎茅处士

十年江浦卧郊园，闲夜分明结梦魂。

舍下烟萝通古寺，湖中云雨到前轩。

南宗长老知心法，东郭先生识化源。

觉后忽闻清漏晓，又随簪珮入君门。

【前解】

孔子谓颜渊，用之则行，舍之则藏，事各有时，地各有宜。若一意宫阙，都忘林皋，固非；然矫语林皋，故薄宫阙，亦非。当其高卧，奈何驰情富贵；正值富贵，不必又说高卧。此方是孔门秘密心印，即《中庸》所谓时中，又名素位者也。此诗，便纯写此段道理。前解，写待漏院中，忽梦郊园，妙！"十年"七字，是梦之宿根；"舍下"十四字，是梦之现量。正当尔许时，为是待漏院，为是舍下湖，试定当看。

【后解】

后解，忽然请两位原梦先生，妙！《华严经》云：心如工画师，造种种五阴，一切世间中，无法而不造。此南宗长老之所知也。《南华经》云：庄周梦为蝴蝶，栩栩然蝴蝶也，及其觉，蘧蘧然周也，不知周梦蝴蝶欤？蝴蝶梦周欤？周与蝴蝶，则必有分。此东郭先生之所识也。末句请得原梦人后，竟随簪珮入朝，妙绝，妙绝！此方是"我与点也"秘密心印。若更葛藤上文，便成宋人笔墨。○沩山睡次，仰山问讯，沩云："我适来得一梦，汝试为我原看。"仰取一盆水与沩洗面。少顷，香严亦来问讯，沩曰："我适来得一梦，寂子为我原了，汝更为我原看！"严乃点一碗茶来。沩曰："二子见解，过于鹙子。"

送李处士弋阳山居

暂来城市意何如，却忆菖阳溪上居。

不惮薄田输井税，自将佳句著州间。

波翻极浦樯竿出，霜落秋郊树影疏。

想到家山无俗侣，逢迎只是坐篮舆。

【前解】

"意何如"三字，记得高达夫问李、王二少府后，直至今日，又有此问也。言菖阳溪上，诚然可念，但暂来城市，却是何如？而顾不能终朝，望望必去如此。三、四，便承处士胸前何如之意，言既辞升斗之禄，即不得不自耕自食，既无特达之知，即不得不自吟自赏。所谓世既弃我，我亦弃世，此是不肯暂来之原故也。看他特下"不惮"字，"自将"字，皆带愤愤之色。

【后解】

此解，写送也。樯竿出，写尽极浦波翻。树影疏，写尽秋郊霜落。此二句，是言处士一路竟去，从自别处，直至到家也。乃到家之后，虽无俗侣，又有逢迎者，又表处士门生众盛，以反映城市中人，不能尽其学也。

　　字梦得，彭城人。擢进士第，登博学宏词科。工文章。淮南杜佑，表管书记，入为监察御史。时王叔文得幸太子，禹锡以名重一时，与之交。叔文每称有宰相器。太子即位，朝廷大议秘策，多出叔文。引禹锡及柳宗元，与议禁中，所言必从。叔文败，禹锡贬连州刺史，未至，斥朗州司马。州接夜郎诸夷，风俗陋甚，家喜巫鬼，每祠，歌竹枝，鼓吹裴回，其声伧佇。禹锡谓屈原居沅湘间，作《九歌》，使楚人以迎送神。乃倚其声，作《竹枝》十余篇，于是武陵夷俚悉歌之。禹锡久落魄，郁郁不自聊，其吐词多讽托幽远。久之，召还，宰相欲任南省郎，而禹锡作《玄都观看花君子诗》，语讥忿，当路者不喜，出为播州刺史。诏下，御史中丞裴度为言："播极远，猿狄所宅，禹锡母八十余，不能往，当与其子死诀，恐伤陛下孝治，请稍内迁。"帝曰："为人子者，宜慎事，不贻亲忧，若禹锡异他人，尤不可赦。"度不敢对。帝改容曰："朕所言，责人子事，终不欲伤其亲。"乃易连州。宰相裴度雅知禹锡，荐为礼部郎中，集贤直学士，度罢，出为苏州刺史。以政最，赐金紫服，徙汝、同二州。迁太子宾客，复分司。会昌中，加检校礼部尚书。卒，年七十二，赠户部尚书。○李司空罢镇在京，慕刘名，尝邀至第中，厚设饮馔。酒酣，出妙妓，歌以送之。刘于席上赋诗曰："䰀鬌梳头宫样妆，春风一曲杜韦娘。司空见惯浑闲事，恼乱苏州刺史肠。"李因以妓赠之。有《宾客集》三十卷，外集十卷。

金陵怀古

王濬楼船下益州，金陵王气黯然收。

千寻铁锁沉江底，一片降旗出石头。

人世几回伤往事，山形依旧枕寒流。

今逢四海为家日，故垒萧萧芦荻秋。

【前解】

　　前解，先写金陵古。后解，独写怀。○王濬下益州，只加"楼船"二字，便觉声势之甚。所以写王濬必要声势之甚者，正欲反衬金陵惨阻之甚也。从来甲子兴亡，必有如此相形，正是眼看不得。"黯然收"，"收"字妙，更不多费笔墨。而当时面缚出降，更无半策，气色如画。三、四，铁锁沉江底，降旗出石头，此即详写"黯然收"三字也。看他又加"千寻"字、"一片"字，写前日锁江，锁得尽情，此日降晋，又降得尽情，以为一笑也。

【后解】

看他如此转笔，于律诗中，真为象王回身，非驴所拟。而又随手插得"几回"二字，便见此后兴亡，亦不止孙皓一番，直将六朝纷纷，曾不足当其一叹也。结用无数衰飒字，如"故垒"，如"萧萧"，如"芦荻"，如"秋"，写当今四海为家，此又一奇也。

松滋渡望峡中

渡头轻雨洒寒梅，云际溶溶雪水来。

梦渚草长迷楚望，夷陵土黑有秦灰。

巴人泪应猿声落，蜀客船从鸟道回。

十二碧峰何处所，永安宫外有荒台。

【前解】

　　前解，感时。后解，伤事。〇一，轻雨洒梅，写春动。二，雪消水来，写腊尽也。"渡头""云际"者，言此处春动，即无处不腊尽。如"梦渚""夷陵"，遥遥极望，眼见皆是春物也。"草长""土黑"者，草长为"梦渚"，土黑为"夷陵"也。各用五字写上二字，非欲写草长土黑等五字也。

【后解】

　　五、六，言但见人哭、猿啼、客归、船下，若夫十二碧峰，则我竟知其安在乎？末，欲写无碧峰，却偏写有荒台，最为尽意之笔。

送李庾先辈北选

一家何啻十朱轮，诸父双飞秉大钧。

已脱素衣参幕客，却为精舍读书人。

离筵洛水侵杯色，征路阳关向晚尘。

今日山公旧宾主，知君不负帝城春。

【前解】

一，写一家。二，写诸父。三，写本身。一直三句一片接连而下，言如此人家子弟，必是决不肯更读书也。何意却为一转，转出"精舍"五字。精舍，妙，妙！任下无数语写读书不得尽者，只此二字，已自写得入骨入髓。盖从来悬梁刺股、囊萤映雪等语，俱是乡中担粪奴，仰信苦学人，必有如此鬼怪。其实读书，只须沉潜精舍，三年不出户庭，便已极尽天下之无穷，此理只可与董仲舒说也。

【后解】

上解，只写李庾先辈。此解，始写送、始写北选。"不负帝城"，着语极蕴藉也。["旧宾主"三字，毕竟从"十朱轮""双大钧"，一线牵来，读之不能不为寒士陨泪也。]

张郎中籍远寄长句开缄之日已及新秋因举目前仰酬高韵

南宫词客寄新篇，清似湘灵促柱弦。

京邑旧游劳梦想，历阳秋色正澄鲜。

云衔日脚成山雨，风驾潮头入渚田。

对此独吟还独酌，知音不见思怆然。

【前解】

一、二，特抽闲笔先写张郎中所缄长句。三，写远寄。四，写新秋。此又从来前解异样佳制也。赖是一、二先抽闲笔写过所缄长句，便令三写远寄，四写新秋，皆得宽宽然。设不然者，且不知此题如何发放得完也。〔或问：一、二先写新秋何如？答曰：律诗多有之。但此题中，尚有"因举目前"云云，目前正即新秋景物也，若使一、二先写，便与五、六之再写隔断，且彼之所缄长句，亦更无处可安放也。〕

【后解】

人只谓五、六是因举目前，不知连七"独吟""独酌"，方是目前。盖"云衔日脚""风驾潮头"，虽是怕人景色，然而殊亦有限。若我之独吟独酌，真乃老僧不见不闻无穷，此不可不为知音一奉述也。

怀妓

三山不见海沉沉，岂有仙踪更可寻。

青鸟去时云迹断，姮娥归后月宫深。

纱窗遥想春相忆，书幌谁怜夜独吟。

料得夜来天上镜，只应偏照两人心。

【前解】

一，言明知所在之处，而其处非人可到。二，言于是死心塌地，遂亦更不往寻也。三、四，承不可寻，三，言初去，便不可寻；四，言去后，永不可寻也。

【后解】

岂有纱窗相忆？只有书幌独吟耳！然不得此句，便无月照两心之结。上解，写妓去，此解，写怀字也。

送周使君罢渝州归郢中别墅

君思郢上吟归去，故自渝南掷郡章。

野戍岸边留画舸，绿萝阴下到山庄。

池荷雨后衣香起，庭草春深绶带长。

只恐鸣驺催上道，不容待得晚菘尝。

【前解】

首句，"君"一字，称之也，"思郢上"，原君之素心也。"吟归去"，写君之高兴也。次句，"故"一字，即思郢上，"自"字连下三句二十一字，即"吟归去"也。言使君由掷郡章，而留画舸，而到山庄，直将渝南一副官腔，便如蛇蜕谢之，此其轻松快便，有非人所及者。看他二句、三句、四句，上从"自"字，下至"到"字，分明直作一气一句，又为绝奇之律格也。〔细思野戍、留舸、绿阴、到庄，必如此，方真是弃官人。若夫照旧驰驿，依先辟道，则我乌乎测其肺肠哉？〕

【后解】

此写既归郢上之后，言芰荷香起，鹝草带长。正当尔时，晚菘方乃渐肥，独恐朝书来催，不得久住，为怅然也。

荆门怀古

南国山川旧帝畿，宋台梁馆尚依稀。

马嘶古树行人歇，麦秀空城泽雉飞。

风吹落叶填宫井，火入荒陵化宝衣。

徒使词臣庾开府，咸阳终日苦思归。

【前解】

一、二，言此山此川，旧亦帝畿，不见宋、梁虽往，而台馆犹可指耶！三、四承写依稀，盖马嘶人歇，此为欲认依稀之人，麦秀雉飞，此即所认依稀之地也。

【后解】

上解，写依稀，是行人意欲还认。此解，写实无依稀少得认也。言睹此苍苍，徒有首丘在念，其余一切雄心奢望，遂已不觉并尽也。

再授连州至衡阳酬柳柳州赠别

去国十年同赴召，渡湘千里又分岐。

重临事异黄丞相，三黜名惭柳士师。

归目并随回雁尽，愁肠正遇断猿时。

桂江东过连山下，相望长吟有所思。

【前解】

永贞元年，刘禹锡、柳宗元等八人，以附王叔文皆贬。至元和十年，例召至京师，又皆出为刺史。此诗，乃二公至衡阳，水陆分路，因而有赠有酬也。一解，四句，凡写四事：一，写十年重贬，是伤仕宦颠踬；二，写千里又分，是悲知己隔绝；三，写坐事重大，未如颍川小过；四，写不曾自失，无异柳下不浼，最为曲折详至也。〔一句，"同"字上有一"始"字；二句，"又"字下有一"各"字；三句，"事"字下有一"虽"字；四句，"名"字下有一"岂"字。〕

【后解】

五、六，为衡阳写景，此是二人分路处。七，为桂江写景，此是二人相望处也。〔言桂江，自柳至连也。〕

汉寿城春望

汉寿城边野草春，荒祠古墓对荆榛。

田中牧竖烧刍狗，陌上行人看石麟。

华表半空惊霹雳，碑文才见满埃尘。

不知何日东瀛变，此地还成要路津。

【前解】

此春望诗最奇。夫春望，以望春物，而此一望，纯是祠墓。然则本非春望，而又必题春望者，先生用意，只为欲写首句之"野草春"三字。野草亦只是次句之荆榛，然今日则无奈其独占一春也。荒祠，即荆州治前伍胥祠，古墓，即治前亭下楚王墓。此二人昔者在时，试想何等炳赫，何意至于今日，曾不得与野草为对，可叹也。〇三、四，一承荒祠，一承古墓，可知。

【后解】

五、六，不知者或谓此岂非中填四句诗，殊不知三、四是写人情，不以此祠此墓为意，此却是写为祠为墓既已甚久，以起下"何日再变"，文势乃极不同也。

窦夔州见寄寒食日忆故姬小红吹笙因和之

鸾声窈眇管参差，清韵初调众乐随。

幽院妆成花下弄，高楼月好夜时吹。

忽惊暮雨飘零尽，惟有朝云梦想期。

闻道今年寒食日，东山旧路独行迟。

【前解】

一，先写笙，四字是笙声，三字是笙形。二，次写吹，四字是吹笙，三字是合笙。三、四，方写故姬小红，三是小红自吹，四是夔州所吹。此解，写姬在时也。

【后解】

五，是小红物故。六，是主人追忆。七、八，是见寄一段情事。此解，写姬亡后也。

题于家公主旧宅

树满仙台叶满池，箫声一绝草虫悲。

邻家犹学宫人髻，园客争偷御果枝。

马埒蓬蒿藏狡兔，凤楼烟雨啸愁鸱。

何郎独在无恩泽，不似当初傅粉时。

【前解】

前解，悼公主。后解，悲驸马。○看他从"叶满池"上，追说仙台，从"草虫悲"上，追说箫声，便自使人怅然心悲，并更不用多写荒凉败落也。三、四，尤为最工，若不写得如此，便是平等人家断钗零钿，不复成公主悼亡诗也。

【后解】

蓬蒿狡兔，烟雨愁鸱，此即"无恩泽"之三字也。七句，"独"字、"在"字，不许草草连读，盖在而独，固是悲公主，乃独而在，却是悲驸马。人只知"独"字之甚悲，即岂知"在"字之犹悲耶！设使驸马早知如此，固真不如先一旦试黄泉，借蝼蚁以陪公主于地下之为得算也。

窦朗州见示与澧州元郎中早秋赠作命同答

邻境诸侯同舍郎，芷江兰浦恨无梁。

秋风门外旌旗动，晓露庭中橘柚香。

玉簟微凉宜白昼，金笳入梦应清商。

骚人昨夜闻啼鸟，不叹流年惜众芳。

【前解】

一，言朗州、澧州、连州，新固邻境，旧又同舍，则结契投分本不浅也。二，言三州久忝同袍，而各限衣带，则以无梁为恨，非一日也。二句，先于早秋前添写得一层，妙，妙！三、四方细写早秋，言无端仰头，乍见旗动，巡视满庭，果已橘香。三是早，四是秋也。

【后解】

五、六写秋最悲。五是秋气侵身，六是秋声感心，即下之"骚人昨夜"句也。"不叹流年"，妙！便将上文通篇翻过，最为低昂变换之笔。"惜众芳"者，三州六行眼泪一时齐下，即《离骚》所云：虽萎绝其亦何伤，我哀众芳之芜秽也。〔"宜白昼"，言凉气已应，不复宜夜也。〕

羊士谔

二首

贞元初进士，有集行世。

郡中即事

晓风山郭雁飞初，霜拂回塘水榭虚。

鼓角清明如战垒，梧桐摇落似贫居。

青门远忆中人产，白首闲看货殖书。

城下秋江寒见底，宾筵休讶食无鱼。

【前解】

题云郡中即事，乃其诗全然不似郡中事也。一，是晓风飞雁，二，是霜落榭虚。试思太守如此眼色，岂复肯为郡者！即三、四，不免亦写戟门、鼓角、讼庭、梧桐，然而如战垒，似贫居，一片纯是自戏自笑之笔。吾知此诗，盖是寄语亲朋，言如此太守，便可不挂心头，无烦又来相看也。

【后解】

言我岂不忆中产，岂不慕货殖，然终竟一寒见底，命也，性也，不可奈何也。叨在亲知，自宜相谅，云何有人，乃欲见讶？○看唐人厌谢游客诗，乃如此措手，忠厚严峻，其美备矣。

郡中言怀寄西川萧员外

功名无力愧勤王，已近终南得草堂。

身外尽归天竺偈，腰间未解会稽章。

何时腊酒逢山客，可惜梅枝亚石床。

岁晚我知无别事，拟心久在白云乡。

【前解】

吐口便说"功名无力"四字，此便是真心实意人、真心实意语也。盖功名虽是每人初心，然无力实是各人天分。如果力有不及，便应愧有不免。如何世上乃有靦颜素餐之夫，又有矫语高尚之夫也。"已近终南得草堂"，妙！言身虽未去，去计已成。三、四即重宣此七字也。〔作诗最要真心实意，若果真心实意，便使他人读之，油然无不感叹。不然，即更无一人能读也。〕

【后解】

此五、六，妙于何时逢山客，中间硬入"腊酒"，又妙于"腊酒逢山客"，下句撇然竟对"梅枝亚石床"，真为潇洒不群之笔也。结言此非强来相拉，实已久信高怀，又硬加"岁晚"二字，使此意旁见侧出也。

陈羽

一首

江东人。贞元八年，陆贽下第二人登科，历官乐宫尉佐。

夜别温商梓州

凤凰城里花时别，玄武江边月下逢。

客舍莫辞先买酒，相门曾忝并登龙。

迎风骚屑千家竹，隔水悠扬午夜钟。

明日又行西蜀去，不堪天际远山重。

【前解】

不过只是昔别今逢，看他却于"凤凰城里""玄武江边"，轻轻再加"花""月"二字，便写尽别时别得匆忙，逢时逢得惨黯也。客舍莫辞买酒，轻轻亦再加一"先"字，便写尽二人异样亲热。相门曾忝登龙，轻轻亦再加一"并"字，便写尽二人无数恩昵。因想是晚江边月下，真乃意思飞扬，不可得而裁抑也。

【后解】

五、六又奶，须知非写竹声、钟声，正写竹声、钟声中，两人对坐，各不肯卧，直至天明。读七、八自明之。

韩愈

七首

字退之，邓州南阳人。生三岁而孤，随伯兄会贬官岭表。会卒，嫂郑鞠之。愈自知读书，日记数千百言，比长，尽能通六经百家学。擢进士第，官至吏部侍郎。卒年五十七。赠礼部尚书，谥曰文。集四十卷。

和水部张员外宣政衙赐百官樱桃诗

汉家旧种明光殿，炎帝还书本草经。

岂似满朝承雨露，共看传赐出青冥。

香随翠笼擎初到，色映银盘泻未停。

食罢自知无所报，空然惭汗仰皇扃。

【前解】

一、二，写樱桃。三、四，"岂似"下一气十四字成句，写赐百官。

【后解】

五、六，"擎初到""泻未停"，则正未食也。七、八，早愁食罢无报，人臣于君，日抱此心，素餐之讥，吾知免矣。〔若真至食罢而后惭汗，即意言俱竭矣；且五、六成何句法耶？〕

左迁至蓝关示侄孙湘

一封朝奏九重天，夕贬潮州路八千。

欲为圣朝除弊事，肯将衰朽惜残年。

云横秦岭家何在，雪拥蓝关马不前。

知汝远来应有意，好收吾骨瘴江边。

【前解】

一、二不对也，然为"朝"字与"夕"字对，"奏"字与"贬"字对，"一封""九重"字与"八千"字对，"天"字与潮州"路"字对，于是诵之，遂觉极其激昂。谁谓先生起衰之功，止在散行文字！○才奏，便贬；才贬，便行，急承三、四一联，老臣之诚悃，大臣之半裁，千载如今日。

【后解】

五、六，非写秦岭云、蓝关雪也，一句回顾，一句前瞻，恰好逼出"瘴江边"三字。盖君子诚幸而死得其所，即刻刻是死所，收骨江边，正复快语。安有谏迎佛骨韩文公，肯作"家何在"妇人之声哉！〔唐人加意作五、六，总为眼光在七、八耳。千遍吟此，便知《列仙传》胡说，可恨。〕

答张十一功曹

山净江空水见沙，哀猿啼处两三家。

箬篁竞长纤纤笋，踯躅闲开艳艳花。

未报恩波知死所，莫令炎瘴送生涯。

吟君诗罢看双鬓，斗觉霜毛一半加。

【前解】

通解，只写后解中之"炎瘴"二字也。夫山曰"净"，江曰"空"，水曰"见沙"，则是天地肃清，明是秋冬时候也；而笋犹"竞长"，花犹艳开如此，此其炎瘴为何如者？又妙于三句中间，轻轻再放"哀猿啼处两三家"之七字。"两三家"之为言无可与语，以预衬后之"君"字也。"哀猿啼"之为言不可入耳，以预衬后之"诗"字也。真异样机杼也。

【后解】

畏瘴者，畏死也。夫死非君子之所畏也，然而死又有所，如非死之所而遽死，是又非君子之所出也。昨先生作示侄诗，乃敕其收骨瘴江，此岂非以君命至瘴江，即瘴江是死所哉。今日得张十一诗，始悟君自命至瘴江，君初不命我死。夫以臣罪当诛，而终不命死，即此便是君之至恩，便是臣所必报；而万一以炎方不服之故，而溘然果死江边，将竟置君恩于何地？竟以此死为塞责耶？吟罢看鬓而斗骇霜毛，真乃有时鸿毛，有时泰山也。

酒中留上襄阳李相公

浊水污泥清路尘，还曾同制掌丝纶。

眼穿长讶双鱼断，耳热何辞数爵频。

银烛未消窗送曙，金钗半醉座添春。

知公不久归钧轴，应许闲官寄病身。

【前解】

　　前解，极写己之倾倒于李，后解，极写李之倾倒于己。某亦读到烂熟后始会之。○此极写己之倾倒于李也，言"耳热"则是己已醉也，而爵至犹不辞，甚至数爵频至犹不辞者，只为平日空望书信犹到"眼穿"，岂有今日觌面欢逢，不拼烂醉？或问：子方沉困，何处复与贵公得有旧耶？答曰：某与相公，在今日，诚然一为污泥，一为清尘，不应投契至此。若夫当日，某以元和十一年正月为中书舍人，相公亦以其年二月自舍人拜相，则是实曾同掌丝纶也。

【后解】

　　于是或又将问：子与相公，旧虽同舍，或者今日，有不尔耶？则又极写李之倾倒于己，答曰：某则并非不堪久困，而摇尾故人，欲求垂手者也。某实窥人于微，心知相公自许救援。于何验之？验之于其款狎不去。如五、六之窗光已曙，而座反喧春，此固非泛泛酒人之所得比。然则病身得迁，诚然乐事，而故人情重，岂为北归？真所谓便醉死亦足者也。"知公"二字，一气注下十二字，不得将"应许"字另读起，弄得不成话说。○"银烛"四字写主之敬客；"金钗"四字写客之昵主。

晋公自蔡州入觐途中重拜台司以诗示幕中宾客愈因之

南伐旋师太华东，天书夜到册元功。

将军旧压三司贵，相国新兼五等崇。

鹓鹭欲归仙仗里，熊罴还入禁营中。

长惭典午非材职，得就闲官即至公。

【前解】

此解，叙事至多，若非老笔，几至不了。"南伐"，言晋公奉命，宣慰淮西，讨吴元济，八月，至蔡视师也。"旋师"，言十月壬申，因天大雪，用夜半到蔡破门，元济成擒，淮西平也。"太华东"，言晋公在蔡，大飨既毕，入朝京师，途之所经也。"天书"，言京师册功诏书也。"夜到"，言诏书道授晋公也。"册元功"，言进公阶金紫光禄大夫，封晋国也。"将军""相国"，言公出将入相也。"旧压三司"，言公将军不比别将军，公先为御史长，帝曰："惟汝予同，汝遂相予。"以赏罚用命不用命也。"新兼五等"，言公今相国亦不比旧相国，公既以旧官相，而其副总，仍以工部尚书领蔡任也。其间凡具如此等无数事，而一笔写来，只是明明四句。

【后解】

此解，叙事至少，不过言公既还朝，则幕中宾客，文仍归文、武仍归武，先生所署行军假司马亦当解职矣，却偏写得"鹓鹭""熊罴""仙仗""禁营"烨烨然。

韶州留别张端公使君

来往再逢梅柳新，别离一醉绮罗春。

久钦江总文才妙，自叹虞翻骨相屯。

鸣笛急吹争落日，清歌缓送款行人。

已知奏课当征拜，那复淹留咏白蘋。

【前解】

此言与张同在南方，往来二年，不得款接，直至临别，始复一醉。于是乘手中酒杯，说胸前开悟，以极慰张于去后也。夫论文才，则张加于我；论骨相，则我劣于张。然则张蒙内召，我或南留，于人于天，斯为允当也。何图今日，应留者去，应去者留，法所应然，事悉不尔。我因推之：不妙者尚去，岂妙者反留？不屯者若留，何屯者反去？然则张直不必以独留为意也。

【后解】

此言急笛争吹，别者势须必别；缓歌重款，送者无庸多送也。目今奏课在迩，情知征拜已近；既是决不淹留，何为又劳嗟叹？然则我亦直不曾以张独留为意也。

奉和库部卢四兄曹长元日朝回

天仗宵严建羽旄，春云送色晓鸡号。

金炉香动螭头暗，玉佩声来雉尾高。

戎服上趋承北极，儒冠列侍映东曹。

太平时节难身遇，郎署何须叹二毛。

【前解】

自来早朝诗，无虑数十百，举皆备写对仗实景有之，曾未有写到隔宿者也。今观先生起云"天仗宵严"，则是写天子将出之前夜，三鼓三严，诸卫各督其队，以次入陈。此为唐家写仪卫志则可，若就身立朝班，固未宜有如此笔墨者也。反复思之，忽悟此题自是卢库部朝回曾有诗，而先生特和之，原非先生身自入朝。所以前解四句，都是闭目游心，想得朝中逐节逐节光景如此。一句，隔宿建仗；二句，五夜鸡号；三句，香发殿开；四句，扇开受贺。字字皆是九天实景，字字皆是万里虚摹，此为自来早朝雅诗之变体也。

【后解】

五，写天子；六，写文臣。言护卫之士戎服而趋者，天子在也；簪笔之臣辉煌相映者，东班满也。有如是君，复有如是臣，此真所谓太平时节也。于是不觉发声长叹：我方播越万里，不知何年得与，而今四兄之诗，顾又以郎署为嫌，一何不达之至哉！

字子厚，河东人，后徙于吴。少精敏绝伦，为文章，卓伟精致，一时辈行推仰。第进士，博学宏词科，授校书郎，调蓝田尉。贞元十九年，为监察御史里行。善王叔文、韦执谊，引内禁近，与计事，擢礼部员外郎，欲大进用。俄而叔文败，贬邵州刺史，半道，贬永州司马。既窜斥，地又荒疠，因自放山泽间，堙厄感郁，一寓诸文。仿《离骚》数十篇，读者咸悲恻。元和十年，徙柳州刺史，时刘禹锡得播州，宗元曰："播非人所居，而禹锡亲在堂，吾不忍其穷，无辞以白其大人，如不往，便为母子永诀。"即具奏，欲以柳授刘，而自往播。会大臣亦为禹锡请，因改连州。南方为进士者，走数千里，从宗元游。经指授者，为文辞皆有法。世号"柳柳州"。十四年卒，年四十七。宗元少时，谓功业可就，既坐废，遂不振。然其才实高，名盖一时。韩愈评其文曰："雄深雅健，似司马子长，崔、蔡不足多也。"既没，柳人怀之，托言降于州之堂，有慢者辄死。庙于罗池，愈因碑以实之云。集四十五卷，外集二卷，别录二卷，摭异一卷。

从崔中丞过卢少府郊居

寓居湘岸西无邻，世网难婴每自珍。

莳药闲庭延国老，开樽虚室值贤人。

泉回浅石依高柳，径转垂藤间绿筠。

闻道偏为五禽戏，出门鸥鸟更相亲。

【前解】

题是从崔过卢，诗却云四面无邻，然则从崔，崔自何来？过卢，卢又何住耶？反复读之，不得其说。一日，忽然有悟：此诗乃是特写出门，今在上解，则先极写其断断不宜出门也。夫先生之来南也，只为婴世网故也。以婴世网之故，而直至于来南，而今又容易出门，则一何其不能自珍之至于斯也！是故，自到贬所，所卜之居，必欲四面无邻，自令此身，欲从则无所从，欲过则无所过，以庶几得脱免于世网之外焉。三、四，忽插一国老、一贤人，又妙！初然触眼，斗地惊心。此二闲客，缘何得闯？反复认之，而后知并是先生妙文寓意。盖言参苓补泻，皆有专性，莫如国老，一味和光；圣人之清，渔父切讥，莫如哺糟，玄同无外。此便是避世网人心头独得之秘诀，而先生一口遂自说出也。

【后解】

此下解，方写是日出门。五、六，是写从崔过卢一路闲景。七、八，是写崔与卢之人也。"依高柳"，想尽二子萧疏；"间绿筠"，想尽二子精挺。然则亦不必至七、八始写二子，而又必用七、八再写之者，先生之于世间，真乃不能一朝又与居矣。必也鸟兽差可同群，今闻二子略去衣冠，人同牛马，此则正是世网以外，自珍尤独至者，我虽开关破戒，力疾走访，想于前誓，固不相妨也。

登柳州城楼寄漳汀封连四州

城上高楼接大荒，海天愁思正茫茫。

惊风乱飐芙蓉水，密雨斜侵薜荔墙。

岭树重遮千里目，江流曲似九回肠。

共来百越文身地，犹自音书滞一方。

韩泰漳州，韩晔汀州，陈谏封州，刘禹锡连州。

【前解】

此前解，恰与许仲晦《咸阳城西门晚眺》前解，便是一副印板，然某独又深辨其各自出好手，了不曾相同。何则？许擅场处，是其第二句抽出七字，另自向题外方作离魂语，却用快笔飕地疾接怕人风雨，便将上句登时夺失，于是不觉教他读者亦都心神愕然。今先生擅场，却是：一句下个"高楼"字，二句下个"海天"字。"高楼"之为言，欲有所望也，"海天"之为言，无奈并无所望也，于是心绝、气绝矣。然后下个"正"字，"正"之为言，人生至此，已是入到一十八层之最下一层，岂可还有余苦未吃，再要教吃？今偏是"惊风""密雨"，全不顾人，"乱飐""斜侵"，有加无已。虽盛夏读之，使人无不洒洒作寒，默然无言。然则可悟许妙处是三、四句夺失第二句，此妙处是三、四句加染第二句，政复彻底相反，云何说是印板也？

【后解】

此方是寄四州也。五，望四州不可见也；六，思四州无已时也。七、八，言若欲离苦求乐，固不敢出此望，然何至苦上加苦，至于如此其极！盖怨之至也。

衡阳与梦得分路赠别

十年憔悴到秦京，谁料翻为岭外行。

伏波故道风烟在，翁仲遗墟草树平。

直以慵疏招物议，休将文字占时名。

今朝不用临河别，垂泪千行便濯缨。

予浮舟适柳州，刘登陆赴连州。

【前解】

永贞元年，子厚等以附王叔文，八人皆贬。至元和十年，例召至京师，又皆出为刺史。此一、二，盖纪实也；三、四，纪其分路处也。马援为陇西太守，斩羌首以万计，教羌耕牧屯田；翁仲为临洮太守，身长二丈三尺，匈奴望见皆拜。今二人流离播越，乃正过其处也。○不苦在"岭外行"，正苦在"到秦京"。盖"岭外行"是憔悴又起头，反不足又道；"到秦京"是憔悴已结局，不图正不然也。细细吟之。

【后解】

《庄子》曰，人臣之于君，义也。无所逃于天地之间，奚暇至于悦生而恶死。夫子其行矣！有罪无罪，其勿辨也。自是千古至论。今看先生微辨附王一案，又是千古妙文。看他只将渔父鼓枻一歌，轻轻用他"濯缨"二字，便见己与梦得实是清流，不是浊流，更不再向难开口处多开一口，而千载下人早自照见冤苦也。○"慵疏"，一罪也，"文字"，二罪也，此是先生亲供招伏也；除二罪外，先生无罪，信也！

别舍弟宗一

零落残魂倍黯然，双垂别泪越江边。

一身去国六千里，万死投荒十二年。

桂岭瘴来云似墨，洞庭春尽水如天。

欲知此后相思梦，长在荆门郢树烟。

【前解】

"残魂"者，剩魂也；剩魂者，言初被贬时，魂被惊断，其未断时剩犹到今也。"零落"者，言此剩魂已不成魂，只是前魂之所零星散落者也。"倍黯然"者，言此零星散落之魂，万万不堪又遭怖畏，而不意又有舍弟之别去也。三、四，再申被贬到今，魂之零落，其万万不堪又有舍弟之别者如此。

【后解】

此写舍弟既别去之后也。"云似墨"，言不可住也；"水如天"，言又不可归也。不可住者，自是吾弟忧我之至情，我非不之知也；无奈不可归者，又为吾君命我之大义，我又不能逃也。然则住又不可，归又不得；归又不得，住又不可，我惟有心折于荆门前后而已矣。

同刘二十八哭吕衡州寄江陵李元二侍御

衡岳新摧天柱峰，士林憔悴泣相逢。

只令文字传青简，不使功名上景钟。

三亩空留悬磬室，九原犹寄若堂封。

遥想荆州人物论，几回中夜惜元龙。

【前解】

衡岳五峰，天柱其一。吕温卒于衡州，故遂以天柱比之。"士林憔悴"者，言此一株既萎，便已不复成林也。"泣相逢"之为言，我方泣，不谓刘二十八亦来泣，于是遂同泣也。三、四，则其泣之之辞也。

【后解】

五，言吕之不能自葬也；六，言无人曾谋葬吕也。夫朋友死而不得葬，此亦后死者之责也。然则与其"几回""惜"之，无宁一抔掩之，遥寄江陵二子，其必有以处此矣。

柳州寄丈人周韶州

越绝孤城千万峰，空斋不语坐高春。

印文生绿经旬合，砚匣留尘尽日封。

梅岭寒烟藏翡翠，桂江秋水露鲴鲈。

丈人本自忘机事，为想年来憔悴容。

【前解】

"孤城"者，柳州城也；"越绝"者，言与韶州越绝也；"千万峰"之为言，自柳望韶不可得见也。"空斋不语坐高春"者，先生先自述其尽忘机事有如此也。三、四再写，言己虽为柳州刺史，其实与诸獦獠不开一口，不写一字，不作一事也。

【后解】

前解，先自述竟，此解，乃始寄问丈人也。"梅岭"者，韶州之岭；"桂江"者，韶州之江。寒藏翡翠、秋露鲴鲈者，言韶之瘴疠，亦不减于柳也。然则丈人处此，为复亦如我之兀坐不事一事乎？为复不堪所事，而已至于憔悴乎？所谓同病相怜之至情也。

得卢衡州书因以诗寄

临蒸且莫叹炎方，为报秋来雁几行。

林邑东回山似戟，牂牁南下水如汤。

蒹葭淅沥含朝雾，橘柚玲珑透夕阳。

非是白蘋洲畔客，还将远意问潇湘。

【前解】

此因卢有书来，甚叹临蒸之热，而先生报之也。言君乃以临蒸为不可耐，又岂知有不可耐如余柳州之尤甚者乎！三、四临写柳州之与临蒸，其大不相同且有如此也。〔临蒸，即今云阳。〕

【后解】

言若临蒸，则余方欲勤勤致问之矣。蒹葭已淅沥耶？橘柚正玲珑耶？安得旦暮之间，遂能置身于其地耶？夫余本吴人也，所谓白蘋洲畔之客也。然则吴人亦思吴耳，胡为却思临蒸？此非余之思临蒸；余实思夫临蒸之于柳州，其远去且有不啻数十百倍者。夫人方且思之，而子乃更叹之，是何为者也？

杨巨源 十六首

字景山。大中时，为河中少尹。诗韵不为新语，体律务实，工夫颇深。且暮吟咏不辍，年老头摇，人言吟诗所致。集一卷。

寄江州司马

江州司马平安否，惠远东林住得无。

湓口曾闻似衣带，庐峰见说胜香炉。

题诗岁晏离鸿断，望阙天遥病鹤孤。

莫谩拘牵雨花社，青云依旧是前途。

【前解】

看他轻轻动笔，只作通候语耳，却乃凭空取一"惠远东林"，与之如对不对。于是更不重起笔，便竟随手一顺写去，言江州与庐山，只隔湓口一衣带水，传闻香炉峰为天下绝胜，定知司马日住其下也。本是极萧散之笔，偏自写来字字成双捉对。佛言不经烧打磨，决不成精金。试想其烧打磨之多，岂特一遍而已哉！

【后解】

此欲招之归朝也。五，将招之以友生之至情；六，将招之以君父之至恩。然此二者，自是人所同有，何得我独毅然语之哉？夫亦从本人自己心窝中，设身处地代抒其诚然者，而本人乃自不觉幡然其遂起。末句又带"雨花"字者，销缴上文"惠远"字也。

送章孝标校书归杭州因寄白舍人

曾过灵隐江边寺，独宿东楼看海门。

潮色银河铺碧落，日光金柱出红盆。

不妨公事谙高卧，无限诗情要细论。

若访郡人徐孺子，应须骑马到沙村。

【前解】

　　送人诗，此为最奇。看他更不作旗亭握别套语，却奋快笔，斗然直写自己当时亲身曾过其地，亲眼曾看其景，其奇奇妙妙，非世恒睹，有不可以言语形容也者。而今日校书别我归去，则正归到其处，真是令我身虽在此送君，心已先君到杭也！

【后解】

　　看他后解又奇！终更无一句半句复与别客盘桓，竟自一直寄语白傅，言有郡人章校书者，"公事"亦可谙问，诗律又可"细论"，直宜自到沙村，此人非可坐致。作如此送人诗，真令所送之人通身皆是亢爽也！○传称先生作诗，"不为新语，律体务实，工夫颇深"，如此等诗，岂非"律体务实，工夫颇深"之明验耶？彼惟骛新语之徒，夫恶足以知之！

古意赠王常侍

绣户纱窗北里深，香风摇动凤凰簪。

组纵常在佳人手，刀尺空劳寒女心。

欲学齐讴逐云管，还思楚练拂霜砧。

东家少女当机杼，应念无衣雪满林。

【前解】

昔人有志未伸，每托闺人自见。故先生欲干常侍援手，而有难于显言，因亦用此体，而以"古意"名篇也。"绣户纱窗"，言我实想见其地也；"北里深"，言虽可得而想见，而身固未得而到也。"香风"七字，言北里深处，则有一人，其富贵方如此也。"在手"之为言，世间所有一切黼黻文章，悉听其裁割也；"空劳"之为言，既是裁割悉听其命，则夫一时寒女，皆操刀尺以待下风，而彼方不顾也。

【后解】

"欲学""还思"，妙，妙！言寒女既不蒙顾，于是不免变计，将自衔以求售，而又自思，必宜终保其洁白也。"东家少女"，直指常侍；"当机杼"，言正值得言所欲言之时也。"应念"之为言，固不可又辞为异人任也。〔此"机杼""无衣"字，只欲与上成文，诗人用字，不可典要，从来如此。〕

寄中书同年舍人

晴明紫阁最高峰，仙袯开帘范彦龙。

五色天书词焕烂，九华春殿语从容。

彩毫曾染炉烟细，清佩仍含玉漏重。

二十年前同日喜，碧霄可得更相逢。

【前解】

　　斗地出手，先写一终南紫阁峰，又于其上再加"晴明"者，天晴则日明，便令阁峰烂然而紫也。此时范彦龙正在仙袯，开帘仰头，快见此峰。则不知因晴明故，令彦龙得见阁峰耶？抑因开帘故，令仙袯露出彦龙耶？本意只欲写此同年身在中书，却乃奇奇妙妙，颠颠倒倒，撰成如此章法。传称先生"工夫颇深"，由此观之，工夫真是不浅也。三、四，极写中书之清华，可知。

【后解】

　　此五、六，则须看其"曾"字、"仍"字，乃写自家二十年前与之为同年也。唐人何曾作中四句一样好语诗。先生贞元间人，"律体务实""不为新语"，我故欲起九原诉之！

送人过卫州

忆昔征南府内游，君家东阁最淹留。

纵横联句长侵夜，次第看花直到秋。

论旧举杯先下泪，伤离临水更登楼。

相思前路几回首，满眼青山过卫州。

【前解】

此诗又奇！此何尝欲送此人。只是昔日曾与此人同客征南，而征南故里却在卫州，今日恰值此人以事必过卫州，于是满肚痛思征南，满眼遥望卫州，一时便要此人为我寄眼泪滴卫州，于是乃特作此诗送之也。〇前解奋快笔，又追写昔日，两人同客征南，称心称意如此者，正是要明此皆受何人之荫覆、皆仗何人之推扶也。

【后解】

"举杯"是为此人，"下泪"是为卫州；"临水"是为此人，"登楼"是为卫州。"相思"者，此人亦思"联句""看花"之日也。夫诚亦思"联句""看花"之日，则"满眼青山"，此是卫州，便应注目独看，不应又"回首"看我也。

薛司空自青州归朝

天眷君陈久在东，归朝人看大司空。

黄河岸畔长无事，沧海东边独有功。

已变畏途成雅俗，仍过旧里揖秋风。

一门累叶凌烟阁，次第仪刑汉上公。

【前解】

言昔者君陈，尹兹东郊，宽而有制，从容以和。今薛司空正同其德，故天子眷之，令之久镇青州也。"归朝"写作"人看"，妙，妙！便令全诗，都只是看司空人一路传说，言青州以西频年无事者，尽是青州以东一人有功也。盖不功之功，是真大功。凡为天子作镇一方，尚其敬念之哉？

【后解】

五、六，人又传说其此行归朝，述职既毕，必将还第也。七、八，又因其还第，遂更为之陈说家世，言薛氏代有功臣，次第图像烟阁，已不自司空今日为始，然而今日司空则固次第又当图像也。二解诗，都从"人看"二字中写出来。

酬卢员外

谢傅旌旗在上游，卢郎樽俎借前筹。

舜城风土临清庙，魏国山河在白楼。

云寺当时接高步，水亭今日又淹留。

满筵旧府笙歌在，独有羊昙最泪流。

【前解】

此因员外感念旧恩，当筵泣下，而先生特作诗以酬之也。前解，追写当时知遇，言主将昔在上游，前筹尽出员外，一时蹑足附耳，诚为言听计从。即如欲访舜城之风土，则并马蒲州庙中；欲审魏国之山河，则携手朔州楼上，诚为外托主宾之大义，内结骨肉之至恩者也。

【后解】

后解，方写今日奉酬，言至于我之与员外者，则只因旧时曾"接高步"，今故特屈"淹留"，而又岂意"满筵"借得"笙歌"，恰出当时"旧府"，反累马策叩扉，哭吟子建诗句哉！

冬夜陪丘侍御听崔校书弹琴

雪满中庭月满林，谢家幽赏在瑶琴。

楚妃波浪天南远，蔡女烟沙漠北深。

顾盼何曾因误曲，殷勤实是为知音。

更将雅调开诗兴，未忝丘迟宿昔心。

【前解】

前解，写冬夜崔校书弹琴，后解，写陪丘侍御听。○看他只是写冬夜之七字，便已使人七弦未张，四壁先响也。欲写弹琴，看他又先安得"幽赏在"字，便是其夜相集，不必定是弹琴，而校书心眼一时与雪月映发，不觉自欲弹琴。只加三字，便令事既幽深，人复高淡，并丘侍御都无俗气，此皆琴意也。"楚妃""蔡女"，只是二琴操。可知，传称先生"不为新语"，如此三、四，何尝不是新语？然而岂新语哉！

【后解】

"误曲""知音""雅调"等字，仍带上弹琴，自是不得不顾题耳，实则已是只写己之陪丘也。"顾盼"，侍御顾盼也；"殷勤"，先生殷勤也。"雅调"，言侍御与我，顾盼如彼，殷勤如此，皆是别样心期，并非仕途恶态也。开兴，先生之兴也，"宿昔"，侍御之心也。［弹琴题，要陪侍御，非先生，几乎出丑！］

题贾巡官林亭

白鸟闲栖庭树枝，绿樽仍对菊花篱。

许询本爱交禅侣，陈实人传有好儿。

明月出云秋馆思，远泉经雨夜窗知。

门前长者无虚辙，一片寒光动水池。

【前解】

此纪贾巡官日暮客散，再留先生翻席更酌也。鸟栖庭树，加一"闲"字，言人散庭空，鸟归不惊也；樽对菊花，加一"仍"字，言洗盏分客，期在必醉也。"禅侣"，言座中又参不饮之人；"好儿"，言入夜又出二子见客也。细细吟之，真是世间不可多得之妙主，人生不可多得之佳集也！

【后解】

此虽闲写林亭夜景，然而赏叹巡官，亦不啻口也。五，言其清光照人，迥出流辈也。六，言其淡言涌泉，滔滔无穷也。七、八，言其车马喧阗，无日无之；然而门自热、而人固自冷也。我亦相其前解而信巡官之果有如此也。

和大夫边春呈长安亲故

严城吹笛思寒梅，二月冰河一半开。

紫陌诗情依旧在，黑山弓力畏春来。

游人曲岸看花发，走马平沙猎雪回。

旌旆朝天不知晚，将星高处是三台。

某大夫有《边春呈长安亲故》诗，而先生和之；非和边春诗，而呈长安亲故也。

【前解】

此诗极写边城苦寒，而勉大夫卒成大功也。"吹笛"，言思春而久不见春也；"冰开"，言春动而还不似春也。"诗情""弓力"，言主将方将切望春来而踏陌寻诗，而边人反又切恐春至而风吹角解也。前解，写边城，地气人情，其与中原色色不同，诚有如此。

【后解】

后解，写边城地气人情如此，而大夫竟夷然安之也。言当彼中原之人曲岸看花之时，正我边城之人平沙猎雪之时。夫彼曲岸看花固乐，而我平沙猎雪，亦有何者不乐，而又必用春为也耶？抑亦不宁惟是，便使今年不见春，明年复不见春，而我之心，终亦不以入塞为晚。何则？戍愈久，功愈大，则将星愈高，此时朝天便晋公孤，夫岂不快？而又肯以游春乱我心曲哉！

赠浑钜中允

公子髫年四海闻，城西侍猎雪纷纷。

马盘旷野弦开月，雁落寒原箭在云。

曾向天西穿虏阵，归来花下领儒群。

一枝琼萼朝光里，彩服飘飘此冠军。

【前解】

写妙年词臣，看他前解如此着笔，正是暗翻王汝南降服兄子济一段佳话，成此妙诗也。〇谓之暗翻者，王先说《周易》，次骑驳马；此先猎城西，次领群儒也。三、四，妙，妙！只谓"马盘旷野"，早已"雁落寒原"。眼迟者，尚看弦开如月；虽眼快者，犹指箭初入云，而不谓其马自盘、雁已下也！写弓马至此，真是沙场飞将，不悟其后解又如彼也。

【后解】

看他"穿虏阵"，特用"天西"字；"领群儒"，特用"花下"字，两相激射，尽成奇彩！"一枝琼萼"之为言宁馨少年，又加映之以"朝光"，又重衬之以"彩服"，于是任凭何人更看不出此是冠军也。

送定法师归蜀法师即红楼院供奉广宣上人兄弟

凤城初日照红楼，禁寺公卿识惠休。

诗引棣花沾一雨，经分贝叶向双流。

孤猿学定前山夕，远雁伤离几地秋。

空性碧云无处所，约公曾许剡溪游。

【前解】

送定法师，却先写宣法师，想见一时，举朝公卿，倾倒宣公，非同聊尔。看其用"初日照"字，特以华严菩萨相推，即可知也。至写定公，则先之以诗，次之以经。先之以诗，为举朝公卿应机也；次之以经，为红楼供奉接座也。然亦仍用"引"字、"分"字，未尝暂置宣公也。

【后解】

上解，只写定师是宣师兄弟，此解方写送归也。"碧云"，即江令所拟汤师诗句，言师自归蜀，我自游剡，空性无在无不在，日暮佳人，更无不来之叹也。

早朝

钟声清禁才应彻，漏报仙闱俨已开。

双阙薄烟笼菡萏，九成初日上蓬莱。

朝时但向丹墀拜，仗下方从碧殿回。

圣道逍遥更何事，愿将巴曲奏康哉。

【前解】

此诗，特为宪宗中兴纪实也。前解，写至尊勤政，后解，写百僚拱手。○言钟声才彻，夜漏未停，此时虽在至勤，其亦未明求衣可也，何意赫赫天颜，早已俨然临座！于是举朝之臣，回看双阙，则烟光正笼，仰瞻九重，则日华始上，甚言其早之一至于是也。

【后解】

丹墀但拜，言一无所事也；放仗即回，又言一无所事也。此非诸臣真无所事，实为仰承圣道逍遥，虽欲有事而绝无也。然则惟有竭其鄙诚，协赞康哉，更于何处得效尺寸乎哉！

赠张将军

关西诸将揖容光，独立营门剑有霜。

知爱鲁连归海上，可令王翦在频阳。

天晴红帜当山满，日暮清笳入塞长。

年少功高人最美，汉家坛树月苍苍。

【前解】

关西，固上将之薮也，今将军乃令关西诸将尽承下风，则其独擅登坛之望，久已人人目摄也。次句画之，言其昔日未还将印之先，躬督三军，手提一剑，信赏必罚，凛若秋霜，实有至今使人色变者。奈何一旦家居，竟成频年闲住。在将军，固如鲁连之归去；在当时，得毋王翦之已弃乎！前解，如"知爱""可令"等字，此犹婉讽之也。

【后解】

后解，竟切讯之，言目今红帜满山，是何等军兴？清笳入塞，是何等边报？而如此少年将军，竟终置之脑后，回思炎汉筑坛故事，真使人心目苍苍矣！

观征人回

两河战罢万方清，原上军回识旧营。

立马望云秋塞净，射雕临水晚天晴。

戍闲部伍分岐路，地远家乡寄斾旌。

圣代止戈资庙略，诸侯不复更长征。

【前解】

读其出手七字，便有喜不自胜之意。言比来只有两河之兵未息，今又战罢，则是而今而后，万方其永清矣。"识旧营"，言观者犹记出师之日，此为前、后、左、右某某诸营，而今幡帜宛然、全师而还也。"立马""射雕"，言马犹前日之马，射犹前日之射，而今已皆意思闲畅，无复前日之仓皇也。

【后解】

上解，写观征人者，此解，又写诸征人。写观征人者，以志今日之喜，又写诸征人，以申后日之戒也。言此番行役既闲，即不必又归部伍，一任东西南北，纵横分散，可也。若其乡里有独远者，则不妨取其斾旌，寄顿熟识，而竟轻身先去，可也。所以然者，圣代既资长略，永远更无征战，从今已后，大家各归其家，各耕其田，各事其父母，各保其妻女，各育其子孙，各守其坟墓，真乃幸甚幸甚之至也。［"圣代"二句，是诸征人"分岐路""寄斾旌"时口中所言，若说出自作诗人手，便是宋人鬼怪矣，读唐诗，所以必分解也。］

送澹公归嵩山龙潭寺葬本师

野烟秋水苍茫远，禅境真机去住闲。

双树为家思旧壑，千花成塔礼寒山。

洞宫一向龙边宿，云径应从鸟道还。

莫恋本师金骨地，空门无处复无关。

【前解】

一，写"嵩山"。二，写"归"。三，写"本师"。四，写"葬"。纯在寻常道途、寻常哀乐、寻常生死父子之外，此非寻常文人之所知也。一、二，更不烦解，只看其三、四两句，此是何等境界。"双树为家"者，言其本师百年弱丧，今始归家，而旁之人，乃复思其旧壑，谓之已死，此大不合也。"千花成塔"者，言其本师，藏身沙界，处处安隐，而旁之人，乃复负土寒山，与之营葬，又大无谓也。"双树"，世尊涅槃场也；"旧壑"，夜半负舟处也；"千花"，法身遍现无量国土也。

【后解】

此欲其葬毕即来也。五、六、七易解，末言"无处""无关"者，言澹公若使一归永不更来，则岂误认寺中是公道场耶？若寺中是公道场，则岂误认寺外非公道场耶？"无处"，言道场不必在寺中，"无关"，言道场不必在寺外。盖欲其来之至也！呜呼，世岂有如此诗人哉！

字文昌，和州乌江人。第进士，为太常寺太祝，久次，迁秘书郎。韩愈荐为博士，历水部员外郎、主客郎中，终国子司业。籍为诗，长于乐府，清丽深婉，五言律诗，亦平淡可爱，至七言诗，则质多文少。材各有宜，不可强文饰也。

张籍

三首

寄和州刘使君

别离已久犹为郡，闲向春风倒酒瓶。

送客将过沙口堰，看花多上水心亭。

晓来江气连城白，雨后山光满郭青。

到此诗情应更远，醉中高咏有谁听。

【前解】

"别离已久"，无限眼泪。下二、三、四句便含泪直写"犹为郡"人一肚皮牢愁也。言每日只是"倒酒瓶"也、"送客"也、"看花"也、"沙口堰"也、"水心亭"也，总以一言蔽之曰："闲向春风"也。"闲"字中，有"犹为郡"意，"春风"字中，有"别离已久"意。此等诗，俱是唐人细意新裁，最要多吟。

【后解】

五、六，纯写手板搘颐、西山看爽意思。七以"到此"二字总之，言使君气色如此，即诗情岂在郡中？"远"字妙，"更"字又妙，言不但远，而且更远。此不关彼中人不能听，本意亦初不与彼中人听也。写尽"犹为郡"人满肚牢愁。

寄苏州白二十三使君

三朝出入紫微臣，头白金章未在身。

登第早年同座主，相思今日异州人。

阊门柳色烟中远，茂苑莺声雨后新。

此处吟诗向山寺，知君忘却曲江春。

【前解】

一、二，本专叹白，却因三、四"同座主""异州人"语，夹入自己，于是言外便有两头白、两未金章人，此又是别样手法。

【后解】

五、六，写苏州景物，即七之"此处"二字。言白久滞彼中，应已忘我，"曲江春"之为言，占籍至今亦复头白矣。

寄陆浑赵明府

与君学省同官处，常日相随说道情。

新作陆浑山县长，早知三礼甲科名。

县中时有仙人住，山下应多药草生。

公事稀疏来客少，无妨着屐独闲行。

【前解】

此诗，独为三、四，特造全篇。言赵明府本是如此气体，却因教他作县，彼中认是官人，殊不知此官人，非官人，其实只是一本色道人也。

【后解】

既已说破，因遂寄语明府，任彼自以君为官人，君自无妨仍作道人。五、六，"时有仙人""应多药草"，不必陆浑真有是事，只图为着屐独行作引耳。〔五、六"县中""山下"，便分前"山县"二字，为章法。〕

白居易

九首

字乐天，其先太原人，后徙下邽。居易敏悟绝人，工文章。未冠，谒顾况。况吴人，恃才，少所推可，见其文，自失曰："吾谓斯文遂绝，今复得子矣。"贞元中，擢进士，拔萃皆中，补校书郎。元和元年，召入翰林为学士，以学士兼京兆户曹参军，拜左赞善大夫。俄有言居易言浮华、无实行，不可用，出为州刺史；中书舍人王涯上言不宜治郡，追贬江州司马。既失志，能顺适所遇，托浮屠生死说，若忘形骸者。久之，徙忠州刺史，入为司门员外郎，以主客郎中知制诰。俄转中书舍人，丐外迁为杭州刺史。久之，以太子左庶子分司东都，复拜苏州刺史。文宗立，以秘书监召迁刑部侍郎。开成初，改太子太傅。会昌初，以刑部尚书致仕。六年，卒，年七十五，赠尚书右仆射。与弟行简、从祖弟敏中友爱，东都所居履道里，疏沼种树，构石楼、香山，凿八节滩，自号"醉吟先生"，又称"香山居士"。尝与胡杲等燕集，皆高年不仕者，人慕之，绘为《九老图》。居易于文章精切，然最工诗。初颇以规讽得失，及其多更下偶俗好，至数千篇。与元稹酬咏，故号"元白"。稹卒，又与刘禹锡齐名，号"刘白"。其始生，七月能展书，姆指"之""无"二字，虽百试不差。九岁，暗识声律。其笃于文章，盖天禀然。○乐天每作诗，令一老妪解之，问曰："解否？"妪曰："解。"则录之；不解，则不复集。故唐末之弊，至于俚。○乐天不为赞皇公所喜，每寄文章，李绅之一箧，未尝开。刘梦得或请之，曰："见词，则回吾心矣。"又时樊素善歌，小蛮善舞，乐天赋诗，有曰："樱桃樊素口，杨柳小蛮腰。"至于高年，又为《杨柳词》以托意曰："一树春风万万枝，嫩于金色软如丝。永丰东角荒园里，尽日无人属阿谁？"及宣宗朝，国乐唱是词，帝问永丰在何处？左右俱以对，遂因命取永丰柳两枝，植于禁中。白感上知，又为诗云："一树衰残委泥土，双枝移种植天庭。定知此后天文里，柳宿光中见两星。"洛士无不继作。

送王十八归山寄题仙游寺

曾于太白峰前住，数到仙游寺里来。
黑水澄时潭底出，白云破处洞门开。
林间暖酒烧红叶，石上题诗扫绿苔。
惆怅旧游无复到，菊花时节羡君回。

【前解】

乐天诗，都作坊厢印板贴壁语耳，胡可仰厕风雅末席？兹亦聊摘其数首稍文者，以塞人问，实非平时之所常读也。○送人诗，只末句三字略带，其外通首纯是寄题。此法他人亦曾有之，然定觉还有意致，还有风格，此则不过直直眼见之几笔耳。○前解，写寺景。

【后解】

后解，写旧游。○前解"黑水""白云"，后解"红叶""绿苔"，一何丑乎？〔只取其"无复到"三字，是诗家顿挫法。〕

香炉峰下新卜山居草堂初成偶题东壁

日高睡足犹慵起，小阁重衾不怕寒。

遗爱寺钟欹枕听，香炉峰雪拨帘看。

匡庐便是逃名地，司马真为送老官。

心泰身宁是归处，故乡何独在长安。

【前解】

日高犹慵起，此是闲客常理，今加睡足而犹慵起，此便是南郭子綦仰天长嘘、嗒焉自丧境界，固非心未降伏人所得冒滥也。三、四，欹枕听钟，拨帘看雪，须知不是夸语新堂好景，便是此老身心放到，得大快活之实在供据，看后解自知之。

【后解】

前解，本写得好，何意后解又睹伧父！至于"心泰身宁"等字，风雅益复尽情矣。

寻郭道士不遇

郡中乞假来相访，洞里朝元去不逢。

看院只留双白鹤，入门惟见一青松。

药炉有火丹应伏，云碓无人水自舂。

欲问参同契中事，更期何日得相从。

【前解】

一，添"郡中乞假"。二，添"洞里朝元"。可惜手中已是添写无数字，而纸上乃更并无好处，终竟只是"来相访""去不逢"之六字，为可嗤也。三、四，"白鹤""青松"，已是道士家中刻板字样，若是再加"双"字、"一"字，遂觉刻板更甚。取之者，只为"看院只留"承"去"句，"入门惟见"承"访"句，实是律诗旧样耳。

【后解】

五、六，还丹火伏，云母水舂，此正是"参同契中事"。唐人律诗，从无七、八外之五、六，此虽粗鄙，犹是旧样也。

临卧听法曲霓裳

金磬玉笙调已久，空床独枕睡常迟。

朦胧闲梦初成后，宛转柔声入破时。

乐可理心宜不谬，酒能陶性又无疑。

起尝残酌听余曲，斜背银缸半下帏。

【前解】

　　板板然，一句"法曲"，一句"临卧"，一句"临卧"，一句"法曲"，并无半点波折顿挫，诵之使人意尽。然而"闲梦初成"承睡迟，"柔声入破"承调久，犹是律诗原样也。

【后解】

　　"乐可理心""酒能陶性"，笔墨坠地，乃至于此！然其意独为"起尝残酌听余曲"之七字，固是律诗原样也。

余杭形胜

余杭形胜四方无，州傍青山县枕湖。

绕郭荷花三十里，拂城松树一千株。

梦儿亭古传名谢，教妓楼新道姓苏。

独有使君年太老，风光不称白髭须。

【前解】

世必又有饭后无事，不能便卧，近窗摊腹，借书遮眼之人，极赏此等，以为大佳，我亦谓其实原是此辈之佳诗。何则？此真更必用心于其间者也。○收之者，为其"绕郭"二句，写尽余杭，并非与后"梦儿"二句，作成对好语，便是不走律诗原样故也。

【后解】

上解三、四，承州县句，已写尽余杭。此五、六，止为翻出风光不称也。真不走律诗原样也。

履道池上作

家池动作经旬别，松竹禽鱼好在无。

树暗小巢藏巧妇，草荒新叶长慈姑。

不因车马时时到，岂觉园林日日芜。

犹喜春深公事少，每来花下得踌躇。

【前解】

前解，一、二，自问，三、四，自答。如树、如雀、如草、如菇，即其所问"好在"；如暗、如藏、如荒、如长，即其所怨"经旬"也。此固律诗样也。

【后解】

"犹喜""每来"，即上"时时""日日"也，虽寒陋之极，然是律诗样也。

舟中晚起

日高犹掩水窗眠，枕簟清凉八月天。

泊处或因沽酒市，宿时多并钓鱼船。

退身江海已无用，忧国朝廷自有贤。

且向钱塘湖上去，冷吟闲醉二三年。

【前解】

前解，写舟中晚起。○佳处在起句自听，三、四承写，次句乃别自抽手轻衬七字，此为唐人佳笔。

【后解】

后解，写舟中晚起之故。○唐人有如此五、六，却不是用力语，只为引出"湖上去"三字也。

湖上春行

孤山寺北贾亭西，水面初平云脚低。

几处早莺争暖树，谁家新燕啄春泥。

乱花渐欲迷人眼，浅草才能没马蹄。

最爱湖东行不足，绿杨阴里白沙堤。

【前解】

前解，先写湖上。○横开，则为"寺北""亭西"；竖展，则为低云、平水；浓点，则为"早莺""新燕"；轻烘，则为"暖树""春泥"。写湖上，真如天开图画也。

【后解】

后解，方写春行。○花迷、草没，如以戥子称量此日春光之浅深也。"绿杨阴里白沙堤"者，言于如是浅深春光中，幅巾单袷、款段闲行，即此杭州太守白居士也。〔五、六是春，七、八是行。〕

西湖晚归回望孤山寺赠诸客

柳湖松岛莲花寺，晚动归桡出道场。

卢橘子低山雨重，栟榈叶战水风凉。

烟波淡荡摇空碧，楼殿参差倚夕阳。

到岸请君回首望，蓬莱宫在海中央。

【前解】

此诗又好。○唐人每每有诗，是因前顺生后，有诗是因后倒生前。如此晚出道场诗，看他前解，细写湖上是岛，岛上是寺，又加"柳""松""莲花"等字，装成异样清华好景。意犹未惬，即又尽借其日之暮雨凉风、卢橘栟榈，以加倍渲染之者，分明先生满心满眼，具有海山楼阁，一段观想，先在胸中，因而倒撰此一解四句，悄地填补在前。若只是出道场时，信笔闲写，一顺写到后去，始有到岸回首之一结，便当措笔措墨，都不是如此二十四字也。朗吟而后信之。

【后解】

此"到岸请君回首"，乃是未到岸，先请君必回首也。若既"到岸"、已"回首"，则是更不必"请君"之二字也。○前解，如写美人，后解，如写美人影。〔五是海，六是宫，然而皆写影也。〕

元稹

七首

　　字微之，河南人。幼孤，母郑，贤而文，亲授书传。九岁工属文，十五擢明经，判入等，补校书郎。元和元年，举制科对策第一，拜左拾遗。当路者恶之，出为河南尉，再贬江陵士曹参军，而李绛、崔群、白居易皆论其枉。久乃徙通州司马，改虢州长史。元和末，召拜膳部员外郎。积尤长于诗，与居易名相埒，天下传讽，号"元和体"，往往播乐府。穆宗在东宫，妃嫔近习皆诵之，宫中呼"元才子"。积之谪江陵，善监军崔潭峻。长庆初，潭峻方亲幸，以积歌辞数十百篇奏御，帝大悦，问："积今安在？"曰："为南宫散郎。"即擢祠部郎中，知制诰。俄迁中书舍人、翰林承旨。未几，进同中书门下平章事。太和三年，为尚书左丞，俄拜武昌节度使。卒年五十三。赠尚书右仆射。有《元氏长庆集》一百卷，又小集十卷。○元相公为御史，鞫狱梓潼时，白尚书在京，与名辈游慈恩寺，小酌花下，为诗寄元曰："花时同醉破春愁，醉折花枝当酒筹。忽忆故人天际去，计程今日到梁州。"时元果及褒城，亦寄《梦游诗》曰："梦君兄弟曲江头，也向慈恩寺里游。驿吏唤人排马去，忽惊身在古梁州。"有《感梦记》备述其事。

过襄阳楼呈上府主严司空楼在江陵节度使宅北隅

　　襄阳楼下树阴成，荷叶如钱水面平。

　　拂水柳花千万点，隔楼莺舌两三声。

　　有时水畔看云立，每日楼前信马行。

　　早晚暂教王粲上，庾公应待月华明。

【前解】

　　最先是沈云卿《龙池篇》，以五"龙"字，四"天"字，金翅摇空。其次是崔汴州《黄鹤楼》，以三"黄鹤"，一"白云"，玉虹凌海。落后便是李太白《凤凰台》，以二"凤凰"，《鹦鹉洲》以三"鹦鹉"，刻意效颦，全然失步，至今反遭学语小儿指摘，无有了时也。所以然者，崔实不知沈作在前，李却亲睹崔诗在上。从来文章一事，发由自己性灵，便听纵横鼓荡。一受前人欺压，终难走脱牢笼。此皆所谓理之一定、事之固然者也。微之此诗，呈上府主司空，欲登襄阳楼上，则亦前解叙楼，后解叙意，此自为律诗寻常旧格，亦既由来久矣。今乃忽然出手写楼，忽然接手写水；忽然顺手承之再写水，忽然顺手承之再写楼。于是连自家亦更留手不得也，因而转笔，索性再又写水，再又写楼。而后之读者，乃方全然不觉，反叹一气浑成。由此言之，世间妙文，本任世间妙手写到。世间妙手，孰愁世间妙文写完！后人固不必为前人邈真，前人亦何足为后人起稿？如微之此诗，真是不受一人欺压，只听自己鼓荡。龙池、鹤楼，不得占断于昔日；凤凰、鹦鹉，枉自惨淡于当时者也。○前解，写久觑此楼，眼热如火。

【后解】

其实此诗前解一、二，原自只写襄阳楼下，树阴荷钱，平平作起耳，不知何故，三乃偶然误写"拂水"二字。若在他人，只是连忙改去便休，独有微之偏不然，偏要反更写"隔楼"二对之，一似我乃故意作此重叠者。于是一时奇兴既发，妙笔又能相赴，索性后解五、六亦再写此"有时水畔""每日楼前"之二句也。言有时只是楼前立，每日只是楼前行，拜不能得上楼。若幸而得上楼，则真司空之赐也。○后解写得上此楼，心感如获。

和乐天早春见寄

雨香云淡觉微和，谁送春声入棹歌。

萱近北堂穿土早，柳偏东面受风多。

湖添水色消残雪，江送潮头涌漫波。

同入新年不同赏，无由缩地欲如何。

【前解】

一，从"雨""云"写一"觉"字，言体中已有早春消息。二，从"棹歌"写一"谁"字，言耳畔又有早春消息。三、四，从"萱""柳"写一"穿"字、"受"字，言眼前果已尽是早春消息也。看他写早春，渐渐由微而著，真笔墨与元化为徒也。

【后解】

前解，写早春，此解，写乐天见寄，而欲缩地同赏也。五，言雪消水添，本可放船直下也。六，言潮涌波漫，于是欲泛还止也。七、八，易解。

鄂州寓馆严涧宅

凤有高梧鹤有松，偶来江外寄行踪。

花枝满院空啼鸟，尘榻无人忆卧龙。

心想夜闲惟足梦，眼看春尽不相逢。

何如最是思君处，月入斜窗晓寺钟。

时涧不在。

【前解】

此"偶来江外寄行踪"，非云偶来寄行踪，乃云虽偶来江外，而必于君乎寄行踪也。盖凤必有梧，鹤必有松，观远人必以其所为主，若使我来江外，而不于君寄寓，且当于谁寄寓者？故虽满院啼鸟，空榻无人，君自不在，我自竟住，言更无处又他去也。

【后解】

前解，寓严宅，后解，想严人也，易解。

清都春霁寄胡三吴十一

蕊珠宫殿经微雨，草树无尘耀眼光。

白日当空天气好，暖风吹面柳阴凉。

蜂怜宿露攒芳久，燕得新泥拂户忙。

时节催年春不住，武陵花谢忆诸郎。

【前解】

此一解四句，更不能赞其如何着笔，直是满眼一片春霁，其光悦魂动魄。于是，一、二不知应说"宫殿"，不知应说"草树"，不知应说春色，不知应说日华。且先直书二句，定却自家眼光，然后三、四再与分别细写，言当天却是"白日"，风吹乃是"柳阴"，意谓此当天白便是"霁"，风吹柳阴便是"春"也。

【后解】

此五、六写蜂燕，又细妙！"蜂怜宿露"，是怜连日未霁之露；"燕得新泥"，是得今朝新霁之泥。夫从连日未霁，以至今朝新霁，已自时节暗催，春去不知何限。又况两句脚又带"久"字、"忙"字，真是行尽如驰，而莫之能止。彼武陵诸郎，皆非金铁，如之何其使人不忆耶！

早春寻李校书

款款春风淡淡云，柳枝低作翠栊裙。

梅含鸡舌兼红气，江弄琼花散绿纹。

带雾山莺啼尚小，穿花芦笋叶才分。

今朝何事偏相觅，撩乱芳情最是君。

【前解】

前解，写早春。○此解，虽写早春，然只起句是清朝晏起，已下二、三、四句，一路推窗看柳，巡檐嗅梅，出门观江，便是渐渐行出高斋，闲闲漫寻江岸，一头虽是赏心寓目，一头已是随步访人也。逐句细玩之！

【后解】

后解，写寻李校书。○五、六，非又写早春，正是独取"尚小""才分"字，言一时春物，绝无足以撩乱我心者，然则今日之寻，乃是得以为君，而君不可不知也。

初除浙东妻有沮色以诗晓之

嫁时五月归巴地，今日双旌上越州。

兴庆首行千命妇，会稽旁带六诸侯。

海楼翡翠闲相逐，镜水鸳鸯暖共游。

我有主恩羞未报，君于此外复何求。

此先生继室裴氏柔之。

【前解】

因夫人是新婚，先生是新除，故以"五月""双旌"字对写为戏也。言昨者登车远来，其时正值五月，犹尚触热相就；今何被命南上，俨然已发双旌，顾反娇啼见难耶？三、四即双旌先报越州之头行，言夫人是兴庆宫中命妇班首，相公是中书门下平章观察。一任算是夫荣妻贵亦得，算是夫唱妇随亦得，言更不可不行也。〔言外宛然新婚相谑。〕

【后解】

前解，盛述恩荣，此解，细商恩义也。言陆则有翡翠，水则有鸳鸯，既是配合雄雌，无不宛转相逐，可以人不如鸟，而作差池背飞耶？末因更以五伦大义压之，言我于朝廷为君臣，子于闺房为夫妇，既我君臣义在莫逃，即子，夫妇胡可相失也。

赠严童子

卫瓘诸孙卫玠珍，可怜雏凤好青春。

解拈玉叶排新句，认得金环识旧身。

十岁佩觽娇稚子，八行飞札老成人。

杨公莫讶清无业，家有骊珠不复贫。

司空孙照郎，十岁，赋诗有奇句，书有成人风。

【前解】

"青春"上又加"好"字，"好"字上又加"可怜"字，便画出此"雏凤"，人固断断不忍料其便能作诗也。三、四承之，只是一昂一低，再翻作诗。言口中已成七字，而手中初探双环，犹俗言人身尚未全也。

【后解】

前解，写童子，此解，又写其祖也。言十岁不过稚子，而八行早如老成，掌中有此奇宝，便将光照一世，岂犹以清白吏愁饥寒耶。

李绅

八首

字公垂，为人短小精悍，时号"短李"。元和初，擢进士第，与李德裕、元稹同时，号"三俊"。尝以古风求知于吕温，温见齐煦，诵《悯农》诗曰："春种一粒粟，秋收万颗子。四海无闲田，农夫犹饿死。""锄禾日当午，汗滴禾下土。谁知盘中餐，粒粒皆辛苦。"曰："此人必为宰相。"果如其言。集一卷，名《追昔游》。

入泗口

洪河一派清淮接，蔓草芦花万里秋。

烟树苍茫分楚泽，海云明灭见扬州。

望深江汉连天远，思起乡关满眼愁。

惆怅路歧真此处，夕阳西下水东流。

【前解】

看他一头"洪河"，一头"清淮"，忽然钜笔如杠，信手下一"接"字，只谓其指陈南北控带，发出何等议论，却不谓其双眼单单正看接处。要写"蔓草芦花"已"秋"，再加"万里"字者，言此处秋，即天下皆秋，固不止是大淮大河秋也。三、四承上"万里秋"，再言"烟树苍茫"，即楚泽亦秋，"海云明灭"，即扬州亦秋也。

【后解】

"望深江汉"者，意欲经略中原。"思起乡关"者，意欲归来田园。此即"路歧"也。"惆怅"者，人生或出或处，其事动关千古，直须用尽全力，始得做成一件，如何光阴如电，而尚两端徘徊，岂真镔铁为躯，故欲徐徐相试耶？

江南春暮寄家

洛阳城见梅迎雪，鱼口桥逢雪送梅。

剑水寺前芳草合，镜湖亭上野花开。

江鸿断续翻云去，海燕差池拂水回。

料得心知寒食近，潜听喜鹊望归来。

【前解】

此诗，只是将归家中，而先寄家书。一解，看他平用"洛阳城""鱼口桥""剑水寺""镜湖亭"四处地名，小儒见之，又谓不可；殊不知先生正是逐递纪程，逐日纪景。纪程，则自北而渐至南，纪景，则自冬而渐过春，真为最明白、最精细之家书也。

【后解】

上解，写客中归程。此解，写家中克期也。五，言正月候雁北。六，言二月玄鸟至。七、八，言然则三月寒食前后，游子必归。又添写"喜鹊"者，欲与"江鸿""海燕"为伴也。

滁阳春日怀果园闲宴

西园到日栽桃李，红白低枝拂酒杯。

繁艳只愁风处落，醉筵多就月中开。

劝人莫折怜芳早，把烛频看畏晓催。

闻道数年深草露，几枝犹得近池台。

【前解】

前解，写果园初成。〇"到日栽桃李"，言一到即栽，更不能待至第二日也。"低枝拂酒杯"，言一栽即宴，亦更不能待至第二日也。三、四承"酒杯"，言今日繁艳，多恐明日便落，所以卜昼已醉，又复卜夜再宴也。一解，言昔日之于果园，其恩勤有如此。

【后解】

后解，写果园久别。〇"劝人莫折"，言一枝一朵，亦必经心也。"把烛频看"，言一时一刻，亦必经心也。特追"把烛频看"，以悲数年草露。特述"劝人莫折"，以冀数枝犹得也。一解，写今日之于果园，其契阔又有如此。

回望馆娃故宫

江云断续草绵连，云隔秋波树覆烟。

飘雪荻花铺涨渚，变霜枫叶卷平田。

雀愁化水喧斜日，鸿怨惊风叫暮天。

因问馆娃何所恨，破关红脸尚开莲。

【前解】

回望故宫诗，看他前解，且不写故宫，反先写回望，有此灵妙之笔。○"江云断续草绵连"者，言江云续处是云，江云断处却是草也。"云隔秋波树覆烟"者，言此断续之云，只是平覆于下，若夫平覆于上，则又有轻烟如练也。此二句，如画家烘染，墨气已定，下更以朱粉点缀之。三，言白铺者为涨渚之荻花，四，言红卷者为平田之枫叶，盖言如此四句之尽头，则不写馆娃故宫，而居然馆娃故宫如睹也。

【后解】

后解，乃深致感于此娃也。五、六，雀喧、雁叫，犹言娃欲破关，共见关已破矣。今娃尚怀何恨，而又嫣然红脸，呈娇于此地耶？深畏色荒入骨，而遂至见怪红莲，此亦暗用"草木皆兵"文法也。

重到惠山

碧岩依旧松筠好，重得经过已白头。

俱是海天黄叶信，两逢霜节菊花秋。

望中白鹤怜归翼，行处青苔恨昔游。

还向窗间名姓下，数行添记旧离愁。

【前解】

言前日碧岩下，是此好松筠，今日碧岩下，依前是此好松筠，只无奈到碧岩看松筠之人，前是黑头，今已白头，以是为不堪也。又甚有异者，前日到碧岩看松筠，是黄叶下时、菊花开日，乃今日到碧岩看松筠，又恰是黄叶下时、菊花开日。夫前所以不见岁晚之痛者，只为头尚未白；今日头既一白，不觉果见岁晚乃有如此之痛也！

【后解】

五、六犹言今日重来，已恨昔时别去。七、八犹言今日虽来，多恐明日又别也。

忆春日太液池亭东候对

宫莺报晓瑞烟开，三岛灵禽拂水回。

桥转彩虹当绮殿，槛浮花鹢近蓬莱。

草承香辇王孙长，桃艳仙颜阿母栽。

簪笔此时方侍从，却思金马笑邹枚。

【前解】

前解，只写太液池。

【后解】

后解，写春日候对。○候对乃朝廷军国大事，非以丽词相夸，故有邹、枚一笑。

皋桥

伯鸾憔悴甘飘寓，非向嚣尘隐姓名。

鸿鹄羽毛终有志，素丝琴瑟自谐声。

故桥秋月无家照，古井寒泉见底清。

犹有余风未磨灭，至今乡里共和鸣。

【前解】

一解四句，真为千古高论。言伯鸾之在当时，本有真才实学，特因不免憔悴，于是情愿漂流，观其出关《五噫》之歌，便可微识其心事也。如何世人不察，猥云欲隐姓名！夫人苟无才学，即何姓名可隐？若真有其才学，又何故欲隐姓名？此等邪说误人，真不可不与力洗也。二、四言伯鸾鸿鹄之志，固将御于家邦，今看琴瑟之间，先自刑于寡妻，此所谓真才实学名士，固自有其通身本事也。

【后解】

前解，盛表伯鸾当年。此解，深服伯鸾身后也。五、六，言伯通廊庑，反已芜没。七、八，言伯鸾风烈，至今转盛。然则贤人固自有真，而彼橛株拘人，自言隐姓名者，何曾齿于人数哉！

晏安寺

寺深松桂无尘事，地接郊原带夕阳。

啼鸟歇时山寂寂，野花开处月苍苍。

绛纱灭焰开金像，清梵消声闭竹房。

丘陇渐平连茂草，九原何处不心伤。

寺在越州城东北隅，越中谓之小北邙。

【前解】

"寺深松桂"，早已气尽，何况又是"地接郊原"，此真使人眼底心头，无刻不带夕阳者，固不独是日先生到寺之日，正值日暮也。三、四，"啼鸟歇"写"寂寂"，妙！"野花开"写"苍苍"，妙！盖正啼初歇，此是"寂寂"妙理，开不算花，此是"苍苍"妙理。若写作鸟不啼、无花开，便是俗杀世上人也。

【后解】

五、六，写废寺便如在眼，三宝犹尚如此，何况九原哉！七、八句法，言丘陇渐平，连天茂草，人谓九原真可心伤，殊不知不惟九原而已。试思九原之外，复有此寺，此寺之外，复有普天下，曾见何处不如此丘陇也者。

贾岛

四首

字浪仙，范阳人。初为浮屠，名无本，来东都，居法乾寺。时洛阳令禁僧午后不得出，岛为诗自伤。韩愈怜之，因教其为文，遂去浮屠，举进士。或云：岛赴举至京，骑驴赋诗，得"僧推月下门"之句，欲改为"敲"，引手作推、敲之势，未决，不觉冲大尹韩愈，乃具言。愈曰："'敲'字佳矣！"遂并驱论诗久之。岛居寺时，宣宗微行至寺。闻钟楼上有吟声，遂登楼，于岛案上取诗览之。岛攘臂睨之曰："郎君何会此耶？"遂夺诗卷。帝惭，下楼去。既而岛知之，亟谢罪，乃赐御札，除长江簿。会昌癸亥七月廿八日，因啖牛肉得疾卒。有《长江集》十卷，小集三卷。

早秋寄题天竺灵隐寺

峰前峰后寺新秋，绝顶高窗见沃州。

人在定中闻蟋蟀，鹤曾栖处挂猕猴。

山钟夜度空江水，汀月寒生古石楼。

心忆悬帆身未遂，谢公此地昔年游。

【前解】

如此写早秋灵隐，真是早秋灵隐，绝非三时灵隐也。如此写灵隐早秋，真是灵隐早秋，绝非他处早秋也。虽曰托人寄题，实是游魂亲至。不然而欲单仗笔墨，固知决无此事也。○欲写灵隐新秋，却先写峰前峰后，无寺不皆新秋，妙，妙！便从其余寺中独独推出灵隐，如二之绝顶见沃州，果然真是他寺之所无有也。三、四解之，言所以绝顶见沃州者，只为忽闻蟋蟀，不觉惊心；因举头，木叶果脱。见沃州者，木叶脱也；见叶脱者，惊蟋蟀也；惊蟋蟀者，惊早秋也。看他作诗刻苦，乃到如此田地。

【后解】

前解，画出新秋灵隐。后解，苦忆之也。言身卧床上，心挂山中，耿耿无眠，忽

忽自语。此时是钟度江时也，此时是月照楼时也。五、六二句，正全写七之"心忆"二
字也。

题虢州吴郎中三堂

无穷草树昔谁栽，新起临湖白石台。

半岸沙泥孤鹤立，三堂风雨四门开。

荷翻团露惊秋近，柳转斜阳过水来。

昨夜北楼堪朗咏，虢城初锁月徘徊。

【前解】

　　前解写吴郎中三堂。〇言"无穷草树"，此是旧物；临湖三堂，实维新起。盖堂轩新起佳，草树又必旧物佳，故特先写树，次写堂也。三、四又妙！人家新起堂轩，最苦俗物阑入，于是谢之无计，不免闭门塞窦。今独此堂四面门开，而尽日无客，此真第一快活也！〔"鹤立"句，只是妙写无人来。〕

【后解】

　　后解写来题也。〇言昨夜不曾朗咏，今值如此暑气渐退，晚凉且生，试更登楼坐月，始为不负此堂也。〔五，言暑气渐退；六，言晚凉且生。唐人五、六，自来专为七、八，至先生又愈妙！〕

寄韩潮州愈

此心曾与木兰舟，直到天南潮水头。

隔岭篇章来华岳，出关书信过泷流。

峰悬驿路残云断，海浸城根老树秋。

一夕瘴烟风卷尽，月明初上浪西楼。

【前解】

先生作诗，不过仍是平常心思、平常律格，而读之每每见其别出尖新者，只为其炼句、炼字，真如五伐毛、三洗髓，不肯一笔犹乎前人也。○一、二，只是言刻刻思欲买船来看。三、四，只是言刻刻疑有诗文见寄也。一解，皆用头上"此心"二字，一直贯下。

【后解】

"残云断""老树秋"，言意中时望有此一夕也。风卷瘴烟、"月明初上"者，喻言必有天聪忽开、此心得白之日也。

送卢少府归牛渚

作尉长安始三日，忽思牛渚梦天台。

楚山远色独归去，灞水空流相送回。

霜复鹤身松子落，月分萤影石房开。

白云多处应频到，寒涧泠泠漱古苔。

【前解】

作尉始得三日，胡便思归？作尉三日便归，何如不作？及读三、四山色独归、水流空送之语，而后始悟作尉来长安，本是无数壮心；三日梦天台，真是一场懡㦬也！

【后解】

五、六则纪其归牛渚之时也。频到深云、口漱寒涧者，欲其更不说到长安作尉之事也。

名可久，以字行。遇水部郎中张籍，因索庆余诗篇，择二十六章，置之怀袖而推赞之。时人以籍重名，皆缮录讽咏，遂登科。朱作《闺意》一篇以献曰："洞房昨夜停红烛，待晓堂前拜舅姑。妆罢低声问夫婿，画眉深浅入时无？"张酬之曰："越女新妆出镜心，自知明艳更沉吟。齐纨未足时人贵，一曲菱歌敌万金。"由是朱之诗名流于海内。登宝历进士第。诗一卷。

自萧关望临洮

玉关西路出临洮，风卷边沙入马毛。

寺寺院中无竹树，家家壁上有弓刀。

争看壮士垂金甲，不尚游人着白袍。

日暮独吟秋色里，平原一望戍楼高。

【前解】

前解，写临洮风景，永非南人所及。

【后解】

后解，写白袍行吟，永非北人所习。

羽林郎

紫髯年少奉恩初，直阁将军尽不如。

酒后引兵围百草，风前驻旆领边书。

宅将公主同时赐，官与中郎共日除。

大笑鲁儒年四十，腰间犹未识金鱼。

【前解】

前解，写羽林意气。言睹其髯，则紫也；问其年，则少也；述其奉恩，则初也。直阁为文臣一品，将军为武臣一品，乃此少年见之，曾不肯让道也。"引兵围百草"，只算是其使酒；"驻旆领边书"，只算是其戏事。皆极写旁无一人，目无一事也。

【后解】

后解，写羽林宠遇，易知。忽然捎带"鲁儒"，用"大笑"二字，便知羽林不识一丁字也。

归故园

桑柘成村百亩间，门前五柳正堪攀。

尊中美酒常须满，身外浮名好是闲。

竹径有时风为扫，柴门无事日常关。

于焉已是忘机地，何用将金别买山。

【前解】

"桑柘成村"，是粗得御寒；"百亩间"，是粗得救饥；五柳门前，是粗得蔽风雨。此外所深愿而未必即得者，止是尊中之酒，酒又须美，美酒又须常满。除此以外，又安知世上浮名，是何碗跶丘耶？

【后解】

上解是衣食居处而外，所少是酒。此解是得酒而外，所怕是人来、事来也。果如竹径风扫、柴门日关，则机事尽忘，不用入山也。〔近来入山人，人事愈多，读此不知愧否？〕

题废宅

古巷戟门谁旧宅，早曾闻说属官家。

更无新燕来巢屋，大有闲人去看花。

空厩未摧尘满枥，小池已涸草侵沙。

荣华到歇皆如此，立马踟蹰看日斜。

【前解】

前解，骤见废宅。

【后解】

后解，细看废宅。

字义山，怀州河内人。幼能为文，令狐楚镇河阳，以所业文干之，年才及弱冠。楚以其少俊，深礼之，令与诸子游。楚镇天平、汴州，从为巡官，岁给资装，令随计上都。开成二年，高锴知贡举，令狐绹雅善锴，奖誉甚力，擢进士第。商隐能为古文，不喜偶对。从事令狐楚，慕楚能章奏，遂以其道授商隐，自是始为今体章奏。博学强记，下笔不能自休，尤善为诔奠之词。与太原温庭筠、南郡段成式齐名，时号"三十六体"。集四十卷。〇《纪事》云：义山少游，投宿逆旅，主人会客，召与坐，不知其义山也。酒酣，席客赋《木兰花》诗，义山后就曰："洞庭波冷晓侵云，日日征帆送远人。几度木兰舟上望，不知原是此花身。"坐客大惊，询之乃义山也。〇《谈苑》云：李义山为文，多简阅书册，右左鳞次，号"獭祭鱼"。

七夕

恐是仙家好别离，故教迢递作佳期。

由来碧落银河畔，可要金风玉露时。

清漏渐移相望久，微云未接过来迟。

岂能无意酬乌鹊，惟与蜘蛛乞巧丝。

【前解】

七夕诗，顺口既嫌牙后，翻新又恐无干。如此幽情细笔，顺则不顺，翻却不翻，真为帘中悄问，耳后低商，檀口无言，蕙心密印。彼篱落下物，何处容渠插口也。〇七夕，从来传是合会，看他偏说恐好别离，便将仙灵眷属，与下界雌雄，早已分圣分凡，即离俱失。三、四，一气翻跌而下，言不然，则胡为而必取于七夕哉！

【后解】

五，写黄姑之急。六，写织女之憨。看他漏移、云接，真是用字如画。七、八，一意切责迟者，犹言费尽中间周旋，自反故弄多巧，天下真有此等机变女郎，使人不可奈矣！

圣女祠

松篁台殿蕙花帏，龙护瑶窗凤掩扉。

无质易迷三里雾，不寒常着五铢衣。

人间定有崔罗什，天上应无刘武威。

寄问钗头双白燕，每朝珠馆几时归。

【前解】

知他圣女定是何物，我亦借题自言我所欲言，即已耳。"松篁""蕙花"，言身所居处，既高且清，而又芳香也；"龙护""凤掩"，言深自藏匿，不令他人容易得窥也。无质易恐迷雾，言时切戒惧，不敢自失也。不寒常着铢衣，言致其恭敬，永以自持也。夫士诚如此，则亦可称天姿既良、人功又深者也。〔一、二，喻其天姿之良，三、四，喻其人功之深。〕

【后解】

前解，写诣，必以纯。此解，写遇，必以正也。"罗什"，言自有婚媾之旧期。"武威"，言不得隐形以相就也。而又不免寄问双燕者，犹《离骚》所云托謇修以为理也。

重过圣女祠

白石岩扉碧藓滋，上清沦谪得归迟。

一春梦雨常飘瓦，尽日灵风不满旗。

萼绿华来无定所，杜兰香去未移时。

玉郎此会通仙籍，忆向天阶问紫芝。

【前解】

此则又托圣女，以摅迁谪之怨也。言此岩扉本白，而今藓滋成碧者，自蒙放逐，久不召还，多受沉屈，则转更憔悴也。"雨常飘瓦"者，归朝之望，一念奋飞，恨不拔宅冲举。"风不满旗"者，寡党之士，无有扶掖，终然颠坠而止也。

【后解】

前解，写被谪。此解，写得援也。"萼绿华"，言定复有人，怜而援手，特未卜其因缘则在何处也。"杜兰香"，言近已有人，辱承面许，然无奈其别去犹无多日也。末言，既有相援之人，则必有得归之日；此番若至中朝，定须牢记一问，有何巧宦之方，始得终免沦谪？盖怨之甚，而遂出于戏言也。〔"萼绿华""杜兰香"，皆圣女之同人也。"玉郎"，即称圣女也。"忆向"，即记向也。〕

哭刘蕡

上帝深宫闭九阍，巫咸不下问衔冤。

广陵别后春涛隔，溢口书来秋雨翻。

只有安仁能作诔，何曾宋玉解招魂。

平生风义兼师友，不敢同君哭寝门。

【前解】

一解四句，便有搏胸叫天、奋颅击地，放声长号、涕泗纵横之状。言梦梦上帝，尔在何处？更不遣人略看下界，今日遂致听我刘司户且湮没而死也！三、四，言广陵春别，谓限衣带；溢浦秋书，遽言永诀！天乎，人耶？哀哉痛绝也！

【后解】

前解，写刘蕡死，此解，写哭也。言往往常有恩义迫切之人，喜言死者容有还魂之事，殊不知人生在世，死为大都，讣既曰死，即真死矣。我为恩义迫切之人，则惟有备极哀痛，以哭其死，更不应升降招呼以冀其生也。末句，因言古礼，朋友若死，则哭诸寝门之外。今刘于己，情虽朋友，义从师事。然则今日我直哭之于寝，不敢同于朋友之礼也。

隋宫

紫泉宫殿锁烟霞，欲取芜城作帝家。

玉玺不缘归日角，锦帆应自到天涯。

于今腐草无萤火，终古垂杨有暮鸦。

地下若逢陈后主，岂宜重问后庭花。

【前解】

言隋有如此宫殿，乃皆空锁不住，而更别下扬州，再建宫殿，当时亦民生犹幸，而太原起龙也。设如稍迟，而琼花一谢之后，乌知其不又锁扬州而又去别处耶？写淫暴之夫，流连荒亡，无有底极，最为条畅尽事也。

【后解】

"于今"，妙！只二字，便是冷水兜头蓦浇！"终古"，妙！只二字，便是傀儡通身线断，直更不须"腐草""垂杨"之十字也。结以"重问"后主者，从来偏是大聪明人看得透、说得出，偏又犯得快，特抢白之，以为后之人著戒也。

二月二日

二月二日江上行，东风日暖闻吹笙。

花须柳眼各无赖，紫蝶黄蜂俱有情。

万里忆归元亮井，三年从事亚夫营。

新滩莫悟游人意，更作风檐夜雨声。

【前解】

此二月二日，乃是偶然恰值之日。是日本是东风，却又日暖，江上闲行，忽闻吹笙，因而遽念家室，不能自裁也。“花须柳眼”，写尽少年冶游。“紫蝶黄蜂”，写尽闺房秘戏。看他“无赖”“有情”上加“各”字、“俱”字，犹言物犹如此，人何以堪也。

【后解】

前解，止写春色恼人。此解，方写乘春欲归也。五，言别去之远。六，言别来之久。七、八，言趁此风晴日暖，便宜及早束装，毋至风雨淋漓，又恨泥滑难行也。

筹笔驿

鱼鸟犹疑畏简书，风云长为护储胥。

徒令上将挥神笔，终见降王走传车。

管乐有才真不忝，关张无命欲何如。

他年锦里经祠庙，梁父吟成恨有余。

【前解】

言直至今日，而鱼鸟犹畏，风云犹护。然则当时上将挥笔，其所号令、部署，为是何等简书，何等储胥！而彼刘禅也者，乃终不免衔璧舆榇，跪为降王，此真不能不令千载英雄父兄，拊膺恸哭，至于泪尽出血者也！○分明如出子美先生手！

【后解】

后解，言然此亦无用多责刘禅为也。天生武侯，虽负霸王之才，然而炎德既终，虎臣尽陨，大事之去，早有验矣。所以鞠躬尽瘁，犹未肯即弛担者，只为远答三顾之殷勤，近奉遗诏之苦切耳！至于自古有才，决是无命，此固不能与天力争者也。

即日

一岁林花即日休，江间亭下怅淹留。

重吟细把真无奈，已落犹开未放愁。

山色正来衔小苑，春阴只欲傍高楼。

金鞍忽散银壶漏，更醉谁家白玉钩。

【前解】

言三春花事，是一岁大观。若此事一休，即了无余事。盖入夏徂秋，如风疾卷，特地开春，便成往事也。"江间"，取长逝义；"亭下"，取暂住义。"怅淹留"者，长逝无法教停，故不觉其怅然；然暂住且如不逝，故遂漫作淹留也。三、四，"重吟细把"，妙！已不必吟而又"重吟"，已不足把而又"细把"，此无奈，乃所谓"真无奈"也！"已落犹开"，又妙！亲见已落，何止万片；便报犹开，岂能数朵？此欲放，将如何可放也。前解，写一春已尽。

【后解】

后解，写一日又尽也。山色衔苑，暮光自远而至也。春阴傍楼，日影只剩觚棱也。倏忽马嘶人去，漏动更传，则不知后会之在何家也。哀哉，哀哉！［纯是工部诗。］

马嵬

海外徒闻更九州，他生未卜此生休。

空闻虎旅传宵柝，无复鸡人报晓筹。

此日六军齐驻马，当时七夕笑牵牛。

如何四纪为天子，不及卢家有莫愁。

【前解】

玉妃既缢之后，上皇悲不自胜，因而谬托方士家言，言方士排神驭气，至于海外仙山，抽簪轻叩院门，果有太真出见，授以钿盒半扇，仍约生生夫妇。此无非欲聊自解释者也。今先生特又劈手夺去其说，言他生则我不能知，至于今生，则眼见休矣！因急以三、四实之，言既是他生尚愿夫妇，何不今生久住宫帏，而乃自致马嵬宵柝，永辞上阳晓漏耶？便令方士之饰说，更无以得申也。

【后解】

此"六军""七夕""驻马""牵牛"字，随手所合，不费雕饰。而当时陈元礼侃侃之请，与长生殿密密之誓，一时匆匆相逼，遂成草草不顾。写来真如小儿木马，鬼伯蒺藜，既复可笑，又复可悯也。末言四十余年天子，而不能保一妇人，以为痛戒也。

题白石莲花寄楚公

白石莲花谁所供，六时常捧佛前灯。

空庭苔藓饶霜露，时梦西山老病僧。

大海龙宫无限地，诸天雁塔几多层。

漫夸鹙子真罗汉，不会牛车是上乘。

【前解】

　　将以白石莲花奉寄楚公，看他一解四句，先将白石莲花与楚公说得萧然无关，各各异住，妙，妙！言白石莲花，自在佛前；老病楚公，自在西山。白石莲花，既不雕镌应入西山；西山老僧，又不起心欲此石莲。然而忽然发心，愿移相寄，此间有第一机。若使连忙会得，早已是第二机也。

【后解】

　　《妙法莲华经》，见《多宝塔品》：有龙王女，年始八岁，已发道意，辩才无碍。鹙子疑其胡得有是？尔时，龙女即以手珠从宝塔前疾上于佛，佛便受之。龙女因顾问鹙子："一上，一受，是事疾耶？"答曰："甚疾！"龙女笑言："以汝神力，观我成佛，又疾于是。"遂往南方无垢世界，忽然之间，成等正觉。今先生前解，既已奉寄莲花，而此解，则正引此经文，自申其义也。言大海有无限地，而龙女献佛，则只须一珠；宝塔有无量层，而古佛临机，则止分半座。然则我今所寄白石莲花不会，其实一门隘小；会得，便是露地大牛。此间任君妙秋波眼，正恐急觑不着也。

宿晋昌亭闻惊禽

羁绪鳏鳏夜景侵，高窗不掩见惊禽。

飞来曲渚烟方合，过尽南塘树更深。

胡马嘶和榆塞笛，楚猿吟杂橘村砧。

失群挂水知何限，远隔天涯共此心。

【前解】

看他将写"惊禽"，乃出手先写自己亦是惊禽。于是三、四之"飞来曲渚""过尽南塘"，其中所有无限怕恐，便纯是自己怕恐。后来读者，物伤其类，自不能不为之泫然流涕也。"烟方合"，犹言这里亦复可疑也；"树更深"，犹言彼中一发不好也。看他不问前此何事得惊，反说后此无处不惊，最为善写"惊"字第一好手也。

【后解】

五、六，因与普天下惊心之人悉数之也。言"马嘶"，一惊也；"塞笛"，又一惊也。"猿吟"，一惊也；"村砧"，又一惊也。于是而命之不犹，遂致于罹，普天之下，盖往往有之也。岂独晋昌今夜此禽此惊而已也哉！

泪

永巷长年怨绮罗，离情终日思风波。

湘江竹上痕无限，岘首碑前洒几多。

人去紫台秋入塞，兵残楚帐夜闻歌。

朝来灞水桥边问，未抵青袍送玉珂。

【前解】

入宫则哭"绮罗"，去家则哭"风波"，此写流泪之因。"湘江"则点于"竹上"，"岘首"则零在"碑前"，此写泪流之痕也。前解，犹泛写天下人泪。

【后解】

此专写独一人泪也。虽蒙天生而不蒙人用，于是而慷慨辞众，深走入胡。我欲自用，而天又亡之，于是而半夜悲歌，引刀自绝。如今日灞桥折柳，青袍送人之中，岂少如是之人、之事也哉？故曰桥下水未抵桥上泪也。

楚宫

湘波如泪色滢滢，楚厉迷魂逐恨遥。

枫树夜猿愁自断，女萝山鬼语相邀。

空归腐败犹难复，更困腥臊岂易招。

但使故乡三户在，彩丝谁惜惧长蛟。

【前解】

此为先生反《招魂》之作也。言湘江之波，滢乎其清，临崖窥之，底皆可见。见底，则不见灵均之魂也。所以然者，灵均实"恨"，恨则必"迷"，迷则必"遥"。既恨而迷、而遥，即又安得定在一处，而有魂之可招哉！三、四，凡下"枫""猿""萝""鬼"等字，皆写其"恨"、其"迷"、其"遥"也。

【后解】

上写灵均之不可招，此写招灵均之未必是也。言他人死于牖下，然升屋呼毕，犹卒归大殓，岂有怀愤捐生，已誓葬鱼腹，乃更望还返哉！夫前人未卒之业，即后人莫卸之担；前人临终之言，即后人敬诺之心也。然则但有一人仰体存楚之志，灵均虽为长蛟所食，乃无恨焉。不然，而三户尽亡，一黍是惠，灵均日月争光之心，仅如此而已乎，亦可发一笑已！

赠从兄阆之

怅望人间万事违，私书幽梦约忘机。

荻花村里鱼标在，石藓庭中鹿迹微。

幽径只携僧共入，塞塘好与月相依。

城中猘犬憎兰珮，莫损幽芳久不归。

【前解】

"怅望人间"者，言望久之而怅，怅久之而仍望。然而终不免于万事尽违，则是今日之人间，真已不堪其又住也。"私书"者，不敢明说，则托之于书；"幽梦"者，不敢明来，则托之于梦；"约忘机"者，言此间满地皆机，才脱一机，即又入一机，则不如共去无机之处为安乐也。三、四，"鱼标""鹿迹"，即写忘机之处，可知。

【后解】

只携僧入者，僧受律，不似在俗多欲也；好与月依者，月清凉，不似人间烦热也。"城中"云云者，昔言国狗之瘈，无不遭噬，而近今又闻独噬兰珮。然则力疾早归，勉图瓦全，毋再迟回，致遭玉碎，兄更不可不加之意也。

井络

井络天彭一掌中，漫夸天设剑为峰。

阵图东聚烟江口，边栈西悬雪岭松。

堪叹故君成杜宇，可能先主是真龙。

将来为报奸雄辈，莫向金牛访旧踪。

【前解】

此先生深忧巴蜀之国，江山险峻，或有草窃据为要害，而特深著严切之辞，以为预戒也。言此井络、天彭，拔地插天，飞栈千里，界山为门，自古称为险绝之区者，以今日朝廷视之，不过在我一掌之中焉已耳。盖言圣德皇皇，宽仁无外；臣工济济，算尽无遗故也。然则虽复阵图在东，雪岭在西，天设剑关，以为雄塞，据我论之，固曾不得而漫夸也。

【后解】

前解，写全蜀之险，更不足恃。后解，写起蜀之人，皆未必成也。言前如望帝，佐以鳖灵，后如昭烈，辅之诸葛，然而曾不转眼，尽成异物；又况区区草芥之子，乃欲何所觊觎于其间也哉！

写意

燕雁迢迢隔上林，高秋望断正长吟。

人间路有潼江险，天上山惟玉垒深。

日向花间留返照，云从城上结层阴。

三年已制思乡泪，更入新年恐不禁。

【前解】

前解，言只望一寄书人尚自不得，安望乃有归家之日耶？所谓潼江之险、玉垒之深，一堕其间，便成井底也。

【后解】

后解，写一年又一年，一月又一月，只今一日又有一日，如此返照虽留，暮云已结，真为更无法处者也。设果一日又有一日，一月又有一月，因而一年真又有一年，则我且欲失声竟哭也！

安定城楼

迢递高城百尺楼，绿杨以外尽汀洲。

贾生年少虚垂泪，王粲春来更远游。

永忆江湖归白发，欲回天地入扁舟。

不知腐鼠成滋味，猜意鹓雏竟未休。

【前解】

言今日我适在此安定，彼旁之人不知，则必疑我有何所慕而特远来，至何所得方乃舍去？此殊未明我胸前区区之心者也！夫我上高城，倚危楼，窥绿杨，见汀洲，方欲呼风乱流，乘帆竟去。何则？满怀时事，事事可以垂泪；时正春日，日日可以远游。大丈夫眼观百世，志在四方，胡为而曾以安定为意哉！

【后解】

上解，既明其近迹，此解，又说其本志也。言若疑我不忆江湖，则我不惟一忆，方且永忆。"永忆"之为言，时时日日，长在怀抱也。特自约得归之日，必直至白发之后者，细看今日之天地，必宜大作其旋转。此事既已重大，为时必非聊且，故知不至白头，不入扁舟，因而濡滞尚似有冀也。此之不察，而谓我有世间恋慕。嗟乎，鸱鸮得腐鼠，吓鹓雏，固从来旧矣。

杜工部蜀中离席

人生何处不离群，世路干戈惜暂分。

雪岭未归天外使，松州犹驻殿前军。

座中醉客延醒客，江上晴云杂雨云。

美酒成都堪送老，当垆仍是卓文君。

【前解】

拟杜工部，便真是杜工部者。如先生余诗，虽不拟杜工部，亦无不杜工部者也。盖不直声调皆是，维神髓亦皆是也。○起手七字，便是工部神髓。其突兀而起，淋漓而下，真乃有唐一代无数巨公，曾未得闯其篱落者。○一，言大丈夫初非麋鹿相聚，何故乃欲惜别。二，言今日把袂流泪，亦只为世路干戈故耳。三、四，即承写世路之干戈，言如雪山之使未回，即松州之军犹驻，此不可不戒心者也。

【后解】

前解，写不应别。此解，写应不别也。"醉客延醒客"，言此地知己之多也；"晴云杂雨云"，言此地风景之美也。然则藉此美酒，便堪送老；带甲满地，又欲何之？"当垆仍是"之为言，普天流血，而成都独干净也。

曲池

日下繁香不自持，月中流艳与谁期。

迎忧急鼓疏钟断，分隔休灯灭烛时。

张盖欲判江滟滟，回头更望柳丝丝。

从来此地黄昏散，未信河梁是别离。

【前解】

此是先生观无常诗，而特指曲池以寄意也。言"日下繁香"，我或不得自持。若"月中流艳"，则复与谁为期乎？甚言欲别即可竟别，初无尚须不别之故者也。然而终亦不忍其遽别者，诚预"忧急鼓疏钟"，此时一至，即以后"休灯灭烛"，与汝永违。为是而临期回惑，不知所措，是则诚有之也。○某尝忆七岁时，眼窥深井，手持片瓦，欲竟掷下，则念其永无出理；欲且己之，则又笑便无此事。既而循环摩挲，久之久之，瞥地投入，归而大哭！此岂宿生亦尝读此诗之故耶？至今思之，尚为惘然！因附识于此。

【后解】

"张盖欲判"，眼前便真有如此一辈粗率可笑人；"回头更望"，某尝告诸同学：学道人须是世间第一情种始得，今只看先生此语，便大信也。盖千古人流浪生死，止为生生世世"张盖欲判"。一切诸佛大师，得成正觉，亦止为时时刻刻"回头更望"故也。末又言河梁未抵此别者，从来此事，下愚之夫以为聊尔，上智之士无不大惊极痛也。〔下愚之夫，亦能大惊极痛，只是为期稍迟耳，言百年既尽，临死之日也。〕

潭州

潭州官舍暮楼空，今古无端入望中。

湘泪浅深滋竹色，楚歌重迭怨兰丛。

陶公战舰空滩雨，贾傅承尘破庙风。

目断故园人不至，松醪一醉与谁同。

【前解】

"暮楼空"，言既不对酒，又不摊书，只是凭高闲望，并无他事感发。此即次句所云"无端"也。然而心如秋满月，眼若青莲花，一任空楼无端，偏是万端齐起。于是而泪色浅深、怨歌重迭，心同理同，自哭自笑。由来天下绝顶大聪明人，单除二时茶饭，其余总代古人担忧，此真不可得而自解者也。

【后解】

前解，自写解事。此解，写潭州人不解事也。言如此愁绝无聊，庶几破除有酒，然而巡索全州，更无可语！陶公已去，贾傅又夭，故园信断，又能奈何哉！

王十二兄与畏之员外相访见招小饮
时余以悼亡日近不去因寄

谢傅门庭旧末行，今朝歌管属檀郎。

更无人处帘垂地，欲拂尘时簟竟床。

嵇氏幼男犹可悯，左家娇女岂能忘。

秋霖腹疾俱难遣，万里西风夜正长。

【前解】

先生与畏之同为王茂元婿，此王十二兄，想即茂元之子，故得以闺房之至悲，尽情相告也。一、二，言己昔日先忝门下，今畏之新来末席，分为僚婿，歌管必同，乃身今有故，不忍便过，遂让畏之独叨此宴也。三、四，承写今朝所以不忍便过之故，最是幽艳凄婉，虽在笔墨，亦有貌不瘁而神伤之叹也。

【后解】

前解，写悼亡。此解，写悼亡中则有无数不堪之事也。言如幼男啼乳，娇女寻娘，秋霖彻宵，腹悲成疾，略举四端，俱是难遣，则有何理，又来欢聚乎？"夜正长"者，自诉今夜决不得睡，犹言十二兄与畏之共听歌管之时，正我一人独听西风之时。加"万里"字，并西风怒号之声皆写出来也。

流莺

流莺漂泊复参差，度陌临流不自持。

巧啭岂能无本意，良辰未必有佳期。

风朝露夜阴晴里，万户千门开闭时。

曾苦伤心不思听，凤城何处有花枝。

【前解】

此悲群贤不得甄录，遂致各自分散，而特托流莺以见意也。"漂泊"者，独言其一人之失所；"参差"者，合言其诸人之乖隔。"度陌临流不自持"者，又与各各人，分言其南北东西，不能自择。盖糊口维艰，则托身随便，此皆出于万无可奈，而不能以又深责之者也。三、四，因与曲折代陈，言其学成来京，岂能无望朝廷？然而君明相贤，未审何日召见也。

【后解】

"风朝露夜"之为言无朝无夜也，"万户千门"之为言无开无闭也。此二句，写流莺之悲鸣不已也。末又结以"曾苦伤心"之二句者，自忆昔日未遇，亦复深领此味，至今回首思之，犹自神伤不安也。

七月二十九日崇让宅宴作

露如微霰下前池，风过回塘万竹悲。

浮世本来多聚散，红蕖何事亦离披。

悠扬归梦惟灯见，濩落生涯独酒知。

岂到白头长只尔，嵩阳松雪有心期。

【前解】

此七月二十九日，定是小尽，不然，则发言亦未必有如是之悲也。盖露下池、风过塘，此已是夜色向阑之候也。回思日间开宴，群贤毕至，众伎咸作，酒曾几行，烛曾几跋，而马嘶客起，鸦叫树白，遂复如是。于是自不能解，而反怪红蕖。花神有灵，不更失笑耶？

【后解】

"惟灯见"者，正作梦时，旁无一人，独有灯照也。"独酒知"者，愁在胸中，酒常入来，与之亲处故也。此二句，即七之所谓"只尔"也。"岂到白头"，妙，妙！言频年更无处分，宛有白头之势。今特地自明：我自有千丈松、三尺雪，于嵩山之阳，久有成算，不至孟浪一生也。

和人题真娘墓

虎丘山下剑池边，长使游人叹逝川。

胃树断丝悲舞席，出云清梵想歌筵。

柳眉空吐效颦叶，榆荚还飞买笑钱。

一自香魂招不得，只应江上独婵娟。

【前解】

起句七字即"真娘墓"，次句七字即"人题"也。"胃树断丝""出云清梵"，即起句七字；"悲舞席""想歌筵"，即次句七字也。易解。

【后解】

柳眉效颦、榆荚买笑，言人来虎丘，至今徘徊不尽，然而真娘化去，乃更无有踪影也。〇前解，自欲题真娘，则云断丝舞席、清梵歌筵，便谓如或睹之。后解，笑人不必题真娘，则又云柳空效颦、榆能买笑，便又谓更没交涉。真乃笔随手转，理逐言成，只许州官放火，不许百姓点灯矣。

水斋

多病欣侬有道邦，南塘晏起想秋江。

卷帘飞燕还拂水，开户暗虫犹打窗。

更阅前头已披卷，仍斟昨夜未开缸。

谁人为报故交道，莫惜鲤鱼时一双。

【前解】

此只是水斋晏起诗，然必须看其特地晏起，却已是起得甚早。如三、四之"燕还拂水""虫犹打窗"，此俱是侵早景物，而人情又皆已谓为晏起，则真所谓有道之邦者也。○沃土之民不材，晏起故也；瘠土之民莫不向义，相戒不许晏起故也。夫多病，斯不得不晏起也。乃今又反以此邦为道而欣侬之者，夫居家早起，固实能却一切病也。

【后解】

卷是前头已披，缸是昨夜未开，想见水斋盘桓已久。然则七、八之一双鲤鱼，正是怪其前此之契阔，非是望其后此之殷勤也。

韩同年新居饯韩西迎家室戏赠

籍籍征西万户侯，新缘贵婿起朱楼。

一名我漫居先甲，千骑君翻在上头。

云路招摇回彩凤，天河迢递笑牵牛。

南朝禁脔无人近，瘦尽琼枝咏四愁。

【前解】

　　饯人亲迎诗，看他一、二，纵笔却反从他丈人家中写起，已是"语无伦次"。三、四乃因与之同年之故，公然忽插自己入来。言前日之试，我为胜；今日之迎，子为胜。下一"漫"字、一"翻"字，恰是屈之甚，妒之甚也者。此所谓"戏赠"诗也。〔恰似眼热新起朱楼也者。〕

【后解】

　　此五、六，乃一发戏言也。"云路招摇"，言彼中待子已久；"天河迢递"，言此处钝滞何甚也。七、八，又戏：子今已为一家"禁脔"，则遂尽虚家家"琼枝"也。〔如谢琨既为孝武之婿，便瘦尽袁崧之女。〕

子初郊墅

看山对酒君思我，听鼓离城我访君。

腊雪已添墙下水，斋钟不散槛前云。

阴移竹柏浓还淡，歌杂渔樵断更闻。

亦拟村南买烟舍，子孙相约事耕耘。

【前解】

写自访子初，却先写子初见忆，便见两人相欢之深。本如磁铁相吸，何况又有好郊墅耶！看他"看山对酒"，妙！"听鼓离城"，又妙！写一个思之深，一个去之早，总是意思都在寻常往还之外，固不可以宾主二字浅律之也。三，"腊雪"，是纪此日相访，是初春。四，"斋钟"，是表此日到墅，是晌午。二句，只承"我访君"之三字也。

【后解】

此方写郊墅之佳。看他访人郊墅，却欲自买郊墅，乃至欲令两家子孙，世世同有郊墅，真乃心醉今日子初郊墅不浅也！

赠赵协律晳

俱识孙公与谢公，二年歌哭处还同。

已叨邹马声华末，更共刘卢族望通。

南省恩深宾馆在，东山事往妓楼空。

不堪岁暮相逢地，我欲西征君又东。

公自注：愚与赵协律晳，俱出吏部相公门下，又同为故尚书安平公所知，复皆是安平公表侄。

【前解】

"孙"言孙绰，"谢"言谢安，以比吏部相公与安平公也。"歌哭处还同"者，言二年聚于两家，美轮美奂之下，未尝暂有分隔也。三、四，再写"俱"字、"同"字，言不宁此"俱"、此"同"而已，惟叨附文墨则又"同"，忝系中表则又"俱"也。一解，写与赵投分之厚如此。

【后解】

"宾馆在"，言旧游如昨也。"妓楼空"，言吏部下世也。言从此二人分散，直至今日得逢，而又匆匆西东，更值雨雪载途也。一解，写己与赵踪迹之乖如此也。

赠司勋杜十三员外

杜牧司勋字牧之，清秋一首杜秋诗。

前身应是梁江总，名总还曾字总持。

心铁已从干镆利，鬓丝休叹雪霜垂。

汉江远吊西江水，羊祜韦丹尽有碑。

【前解】

因小杜名牧，又字牧之，于是特地借来小作狡狯。写二"牧"字、二"杜"字、二"秋"字、三"总"字、二"字"字，成诗一解。此亦沈龙池、崔黄鹤所滥觞，而今愈益出奇无穷也！〔《樊川集》，有《杜秋传》。〕

【后解】

上解，止因"牧"又字"牧"，故有三、四之"总"又字"总"，其实一解四句，则止赞得其一首《杜秋》而已。故此解，再从一首《杜秋》转笔，言杜为大丈夫，心如铁石，何用诗中多寓迟暮之叹乎哉！夫人生立言，便是不朽，如公今日，奉敕所撰韦丹一碑，已与羊祜岘山一样堕泪。然则鬓丝禅榻，风扬落花，公正无为又作尔许言语也。着他又写二"江"字，与前戏应，妙，妙！

温庭筠

二十首

本名岐，字飞卿，后以意改今名。少敏悟，工为词章，与李商隐齐名，号"温李"。才思艳丽，工于小赋，每入试铺，押官韵作赋，凡八叉手而八韵成，时号"温八叉"。多为邻铺假手，率日救数人。李义山谓曰："近得一联句云：'远比赵氏，三十六年宰辅'，未得偶句。"温曰："何不云：'近同郭令，二十四考中书。'"宣宗尝赋诗，上句有"金步摇"，未能对，遣求进士对之，庭筠乃以"玉条脱"续之，宣宗赏焉。又药名有"白头翁"，温以"苍耳子"为对。他皆类此。宣皇爱唱《菩萨蛮》词，丞相令狐绹假其修撰，密进之，戒令勿泄，而遽言于人，由是疏之。宣皇好微行，遇于逆旅，温不识龙颜，傲然而诘之曰："公非长史、司马之流？"帝曰："非也。"又曰："得非六参、簿尉之类？"帝曰："非也。"谪为方城尉，其制词曰："孔门以德行为先，文章为末。尔既德行无取，文章何以称焉？徒负不羁之才，罕有适时之用。"竟流落而死。最善鼓琴、吹笛，云有丝即弹，有孔即吹，不必柯亭爨桐也。著《乾𦠿子》，今其书不传。有《握兰集》三卷，《金荃集》十卷，诗集五卷，《汉南真稿》十卷。

春日访李十四处士

花深桥转水潺潺，冉里先生自闭关。

看竹已知行处好，望云真得暂时闲。

谁言有策堪经世，只是无钱教买山。

一局残棋千点雨，绿萍池上暮方还。

【前解】

"花深"一境，"桥转"一境，潺潺水声又一境。凡转三境，始到先生门，乃先生又方闭门。于是以未见先生故，且先看竹，便有无量益；且先看云，便有无量益。则不知见先生后，其为益又当何如！此唐人避实取虚之法也。

【后解】

后解，更不复写先生，只自叙所以未隐之故。七句疏雨残棋，妙！所谓先生已移我情也。

南湖

湖上微风入槛凉，翻翻菱荇满回塘。

野船着岸偎春草，水鸟带波飞夕阳。

芦叶有声疑夜雨，浪花无际似清湘。

飘然蓬艇东游客，尽日相看忆楚乡。

【前解】

坐槛中，看湖上，初并无触，而微凉忽生，于是默然心悲，此是湖上风入也。一时闲闲肆目，见他翻翻满塘，嗟乎，秋信遂至如此，我今身坐何处？便不自觉转出后一解之四句也。○前解，只写得"风"字、"凉"字，言因凉悟风，因风悟凉。"翻翻菱荇"，则极写风色也。三、四"着岸偎""带波飞"，亦是再写风，然"春草"，写为时曾几？"夕阳"，写目今又促。世传温、李齐名，如此纤浓之笔，真为不忝义山也。〔比义山，又别是一手。〕

【后解】

"疑夜雨"，非写"芦叶"；"似清湘"，非写"浪花"，此皆坐蓬艇、"忆楚乡"人，心头眼底，游魂往来，惝恍如此。细读"尽日相看"四字，我亦渺然欲去也。〔笔墨之事，真是奇绝。都来不过一解四句、二解八句，而其中间千转万变，并无一点相同。正如路人面孔，都来不过耳眼鼻口四件，而并无一点相同也。即如飞卿齐名义山，乃至于无义山一字，惟义山亦更无飞卿一字，只是大家不袭一字，不让一字，是故始得齐名。然所以不袭、不让之故，乃只在一解四句、二解八句之中间。我真不晓法性海中，大漩澓轮，其底果在何处也！〕

过马嵬驿

穆满曾为物外游，六龙经此暂淹留。

返魂无验青烟灭，埋血空生碧草愁。

香辇却归长乐殿，晓钟还下景阳楼。

甘泉不复重相见，谁道文成是故侯。

【前解】

不便于说玄宗，则云"穆满"；不便于说避胡，则云远游；不便于说车驾，则云"六龙"；不便于说军士不发、请诛罪人，则云"暂淹留"。"暂淹留"三字，斟酌最轻，中间便藏却佛堂尺组、玉妃就尽，无数惨毒之状也。三、四，承"暂淹留"，言自从此日，直至于今，玉妃既死，安有更生？碧血所埋，依然草满！人之经其地者，直是试想不得也。

【后解】

上解，写马嵬。此解，又终说玉妃之事也。"香辇"七字，言既而乘舆还京；"晓钟"七字，言依旧春宵睡足。嗟乎，嗟乎！宫中事事如故，细思只少一人。又何言哉！又何言哉！

经李徵君故居

露浓烟重草萋萋，树映阑干柳拂堤。

一院落花无客醉，五更残月有莺啼。

芳筵仿佛情犹在，故榭荒凉事已迷。

惆怅羸骖往来惯，适经门巷亦长嘶。

【前解】

一解，先写故居。○细思天下好诗，乃只在眉毛咳吐之间。如此前解：一、二，露自浓，烟自重，草自萋萋，树自映阑干，柳自拂堤，会有何字带得悲凉之状？却无奈作者眉毛咳唾之间，早有存亡之感。于是读者读未终口，亦便于眉毛咳唾之间，先领尽其存亡之感也。三、四逐字皆人手边笔底寻常惯用之字，而合来便成先生妙诗。若知果然学做不得，便须千遍烂熟读之也！

【后解】

一解，次写徵君。○看他避过自家眼泪，别写羸马长嘶，便令当时常常过从意尽出。

寄岳州李员外

含嚬不语坐持颐，天远楼高宋玉悲。

湖上残棋人散后，岳阳微雨鸟归时。

早梅犹得回歌扇，春水还应理钓丝。

独为袁宏易憔悴，一樽惆怅落花知。

【前解】

望岳州不见，故"含嚬"；念岳州不置，故"不语"；算计欲去岳州不得，故"持颐"谛思也。"天远"，即岳州；"楼高"，即坐处；"残棋人散""微雨鸟归"，即"宋玉悲"之"悲"字也。看他"湖上""岳阳"十四字，又字字皆手边笔底之所惯用，而不知何故，一出先生，便成佳制！此不可不细学也。

【后解】

此又细自分别，实为员外而憔悴也。五、六，犹言设使不为员外，则早梅歌扇，固得送怀，春水钓丝，亦堪遣兴；今自冬入春，日惟惆怅，则舍员外竟为谁哉！"落花知"，妙！非妙于写更无人知，妙于写自早梅至落花，凡经一春，无日不惆怅也。

游南塘寄知者

白鸟梳翎立岸莎，藻花菱刺泛微波。

烟光似带侵垂柳，露滴如珠落卷荷。

楚水晓凉催客早，杜陵秋思傍蝉多。

刘公不信归心切，听取江楼一曲歌。

【前解】

一解，纯写南塘一片新秋景物，略不插入自己意思，至后解轻轻转笔，便令知者慨然会之。

【后解】

言上解通解是楚水晓景也，实通解是"杜陵秋思"也。其知我者以我为"归心切"也，其不知者以我为"一曲歌"也。然则胡不便记取此"一曲歌"也！

寄卢生

遗业荒凉近故都，门前堤路枕平湖。

绿杨影里千家月，红藕香中万点珠。

此地别来霜鬓改，几时归去片帆孤。

他年犹拟金貂换，寄语黄公旧酒垆。

【前解】

不解诗者，谓此是写遗业好景，殊不知起句明有"荒凉"二字，则此固写别来恶绪也。二，"堤路枕平湖"，以"堤路"故，便有三之一带"绿杨"；以"平湖"故，便有四之万枝"红藕"。至如"影里千家月""香中万点珠"，则固所云当时好景，今日恶绪者也。

【后解】

"霜鬓改"，写此地别来之久；"片帆孤"，写几时归去之赊。读至"他年犹拟"四字，想见先生胸中乃至遂有意外之忧。嗟乎，人生首丘之情，不亦悲哉！〔寄卢生，用到黄公酒垆事，却自云"他年犹拟"，故曰意外之忧也。〕

春日偶作

西园一曲艳阳歌，扰扰车尘负薜萝。

自欲放怀犹未得，不知经世竟如何。

夜闻猛雨判花尽，寒恋重衾觉梦多。

钓渚别来应更好，春风还为起微波。

【前解】

一解，写无端在家不知何据，瞥地出门，竟成两负，以为大惭也。○试想：听歌未终，驱车忽发，问其何往？曰：我欲经世也。则我曾闻诸吾师：经世之人，其人意思甚闲，未闻其有如是之忙者也。读先生此诗，其谁不应扪心自忖？

【后解】

此五、六，先生真实人，便说出自己经世之本事也。五，雨猛花尽，喻苍生不知如何糜烂。六，衾寒梦多，喻当事惟有一味省缩。然则三十六计，归为上计，此座固定非我之所应坐矣。○读此诗，忽想"漆雕开"一章，实有无限至理。

和友人溪居别业

积润初销碧草新，凤阳晴日带雕轮。

风飘弱柳平桥晚，雪点梅花小院春。

屏上楼台陈后主，镜中金翠李夫人。

花房露透红珠落，蛱蝶双飞护粉痕。

【前解】

先生诗，总是此轻轻一手。此解，轻轻先写春雨新霁，出门闲行，初经柳桥，遂访梅院，所谓一路行来，犹未写到别业也。

【后解】

此解，始写别业。五，是写其亭轩高低，六，是写其波光映漾。看他用"陈后主""李夫人"，画早春新霁，娇红稚绿，妙，妙！至七、八，亦只用细琐之笔，写一花上蛱蝶，便结之也。○总是轻轻一手。

赠知音

翠羽花冠碧树鸡，未明先向短墙啼。

窗间谢女青蛾敛，门外萧郎白马嘶。

星汉渐移庭竹影，露珠犹缀野花迷。

景阳宫里钟初动，不语垂鞭上柳堤。

【前解】

集中，淫亵之词，一例不收。此见其题作"赠知音"三字，恐别有意，故偶录之。〇一解，写下床惊晏。

【后解】

一解，写出门惜早。〇虽复淫词，然一解写晏，一解写早，不知定晏定早，甚有顿挫之状也。

过陈琳墓

曾于青史见遗文，今日飘零过古坟。

词客有灵应识我，霸才无主始怜君。

石麟埋没藏秋草，铜雀荒凉对暮云。

莫怪临风倍惆怅，欲将书剑学从军。

【前解】

一、二言昔读其文，今过其坟也。不知如何偷笔，忽于句中魆地插得"飘零"二字，于是顿将二句十四字一齐收来，尽写自己。犹言昔读君文之时，我是何等人物，今过君坟之时，竟成何等人物！则焉禁我之不失声一哭也。三、四，"词客有灵""霸才无主""应识我""始怜君"，其辞参差屈曲，不计如何措口，妙，妙！犹言昔读君文之时，我亦自拟"霸才"，今过君坟之时，我亦竟成"无主"！然则我识君，君应识我；我怜我，故复怜君也！〔轻细手下，又有如此屈曲！〕

【后解】

前解之二句，若依寻常笔墨，则止合云"今日荒凉过古坟"也；忽被"飘零"二字横搀过去，先自写其满胸怨愤，于是直至此五、六，始得补写古坟。然而七云"莫怪"，八云"欲将"，依旧横搀过去，仍写自己，盖自来笔墨，无此怨愤之甚者矣！

题崔公池亭旧游

皎镜芳塘菡萏秋，此来重见采莲舟。

谁能不逐当年乐，还恐添成异日愁。

红艳影多风袅袅，碧空云断水悠悠。

檐前依旧青山色，尽日无人独倚楼。

【前解】

欲写昔日莲舟，反写今日莲舟；欲写今日感慨，反写后日感慨。不知其未措笔先如何设想，又不知其既设想后如何措笔。真为空行绝迹之作也！

【后解】

"红艳"七字，写今日池亭也；"碧空"七字，写昔日池亭也。"红艳"七字，写不是昔日池亭也；"碧空"七字，写不是今日池亭也。"依旧青山色"，妙！犹言不依旧者多矣。"无人独倚楼"，妙！犹言虽复喧喧若干游人，岂有一人是昔人哉！

西江上送渔父

却逐严光向若耶，钓纶茭棹寄年华。

三秋细雨愁枫叶，一夜扁舟宿苇花。

不见水云应有梦，偶随鸥鹭便成家。

白蘋风起楼船暮，江燕双双五两斜。

【前解】

人生一样年华，却有各样寄法，直至到头平算，始悟"钓纶茭棹"之人，真是落得无量便宜也。三、四写之，特地兜上心来，愁闷却因微雨，一回置之度外；身世只有扁舟，以视世上之秦重楚重、君忧民忧、生难死难、碑踣碑立，诚为快活不了也。

【后解】

五，言更无不见水云之时也；六，言更无不似鸥鹭之人也；七、八，言一任风起风息，只在水云鸥鹭之中间，不似艑舸楼船，五两占风，临暮又欲他去也。

利州南渡

淡然空水带斜晖，曲岛苍茫接翠微。

波上马嘶看棹去，柳边人歇待船归。

数丛沙草群鸥散，万顷江田一鹭飞。

谁解乘舟寻范蠡，五湖烟水独忘机。

【前解】

"水带斜晖"，加"淡然"字，妙！分明画出落日帖水之时，不知其是水"淡然"、斜晖"淡然"也。再加"曲岛苍茫"字，妙！曲岛相去甚近，而其苍茫之色，遂与翠微不分，则一时之荒荒抵暮，真更不能顷刻也。三、四，波上马去，"柳边人歇"，妙，妙！写尽渡头劳人，情意迫促。自古至今，无日无处，无风无雨，而不如是，固不独利州南渡为然矣。

【后解】

日愈淡，则岛愈微；渡愈急，则人愈哗。于是而鸥散鹭飞，自所必至，我则独不晓其——有何机事，纷纷直至此时，始复喧豗求归去耶？末以范蠡相讽，正如经云：如责蜣螂成妙香佛，固必无是理矣。

山中与道友夜坐闻边防不宁因示同志

龙砂铁马犯烟尘，迹近群鸥意正亲。

风卷蓬根屯戊己，月移松影守庚申。

韬钤岂足为经济，岩壑何尝是隐沦。

心许故人同此意，古来知音竟何人。

【前解】

一，写世上有一等人，有一等事。二，写世上另有一等人，另有一等事。三，写世上一等人、一等事，如此其急。四，写世上另一等人、另一等事，如此其闲。真是其人既各不相闻，其事又各不相碍；其人本各不相为，其事亦各不相通。诚以上界天眼视之，直可付之雪淡一笑者也。

【后解】

上解，分画两人已尽。此解，出手判断之也。言屯戊己人自云第一经济，守庚申人又自云第一隐沦。殊不知轰天轰地事业，必须从"月移松影"处守出，分阴分阳道理，必须从"龙砂铁马"时煅成也。

寒食前有怀

万物鲜华雨乍晴，春寒寂历近清明。

残芳荏苒双飞蝶，晓睡朦胧百啭莺。

旧侣不归成独酌，故园虽在有谁耕。

悠然更起严滩恨，一宿东风蕙草生。

【前解】

前解，写寒食景物。

【后解】

后解，写有怀情事。

宿云际寺

白盖微云一径深，东风弟子远相寻。

苍苔路熟僧归寺，红叶声乾鹿在林。

高阁清香生静境，夜堂疏磬发禅心。

自从紫桂岩前别，不见南能直到今。

【前解】

"白盖"，定即寺名，盖梵语"楞严"，此云白盖也。"微云一径深"，言入寺之路至幽邃也。"东风"，是纪今日到寺之时。"弟子远相寻"，言此来乃是特地，非乘便也。三、四，再写"一径深"之三字，言此径中间有路，是为寺僧踏成，两边无路，则闻鹿行叶响也。一解，写未入寺前来。

【后解】

五、六，心从磬发，易解；境从香生，难解。若解得清香所以生境之故，即于疏磬发心，如遇王膳，饥便任食也。七、八，桂岩一别以后，重见南能以前，便隐括去无数不堪丑事，只看其于高阁香前，夜堂磬后，默默忏悔，便知之也。一解，写既宿寺后。

河中陪节度游河亭

倚栏愁立独徘徊，欲赋惭非宋玉才。

满座波光摇剑戟，绕城山色映楼台。

鸟飞天外斜阳尽，人过桥心倒影来。

添得五湖多少恨，柳花飘荡似寒梅。

【前解】

陪节使春游，忽然欲拟古人秋赋，知其中之所感甚深，更非一人得晓，故曰"愁立独徘徊"也。三、四，人见是满座剑戟，绕城楼台，我见是"满座波光""绕城山色"。所谓人是满眼节使，我是满肚五湖，只此眼色不同，便是徘徊独立也。

【后解】

五，是闲看闲鸟。六，是闲看闲人。言同在柳花飘荡之中，而彼自悠优，我自伤感。徘徊独立之故，正不能以相喻也。

寄清凉寺僧

石路无尘竹径开，昔年曾伴戴颙来。

窗间半偈闻钟后，松下残棋送客回。

帘向玉峰藏雪夜，砌因蓝水长秋苔。

白莲社里如相问，为说游人是姓雷。

【前解】

前解，"石路""竹径"，是写旧日清凉寺景也。自述旧于寺中，因闻半偈，尽破残劫。"闻钟后"，妙！写所悟不是义学；"送客回"，妙！写已后永无消息也。

【后解】

后解，"帘向玉峰""砌因蓝水"，是写今日清凉寺景也。言已后于此精蓝，但逢续开净社，必须遍告同学，勿以不在外我。自夸身为庐山雷次宗，旧是莲花漏边人也。

伤李处士

柳不成丝草带烟，海槎东去鹤归天。

愁肠断处春何限，病眼开时月正圆。

花若有情应怅望，水因无事莫潺湲。

须知有恨消难得，辜负南华第二篇。

【前解】

柳只是依旧柳，草只是依旧草，今遽觉其满眼麻迷、不可分明者，只为心头一人如槎去海、似鹤归天，将谓百年，竟成一旦故也。三、四，妙于"春何限""月正圆"，言偏是人情最恶之时，偏是天气绝妙之时也。

【后解】

此五、六，看他，句法无数变换，言花赖无情，故不怅望耳。设使有情，应亦大不自遣。水若无事，决不潺湲矣。正为有事，遂至如此呜咽。盖言伤处士者，不独一我也。《南华经》第二篇，正指蝴蝶物化一段，言平日所悟道理，此时全用不着也。

字牧之，京兆万年人。第进士，复举贤良方正。沈传师表为江西团练府巡官，又为牛僧孺淮南节度府掌书记。擢监察御史，移疾分司东都，累迁左补阙，史馆修撰。历黄、池、睦三州刺史，入为司勋员外郎，常兼史职。致吏部，复乞为湖州刺史。逾年，以考功郎中知制诰，迁中书舍人。牧刚直有奇节，不为龌龊小谨，敢论列大事，指陈病利尤切至。从兄悰，更历将相，而牧困踬不自振，颇怏怏不平。卒年五十。自为墓志，悉取所为文章焚之。其甥裴廷翰，辑《樊川集》二十卷，外集一卷，今存。人号为"小杜"，以别杜甫云。太和初，礼部侍郎崔郾试进士东都，公卿咸祖道长乐。有吴武陵者，最后至，谓郾曰："君方为天子求奇材，敢献所益。"因出袖中书，搢笏郾，郾读之，乃杜牧《阿房宫赋》，辞意警拔，而武陵音吐鸿畅，坐客大惊。武陵请曰："牧方试有司，请以第一人处之！"郾谢已得其人。至第五，郾未对，武陵勃然曰："不尔，宜以赋见还！"郾曰："如教！"牧果异等。牧为御史分务洛阳，时李司徒厚罢镇闲居，声伎豪侈，洛中名士咸谒之。李高会朝客，以杜持宪，不敢邀致。杜遣座客达意，愿预斯会。李不得已邀之。杜独坐南向，睒目注视，引满三卮，问李云："闻有紫云者，孰是？"李指之，杜凝睇良久，曰："名不虚得，宜以见惠！"李俯而笑，诸妓亦回首破颜。杜又自饮三爵，朗吟而起曰："华堂今日绮筵开，谁唤分司御史来。忽发狂言惊满座，两行红粉一时回。"意气闲逸，旁若无人。牧不拘细行，故诗有："十年一觉扬州梦，赢得青楼薄幸名。"牧佐宣城幕，游湖州，刺史崔君张水戏，使州人毕观，令牧闲行，阅奇丽。得垂髫者，十余岁。后十四年，牧刺湖州，其女已嫁生子矣。乃怅而为诗曰："自是寻春去较迟，不须惆怅怨芳时。狂风落尽深红色，绿叶成阴子满枝。"

九日齐山登高

江涵秋影雁初飞，与客携壶上翠微。

尘世难逢开口笑，菊花须插满头归。

但将酩酊酬佳节，不用登临怨落晖。

古往今来只如此，景公何必泪沾衣。

【前解】

一句七字，写出当时一俯一仰无限神理。异日东坡《后赤壁赋》"人影在地，仰见明月"，便是一副印板也。只为此句起得好时，下便随意随手，任从承接。或说是悲愤，或说是放达，或说是傲岸，或说是无赖，无所不可。东坡《后赤壁赋》，通篇奇快疏妙文字，亦只是八个字起得好也。

【后解】

得醉即醉，又何怨乎？"只如此"三字妙绝！醉亦"只如此"，不醉亦"只如此"，怨亦"只如此"，不怨亦"只如此"。

题青云馆

蟠蟠千仞剧羊肠，天府由来百二强。

四皓有芝轻汉祖，张仪无地与怀王。

帐连云影萝阴合，枕绕泉声客梦凉。

深处会容高尚者，水苗三顷百株桑。

属商於。

【前解】

前解，写有一处，必有一处人物。

【后解】

后解，写商於人物，奇伟则为四皓，谲诈则为张仪。彼皆遭逢事会，得以留名史册。若夫云萝泉石之中，又有理乱一皆不与，姓字都无人道者。其人皆有三顷水田，百株桑树，粗得饱暖，大足一生，此则真为冥冥高尚，而非我辈之所得慕也。"深处"，即云萝泉石之处也。

寄题甘露寺北轩

曾上蓬莱宫里行，北轩栏槛最留情。

孤高堪弄桓伊笛，飘渺宜闻子晋笙。

天接海门秋水色，风飘隋苑暮钟声。

他年会着荷衣去，不向山僧道姓名。

润州。

【前解】

此写甘露北轩旧是熟游。三，非真欲弄笛；四，非真欲闻笙，只是极写此轩之孤高、飘渺如此。

【后解】

此是寄题之一段胸中缘故也。"海门秋水"，横去者滔滔无极；"隋苑暮钟"，竖去者浩浩焉终。人生世上，建大功，垂大名，自是偶然游戏之事。乃真因此而铜架铁锁，牢不自脱，皮里有血，眼里有筋，即果胡为而至此乎？他年不道姓名，真摆断索头，自在而去矣。

题宣州开元寺水阁

六朝文物草连空，天淡云闲今古同。

鸟去鸟来山色里，人歌人哭水声中。

深秋帘幕千家雨，落日楼台一笛风。

惆怅无因寻范蠡，参差烟树五湖东。

【前解】

倏然是文物，倏然却是荒草；倏然是荒草，乌知不倏然又是文物。古古今今、兴兴废废，知有何限？今日方悟一总不如"天淡云闲"。自来一如，本不有兴，今亦无废，直使人无所容心于其间，斯真寺中、阁上、眼前、胸底，斗地一段妙理，未易一二为小儒道也。"去""来""歌""哭"字，是再写一；"山色""水声"字，是再写二。妙在"鸟""人"平举，夫"天淡云闲"之中，真乃何人、何鸟？

【后解】

约今年，已是深秋；约今日，又复落日，嗟乎！嗟乎！日更一日，秋更一秋，天淡云闲，固自如然，人、鸟变更，何本可据？望五湖，思范蠡，真欲学天、学云去矣！［"帘幕"五字，是画"深秋"；"楼台"五字，是画"落日"，切不得谓是写"雨"、写"笛"，唐人法如此。］

早雁

金河秋半虏弦开，云际惊飞四散哀。

仙掌月明孤影过，长门灯暗数声来。

须知胡骑纷纷在，未必春风一一回。

莫厌潇湘少人处，水多菰米岸莓苔。

【前解】

此诗慰谕流客，且安侨寓。时方艰难，未可谋归也。前解，追叙其来。

【后解】

后解，婉止其去。

西江怀古

上吞巴汉控潇湘，恕似连山静镜光。

魏帝缝囊真戏剧，符坚投策更荒唐。

千秋钓艇歌明月，万里沙鸥弄夕阳。

范蠡清尘何寂寞，好风惟属往来商。

【前解】

前解，写西江。后解，写怀古。分别读之，始知先生乃怀范蠡，非怀魏帝、符坚。不然，既已怀之，又切讥其"戏剧""荒唐"，岂有是哉！○吞汉控楚，写西江要害；"连山""镜光"，写西江不测。"魏帝""符坚"，写江上当时头等英雄。四句四七二十八字，皆是写"西江"，并未写到"怀古"，再读之。

【后解】

便从江上放宽眼界，竖看"千秋"，横看"万里"。言如此西江，彼魏帝、符坚，真无奈之何也。乃如此明月钓舟、夕阳鸥鸟，西江又真无奈之何也。人诚莫妙于不生世间，人而不免或生世间，则我仪图古人，其惟范蠡实获我心。何则？世上事，毕竟做不尽，莫如撒手一去，所益实多。○七、八，语气是切叹世无范蠡，可借满江好风，总吹财奴耳！〔或有误解者。〕

齐安郡晚秋

柳岸风来影渐疏，使君家似野人居。

云容水态还堪赏，坐啸行歌亦自如。

雨暗残灯棋散后，酒醒孤馆雁来初。

可怜赤壁争雄渡，惟有蓑翁坐钓鱼。

【前解】

此诗，写尽世间无味，三复读之，不胜叹息。〇此解，先写景物亦渐尽，意气亦渐平也。言当三春盛时，柳阴如幄，风暖如醉，使君戟门，高牙大角，此是何等盛事！乃曾几何时，而风高柳疏，影落门静，使君萧索遂同野人，可怜也！"还堪"，妙！虽曰不过残云剩水，然亦何至遂尽人意。"亦自"，妙！然而见为行歌坐啸，实则已是聊尔应酬也。

【后解】

此解，再写成大名，显当世，实与彼草木同腐，更无异也。雨正暗时，恰是灯又残时、棋又散时、酒又醒时、馆又孤时、雁又来时，于此一时十四字中，斗然悟出七句之"可怜"二字。["蓑翁坐钓鱼"五字，字字入妙！言受本无多，求亦有限，便将通篇文字叫应。]

长安杂题

洪河清渭天池浚，太白终南地轴横。

祥云辉映汉宫紫，春光绣画秦川明。

草妒佳人钿朵色，风回公子玉衔声。

六飞南幸芙蓉苑，十里飘香入夹城。

【前解】

一，写长安如此水；二，写长安如此山；三、四，却于如此山水中间，写长安如此宫阙迤逦。

【后解】

五，写长安如此佳丽；六，写长安如此游侠。自一、二、三、四，渐渐写至五、六，而后七、八方始直写"六飞南幸"、十里闻香。言长安如此流风遗俗，皆是上行下效也。

又

雨晴九陌铺江练，天近千峰迭海涛。

南苑草芳眠锦雉，夹城云暖下霓旄。

少年羁络青纹玉，游女花簪紫蒂桃。

江碧柳深人尽醉，一瓢颜巷日空高。

【前解】

　　"江练""海涛"，写出胜地。"草芳""云暖"，写出良辰。又及"南苑""夹城"者，盖其意之所指乃独在斯也。

【后解】

　　五、六，又写少年，又写游女，言长安以天子辇毂之下，而其男女风俗如此，此谁实开之乎？七、八，自言屹然独不为淫风之所渐染也。

街西

碧池新涨浴娇鸦，分锁长安富贵家。

游骑偶同人斗酒，名园相倚杏交花。

银鞍骎騄嘶宛马，绣鞯珑璁走钿车。

一曲将军何处笛，连云芳草日初斜。

【前解】

前解，写池上大家，各自迭山疏沼，种树栽花，起楼筑台，征歌选舞，一一门有一一锁，一一园属一一姓。于是而引他都人相逢斗酒，共夸墙树，十里交花，举国如狂，不可化诲也。通解四句，须知最妙是起句之"新涨浴娇鸦"五字。独有此五字不入一解中来，今先生则正注意于此，以见自己眼色，只看碧池新水，不看名园杏花，以表人醉独醒也。

【后解】

此写一时流连荒亡，马则正嘶，车则正走，笛则正发，日则正未斜也。〔"日初斜"，妙！终有必斜之日，而彼意中，乃殊未觉其斜，便写尽流连荒亡人之可悯可笑。〕

宣州送裴坦判官往舒州时牧欲赴官归京

日暖泥融雪未消，行人芳草马声骄。

九华山路云遮寺，清弋江村柳拂桥。

君意如鸿高的的，我心悬旆正摇摇。

同来不得同归去，故国逢春一寂寥。

【前解】

　　杜与裴俱为宣州判官，是时杜拜殿中侍御史、内供奉，将归京，裴却弃官游舒州，故杜送之以是诗。一，写时。二，写别。三，写舒州路。四，写归京路。甚明。

【后解】

　　问：杜、裴既称一色，然则诗何不用弹冠事耶？因此一问，忽然悟其五、六之妙。言裴去志，高如冥鸿，既是杜所甚明；杜又初归，心如悬旌，未必遂容论荐，所以欲同归而且不得也。末句反明宣州宫中连岁欢握可知。

自宣城赴官上京

潇洒江湖十过秋，酒杯无日不淹留。

谢公城外溪留坐，苏小门前柳拂头。

千里云山何处好，几人风韵一生休。

尘冠挂却知闲事，终拟蹉跎访旧游。

【前解】

传称牧之豪迈有奇节，不为龊龊小谨，此诗见之。盖十年为宣州团练判官，而自言无日不酒杯，则是三千六百酒杯也。"谢公城外溪""苏小门前柳"，俱五字成文，"留坐""拂头"，写尽"淹留"、写尽"潇洒"矣！

【后解】

"何处好"，言独宣城好也。"一生休"，言除宣城人更无有人也。"知闲事"，言欲挂冠即挂冠，又有何官之必赴，何京之必上也？看他一片徘徊恋慕，心头、眼头、口头，真乃啧啧不已！

柳

日落水流西复东，春光不尽柳何穷。

巫娥庙里低含雨，宋玉宅前斜带风。

莫将榆荚共争翠，深感杏花相映红。

灞上汉南千万树，几人游宦别离中。

【前解】

　　此诗，乃先生以第一天眼，看尽一切众生于生死海中，头出头没，浩无底止，故借柳以发之也。"春光不尽"，言世界无有了期；"柳何穷"，言便是烦恼无有了期也。"巫娥庙里""宋玉宅前"，言一切众生，牛猪狗猴，无数戏场；"低含雨""斜带风"，言一切众生，恩怨哭笑，无数丑态也！"日落水流西复东"，是"春光不尽"；"巫娥庙里低含雨，宋玉宅前斜带风"，是"柳何穷"。又别是一样章法也。

【后解】

　　此后解，乃忽作微语以切讽之，犹言一切世间，则我知之矣。五，言争者是钱。六，言爱者是色。七、八，言奔走如鹜者是游宦。古今人不甚相远，便至万世而下，想亦只须先生此诗，便判尽之也。

商山麻涧

云光岚彩四面合，柔柔垂柳十余家。

雉飞鹿过芳草远，牛巷鸡埘春日斜。

秀眉父老对樽酒，蒨袖女儿簪野花。

征车自念尘土计，惆怅溪边书细沙。

【前解】

一，写四面。二，写中间。三，写闲静。四，写丰乐。便较陶令《桃花源记》为烦矣。

【后解】

五、六，忽然写一父老樽酒，女儿衣袖，以深显自家形秽。"书细沙"者，无颜自明，而又不能含糊付之也。

残春独来南亭因寄张祜

暖云如粉草如茵，闲步长堤不见人。

一岭桃花红锦黦，半溪山水碧罗新。

高枝百舌太欺鸟，带叶梨花独送春。

仲蔚欲知何处在，苦吟林下避红尘。

【前解】

前解，写残春独来南亭。〇此诗不苦于"不见人"，正苦于"闲步长堤"也。日月逝矣，岁不我与，何至闲步长堤耶！

【后解】

后解，写因寄张祜。〇"百舌"，必指谗人。"太欺"，必遭重诬。"高枝"，必是大官。"带叶梨花"者，言不应摧折也。"独送春"者，言竟受其祸也。["避红尘"，避百舌也。]

字仲晦，圉师之后。大中睦州、郢州二刺史。所著《丁卯集》二卷。浑尝梦登山，有宫室凌云，人云：此昆仑也。既入，见数人方饮酒，招之，至暮而罢。赋诗云："晚入瑶台露气清，坐中惟有许飞琼。尘心未尽俗缘在，千里下山空月明。"他日复梦至其处，飞琼曰："子何故显余姓名于人间？"座上即改为"天风吹下步虚声"。曰："善。"

姑苏怀古

宫殿余基倚棹过，黍苗无限动悲歌。

荒台麋鹿争新草，空苑凫鹥占浅莎。

吴岫雨来虚槛冷，楚江风急远帆多。

自从国破忠臣死，日日东流生白波。

【前解】

荒凉事，无人不着笔，吮他余唾，多得厌呕。此忽翻新，轻轻写出"倚棹过"三字，真令人别自慨然。麋鹿、凫鹥，妙在"争"字、"占"字。言此固阖闾伸威、夫差穷武、伍员内谋、孙武外骋之巨丽也。所谓拥之龙腾，据之虎视，睚眦挺剑，暗鸣弯弓者，今俱何在乎？区区一鹿一凫，遂已争之占之，使我一回念诵，数日作恶矣。

【后解】

岫雨江风，不知代变，来者仍来，急者仍急。然只是野家虚槛，估客远帆，适然承受之也。"自从"妙！"日日"妙！言亦不自今日矣，亦不止今日矣！

南庭夜坐贻开元禅定二道者

莫莫焚香何处宿，西岩一室映疏藤。

光阴难驻迹如客，寒暑不惊心是僧。

高树有风闻夜磬，远山无月见秋灯。

身闲境静日为乐，若问其余非我能。

【前解】

　　明宿西岩，又故问何处？妙！于大化中有此海，于此海中有此洲，于此洲中有此乡，于此乡中有此庭。人亦生斯、老斯、哭斯、埋斯，略不动念耳。若复起心，试问，只今坐处，真是何处，未有不茫然弱丧者也。"焚香"，妙！"莫莫"，又妙！以香印过界，最易惊心，香事沉寥，最能沉息故。

【后解】

　　风、月，境也，任从有无，即静。闻、见，身也，不随风月，即闲。若问其余非我能，殆于银碗盛雪，不容纤尘矣。

韶州驿楼宴罢

檐外千帆背夕阳，归心杳杳发苍苍。

岭猿群宿夜山静，沙鸟独飞秋水凉。

露堕桂花棋局湿，风吹荷叶酒瓶香。

主人不醉下楼去，月在南轩更漏长。

【前解】

起手七字，字字写绝。"千帆"，"千"字妙！亦未必有千，妒之至，而竟概之曰"千"也。"檐外"，"外"字妙！便知檐下有人，只少一帆也。"背夕阳"，"背"字妙！尽是东归船，仲晦吴人最为刺眼应心也。三、四，"山静"、猿宿、"水凉"、鸟飞，虽写楼头现景，然物各欲得其所，盖心之杳杳，发之苍苍，尽此十四字中矣。

【后解】

"棋局湿""酒瓶香"，写不醉神理如画。可恨是主人公然竟去。加"下楼"字，极写其无理。然世间比比皆是，乃何足道；可恨，却是遭如此主人，而不得一帆东下耳。〔主人之去，便如岭猿群宿；客之不醉，便如沙鸟独飞。可知。〕

鹤林寺中秋夜玩月

待月中庭月正圆，庭中无树复无烟。

初更云尽出沧海，半夜露寒当碧天。

轮彩渐移金殿外，镜光端挂玉楼前。

莫辞达曙殷勤望，一堕西岩又隔年。

【前解】

前后二解，皆写当天宝月。然前解是写"待"，后解是写"惜"，"待"在未当天前，"惜"在正当天后。此理本自面前，而并无一人猛省，偶因读此，不胜太息。○二句七字，写尽"待月中庭"四字神理。三、四，十四字，写尽"月正圆"三字神理。唐人每用先唱七字，而后以三句了之，此其法也。〔无树、无烟，是待，非月。可想。〕

【后解】

"端挂"前，遽写"渐移"，使人心惊。"渐移"下，仍写"端挂"，使人心慰。若在俗笔，必将换转，写"端挂"在前，"渐移"在后，便是满纸衰飒，灭尽无限神理。○一将"渐移"字换转"端挂"字下，便心笔都竭矣。偏将"端挂"字换转"渐移"字下，而反觉心头眼底，有事忽忽恐失，信知"一堕西岩"，正是天生妙结。

郑秀才东归凭达家书

欲寄家书少客过，闭门心远洞庭波。

两岩花落夜风急，一径草荒春雨多。

愁泛楚江吟浩渺，昨归吴岫梦嵯峨。

贫居不问应知处，溪上闲船系绿萝。

【前解】

前解，为欲凭达，先道积闷。看他止是起句七字，将来一唱三叹，便成一解好诗。此另是唐人一法也。二之"心远洞庭波"，便是"欲寄家书"；"闭门"，便是"少客过"也。三之七字，又便是"欲寄家书"。四之七字，又便是"少客过"也。四句诗，只如向郑喃喃连诉欲寄家书。"欲寄家书少客过"，"少客过"，此是凭达家书妙绝神理。未作客人，不知道也。

【后解】

"楚江""吴岫"，是其家中。"愁泛"，妙，妙！"昨归"，妙，妙！全副呓语也，谵语也，离魂语也。末又补写凭达字，真诗中有画矣。

咸阳城西门晚眺

独上高城万里愁，蒹葭杨柳似汀洲。

溪云初起日沉阁，山雨欲来风满楼。

鸟下绿芜秦苑夕，蝉鸣黄叶汉宫秋。

行人莫问前朝事，渭水寒声昼夜流。

【前解】

仲晦，东吴人。蒹葭杨柳，生性长习，醉中梦中，不忘失也。无端越在万里，久矣形神不亲，今日独上高城，忽地惊心入眼。二句七字，神理写绝。不知是咸阳西门，真有此景？不知是高城晚眺，忽地游魂？三、四极写"独上""独"字之苦，言云起日沉，雨来风满，如此怕杀人之十四字中，却是万里外之一人，独立城头，可哭也！○二句只是一景，有人乃言山雨句胜于溪云句，一何可笑！

【后解】

秦苑也，秦人其何在？吾徒见鸟下耳，然而日又夕矣。汉宫也，汉人其何在？吾徒闻蝉鸣耳，然而叶又黄矣。孔子曰："逝者如斯，不舍昼夜。"今人问前人，后人且将问今人，后人又复问后人，人生之暂如斯，而我犹羁万里耶。

登故洛阳城

禾黍离离半野蒿，昔人城此岂知劳。

水声东去市朝变，山势北来宫殿高。

鸦噪暮云归古堞，雁迷寒雨下空壕。

可怜缑岭登仙子，独自吹笙醉碧桃。

【前解】

若云昔人城此，岂知今日，其辞便大径露。今只云岂知劳，彼惟不知今日，故不自以为劳也。便得无数含咀不尽：哭昔人亦有，笑昔人亦有，吊昔人亦有，戒后人亦有。三、四，便承"城此""此"字，水声山势，是登者瞪目所睹；市朝宫殿，是登者冥心所会。虚实离即之外，真是绝世妙文。

【后解】

上"市朝""宫殿"，俱从故城周遭虚写。此"古堞""空壕"，方实写故城也。"鸦噪""雁迷"，妙！将谓写满眼纷纷，却正写空无一人。七，"可怜"字，满怀欲说仍住，却反接一缑岭仙人，曰"独自吹笙"，绝世妙文，岂余子所得临摹乎？

早发天台中岩寺度关岭次天姥岑

来往天台天姥间，欲求真诀驻衰颜。

星河半落岩前寺，云雾不开岭上关。

丹壑树多风浩浩，碧溪苔浅水潺潺。

可知刘阮逢人处，行尽深山又是山。

【前解】

一、二，写"天台"等十三字，三、四写"早"字，固自明。然言外实悟衰颜从古有，真诀自来无，不觉为玄客一叹。三，"星河半落"承写衰颜，四，"云雾不开"承写真诀，可会其意也。

【后解】

五、六再比衰颜，七、八再比真诀。树多风多，喻如万感相侵；苔浅水浅，喻如余生有涯。漫传刘、阮奇迹，实则山尽又山，长生宝符，果在何处耶？

淮阴阻风寄楚州韦中丞

垂钓京江欲白头，江鱼堪钓却西游。

刘伶坟下稻花晚，韩信庙前枫叶秋。

淮月尚明先倚槛，海云今起又维舟。

河桥有酒无人醉，更上高城望庾楼。

【前解】

阻风诗，乃起手又追写此行出门先已颠倒，以明今日阻风，皆是自取，不知是哭是笑，却实是高才负气人真有之情事。我适披读之，亦为之一叹也。○明明壮年，反决意自废，迨于垂老，又变节出游，高才负气人以身世为儿戏，真有如是之事。三、四写淮阴，偏写一刘伶、一韩信，妙！一是沉冥人，一是登坛人，言前半生已作此一人，后半生遽又欲作此一人。稻晚、枫秋，真是无处不迸眼泪也。

【后解】

前解，写昨夜到淮阴，此解，方写阻风也。"槛"，船槛也。"淮月尚明"，图早发也，"海云今起"，风之占也。"又维舟"，已解而更维之也，纯写被风阻人，意绪之恶如此。若使今人为之，必要横涂恶笔，特地写风矣。

和友人送僧归桂州灵岩寺

楚客送僧归桂阳，海门帆势极潇湘。

碧云千里暮愁合，白雪一声春断肠。

柳絮拥堤添衲软，松花浮水注瓶香。

南宗长老几年别，闻道半岩多影堂。

【前解】

"楚客"，即此送僧之友人也。"海门"七字，言送处、归处，道路辽远也。"碧云"句，此友人所以作诗之故也。"白雪"句，此友人所作之诗也。平笔、平墨，此又唐人一种本色也。

【后解】

五、六写"柳絮拥堤""松花浮水"字，以纪时也。看他春时送僧，而七、八忽接诸老影堂，欲使此僧通身寒噤也。

骊 山

闻说先皇醉碧桃，日华浮动郁金袍。

风随玉辇笙歌迥，云卷珠帘剑佩高。

凤驾北归山寂寂，龙舆西幸水滔滔。

蛾眉没后巡游少，瓦落空墙见野蒿。

【前解】

此诗，前解，要看其"闻说"字，后解，要看其"见"字。然又必先看其后解之"见"字，而后倒转来方看其前解之"闻说"字。盖此诗，是先生一日行经骊山，亲眼见他是空墙，因而见他落瓦，见他野蒿，不觉遍身战掉，遂叹曰："我昔闻说，果有是哉！"所以特地下许多"醉"字、"碧桃"字、"日华"字、"郁金袍"字、"玉辇""珠帘"等字者，皆故与下"落瓦""野蒿"字对也。

【后解】

五、六只写"巡游少"三字也，轻轻垫得"蛾眉没后"四字，以为诗史也。

伤李秀才

曾醉笙歌日正迟，醉中相送易前期。

橘花满地人亡后，菰叶连天雁过时。

琴倚旧窗尘漠漠，剑横新冢草离离。

河桥酒熟平生事，更向东流奠一卮。

【前解】

"日正迟"，则是暮春也。乃"橘花满地""菰叶连天"，自夏徂秋，为日曾几？而人生变故，遂有此极，是为极大惊痛也。"易"，容易也，犹言今虽暂别，后当即晤，岂言未毕耳，而人已速化。〔人亡，是李故。雁过，是许来。〕

【后解】

此"琴倚""剑横"，用王猷、季札事，最精当。然诗意乃谓古今人各有其平生。如弹琴，自是二王平生；赠剑，自是徐季平生。今我与李，则自以痛饮为平生者。然则何必步趋古人，又欲弹琴赠剑？只有河桥酒熟，便可更尽一卮。与一、二，两"醉"字，成章法也。

与韩郑二秀才同舟东下洛中亲友送至景云寺

三十六峰横一川，绿波无路草芊芊。

牛羊晚食铺平地，雕鹗晴飞摩远天。

洛客尽回临水寺，楚人皆逐下江船。

东西未有相逢日，更把繁华共醉眠。

【前解】

写景云寺前，一川横开，渺无去路；三十六峰，平浮波上。此便是洛中人送东下客，席散分手，挥泪下船之处，真为诗中有画也。"牛羊铺地"，妙！"雕鹗摩空"，妙！物各有性，人各有怀，固非能强之必去，亦安可强之暂留。更不明东下何故？而已意言俱尽矣。

【后解】

五、六写别后纵横分散，其事如此，真是一场草草！因更感而再留少时。

姑熟官舍

草生官舍似闲居，雪在南窗照素书。

贫后始知为吏拙，病来还喜识人疏。

青云岂有窥梁燕，浊水应无避钓鱼。

不待秋风便归去，紫阳山下是吾庐。

【前解】

一、二，如对，不对。赋、比、兴三，殆兼有之。三，写贫，应雪照素书。四，写闲，应"草生官舍"。如自悔，又如自喜，为顿挫之笔也。

【后解】

五、六，对法参错，神态顿挫，妙，妙！言窥梁，岂是青云之器，避钓不为浊水之游。今吾为避钓者乎？抑窥梁者乎？七、八，"不待"，妙！"是吾"，妙！写不能一朝更居，真神游尘埌以外，岂特敝屣之云而已。

凌歊台送韦秀才

云起高台日未沉，数村残照半岩阴。

野蚕成茧桑柘尽，溪鸟引雏蒲稗深。

帆势依依投极浦，钟声杳杳隔前林。

故山迢递故人去，一夜月明千里心。

【前解】

通解用意，乃在"日未沉"一"未"字。夫人生既称七十古稀，则亦大都六十以来，然则三十，早是半生也。颇见世之劳人，年且过斯，尚无一就，栖栖久客，欲有所图。于是旁之人，亦从诒之曰：如公年，正未正未耳。嗟乎！云起高台，岂非明明日欲沉，下欲字即稳耶，今偏定要下一"未"字。然而残照半阴，时已至此，蚕则已茧，鸟则已雏，桑则已尽，稗则已深。甚欲自谩，终谩不得，年晚心孤，真是不能重读也。

【后解】

五，犹望见帆，六，乃但闻钟矣。妙！妙！"故山迢递"，故人独去，"一夜月明"，思人乎？抑自思乎？

沧浪峡

缨带流尘发半霜，独乘残月下沧浪。

一声溪鸟暗云散，万片野花流水香。

昔日未知方外乐，暮年初悔梦中忙。

红虾青鲫紫丝菜，归去不辞来路长。

【前解】

一，可谓本利已失，二，可谓赖复有此。若三、四之"一声溪鸟"，万片花香，则譬如恶梦斗醒，揩眼叩齿，咒"《乾》，元亨利贞"时也。千古万古后，何人解官日，胸前眼前，无此妙诗！

【后解】

"暮年初悔"，此自实悟语。"昔日未知"，此真大忏文。实悟语，他人肯道；大忏文，他人不肯道也。"红虾"七字，流唾津津。"不辞来路长"，妙，妙！反言以明昔日着何干忙，来此长路！

再游姑苏玉芝观

高梧一叶下秋初，迢递重廊旧寄居。

月过碧窗今夜酒，雨昏红壁去年书。

玉池露冷芙蓉浅，金井烟分薜荔疏。

明日挂帆更东去，仙翁只道为鲈鱼。

【前解】

前解，当初秋，入旧寓；把今酒，对昔书，此是今夜再游神理也。"月过""过"字，与"雨昏""昏"字，俱是时时刻刻，迅疾迅疾，变易变易，略不暂停，更无假借语，不止是"过"而已，"昏"而已。上上智人，细细吟之。

【后解】

后解，巡视池井，此是明日又别神理也。"仙翁只道为鲈鱼"，此观主便是珠玉在前，挂帆东去之故，便更不能说与也。〔三、四明是重来，五、六明是又别。唐人分解，其理至微。〕

重游练湖怀旧

西风渺渺月连天，同醉兰舟未十年。

鹏鸟赋成人已没，嘉鱼诗在世空传。

荣枯尽寄浮云外，哀乐犹惊逝水前。

日暮长堤更回首，一声蝉续一声蝉。

【前解】

此连天风月，言十年前兰舟上风月也。曾复几时，而诗在人没，一旦至是。一解只写"旧"字。

【后解】

五，忽插荣枯度外，以为顿挫者，言外隐然又见此所怀旧，乃是有才无命，赍恨而没之人，只因笔墨蕴藉，遂令读者不觉也。日暮长堤，蝉声相续者，言人何暇哭人，多恐前人后人，转眼之间，亦大略相同矣。

村舍

自剪春莎织雨衣，南村烟火是柴扉。

山妻早起蒸藜熟，童子遥迎种豆归。

鱼下碧潭当镜跃，鸟还青嶂拂屏飞。

花时未免人来往，欲买严光旧钓矶。

【前解】

此如王摩诘《秋归辋川》诗。何必村中定无此人，然而何必村中定有此人。只是一片高情高品，忽从胸中笔下，蓦地自然流出，所谓天地间固有之真诗也。通解，只写得起手第一"自"字，犹言莎是自剪，衣是自织，妻是自娶，童子是自育，藜是自蒸，豆是自种。《击壤歌》云："帝力何有于我？"便果然有此妙理。乃分外又加"早起""遥迎"字者，犹言便使圣王费尽心力，制为尊卑迎送，然亦是我本分心地中自有之节文，亦不曾向外来。

【后解】

五、六，不知是鱼在碧潭中，鸟在青嶂中，人在鱼鸟中？七、八，便如《史记》言海上神山，去人不远，患且至，则船风引而去，终莫能至矣。

四皓庙

桂香松暖庙门开，独泻椒浆奠一杯。

秦法欲兴鸿已去，汉储未定凤还来。

紫芝翳翳多青草，白石苍苍半绿苔。

山下驿尘南甯路，不知冠盖几人回。

【前解】

前解，写入庙奠浆，心折四皓，出处由己，不受罗缴，以兴下南甯诸君也。"鸿已去""凤还来"，妙，妙！借四皓酒杯，浇自己垒块，真是平吐胸前无限意思。若止作庙门颂联，为味亦复有限。

【后解】

后解，写庙前路，便是南甯路，为诸君恸哭也。山头紫芝、白石，虽不能至，即又何至山下冲尘波甯乎？古今人贤不肖不知如何？今只就驿路商量，夫亦可以戒矣。

南海府罢南康阻浅行侣稍稍登陆主人宴饯至频暮宿东溪

晴滩水落涨虚沙，滩去秦吴万里赊。

马上折残江北柳，舟中开尽岭南花。

离歌不断还留客，归梦频惊已到家。

山鸟一声人未起，半床春月在天涯。

【前解】

一，言水落沙涨，故阻浅也。二，忽折笔出题，言便不阻浅，而此滩到家尚余万里，然则岂堪于此又更阻浅耶？三、四仍折入题，言乃今于此，骑马下舟，都无定策，朝饯南康，暮饯南康。四句诗真是归客心头一盆炭火也。〔插入第二句，最是唐人本事。须知。〕

【后解】

五、六，"不断还留客"，是"还"字，好笑！"频惊已到家"，是"频"字，好笑！末句，半床春月天涯，须知仍是连日宴饯之处也。

凌歊台

宋祖凌歊乐未回，三千歌舞宿层台。

湘潭云尽暮烟出，巴蜀雪消春水来。

行殿有基荒荠合，寝园无主野棠开。

百年便作万年计，岩畔古碑空绿苔。

【前解】

歊，暑气也。凌，高出层表以破除之也。乐，暑去凉生则心乐也。通解，写宋祖纵心肆志，只一"未"字已尽。言祖初因长夏畏暑，故筑层台纳凉。然则暑去凉生，自应还朝听政，乃因三千歌舞，乐此不欲复去，于是更月改岁，遥遥只住台端。三、四，正极写之也。云尽烟出，言天下已见夏徂秋尽也。雪消水来，言天下又见腊尽春回也。若问行在何在？则还在凌歊台上避暑未归，是可发一大笑也。

【后解】

夫宋祖代晋，初有天下，其百凡创业垂统，岂不自谓我为始皇帝哉！他日子孙代立，而自一世、二世至于千世、万世，人有同情，畏暑惟均，则于此处，能无行殿！此固其岩畔丰碑，自叙斯志，其文现在，可扪而读者也。其又乌料身死之后，不惟后人不成坐殿，连自家亦已无主。嗟乎，嗟乎！荒荠野棠，一春事毕，豪人远计，万载无休！人不云乎：后之视今，犹今视昔。登斯台者，夫亦可以少悟矣！

金陵怀古

玉树歌残王气终，景阳兵合戍楼空。

楸梧远近千官冢，禾黍高低六代宫。

石燕拂云晴亦雨，江豚吹浪夜还风。

英雄一去豪华尽，惟有青山似洛中。

【前解】

此先生眼看一片楸梧、禾黍，而悄然追叹其事也。一、二，"玉树歌残""景阳兵合"，对写最妙，言后庭之拍板初擎，采石之暗兵已上，宫门之露刃如雪，学士之余歌正清。分明大物改命，却作儿戏下场。又加"王气终""戍楼空"，对写又妙，言天之既去，人皆不应，真可为可骇可悯也。于是合殿千官，尽成瓦散；六宫台殿，咸委积莽。如此楸梧禾黍，皆是当时朝朝琼树、夜夜璧月之地之人也！

【后解】

此又快悟而痛说之也。言当时英雄有英雄之事，今日石燕亦有石燕之事，江豚亦有江豚之事。当时英雄有事，而极一代之豪华；今日石燕江豚有事，而成一日之风雨。前者固不知后，后者亦不知前也。"青山似洛中"，掉笔又写王气仍旧未终。妙，妙！

京口闲居寄京洛友人

吴门烟月昔同游，枫叶芦花并客舟。

聚散有期云北去，浮沉无计水东流。

一樽酒尽青山暮，千里书来碧树秋。

何处相思不相见，凤凰城阙楚江楼。

【前解】

追述昔年同游，用"吴门"字详其地，"烟月"字详其景。又恐苍茫失记，再用"枫叶""芦花""客舟"字细细画之。犹言今日思之，分明昨日也。无奈有聚必散，去者一时竟去；有浮必沉，居者至今蹉跎。于是闲居相寄，遂更不能自持也。

【后解】

"一樽酒尽"，言独酌惘然，"千里书来"，言数行快接。"青山暮"之为言，意中设有一晚，"碧树秋"之为言，拟来当在岁暮也。"相思不相见"者，楚江固思凤城，凤城亦思楚江；凤城固不见楚江，楚江亦不见凤城也。

卧病

寒窗灯尽月斜辉，珮马朝天独掩扉。

清露已凋秦甸柳，白云应长越山薇。

病中送客难为别，梦里还家不当归。

惟有寄书书未得，卧听燕雁向南飞。

【前解】

卧病人至后半夜，灯尽月落，悄然无眠，已是无边剧苦。乃又静闻街中，珮声铢铮，马蹄笃速，口虽不言，心固明知此是合城官人早起朝天。我虽不病，亦只掩扉独卧，并不与于其间者也。嗟乎！此虽欲不因甸柳，想到山薇，又岂可得哉？

【后解】

此五、六，只是极写卧病万不能归，以逼出七句之"惟有寄书"，而又以病甚，不能作书。因哭无数北雁向南空去也。〔五、六，言病，尚不能送人归，又安望自归。〕

酬钱汝州

白雪多随汉水流，漫劳旌旆晚悠悠。

笙歌暗写终年恨，台榭潜销尽日忧。

鸟散落花人自醉，马嘶芳草客先愁。

怪来诗思清无敌，三十六峰当庾楼。

汝州钱中丞，以浑赴郓城，见寄佳什，恩怜过等，宠饰逾深。虽吟咏忘疲，实揣摩不及，辄率荒浅，依韵献酬。

【前解】

"白雪"，指钱所寄佳什。"多随汉水流"，言自汝州寄至郓城，其道必经汉水也。"漫劳"之为言致谢之辞。"旌旆晚悠悠"者，又慰劳其传诗之来人也。三、四，述钱诗中注念之深，言终年不见，而以笙歌写恨；尽日相思，而以台榭销忧，叹其于己真有过等之恩爱也。前解，写钱赠诗。

【后解】

五，又别衬钱诗到时，座有别客，既与无关，则皆醉焉。六，乃自言来人立索报章甚急，而己深愁不能献酬。何则？钱诗本得崆峒三十六峰之助，大非率尔之可轻敌也。后解，写己报诗。

寓居开元精舍酬薛秀才见贻

知己萧条信陆沉，茂陵扶病卧西林。

芰荷风起客堂静，松桂月高僧定深。

清露下时伤旅鬓，白云归处寄乡心。

劳君诗句独相忆，题在空斋夜夜吟。

【前解】

前解，写寓居开元。后解，写秀才见贻。○二，将写病卧西林，一，先写书信陆沉，妙！一之下半句，将写书信陆沉，上半句，先写知己萧条，又妙！"知己萧条"者，犹言便使都有信来，亦不过只二、三有限之人，如之何又至一一陆沉者也。三、四承之，便欲向寺中，聊觅与语，少破岑寂。而无如客堂又空，僧定又深。此皆极写萧条陆沉之尽情至于如此，以反见薛之贻书，真为衔感切心也。［试看唐人中四句，何曾欲写"芰荷风起""松桂月高"哉？］

【后解】

此五、六，写旅鬓、乡心，又妙于"清露下时""白云归处"。犹言更无人解，更无处诉也。然则忽然得诗，题向空斋，鬓得不伤，心得暂寄，夜夜之吟，不亦宜乎！

送王总归丹阳托看故居

秦桥心断楚江湄，系马秋风酒一厄。

汴水月明东下疾，练塘花发北来迟。

青芜定没安贫处，黄叶还催献赋时。

凭寄家书问回报，敝居还有故人知。

【前解】

"秦桥"二字截，犹言人立秦桥也。人立秦桥而心断楚江湄者，送王总意少，托看故居意多，故不自觉，方以二字写送，反先以五字写托看也。系马酌酒，插入秋风，又妙！虽为此日桥边现景，然而既已托看，便图回报。一去一来，先自屈指，则固不免欲订来期，先记去日也。此即三、四，"月明""下疾""花发""来迟"之一片心眼也。

【后解】

五，为寄家书。六，为问回报也。看他送人诗，乃通首惓惓，只是托看故居，又是一样章法。

晨起白云楼寄龙兴江准上人兼呈窦秀才

兹楼今是望乡台，乡信全稀晓雁哀。

山翠万重当险出，水光千里抱城来。

东岩月在僧初定，南浦花残客未回。

欲吊灵均能赋否，秋风还有木兰开。

【前解】

　　横改白云楼，名为望乡台，固是文人无理。然而人在积忧损心，乘愤冲口之时，则又不能怪其多有如此语句也。二，信又稀，雁又哀，写"乡"字。三、四，山万重，水千里，写"望"字。此解，只了题中"晨起白云楼"五字也。〔三句，是"险"字写得恨，四句，是"抱"字写得恨。〕

【后解】

　　"月在"，写准上人，"花残"，写窦秀才。特语二子，脱复念我，则朝挐木兰，夕已宿莽，岂况秋风，尚有花开。犹言年岁不与，我已竟成迟暮也。〔自注：时窦方在景陵。〕

灞上逢元九处士东归

瘦马频嘶灞水寒，灞南高处望长安。

何人更结王生袜，此客空弹贡禹冠。

江上蟹螯沙漠漠，坞中蜗壳雪漫漫。

旧交已尽新知少，去伴渔师把钓竿。

【前解】

马又瘦，水又寒，然则何苦日日骑此瘦马，临此寒水？元九曰：吾徒欲再望长安，故特地频来高处也。则吾不免抚掌大笑之，此岂误谓今日公卿，犹有如昔者张廷尉之名臣耶？不然，而浩浩长安，孰是王阳，乃向空弹冠，意犹未已耶？"何人"，妙！"此客"，妙！"何人"，乃攒眉细商之辞；"此客"，乃睨目失笑之辞，便画出一面简傲，满肚不然也。

【后解】

五、六，妙，妙！"江上蟹"，双擎二螯，独霸一穴，此比如新进得官自豪。"坞中蜗"，升高既疲，壳枯如雪，此比如故人零落都尽。然则今日为元九计，固惟有手把钓竿，速去为快。寒风灞上，尔胡为乎还在哉？

秋晚自朝台至韦隐居郊园

秋来凫雁下方塘，系马朝台步夕阳，

村径绕山松叶滑，柴门临水稻花香。

云连海气琴书润，风带潮声枕簟凉。

西去磻溪犹万里，可能垂白待文王。

【前解】

一，凫雁方塘，大好"秋"字；二，系马缓步，大好"晚"字；三，山径松滑，大好"自"字；四，水门稻香，大好"至"字。四句合为一解，是一幅妙画。一解分作四句，又是四幅妙画也。

【后解】

五、六，非以"海气""潮声"写"琴书润""枕簟凉"，正以"琴书润""枕簟凉"写"海气""潮声"也。言惜哉韦隐居，今乃僻处于斯，彼太公生于海上，然至将遇文王，则亦漂流万里，直到磻溪。今君越在遥遥东南，其将何所希望于世也哉！

将归姑苏南楼饯送李明府

无处登临不系情，一瓶春酒醉高城。

暂移罗绮见山色，才驻管弦闻水声。

花落西亭添别恨，柳阴南浦促归程。

前期迢递今宵短，更倚阑干待月明。

【前解】

　　自又将归，李又先归，一时匆匆，两各分散。于是斗念二人连年此中登山临水，无处不遍，而今一瓶春酒，止得再醉高城，为不胜伤感也。三、四，有此一瓶春酒，即有罗绮、管弦，然而我二人则曷用此乎？遥望苍翠，近听潺湲，昔所登临，今所系情，实在于是。此即《兰亭》所云"俯仰之间，已为陈迹"者，更不说到二人后会无期，而已不觉泫然饮泣也。

【后解】

　　前解，写城头望见山水，尽是二人熟游。后解，写城下接连解维，便成二人梦事也。"花落西亭"，是今日李去；"柳阴南浦"，是即日自去。今宵横下"短"字者，思到前期迢递，此虽更闰一夜，犹复嫌其太短也。

汴河亭

广陵花盛帝东游，先劈昆仑一派流。

百二禁兵辞象阙，三千宫女下龙舟。

凝云鼓震星辰动，拂浪旌开日月浮。

四海义师归有道，迷楼何异景阳楼。

【前解】

如此诗，三、四、五、六，人又欲疑都是一色写他豪侈，如何又非中四句耶？殊不知此解，乃是立向汴河岸上，说他汴河当时，言彼隋炀帝者。只因小小题目，做起大大文章。如何小小题目？不过止为广陵花盛是也。如何大大文章？此河一开之后，且举全隋所有百二禁兵、三千宫女，一夜启行，空国尽下，真乃天摇地动，不但鬼哭神号也。然则此三与四，只承二句之一"先"字。写开河，只是轻轻弄起，却直至于如此也。

【后解】

后解五、六，则写其财富兵强，驾秦跨汉，纵心肆志，何虑何忧。而不谓人之所去，天亦同之，曾不转烛，便为亡陈之续，偏要引他景阳楼以痛鉴之也。〔如此，即奈何三、四、五、六可作中四句乎！〕

李远

四首

字承古。累官历中、建、江三州刺史，终御史中丞。集一卷。○宣宗朝，令狐绹荐远为杭州。宣皇曰："我闻远有诗云'长日惟消一局棋'，岂可以临郡哉？"对曰："诗人之言，非有实也。"仍荐远廉察可任。乃允之。宣宗视远到郡谢上表，左右曰："不足烦圣虑也。"上曰："远到郡，无非时奏章，只有此谢上表，安知不有情恳乎？吾不敢忽也。"

听话丛台

有客新从赵地回，自言曾上古丛台。

云遮魏国天边尽，树远漳河地里来。

弦管今成山鸟哢，绮罗留作野花开。

金舆玉辇无消息，风雨惟知长绿苔。

【前解】

无端听人闲话，遇客正说丛台，满怀越武灵王，甚欲闻其下落。乃见此客舒手指点，恣口论说，却纯是云遮钜鹿，河来宁晋，并不闻其略有一言半语说及此台也。

【后解】

于是听之而不胜太息也。昔者武灵，梦得吴娃，特筑此台，数年不出，一时弦管绮罗，试思何等妖丽！而今细听客话，直是更无消息。然则惟余山鸟，尽变野花，风风雨雨，苔痕无数，真不必亲至其地，而如见悲凉满目也。

失 鹤

秋风吹却九皋禽，一片闲云万里心。

碧落有情还怅望，瑶台无路可追寻。

来时白雪翎犹短，去日丹砂顶渐深。

华表柱头留语后，更无消息到如今。

【前解】

写失鹤，只云"秋风吹却"，便已安之若命，不曾怨尤。又接云"一片闲云"，云"万里心"，真乃欲忘固不能忘，欲想却不敢想。必如此，方是失鹤诗。试入他人手，且不知所失乃是何物也。三，"碧落有情"，是承写"万里心"。四，"瑶台无路"，是承写"一片闲云"，章法最为整净也。

【后解】

此又为之前后约一通也。言彼虽复云霄之姿，不充耳目之玩，然一向驯养于斯，正复恩勤不少，如何清唳在耳，遽已高迹渺然？此终亦不能为情之甚也。〔读结语，知此亦是补作诗。〕

赠南岳僧

曾住衡阳岳寺边，门开江水与云连。

数州城郭藏寒树，一片风帆着远天。

猿啸不离行道处，客来皆到卧床前。

至今身入红尘里，犹忆闲陪尽日眠。

【前解】

前解，写住岳大观。○"门开"二字，妙，妙！须知通解争奇揽胜，乃只仗此二字，便写尽当时高坐岳麓，平看下界，水云相际，万里一抹，数州城郭，如同虱营，一片风帆，只抵电拂，几曾有一点俗事得芥其胸前。［若无"门开"二字，则此三、四，止是南岳风景。今有二字，便是先生眼界矣。］

【后解】

后解，写住岳闲情。五，言猿亦不以我为意。六，言我亦不以客为意。一片坦然，无人、无物、无我、无彼，直是至今思之，犹自疑高眠未起也。

听王氏子话归州昭君庙

献之闲坐说归州，曾到昭君庙里游。

自古行人皆怨恨，至今乡土尚风流。

泉如珠泪侵阶滴，花似红妆满路愁。

河畔犹残翠眉样，有时新月傍帘钩。

【前解】

此一、二，便与前丛台一篇一样起法，乃于句上，又轻添个"献之闲坐"四字，便明此只偶据少年无心所说，非吾有所怨愤，而借题发之也。三、四，写昭君真是无意不尽。盖"行人皆怨恨"，此是何等怨恨？"乡土尚风流"，此是何等风流？便为昭君更作怨赋、美赋，各多至百千万言，已更不能敌此一十四字也。

【后解】

此写归州并庙也。易解。

赵嘏

十五首

字承祐，山阳人。会昌二年进士，大中渭南尉。嘏尝家于浙西，有美姬，惑之。泊计偕，会中元鹤林之游，浙帅窥其美，遂奄有之。明年，嘏及第，因以一绝箴之曰："寂寞堂前春又暝，阳台去作不归云。当时闻说沙叱利，今日青娥属使君。"浙帅不自安，遣一介归之。嘏方出关，逢于横水驿，姬抱嘏恸哭而卒，葬于横水之阳。有《渭南集》三卷，《编年诗》二卷。

长安晚秋

云物凄清拂曙流，汉家宫阙动高秋。

残星几点雁横塞，长笛一声人倚楼。

紫艳半开篱菊静，红衣落尽渚莲愁。

鲈鱼正美不归去，空戴南冠学楚囚。

【前解】

一，望云物；二，望宫阙；三，望横雁；四，劈面便以自己倚楼接之。一望云物者，写是何时候也；二望宫阙者，写成何进退也；三望横雁者，写有何书信宣示家人也；四劈面便以自己倚楼接之者，言时候则已如此，进退则方如彼，书信则殊无可宣示我家人也。为前解。

【后解】

后解，则倚楼之人之所暗筹也。五，写紫菊半开；六，写红莲落尽。正双逼出七之"鲈鱼正美"四字，言只宜趁此力疾归去也。○通篇苦在一"空"字，可知。

齐安早秋

流年堪惜又堪惊，砧杵风来满郡城。

高鸟过时秋色动，征帆落处暮云平。

思家正叹江南景，听角仍含塞北情。

此日沾巾念岐路，不知何计是前程。

【前解】

才念"流年"，便下"堪惜""堪惊"二语者，"堪惜"，是其欲去塞北之"流年"；"堪惊"，是其未归江南之"流年"也。"砧杵风来满郡城"，写早秋斗地感人，声光都动。三、四承之，"高鸟"七字，犹是一点秋；"征帆"七字，直是一片秋矣。○三句，皆是此日齐安亲眼所见，作"惜"读，是一层，作"惊"读，是一层也。

【后解】

五，"正"字，六，"仍"字，无限顿挫，此即所云"岐路"者也。然则不知应竟归江南乎？抑应仍往塞北乎？

长安月下与故人语故山

宅边秋水浸苔矶，日日持竿去不归。

杨柳风多潮未落，蒹葭霜薄雁初飞。

重嘶匹马来红叶，却听疏钟忆翠微。

今夜秦关满城月，故人相见一沾衣。

【前解】

　　此又一奇绝章法也。题是长安月下，诗却凭空先追写一故山。我今亦试设身思之，假使果有如此宅，如此水，如此矶，则虽终身持竿，闲闲于其间，受用如此杨柳，如此风，如此潮，如此蒹葭，如此霜，如此雁，真是老大快活也！

【后解】

　　后解，方写长安月下与故人语。五，"重"字妙！六，"却"字妙！"重"之为言，一念忽差；"却"之为言，悔已无及也。七、八，乃至声泪俱尽。盖身在长安城中，故山在今夜月中；既身不复在故山中，即今夜竟如不在月中。故人相见沾衣，除故人相见，且并无沾衣处矣。

东望

楚江横在草堂前，杨柳洲边载酒船。

两见梨花归不得，每逢寒食一潸然。

斜阳映阁山当寺，微绿含风树满川。

同郡故人攀桂尽，把诗吟向沉寥天。

【前解】

一解，疏奇俊爽，真为斩新笔墨。不知诗者，只谓堂前江横，柳边船泊，又是好景入画。殊不知其四句，乃是一副眼泪也。言每年逢寒食，见梨花，便东望欲归，奋飞不得。或问我曰：下江不便乎？求载无船乎？则殊不知，江则便在堂前，船则便在洲下。我但解此船，泛此江，破浪东归，又少何事？然而终竟不得者，人生一身在客，实有如此苦事也。

【后解】

五、六，不是写景，是写此景中间阒然无一故人，则纵复有诗，只向天吟，言永无倡和之理也。千古故人攀桂后，都已如此矣！

题横水驿双峰院松

故园溪上雪中别，野馆门前云外逢。

白发渐多何事苦，清阴长在好相容。

迎风几拂朝天骑，带月犹含度岭钟。

却忆葛洪丹井畔，数株临水欲成龙。

【前解】

　　故园溪上一松，野馆门前又一松，自从雪中别后，几乎忘却松矣。今日云外忽逢，不觉爽然有感。三，"白发"七字，是悲野馆门前逢松之人。四，"清阴"七字，是悟故园溪上人别之松，用笔最为起伏尽势也。读其起句，恰似说一故人，妙！

【后解】

　　五、六，正写今日松也。"几拂朝天骑"，言松或因人而热，"犹含度岭钟"，又言松实于人甚冷。然松分中即何热、何冷？此自是着冷热人自心动耳。七、八，因急置此松，更不再道，却于旷然意想之外，又别请一松压之。

登安陆西楼

楼上华筵日日开，眼前人事只堪哀。

征车自入红尘去，远水长穿绿树来。

云雨暗更歌舞伴，山川不尽别离杯。

无由并写春风恨，欲下郧城首重回。

【前解】

起句楼上筵开，又添"华"字、"日日"字，世间眼热小儿，将谓何等高兴。殊不知只此便是次句之眼前人事，所谓"只堪哀"者，乃正复为此也。盖"华"者，本是今日正开之筵也。然曰"日日开"，则是今日开，明日又开。夫明日又开，而彼今日之华安在？若又明日又开，而彼明日之华又安在？此真堪悲国中无量众生头出头没而不觉不知者也。三、四，征车自去，不知去到何处？远水还来，何曾来住此处？总之有情无情，一例干忙，我欲说之，穷劫不尽也。

【后解】

此"云雨暗更""山川不尽"，最是想得幽曲，说得精细。言如此目前，登楼坐筵，进酒征歌，无虑若干之人，如使转眼大班尽散，或者还肯惊骇心目。今是逐一逐一，魆地魆地，零星抽出，悄然转换，于是而抽换所剩暂时犹在之人，遂更不曾以之为意也。况于前之人自尽、后之人更多；世界有限，众生无穷；至最后时，歌舞转盛，此真所谓千佛放光，亦更不能看之使破也者。"欲下郧城首重回"，先生应以无常身得度，即现无常身而说法矣。

曲江春望怀江南故人

杜若洲边人未归，水寒烟暖想柴扉。

故园何处风吹柳，新雁南来雪满衣。

目极思随原草遍，浪高书到海门稀。

此时愁望情多少，万里春流绕钓矶。

【前解】

　　"杜若洲边"，即曲江也。"人未归"，自言每日徬徨于其上也。"水寒烟暖想柴扉"者，适见江头寒暖无定，因而暗想江南亦大都不远也。三、四承之，言江南若暖，则亦如此柳受轻风；江南若寒，则亦有此雁冲残雪。皆是眼看曲江，而魂在江南也。

【后解】

　　前写曲江春望，后写奉怀故人。○五，言何日不怀；六，言何书不怀；七、八，言只今此时此情，又乘万里春流直到诸君钓矶。然而有书尚不得达，又况无书乃能神告哉！

忆山阳

家在枚皋旧宅边，竹轩晴与楚陂连。

芰荷香绕垂鞭袖，杨柳风横弄笛船。

城碍十洲烟岛路，寺临千顷夕阳川。

可怜时节堪归去，花落猿啼又一年。

【前解】

忽然倒跨晋魏，寻一汉人为邻，便是举体不凡。乃我又相其当门便是竹轩，前与楚陂连接，四围水竹相遭，一片空碧互映，人生有宅如此，真乃一尉是何敝屣，顾能缚人不使之归也！三、四，又极写轩前陂下，无限行乐。须知垂鞭则在柳风之下，横船乃在荷香之中，此又故作错综互写，以曲尽其清胜者也。

【后解】

乃今以区区一尉，羁身渭南，遥望故乡，如隔登仙之路；来看渡口，又限无梁之川。"城碍"，妙！"寺临"，妙！城即渭南之城，寺即渭南城外、送客下川之寺也。不得归又一年，看他用"花落猿啼"代春尽肠断，读者皆不觉也。

忆山阳

折柳城边起暮愁，可怜春色独怀忧。

伤心正叹人间事，回首多惭江上鸥。

鹧鸪声中寒食酒，芙蓉花外夕阳楼。

凭高满眼送清渭，去傍故山山下流。

此是另一日复忆，不可题作前篇之又。

【前解】

前解，言偶尔城边独步，忽然当暮剧愁。自省此愁何来？则为举世无人不春，而我独抱沉忧故也。三、四承之，言比来人间之事，事事总是伤心；而频年江上之约，迟迟不知回首。则竟不知被缚人间，尚须几年？快归江上，端在何日？看他四七二十八字，中间杂用"愁"字、"怜"字、"忧"字、"伤"字、"叹"字、"惭"字，凡若干悲苦字成诗，知先生怀忧，真有甚深者也。

【后解】

后解，跃笔忽然快写故山。言春有我春，秋有我秋，快活自在，原自如此。于是分付清渭，且先洗去。其不能旦暮抽身之苦情，真乃不言而自见也。

早发剡中石城寺

暂息劳生树色间，平明机虑又相关。

吟辞宿处烟霞去，心负秋来水石闲。

竹户半开钟未绝，松枝初霁鹤飞还。

明朝一倍堪惆怅，回首城中见此山。

【前解】

"暂息劳生"，是言夜来一宿，却不自意信手所写，乃有"树色间"之三字，便分明是昨日傍晚，途中翘首，遥有所望，而更不谓入夜得宿，乃幸正在其处也。一解，是此三字最写得好，便与后解"回首""此山"两相回合，以成章法矣。至于三、四之"宿处烟霞"，对以"秋来水石"，此则自明实有素尚，不是初逢好景也。

【后解】

五、六，写早发也。试想"钟未绝"，是早也；而"竹户半开"，则不知何故，又有更早于我者？松初霁，是早也；而鹤飞始还，则岂独无人，方将又来此间者？真写尽红尘之外，白云当中，大有闲闲日月也。七、八，回首此山，与前回合，已知。

今年新先辈以遏密之际每有宴集必资清谈

天上高高月桂丛，分明三十一枝风。

满怀春色向人动，遮路乱花迎马红。

鹤驭回飘云雨外，兰亭不在管弦中。

居然自是前贤事，何必青楼倚翠红。

【前解】

三十一先辈，便是三十一桂枝。特下"风"字，写新及第人，通身轻快，更不能以自持也。三、四，再极写此"风"字，三，言三十一先辈，见人无不风者；四，言人见三十一先辈，又无不风者。于是而宴集之际，备极声色，此不待又言也。

【后解】

五，是先皇晏驾。六，是四海遏密。看他如此大惨黯事，偏自写来温秀无比，岂非笔墨精良之尤选乎？余易解。

经汉武泉

芙蓉苑里起清秋，汉武泉声落御沟。

他日江山映蓬鬓，二年杨柳别渔舟。

竹间驻马题诗去，物外何人识醉游。

尽把归心付红叶，晚来随水向东流。

【前解】

此于汉武泉上，斗地惊秋，急不能归，而深致叹悼也。"他日"者，言今日不归，明日又不归，日复一日，且成他日，虽亦终有得归之事，然而一双青鬓，变作飞蓬，映我江山，能无惭愧？对以"二年杨柳"者，既是求归如此其难，则甚悔出门如彼之易也。

【后解】

此五、六，又特自明所以断断欲归之故也。言虽竹间偶尔漫题，便自更无一人识得。又况胸中所有大事，而望今日还能告语。然则尽束归心，并付流水，风帆有便，连夜疾去。此真不待再计而决者也。

送卢缄归扬州

曾向雷塘寄掩扉，苟家灯火有余辉。

关河日暮望空极，杨柳渡头人独归。

隋苑荒台风裊裊，灞陵残雨梦依依。

今年春色还相误，为我江边谢钓矶。

【前解】

　　送卢归扬州，乃特自叙昔亦侨居扬州，盛承主人余光见借，迄今怀之，未尝少置。而今卢乃恰归其地，我更不得附舟，以为极大惆怅也。○特地送卢，却俱自说生平，止有第四句"人独归"之三字，算是为卢。唐人时有如此送人诗。

【后解】

　　此五、六，亦只自写心念雷塘，不能暂忘，终不略为所送之人作一款曲也。今年还误之为言，寄语钓矶，来年准归，不更误也。

寄归

三年踏尽化衣尘，只见长安不见春。

马过雪街天欲晓，乡迷云树泪空频。

桃花坞接啼猿寺，野竹亭通画鹢津。

早晚粗酬身事了，水边归去一闲人。

【前解】

"化衣尘"者，陆士衡诗"京洛多风尘，素衣化为淄"也。"三年踏尽"者，从自入来，历三冬春，自悲何早、何晚、何风、何雨，而不奔走也。"只见长安"者，长衢夹巷，处处照眼，高冠大辇，辈辈惊心也。"不见春"者，言金尽裘敝，避立道旁，残杯冷炙，含羞末座也。三，言五更冲寒出门，四，言逐日眼泪洗面，则又详写"不见春"之三字也。

【后解】

后言若得归去，则如桃花坞，是一闲行处也；啼猿寺，是一闲寻处也；野竹亭，是一闲坐处也；画鹢津，是一闲泛处也。其写可悯可笑，最是"粗酬身事"之四字。试忆当初来时，岂是如此四字？及到后来去时，何曾得此四字？然而人固往往此心不死矣！

寒食新丰别故人

一百五日家未归，新丰鸡犬共依依。

满楼春色旁人醉，半夜雨声前计非。

缭绕沟塍含景晚，荒凉树石向川微。

东风吹泪对花落，憔悴故交相见稀。

【前解】

鸡犬自是新丰旧字，今忽借与寒食不得归人，如此翻用，真为臭腐神奇也。鸡犬依依者，反言并无人与依依也。三、四画之，言满楼如许春色，无一人不大醉，而独有一人不醉，此可哭也。半夜忽然雨声，无一人不酣眠，而独有一人无眠，此又可哭也。

【后解】

前解，写新丰寒食；此解，写别故人也。言前此虽无新丰人与作依依，然犹赖与故人自作依依。今日如又"缭绕沟塍"，弃我竟去，"荒凉树石"，置我如遗，则对花流泪，真更不能度此寒食也。

字陶臣，蒲州河东人。会昌初，擢进士第。崔铉镇河中，表在幕府。铉复宰相，引为万年尉，直弘文馆。历侍御史、尚书郎。集十卷，又别纸十三卷，赋集十四卷。

薛逢　六首

开元后乐

莫奏开元旧乐章，乐中歌曲断人肠。

邠王玉笛三更咽，虢国金车十里香。

一自犬戎生蓟北，便从征战老汾阳。

中原骏马搜求尽，沙苑年来草又芳。

【前解】

言开元后乐，乃玄宗亡国之乐，故戒旁人莫奏也。夫玄宗至于亡国之日，则未闻其有乐也。玄宗有乐，皆其国方全盛，正未得亡之日，如妃子方吹宁哥之笛，三姨正斗五家之车。然不知者，则谓开元之盛，莫盛于此，殊不悟开元之亡，固实亡于此也。

【后解】

夫开元妃子之盛，此所谓女祸者也。乃女祸未几，而遂成戎祸。"一自"字，妙！言从此兵连事结，遂见连年累岁。盖直至今日，而汾阳苦战，曾无休息。嗟乎，嗟乎！其间所有馨人之地，竭人之庐，寡人之妻，孤人之子，皆不具论，止就搜求骏马一事，而至今沙苑一空，此岂犹不肠断，而尚能听其所奏也哉！

长安夜雨

滞雨通宵又彻明，百忧如草雨中生。

心关桂玉天难晓，运落风波梦亦惊。

压树早鸦飞不散，到窗寒鼓湿无声。

当年志气俱销尽，白发新添四五茎。

【前解】

　　写滞雨，既云"通宵"，再云"又彻明"者，"通宵"是从初更以至五更，"又彻明"是从五更以至天明。此自是窗中一人，从初更至五更，从五更至天明，求睡更不得睡，因而写雨，遂不自觉，亦便成二句也。"如草雨中生"五字，写忧已最确，然写此夜忧又最确。三、四承之，言忧之绪甚多，至于更不得睡；忧之来甚重，至于才睡又即醒也。

【后解】

　　"鸦飞不散"，写出"压树"二字，"鼓湿无声"，写出"到窗"二字，妙，妙！便画尽一片昏沉，无数钝置，梦生醉死，抬头不起，异样荒忽神理。更不必说志气销尽，而先已了无生气已。

汉武

汉武清斋夜上坛，自斟明水醮仙官。

殿前玉女移天案，云际金人捧露盘。

绛节几时还入梦，碧桃何处更骖鸾。

茂陵烟雨埋弓剑，石马无声蔓草寒。

【前解】

此为不便指斥先皇，而远借汉武为言。前解，写汉武之事仙人也。"清斋"，写其身心精虔；"夜上"，写其对越秘密；斟水自醮，写其屏息登降，百拜长跪，真如呼吸之间；便当遇之也者。三、四承之，玉女移案者，言一一上章，皆手署御名；金人捧盘者，言时时望空，欲立候昭隐也。

【后解】

后解，写仙人之答汉武也。几时入梦，言不见入梦；何处骖鸾，言不见骖鸾。至于俟之俟之，既久既久，而汉武方且倦勤，汉武方且晏驾，汉武方且山陵，而所谓绛节、碧桃，亦终杳然不见。夫而后始悟石马蔓草，已非升仙之状也。嗟乎，又何愚哉！

猎骑

兵印长封入卫稀，碧空云净早霜微。

浐川桑落雕初下，渭曲禾收兔正肥。

陌上管弦清似语，草头弓马疾如飞。

岂知万里黄云戍，血迸金疮卧铁衣。

【前解】

一解，写皇灵赫濯，畿辅晏宁，历年厚糈，饱豢此辈，虽漫无所事事，然终不可暂废。于是莽苍平原，任其游手，秋高天清，草浅兽肥，为诸少年快哉行乐之场也。

【后解】

一解，写同为其人，同受其食，而苦乐不均，相去乃无算。夫非尽王之爪牙欤？而彼困如彼，此快如此，是不可一日不感国恩，一日不图死报也。

宫词

十二楼中尽晓妆，望仙楼上望君王。

锁衔金兽连环冷，水滴铜龙昼漏长。

云髻罢梳还对镜，罗衣欲换更添香。

遥窥正殿帘开处，袍裤宫人扫御床。

【前解】

前解，喻言何处大山之下，大川之上，不有怀才抱道，跂足翘首，仰望简拔之人。然而高高青云，天门未辟；迟迟白日，嘉会正赊，为普天下高贤一哭也。

【后解】

后解，喻言怀才之人，以不蒙试，则愈自淬励；抱道之人，以不见是，则转更耷错。然而仰窥当途，颇复有人。然知而不举，又奈之何？为普天下无数高贤致憾也。

题白马驿

晚麦芒干风似秋，旅人方作蜀门游。

家林渐隔梁山远，客路长依汉水流。

满壁存亡俱是梦，百年荣辱尽堪愁。

胸中愤气文难遣，强指丰碑哭武侯。

【前解】

一，以麦秋纪时。二，以方游纪程。三、四，初隔梁山，始依汉水，言今夜是初住第一白马驿也。

【后解】

"满壁"之"壁"，驿壁也。"百年"，即壁上所题，得意失意，无数名字，前后统总约百年也。愤气难遣者，言其所题，各说己事，或恩或仇，欲杀欲割，俱非一字一句之所得而伸诉也。"指丰碑哭武侯"，言当时卧龙如此人物，三顾如此遭遇，而伐魏不成，吞吴遗恨，犹尚秋风五丈，赍志遂没，岂况草芥诸公，而欲愤愤题壁也！

姚鹄

一首

字居云。会昌中进士。诗三卷。

玉真观寻赵师尊不遇

羽客朝元昼掩扉，林中一径雪中微。

松阴绕院鹤相对，山色满楼人未归。

尽日独思风驭返，寥天几望野云飞。

凭高目断无消息，自醉自吟愁落晖。

【前解】

禅家有夺人不夺境语，今此一解恰是也。看他写赵师尊不在，却缓缓自"林"而"径"，而"扉"，而"院"，而"楼"，迤逦自外入内，便使玉真观处处如画，而赵师尊更无踪影。此唐人又一法也。

【后解】

前解，净写赵师尊不在观中。后解，净写寻者不遇。

刘威

会昌时诗人也。

一首

游东湖黄处士园林

偶向东湖更向东，数声鸡犬翠微中。

遥知杨柳是门处，似隔芙蓉无路通。

樵客出来山带雨，渔舟过去水生风。

物情多与闲相称，所恨求安计不同。

【前解】

前解，写不惟不认处士，且亦无意来游，只是信步东行，不谓有此创获。妙在"偶向"二字，又加"更向"二字，言初不料此去何处，且亦不料乃有去处者也。何意翠微当面，忽闻鸡犬逗声，及至步入相寻，即又恍然无处。写得此园林远近缥缈，便如仙山楼阁相似也。

【后解】

后解，忽然旁写"樵客""渔舟"，又妙！人生世上，只求衣食粗足，无诸惊怖，便是无量胜福。正不知所谓"不同"之计，又是何计？而必不与闲相称乎！

字蕴灵，鲁人。大中八年进士。调华原尉，迁龙门令。诗一卷。

秋夕山斋即事

衡门无事闭苍苔，篱下萧疏野菊开。

半夜秋风江色动，满山寒叶雨声来。

雁飞关塞霜初落，书寄乡山人未回。

独坐高窗此时节，不弹瑶瑟自成哀。

【前解】

无事闭门，只加"苍苔"二字，便知不是以无事故偶闭门，直是以无人故特不开门也。再写篱下野菊，极诉其更无相对。三、四，半夜风动，满山雨来，于遥遥异乡，兀兀独住人分中，真为极大不堪也。此解，与许仲晦"溪云初起"一解，便是一副机杼，危苦既同，呻吟如一，笔墨所至，不谋而然。诗之为言为思，夫岂不信乎哉！

【后解】

五，"雁飞关塞"，是今年新雁。六，"书寄乡山"，是去年旧书。言见新雁，又欲寄新书，而忆旧书，尚未接旧雁，此时此情，真成独坐，何暇更弹别鹄等曲耶？

秋日寓怀

海上生涯一钓舟，偶因名利事淹留。

旅途谁见客青眼，故国几多人白头。

霁色满川明水驿，蝉声落日隐城楼。

如何未尽此行役，西入潼关云树愁。

【前解】

斗地吐口，便有海上钓舟七字，自明胸中本非无算画者，无何淹留未决，直至今兹，真成两头俱误也。三承二，言淹留虽久，曾有何望？四承一，言淹留既久，多恐尽非也。一解，以一枝妙笔写两副伤心，无不坦然明净，此为先生能事也。

【后解】

写霁，则知连日雨潦之后；写蝉，则知三伏溽暑之余。既是行役未尽，那怕低头不就。然而心极念鲁，身反入秦，满心忖度，此果如何？"如何"二字，全领一解。人生一出门后，真有如此不可解事也。

秋日山寺怀友人

萧寺楼台对夕阴，淡烟疏磬散空林。

风生寒渚白蘋动，霜落秋山黄叶深。

云尽独看晴塞雁，月明遥听远村砧。

相思不见又经岁，坐向松窗弹玉琴。

【前解】

前解，止写山寺，止写秋日，言此日偶来萧寺，因而寄身西林，东望楼台，西望夕阴，满目淡烟，几声疏磬。劳生虽云暂息，孤身实惟不堪。而又正值凉风飒至，清霜渐落，渚蘋一山叶，触绪纷来。此即后解怀友人之根也。

【后解】

后解，方写怀友人。看雁之为言，我心欲有所寄；听砧之为言，他人且无不寄，因而"向松窗""调玉琴"。"松窗"之为言，故人未改岁寒之心；"玉琴"之为言，知己必有同调之悲也。

经龙门废寺

因思人世事无穷，几度经过感此中。
山色不移楼殿尽，石台依旧水云空。
唯余芳草滴春露，时有残花落晚风。
杨柳覆滩清濑响，暮天沙鸟自西东。

【前解】

他诗皆先触景后伤心，此诗独先伤心，后触景。只看他"因思人世"四字，便是不止经此龙门；再看他"几度经过"四字，便是亦不止经此一遍龙门，是为用笔与人独异也。三、四，眼色，分明不顾楼殿之尽、水云之空，直是熟睹山色不移，石台依旧。因而通算其前后阅历，方且无穷无穷，实有一部十七史更写不尽者。

【后解】

五、六之"唯余"字，即"时有"字，"时有"字即"唯余"字也。而又必分作两句者，见为昔之所剩，则谓之"唯余"；见为新之所添，则谓之"时有"也。然又妙于芳草新，春露新，而反加"唯余"字，谓之昔之所剩；残花旧，晚风旧，而反加"时有"字，谓之新之所添。此中大有妙理，解人正未易也。末又直指柳滩濑响，暮鸟西东，大悟耳畔声销，空中迹灭，人世无穷，直须听之，不惟不必感，乃亦不必思也。

咸阳怀古

经过此地无穷事，一望深秋感废兴。

渭水故都秦二世，咸阳衰草汉诸陵。

天空绝塞闻边雁，叶尽孤村见水灯。

风景苍苍多少恨，寒山高出白云层。

【前解】

"此地"之为言，我来视之，不过一片荒荒草场也，又岂知其曾有经过之事？乃至经过曾有无穷之事。然则今日一望深秋，固自满眼不见，其实已不知有千千万万人，败成哭笑于其间，斯可为之浩叹也。三、四，据迹实之，言如秦之二世，是一大兴大废；如汉之诸陵，又是一大兴大废。至于中间，又有无数小兴小废，盖不可以更仆数尽之也。

【后解】

"闻边雁"，言今则所闻止此而已；"见水灯"，言今则所见止此而已。不信秦、汉当时，亦徒止此而已乎！忽转笔曰：秦汉风景，固有在者，不见白云之上，高矗寒山，此即自昔至今，何尝兴废也哉！

题王母庙

寂寥珠翠想遗声，门掩烟微水殿清。

拂曙紫霞生古壁，何年绛节下层城。

鹤归辽海春光晚，花落闲阶夕雨晴。

武帝无名在仙籍，玉坛星月夜空明。

【前解】

"寂寥珠翠"，谓王母塑像；"遗声"，谓王母一切教诫，如《汉武外传》所载，母命法婴独奏玄灵之曲，又命婉罗续唱步玄之歌之类也。"门掩"，写诸真不降；"烟微"，写云气亦无；言我来睹像思教，意谓若将遇之，如何空殿阒然，乃至全无光影。三、四承之，言但见朝霞射壁，不见绛节下云也。

【后解】

五、六，微讥，又妙，又妙！　"鹤归辽海"，言即使王母果然又来；"花落闲阶"，言无奈汉武升遐久矣。加"春光晚"字，笑其来迟；"夕雨晴"字，悲其无迹也。然则徒自高筑醮坛，乃至空名莫署，神仙毕竟有无，后人不当痛悟耶！

留别复本修古二上人

二远相知自昔年，此身长寄礼香烟。

绿芜风晚水边寺，清磬月高林下禅。

台殿虚窗山翠入，梧桐疏叶露光悬。

西风话别又须去，终日关山在马前。

【前解】

前解，写己与二上人非比泛然相知，因是但来寄居，便拟托身常住。三、四，历写水边林下，晚风夜月，同行并坐，以见主人并不相嫌，客亦曾不图去，为后解西风又须句作顿挫也。

【后解】

后解，无端正值西风，有事忽须别去。因思一行上马，终日关山当面。回思五、六之"虚窗山翠"，凉露疏桐，真是仙凡既隔，劳逸顿殊，虽不念二上人，亦自失声欲哭也。

怀汶阳兄弟

回看云岭思茫茫，几处关河隔汶阳。

书信经年家国远，弟兄无力海田荒。

天高霜月砧声苦，风满寒林木叶黄。

终日路岐归未得，秋来空羡雁成行。

【前解】

言自此间至于汶阳，空望则为"云岭"，实历须有"关河"。"关河"不可飞渡，于是书信久沉，而"云岭"尚得遥瞻，因哭弟兄无力也。亦是三承二、四承一法。〔"云岭"是空望，然是实见；"关河"是实历，然是虚数。又须知之。〕

【后解】

此天高砧苦、风满林黄，则特写"秋来"二字也。看他归未得，而曰"终日路岐"。嗟乎！人生一出门，便急不得归，此岂皆为宦海所沉也哉！

江楼月夜闻笛

南浦蒹葭疏雨后，寂寥横笛怨江楼。

思飘明月浪花白，声入碧云枫叶秋。

河汉夜阑孤雁度，潇湘水阔二妃愁。

发寒衣湿曲初罢，雾色河光先钓舟。

【前解】

写闻笛，必先写未闻笛前一无所闻之时。夫未闻笛前一无所闻之时，此正既闻笛后，更不能不作闻笛诗之根因也。一，"蒹葭疏雨后"，此即未闻笛前也。二，"寂寥"，此即一无所闻也。看他写笛，不言到江楼，却言"怨江楼"，妙！以畅心感者，则谓之畅；以怨心感者，则谓之怨也。三，写笛之远。四，写笛之高。然"飘明月""入碧云"，则是写笛；"浪花白""枫叶秋"，则是写怨。怨自闻笛者怨，非吹笛者怨也。

【后解】

此既闻笛之后也，"河汉""潇湘"，写尽一俯一仰。然"雁度"，又寓言己之欲归；"妃愁"，又寓言室之见忆也。"发寒衣湿"者，方闻不觉，闻罢乃觉，言是夜夜坐甚久也。然而何止于是，惟"雾色河光"，亦既熹微钓舟也。

春晚旅次有怀

晚出关河绿野平，依依云树动乡情。

残春花尽黄莺语，远客愁多白发生。

野水乱流临古驿，断烟凝处近孤城。

东西未遂归田计，海上青山久废耕。

【前解】

一解，只是"绿野平"三字，斗乱心曲。"绿野平"者，郊原雨足，播种及时，此方一然，无处不尔。于是遽念家田，漫无归计，遥望云树，深致叹息也。三承一，言春已残，花已尽，止剩黄莺尚语，此时更无闲事，惟有村村农务也。四承二，言客又远，愁又多，不禁白发乱生，此时全无上策，只好遥遥坐叹也。〔此写春晚。〕

【后解】

此"野水"也，流至何处？则"古驿"也。此"断烟"也，凝在何处？则"孤城"也。自言今日"古驿"，明日"孤城"；今日"断烟"，明日"野水"，我行东西，殊未能知税驾之何年也？然则"海上青山"，直应付之，不须提起。何则？前废既久，后耕杳然，说之徒自心头烦恶也。〔此写旅次。〕

和友人忆洞庭旧居

客舍经时益苦吟，洞庭犹忆在前林。

青山残月有归梦，碧落片云生远心。

溪路烟开江树出，草堂门掩海涛深。

因君话旧起愁思，隔水数声何处砧。

【前解】

　　既已出门作客，大都笔墨尽废。今客舍已复经时，而吟诗乃更刻苦。然则自然不是马背上人，夫安得而不思旧林也！三、四，代与写之，言日间遥指片云，心摇摇其奋飞；必是夜间每至落月，梦沉沉其频去。所谓洞庭只在前林，固是其闭目开目，未尝暂置者也。

【后解】

　　此五、六，是此友人自话洞庭旧居之胜景也。想他烟开树出，果然妙绝溪路；门掩涛闻，果然妙绝草堂。七、八，于是忽然提到心头，我亦自有一带溪路，数间草堂，秋砧动矣，如之何其犹不归去也！

晚归山居

寥落霜空木叶稀，初行郊野思依依。

秋深频忆故乡事，日暮独寻荒径归。

山影暗随云水没，钟声渐入远烟微。

娟娟知有西林月，不惜清光照竹扉。

【前解】

题曰"晚归山居"者，言近来日日说归，究竟无有归理，今日日虽抵暮，我已发兴真归也。前解，"初行郊野"，妙！言日在城中，长衢夹巷，马粪车尘，何意忽然出城，快睹霜高木落，于是故乡不用频忆，荒径连夕便行，盖不如是，将终不得而归也。

【后解】

此承写上日暮也，言"山影"则已没，"钟声"则已微，然我亦一任其没，一任其微，而总之归兴既发，归志自决，一心只念故居竹扉，此时当有娟娟早月，西林先照也。

长洲怀古

野烧空原尽荻灰，吴王此地有楼台。

千年事往人何在，半夜月明潮自来。

白鸟影从江树没，清猿声入楚云哀。

倚船日晚荐蘋藻，风静寒塘花正开。

【前解】

此落手七字最奇，意欲先写空原直空到尽情，便只荒荒一点芦荻亦不存留，都付野烧尽烧作灰。夫而后翻手掉笔，焕然点出"吴王楼台"四字，使人读之，别自心眼闪烁，不复作通套沧桑语过目也。三、四，"人何在""潮自来"，此二句在讲家谓之有问无答法，言问者自是不得不问，而答者实是更无能答。妙绝，妙绝！

【后解】

上解三、四，自是销缴吴王楼台，此五、六，则始极写是日现景也。七、八，停船沥酒，不过略自解释，乃无何流目旁觑，又有正开之花，始悟世事，前往后来，直是各不相颐，然则我于今日亦更不须多感也。

经麻姑山

麻姑此地炼神丹，寂寞烟霞古灶残。

一自仙娥归碧落，几年春雨洗红兰。

帆飞震泽秋江远，雨过陵阳晚树寒。

山岭白云千万片，时闻鸾鹤下仙坛。

【前解】

凡读诗，切须辨其句法。如此起句七字，乃是言此地曾有麻姑炼丹，非言麻姑曾于此地炼丹也。只须起句读正，便以下三句皆正。如二之残灶，四之"红兰"，皆只是细看此地，并非寄怀麻姑也。

【后解】

"震泽秋江远""陵阳晚树寒"，更禁不得是"帆飞""雨过"之一"飞"字、"过"字。今忽写来与此地云鸾作一解者，彼彼皆不知其有何至急，而飞者、过者，瞬息骇疾，至有如此。试复暂来此地稍看白云，便当悟仙坛鸾鹤，世皆真有，特非如《列仙传》之胡说也。

经炀帝行宫

此地曾经翠辇过，浮云流水竟如何。

香销南国美人尽，怨入东风芳草多。

残柳宫前空露叶，夕阳川上浩烟波。

行人遥起广陵思，古渡月明闻棹歌。

【前解】

　　昔尝耳闻其事，今日身经其地，以其所见，证其所闻，早已一无所有。于是眼看"浮云流水"，心想隋帝行宫，言更无美人，徒余芳草，亦用三承一、四承二法也。["美人尽"，写出"香销南国"四字，使人作数日想。"芳草多"，写出"怨入东风"四字，又使人作数日想。盖此八字，止是一个缘故，然是两样文字也。]

【后解】

　　前解，写炀帝行宫。此解，写"经"也。言近攀则有残柳，远望则见夕阳，昔年广陵胜游，并已杳无踪影，然而行人犹得依稀如或见之者："古渡月明"，两岸棹歌，哀怨之音，飒飒盈耳。此固宛然阿摩当日凄然下泪时风景也。

项斯

二首

　　字子迁，江东人。始张水部籍，为律格诗，惟朱余庆亲授其旨。沿流而下，有任藩、陈标、章孝标、司空图，咸及门焉。宝历、开成之际，斯尤为水部所知，故其诗格与之相类。始未为闻人，因以卷谒杨敬之，杨苦爱之，赠诗云："几度见诗诗尽好，及观标格过于诗。平生不解藏人善，到处逢人说项斯。"未几，诗达长安，明年擢上第，授丹徒尉。诗一卷。

宿山寺

栗叶重重覆翠微，黄昏溪上语人稀。

月明古寺客初到，风动闲门僧未归。

山果经霜多自落，水萤穿竹不停飞。

中宵能得几时睡，又听钟声催着衣。

【前解】

　　前解，写山寺，言远望此山，千重栗树，初寻寺径，一带溪流，已而明月照门，则见好风自开。盖一望、二寻、三到、四入也。

【后解】

　　后解，写宿。五，写宿后所闻；六，写宿后所见。夫宿后闻见如此，则是一夜通不得宿，便转出七之"能得几时"四字也。末句，劳人之劳，不亦悲哉！

山行

青枥林深亦有人，一渠流水数家分。

山当日午回峰影，草带泥痕过鹿群。

蒸茗气从茅舍出，缲丝声隔竹篱闻。

行逢卖药归来客，不惜相随入岛云。

【前解】

"青枥林"，看他出手下一"深"字，先写意中决道无人，则于林行尽处，忽见数家，便自然有一"亦"字跳脱而出。此所谓虽一句之中，必有沉郁顿挫之法也。三，"回峰影"，写伫看甚久；四，"过鹿群"，写更无行迹。看他只是四句诗，乃忽写无人，忽写有人，忽又写无人，真为清绝出奇之构也。

【后解】

前解，写山。后解，写行。〇若将焙茗缲丝，解作山中清事，即随手再下数十余联，岂得遂毕。须知今是入山闲行之人，一路迤逦，无心所经，犹言焙茶，一家也；缲丝，又一家也。既而药客追随，行行遂深，写尽是日心头闲畅也。

雍陶

五首

字国钧，成都人。大中八年，自国子毛诗博士，出刺简州。诗集一卷。陶送客至情尽桥，问其故。左右曰：送迎之地止此，故桥名为情尽。陶命笔题其柱曰"折柳桥"。自后送别，必吟其诗曰："从来只有情难尽，何事名为情尽桥。自此改名为折柳，任他离恨一条条。"

送徐山人归睦州旧隐

君在桐庐何处住，草堂可与戴家邻。

初归山犬必惊主，久别沙鸥应避人。

终日欲为相逐计，临岐空羡独行身。

秋风钓艇遥相忆，七里滩头月正明。

【前解】

送人归，问其何处住？又问其与谁邻？此岂要人开具旧居执结，正是其自己胸中有一绝妙住处、绝妙邻家，津津欲归未得归，因而反嫌人归已是迟。所谓笔笔皆有撇掝之状也。

【后解】

前解，写徐睦州旧隐。此解，写送也。五，言发意欲归，本在山人前；六，言因故不归，竟落山人后；七、八，言特问君桐庐何处者？我有草堂，自在七里滩头也。

经杜甫旧宅

浣花溪里花深处，为忆先生在蜀时。

万古只应留旧宅，千金无复得新诗。

沙崩水槛鸥飞尽，树压村桥马过迟。

山月不知人事变，夜来江上与谁期。

【前解】

"浣花溪里"，只添"花深处"三字，便是此日加倍眼色。只因此三字，便知其不止忆杜先生，直是忆杜先生爱人心地，忆杜先生冠世才学，忆杜先生心心朝廷、念念民物，忆杜先生流离辛苦、饥寒老病，一时无事不到心头也。三，万古应留，四，千金难得，便只是一句话，犹言即使国步可改，必须此宅长留。只看文人代有，到底杜诗莫续也。

【后解】

此沙崩树压，即七之所谓"人事变"也。夜来江月与谁期者，此月经照杜先生后，更照何人始得？则自不能不有此问也。

到蜀后记途中经历

剑峰重迭白云漫，忆昨来时处处难。

大散岭头春足雨，褒斜谷里夏犹寒。

蜀门去国三千里，巴路登山八十盘。

自到成都烧酒熟，不思身更入长安。

【前解】

此"重迭白云漫"，乃是既过栈去，回指剑峰而叹。言今但见其重迭如此，不知其中间乃有千崎万岖，如大散岭、褒斜谷，真非一崎一岖而已。今但望见其白云如此，不知其中间乃有异样节气，如"春足雨""夏犹寒"，真非寻常节气而已。"处处难"之为言，其难非可悉数，非可名状，在事后思之，犹尚通身寒噤者也。

【后解】

后又言已后直是不愿更出，此特别换笔法，再诉入来之至难也。言入来既是"三千里""八十盘"，后如出去，则照旧"三千里""八十盘"，人身本非金铁，堪受如此剧苦耶？"成都烧酒熟"者，并非逢车流涎之谓，如云任他水土敝恶，我已决计安之也。

赠玉芝观王尊师

处处烟霞寻总遍，却来城市喜逢师。
时流见说无人在，年纪惟应有鹤知。
大药已成宁畏晚，小松初种不嫌迟。
长忧一日升天去，未授灵方遣问谁。

【前解】

本从城市逢此尊师，却更写得杳冥恍惚。妙，妙！"时流"，即此城市中，辈辈高冠大辇、堆金积玉人。在此尊师眼中，乃如疾风之卷轻箨，一阵一阵过去也。〔三、四只是写其大年。〕

【后解】

"大药已成"，言其前此之无算；"小松初种"，言其后此之无算。此皆是其肘后别有灵方，亟宜从之求授也。

晴

晚虹斜日塞天昏，一半山川带雨痕。

新水乱侵青草路，残烟犹傍绿杨村。

胡人羊马休南牧，汉将旌旗在北门。

行子喜闻无战伐，闲看游骑猎平原。

【前解】

此虽写晴，然言外实是寓意边事。言晚虹在东，斜日在西，独有塞天，其色未快，因特出大判云：一半未放人意也。"新水"句，亦寓新恩已沛，"残烟"句，又寓余忧未靖，此皆"一半山川"四字中之深忧远虑也。

【后解】

此诗，题是咏晴，乃前解因带有"塞天昏"之三字，人亦遂窥其是安边新喜，然实则笔笔皆细写晴色也。至此后解，则竟忍俊不住，一口直吐出来。看他前解犹写忧，此解纯写喜，固已更忍不住也。〔五，写远望荡荡，六，写近望森森，毕竟画来是新晴风色。〕

来鹏

二首

豫章人。大中、咸通间举进士，不中。客死维扬。

寒食山馆书情

独把一杯山馆中，每经时节恨飘蓬。

侵阶草色连朝雨，满地梨花昨夜风。

蜀魄啼来春寂寞，楚魂吟后月朦胧。

分明记得还家梦，徐孺宅前湖水东。

【前解】

为经时节，故把一杯；为飘蓬，故独在山馆中。然则起句中，已尽有次句，而今又必重作一句者，只为欲加"每"字、"恨"字。犹言年年凡遇寒食，则无以自遣，必把一杯。年年凡把一杯，则无有好怀，必在逆旅，盖言不独今日之把一杯，在此山馆中也。三、四，画时节，亦尽此十四字，画飘蓬，亦尽此十四字，更不须别动笔也。

【后解】

此五、六、正先与七句写梦回之时也。末句句法，言"徐孺宅前湖水"六字，是将到家下，路之所经，只得"东"一字，是其家下也。〔看唐人五、六，其轻如此。〕

鄂渚除夜书怀

鹦鹉洲边夜泊船，昏灯独客对凄然。

难归故国干戈后，欲告何人雨雪天。

箸拨冷灰书闷字，手摊寒席去孤眠。

今年又是无成事，明日春风更一年。

【前解】

除夕诗，窘中已苦，又在客中；客中已苦，又在船中。看他已是凄然独客，却偏欲写"对"字，试问与谁为对？情知只有一灯，意犹以为未尽，又再加一"昏"字，此真是写杀凄然也。三，干戈难归，犹是通写一年，其苦犹缓。四，雨雪无告，乃是独写此夕，其苦大剧。又况起手，因在鄂渚，便决不肯放过"鹦鹉洲边"四字，读之真欲损人年寿也。

【后解】

拨灰书闷，苦在"冷"字；摊席孤眠，苦在"手"字。"冷"字，知其除夜船中，并无一点炭火。"手"字，知其并无一介僮仆也。七、八，今年无成，妙在"又是"字；"明日春风"，妙在"更"字。"又"字知其前已不止今年，"更"字知其后亦未必明年也。

崔
鲁

三
首

大中时进士。慕杜紫微为诗，有《无机集》四卷。

春日即事

一百五日又欲来，梨花梅花参差开。

行人自笑不归去，瘦马独吟真可哀。

杏酪渐香邻舍粥，榆烟欲变旧炉灰。

画楼春暖清歌夜，肯信愁肠日九回。

【前解】

通解，只写得"又欲来"之三字，犹言还是去年一百五日。欲来之前，决计求归，既而看看渐不得归，今则不料又是一百五日又欲来也。梨花梅花尽开者，赖是二花不会说话，不然，几乎被其大作谐笑云：此瘦马独吟之人，还在此处，直是更无旋面之地可以自活也。

【后解】

看他五、六之"渐"宁、"欲"宁，直于一日半日中间，细细分铢分两，此岂亦学观缘比丘，注眼刹那刹那，盖正是末句愁肠九回中所夹之"日"字也。七，又别写"画楼春暖清歌夜"者，使人不觉洒泪再看其前解之一"独"字也。

过蛮溪渡

绿杨如发雨如烟，立马危桥独唤船。

山口断云迷旧路，渡头芳草忆前年。

身随远道徒悲梗，诗在明时不值钱。

归去楚台还有计，钓矶坐倦日高眠。

【前解】

此过蛮溪渡，是昔年从此渡过去，今日又从此渡过来。其日正值春雨，又无一人同行，于是寻旧路，认前年，仔细自思，渡来渡去，依旧只是一人一马，真可为之一哭堕泪也。

【后解】

五，言随远，固非计也。六，言卖诗，又非计也。通盘思，彻底算，毕竟三十六计，归还是计也。

春晚岳阳言怀

烟花零落过清明，异国光阴老客情。

云梦夕阳愁里色，洞庭春浪坐来声。

天边一与旧山别，江上几看芳草生。

独凭阑干意难写，暮笳呜咽起孤城。

【前解】

烟花自来必要零落，清明自来必要过。今忽谓之为"异国光阴"，又谓之为"老客情"者，则我不知定是异国之光阴，故老客不禁，抑定是老客之情，故光阴亦异也。三，"云梦夕阳"，言今日又过。四，"洞庭春浪"，言何时得去。"坐来声"者，言可惜如许好浪，却只兀坐于此也。

【后解】

五，"旧山别"，加"天边一与"四字，便写尽懊悔。六，"芳草生"，加"江上几看"四字，便写尽沉屈。七，"意难写"，正即此一段意，"写"之为言泻也，"难写"之为言不可摆布也。八，言正当此时，而城笳又起，于是收心卷意，黯然遂止也。

曹邺

字邺中。大中进士第，洋州刺史。诗三卷。

二首

碧浔宴上有怀知己

荻花芦叶满溪流，一簇笙歌在水楼。

金管曲长人尽醉，玉簪恩重独生愁。

女萝力弱难逢地，桐树心孤易感秋。

莫怪当欢却惆怅，全家欲上五湖舟。

【前解】

　　二，是"一簇笙歌"。"一"，衬之，却是"荻花芦叶"。相其神态，早自不欢。三，"人尽醉"，妙！中有不醉者，然则此七字便是不醉人眼中，更看不得之事也。四，"玉簪"即其所怀知己，可知。〇看他三、四写满眼人不是心中人，人生感恩不感恩，真是大段勉强不得。

【后解】

　　此诗与题，章法最奇。题是"碧浔宴上有怀知己"，诗却是碧浔宴上无一知己。五，写至今未有托足，六，写对人只是心孤。然则逝将弃汝，适彼沧波。"全家"字，妙！言决于去，已更无少恋。三复吟之，令人下泪也。

送进士下第归南海

数片红霞映夕阳，揽君衣袂更移觞。

行人莫叹碧云晚，上国每年春草芳。

雪过蓝关寒气薄，雁回湘浦怨声长。

应无惆怅沧波远，十二玉楼非我乡。

【前解】

挨别至夕阳，已是必须分手，此再加"数片红霞"，便是更不可不分手也。而又揽袂移觞，更申叮嘱，不知其所叮嘱又为何语？及读三、四，不谓只是如此用笔。庄子云：使人之意也消。对坎壈人，一片纯作激昂语，真足使人意消已。

【后解】

"雪过""雁回"，写其到家之一日也。"应无"之为言，两问也：言子到家之日，应将惆怅沧波远耶？抑不耶？于是复作决辞痛诫之，言儒者读书行道，致君泽民，立身显亲，扬名垂后，此则真我之事，若十二玉楼，其说胡为来哉？

李群玉

七首

字文山，澧州人。好吹笙，善急就章，喜食鹅。裴休观察湖南，厚延致之，及为相，荐授校书郎。东归，卢肇送诗云"妙吹应谐凤，工书定得鹅"是也。诗三卷。

黄陵庙

小姑洲北浦云边，二女明妆共俨然。

野庙向江春寂寂，古碑无字草芊芊。

东风近墓吹芳芷，落日深山哭杜鹃。

犹似含颦望巡狩，九疑如黛隔湘川。

【前解】

前解，写入庙瞻礼也。○为欲写他尊像俨然，因先写他"小姑洲北"，言神道直以此洲为案，则可想见尊像之俨然也。"春寂寂""草芊芊"，又言庙中除二尊像外，乃更一无所有也。

【后解】

后解，写出庙凝望也。○东风芳芷，写意中疑有一线生意；落日杜鹃，写耳中纯是一片恶声，如此，则便是悄然意尽之路也。而又云九疑黛色，含颦犹望者，嗟乎！此为写二妃？为不写二妃？必有读而黯然泣下者也。

送秦炼师归岑公山

仙翁归卧翠微岑，一夜西风月峡深。

松径定知芳草合，玉书应念素尘侵。

闲云不系东西影，野鹤宁悲去住心。

兰渚苍苍春欲暮，落花流水怨离琴。

【前解】

"一夜西风"，是仙翁去；"月峡深"，是仙翁去后更无觅处。写得迅疾之甚，杳冥之甚，送仙翁，殆不得不如此。"芳草合"，言非别有往还；"素尘侵"，言直不忘本学也。

【后解】

"闲云"是仙翁迹，"野鹤"是仙翁心。仙翁如是迹，何处欲人送；仙翁如是心，人又苦为送。然则我亦以不送而送、送如不送之法送之。暮春荒渚，花落水流，不怨不能，欲怨无谓，只此便是送仙翁竟。

玉真观

高情帝女慕乘鸾，绀发初簪玉叶冠。

秋月无云生碧落，素蕖含露出清澜。

层城烟雾将归远，浮世尘埃久住难。

一自箫声飞去后，洞宫深掩碧瑶坛。

【前解】

　　此亦欲题今日遗观，故倒追当日公主也。看他初下笔，只写"高情"二字，便已超越无数痴笔钝墨。要知其情之高，不高于"慕乘鸾"，正高于年纪乃复甚小。如二之"绀发"七字，言新上头便着仙冠，此自是其宿生道根早现，并非其今日浅机初引也。三、四，极叹其入道既早，并无染身，可以意知。

【后解】

　　此五、六，只是写公主化去，两语不过一反一复，并无他异，即七之"箫声飞去"也。结言此观则自此日便空掩到今日也。

金塘路中

山连楚越复吴秦，蓬梗何年是住身。

黄叶黄花古城路，秋风秋雨别家人。

冰霜想渡商于冻，桂玉愁居帝里贫。

十口系心抛不得，每回回首即长颦。

【前解】

一解诗只起一句已尽，言今日金塘路中，去楚亦可，去越亦可，去吴、去秦皆可。然则今日还是何处去之为是，而又不能一处亦皆不去。然则我此一身，为飘蓬断梗，真不知得住之在何年也？"黄叶黄花"是写路，"秋风秋雨"是写人。路即楚、越、吴、秦之路，人即飘蓬断梗之人，亦三承一、四承二法也。

【后解】

此五、六，最为愤激，言丈夫生于世间，何至头颅如许，尚然百无一就。然则走胡走粤，正自有何不可，而更求柴、求米，终然被缚牖下乎！七、八，急承只为"十口系心"。嗟乎！古来无限大才，大抵皆坐此矣。

九子坡闻鹧鸪

落日苍茫秋草明，鹧鸪啼处远人行。

正穿诘曲崎岖路，更听钩辀格磔声。

曾泊桂江深岸雨，亦于梅岭阻归程。

此时为尔肠千断，乞放今宵白发生。

【前解】

三，"诘曲崎岖"，承"远人行"。四，"钩辀格磔"，承"鹧鸪啼"，其极写恶状，全在"正穿""更听"四字，言正穿如此恶路，再听如此恶声；倒转又是正听如此恶声，再穿如此恶路也。抑又不宁惟是，看他起句，又先写得"落日苍茫秋草明"七字；则是"正穿诘曲崎岖路"，又"落日苍茫秋草明"；正"听钩辀格磔声"，又"落日苍茫秋草明"，此为恶极之恶极也。

【后解】

哀苦诗，自来无逾此篇。看他前解苦，后解更苦，不知其用几副车轮，向肚中盘转，方始直说到这里也。言桂江一鹧鸪，梅岭又一鹧鸪；桂江肠千断，梅岭又肠千断。然则单单只求放过今宵，此亦大开天地之心者也。○看他上解，只是一鹧鸪，下解忽然添出无数鹧鸪，真为绝世才子之笔。

同郑相公出歌姬小饮戏赠

裙拖六幅潇湘水，鬓耸巫山一段云。

风格只应天上有，歌声岂合世间闻。

胸前瑞雪灯斜照，眼底桃花酒半曛。

不是相如能赋客，争教容易见文君。

【前解】

一、二，十四字，斗然出手，将姬全身毕画。不知者乃言恐落俗艳，殊不晓此正是题中"出"字异样出跳神理。盖帘笼开处，照眼荡心，十四字直是一片精魂。此时不惟不假安排，亦复再难按抑，于是不觉不知，一直竟吐出来。若少参第二念，已决不道也。三、四，犹自深谢其出，言今日实是意外，亦不暇计蹈却"锦城丝管"旧句也。〔"六幅湘江""巫山一段"，对仗颠倒，妙绝！正极状一时手足麻迷，神魂飞越意思。一整齐，便丑杀。〕

【后解】

此五、六，方徐写小饮，即淳于"罗襦襟解，微闻香泽"时也。七、八，仍谢"出"字，而戏赠意自见。〔若不分解，中四句如何读？〕

秣陵怀古

野花黄叶旧吴宫，六代豪华烛散风。

龙虎势衰佳气歇，凤凰名在故台空。

市朝迁变秋芜绿，坟冢高低落照红。

霸业鼎图人去尽，独来惆怅水云中。

【前解】

现见眼前实境，止是"野花黄叶"，又能指其何处为书本上"六代豪华"乎？三、四，"龙虎""凤凰"，即承"六代豪华"，其"衰"字、"歇"字、"在"字、"空"字，则承"野花黄叶"也。

【后解】

因思市朝未迁变，即坟冢未高低。一时人人碧眼，辈辈虬须，辘辘朱轩，骎骎白马，此时置我其间，方不知列在何等也？何期日月不停，兴亡交臂，一朝瓦散，万古灰灭。今日独来，但见水云。呜呼！人生真有何据而必争霸业鼎图耶？

李郢

九首

字楚望，大中进士第，侍御史。诗一卷。长安人。

赠羽林将军

虬须憔悴羽林郎，曾入甘泉侍武皇。

雕没夜云知御苑，马随春仗识天香。

五湖归去孤舟月，六国平来两鬓霜。

惟有桓伊江上笛，卧吹三弄送残阳。

【前解】

一解四七二十八字，只除"虬须憔悴"四字，其余尽写少年豪事，妙，妙！○看他不写侍武皇如何近幸，只写雕知御苑、马识天香，便令羽林恩宠如画。此皆唐人秘法，不可不学也。○须知此解写憔悴，非写恩宠也。细读"曾入"字，便知之。〔"虬须"下，自来无"憔悴"字，"憔悴"上，自来无"虬须"字。只四字合成半句，令无数英灵男子大哭。〕

【后解】

"孤舟月""两鬓霜"，言一无所有也。昔年豪事，竟何在哉？惟有弄笛江上，眼看残阳而已。嗟乎，嗟乎！"虬须憔悴"一至此乎？

江亭晚秋

碧天凉冷雁来初，闲看江亭思有余。

秋馆池台荷叶歇，野人篱落豆花疏。

无愁自得仙翁术，多病能忘柱史书。

闻说故园香稻熟，片帆归去就鲈鱼。

【前解】

落手写一"碧"字，便知其是先看凉天，次看江亭。先看凉天次看江亭者，不凉当不看，不看当不见雁，不见雁当不心动晚秋，不心动晚秋，则又何故而看江亭也？三、四，池台荷歇、篱落豆疏，是一片晚秋，是一片愁绪，先写成，以待后解转出"无愁"二字也。

【后解】

五、六，如此转岂不奇？言自从学道之后，颇复不被缘感。然一向病魔见侵，未免有意玄功，则值此稻熟鲈肥之际，何为而不片帆归去耶？看他满肚欲归，偏又作此闲闲之笔，所谓文人各自有其专家也。

晚泊松江驿

片帆孤客晚夷犹，红蓼花前水驿秋。

岁月方惊离别尽，烟波别驻古今愁。

云阴故国山川暮，潮落空江网罟收。

听得吴王旧歌曲，棹声遥散采菱舟。

【前解】

先生诗，每每比人，意欲高一搋手。如起句"片帆孤客"，看他只下"夷犹"二字，便说得自己心眼，直是超出常人心眼之外。盖三之"方惊离别"，便是常人心眼。四之"别驻古今"，便是自己心眼。常人心眼不出蓼花水驿之前，自己心眼，实在片帆夷犹之外也。

【后解】

五，"山川暮"，六，"网罟收"，七、八，棹歌遥散，一日末后，不过如此而已，一生末后，不过如此而已，一代末后，不过如此而已！然则日日末后不过如此而已，生生末后不过如此而已，代代末后不过如此而已。此即上解所云千古剧愁。试思片帆若不夷犹，我乘千里马，真先安之哉！

重阳日寄浙东诸从事

野人多病门常掩，荒圃重阳菊自开。

愁里又闻清笛怨，望中不见白衣来。

元瑜正及从军乐，宁戚谁怜扣角哀。

红旆纷纷碧江暮，知君醉下望乡台。

【前解】

重阳本是苦节，看他又写多病；无酒已是苦事，看他又写闻笛，此亦是出格重阳诗。○"门常掩"，妙！"菊自开"，妙！"门常掩"者，本意不拟人来；"菊自开"者，本意亦不作重阳想也。无端忽因闻笛，因而触起怨绪，于是久掩之门，忽然欲望人来。先生诗，每将自己心性写高一层，如此前解之曲曲折折皆是也。

【后解】

前解，写自己此间，后解，写诸公彼中也。"红旆纷纷"，醉下高台，又轻下"知君"二字者，所谓故人知君，君不知故人也。

友人适越路过桐庐寄题江驿

桐庐县前洲渚平，桐庐江上晚潮生。
莫言独有山川秀，过日应闻官长清。
麦陇虚凉当水店，鲈鱼鲜美称莼羹。
王孙客棹残春去，相送河桥羡此行。

【前解】

不知谁在桐庐，劳此殷勤相寄？然胡不遂直致，又必题于驿壁。想赠人以言，固其素谊，而使之自闻，又能善入。总是先生略略动笔，必皆与寻常稍异也。○一、二，言县前水平，正是江上潮应也。爱人者，爱其屋因而并爱及其屋上之乌。今亦思人者思其县，因而并思及其县前之水也。三、四，言我非思桐庐县也，我则思桐庐县之堂上，自有一美人也。

【后解】

麦陇水店，写桐庐一路景；鲈鱼药羹，写桐庐一路味，此皆残春客棹之无限受用也。前解，写寄题江驿，后解，写适越路过，截然。

裴晋公

四朝忧国鬓如丝，龙马精神海鹤姿。

天上玉书传诏夜，阵前金甲受降时。

曾经庾亮三秋月，下尽羊昙两路棋。

惆怅旧堂扃绿野，夕阳无限鸟飞迟。

【前解】

看他一解四句，非晋公谁敢当者？便欲矫矫平视韩昌黎《平淮西碑》也。○有人说相四朝是何等富贵荣华，先生独说忧四朝，是何等鞠躬尽瘁，再加"鬓如丝"三字，真画出文武元老无限辛苦焦瘁也。○一，先写如此辛苦焦瘁，二，忽然再写精神、再写姿。"龙马"者，天用莫如龙，地用莫如马，言晋公身为轻重，其事甚烦。"海鹤"者，又言晋公如此事烦，而其神态闲远，乃更无鞅掌之色也。三、四，正全写淮西一役，如"天上""阵前""玉书""金甲""传诏""受降""夜""时"等字，字字皆荆鸡卵大珠也。

【后解】

前解，出力极写晋公，此出力极写感佩也。五，庾亮月，写尽晋公推诚布公；六，羊昙棋，写尽自家受知被爱。至今高唱"曾经""下尽"之四字，犹当叩扉痛哭，不能仰视，何况当时身是其门人。

江亭春霁

江篱漠漠荇田田，江上云亭霁景鲜。

蜀客帆樯背归燕，楚山花木怨啼鹃。

春风掩映千门柳，晓色凄凉万井烟。

金磬泠泠水南寺，上方台殿翠微连。

【前解】

写霁景，却从江篱江荇着手，此最是写霁第一妙理。盖自来新晴之初，独有水滨与朝光相切，便得最先知觉，此固非睡梦烂熟之人所晓也。"蜀客帆樯"者，写西望亦霁也；"楚山花木"者，写东望亦霁也。一解，纯写霁景也。

【后解】

一解，写霁后之所平望也。"掩映千门柳"，言何处不在春风；"凄凉万井烟"，言何处不悲晓色，因而遥望水南翠微，心感泠泠金磬，犹言苍生方且如此，殊未卜税驾之何年也。

暮春山行田家歇马

雨湿菰蒲斜日明，人家煮茧掉车声。

青蛇上竹一种色，黄蝶隔溪无限情。

何处渔樵将远饷，故园田土忆春耕。

千峰霭霭水潺潺，羸马此中愁独行。

【前解】

一，写是日晚色；二，写是时物候；三、四，写是地风土，曷为先写晚色，次写物候？盖题是歇马，则日晚之情急，暮春之情缓也。曷为一写物候，随写风土？盖既得歇马，则日晚之情缓，暮春之情又急也。

【后解】

前解，只是初至田家，求歇马处。此解，乃是已得田家，遂触归绪也。渔樵将饷，既不知处，曷辨其远？既说是远，曷云何处？总是骤到此中，了无扪摸，而又刺眼应心，不啻口出，于是不自觉有此恍惚之语也。"千峰霭霭水潺潺"，即八之"此中"二字。"愁独行"者，愁而独行。此二语乃既歇后，自哭自诉之文，非正独行也。

送刘谷

村桥西路雪初晴，云暖沙干马足轻。

寒涧渡头芳草色，新梅岭外鹧鸪声。

邮亭已送征车发，山馆谁将候火迎。

落日千峰转迢递，知君回首望高城。

【前解】

一、二，妙于不写人，只写马。言雪晴则云暖，云暖则沙干，沙干则马行轻快，于是村桥西路，瞥然遂已不见刘生也。三、四，承马行轻快，瞥然不见，言但见渡头芳草之色，但闻岭外鹧鸪之声，更已不见刘生，更已不闻刘生也。〔写新入世路人，真有此高兴。〕

【后解】

五、六，"车发""火迎"，是写别后第一夜不堪。七，"落日千峰"，是写转愈不堪。"知君回首望"者，犹言此非君今日所知，君至其日始当知耳，然而我则今日固已知之也。〔想见刘生匆匆急别，故作尔语婉赠之。盖直至他日倦游，始当重念此诗耳。〕

李频

四首

字德新，睦州寿昌人。少秀悟，逮长，庐西山，多所记览，其属辞，于诗尤长。与里人方干善。给事中姚合以女妻之。大中八年，擢进士第，调秘书郎，为南陵主簿，判入等。再迁武功令，俄擢侍御史。守法不阿徇。累迁都官员外郎，表丐建州刺史。既至，以礼法治下，更布条教，卒于官，父老为立庙梨山，岁祠之。集一卷。

湘中送友人

中流欲暮见湘烟，岸苇无穷接楚田。

去雁远冲云梦泽，离人独上洞庭船。

风波尽日依山转，星汉通宵向水悬。

零落梅花过残腊，故园归去又新年。

【前解】

一句，是面前湘江，二句，是江之隔岸，三句，是极望前途。由面前，而隔岸，而极望，盖先默忖别事，悄窥船势，一递一递，转远转远。然则此间斗地分手，便是杳不相见，而如之何可以放离人独上船也。看他一解，先次第写一、二、三句，下独接第四一句。又一斩新章法。［一，看他"中流"字；二，看他"无穷"字；三，看他"远去"字；此为一递一递，转远转远。四，看他"独上"字，此为斗地分手，杳不相见也。盖独乃与我分手而独，非无人同行而独也，切须细辨之。］

【后解】

前解，写未上洞庭船已前，此解，写既上洞庭船已后也。"风波尽日"，是写洞庭船昼行；"星汉通宵"，是写洞庭船夜行。七、八，言如昼夜兼行，则冬春之交，必得到家，然而独奈我何哉！

和友人下第北游感怀

圣代为儒可致身，谁知又别五陵春。

青门独出空归鸟，紫陌相逢尽醉人。

江岛去寻垂钓远，塞山来见举头频。

且须共漉边城酒，何必陶家有白巾。

【前解】

"为儒"是"致身"本务，"致身"是"为儒"宿怀，除"为儒"更有何途"致身"？不"致身"，人复何苦"为儒"？句上，再加"圣代"字，妙！便使下第游边人早自俯仰慷慨，泣数行下也。○"青门独出"，苦；"紫陌相逢"，更苦。盖"青门独出"，犹是不逢一人，"紫陌相逢"，直是逢无数人，终竟不逢一人矣。［为儒致身句，独为游边发，非为下第发也。］

【后解】

游边，殆欲别图致身，此大可惜也。因特添入江岛垂钓，婉语商之，或者南归远、北游近，故耶？则姑不妨暂行自宽也。细读"且须""何必"字，忠爱婉约，风人之良矣。［江岛，住；去，住；寻，住；垂钓，住；远，住；塞山，住；来，住；见，住；举头，住；频，住。如此句法，亦未尝见。］

题张司马别墅

庭前树尽手中栽，先后花分几番开。

巢鸟恋雏惊不起，野人思酒去还来。

自抛官与青山近，谁讶身为白发催。

门外寻常行乐处，重重履迹在莓苔。

【前解】

后解，方言不知老至，而前解，已言树皆手栽。然则张司马之妙年高蹈，真为不易得也。巢鸟不惊，妙！野人狎至，妙！世或有如此别墅？世容有如此司马？盖抛官后，若不能到尔许田地，便是一肚皮宦情都在也。

【后解】

"青山"句，写其高脱，"白发"句，写其闲畅。曰"自抛"，曰"谁讶"，一气直到七、八二句，言我亦察其所安非一日矣。

鄂州头陀寺上方

高寺上方无不见，天涯行客思迢迢。

西江帆挂东风急，夏口城冲楚塞遥。

沙渚渔归多湿网，桑林蚕后尽空条。

感时叹物寻僧话，惟向禅心得寂寥。

【前解】

一解，非写高寺上方，正写天涯行客也。言既身为行客，即何日不在西江帆下、夏口城边，徒以一身落在其中，竟不自知可笑。今日忽然登此高寺，望见他人疾驱如此，前去渺然，真不知其着何来由，甘心梦梦若此！于是而惭愧忏悔，在佛菩萨座前，不觉一时并发也。〔要识其"迢迢"二字，半生身为行客，此日乃始亲睹行客之状，于是立地发心，思向禅门并销，谓之"迢迢"也。〕

【后解】

五、六，言渔归则网湿，喻事苦身劳；蚕尽则桑空，喻功成身殁。夫事方苦，则身敢辞劳，然功一成，即身已先殁。人生世上，幼学壮行，及至到头，大抵如斯矣！仔细筹量，惟有大雄门下，寂寂寥寥，前亦无劳，后亦不殁。然则我今舍此，其又安去也耶？

刘得仁

一首

贵主之子，自开成至大中三朝，昆弟皆历贵仕。而得仁苦于诗，出入举场三十年，卒无成。自述曰："外家虽是帝，当路且无亲。"又云："外族帝王是，中朝亲故稀。翻令浮议者，不许九霄飞。"既卒，诗人竞为诗吊之。诗一卷。

赠敬晊助教

到来常听说清虚，手把元玄七字书。

仙籍不知名姓有，道情真见往来疏。

多时绝粒无饥色，即日休官买隐居。

便欲相随为弟子，片云孤鹤肯相于。

【前解】

一解，离形相神，真是绝顶聪明、绝顶议论。不惟玄学尽此，虽佛学亦尽此也。今世之把玄经而谈玄，把佛经而谈佛者，莫不择日升遐，克期补处，乃其密迹，我不与知。若粗论世相，即一何往来之愈杂乎！三、四两句，真菩萨天尊顶上一杓冷水也。

【后解】

上三、四，既已如此说破，即知愿为弟子，非徒学求仙也。因更言其多时绝粒，犹待即日休官，彼于世出世法，即岂数数然者。"片云孤鹤"，妙！子如为片云，我请为孤鹤，云果不嫌鹤，鹤敢不学云，所谓先生移情，实有如此道理也。

新定人，字雄飞。广明、中和间，为律诗，江之南未有及者。始谒钱唐守姚公合，公视其貌陋，初甚侮之；坐定，览卷，骇目变容而叹之。先生一举不得志，遂遁于会稽，渔于鉴湖。为人质野，每见人，设三拜，识者呼为"方三拜"。少年唇缺，后遇医补唇，年已老矣，因又号为"方补唇"。卒，弟子洪衮、杨弇编其诗，请舍人王赞为之序。赞序云："张祜升杜甫之堂，方干入钱起之室。"集十卷。

题乌龙山禅居

曙后月华犹冷湿，始知坐卧逼天宫。

晨鸡未暇鸣山底，早日先来照屋东。

人世驱驰方丈内，海波摇动一杯中。

伴师长住自难住，下去仍须入俗笼。

【前解】

看他一、二，怪月，三、四，怪日，言果曙后耶？鸡胡不鸣？果鸡未鸣耶？胡又曙后？若指屋东者，日早已在此；则亦指冷湿者，月尚还在此也。一解四句，拉拉杂杂，亦非写月，亦非写日，总只写此山之高。妙，妙！

【后解】

前解，写乌龙之高，后解，写俯瞰之大，然而实实至言妙道也。五，言众生尽智竭力，何曾跳出禅榻？六，言业相翻天倒地，何曾少异禅心。然则佛门广大如此，我今又当何去？而又终不得不且去者，福浅罪深，痴多慧少，固不能以自力也。○先生不惟精诗，乃又精佛，人不甚说，此是何故？

法华寺上方

砌下松巅有鹤栖，孤猿亦在鹤边啼。

卧闻雷雨归岩早，坐见星辰去地低。

一径穿缘应就郭，千花掩映似无溪。

此行怜我必多事，此日承师一破迷。

【前解】

四句皆赋上方之高，此何待说，比则云何？一、二，言静者在此僧，劳者亦复在此方，此比如鹤边之有猿也。乃静者方自静，劳者终自劳，此又比如鹤自栖，猿自啼也。三，言功成身退，终须到此，此比如"雷雨归岩"，看他下"早"字，妙！四，言满朝诸公，俱不及此，此比如"星辰去地"，看他下"低"字，妙！此皆出上方老僧之所指示，可知。〔"砌下松巅有鹤栖"，真是好画。若"孤猿亦在鹤边啼"，便画亦画不出矣。〕

【后解】

五句，指点世间路如梦相似，六，指点出世间路亦如梦相似。不离世间，已是出世间，此是佛世尊千言道不尽语。此只以十四字，写来如画。唐人中除王维妙手外，已更无第二人能有此作。异哉！异哉！七结五、八结六，妙绝！

赠式上人

纵居鼓角喧阗处，亦共云溪邃僻同。

万虑全离方寸内，一生多在五言中。

芰荷叶上难停雨，松桧枝间又有风。

莫笑旅人终日醉，吾将大醉与禅通。

【前解】

一、二，只是极写万虑全离方寸。我因而思世间又有必欲避鼓角、入云溪人，此其方寸中万虑如织，真有不可说也。今上人止是一生五言，此所谓太虚中微云一点也。

【后解】

五、六，荷雨不停，松风时至，此真是大好醉眠时候也。末忽自许大醉与禅通者，不是先生顺口冒滥，正复微讽上人，用力五言，恐未必与禅通也。［看四之"一生多在"字，并"中"字，明知此上人乃是刻苦作诗人。先生将欲抑之，且更扬之，故因有一、二、三之三句也。］

湖北有茅斋湖西有松岛轻棹往返颇谐素心因成四韵

湖北湖西往复还，朝昏只处自由间。

暑天移榻就深竹，月夜乘舟归浅山。

绕砌紫鳞欹枕钓，垂檐野果隔窗攀。

古贤暮齿方如此，多笑愚儒鬓未斑。

【前解】

前解，写轻棹往返。○一、二，言或北、或西，或往、或还，或朝、或昏，无有定则，惟心是随。三、四，即写无有定则，惟心是随之相也。

【后解】

后解，写颇谐素心。○七之"如此"字，正指上五、六。"方如此"之为言，素心本不易得谐也。

登咸通进士第。

翁绶

一首

陇 头

陇水潺潺陇树黄，征人陇上尽思乡。

马嘶浩野朔风急，雁过寒云边势长。

残月出林明剑戟，平沙隔水见牛羊。

横行俱是封侯者，谁斩楼兰献未央。

【前解】

前解，写陇头诸公意思。"朔风急"，想见纯是怨声；"边势长"，想见并无斗志。此极写"尽思乡"之三字也。

【后解】

后解，写自己胸前意思。"明剑戟""见牛羊"，此极写楼兰之蠢动也。

司空图 一首

字表圣，河中虞乡人。咸通末，擢进士，礼部侍郎王凝特所奖待。僖宗次凤翔，即行在拜知制诰，迁中书舍人，后以疾解。昭宗在华，召拜兵部侍郎。图阳坠笏，趣意野耄，乃听还。居中条山王官谷，有先人田，遂隐不出。作亭观素室，悉图唐兴节士文人，名亭曰"休休"。作文以见志，曰："休，美也，既休而美具。故量才，一宜休；揣分，二宜休；耄而聩，三宜休；又少也惰，长也率，老也迂，三者非济时用，则又宜休。"因自目为"耐辱居士"。豫为冢棺，遇胜日，引客坐圹中，赋诗，酌酒，裴徊。客或难之，图曰："君何不广耶？生死一致，吾宁暂游此中哉！"每岁时祠祷鼓舞，图与闾里耆老相乐。王重荣父子雅重之，数馈遗，弗受。尝为作碑，赠绢数千，图置虞乡，市人得取之，一日尽。时寇盗所过残暴，独不入王官谷，士人依以避难。朱全忠已篡，召为礼部尚书，不起。哀帝弑，图闻，不食而卒，年七十二。集三十卷。

寄赠诗僧秀公

灵一心传清昼心，可公吟后础公吟。

近来雅道相亲少，惟仰吾师独得深。

好句未安无暇日，旧山得意有东林。

冷曹孤宦甘寥落，多谢携筇数访寻。

【前解】

此亦倒装诗，为欲谢彼访我，因先述我仰彼也。轻轻抬出四前辈，妙！此非请四公比秀公，亦非推秀公接四公，只是远远举得四公便住口，已后更不肯轻向齿缝唇尖再许一个半个。于是遂使"近来"字、"少"字、"惟仰"字、"独得"字，字字清清冷冷，如扣哀玉之声也。

【后解】

此言秀公凡有四不应访也。一，句字未安，不应辍笔也；一，林泉得意，不应下山也；一，官落闲曹，料无河润也；一，人方独立，别无奥援也。是为反复寻求，决无访理。而公方且不惟一访而已，至于再，至于数，然则虽欲不寄谢，必不可得也。

张乔

池州人，有诗名。咸通中，与许棠、俞坦之、剧燕、任涛、吴罕、张蠙、周繇、郑谷、李栖远、温宪、李昌符，谓之十哲。京兆府解试，月中桂诗，乔擅场。巢寇为乱，隐九华。集二卷。

一首

河中鹳雀楼

高楼怀古动悲歌，鹳雀今无野燕过。

树隔五陵秋色早，水连三晋夕阳多。

渔人遗火成寒烧，牧笛吹风起夜波。

十载重来值摇落，天涯归计欲如何。

【前解】

相传旧是鹳雀，今来乃见野燕，因而不觉悲从中动，歌达于外也。细思当时初建此楼，取名鹳雀，人物何等人物！意思何等意思！迨于今日，飞飞野燕，前人亦不知后，后人亦不知前，抑岂惟一楼而已！虽北望五陵，西望三晋，秋色亦既如此，夕阳又能几何？真是古古今今，大抵如斯，不哭不能，欲哭无谓也。

【后解】

此后解，妙于"十载重来"四字写感；"欲如何"三字写悟。如此，方是真正感，方是真正悟，不是他时他人，传闻异辞之感，付之无奈之悟而已也。言在十载以前，此地此楼，是身亲见，繁华生聚，岂可悉数？曾几何时，而肘腋之侧，失在不意，堤穿河溃，水蠹厦倾，遂一至此！此譬如渔人牧子，遗火吹风，人何足防，事何足说。然而燎原烘天，浪高过阁，其伏至微，其发至钜。然则人生世间，转眼不测，成家立业，果欲几年也？

胡曾

二首

长沙人。咸通中，举进士不第。为汉南节度从事。有咏史诗一卷。

寒食都门作

二年寒食住京华，寓目春风万万家。

金络马衔原上草，玉颜人折路傍花。

轩车竟出红尘外，冠盖争回白日斜。

谁念都门两行泪，故园寥落在长沙。

【前解】

前解，"寓目"字苦，"寓目"之为言，身立道旁，馋眼饱看，而于我全无分也。"万万家"，妙！便是万万金络马，万万玉颜人。再加"春风"，妙！人亦春风，马亦春风，便是万万春风。此自是写今年寒食，然于初动笔，便写"二年"字者，盖去年初至都门，或是挨插不入，今既遥遥，又经三百有六十日，而再一寒食矣，犹然只得寓目，此为失路之至苦也。

【后解】

此"轩车""冠盖"，即七句之"谁念"也。朝则竟出，不见人面上有两行泪也；暮则争回，又不见人面上有两行泪也。"红尘外"，写其"竟出"之势；"白日斜"，写其"争回"之势。末句，妙，妙！设不得此语，几谓两行泪是切望其残羹冷汁矣！〔两行泪，仍为故园落，然则二年前一段高兴，岂堪复问哉？〕

自岭下泛舟到清远峡作

乘船今日下韶水，绝境方知在岭南。

薜荔雨余山似黛，蒹葭烟尽岛如蓝。

旦游萧帝松阴寺，夜宿嫦娥桂影潭。

不为箧中书未献，便来兹地结茅庵。

【前解】

孔子曰："君子素其位而行，素患难行乎患难，无入不自得焉。"庄子曰："知其不可奈何，而安之为命，德之盛也。"此诗便纯是此段意思，于极无滋味中，寻出滋味来，于极苦滋味中，寻出好滋味来。人方咨嗟，我独啸歌；人方怨毒，我独安和，此真为大段勉强不得之事也。看他岭南，人人传是鬼国，反偏说有绝境在此。绝境之为言，第一洞天福地，非他山水之所得比。如三、四，"薜荔雨""蒹葭烟"，即岭南；"山似黛""岛如蓝"，即绝境也。妙笔又在"乘船今日"四字，说得恰似路旁无因，忽然拾得夜光相似也者。

【后解】

后解又言，岂惟今日安之，且将终身安之。所以或犹未必不舍去者，只为胸中所学未试，故耳。〇五、六，妙，妙！遇寺即游，遇潭即宿者，自言无恒游，无恒宿也，非曰必游萧寺，必宿桂潭也。虽旦游桂潭，夜宿萧寺，无不可也。乃至不游萧寺，不宿桂潭，亦可也。悟得此段言语，始于岭南绝境，少分相应。

唐彦谦 三首

字茂业，并州人。咸通末，应进士，才高负气，无所屈降，十余年不第。王重荣镇河中，辟为从事，累奏至河中节度副使，历晋、绛二州刺史。彦谦博学多艺，文辞壮丽，至于书画、音乐、博饮之技，无不出于辈流。尤能七言诗，少时师温庭筠，故文格类之。卒于汉中。有《鹿门先生集》三卷。即陶穀之祖也，穀避晋祖讳，改姓陶。

长 陵

长陵高阙此安刘，附葬累累尽列侯。

丰上旧居无故里，沛中原庙对荒丘。

空闻明主提三尺，实见愚民盗一抔。

千载腐儒骑瘦马，渭城斜日重回头。

【前解】

"高阙"，陵上阙也。前解，冷眼觑一"此"字，热话驳一"安"字，言昔者高帝，封诸列侯，岂有他哉？只为安刘计也。以我论之，必到此陵此阙，则刘始得安矣。岂惟刘安，彼列侯亦得尽安矣。何则？庄子曰"造化劳我以生，而逸我以死"是也。设不然，而必欲安者丰沛，则"丰上旧居"，已"无故里"，"沛中原庙"，只"对荒丘"，当时榻前顾命，竟复奚施哉？

【后解】

后解，忽写腐儒，遂不复写长陵也。"闻"，腐儒闻也；"见"，腐儒见也。特为其腹中实实记得千载旧事之故，于是亦遂据实谥之曰"千载腐儒骑瘦马"，妙，妙！瘦马背上是腐儒，腐儒腹中是千载，不知是千载后来只合骑瘦马，不知是瘦马背上，恰称驮腐儒？然我则见腐儒，腹储千载，脚跨瘦马，既已自古至今矣！"重回头"，"重"字去声，写腐儒吃惊不小也。〔腐儒意中，只道三尺至今犹自提，一抔至今不可盗。〕

蒲津河亭

宿雨清秋霁影澄，广庭高榭向晨兴。

烟横博望乘槎水，日上文王避雨陵。

孤棹夷犹期独往，曲栏愁绝只长凭。

思乡怀古兼伤别，况此哀吟意不胜。

【前解】

通解，只写得"向晨兴"三字，不知夜来思念何事？其早更不能寐，因而披衣下床，开户直视，见雨又收，天又霁，庭又广，榭又高，如此好时好日，我当如何若何？三、四，"烟横""日上"，正是写起得过早也。其"博望乘槎""文王避雨"字，皆只文章点染。可知。

【后解】

五，孤舟独往，言"思乡"，一宜往也；"怀古"，二宜往也；"伤别"，三又宜往也。若得趁此清秋，果然遂往，此真夷犹之至也。六，曲栏长凭，言"思乡"，于此凭也；"怀古"，于此凭也；"伤别"，又于此凭也。可惜如许清秋，每日长凭，岂非愁绝之至也！末又加"况此哀吟"，此便是思乡、怀古、伤别外，自寻出第四件苦事矣！

寄怀

有客伤春复怨离，夕阳亭畔草青时。

泪随红蜡何由制，肠比朱弦已更危。

梅向好风惟是笑，柳因微雨不胜垂。

双溪未去饶归梦，夜夜孤眠枕独欹。

【前解】

此只是寄内诗，看他才动笔，便写出"有客"二字。"有客"之为言，此客实为一人所有，盖别有一有此客之人，乃为此客之所无明无夜，不敢不置心头眉头者，因而有此寄怀一诗也。"伤春"者，深惜少年已去也；"怨离"者，深恨玉人不见也。"夕阳亭畔"者，"怨离"也；"草青时"者，"伤春"也。泪何由制者，"怨离"也；肠已更危者，"伤春"也。只为有一有此客之人，便令此客如此也。

【后解】

五、六，不可不一写景，然"梅"句，不脱伤春意，"柳"句，不脱怨离意。若末句，则已意言俱竭矣！

章碣

孝标之子，登乾符中进士第。诗一卷。

一首

桃源

绝壁相欹是洞门，昔人从此入仙源。

数株花下逢珠翠，半曲歌中老子孙。

别后自疑园吏梦，归来谁信钓翁言。

山前空有无情水，犹绕当时碧树村。

【前解】

此诗，咏桃源，前只是"绝壁相欹"四字，后只是流水绕村四字，并不说定有桃源，亦并不说定无桃源。便如太史公叙许由数行，只道得个"此何以称焉"？又道得个"其上有许由冢云"，遂为空行无着之行也。〇"绝壁相欹"四字，妙，妙！人人相传桃源有洞口，据我看之，只是"绝壁相欹"而已。三、四二句，又不甚似引陶元亮记，存以俟之。〔"老子孙"，言洞中半曲，洞外人已老也。〕

【后解】

五、六，措语甚好，言此等境界，自尚欲疑，人如何信？七、八，措语又好，言所可据者，的的有山，的的有水，的的有村，的的有树而已。

沈彬

一首

字子文，高安人。天才狂逸，好神仙之事。少孤，西游，以三举为约。尝梦着锦衣贴月而飞。识者言，虽有虚名，不入月矣。乾符中，南游岭表，又曾入蜀。元宗迁南都，彬年八十余，来见，曰："臣久处山林，不预世事。臣妻曰：'君主人郎君，今为天子，何不一往？'臣遂忘衰老而来。"元宗命无拜，厚赐粟帛，以其子为秘书省正字。

入　塞

年少辞乡事冠军，戍楼闲上看星文。

生希沙漠擒骄虏，死夺河源答圣君。

鸢鶒败兵眠血草，马惊冤鬼哭愁云。

功多地远无人纪，汉阁笙歌日又曛。

【前解】

此前解乃是先有后解，因而愤极追述之辞。若竟随口一顺读之，便是前解出塞，后解入塞，不复二解总名入塞矣。○此前解，是愤语，非快语也。"年少"，非开五石弓，夺名王马，鼻尖出火，耳后生风之谓，乃是遥遥倒追四五十年之前之时。因而自忆此时正当年少，初并不似今日据鞍难上，一饭三遗，至于如此者也。犹记此时，辞乡从戎之故，则因仰看将星，烨然有芒，欲应其象，舍我而谁？故遂慷慨长行，生死向前，不斩楼兰，誓不生入耳。三、四，皆其看星文后，事冠军初，心头一段大誓，并非实事。

【后解】

此后解，方写入塞也。五、六，非写伤心惨目，正是描画功多。"汉阁笙歌"不是恨，恨却在"日又曛"字，入塞正复无期，其又奈之何哉？

皮日休 七首

字袭美。隐鹿门山，自号"醉吟先生"。以文章自负，尤善箴铭。咸通八年，登进士第，为著作佐郎、太常博士。乾符丧乱，东出关，为毗陵副使。陷巢贼中，贼遣为谶文，疑其讥己，遂害之。集一卷。又《胥台集》七卷，《文薮》十卷，诗一卷。集乃咸通丙戌年居州里所编。

西塞山泊渔家

白纶巾下发如丝，静倚枫根坐钓矶。

中妇桑村挑叶去，小儿沙市买蓑归。

雨来莼菜流船滑，春后鲈鱼坠钓肥。

西塞山前终日客，隔波相羡尽依依。

【前解】

写此渔人白发如丝，则是静坐钓矶殆已终身也，特未悉其生计如何耳。乃闻挑叶桑村，中宵机杼，买蓑沙市，暑雨力田，则是男耕女织，又堪终岁也。人生但得如斯，便是羲皇以上，我殊不解长安道上策蹇疾驱者，彼方何为也。〔注眼须看"白纶"七字。〕

【后解】

若更就其终日论之，则又有雨余莼菜，"春后鲈鱼"。一日既然，无日不尔。山前过客，隔波劳羡，于是终日依依，欲托暂宿。不知今日虽终，明日仍别，虽复依依，竟成何益哉？

开元寺客省早景

客省萧条柿叶红，楼台如画倚霜空。

铜池数滴桂上雨，金铎一声松杪风。

鹤静时来珠像侧，鸽驯多在宝幡中。

如何尘外虚为契，不得支公此会同。

【前解】

一，写客省，用"柿叶红"字，便知是深秋也。二，写楼台庄严，已自如画，又加"倚霜空"字，既是秋空，又是晓空，便是加倍如画也。三、四，"雨"，池上雨也，忽地举头，又是"桂上雨"；"风"，塔上风也，偶然回看，又是松上风，皆极写最胜伽蓝，无上境界也。

【后解】

因自忏言，如此境界，久契宿心，如何鹿鹿，久虚嘉会，曾鹤与鸽之不若，岂不惭颜哽恸哉！

初冬偶作寄南阳闰卿

寓居无事入清冬，虽设樽罍酒半空。

白菊为霜翻带紫，苍苔因雨却成红。

迎潮预遣收鱼笱，防雪先教盖鹤笼。

惟待支硎最寒夜，共君披氅访林公。

【前解】

此诗，前解，只写入冬，后解，只写无事。如三、四，菊紫、苔红，此是初冬景物也。妙在虽设"樽罍酒半空"，言一向更无余人，专心单待闰卿也。

【后解】

五、六，正见无事之至也。妙又在闰卿若来，便乃匆匆又有一事也。〔"惟"字，可知。〕

寄闰卿博士

高眠可为要玄纁，鹊尾金炉一世焚。

尘外乡人为许掾，山中地主是茅君。

将收芝菌惟防雪，欲晒图书不奈云。

若便华阳终卧去，汉家封禅用谁文。

【前解】

此因当时，玄纁忽降，被征作文，而特留寄闰卿，自明本愿也。焚香，加"一世"，妙，妙！言实是死心塌地，并无剩想也。所以然者，我为栖心至学，被服上真，一心出世，别有大事也。为前解。

【后解】

乃今一世不要玄纁，而又不得不受此一玄纁者，朝有大事，须我大笔，遍览区中，无人可代。若只是收芝、晒书，终卧华阳，则此非常巨典，竟托何人捉刀耶？传称先生以文章自负，于此诗亦可见。为后解。

褚家林亭

广亭遥对旧娃宫，竹岛萝蹊委曲通。

茂苑楼台低槛外，太湖鱼鸟彻池中。

萧疏桂影移茶具，狼藉蘋花上钓筒。

争得共君来此住，对披鹤氅坐清风。

【前解】

先写正亭坐落，次写亭前、亭后，亭左、亭右，无数罨画此亭者；次写从亭中放眼过去；次写从亭外平收过来，是真好林亭，是真好笔墨也。○遥对娃宫，只是写亭坐落，非注眼娃宫也。不辨，即与"茂苑楼台"犯矣。

【后解】

常苦有佳人，不得佳地坐，此又苦有佳地，不得佳人来也。诚得"对披鹤氅"，啜茗钓鱼，则是萧疏桂下，狼藉蘋边，诚乃佳主佳宾，佳时佳课也。

病 后 即 事

连钱锦暗麝氛氲，荆思才多咏鄂君。

孔雀屏开窥沼见，石榴红重堕阶闻。

牢愁有度应如月，春梦无心只似云。

应笑病来惭满愿，花笺好个断肠文。

【前解】

一解，分明真是病后人眠又无奈，起又不得，于是迁延被中，闲思闲算，闲见闲闻也。"连钱"，被上锦纹也；"麝"，被之余香也。此因一向病中，全然不觉，乃今姑复闲看闲嗅也。"荆思"七字，接上闲自谑浪也。言设有楚人，来见之者，定被说是舟中王子也。"见"，言一向病中不见，我今见也；"闻"，言一向病中不闻，我今闻也。问其何见？曰：我见孔雀沼也。又自释曰：为屏开，故窥沼也。问其何闻？曰：我闻石榴堕阶也。又自释曰：为红重，故堕阶也。便活画尽病新愈人，詹詹自喜。〔此俱是被中语。〕

【后解】

后解，妙绝，妙绝！言我生平多愁，曾不暂辍，不料一病，反得尽捐，此亦苦中之一乐，近来之私幸也。乃今病如得去，必当愁将又来。譬如初月再苏，终至渐渐盈满，可奈何？然我亦惟悉将春梦尽付浮云，并弃笔墨，永除绮语，一任世人笑我，沈满愿犹有断肠诗，而子病后竟至才尽耶？亦任受之矣！

奉和鲁望新夏东郊闲泛有怀

水物轻明淡似秋，多情才子倚兰舟。

碧蓑裳下携诗草，黄筱楼中挂酒笃。

莲叶蘸波初转棹，鱼儿簇饵未谙钩。

共君莫问当年事，一点沙禽胜五侯。

【前解】

通篇只是"水物轻明"一句写新夏景，其余，前解只是写鲁望，后解只是写奉和。切勿将五、六亦作写景看也。〇"才子"，指鲁望也；"多情"，感其有怀也；"倚兰舟"，东郊闲泛也。只二句，便将一题十有二字，止留"奉和"未写，其余已是写教尽也。三、四，再写舟中鲁望，看他点缀诗酒，都是别样。

【后解】

此写奉和也。当我辈转棹之年，正是彼彼簇饵之年。嗟乎，嗟乎！"莲叶蘸波"，便已转棹，我辈转诚太早。只是少年不谙，因簇芳香，其簇不大可怜耶？因与鲁望再订前盟，毋以五侯，易我沙禽，其得其失，到头自知，莫谓今日计之不早也。

字鲁望。少高放，通《六经》大义，尤明《春秋》。举进士一不中，往从湖州刺史张博游，搏历湖、苏二州，辟以自佐。尝至饶州，三日无所诣。刺史蔡京率官属就见之。龟蒙不乐，拂衣去。居松江甫里，多所论撰，虽幽忧疾痛，资无十日计，不少辍也。文成，窜稿箧中，经年不省，为好事者盗去。得书熟诵，乃录，雠比勤勤，朱黄不去手。所藏虽少，其精皆可传。借人书，篇帙坏舛，必为辑褫刊正。有田数百亩，屋三十楹。田苦下，雨潦则与江通，故尝苦饥。嗜茶，置园顾渚山下，岁取租茶，自判品第。初病酒，其后不复饮。不喜与流俗交，虽造门，不肯见。设蓬席，赍束书、茶灶、笔床、钓具往来，时谓"江湖散人"，或号"天随子""甫里先生"。以高士召，不至。李蔚、卢携素与善，及当国，召拜左拾遗。诏方下，龟蒙卒。著《吴兴实录》四十卷，《笠泽丛书》四卷。又咸通中，崔璞守吴郡，皮日休为郡从事，与处士陆龟蒙为文会之友，风雨晦冥，蓬蒿翳荟，未尝不作诗。璞间为诗，亦令二人属和，吴中名士亦多与焉，一年间，所作盈积，裒为《松陵集》十卷。

鸂鶒

词赋曾夸鹳鸡鹦鹉流，果为名误别沧洲。

虽蒙静置疏笼晚，不似闲栖折苇秋。

自昔稻粱高鸟畏，至今珪组野人仇。

防微避缴无穷事，好与裁书谢白鸥。

【前解】

左太冲《吴都赋》，以鸂鶒书于鹍鸡鹦鹉之下，故曰"词赋曾夸"也。言何意沧洲之别，政复坐累于此，下一"果"字，妙！人人相传名能误人，今日乃知真有其事也。"晚"，既在笼中之晚也；"秋"，未至笼中之秋也。"疏"之为言，宽织也；"静"之为言，好放也，皆极写其矜爱也。苇不必折，而曰"折苇"者，犹如泽雉，未必五步始得啄，十步始得饮，而必故甚其辞也。"虽蒙""不似"，与之细商之辞，如祝宗人之玄端而说彘也。

【后解】

因言世之求名之人，此岂非饥欲稻粱，饱恋珪组故耶？然而自昔至今，祸害甚著，诅犹不悟，而坐至于此？"防微"者，防其内召，即人之好名之心；"避缴"者，避其外招，即世之操名之人也。"谢"，惭谢也。

别墅怀归

水国初冬和暖天，南荣方好背阳眠。

题诗朝忆复暮忆，见月上弦还下弦。

遥为晚花吟白菊，近炊香稻识红莲。

何人授我黄金百，买取苏君负郭田。

【前解】

"水国"，言三吴笠泽之国也。"初冬"，言十月日行南陆也。笠泽之国，地气暄萋，故曰和也。日行南陆，景在檐下，故曰暖也。一、二，言五十始衰，身中洒洒，忽思南檐，正宜曝背。三，言刻刻在意。四，言迟迟未归也。

【后解】

"遥"之为言多时，"近"之为言即日。言多时篱菊在怀，即日稻香扑鼻，此又加染南荣之下也。然而百金何来？负郭谁致？开眼作梦，终成浪说也。

寒夜同袭美访北禅院寂上人

月楼风殿静沉沉，披拂霜华访道林。

鸟在寒枝栖影动，人依古堞坐禅深。

明时尚阻青云步，半夜犹追白雪吟。

自是海边鸥伴侣，不劳金偈更降心。

【前解】

“月楼”者，月色在楼；“风殿”者，风声满殿。只四字，便已双写二子之更不能不访，与上人之更不图有访。真是寒夜一段胜情逸事。忽然对景冲口，不觉直吐出来，乃更不劳笔墨点缀者也。三、四，平写鸟动、人定，妙，妙！固是寒夜月下风中自然现景。然而真正坐禅密门，乃更不出于此，必有如此境界，方不虚访人；必有如此境界，方不虚人访矣。

【后解】

五、六，即上人金偈所欲相降之心也。因特自明，如此明时，青石如弃，时将半夜，白雪犹寻。然则其心泊然，初无所住；因无所住，而生现心，此为与金偈相应不相应，而犹烦老和尚气嘘嘘地耶！

小雪后即事

时候频过小雪天，江南寒色未多偏。

枫汀尚忆逢人别，麦陇惟应欠雉眠。

更拟结茅临水次，偶因行药到村前。

邻翁意绪相安慰，多说明年是稔年。

【前解】

一，多一"频"字；二，多一"偏"字。"频"者，年年一样之谓；"偏"者，独有这里之谓。不争此二字，便是不复成诗也。三、四，极写之。三，言江南小雪后，分明还是深秋，试看枫汀，犹似有人握别也。四，言江南小雪后，分明直是初夏，试看麦陇，无非只少雉眠也。

【后解】

五、六，为邂逅邻翁之因由也，然亦皆写寒色未多也。"意绪"，字法，犹言不啻若自其口出。

中秋后待月

转缺霜轮上转迟，好风偏似送佳期。

帘斜树隔情无限，烛暗香残坐不辞。

最爱笙调闻北里，渐看星淡失南箕。

何人为校清凉力，欲减初圆及午时。

【前解】

"转缺"，是意思已坏；"转迟"，是意思初好。人生年过五十，偏是意思已坏，偏是意思初好，便果然有如此痴事也。好风送佳期，又妙！风之与月，曾有何与？乃为待月不到，且借风来自解。人生在不得意中，便又真有之也。"帘斜树隔"，妙，妙！不是月来被遮，乃是月未来时，先自为之清宫除道。"烛暗香残"，妙，妙！不是真到黑暗，乃是未曾暗前，先自发愿终身勿谖也。真是世间异样笔墨！

【后解】

五、六，又妙，又妙！言极意待，月却不到；才分念，月却已来也。七、八，忽作微言，言今夜是十六，前夜是十四，昨夜是十五。十六是欲减，十四是初圆，十五是及午。此三夜相去至微，粗心人方乃不觉。然而但差一分气候，必差一分斤两，由辨之不早辨，此胡可以不校耶？五、六，真出神入化妙笔，七、八，真茧丝牛毛妙理，并非笔墨之家恒睹也。〔日以一日经天，故日中为午；月以一月经天，故月半为午。〕

闲书

病学高僧置一床，披衣才得即焚香。

闲阶雨过苔花润，小簟风来薤叶凉。

南国羽书催部曲，东山毛褐傲羲皇。

升平闻道无时节，试问中林亦不妨。

【前解】

维摩诘卧疾广严大城，世尊遣诸弟子往候，见其室中，空无所有，止有一床。今因病中亦学之，特于室中，尽出诸物，而独剩床也。"披衣才得"者，病少间也。"焚香"之为言，不作一切闲事，如书亦不看，笔亦不捉之类也。"闲阶"七字，床之所临。"小簟"七字，床之所施。一解四句，皆写一床。〔薤叶，簟文。〕

【后解】

如下棋，偏是袖手侍坐人，心中眼中，有上上胜着。天下大事，偏是水边树下人，心中眼中，有坐致太平之全理。然则胡不试问，而竟成交臂，徒自羽书旁午，却已失之毛褐，可叹也。○写到室中空无所有人，正是一代平定天下人，此为仲尼之微言，何意于近体中见之？

春雨即事

小谢轻埃日日飞，城边江上阻春晖。

虽愁野岸花房冻，还得山家药笋肥。

双屐着频看齿折，败裘披苦见毛稀。

比邻钓叟无尘事，洒笠鸣簑夜半归。

【前解】

"散漫似轻埃"，小谢咏雨语也。苦在"日日"二字。"城边"，言不得踏青也；"江上"，言不得放船也。看他只有一、二，略写愁闷，至三、四，早向愁闷中，寻出欣慰来也。学道人于人间世，只合如此矣！

【后解】

此又自写其苦，而言世间方有更苦于我者，相形论之，则复欣慰也。夫屐齿烂折，裘毛褪稀，积雨之恶，实为无量。然而屐折犹可高卧，裘稀犹可拥被。若夫南邻北舍，又有半夜冲雨，发根尽湿者，彼独何人哉？"无尘事"，言并非官事勾连，死丧匍匐，不过求觅升合，存活妻子，而其艰难之状，已至于斯，苦乐真有何定哉？

同袭美游北禅院院是故司勋陆郎中旧宅

连延花蔓映风廊，岸帻披襟到竹房。

居士只今开梵处，先生旧是草玄堂。

清樽林下看香印，远岫窗中挂钵囊。

我为有情消未得，欲将名理问空王。

【前解】

一，写院，想见妙院。二，写游，想见妙游。三，是妙眼谛视今日妙院。四，是妙心回想前日妙游。真为澄清绝点之笔。

【后解】

五、六，再将前三、四已落之尘，与现前之境，合写其相，以发露自己多生情障也。言此林下明明设樽浮白之处，而今明明戒香普薰；此窗中明明放眼看山之处，而今明明受持应器。夫过去已谢，则永作龟毛，即现在虽然，亦暂沉雁影，云何我于其事，前既迟回，后复兜揽，认定枯椿，全无灵性，则岂非多生情障，实难澉洗，稽首空王，惟愿有以教之也。

奉送浙东德师侍御罢府西归

王谢遗踪玉籍仙，三年闲上鄂君船。

诗怀白阁僧吟苦，俸买青田鹤价偏。

行次野枫临远水，醉中衰菊卧凉烟。

芙蓉散尽西归去，惟有山阴九万笺。

【前解】

此因侍御三年在宦，而归橐萧然，故于奉送之日，极表其清白也。前解先表其人，后解次表其橐，言此公诚非仕宦中人也。观其举止，则宛然阶前佳子弟也；察其气体，则俨然天上诸仙真也。人自见其领府三年，我谓只如搴舟中流耳。何则？闻其宦中，每日作诗，曰：我为怀僧也。问其俸入，今得几何？曰：我已买鹤也。夫僧非官之所得怀，鹤非俸之所能买也，而侍御每每如此，人各有性，不可强也。

【后解】

于是而罢府之日，遂有不可言者矣。问其行次，乃在远水野枫之下耳。问其祖饯，方卧凉烟衰菊之间耳。夫人生世间，独有位高、金多，二者实奔走人也。乃今侍御，罢府已是闲身，清风又吹空橐，则彼诸君子，复又何慕而肯来送哉？

褚家林亭

一阵西风起浪花，绕阑干下散瑶华。

高窗曲槛仙侯府。卧苇荒芹白鸟家。

孤岛待寒迎片月，远山终日送余霞。

若知方外还如此，不要乘秋上海槎。

【前解】

相其意思，乃如不要作诗也者，闲闲然只就此林亭中，纵心定欲，搜捕奇景。而一时忽然注眼，亲见此景大奇，于是大叫笔来，卷袖舒手，疾忙书之。到得书成放笔，已连自家亦不道适来有如此之事也。"一阵西风"，言直从太湖卷水来也。"起浪花"，言风卷水至亭根，泙湃而上也。绕阑散华，言溅水小大，如珉，如钱，如豆，如珠，飞落于阑干两面也。"仙侯府"，言观其亭上，则一何朱碧窈窕也。"白鸟家"，言望其亭下，是又何萧骚空旷也。

【后解】

孤岛片月，写出不是人间清凉；远山余霞，写出不是人间绮丽。因言方外清凉绮丽，若复不过如此，则又何用舍此他去也。

李毅

字德师，陇西人。咸通进士也。唐末为浙东观察推官，兼殿中侍御史。集一卷。

一首

浙东罢府西归酬别张广文皮先辈陆秀才

岂有头风笔下瘥，浪成蛮语向初筵。

兰亭旧址虽曾见，柯笛遗音更不传。

照耀文星吴分野，留连花月晋名贤。

相逢已恨相知晚，一曲骊歌又几年。

【前解】

前解，言作檄愈人头风，我诚不如陈琳；当筵敢咏婀隅，我诚不如郝隆。然而浙东为修禊帖胜地，青溪据床之弄，或当尚有存者。而我三年以来，彼中所有人物，亦既略得目睹，殊不见有所谓逸少、子野其人者，此为大可嗤也。〔其言殊愤愤，看陆诗便知。〕

【后解】

后解，先骂倒本地人，然后申意三君子也。言若今此三君子者，真皆上应星象，下追古贤，昨又恨迟，今又悲早者也。

郑璧

一首

唐末江南进士也。与皮、陆唱酬。

哭开元观顾道士

斜汉银澜一夜东，飘飘何处五云中。

空留华表千年约，才毕丹炉九转功。

形蜕远山孤圹月，影悬深院晓松风。

门人不解飞升去，犹与浮生恸哭同。

【前解】

前解，写自哭也。一，惆望空天；二，不见升遐也；三，后会未期；四，前功尽弃也。

【后解】

后解，写自解也。言形自蜕，影自悬，人自飞升已去，此定不比人世浮生，故又无用恸哭为也。

魏朴

字不琢，毗陵人。唐末名士也。

一首

悼鹤

直欲裁书问杳冥，岂教灵化亦浮生。

风林月动疑留魄，沙岛烟深已尽情。

雪骨夜封苍藓冷，练衣寒在碧塘轻。

人间飞去犹堪恨，况是泉台非玉京。

【前解】

屈子问天，题曰《天问》。此为天属至尊，非可得问，是故特倒其文也。至于此日，愤气填膺，谁又能忍？于是不避狂悖，公然问天。"直欲"，妙，妙！"岂教"，妙，妙！言汝今报施，更不遵德，人生世上，复何言哉？三、四，"风林月动"，真便是鹤；"沙岛烟深"，真便是悼，更不必"疑留魄""已尽情"，而题理早已毕举矣。

【后解】

五、六，即上文尽情、下文泉台也。七，又轻轻略作一曲，描画悼亡人左思右想，无限惋愕，妙，妙！八，仍缀"玉京"二字，虽死后，犹为此鹤争声价也。〔五，"夜封苍藓"，六，"寒在碧塘"，大好句法，六又胜似五。〕

李洞

一首

字才江，京兆人。唐诸王孙也。慕贾浪仙为诗，铸其像，事之如神，尝念贾岛佛。所作诗，人多笑其僻涩，不能赏其奇峭，惟吴子华知之。子华才力浩大，八面受敌，尝以百篇示洞，洞曰："大兄所示百篇，中有一联绝唱，《西昌新亭》曰：'暖漾鱼遗子，晴游鹿引麝。'"子华不怨所鄙，而喜所许。不第，游蜀卒。诗一卷。

毙驴

蹇驴秋毙瘗荒田，忍把敲吟旧竹鞭。

三尺桐轻背残月，一条藤瘦卓寒烟。

通吴白浪宽围国，倚蜀青山峭到天。

如画海门搘肘望，阿谁教买钓鱼船。

【前解】

某尝言人生难得是相知，而难而尤难，更是相守。此言岂不趑哉？如妻妾与友生，以知我而守我，此请不复具论。世则别有未必知我而终守我，此真使我无可奈何之至者也。如长须苍头，如缺齿青衣，如下泽病马，如篱落瘦犬，彼于主人，则岂解其眼光乃看何处，心头乃抱何事者？而相随以来，无理不共，饥寒迫蹙，永无间然。一信十年、廿年，直于我乎归老，纵复严被驱遣，亦别无路可去。嗟乎！嗟乎！身为窭人，自不能救，余粒曾几，感此相依，惭愧固不待言，恩义如何可报？今日忽然读到此诗，真是一片至情至理。更无论太上其次，总是欲不如是而有不得，切勿谓高人之多也。○一解只写得一"忍"字，"忍"之为言不忍也。言我一鞭、一桐、一藤，当时与此一驴，乃至并一李先生，是真所谓五一合为一副者也。今日不幸，一既毙而埋矣，而如之何？其一犹把，其一犹背，其一犹卓，是可忍，孰不可忍者乎？一"忍"字，便领尽三句，此亦暗用黄公酒垆，不能重过，西州路门，恸哭叩扉故事也。

【后解】

　　想到游吴，想到游蜀，想到游海门。言从今一总不复更往，纵或兴会偶及，亦只揩肘一望即休。昨日有人教买钓船，粗毕余年，想能不负此心也。一毕驴，写来便如先主既失诸葛相似，奇绝！

曹唐

四首

字尧宾，桂州人。初为道士，太和中举进士，为使府从事。作游仙诗百余篇，其友人曰："尧宾曾作鬼诗。"唐曰："何也？"曰："'水底有天春寂寂，人间无路月茫茫。'非鬼诗而何？"唐大哂。数日，唐殂。诗三卷。

送羽人王锡归罗浮

风前整顿紫荷巾，归向罗浮学养神。
石磴倚天行带月，铁桥通海入无尘。
龙蛇出洞闲行雨，犀象眼花不避人。
正是葛洪寻药处，露苗烟甲满山春。

【前解】

前解，写羽人归，后解，写罗浮。〇一，写其忽然欲归；二，写其自说欲归之故；三，写其一路归；四，写其竟归矣。凡律诗三、四，决无无故平书二语之理，纵复有时甚似平书，然细察其间，必有欹侧。如此三、四，一是下一"行"字，"行"之为言，一路正归，一是下一"入"字，"入"之为言，归已到家是也。〔三言"石磴倚天"，虽复高高行履，然还有脚迹可揖。四言"铁桥通海"，便是低低藏躲，已并无脚迹可指也。此是其作游仙诗一段本领。〕

【后解】

五、六，写罗浮实景，然亦绝与羽人相衬。七，言如此龙蛇犀象中间，正是抱朴先生行药之处。今日抱朴虽往，而药草固在，羽人正应早归续寻也。

送刘尊师祗诏阙庭

仙老闲眠碧草堂，帝书征出白云乡。

龟台欲署长生籍，鸾殿须论不死方。

茎露晓倾延命酒，素烟夜爇降真香。

五千言外无文字，更有何书赠武皇。

【前解】

前解，写诏征。○此诗，通首俱讥阙庭，言仙老只知闲眠，何长生之可署？而帝书忽来，鸾殿久竚，曰欲求不死方也。夫不死诚复有方，则羲农至今在御，此座安得至陛下哉？神仙尽是妖妄汉武，真至论也。

【后解】

后解，写陛见。○酒能延命，香能降真，设有其理，五千何不言之？曰五千虽未及言，又有他书言之也。则吾熟睹汝家他书之文不成文，字不成字也。［道藏至今不烧，可见世无识文字人。］

暮春戏赠吴端公

年少英雄好丈夫，大家望拜执金吾。

闲眠晓日听鹍鸪，笑倚春风仗辘轳。

深院吹笙闻汉婢，静街调马任奚奴。

牡丹花下钩帘外，独凭红肌捋虎须。

【前解】

此甚惜端公少年英雄，而屏著闲处也。前解，只是疾恶如仇一意。《汉书》颜师古注：金吾，鸟名，性辟不祥。天子出，执此鸟之像先导，以御非常，遂为官名也。服虔《异物志》：鹍鸪，博劳也。古诗：腰中辘轳剑，可值千万余。宋孝武孝建二年，削弱王侯，剑不得为辘轳形是也。诗意言，端公年少英雄，人望其为金吾，此何故哉？岂非一闻恶声，即拔剑而起，其性嫉邪，实称其官也耶？

【后解】

然则朝廷早以金吾处端公否？曰：未也，今方钩帘对花，凭妾捋须焉耳。胡为钩帘对花凭妾捋须？曰：端公亦真无可奈之何也。夫以院婢吹笙而不往听，街奴调马而不往观，则其心头自另有一段缘故也。然而终亦钩帘对花，凭妾捋须而已，则知朝廷之于人才，亦大略如是也。后解，只是闲住不乐一意。［"捋虎须"，自是书空咄咄之意，又加"凭红肌"者，壮士一段雄心，销磨不得，最是妇人销磨之也。］

赠南岳冯处士

白石溪边自结庐，风泉满院称幽居。

鸟啼深树丸灵药，花落晴窗看道书。

烟林晚过鹿裘湿，水月夜明山舍虚。

支颐笑我闲名出，终日王门去曳裾。

【前解】

一，"自结庐"，"自"字妙，妙！二，"称幽居"，"称"字妙，妙！随手轻轻写此二字，以与下"王门""曳裾"字当面比照，早自更无旋向之处也。盖"自"之为言，不借他力也；"称"之为言，得如我意也。从来世上惟有不借他力，方能得如我意；若有一分借他力，便有一分不如意；若更十分借他力，便更十分不如意。此即孟子所云"赵孟之所贵，赵孟能贱之"也。三、四，鸟啼丸药，花落看书，极力写来，原只此一"称"字。然使当时不自结庐，则亦安得有此？然则极力写来，原只此一"自"字也。

【后解】

五、六因言，处士鹿裘晚湿，何曾束带矜庄？山舍夜虚，并无榆柳森植。而我乃独不免束带矜庄，以与榆柳并植，虽欲不受其笑，此又胡可得哉？

字若愚，袁州人，故永州刺史之子。幼年，司空图与刺史同院，见而奇之曰："曾吟得丈夫诗否？"曰："吟得。""莫有病否？"曰："丈夫曲江晚望断篇，云'村南斜日闲回看，一对鸳鸯落渡头'，即深意矣！"司空叹惜抚背曰："当为一代风骚主！"乾宁中为都官郎中，卒于家。谷自叙云："故许昌薛尚书为都官郎中，后数年，建州李员外频，自宪府拜都官员外，皆一时骚雅宗师，都官之曹，振盛于此。余受早知，今忝此官，复是正秩，何以相继前贤耶？"有《云台编》三卷，又《宜阳集》三卷。

鹧 鸪

暖戏烟芜锦翼齐，品流应得近山鸡。

雨昏青草湖边过，花落黄陵庙里啼。

游子乍闻征袖湿，佳人才唱翠眉低。

相呼相唤湘江曲，苦竹丛深春日西。

【前解】

咏物诗，纯用兴最好，纯用比亦最好，独有纯用赋却不好。何则？诗之为言思也，其出也必于人之思，其入也必于人之思，以其出入于人之思，夫是故谓之诗焉。若使不比、不兴而徒赋一物，则是画工金碧屏幛，人其何故睹之而忽悲忽喜？夫特地作诗，而人乃不悲不喜，然则不如无作，此皆不比、不兴，纯用赋体之过也。相传郑都官当时实以此诗得名，岂非以其雨昏、花落之两句，然此犹是赋也；我则独爱其"苦竹丛深春日西"之七字，深得比兴之遗也。

【后解】

前解，写鹧鸪，后解，写闻鹧鸪者。○若不分解，岂非庙里啼，江岸又啼耶？故知"花落黄陵"，只是闲写鹧鸪。此七与八，乃是另写一人，闻之而身心登时茫然。然后悟咏物诗中，多半是咏人之句，如之何后贤乃更纯作赋体。

渚宫乱后作

乡人来话乱离情，泪满残阳问楚荆。

白社已应无故老，清江依旧绕孤城。

高秋军旅齐山树，昔日渔家尽野营。

牢落故园征战后，黄花绿蔓上墙生。

【前解】

前解问，后解答。〇一、二，只是随手叙事，却为其中间，乘空插得"残阳"二字，遂令下所问之二语，读之加倍衰飒。此为句前添色法也。〇白社应无，此正问也，而又问清江仍绕者，此是其情慌意迫，急不见答，于是无伦无次，接口沓问。犹言若使江城如旧，然则白社之无，已信也。疑之甚，惧之甚，悉尽此无伦无次接口之一沓问中也。

【后解】

人之私心，则固独急其家也。而问则又必全及乡国者，乡国幸完，则家或幸完；乡国已破，则家分必破，此固不必烦致其辞者也。而答则又必由国而乡，而仍详及其家者，人同即心同，心同即急同，此又自然必至之精理，初不待其必问。看他"高秋""渔家"，渐及"故园"，真为体物缘情之妙作矣！

渼陂

昔事东流共不回，春深独向渼陂来。

山前别业依稀在，雨里梨花寂寞开。

却展钓丝无野艇，旧题诗句在苍苔。

潸然回顾难消遣，只有伴狂泥酒杯。

【前解】

"昔事"，即渼陂之昔事也；"别业"，此别业也；"梨花"，此梨花也。俯首思之，曾几何时？而风流云散，遂至今日。陪一"东流"，妙，妙！便写尽昔年，如同电拂，永无还理，一任刻苦思量，究竟无法可处也。"依稀在"，要知其不是写别业；"寂寞开"，要知其不是写梨花，此是极写春深独来之一"独"字也。

【后解】

"展钓丝"，是余兴尚在，"在苍苔"，是陈迹尽非，只有伴狂饮酒。我读此言，而不觉深悲国破家亡，又未得死之人，真不知其何以为活也！

登慈恩寺塔

往事悠悠成浩叹，浮生扰扰竟何能。

故山岁晚不归去，高塔天晴独自登。

林下呼群秋草鹿，溪边踏叶夕阳僧。

吟余却起双峰念，曾看庵西瀑布冰。

【前解】

不着边际，斗然发唱，真是登塔神理。一，"成浩叹"，妙！便摄尽过去；二，"竟何能"，妙！便摄尽未来。三、四，承之，不惟不是高兴，兼亦不是遣兴；不惟无胜可揽，兼亦无涕可挥，此为唐人气尽之作也。

【后解】

五，只是写秋。六，只是写夕。言岁则已秋，日则又夕，双峰、故庵，便使力疾速去，又是瀑布成冰时候矣！

石城

石城昔为莫愁乡，莫愁魂散石城荒。

江人依旧棹舸艋，江岸还是飞鸳鸯。

帆去帆来风浩渺，花开花谢春悲凉。

烟浓草远望不尽，千古汉阳闲夕阳。

【前解】

千古人，只知李青莲欲学黄鹤楼，何曾知郑鹧鸪曾学黄鹤楼耶？看其一、二，照样脱胎出来，分明鬼偷神卸，已不必多赏。吾更赏其三、四，"江人""江岸"之句，真乃自翻机杼，另出新裁，不甚规摹黄鹤。而凡黄鹤所有未尽之极笔，反似与他补写极尽，此真采神妙手，信乎名下无虚也。○人生世间，前浪自灭，后浪自起，有何古人？纯是今人也。只如"舸艋""鸳鸯"，明是一场扯淡，而彼牛山犹有挥泪之老翁，此亦甚为不达时务也。

【后解】

更不必云秦楚汉魏，只此"帆去帆来""花开花谢"，便尽从来圈襈矣。"浩渺"字，妙！"悲凉"字，妙！从古至今，从今至后，只有浩渺，只有悲凉，欲悟亦无事可悟，欲迷亦无处得迷。看他如此后解，亦复奚让黄鹤耶？［"汉阳""夕阳"，中间着一"闲"字，不知是汉阳闲？夕阳闲？吾亦曰：眼前有景道不得，郑谷题诗在上头。］

崔涂

字礼山，光启进士第。集一卷。

二首

春夕旅怀

水流花谢两无情，送尽东风过楚城。

蝴蝶梦中家万里，子规枝上月三更。

故园书动经年绝，华发春惟满镜生。

自是不归归便得，五湖烟景有谁争。

【前解】

"水流"，是水无情，"花谢"，是花无情。何谓无情？明见客不得归，而尽送春不少住，是以曰无情也。何人胸中无春怨，如此，却是怨得大无赖矣。三，是家，却不是家，却是梦；却又不是梦，却是床上客。四，是月，却不是月，却是鹃；却又不是鹃，却是一夜泪。自来写旅怀，更无有苦于此者矣！

【后解】

五、六，一"动"字，一"惟"字，直是路绝心穷，更无法处。七、八，却于更无法处之中，忽然易穷则变，变出如此十四字来，真令人一时读之，忽地通身跳脱也。

鹦鹉洲春望

怅望春襟郁未开，重临鹦鹉益堪哀。

曹公尚不能容物，黄祖何因反爱才。

幽岛暖闻燕雁去，晓江晴觉蜀波来。

谁人正得风涛便，一点轻帆万里回。

【前解】

"怅望"之为言怅然而望也。胸中先有欲然之事，久之而终不然，于是欲望则已无味，不望则又可惜，因而望又依，怅又望，为怅望也。夫怅望，不必独于鹦鹉洲也，先亦无日不望，无处不望矣，至于此日，则偶于此洲，而亦怅望，当其怅望之初，固并不觉此洲之为鹦鹉也。至于忽觉此洲之为鹦鹉，而其怅望之心，真不得不加倍其欲哭也。看他不于鹦鹉洲下添出一层，偏于鹦鹉洲上添出一层，妙，妙！三、四，不骂黄祖，偏骂曹公，此虽从来旧论，然亦可以寻其春襟久郁之故矣。

【后解】

五、六，言"燕雁去"，去到何处？"蜀波来"，来自何处？可知正即是我怅望之一处也。七、八，因言况又不止燕雁、蜀波，尚有轻帆一点。嗟乎！嗟乎！同是万里，同是风涛，而便者已回，郁者未去，我亦犹人，如之何其独至于此极哉！

张蠙

二首

字象文，唐末登第，尉栎阳。避乱入蜀，蜀王时为金堂令。徐后游大慈寺，见壁间题云："墙头细雨垂纤草，水面回风聚落花。"问寺僧，僧以蠙对，乃赐霞光笺，令写诗以进。蠙进二百首，衍善之，召为知制诰。蠙生颖秀，幼有《单于台》诗曰："白日地中出，黄河天外来。"为世所称。卒年四十。集二卷。

边情

穷荒始得净天骄，又说天兵拟渡辽。

圣主尚嫌蕃界近，将军莫恨汉庭遥。

草枯朔野春难发，冰结河源夏未销。

惆怅临戎皆许国，无人不是霍嫖姚。

【前解】

一，"始得"二字，已不知费却何限人死战！二，"又说"二字，又不知将费何限人死战也。三、四，以调笑承之，"尚嫌"，妙！"莫恨"，妙！真写尽穷兵黩武之可恨也。〇前解，只是直书其事，至后解，始论之。

【后解】

此解，乃极论前解之得失，言塞外春不草发，夏不冰销；得其地，不足耕；得其人，不足治。然则圣主之必欲渡辽扩之，此是何故？因言此非圣主之意，皆彼临戎诸臣之罪也。看他七、八，乃用如此十二字成壮语，上却轻轻加以"惆怅"二字，妙！并无讥讪之嫌，而闻者乃更不得不心动矣！

赠九江太守

江头暂驻木兰船，渔父来夸太守贤。

三邑旋添新户口，四营已废旧戈铤。

笙歌不似经荒后，礼乐犹如未战前。

昨日西亭从游骑，信旗风里说诗篇。

【前解】

因九江，便想出江头，因江头，便想出驻船，因驻船，便想出渔父，于是便因渔父口中，想出太守许多贤来。此非必此太守真已能此，盖君子赠人以言，民之所好好之。为太守不当如是耶？

【后解】

上解，添户口、废戈铤，犹是草草经略。此解，乃至直写出优而柔之，化行俗美，君子之望人，固无已时矣。

苏广文

一首

自商山宿陶令隐居

闻说花源可避秦，幽寻数日不逢人。

烟霞洞里无鸡犬，风雨林间有鬼神。

黄公石上三芝秀，陶令门前五柳春。

醉卧白云闲入梦，不知何物是吾身。

【前解】

此解，先写"自商山"三字，言其隐居，隔断嚣尘，永无人到，非如终南中人，托言避秦，而私且成躁者也。三、四，"无鸡犬""有鬼神"，严峻门庭，奇怪笔墨，只是刻写真正深山，不必真有其事也。

【后解】

此解，始写陶令隐居，始写宿。○竟借靖节为陶令，又先陪之以黄石，妙，妙！夫胸中无缘故人，尔虽槁死万万，岂得称隐居哉？必也出为帝师，归为逸民，以子房之天地震动，为靖节之凉风北窗，夫而后人之入其门，寄其庑者，乃始无不释然意消，隗然心服也。末云不知有身，妙！此犹《秋水》云："今我睹子之难穷也，吾非至于子之门，则殆矣，吾常见笑于大方之家也。"

周朴

二首

唐末诗人。寓于闽中。于僧寺假丈室以居，不饮酒茹荤，块然独处。诸僧晨粥卯食，朴亦携巾盂，厕诸僧下，毕食而退，率以为常。郡中豪贵设供，率施僧钱，朴亦巡行拱手，各丐一钱。有以数钱与者，朴止受其一。得千钱以备茶药之费，将尽，复然。僧徒亦未尝厌也。性喜吟诗，尤尚苦涩，每遇景物，搜奇抉思，日旰忘返。苟得一联一句，则忻然自快。尝野逢一樵叟，忽持之且厉声曰："我得之矣！"樵者瞿然惊骇，弃薪而去。遇游徼卒，疑樵者为偷儿，执而讯之。朴告卒曰："适见负薪，因得句耳。"乃释之。有一士人，以朴癖于诗，欲戏之，乃跨驴于路，欹帽掩面，吟朴诗云："禹力不到处，河声流向东。"朴闻之忿，遽随其后行。士但促驴而去，略不回顾。行数里，追及。朴告之曰："仆诗'河声流向西'，何得言东耶？"士人颔之而已。闽中传以为笑。又云黄巢至福州，求得朴，问曰："能从我乎？"答曰："我尚不仕天子，安能从贼。"巢怒，斩之。集二卷。

桐柏观

东南一境清心目，有此千峰插翠微。

人在下方冲月上，鹤从高处破烟飞。

岩深水落寒侵骨，门静花开色照衣。

欲识蓬莱今便是，更于何处学忘机。

【前解】

写上山，用"冲月"字，便另是清景；再用惊鹤字，一发幽迥灵异。此时身已直上桐柏矣，却又倒追至日间未到已前发笔，言我顷间遥望东南，有千朵翠微，不觉心目快然者，便是此山也。岂不绝妙章法！

【后解】

五，不留色相；六，不坏色相。不留色相，而非空谛；不坏色相，而非俗谛，此便是一切真灵境界极大总持，不图唐人写入诗来。○前解，一"此"字，后解，一"今"字。"此"字是的确证入，"今"字是迅疾奉行，学道人千万另自详读之。

登福州南涧寺

万里重山绕福州，南横一道见溪流。

天边飞鸟东西没，尘里行人早晚休。

晓日春山当大海，连云古堑对高楼。

那堪望断他乡外，只此萧条已白头。

【前解】

远望将以当归，乃见山绕万重，此时心尽气绝，更无诉说之处。除非回头南看，反有溪流一道。然此则与北望人其奚涉哉？十四字，真是极真极平情事，极奇极妙笔墨，不是唐人，实写不出来也。三、四，天边鸟，东飞东没，西飞西没；尘里人，早行早休，晚行晚休，俱得任心自在。极写重山绕住人无此乐也。

【后解】

前解，写他乡望断，那不头白也。此六、七，又换笔，再写南涧寺景，言何必更说望断，只此"晓日""大海""古堑""高楼"，已足断送性命矣！此公手下，最有悲凉之状，连前篇，俱细细学之。

吴融

十二首

字子华，越州山阴人。龙纪初，及进士第。昭宗反正，御南阙，群臣称贺，融最先至，于时左右欢骇，帝有指授，迭十许稿，融跪作诏，少选成，语当意详，帝咨赏良厚，进户部侍郎。凤翔劫迁，融不克从，去客阆乡。俄召还翰林，迁承旨。集三卷。

金桥感事

太行残雪迭晴空，二月郊原尚朔风。

饮马早闻临渭北，射雕今欲过关东。

百年徒有伊川叹，五利宁无魏绛功。

日暮长亭正愁绝，悲笳一曲戍烟中。

【前解】

一、二，虽是据景实写，然言外便有拔剑斫案，威毛毕竖，麾开妻子，蹒步出门，何雪何风，吾其行矣之意。三，"早闻"，妙！四，"今欲"，妙！大声呼他普天下忠孝男子，是谁容渠如此？真见一日坏过一日也。

【后解】

五，言岂有一人不切悲愤？六，言何无一人实能破贼？七、八，言人正感奋，笳又催逼，忽然忘生，真在此时也。

彭门用兵后经沛路

隋堤风物已凄凉，堤下新多旧战场。

金镞有苔人拾得，芦花无主鸟衔将。

秋声暗促河声急，野色遥连日色黄。

独上寒城正愁绝，戍鼙惊起雁行行。

【前解】

用兵后故曰"旧战场"，然上句却从隋堤写来，故又曰"新多"。细思此，固明明"新战场"也，而必名之曰旧者，既往不咎也。只此一"旧"字，便早为末句"戍鼙"二字异样阳秋。至于起笔之必欲故写"隋堤"七字，此则如《诗》所云"殷鉴不远，在夏后之世"也。

【后解】

五，写大风大河，六，写荒原荒日，十四字，只为"独上寒城"之一"独"字引泪也。末又加写"戍鼙"字，言莫是又有新战场也。

废宅

风飘碧瓦雨摧垣，却有邻人为锁门。

几树好花闲白昼，满庭芳草易黄昏。

放鱼池涸蛙争聚，栖燕梁空雀自喧。

何独凄凉眼前事，咸阳久已变寒原。

【前解】

飘瓦摧垣不苦，有人锁门真苦。盖一片荒芜败落，反是眼前恒睹，却因邻人一锁，斗地念着，此门当时，车马阗隘，呵殿出入，彼锁门人何处有其立地？不图今日管钥独把，开闭从心，真是一场痛哭也！三、四，"好花""芳草"，即此邻人之所锁也。"闲白昼"，易解；"易黄昏"，难解，亦是一时眼头心底，亲见有如此也。

【后解】

蛙聚、雀喧，只是极写凄凉，何足又道！特地写者，"放鱼池""栖燕梁"，有此六字，便直想到春日濠梁，客皆庄惠；郁金堂里，人是莫愁；何意今日，一至于此！更妙于末句并及咸阳，所谓劫火终讫，乾坤洞然，虽复以四大海水为眼泪，已不能尽哭，于废宅乎又何言哉？

富春

水送山迎入富春，一川如画晚晴新。

云低远渡帆来重，潮落寒沙鸟下频。

未必柳间无谢客，也应花里有秦人。

严光万古清风在，不敢停桡去问津。

【前解】

"入富春"上，先写"水送山迎"，此非为连日纪程，正是衬出他"一川如画"，言前此水无此水，山无此山，况值晚晴，真为畅怀悦目也。三、四，承写"一川如画"，又用"云低"字再写晴，"潮落"字，再写晚也。妙绝！

【后解】

此写富春人物，特伸仰止。看他向柳间、花里，安个"谢客""秦人"，已是胜怀莫敌；却又用"未必无""也应有"字，别更推尊子陵，乃至不敢停桡问津。呜呼！其胸中岂以利禄为事者哉？

新安道中玩流水

一渠春水碧潺潺，密竹繁花掩映间。

看处便须终日住，算来宁得此身闲。

萦纡似接迷人洞，清冷应连有雪山。

上却征车更回首，了然尘土不相关。

【前解】

谁欲咏流水？直写一行上道，百胜都废，只如此水，便是当面错过，已更无闲身少得周旋也。二，加"密竹繁花"，不是闲笔相衬，正是一双妙眼，看出百般佳致，写题中"玩"字也。

【后解】

五、六，"似接""应连"，无中生有，此非新安流水真有此景，直是胸中时时刻刻有一"迷人洞"，"有雪山"萦回来往于方寸之间，此日不觉半真半假，借题吐之。"了然不相关"，妙！明是久悟语，不是乍悟语也。

春归次金陵

春阴漠漠覆江城，南国归桡趁晚程。

水上驿流初过雨，树笼堤去不离莺。

迹疏冠盖兼无梦，地近乡关又有情。

终被东风动离思，杨花千里雪中行。

【前解】

要知此解，乃是舟行如驶，顾见金陵而作。一，轻阴覆城，可知是遥望。二，晚桡趁程，可知是不泊。三、四，雨后路湿，树随堤去，可知是稳坐篷底，顷刻而过也。看他笔墨，何等轻，何等细，何等秀异，何等姣好！"上"，上声。

【后解】

此解，自释前解所以不泊之故也。言金陵不少冠盖，既已并无梦缘，乡关近在咫尺，又图立刻便到，所以连晚疾发，更不少停。然而此二、三知己，终不可去诸怀，于是千里杨花，不免暗伤情抱也。看他又是何等闲畅，何等婉约，实备风人之众妙矣！

浙东筵上有寄

襄王席上一神仙，眼色相当语不传。

见了又休真似梦，坐来虽近远于天。

陇禽有意犹能说，江月无心也解圆。

独被春风助惆怅，前庭花里蝶翩翩。

【前解】

前解，写彼人目成。三，即"眼色相当"。四，即"语不传"也。

【后解】

后解，写自家心断。○"说"之为言先通其意；"圆"之为言终成其事也。末句借比花蝶翩翩，言不惟不望其圆，乃至不能得说。通篇皆写"语不传"三字也。

书怀

傍岩依树结檐楹，景物萧疏夏更清。

滩响忽惊何处雨，松阴自转一峰晴。

见多邻犬遥相认，来惯幽禽更不惊。

争敢便夸饶胜事，九衢尘里免劳生。

【前解】

须知此为九衢尘里，受劳不过，酒醒梦觉，无端设想，言如幸得有庐如此，真是快活无量也。看他满心满意，先写出"夏更清"三字，且不论人间何处有此快境，只据其才动笔便早说至此，便知亦是世上第一怕夏人。嗟乎！安有怕夏人而又能奔走九衢尘里者哉？三、四，忽雨忽晴，撰景灵幻，桑经郦注，必真有之。○人言唐诗难看，只是自己忘却其题是"书怀"也。

【后解】

五、六，正写是山中忘机，反写是九衢多惧也。七、八，又自随笔迅扫，言何敢便说真有此处，但得免在此间已足。言外可见九衢之犬吠禽惊，殆有不可胜道者也。

送知古上人

昔年离别淛河东，多难相逢旧楚宫。

振锡才闻三径草，登船又挂一帆风。

几程村饭添盂白，何处山花照衲红。

不似投荒憔悴客，沧波无际问渔翁。

【前解】

久别不得逢，至难中忽逢，此已是异样苦事，如何又欲挂帆即别！于是将胸中无限愁苦，向口中一气话出。本极曲折淋漓，而反见径直畅遂，此真非无故弄笔人所得有也。

【后解】

后又忽借送师，说出自己无食无衣，读之只道为师欣慰，却已为自呜咽。妙！妙！

和陆拾遗咏谏院松

落落孤松何处寻，月华西畔结根深。

晓含仙掌三清露，晚上宫墙百雉阴。

野鹤不归应有怨，白云高去太无心。

碧岩秋涧休相望，捧日元须在禁林。

【前解】

　　既是谏院松，又问何处寻？此如何文理？故知此诗，乃是借"落落孤松"，咏落落自己。言如山中故人，欲问我今何在，则我实且结根王家，朝朝暮暮，不离君侧。是答"晓"字、"晚"字句法也。

【后解】

　　"碧岩秋涧"，比故山；"野鹤""白云"，比故人。言故山、故人见我在此，或怨或去，各致相望，然殊不知尧舜君民，欲身亲见，将为其事，必居其地，固无可嫌之法也。

即事

抵鹊山前寄掩扉，便堪终老脱朝衣。

晓窥青镜千峰入，暮倚长松独鹤归。

云里引来泉脉细，雨中移得药苗肥。

何须一箸鲈鱼脍，始挂孤帆问钓矶。

【前解】

前解"便堪"，后解"何须"；前解"寄掩扉"，后解"问钓矶"，分明便是一句话。盖必买山已定，而后乃今挂冠，则是终其身无得去之日，此一大可笑也。"寄"字，妙，妙！何必辨其人扉我扉，人掩我掩，但有掩扉之处，得寄一日亦足。"便堪终老"，妙，妙！非以掩扉终老，正以得寄终老也。"脱朝衣"字，只用笔稍略带。"晓"字，妙，妙！"暮"字，妙，妙！犹言而今而后，晓为我晓，暮为我暮，青镜已得窥，长松已得倚，又见千峰入，又见独鹤归也。真快活也！真自在也！

【后解】

五、六，细泉、肥药，不过翻下"鲈鱼"也，误解抵鹊山景便非。"始挂"，妙，妙！孟子亦曰："如知其非义，斯速已矣，何待来年！"○题曰"即事"者，只是眼看抵鹊山耳。

东归次瀛上

暖烟着草淡霏霏，一片晴山衬夕晖。

水露浅沙无客泛，树连疏苑有莺飞。

自从身与沧浪别，长被春教寂寞归。

回首青门不知处，向人杨柳莫依依。

【前解】

一解四句，纯写下解"寂寞"二字。"暖烟"句写近睹亦寂寞；"一片"句写远望亦寂寞；"水露"句写俯观亦寂寞；"树连"句写仰视亦寂寞。明明一片春物，不知何故诵之纯觉心魂萧飒也。

【后解】

因言此已不在今日也，自从初来，到于今兹，凡历几春？春春应归，十四字，不知滴过几许眼泪？分付杨柳者，言东出青门，并无人送，何劳此树，独作依依？所谓悲不自胜也。

字致尧，小字冬郎。京兆万年人。擢进士第，佐河中幕府，召拜左拾遗，累迁左练议大夫。宰相崔胤判度支，表以自副。王溥荐为翰林学士，迁中书舍人。韩全海劫帝西幸，偓夜追及，见帝恸哭。至凤翔，迁兵部侍郎，进承旨。忤朱全忠，贬濮州司马。帝执手流涕曰："我左右无人矣。"诗一卷。其《香奁集》一卷，沈存中、尤延之，并以为和凝作。凝少日作此诗，后贵盛，嫁名韩偓，不欲自没，故于他文中见之。今其词与韩不类，盖或然也。

春尽

惜春连日醉昏昏，醒后衣裳见酒痕。

细水浮花归别涧，断云将雨下孤村。

人闲易得芳时恨，地迥难招自古魂。

惭愧流莺相厚意，清晨独为到西园。

【前解】

"惜春"，是春未尽前；"醒后"，是春已尽后。见酒痕，不复见花事矣，可为浩叹也。水归别涧下，再加"雨下孤村"，写春尽，真如扫涂灭迹。庸手亦解用雨，却用在花句前，妙手偏用在花句后，此其相去无算，不可不知也。

【后解】

春尽又何足惜，两行泪实为"人闲""地迥"堕耳。"流莺"上用"相厚"字、"惭愧"字、"独为"字、"清晨"字，妙！怨甚而又不怒，其斯为诗人之言也。［"相厚"在"清晨"，"惭愧"在"独为"。］

重过曲江

追寻前事立江汀，渔者应闻太息声。

避客野鸥真有感，损花微雪故无情。

疏林自觉长堤在，春水空连古岸平。

惆怅引人还到夜，鞭稍风冷柳烟轻。

【前解】

三、四，即所追寻之前事也。客何足避，而鸥必避；花何堪损，而雪必损。然则客之不能损鸥，此其理可悟，而花之不能避雪，此其事真可哀也。"应闻太息"，妙！妙！愧亦有，悔亦有，感亦有，悟亦有，盖"渔者"二字，便作珠玉在前用矣。

【后解】

此写"立江汀"三字也。"自觉"，妙！如云心疑有路然。"空连"，妙！如云实无动步处。如此，便应掉臂从渔者去耳，乃风冷烟轻，还又相引，人于熟处，真是难割，写来胡可胜叹也。

三月

辛夷已谢小桃发，踏青过后寒食前。

四时最好是三月，一去不回惟少年。

吴国地遥江接海，汉陵碑断草连天。

新愁旧恨知无奈，须就邻家瓮底眠。

【前解】

某花谢，某花发，某日后，某日前，便如射覆著语相似，早令"三月"跳脱而出。遽读"四时最好"四字，只道通篇作快活语，不图其四之斗地直落下去，使读者声泪俱尽也。

【后解】

五、六，即"新愁旧恨"也。地遥海接、"碑断草连"，并不明言愁恨是何事，然其为愁、为恨，亦已约略可知也。乃无可奈，而欲学步兵醉眠，鸣呼，怠矣！

午睡梦江外兄弟

长夏闲居门不开，绕门青草绝尘埃。

空庭日午独眠觉，旅梦天涯相见回。

鬓向此时应有雪，心从别后已成灰。

如何水陆三千里，几月书邮不一来。

【前解】

既言门不开矣，又言青草绕门，此便是写梦痴笔也。亦想亦因，自颠自倒，千里跬步，十年一刻，旁人见是独眠始觉，我自省是相见乍回，视门不开，视草无迹，真成一笑，却又欲哭矣。

【后解】

向此时，是顺写梦后。从别后，是逆写梦前。从梦后斗地逆转到梦前，言此梦实有因缘，不是无端之事也。

过临淮故里

交游昔岁已凋零，第宅今来亦变更。

旧庙荒凉时享绝，子孙冻馁一官成。

五湖已负他年志，百战空垂异代名。

荣盛几何流落久，遣人怀抱薄浮生。

【前解】

一、二，写昔岁还是凋零，今来乃并无凋零。此即暗用香岩立锥颂成妙诗也。三句，苦在庙在；四句，苦在官成。时享都绝，用庙何为？冻馁不救，用官何为？写来便如落日风吹，暗壁鬼啸。

【后解】

后解，感愤况厚，辞旨激昂，纯是切讽朝廷，非止恸哭临淮也。言其宁负五湖，是何等愚忠！名动异代，是何等血战！今墓草未荒，略无存恤；前贤不报，后贤谁奋？末句比优孟辞，更加一倍悲愤，读之使人变色。

避地寒食

避地淹留已自悲，况逢寒食倍沾衣。

浓春孤馆人愁坐，斜日空园花乱飞。

路远正忧知己尽，时危不独赏心违。

一身所系无穷事，争敢青年便息机。

【前解】

此避地，竟不知为何事，总是窜伏既久，急不得出，因触佳节，滴泪为诗也。一、二，"已自""况逢"，曲折写出。三、四，"人愁坐"，悲在一"坐"字；"花乱飞"，悲在一"乱"字。言天步方难，那容闲坐；寸阴是宝，奈何疾驰。写一日、二日，关系无数失得人，却走入更不得出头之处，真欲血泪迸流也。〔三、四，细玩其句法。〕

【后解】

五、六，转笔。然则我今日之哭，自为避地，初不为寒食也。不然，而世有息机之人，静对众芳，闲观零落，尽委大化，我岂不能。无奈一时大事，尽属此身；况在青年，胡不戮力？固不能与早眠晏起、饱饭徐行老翁，较量"赏心"二字也。

途中经野塘

乱世他乡见落梅，野塘晴日独徘徊。

船冲水鸟飞还止，袖拂扬花去又来。

季重旧游多丧逝，子山新赋极悲哀。

眼看朝市为陵谷，始信昆明有劫灰。

【前解】

"见落梅"，言又开春也。"独徘徊"，言一无所依，一无所事也。"飞还止""去又来"，虽写水鸟杨花，然皆自比徘徊野塘，无聊无赖也。看他一、二，"乱世"下又接"他乡"字，"他乡"上又加"乱世"字，"乱世他乡"下，又对"野塘晴日"字，使读者心头眼头，一片荒荒凉凉，直是试想不得。〔有人言，水鸟比君子去而未遂；杨花比小人退而复进，此决无是解。唐人律体，凡三、四，语意必本一、二，一、二若使未有，断不忽然旁出。〕

【后解】

魏文帝《与关季重书》："昔年疾疫，亲故罹灾，徐、陈、应、刘，一时俱逝。"庾子山序《哀江南赋》："不无危苦之辞，惟以悲哀为主。"言此二篇之论，今日恰与我意怅然有当也。"眼看"，妙！"始信"，妙！不是眼看，亦不始信，此极伤痛之声也。

伤乱

岸上花根总倒垂，水中花影几千枝。

一枝一影寒山里，野水野花清露时。

故国几年犹战斗，异乡终日见旌旗。

交亲流落身羸病，谁在谁亡两不知。

【前解】

写乱后，园林一空，陂塘尽坏，花倒岸上，影照水中。凡用三"花"字、两"水"字、两"枝"字、两"影"字、两"野"字、两"一"字，撰成萧疏历乱之作，诵之，使人悄然追想当年，车如流水，马若游龙，悲管切云，繁弦荡日，真欲遍身洒洒作寒也。

【后解】

"几年犹"，问之辞，言实不知还要战斗几年。何故乃作此言，则以终日见旌旗之故也。"交亲流落"，是我不知其为在为亡；"身羸病"，是彼不知我为在为亡，谓之"两不知"也。〔交亲零落，在故国。身羸病，在异乡。〕

禁中作

银台直北金銮外，暑雨初晴凉月中。

惟对松篁听刻漏，更无尘土曀虚空。

绿香熨齿金盘果，清冷侵衣水殿风。

坐久始闻铃索动，玉堂西畔响丁东。

【前解】

此诗，乃致尧正为学士时所作。一，言银台门北，金銮殿外，此是学士上直之处也。二，言时雨洗暑，凉月在空，此是学士上直之时也。三，言更无闲事，承一也。四，言更无余暑，承二也。

【后解】

五，言金盘何器，而果熨臣齿。六，言水殿何处，而风侵臣衣。一时反复寻求，久之不能自得。已而忽闻悬铃声动，始悟微臣，仅仅只以三寸柔翰，辱此九重厚恩也。〔翰林故事：有悬铃引索，以代传呼。每有紧急文字，即内臣立于门外，铃声动，本院小判官出，受讫，呈院使，院使授学士。〕

曹松

二首

字梦征，舒州人。天复初，杜德祥主文，放松及王希羽、刘象、柯崇、郑希颜等及第，年皆七十余，时号"五老榜"。诗三卷。

别湖上主人

门系钓船云满津，借君幽致坐移旬。

湖村夜叫白凫雁，菱市晓喧深浦人。

远水日边重作雪，寒林晚际别生春。

不辞更住醒还醉，太乙东峰归梦频。

【前解】

读其后解，乃是冬春之交、将别湖上。而此前解，则更倒追深秋，初至湖上也。言当时偶来借居，只为钓船多致，承君不嫌生客，容我留连到今。三、四，极写初蒙下榻，深领幽致。言夜则有夜致，晓又有晓致，静既有静致，喧复有喧致也。

【后解】

五、六，言今虽雪意未融，春暄尚浅，道途风寒，极劳忧念。然而去家移旬，归梦频切，太乙东峰，又有佳致，已更不能再住一日也。

南海旅次

忆归休上越王台，归思临高不易裁。

为客正当无雁处，故园谁道有书来。

城头早角吹霜尽，郭外残潮带月回。

心似百花闲未得，年年争发被春催。

【前解】

忽然快翻"远望当归"旧语，成此斩新，妙！起言彼远望当归，自是不复求归人语；今我直欲真归，故更不敢上此高台也。三、四，极写南海之远，言彼空空之书，尚自难来，我累累之身，如何得去？正是不敢登台之缘故也。

【后解】

五、六，写通夜不寐，神理如画，此非只一夜，乃是夜夜也。心即思归之心，言年年春初，纷然乱发，故曰似百花被春催也。

刘兼

一首

梦归故园

桐叶惊霜落井栏，菱花借雪点衰颜。

夜窗飒飒摇寒竹，秋枕迢迢梦故山。

临水钓舟横苇岸，隔溪禅侣启柴关。

觉来依旧三更月，离绪乡心起万端。

【前解】

"桐叶""菱花"，一真一假，骤然读之，使人眼迷。此是梦归故园之因，定不得不先写也。再陪"夜窗飒飒"七字，写欲入梦犹未入梦时；至"秋枕迢迢"七字，则竟入梦矣，其妙可想也。

【后解】

五、六，一联十四字，竟公然写出一梦。不因"觉来"句急明，几使人无路可觅。〔若作中四句读，则"夜窗""秋枕""临水""隔溪"，如何成列？〕

张九龄

公姓张，讳九龄，字子寿，韶州曲江人。擢进士，调校书郎，以《道侔伊吕科策》高第，为左拾遗，累官同平章事。以争牛仙客功赏，遂罢相。初，帝欲相李林甫，公言恐为社稷忧；又请诛安禄山，帝皆不纳，卒相林甫而赦禄山。及禄山反，上思公言，遣使至曲江祭之，厚恤其家，封始兴伯，谥文献。

王维

王维，字摩诘，太原祁人。九岁知属辞，十九擢进士第一，调大乐丞，为济州司仓参军。张九龄执政，擢右拾遗，历监察御史。性孝友，母丧，哀毁几不能生。服除，累迁给事中。为禄山所得，素知其才，迫任故官。大宴凝碧池，悉召梨园合乐，诸工皆泣。维闻悲甚，赋诗悼痛。贼平，徵下狱。弟缙请削官赎其罪，上亦怜其有诗名，下转太子中允，久之，迁中庶子、尚书右丞。会弟缙远刺川蜀，摩诘自表己有五短，缙有五长，愿归所任官，使召缙还，帝许之。至上元初，疾甚；缙复出镇凤翔，作书与别，及亲友，停笔而化，年六十一，赠秘书监。

孟浩然

孟浩然，襄阳人。自少文质杰出，骨貌清淑，好尚节义，喜振人患难。隐鹿门山，以诗自适，年四十，始游京师。张九龄、王维雅称道之。维私邀入内署，俄而驾至，不及避，匿之床下。顷间维以实对，玄宗喜曰："朕闻其人未见，何惧而匿？"诏出，再拜，令自诵其诗至"不才明主弃"，帝怒曰："卿不求仕，奈何诬我！"因放还。采访使韩朝宗复欲荐之，约与造朝。会故人至，欢饮忘其期，卒不赴，漫不为悔。久之，张九龄辟置荆南幕府。以病卒，后岁久，门裔陵迟，邱陇颓没。符载叩节度使樊泽，请为筑大墓。泽乃刻碑凤林山南，封崇其墓，画像置浩然亭。咸通中，刺史郑诚谓贤者名不可斥，更署曰"孟亭"。

张志和

公姓张，讳志和，字子同，金华人。肃宗时，擢明经授录事参军。亲亡，不复仕。居江湖，自称"烟波钓叟"，又号"元真子"。泛宅浮家，无所不至。肃宗赐奴婢二人，公配为夫妇，名奴曰"渔童"，婢曰"樵青"。或问何义？公曰：渔童者，使捧钓收纶、芦中鼓枻；樵青者，使苏兰薪桂、竹里煎茶。李德裕尝称其"隐而有名，显而无事，不穷不达，严光之比"云。

李白

太白，讳白，唐宗室。生蜀之青莲乡，称青莲居士。母梦长庚星现，因名长庚。幼通诗书，稍长有逸才，州举有道，不就。客任城，居徂徕。天宝初，入会稽。遇贺知章，称为"谪仙"，荐于玄宗，召见论世事。玄宗赐食，亲为调羹，命供奉翰林。一日，赏牡丹于沉香亭，作《清平调》，玄宗大喜，自后眷顾异常。力士以脱靴之耻，摘其诗句，激怒贵妃。帝欲官之，妃辄沮止。自知不为所容，恳求还山。玄宗以金赐。如是浮游四方，至匡庐，又从永王璘，璘败，当诛。因尝救郭子仪犯法，子仪解官以赎得长流夜郎，赦还浔阳。后坐事下狱，宋若思释其囚，辟为参谋，辞职去。依当涂令李阳冰，心悦谢家山。将终焉，代宗召为左拾遗，已卒。

刘长卿

文房，名长卿，河间人。登开元进士，与严维、秦系皆有诗名，常相赠答。权德舆每言：长卿自以为五言长城，二人以偏师攻之，虽老益壮。至德中，为监察御史、检校祠部员外郎，历转运判官，知淮西、鄂岳转运留后，鄂岳观察使吴仲孺诬奏，贬潘州南巴尉。会有为辩之者，除睦州司马，终随州刺史，卒。

刘禹锡

刘禹锡，字梦得，彭城人。登贞元进士、宏辞二科，精于古文，多才丽，名重一时。辟淮南杜佑掌书记，曲蒙礼异。从入朝，为监察御史，转屯田员外郎，判度支、盐铁案，兼崇陵判官。后以王叔文党，斥连州刺史；在道，贬朗州司马。久之，召还。作《玄都观》诗，语涉讥忿，当路不喜。复出为播州刺史，裴度以其母老，请稍内迁。宪宗初不之听，终不欲伤其亲，易连州，又徙夔州，后由和刺史入为主客郎中，复作《游玄都观》诗，诋切相近，闻者益薄之，令分司东都。裴度荐授礼部郎、集贤殿直学士。度罢，复刺苏州，以政最，赐金紫，徙汝、同二州，再迁宾客分司。会昌时，加检校礼部尚书。卒年七十二，赠户部尚书。

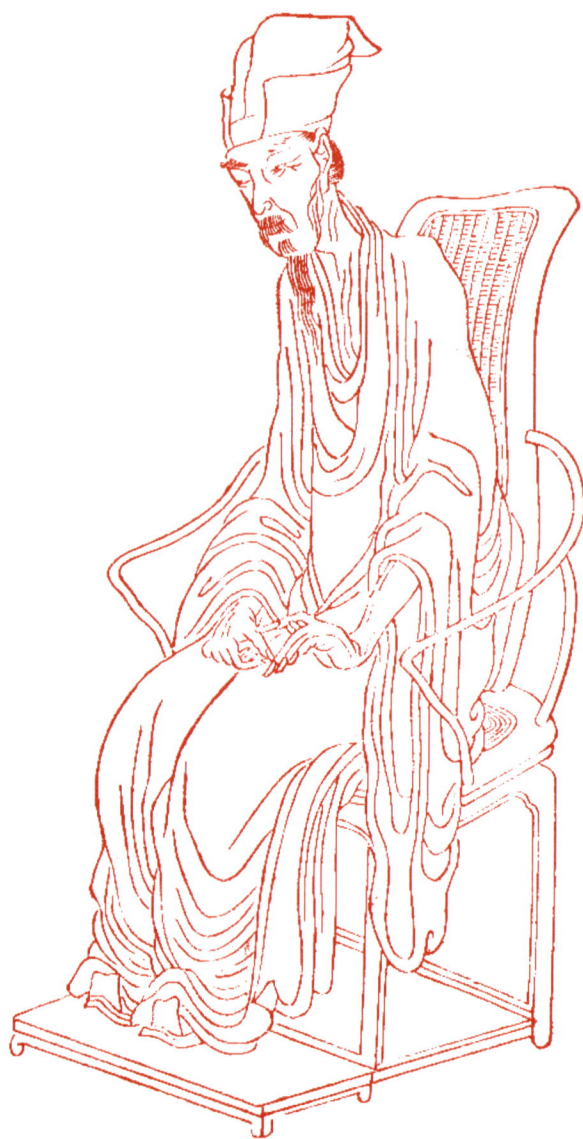

韩愈

公讳愈，字退之，邓州南阳人。生三岁而孤，随伯兄会贬官岭表。会卒，嫂郑鞠之。公自知读书，日记数千百言。比长，尽能通六经、百家学。擢进士第，仕至吏部侍郎。长庆四年卒，年五十七，赠礼部尚书，谥曰文。公性明锐，不诡随，与人交，终始不少变。成就后进，皆往知名；经其指授，皆称讳门弟子。凡内外亲若交友无后者，为嫁遣孤女而恤其家。嫂郑丧，为服期以报。文章深探本元，卓然树立，成一家言，其《原道》《原性》《师说》数十篇皆奥衍闳深，佐佑六经；至他文，造端置辞，要为不蹈袭前人者。

柳宗元

公讳宗元，字子厚，其先盖河东人。父镇，隐于王屋山，后徙吴。公少精敏绝伦，为文章卓荦精致，一时行辈推仰。第进士、博学宏词科，授校书郎，调蓝田尉。后为监察御史里行，擢礼部员外郎。未几，贬邵州刺史；不半道，贬永州司马。公既窜斥，地又荒厉，因自放山泽间，其堙厄感郁，一寓诸文，仿《离骚》数十篇，读者咸悲恻。文思日益深，尝著书一篇，曰《贞符》，又作赋自儆，曰《惩咎》。徙柳州刺史，时刘禹锡得播州，公念其亲老，不忍其穷，即具奏，欲以柳易播。会大臣为禹锡请，获改连州。公至柳，因其土俗为设教禁，州人顺赖。南方为进士者，走数千里从之游，经指授者为文辞皆有法。世号柳柳州，卒年四十七。

白居易

公讳居易，字乐天，下邽人。幼聪慧绝人，襟怀宏放。贞元中，擢进士甲科，补校书郎。元和初，对制策乙等，调盩厔县尉，为集贤校理。所著诗，皆意存规讽。流闻禁中，宪宗召入翰林为学士，迁左拾遗。数建言，上多采纳。岁满请便养母，除京兆户曹参军，丁母丧。归还拜左赞善大夫。后贬江州司马，不以迁谪介意，立隐舍于庐山。徙忠州刺史，召还，累迁至朝散大夫，俄转中书舍人。凡朝廷文字之职，无不首居其选。然多为排摈，不得用其才。进言复不见听，乃丐外任，除杭州刺史，筑堤捍湖，浚李泌六井。久之，以左庶子分司东都，移苏州。廉静不扰，门可罗雀。文宗立召为秘书监，有所迁拜，率以病免；再授宾客分司，改太子少傅。武宗立，二年以刑部尚书致仕。卒年七十五，赠右仆射，谥曰文。

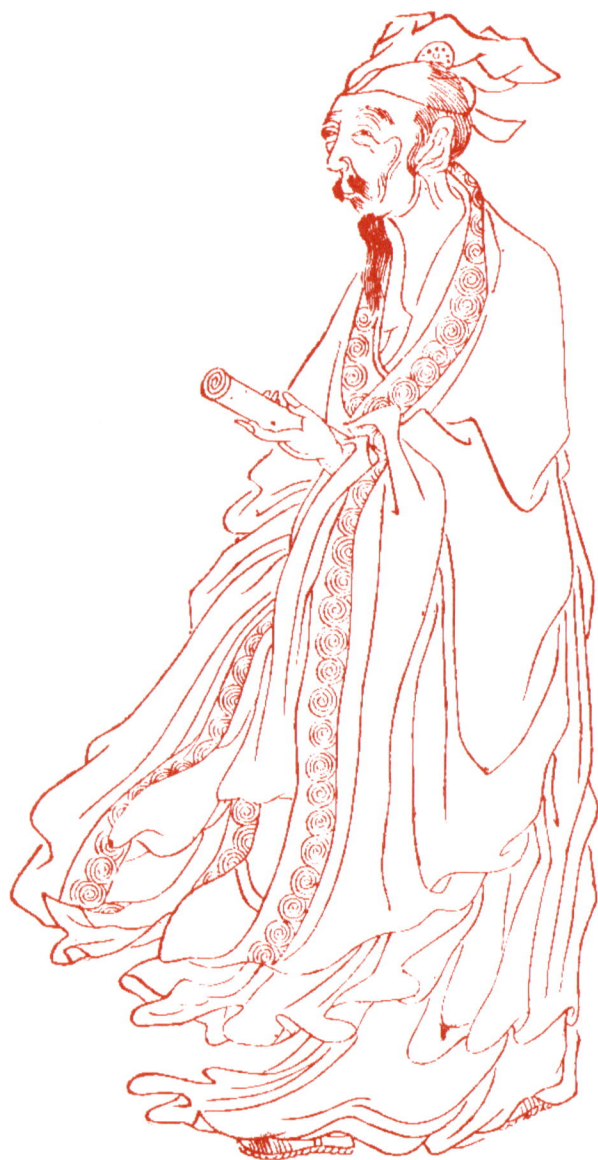

元稹

稹，字微之，河南人。九岁工属文，十五擢明经第，元和初举制科对策第一，拜左拾遗。当路者恶之，出为河南尉，再贬江陵士曹参军。元和末，召拜膳部员外郎。长庆初，崔潭峻归朝，出《连昌宫词》百余篇奏御，上大悦，问今安在。即擢祠部郎中、知制诰，迁中书舍人。未几，进同中书门下平章事。太和三年，为尚书左丞。俄拜武昌节度使。卒，赠尚书右仆射，有《元氏长庆集》一百卷，又小集十卷。

贾岛

公姓贾，讳岛，字浪仙，范阳人，有诗名。初为浮屠，游东都，偶得"僧敲月下门"之句，既欲改"推"字，跨驴引手作推敲势，不觉冲京兆尹韩愈。愈问之，以实对。愈言"敲"字佳，遂为布衣交，教之学文。遂舍浮屠，举进士，为长江簿。会昌初，以晋州参军迁司户，未受命。卒年六十五。

李商隐

义山，名商隐，怀州河内人。幼能文，弱冠以所业干令狐楚。楚以其少俊，令与诸子游。署为汴州巡官，给资装，随计上都。登进士，授校书郎，调弘农尉。又书判拔萃，中选。王茂元镇河阳，爱其才，辟为掌书记，擢侍御史。王因妻以女。来游京师，郑亚廉察桂州，请为判官、检校水部员外郎。入朝，京兆尹卢弘正奏署掾事曹，典笺奏，从镇徐州为掌书记。府罢，入朝干令狐绹，补太学博士。柳仲郢镇东蜀，辟为节度判官、检校工部郎中。后废，罢还郑州，未几，病卒。

温庭筠

飞卿，名岐，又名庭筠，太原人。才思艳丽，工于小赋。每入试，押官韵作赋，凡八叉手而八韵成，时号"温八吟"。李义山谓曰：近得一联句云"远比赵公，三十六年宰辅"，未得偶句。温曰：何不云"近同郭令，二十四考中书"。宣宗尝赋诗，上句有"金步摇"未能对，遣求进士对之。庭筠乃以"玉条脱"续之。宣宗赏焉。又药名有"白头翁"，温以"苍耳子"为对，他皆类此。应进士累年不第，徐商镇襄阳，往依之，署为巡官。后婴杨收，怒贬为方城尉，再迁隋县尉，卒。

杜牧

杜牧，字牧之，京兆万年人。善属文，为《阿房宫赋》，人所传诵。吴武陵荐于典贡崔郾，请以第一人处之。登进士，制策二科，授大理评事。表沈传师江西团练巡官。又为牛僧孺淮南掌书记，擢监察御史，升殿中侍御史内供奉。追咎长庆以来朝廷措置亡术，复失山东，所系天下轻重，嫌言不当位，名为《罪言》。李德裕素奇其才。迁左补阙兼史馆修撰，历膳部、司勋二员外郎，又历黄、池、睦、湖四州刺史，入除考功郎中知制诰，迁中书舍人。卒年五十。

杜甫

字子美，襄阳人。举进士不第，因游长安。玄宗朝，奏赋三篇。帝奇之，使待制集贤院。数上赋诵，高自称道。肃宗立，拜右拾遗。坐房琯事，出为华州司功。属饥乱，弃官。客秦州，负薪，采橡栗自给。流落剑南，依严武，为参谋，于成都浣花里，结庐枕江，纵酒啸咏，往来夔、梓间。大历中，客耒阳。一夕，大醉而卒，年五十九。

字有道。乾宁中进士。唐末，大播诗名，《御沟》为卷首，云："一派御沟水，绿槐相荫清。此波涵帝泽，无处濯尘缨。鸟道来虽险，龙池到自平。朝宗心本切，愿向急流倾。"自谓冠绝无瑕，呈僧贯休，休曰："甚好，只是剩一字。"贞白扬袂而去。休曰："此公思敏。"书一字于掌中。逡巡，贞白回，忻然曰："已得一字，云'此中涵帝泽'。"休将掌中字示之，一同。集一卷。

洗竹

道院竹繁教略洗，鸣琴酌酒看扶疏。

未图结实来丹凤，先要长竿钓巨鱼。

锦箨裁冠真散逸，玉芽修馔足清虚。

有时记得三天事，好向琅玕节下书。

【前解】

此解，写洗竹后一段快活。三，是洗存者。四，是洗去者。〔丹、青，参差作对。〕

【后解】

此解，写洗竹前一段细琐。五、六，是洗去者。七、八，是洗存者。

韦庄

十六首

字端己，杜陵人。见素之后。昭宗乾宁元年进士，疏旷不拘小节。李洵为两川宣谕和协使，辟为判官。以中原多故，不就。后为王建掌书记。寻召为起居舍人，建表留之。集一卷，又集诗人百五十人，得诗三百章，为《又玄集》。

奉和左司郎中春物暗度感而成章

才喜新春已暮春，夕阳吟杀倚楼人。

锦江风散霏霏雨，花市香飘漠漠尘。

今日尚追巫峡梦，少年应遇洛川神。

有时自患多情病，莫是前生宋玉身。

【前解】

一，才新春，已暮春，此是写度。二，忽衬"夕阳"二字，此是写暗度也。言春光一总九十日来，可谓遥遥甚远，如何不觉不知，魆地才新已暮。原来九十日，每日瞥眼有一夕阳，于是草草不过十数夕阳，早是菁华一齐顿竭也。三、四，画之，言初然是风，既而是雨，始飘犹香，到地遂为尘也。〇前解写春物暗度。

【后解】

后解，写左司郎中。〇"今日"之为言老年也，言老年犹尚不禁花事，然则少时又不知何等唤奈何也。

雪夜泛舟游南溪

大江西面小溪斜，入竹穿松似若耶。

两岸严风吹玉树，一滩明月照银沙。

因寻野渡逢渔舍，更泊前湾上酒家。

去去不知归路远，棹声烟里独呕哑。

【前解】

前解，写南溪雪夜。○看他出手摇笔，居然写出"大江西面"四字。我骤读之，将谓下文何等风景，却不图其轻轻一落，便只接得"似若耶"三字。因思文章虽复小道，必有方法可观。如此一、二，下文若不为其似若耶，即上文便不必写大江作起；今既下文欲道其似若耶，便上文必写大江作起，又不好也。词家好手，只争衬字、换字，此又衬又换法也。〔三、四，极写似若耶也。〕

【后解】

后解，写泛舟夜游。○寻野渡、泊前湾，便是去去也。"不知归路"，正是泛雪胜情。且从来事，无大无细，皆以一"归"字乱其心曲，此亦不可不戒也。〔棹声呕哑之为言，犹去去也。〕

鄜州留别张员外

江南相送君山下，塞北相逢朔漠中。

三楚故人皆是梦，十年往事只如风。

莫言身世他时异，且喜琴樽数日同。

惆怅只愁明日别，马嘶山店雨濛濛。

【前解】

忽然相送，乃在君山之下；忽然相逢，乃在朔漠之中。忽然同在极南，忽然同在极北，有何公事勾当，如此两头驱驰？可笑也！"三楚故人"，岂止我尔两人！"十年往事"，岂止离合二事！余子杳无消息，半生落得干忙。今日从头细思，直是一场懊憹。可哭也！［一、二，言只剩两人光身。三、四言其余总不可问。］

【后解】

承前解，言既是故人如梦，往事如风，然则我尔两人再会于此，便是秉烛再照，以此为实。只愁今夜会，明日别，实是一场悲痛。至于身如何，世如何，且只听之大化也。［鄜州属延安，故相逢句亦是追往。］

柳谷道中作却寄

马前红叶正纷纷，马上青袍欲断魂。

晓发独辞残月店，暮程遥望隔云村。

心如岳色留秦地，梦逐河声出禹门。

莫怪苦吟鞭坠地，有谁倾盖待王孙。

【前解】

前解，写着青袍、冲红叶，穷日之力，望望而去。去则意欲至何处乎？可悲也。

【后解】

后解，写心虽欲去，身自不能不去。然身虽已去，心则何恃而敢去乎？愈可悲也。

忆昔

昔年曾向五陵游，午夜清歌月满楼。

银烛树前长似昼，露桃花下不知秋。

西园公子名无忌，南国佳人字莫愁。

今日乱离俱作梦，夕阳惟见水东流。

【前解】

前解，写昔年；后解，写今日。此是唐人大起大落文字。○细玩"午夜""午"字，"清歌""清"字，"月满楼""满"字，此一句七字中间，便全有"长似昼""不知秋"一片靡曼连延之意，不谓后解一变，遂成夕阳流水，如此迫蹙！

【后解】

此"西园公子""南国佳人"二句，正如谚云"点鬼簿"相似。言如许若干人数，今日一总化为乌有。惟有"水东流"上，又加"夕阳"二字，眼看如此一片荒凉迫蹙也。

天井关

太行山上云深处，谁向深云筑女墙。

短绠讵能垂玉瓽，缭垣空自学金汤。

劚开树绿为高垒，截断峰青作巨防。

守吏不教飞鸟过，赤眉何路到吾乡。

【前解】

此解，问始筑女墙人，胡不务德，而乃务险。［"云深""深云"，转笔成妙。］

【后解】

此解，问既筑女墙后，若不修德，险曷足恃？

江上题所居

故人相别尽朝天，苦竹江头独闭关。

落日乱蝉萧帝寺，碧云归鸟谢家山。

青州从事来还易，泉布先生老未悭。

不是对花长酪酊，永嘉时代不如闲。

【前解】

故人朝天，本是恒事；故人因朝天而别，亦本是恒事。今是故人一时尽别，问之，却是一时尽去朝天，则胡为是纷纷者乎？江头独闭关，因特加"苦竹"二字，写尽孤寒自守。三承一，画出故人好笑。四承二，画出自家闲畅也。

【后解】

后解，又说明所以江头闭关之故，言如此时代，无手可措，不如醉酒，且尽一生也。

鹧鸪

南禽无侣似相依，锦翅双双傍马飞，

孤竹庙前啼暮雨，汨罗祠畔吊残晖。

秦人只解歌为曲，越女空能画作衣。

懊恼自家非有恨，年年实忆凤城归。

【前解】

此为写鹧鸪，为写自己。为写鹧鸪无依，故来傍马；为写自己无依，故欲鹧鸪来傍。三、四，"暮雨""残晖"，已极幽怨，又着"孤竹庙""汨罗祠"，便一解纯是鬼诗，不可不辨也。

【后解】

懊恼自家，鹧鸪鸣声也。五、六，言"秦人""越女"，不解我心。七、八，我于世更有何恨，只无故国得归耳。临了衬一"凤"字，颇为鹧鸪增色。

鄠杜旧居

却到山阳事事非，惟余溪鸟尚相依。

阮咸贫去田园尽，向秀归来父老稀。

秋雨谁家红稻熟，野塘何处锦鳞肥。

年年为献东堂策，偏是西风别钓矶。

【前解】

事事非，不止诉田园，兼诉父老，便是名士风流。不尔，岂非乞儿叫街耶！然又妙于二句之"惟余溪鸟"七字，无此便不成诗。

【后解】

"谁家"，以反写自家；何处，以反写此处也。"年年"二字，是深悔之辞，便知其今年更不然也。

庭 前 桃

曾向桃源烂漫游，也同渔父在仙舟。

皆言洞里千株好，未胜庭前一树幽。

带露似垂湘女泪，无言如伴息妫愁。

五陵公子饶春思，莫引香风上酒楼。

【前解】

一解四句，真乃高情、高兴。"曾向"，是自家亲见。"也同"，是众人公论。

【后解】

露桃，因用湘泪；桃不言，因用息妫。非随手草草写二女人入诗也。○前解，止写庭前，后解，始写桃，然末句仍结至庭前，妙，妙！

悼亡姬

凤杳鸾冥不可寻，十洲仙路彩云深。

若无少女花应老，为有嫦娥月易沉。

竹叶岂能销积恨，丁香从此拆同心。

湘江水阔苍梧远，何处相思续舜琴。

【前解】

前解，写亡。○"十洲"七字，即"不可寻"三字；"若无"十四字，即"凤杳鸾冥"四字。○相其三、四，悟此姬不止是色，直是时时在病，忽忽多情人也。看"少女""嫦娥"字可知。［少女，凤也。］

【后解】

后解，写悼。

灞陵道中

春桥南望水溶溶，一桁晴山倒碧峰。

秦苑落花零露湿，灞陵新酒发醅浓。

青龙天矫盘双阙，丹凤褷褷隔九重。

万古行人离别地，不堪吟罢夕阳钟。

【前解】

前解，写灞桥上人。望灞桥下水，窥见晴山倒映，其影如衣一桁。时又正值春花烂发，地又饶有客舍新醅，斯诚上国之壮观，豪人之快睹也。

【后解】

后解，然此地所以自来招致普天下人俱来集会，因而无端生出无数离别者，只为双阙盘龙，九重隔凤，尊荣豪富，尽出于斯。于是奔走贤愚、颠倒老少，如我今日，即为不免之人，固不可以一一致诘也。

江皋赠别

金管多情恨解携，一声歌罢客如泥。

江亭系马绿杨短，野岸维舟芳草齐。

帝子梦魂烟水阔，谢公诗思碧云低。

风前不用频挥手，我有家山白日西。

【前解】

此言因听金管，遂成烂醉，去者不发，送者亦停。看他反系马、反维舟，又为赠别之新例也。〔"系马"，是送者。"维舟"，是去者。〕

【后解】

后言不用相思，无劳吟咏，子去之后，我便欲去矣。

婺州屏居蒙右省王拾遗轩车枉访病中延款不得因成寄谢

三年流落卧漳滨，王粲思家眼泪频。

寒角莫吹残月夜，病心方忆故园春。

自为江上樵苏客，不识天边侍从臣。

怪得白鸥惊去尽，绿萝门外有朱轮。

【前解】

屏居者，已自罢官，却不得归，因就路旁，僦居养疴也。看他通解，皆写"三年"二字，言流落此三年，便卧病此三年，眼泪此三年。因言三年之中，只有思归，并无他想，以翻王拾遗之枉访，诚为出于意外也。

【后解】

前解，一意只写卧病思家，此解，始翻拾遗枉访。"白鸥"字、"绿萝"字、"朱轮"字，写高轩之过，又是一样字法、句法。

咸阳怀古

城边人倚夕阳楼，城上云凝万古愁。

山色不知秦苑废，水声还傍汉宫流。

李斯不向仓中悟，徐福应无物外游。

莫怪苦吟偏断骨，野烟踪迹似东周。

【前解】

万古当时，历历皆是夕阳；夕阳少时，沉沉又是万古。此事至为显浅，且又明在眼前。然而无人不在其中，无人曾悟其事，此独忽然提着，知为真正苦吟断骨人也。三、四，"不知秦苑""还傍汉宫"，妙，妙！写山色水声，一似不解之甚者。然山色水声，则奈何欲其能解耶？可想其措意之无聊也。

【后解】

此即写咸阳二事，言贤者贵在自托，胡能尚不去耶！即题中怀古二字也。

题盘豆驿水馆后轩

极目晴川展画屏，地从桃塞接蒲城。

滩头鹭占清波立，原上人侵落照耕。

去雁数行天际没，孤云一点净中生。

凭轩尽日不回首，楚水吴山无限情。

【前解】

前解，写景，后解，叙怀。○"极目"，言在驿馆后轩极目也。"展画屏"，言其日天晴，川光如练，自此至彼，一望迤逦，如曲屏初展也。滩头鹭立，原上人耕，虽写极目所见，然言外实见鹭亦有占，人亦有耕，而己独漂摇道途，不得休息，遂生出后一解诗来也。

【后解】

五、六，要知其直从雁未没、云未生前，早已凭轩不回首；直至雁已没、云亦没后，只是凭轩不回首，谓之尽日凭轩"不回首"也。不知其不回首，凡经多少时，始有去雁；又不回首，凡经多少时，去雁始没；又不回首，凡经多少时，始又云生？总之，只要想此雁没、云生之处，则为何处，而为其"尽日不回首"处，便叹此五、六，又另是全唐人所未道也。

黄滔

三首

字文江。光化中，除四门博士，寻迁监察御史里行，充威武军节度推官。王审知据有全闽，而终其身为节将者，滔规正有力焉。集三十卷。

寄怀南北故人

秋风昨夜落芙蕖，一片离心到外区。

南海浪高书堕水，北州城破客降胡。

玉窗挑凤佳人老，绮陌啼莺碧树枯。

岭上青岚陇头月，暂通魂梦出来无。

【前解】

前解，诉此处"离心"，则写彼中"堕水""降胡"。

【后解】

后解，问彼中"魂梦"，则写此处"佳人""碧树"。［"岭上青岚"是南，"陇头月"是北。］

雁

楚岸花晴塞柳衰，年年南北去来期。

江城日暮见飞处，旅馆月明闻过时。

万里风霜无足恨，满川烟草却须疑。

洞庭云水潇湘雨，好把严更仔细知。

【前解】

"梦岸花晴"，是年年北去期。"塞柳衰"，是年年南来期。此句法，固是前人所遗也。三、四，止是"飞"字、"过"字写雁；其"江城""旅馆""日暮""月明"、见处、闻时，凡十二字，皆非写雁，真为幽怨之作也。

【后解】

此必暗遭人中，故特托雁自鸣，易知。

送僧

才年七岁便从师，犹说辞家学佛迟。

新劚松萝还不住，爱寻云水拟何之。

孤溪雪下维舟夜，叠嶂猿啼过寺时。

鸟道龙湫悉行后，不将翻译负心期。

【前解】

———

一解，两层俱作加一陪语，写出此僧精进无比。一、二，是心精进。三、四，是身精进。

【后解】

———

一解，写发心精进，则必备历诸苦。○前解，言自幼出家，不算一件事。后解，言学得几十百本经论，亦未算一件事，锥札世间僧人不少。

仕至推官。有《披沙集》六卷。

题王处士山居

云木沉沉夏亦寒，此中幽隐几经年。

无多别业供王税，大半生涯在钓船。

蜀魂叫回芳草色，鹭鸶飞破夕阳烟。

干戈满地能高卧，只个逍遥是谪仙。

【前解】

第一先是起句之七字，我一生不得向此中快住一日也。此写王处士，既无别业，又有生涯，官呼不至其门，鱼虾自糊其口；一世掩关，坐此沉沉夏寒好树林中，真为无量欢乐也。

【后解】

五，言无春无夏；六，言无早无暮。七、八，言一味只是饥饭困眠，苟全性命，一切理乱，总置不闻。此虽欲不谓之仙人，有不可得也。

春日喜逢乡人刘松

故人不见五春风，异地相逢岳影中。

旧业久抛耕钓侣，新闻多说战争功。

生民有恨将谁诉，花木无情只自红。

莫把少年愁过日，一樽须对夕阳空。

【前解】

前解，是彼人诉我。后解，是我慰彼人。

【后解】

五、六，写尽乱离之苦。一樽对夕阳，犹言只宜付之沉冥，且复了此一日也。

廖匡图

一首

唐末人。集一卷。

九日陪董内召登高

祝融峰下逢佳节，相对那能不怆神。

雨里共寻幽涧菊，樽前俱是异乡人。

遥山直去应连越，孤雁飞来想别秦。

自古登高尽惆怅，未如今日泪盈巾。

【前解】

一解，苦在"祝融峰下"四字。三、四，十四字作一气句，不然，便似雨里寻菊乃胜事矣。

【后解】

"应连越"，言身所谪地。"想别秦"，言心所怀事也。二句只写得"今日"二字。

韦蟾

一首

字隐珪，下杜人。大中七年进士登第。初为徐商掌书记，终尚书左丞。蟾廉问鄂州，罢，宾僚祖饯，蟾曾书《文选》句云："悲莫悲兮生别离，登山临水送将归。"以笺毫授宾从，请续其句。逡巡，有妓泫然起曰："某不才，不敢染翰，欲口占两句。"韦大惊异，令随念，云："武昌无限新栽柳，不见杨花扑面飞。"坐客无不嘉叹。韦令唱作《杨柳枝词》。

送卢潘尚书之灵武

贺兰山下果园成，塞北江南旧有名。

水木万家朱户暗，弓刀千队铁衣明。

心源落落堪为将，胆气堂堂合用兵。

却使六蕃诸子弟，马前不信是书生。

【前解】

通篇，写尚书，真是风流儒将。言贺兰山下，开成果园，弹琴围棋，别无诡秘。一示内人，彼不足虑；一示外人，我不足疑。此即后解所云"心源落落""胆气堂堂"也。"塞北江南"者，犹言塞北之江南也。只四字，写果园遂乃无胜不尽。"水木万家"，承写江南，"弓刀千队"，承写塞北。居然唐初人妙手。

【后解】

前解，写果园，后解，写尚书。〇从来书生，直无"心源""胆气"，又奚暇说至"落落""堂堂"乎！马前不信书生，甚矣！书生之遭人讪也！

字昭谏，新登人，本名横。凡十上不中第，遂更名，隐池之梅根浦，自号"江东生"。广明中，池守窦滂营墅居之。光启中，钱镠辟为从事、节度判官副使。朱全忠以谏议召，不行。开平中，魏博罗绍威，推为叔父，表授给事中。年八十，终余杭。有子，名塞翁。○钟陵妓云英，隐旧见之。一日，讥隐犹未第，隐嘲之曰："钟陵醉别十余春，重见云英掌上身。我未成名君未嫁，相看俱是不如人。"○江南李氏，尝遣使聘越，越人问："见罗给事否？"使人曰："不识，亦不闻名。"越人云："四海闻有罗江东，何拙之甚！"使人曰："为金榜上无名，所以不知。"有《甲乙集》十卷。

曲江春感

江头日暖花又开，江东行客心悠哉。

高阳酒徒半凋落，终南山色空崔嵬。

圣代也知无弃物，侯门未必用非才。

满船明月一竿竹，家住五湖归去来。

【前解】

日暖花开四字，岂非曲江胜景。中间无限伤心，只为一"又"字也。此时"江东行客"，直已心尽气绝，而反自谓"心悠哉"者，所谓哭不得反笑也。三、四，不说别样懊恼，只说酒徒凋落；不骂要人窃位，只骂南山崔嵬，皆甚愤之辞，反如不愤者也。

【后解】

五，照出圣代；六，自引非才，妙，妙！七、八，亦是一例归家钓鱼，却是写得异样峭拔。

桃花

暖触衣襟漠漠香，间梅遮柳不胜芳。

数枝艳覆文君酒，半里红歆宋玉墙。

尽日无人疑怅望，有时经雨乍凄凉。

旧山山下还如此，回首东风一断肠。

【前解】

前解，写桃花。〇某一日言桃花本不难写，写桃花亦本不难读，然而谈殊未容易也。且如罗昭谏"暖触"一篇，浪读之，亦有何异。及细寻之，却见其"衣襟漠漠"七字，只是提笔空写，及至下笔实写，又只是"间梅遮柳"，不曾犯本位也。三，妙于"艳覆"字；四，妙于"半里"字。必欲执以相问，实亦不解何理。但读之，不知何故，觉其恰是桃花，此绝不可晓也。

【后解】

后解，插入人。〇"尽日无人""有时经雨"，为写桃花，为复自写。忽然想到旧山山下，此正是"疑怅望""乍凄凉"之根因也。

重过随州故兵部李侍郎恩知因抒长句

庄周高论伯牙琴，闲夜思量泪满襟。

四海共谁言近事，九原从此负初心。

鸥翻汉浦风波急，雁下郧溪雾雨深。

惭愧苍生还有意，解歌襦袴至如今。

【前解】

言彼为庄，则我为惠；彼为牙，则我为期。初亦何心，近有何事，只为千人为群，曾无言笑，而斯人适至，迎意即解，以是为相乐也。何期日月不停，事故多有，转烛之顷，化为粪壤，悠悠苍天，今当如何？于是，而因无共言，转多近事，九原独逝，疑有初心，读之真不能不恸哭也。

【后解】

五、六，"汉浦""郧溪"，写重过随州。七、八，惭愧还有意，妙，妙！不是写苍生感恩，亦不是写侍郎遗爱，正反写纷纷无数门下受恩人，皆已默然舍此，又向别处吃饭去矣。［如此妙诗，从一"还"字看出。］

商驿楼东望有感

山川去接汉江东，曾伴隋侯醉此中。

歌绕夜梁珠宛转，舞娇春席雪朦胧。

棠遗善政阴犹在，薤送些声事已空。

惆怅知音竟难得，两行清泪白杨风。

【前解】

前解，追旧。[“此中”，正是“汉江东”之“东”字，非商驿楼也。]

【后解】

后解，伤今。

梅 花

吴王醉处十余里，照夜拂衣今正繁。

经雨不随山鸟散，倚风如共路人言。

因怜粉艳飘歌席，特爱寒香扑酒樽。

欲寄所思无好信，为君惆怅又黄昏。

【前解】

分之，则"吴王醉处"句、"十余里"句、"照夜"句、"拂衣"句、"今"句、"正繁"句；又分，则"吴王醉处十余里""照夜拂衣"十一字句、"今正繁"三字句。绝似感慨，绝无感慨，只如闲闲寓笔，而有无限感慨，具在其中，此为唐人未经有之法。三、四，只写"正繁"，可知。

【后解】

粉艳飘席，不过只争瞬眼，故寒香扑樽，必须分外留意。此是说梅花，是不但说梅花。"欲寄所思"，虽用梅花故事，然实只寄此意，故以"又黄昏"三字，结出眼泪也。

送舒州宿松县傅少府

离江漠漠树重重，东过清淮到宿松。

县好也知临皖水，官闲应得看灊峰。

春生绿野吴歌怨，雪霁平郊楚酒浓。

留取余杯待张翰，明年归棹一从容。

【前解】

送别诗，更不作执手挥泪语，轻轻只将"东过清淮"四字，一撤竟过。下却纯写到官后一段闲寻幽讨，人地适符，别样快活，此为先生推陈出新之法也。

【后解】

"歌怨""酒浓"，此是宿松风物。乃诗意正在两上半句，言"春生绿野""雪霁平郊"，明年正当尔时，我归舟亦适过县前也。此非真欲留杯相待，盖言为别极其不远。最是清新绝俗之作。

莲塘驿

莲塘馆东初日明，莲塘馆西行人行。

隔林啼鸟似相应，当路好花疑有情。

一梦不须追往事，数杯犹可慰劳生。

莫言来去只如此，君看鬓边霜几茎。

【前解】

动笔写得"莲塘馆东""莲塘馆西"，便知其是黄鹤楼好手。然此解，用意乃在"初日明""行人行"六字。"初日明"，犹言一何太早；"行人行"，犹言一何太忙也。三，"鸟似相应"，四，"花疑有情"，承上便极写此初日行人，胸前一片花锦前程，有如唾手可取也者，却被莲塘馆中，一个闲坐人看见也，笑倒也。〔小儿女不知此诗，谓此写莲塘景物，胡可与语。〕

【后解】

前解，写驿下劳人，后解，写驿中闲人也。"一梦"，言往者亦尝疾行逐日也；"数杯"，言迩来只是日高犹卧也。"来去只如此"者，大有漠不动心之人，猥言此驿来来去去，直是终古热闹，殊不知其十年大变，五年小变，驿则犹是，人齿加长，其奈之何哉！痛喝之曰"莫言"，婉点之曰"几茎"，诗人讽刺之良，于斯乎极矣。

忆九华

九华巉崒荫柴扉，长忆前时此息机。

黄菊倚风村酒熟，绿蒲低雨钓鱼归。

干戈已是三年别，尘土那堪万事违。

回首佳期恨多少，夜阑霜露又沾衣。

【前解】

　　特忆九华，却只写得"巉崒"二字，下去"黄菊"十四字，便纯写其息机。然则，何故又必题曰"忆九华"耶？不知处处有黄菊，处处有村酒，处处有绿蒲，处处有钓鱼，然而处处不见有人息机，则岂非"黄菊"十四字，乃在息机以后？若夫人之所以肯息其机者，则全为九华之巉崒故也。如此用笔精深，虽比唐初人奚让焉！〔世人解三、四，只说是九华景物，岂识先生精深二字。〕

【后解】

　　前解，写九华，后解，写忆。前解既已定当，后解即任意点笔皆合。其出色则又得末句，言又是菊黄、酒熟、蒲低、鱼美时也。

寄前宣州窦常侍

往年西谒谢玄晖，樽酒留欢醉不归。

曲槛柳浓莺未老，小园花艳蝶初飞。

喷烟瑞兽金三尺，舞雪佳人玉一围。

今日乱离寻不得，满簑风雨钓鱼矶。

【前解】

一诗只是二句，一句往年，一句今日，是为分解之最明者。〇"樽酒"句，未宜漫然读也。看他轻轻只用二字写主，成妙主；三字写宾，成妙宾。盖留者欢，醉者不归，此又岂是待留之宾，与容归之主耶？此真一时出自偶然，千遍说之不足者。若徒漫然读之，则只是留住欢乐，醉倒失归，直一市魁眠酒肆无赖语耳，奈何乎污先生笔尖也！三、四，"未"字、"初"字，妙，妙！一"未"字，便是前已不是一日二日，一"初"字，便是后亦不是一日二日。此正极写主留宾不归，一片两忘神理，为出神入化之笔也。

【后解】

诗中"金""玉"字自来难用。此又不知何故，再加"三尺""一围"二字，反更见其清空，此真天遣裁诗，别又有故，世人不复能知之也。末句，"满簑风雨"字，非为钓鱼点染，正特写来与上"金三尺""玉一围"作比对，读之眼泪不哭自流矣。［便是唐初人佳笔，何意篇终见之。］

罗邺

一首

余杭人。父为盐铁小吏，有二子，俱以文学干进，邺尤长于七言。时宗人隐，亦以律韵著称。然隐才雄而疏，邺才清而致。俯就督邮，无成而卒。集一卷。

征人

青楼一别戍金微，力尽秋来破虏围。

锦字莫辞连夜织，塞鸿长是到春归。

正怜汉月当空照，不奈胡沙满眼飞。

唯有梦魂南去日，故乡山水路依依。

【前解】

此是代征人寄内之言，非咏征人也。一句，忆别；二句，诉苦；三句，望信；四句，克期。易明。

【后解】

前解，犹是南望，后解，并不得南望，此为至苦也。此诗本不足存，念其犹知分解，遂不复去，以留其名也。

唐末人。集一卷。

赠索处士

不将桂子种诸天，长得寻君水石边。
玄豹夜寒和雾隐，骊龙春暖抱珠眠。
山中宰相陶弘景，洞里真官葛稚川。
知我别君在何处，水寒烟碧落花前。

【前解】

看来一、二，是懊悔语，言当时若不通籍，必得相从至今。乃三、四，却又不说所以欲相从者何故，又只自叙云：我如果得相从，便当尽卷所学，无冬无春，休去歇去，以为一生胜算云尔。则是一、二不懊悔不得寻君水石边，正懊悔误将桂子种诸天也。〔"和雾"，言一总无人识得也。"抱珠"，言我只自爱我宝也。〕

【后解】

五、六，只作遥呼处士。遥呼之也者，欲问其知我不知我，而遂告以昔年桂子人，今日只是落花人，为懊悔之至也。看他特地用"宰相""真官"字，指东骂西，妙，妙！〇亦不减唐初人妙笔。

寄左先辈

紫箫白鹤上青天，何似兰塘钓晓烟。

万卷祖龙坑外物，一泓孙楚耳中泉。

翩翻蛮榼熏晴浦，毂辘鱼车响夜船。

学取青莲李居士，一生杯酒作神仙。

【前解】

一，特地写一神仙。二，忽将先辈平压之。此若非七、八仍结神仙，则竟可谓之浪笔也。三，是写先辈内叩之有如此。四，是写先辈外望之又如此。今人最苦是胸中无有，又苦是胸中乍有，即又早已面上都有。然则，此十四字，虽欲不谓之神仙，亦不可得也。谁数"紫箫""白鹤"何物哉！〔"兰塘"五字，只是囫囵写一先辈，其"何似"二字，必用"万卷"十四字消释。〕

【后解】

五，写昼饮，六，写夜眠。何用多夸，须要知此必是胸中万卷人，然后能为此。此间有大段难着力处，是故为足述也。七、八，学取李太白，学其浩然之气，不是学其烂醉也。〔高一步诗，每遭低一步人说坏。如此等诗，今日初洗出。〕

秋宿湘江遇雨

江上阴云连日昏，江边深夜舞刘琨。

秋风万里芙蓉国，暮雨千家薜荔村。

地主望中迷橘柚，旅游谁肯重王孙。

渔人相见不相问，长笛一声归岛门。

【前解】

前解，只一句七字，写遇雨，其余却是写自己胸前一段意思。言以夜犹起舞之人，而今滞于芙蓉国下、薜荔村中，敬问苍天，是何道理乎？若说只是雨景，便不是律诗。

【后解】

后解，又透过《离骚·渔父》篇一层。五、六，言寻常不相惜，何足怪；七、八，言乃至渔父亦不与语，此其颜色憔悴，形容枯槁，真可为之痛哭也！

秋夜同友人话旧

露下银河雁度频，囊中炉火几时真。

数茎白发生浮世，一盏寒灯共故人。

云外箪凉吟峤月，岛边花暖钓江春。

何当归去重携手，依旧红霞作近邻。

【前解】

　　此诗，我每嫌其大有鬼气，然而洵是佳作也。一句，写是夜夜坐，转坐转深。二句，写故人相对，一无所有。夫深夜久坐，最苦是一无所有；一无所有，最苦是深夜久坐。乃今相对是故人，既不得不久坐，而坐来是穷主，又终竟无所有，以此思不乐，诚乃不乐不啻也。三、四，又承二，极写一无所有之实况也。"浮世"之为言，亦不久生也，而今犹生于此，是岂多有受用！不过数茎白发，犹戴髑髅耳。故人之为言，并非他人也。而今以何相共，我安所得他物，只有一盏寒灯，静照双影耳。读此等诗，不惟今夜遍身不快，多恐明日尚逢不祥，用是凡几番欲删去之。

【后解】

　　后解，特地转笔作好语。然"凉""峤""暖""江"，终然鬼气。我几番欲删，而犹故存之，亦为其分解明白矣。

徐夤

二首

字昭梦，莆田人。

赠黄校书先辈璞闲居

取得骊龙第四珠，退依僧寺卜贫居。

青云满眼不干禄，白发盖头仍著书。

东序午钟行白饭，南园夜雨长秋蔬。

月明扫石吟诗坐，不问全无担石储。

【前解】

一，已叨第四人登第。二，却不拜官。三，承一。四，承二。此是暗取《论语》"子使漆雕开仕，吾斯之未能信""不志于谷，不易得也"意为诗，亦只平平。

【后解】

后解，独写"不问"二字。五，饭是僧饭；六，蔬是僧蔬。彼皆不问也，一味吟诗而已。嗟乎，王播木兰之钟，殆实有其事哉！

览柳浑汀洲采白蘋之什因成

采尽汀蘋恨别离，鸳鸯鸂鶒总双飞。

月明南浦梦初断，花落洞庭人未归。

天远有书随驿使，夜长无烛照寒机。

年来泣泪知多少，重选朱痕在绣衣。

【前解】

蘋至洁白，"采尽汀蘋"，则洁白至底，宜乎并无此诗也。然礼者，先王之所贵也；情者，又圣人之所不禁也。人生会合，则鼓歌以导其欢；别离，则泣涕以摅其恨。此亦自然必至之极致，又谁制之使必不得自说哉！于是选写"鸳鸯""鸂鶒"，言世间无物不双飞者，因承三、四，自悲我独于罹，真绝妙好辞也。

【后解】

后解，又翻织锦回文案成新构。言天即远，仍有驿使；然夜虽长，不拟裁诗，所谓但拼憔悴死，不解害相思也。泪痕在绣衣，言教他自看也。旧传女郎离魂，读此诗，真欲魂离而去矣。

庐江人。诗调寒苦，每有瘦童羸马之叹。山中浮屠，梦仰视，见一大星，芒色甚异，旁有人指之曰："此伍乔星也。"既觉，访得乔，乃倾资奉之，使入金陵举进士。故事，中选者，主司必延之升堂置酒。时有宋贞观者，首就坐，张泊续至，主司览其文，揖贞观南坐，引泊坐于西。酒至数行，乔始上卷，主司叹其杰作，乃徙贞观处席北，泊处席南，以居宾席。及复考榜出，乔果为首，泊、贞观次之，当时称主司精衡鉴。元宗亦大爱乔程文，命勒石以为永式。仕至考功员外郎。

晚秋同何秀才溪上

闲步秋光思杳然，荷蓑因共过林烟。

期收墅药寻幽路，欲采溪菱上小船。

云吐晚阴藏霁岫，柳含余霭咽残蝉。

倒尊尽日忘归处，山磬数声敲暝天。

【前解】

一、二，写同何秀才，亦不必定同何秀才；溪上，亦不必定溪上，只是随身所至，随遇所有，随心所起，随境所合，写出一片纯是天趣，其中并无一点成见。三、四，承之，犹言收药、采菱，无所不可也。

【后解】

五、六之"晚阴""余霭"，即其尽日忘归之实在景物也。又加暝磬句，以见主犹未倦，客亦不发，是日遂至于尽而又尽也。

无
名

一
首

游朱陂故少保杜公林亭

杜陂池馆洛城东，孤岛回汀路不穷。

高岫下疑三峡尽，远波初谓五湖通。

梧桐叶暗萧萧雨，菱荇花香淡淡风。

还有昔时巢燕在，飞来飞去画堂空。

【前解】

略不写杜少保，只一笔写其林亭位置，便自令人追想少保不尽。夫山疑三峡，水似五湖，此事谈何容易。少保苟非风流人物，何能遽到如许！或曰：此特文人假借之语。不知三、四，只是出力描模上句"路不穷"之三字，若曰假借，则"路不穷"三字假借耶？

【后解】

上解，且写林亭。后解，方写伤逝。此亦本是薄诗，因其分解明净，故以终篇。

字清昼，姓谢，湖州人。灵运十世孙。颜真卿为刺史，集文士撰《韵海敬源》，预其论著。诗集十卷。

皎然

一首

晚春寻桃源观

武陵何处访仙乡，古观云根路已荒。

细草拥坛行不得，落花沉涧水流香。

山深宿雨寒仍在，松直微风韵亦长。

只此引人离俗境，玄家果亦照迷方。

【前解】

一、二，写真灵境界，欲寻即无路可寻。三、四，再写之，言若问别处，则实是更无别处，除非此处，则任汝谛认此处。所谓特与痛拶一上者也。

【后解】

五、六，写太上消息，不寻即又满街抛撒。"只此"，妙，妙！

清江

一首

大历时人，与章八元同倡和。

喜严侍御蜀还赠严秘书

往年分散出咸秦，木落花开秋又春。

江客不曾知蜀路，旅魂何处访情人。

正当望月思文友，恰喜迎骢见近臣。

多羡二龙同汉代，绣衣芸阁共荣亲。

【前解】

题是喜逢，一解，却反追写分散，大好律诗身分。〇三、四，"蜀路""情人"，只是独写侍御，却于起句分散中，带有秘书来。其故甚细，不可不察。

【后解】

五，先插秘书在前；六，方纪喜逢侍御。此为律诗安放法也。

护
国

一
首

江南人。

伤蔡处士

筐中遗草尽琅玕，旧日门人洒泪看。

三径宛然寻句踏，数签犹是记书残。

晨光不借泉门晓，暝色惟添栊树寒。

欲问皇天天正远，有才无命说应难。

【前解】

前解，只写得"尽琅玕"三字。"洒泪看"，妙！"旧日门人"，妙！言其为琅玕，则非虚传而已，的的有人，反复再看，每遍为之称冤洒泪。问是何人，则情知只是"旧日门人"，岂更有余人耶！三，写其琅玕得时；四，写其琅玕来处。

【后解】

五、六，妙！言处士一生，从无借光，惟添寒色。今在身后，即更不必说也。"说应难"三字，意直欲热剥皇天面皮，犹言赖是正远，设使不远，看天有何成说也。

贯休

一首

姓姜氏，字德隐。婺州兰溪人。工篆隶。入蜀，王建遇之厚，尝召令诵近诗。时贵戚满座，休欲讽之，乃称《公子行》云："锦衣鲜华手擎鹘，闲行气貌多轻忽。稼穑艰难总不知，五帝三王是何物？"建称善，贵幸皆怨之。休与齐己齐名。有《西岳集》十卷，吴融为之序。

献蜀王建

河北河南处处灾，惟闻全蜀少尘埃。
一瓶一钵垂垂老，千水千山得得来。
心识西南多胜境，愿于幽邃着寒灰。
谁言林下龙钟客，乘兴还登郭隗台。

【前解】

只是寻常一直说话，喜其"老"上用"垂垂"字，"垂垂"上用"一瓶一钵"字，"来"上用"得得"字，"得得"上用"千水千山"字。自述本意万分不来，而今不免于来。笔态一曲一直，浑然律诗前解自然合式也。

【后解】

皆一直寻常说话，自然律诗后解合式也。

齐己

四首

本姓胡，名得生。与仰山为同门友，后居西山。有《白莲集》十卷，又外编一卷。

中秋月

空碧无云露湿衣，众星光外涌清规。

东林莫碍渐高势，四海正看当路时。

还许分明吟皓魄，肯教幽暗取丹枝。

可怜半夜婵娟影，正对五侯残酒卮。

【前解】

方外人。何事作此闲言语！我特喜其起句七字，是律诗前解好手。［谓其不奢不切。］

【后解】

"还许"者，不许也；"肯教"者，不肯也。与七、八，四句成解，骂人也。

寄庐岳僧

一声飞锡别区中，深入西南瀑布峰。

天际雪埋千片石，岩前冰折几株松。

烟霞明媚栖心地，藤竹萦纡出世踪。

莫问江边旧居寺，火烧兵劫断斋钟。

【前解】

一声锡响，去得恁疾；雪埋冰折，入得恁深。一解诗，分明便是"一自泥牛斗入海，直至于今无消息"句也。

【后解】

此僧不知何人，辱己公写到如许，真大死后重更活人，诸佛不奈之何者也。○写心地，不用寂寞字，偏说"烟霞明媚"。写行履，不用孤峭字，偏说"藤竹萦纡"。此是雪埋冰折后，自然无碍境界，非他人所得滥叨也。若夫世间未经冰雪之士，即有如七、八所云矣。

闻尚颜上人创新居有寄

麓山南面橘州西，闻道新斋与竹齐。

野客可曾将鹤赠，江僧未说有诗题。

窗中峯霭云千嶂，枕上潺湲月一溪。

此处正安吟榻好，松阴冷湿壁新泥。

【前解】

一句，分明是写创；三、四，分明是写新；只有二句之"与竹齐"三字，却是写景。甚矣，律诗之不肯写景也！

【后解】

前解，写新居之新；此解，写新居之受用也。易解。〇末句，只写得"壁新泥"三字耳，上四字，只如一人问云："松阴何故冷湿？"因答之云："非冷湿也，乃壁新泥耳。"

送人入蜀

何必重歌蜀道难，知君不把崄巇看。

寻常秋泛江陵去，容易春浮锦水还。

双碧到天神女峡，空青无地丈人山。

文君酒市逢初雪，地冻风寒君下鞍。

【前解】

一、二，发誓不说蜀道难；三、四，不觉仍说蜀道难。何也？既是相送，必是相关，发誓不说以成彼志也；不觉仍说，以致我情也。

【后解】

"双碧到天""空青无地"，此写蜀道正难处也。若"文君酒市"，则难处已都过也。然于意犹未尽，故又补写"地冻风寒"四字，再倒捆上文之难，然后方落"君下鞍"三字。起句云"何必重歌"，今乃不但一歌再歌矣！

怀齐己上人

鬓毛秋色两苍苍，独对龛前一炷香。

老去身心俱寂寞，年来亲友总凋伤。

峨嵋山色侵云直，巫峡滩声入夜长。

又喜同心有支遁，时时闲信到闲房。

昙

域

一
首

【前解】

人只知鬓毛苍苍是惊心语，不知此又陪一秋色苍苍，是加倍惊心语也。"龛前一炷香"，岂是闲写禅人好景？解人读之，正复令上句"两苍苍"当面迅疾，有如瀑布。盖四句之亲友凋伤，心知总向此中断送去已。看他一解诗，若不是第三句呈出自己境界，几乎被人看作小乘电光初智。即论诗，若不是第三句离上又作一顿，亦几乎不成律诗前解，谁谓律诗可漫作哉！

【后解】

此解，另将异样本事，独写身心寂寞也。夫身心寂寞，非捐弃声色之云也。一切色，一切声，不坏如故，而宴然不动，喻如大海。古德云：别来三十年，且喜日日不少盐酱。此又何必己公真寄信来，盖己公无时不寄信来矣。彼殷洪乔那复解此！

若
虚

一
首

乐仙观

乐氏骑龙上碧天，东吴遗宅尚依然。

悟来大道无多事，化后丹红不必传。

老树夜风虫吃叶，古坛春雨藓生砖。

松倾鹤死桑田变，华表归乡未有年。

【前解】

二，写观；一，写仙；三、四，置观且不题，却先了他仙人骑龙上天一案，此亦律诗一身分也。○问乐氏何故上天？曰：无何故也。然则乐氏何故上天？曰：我今已不知其何故也。三、四之妙如此。○此一、二，便是崔颢《黄鹤楼》起句，而三、四异矣。

【后解】

五、六，是写今日观，非写昔日观。七，直写他日观，并无今日观也。眼光手法，都从前解"尚依然"三字来，可知。

武昌怀古

栖一

二首

一代君臣尽悄然，空遗闲话遍山川。

笙歌罢吹几何日，台榭荒凉七百年。

蝉响夕阳风满树，雁横秋浦雨连天。

长江日夜东流水，两岸芦花一钓船。

【前解】

"一代君臣"，字法；"悄然"，字法。此亦只是平平句，却为字法惊人，使我不乐移时也。"话遍山川"，妙！如某泉是某公饮马泉，某石是某王试剑石。"闲"字，妙！仔细听之，直是并无交涉。"几何日""七百年"，妙！顺流下来，真乃不过瞬眼，逆推转去，却已遥遥甚久，盖一切世间总被公六字题破也。至于三承"一代君臣"，四承"尽悄然"，想人皆知之。

【后解】

后解，自"蝉响"至"芦花"，凡二十五字，皆写"悄然"，却将"一钓船"三字，写"一代君臣"，使人有眼泪亦不复能落。此又唐一代人并未曾有之极笔矣。

怀庐山旧隐

九迭芙蓉峭到天，悔随瀑水下寒烟。

深秋猿鸟来心上，彻夜松杉在眼前。

书架坏知成朽菌，石窗倒定漫流泉。

一枝竹杖游江北，不见炉峰二十年。

【前解】

落手七字，写出异样妙丽。于是二句之"悔"下，只是此七字；三、四之"来心上""在眼前"，亦只是此七字。坡翁每云"作诗如救火捕贼"，此七字斗地刺眼来时，便是如火如贼，既被捉住，早一切都毕也。

【后解】

"书架"十四字，不晓诗人，谓之写景，殊不见其中间有"知"字、"定"字，如何都是景耶！须知此二句，便是末句之"二十年"字。从来律诗五、六法如此，不如此，不复成后解。

顺治十七年四月十八日，说唐人七言律诗竟。

男雍释弓笔受并补注

学人顾祖颂孙闻校过

金圣叹选批

杜甫诗

余尝反复杜少陵诗，而知有唐迄今，非少陵不能作，非唱经不能批也。大抵少陵胸中具有百千万亿漩陀罗尼三昧，唱经亦如之。乃其所为批者，非但刳心抉髓，悉妙义之闳深，正复祛伪存真，得天机之剀挚。盖少陵，忠孝士也，非以忠孝之心逆之，茫然不历其藩翰，况于壶奥！犹记我友徐子能有咏杜一律云："诗史《春秋》笔，大名垂草堂。二毛反在蜀，一字不忘唐。佛让王维作，才怜李白狂。晚年律更细，独立自苍茫。"此乃字字实录也。唱经在舞象之年便醉心斯集，因有《沉吟楼借杜诗》，庄、屈、龙门而下，列之为第四才子。每于亲友家素所往还酒食游戏者，辄置一部，以便批阅。风晨月夕，醉中醒里，朱墨纵横，不数年所批殆已过半，以为计日可奏成事也，而竟不果，悲夫！临命寄示一绝，有"且喜唐诗略分解，庄骚马杜待何如"句，余感之，欲尽刻遗稿，首以杜诗从事，已刻若干首，公之同好矣。兹沚上归，多方搜辑，补刻又若干首，而后第四才子之面目略备，读者直作全牛观可乎！

矍斋金昌长文识

才子书小引

仆往时曾见有"人生奇福，是读未见书"之语，心极以为不然。何则？书自《五经》《语》《孟》《左》《国》《庄》《屈》《史》《汉》《韩》《苏》以还，约略亦总尽矣，尚有何未见书又应见？即有之，亦大都剽割如上诸书之肤膜，以自缪于同时小儿之前曰"某亦有书"云尔即已耳，而奈何谓足当乃公见，见而又屈乃公读，读而乃公又自以为奇福者耶？既而仆入唱经之室，而始然惊焉！唱经，仆弟行也。仆昔从之学《易》二十年，不能尽其事，故仆实私以之为师。凡家人伏腊相聚以嬉，犹故弟耳；一至于有所咨请，仆即未尝不坐为起立为右焉。夫唱经室中书，凡涉其手者，实皆世人之所并未得见者也。何必疑如上诸书之外，又别有书？正即彼如上诸书，人人孰不童而艺之也者？然以云见，则亦可称一交臂之间矣。间尝窃请唱经："何不刻而行之？"哑然应曰："吾贫无财。""然则何不与坊之人刻行之？"又颦蹙曰："古人之书，是皆古人之至宝也。今在吾手，是即吾之至宝也。吾方且珠椟锦袭香熏之，犹恐或亵，而忍遭瓦砾、荆棘、坑坎，便利之惟命哉？"凡如此言，皆其随口谩人。夫唱经实于世之名利二者，其心乃如薪尽火灭，不复措怀也已，独是吾党则将奈之何软？且今唱经年亦已老，脱真不讳，是亦为人生之常，而万一其书亦因以一夜散去，则是不见者终于不得见也！即不然，而唱经身后颇亦有人为抱不得同时之恨，而终与之发其光焰，因而复得人人见之，此则后之人自快乐，其与今之人固无与也。夫人生世上，不见唱经书，即为不见如上诸书矣，能不痛哉！能不痛哉！兹暮春之月夕，仆以试事北发，辱同人饯之水涯，夜深偶语及此，皆慷慨歔，若不胜情。仆曰："岂有意乎？"皆举手曰："敬诺！"因遂呼笔识之如左。仆既竟去，殊未知诸子将何以为之所也！

时顺治己亥春日，同学罍斋法记圣瑷书

游龙门奉先寺

题是《游龙门奉先寺》，及读其诗起二句，却云："已从招提游，更宿招提境。""已"字、"更"字，是结过上文，再起下文之法。今用笔如此，岂此诗乃是补写游以后事耶？然则当时此题，岂本有二诗，而忘其第一首耶？我反复思之，不得其故。一日无事闲坐，而忽然知之：盖此篇乃先生教人作诗不得轻易下笔也！即如是日于正游时若欲信手便作，岂便无诗一首？然而"阴壑""月林"之境必不及矣！夫此境若不及，便是没交涉。夫作诗没交涉，便如不曾作。先生是以徘徊不去，务尽其理。题中自标"游"字，诗必成于宿后。如是，便将浅人游山一切皮语、熟语、村语，掀剥略尽，然后另出手眼，成此新裁。杜诗为千古绝唱，洵不诬也！〇岂惟游山，即定交亦然。陶诗云"闻多素心人，乐与数晨夕"，必与之数晨数夕，而后斯人之神理始出。今日草草一揖，便欲断其生平，此胡可得？〇哀哉！今之诗人，若天幸作得此一首诗，岂有不改题为《宿龙门奉先寺》者耶！

已从招提游，更宿招提境。

阴壑生灵籁，月林散清影。

人亦能知杜诗起句突兀，不能知此起之突兀也。看诗气力全在看题，有气力看题人，便是有气力看诗人也。〇日间一游，只为已尽招提，又岂知招提有境，乃在夜宿始见。信知天下事，多有迟之迟之而始得者。三四此即所谓"招提境"也。写得杳冥澹泊，全不是日间所见。"境"字与"景"字不同，"景"字闹，"境"字静；"景"字近，"境"字远；"景"字在浅人面前，"境"字在深人眼底。如此十字，正不知是响是寂，是明是黑，是风是月，是怕是喜，但觉心头眼际有境如此。向使游毕便去，岂不终失此境？即使不去，而或日间先作一诗，彼一宿之后，岂不大悔哉！

天阙象纬逼，云卧衣裳冷。

欲觉闻晨钟，令人发深省。

五写龙门，写其高。〇龙门山，一名关塞山，又名伊阙山也。六写奉先寺，写其寒。〇"云卧"字，对"天阙"，作实字用，犹言云堂、云房。今僧家禅坐处，多有此名。"欲觉"者，将觉未觉也。此时心神茫然，全不记自身乃宿高寒境界。吾尝醉宿他人斋中，明旦酒醒，开帏切认，此竟何处耶？被先生轻轻画出。"闻钟""深省"，后人务要硬派作悟道语，何足当先生一噱？先生只是欲觉之际，全不记身在天阙之上、云卧之中，世人昏昏醉梦，不识本命元辰，如此之类，正复无限。乃恰当此际钟声訇然，直落枕上，夫而后通身洒落，吾今乃在极高寒处，是龙门奉先寺中也。所谓半夜忽然摸着鼻孔，其发省乃真正学人本事。若如世人所言悟道者，吾不知其所悟何道也！"欲觉"，何不"便觉"？写尽世人悠悠忽忽，欲觉不觉，而晨钟代为发省，是以学者乐与橛橛同住耳。〇玩此章法，则知三四句乃招提之境，而五六句乃招提境中之人也。

赠李白 (二年客东都)

题本赠人，而诗全写自己胸臆者，盖古者赠人之法：富者以财，君子以言，皆实出所有以裨益人。若后人信手横涂而题曰"赠某人"，实是用错"赠"字也！○十二句诗，凡十句自说，只二句说李侯者，不欲以东都丑语，唐突李侯也。看他用意忠厚，如此类甚多。○唐人诗，多以四句为一解，故虽律诗，亦必作二解。若长篇，则或至作数十解。夫人未有解数不识而尚能为诗者也。如此篇第一解，曲尽东都丑态；第二解，姑作解释；第三解，决劝其行。分作三解，文字便有起有转，有承有结，从此虽多至万言，无不如线贯华，一串固佳，逐朵又妙，自非然者，便更无处用其手法也。

二年客东都，所历厌机巧。

野人对腥膻，蔬食常不饱。

"厌"，足也，熟也。只此一字，供招已尽，犹言被东都教坏了也，于二年中学坏了也。三四，急承上文，写出厌足机巧人丑态来：未来东都时，蔬食一饱，颓然自乐；乃今二年，腥膻满鼻，饫闻足见，先之蔬食，不能复饱。写尽野人到京师不安分，不自得，无限苦事。

岂无青精饭，使我颜色好。

苦乏大药资，山林迹如扫。

看他凭空用"岂无"二字，忽作一转。"青精饭"，只是脱身归山寻常蔬食耳，非真用陶隐居法也。七八二句，说出二年以前来东都本意，只因一"资"字，误尽志气人，使贫士无力学道者，放声一哭！夫所谓"大药资"，岂须多金哉？屋足盖头，田足糊口；韭毛竹笋，足可留客；粗纸中笔，足用抄书；则山林老死，人亦不来，我亦不出，诚大乐事也！只为缺此，勉来东都，冀得如许，便疾引去，又岂料一投苦海，更难拔脚，鹿鹿二年，了无成办。天下滔滔，谁不胸中抱此隐痛哉！

李侯金闺彦，脱身事幽讨。

亦有梁宋游，方期拾瑶草。

"脱身"二字，情见乎词。盖其前之苦，其后之乐，皆不言可知矣！结妙，既已贺其脱身，随又自求脱身，以见东都脱身之难，以勉李侯不可再来，真是朋友规劝良式。○李侯诗，每好用神仙字，先生亦即以神仙字成诗。

望岳

（岱宗夫如何）

"岳"字已难着语，"望"字何处下笔？试想先生当日有题无诗时，何等经营惨淡。○此诗每二句作一解读。

岱宗夫如何？

一字未落，却已使读者胸中、眼中，隐隐隆隆具有"岳"字、"望"字。盖此题非此三字，亦起不得。而此三字非此题，亦用不着也！○"夫如何"，犹云："一部十七史，从何说起？"一题当面，心手茫然，更落笔不得，恰成绝妙落笔。此起二语皆神助之句。

齐鲁青未了。

凡历二国，尚不尽其青，写"岳"奇绝，写"望"又奇绝。○五字何曾一字是"岳"？何曾一字是"望"？而五字天造地设，恰是"望岳"二字。

造化钟神秀，阴阳割昏晓。

二句写"岳"。岳是造化间气所特钟，先生望岳，直算到未有岳以前，想见其胸中咄咄！"割昏晓"者，犹《史记》云："日月所相隐辟为光明也。"一句写其从地发来，一句写其到天始尽：只十字写"岳"遂尽。

荡胸生层云，决眦入归鸟。

二句写"望"：一句写望之阔，一句写望之远。只十字写"望"亦遂尽。○从来大境界，非大胸襟未易领略，读此四句益信。

会当凌绝顶，一览众山小。

翻"望"字为"凌"字，已奇；乃至翻"岳"字为"众山"字，益奇也。如此作结，真是有力如虎。○而庵说曰："钟神秀"者，"神"言变化不测，"秀"言苞含万有。山之后曰"阴"，日光之所不到，故"昏"；山之前曰"阳"，日光之所到，故"晓"。望岳则见岳之生云，层层浮出来，望者胸为之荡。望之既久，则见归鸟，眼力过用，欲闭合不得，若眦为裂者然。"眦"，眼两眶红肉也。《子虚赋》云："弓不虚发，中必决眦。""入"字如何解？日暮而归鸟入望，其飞必疾，望者正凝神不动，与岳相忘，但见有物一直而去，若箭之离弦者然。又，鸟望山投宿，若箭之上垛者然。此总形容望之出神处。说"决眦"字、"入"字确极。

刘九法曹郑瑕丘石门宴集

题中无"枉"字，又无"陪"字，然则先生不与宴集矣，如何又有此诗？及读"掾曹""能吏"二联，而后知刘乃枉驾，郑乃夤缘。一段幽事，败于俗物，故不复书"枉"书"陪"，以明是日身直不在酬酢中。因叹一起一结之妙，正不止于傲然不屑而已。

秋水清无底，萧然净客心。

掾曹乘逸兴，鞍马到荒林。

秋水不但清，乃至于无底，则是渣滓尽去，更不受人动摇。此句兴而比也。夫客心岂能尽无彼我是非？今对此无底清水，不觉萧然都净。读此一起，便知是日有满眼难看之事，先生一以汪洋之度容之也。三四，先出刘九，看"逸兴""荒林"字，接上"秋水"字，知刘九本不恶。

能吏逢联璧，华筵直一金。

晚来横吹好，泓下亦龙吟。

五六，出郑瑕丘。"能吏"字下得毒。僻地到一曹官，便又寻踪蹑影，此非"能吏"而何？"逢联璧"字，写尽丑态。此时但有两官人相对，彼一老人，竟不知复置何地矣！"一金"，三十两也。"直"字妙，便特地与他估算出来，真毒眼毒口。下吏奉承上人，此费岂止一次？聊与点破，为民脂民膏一哭。又岂知乘兴到荒林者，初心亦不欲尔哉！先生于此不好看，不屑看，亦不忍看，于是据床横笛，自出爽致。彼"联璧""一金"，于我何有？"泓下""龙吟"者，言彼既狐鼠为群，我自与龙吟相应，不可言是日曾与人为伍也。诗极难看，从看题得之。

此诗着意，全为与李十二白同寻，全不为范十隐居。因思前篇痛恨东都，而以脱身为李侯贺，岂非先生深见李侯有才无识，将恐不免于世，故特惓惓再三致勉耶？读先生全集，处处见其忠孝友爱之盛心，故于此诗，必不敢忽过也。

李侯有佳句，往往似阴铿。

赞李侯诗，分寸极明。"有佳句"，则不赞律诗，但赞绝句也。"似阴铿"，则不赞七言，只赞五言也。"往往似"，则虽有律与古诗，而其全篇不能尽佳也。此非文人相轻，盖古人月旦之法如此。

余亦东蒙客，怜君如弟兄。

"余亦"是承上语，而只以乡里成句者，不欲以前辈自居也。看他一片奖诱后学心地，我尝恨韩昌黎妄自尊大，视先生何啻天壤！

醉眠秋共被，携手日同行。
更想幽期处，还寻北郭生。

眠何必共被？行何必携手？此殆言己无日无夜不教侯作诗。读他日"重与细论"之句，盖先生之教之，不信然哉！○以上先写侯之能诗，及己之爱侯如此。以下方转笔出题，云夫爱之，则不得不终教之。于是我心于侯更有进于学诗一事者。"更想"字，转笔恁好。"想幽期"而"寻北郭"，然则非为北郭也，借北郭而为李侯丹头也。看诗全要在笔尖头上，追出当时神理来。

入门高兴发，侍立小童清。
落景闻寒杵，屯云对古城。

以上以下，皆是与李十二白同寻，只此四句，是范十隐居，然也是点化李侯要语。入门兴发，言新到人躁气未除。侍立小童，言住山人威仪闲雅。只十字，便活画出少年跳踯叫呼，天地何物，一旦蓦然入有道室中，亲见彼家奴婢如法，器钵无声，而后流汗满背，几至坐立不得，始喟然叹人固不可以一日不学也。嗟乎，岂不晚哉！"落景"句，言流光迅速，人寿无几。"屯云"句，言世事无常，顷刻变灭。凡四语，语语使李侯通身冷汗。

　　向来吟《橘颂》，谁欲讨莼羹？反结。

　　不愿论簪笏，悠悠沧海情。正结。

　　上四句既借范隐居作丹头，活现点化，此更以四句严正决绝之。言向来若使早吟《橘颂》，有悟于"受命壹志""独立不迁"等语，则亦何至今日见秋风，思莼菜，我所本有，求而不得也哉？然则自今以后，便当决意远去，舍簪笏而沧海，一误不可又误也。○"谁"字妙，言当时我若不来，则今日何人要去？自笑自怨，戏谑如画。

此诗是历尽艰难语，与他处好静山居不同。○前首标隐居之胜，后首记张氏之情。

春山无伴独相求，伐木丁丁山更幽。

涧道余寒历冰雪，石门斜日到林丘。

春日山行，不忧无伴，乃先生无伴，则不得不求张氏。独先生求张氏，亦更无有求张氏者。七字中，又言"无伴"，又言"独"，而以"春山"二字作起，便写得喧闹中两人俱出一头地矣。笑杀春山外人，成群结队，那有工夫到此？"更幽"字妙。有只是一身而亦喧者，春山所以畏俗子也；有多添一人而逾静者，春山所以爱幽人也。看其自待之高如此。三四，写出一片森寒杳冥境界，可见人迹所不欲到。涧道寒威凛然，已历无数冰雪；石门日色尚在，余光直下林丘。此二句，虽复写景，然人生世上，受尽艰苦之累，晚岁始肯休歇，无数冷暖自知之事，十四字已摄无不尽矣。

不贪夜识金银气，远害朝看麋鹿游。

乘兴杳然迷出处，对君疑是泛虚舟。

"不贪""远害"四字，是隐居真诀。《天官书》："金银之气见于上，下必为覆军之墟。"古语："麋鹿走于山林，而命悬于庖厨。"利害如此，既已识得透，看得确，而尚敢贪，尚敢不远，岂人情哉？说得悚然。七八承上文，言说到此处，便使人回视山外，茫无投足之处，故云"杳然"。既对君如虚舟，然则山外干戈相寻，不言可知。

其二

之子时相见，邀人晚兴留。

济潭鳣发发，春草鹿呦呦。

"时"乃是时，承上篇补叙张氏之情，不可释作"时时"。"晚"字、"兴"字，乃邀之二端，而先生所以留者也。鱼"发发"，此"晚"字也。"鹿呦呦"，此"兴"字也。日晚则鱼跃，后诗云"紫鳞冲岸跃"，又云"鱼跳日映山"一也。日晚腹饥，胡可不留少住？只此二语，想见张氏真率友爱。

杜酒偏劳劝，张梨不外求。

前村山路险，归醉每无忧。

田园之乐，有如是夫！杜康酒，大谷梨，用来恰合。"偏劳劝""不外求"，语气便暗带"不贪""远害"来。结句"无忧"字，紧跟着"险"字，心头有事人，忽然念及归路之险，不免一跳。既而自慰云："已得醉矣，又何忧焉？"盖无求于人，其乐如此，益叹陶公饥来叩门之苦也。此又翻尽前结。○矍斋云：唱经尝言"春山无伴"诗最难读。前解向得之一友，似非真笔，姑芟而藏之。及见而庵说唐诗，说此诗五六"不贪"字不读断，竟一直解下，妙绝！说"远害"句，毕竟未妥。愚谓并不读断为是，"害"即妨害之害，犹言"碍"也。盖云我从"石门斜日"一路行来，到此已夜矣。山中宝藏之气，夜行则或见之，我初无此意也。"金银气"，不过用《天官书》成语，岂谓石门真有？且入破军败国语何与？遂再转云夜行非我本心，只为涧道冰雪，来路甚远，不觉抵夜，势必留宿以待来朝，遂使尔清早款待。眼看麋鹿，不获忘情与游，则是我此来害之也。"贪"是说自己，"害"是说张氏。适然而夜，贪固无所贪；适然而朝，害何心于害？五六二句，不过要转出第七"乘兴"字来。盖君为虚舟，我故乘兴。兴之所至，为朝为夜，无所不可。"杳然迷出处"，正极言乘兴之妙耳。第二首"邀人晚兴留"，"兴"字本此"兴"字来，"晚"字接上"朝"字来。○题总曰"题张氏隐居"，看来前一首写此日夜到，后一首写明日晚留，请以质之而庵。

此岂"脱身幽讨"犹未遂耶？读"飞扬跋扈"之句，辜负"入门高兴""侍立小童"二语不少。先生不惜苦口，再三教戒，见前辈交道如此之厚也。

秋来相顾尚飘蓬，未就丹砂愧葛洪。

言不如葛洪求为勾漏令而得遂也。看他用"相顾"字，每每舍身陪人，真是盛德前辈。此用"丹砂"，与前用"青精""瑶草"同意。

痛饮狂歌空度日，飞扬跋扈为谁雄？

去又不遂，住又极难，痛饮狂歌，聊作消遣。飞扬跋扈，谁当耐之？一片全是忧李侯将不免。

登兖州城楼

此诗全是忧时之言，若不托之登楼，则未免涉于讥讪，故特装此题，以见立言之有体也。○杜诗题，有以诗补题者，如《游龙门奉先寺》是也；有以题补诗者，如《宇文晃尚书之甥崔或司业之孙尚书之子重泛郑监前湖》是也；有诗全非题者，如《江上值水如海势聊短述》是也；有题全非诗者，此等是也。其法甚多，当随处说之，兹未能悉数。

东郡趋庭日，南楼纵目初。

浮云连海岱，平野入青徐。

是时先生尊人为兖州司马，故有"趋庭"字。"初"字，一哭。犹言是日始知天下事至于如此。三四，因写上下纵目所见。兖州与青、徐二州接界，为河、济入海之冲，岱山在其境内，乃濒海一大都会也。今则纵目在上，一片都是浮云，浮云不知从何处来，至于连海、连岱，弥漫无有已时，则其昏昧甚矣！纵目在下，一派都是平野，平野已属不堪之极，至于入青、入徐，遥遥几千百里，则其荒芜甚矣！如此朝廷，成何朝廷？如此百姓，成何百姓？一处纵目如此，想处处纵目皆然，岂不岌岌乎殆哉！因转下秦、汉云云。○祸福起伏不定，故曰"浮云"。野望全无麦禾，故曰"平野"。

孤嶂秦碑在，荒城鲁殿余。

从来多古意，临眺独踟蹰。

若问秦，则孤嶂之上，仅有峄山碑尚在。若问汉，则荒城之中，仅有灵光殿尚存。峄山碑、灵光殿，旧属鲁境，皆古名迹也，故下以"古意"二字合之。夫秦不失德，则今日犹秦；汉不失德，则今日犹汉。乃今秦、汉何在，遂至有唐，则岂非"浮云""平野"之故哉？因言我从来读史，至如是事，未尝不临文嗟悼，惜当时之无人，不谓今日遂至目睹其事，盖忧惧无出之至也。"从来"二字，与上"初"字应成一篇，章法妙绝。"独"字悲愤之极，言今日临眺踟蹰，只我楼头一人耳，彼上下梦梦，殊未及知也。

通篇是"书怀"二字，借雨寓言耳。先生一片爱惜好人心地，如此篇者甚多，读者毋徒作文字放过，切嘱。

东岳云峰起，溶溶满太虚。

震雷翻幕燕，骤雨落河鱼。

眼见其出身处只如此大，所谓肤寸耳。"溶溶满"者，不谓便尔，乃至"震雷""骤雨"，何等声势，"翻燕""落鱼"，何等凌虐。小人胡可使得志耶！

座对贤人酒，门听长者车。

相邀愧泥泞，骑马到阶除。

只是处之以不见不闻，未尝因而丧我生平。看先生于此特用"贤人""长者"字，以反照上文人品，真是阳秋笔法。许主簿为先生所特邀，乃邀之而又必嘱其骑马者，君子爱人以德，甚不欲其一濡足于势利之涂也。一"愧"字下得甚妙。脱少不慎，而略被染污，则尔愧见我，我亦愧见尔也。许主簿何人，动先生如此爱惜，我甚思之。

巳上人茅斋

如云宿巳上人茅斋，则是赋宿者；今无"宿"字，则是特赋巳上人也。何处无上人？何上人无茅斋？今都不见及而独赋巳公，巳公未必荣，余公实愧死矣。

巳公茅屋下，可以赋新诗。

枕簟入林僻，茶瓜留客迟。

"下"字毒甚，"可以"字严甚。世间无限丑态，都藏在三间屋下，故人前敖曹之人，皆屋下罄折之人也。"可以赋诗"者，是言巳公之屋下可以赋诗，非言巳公可以赋诗也。如此行文，真是指吴山乃骂洞庭矣。"入林"，即"把臂入林"字。入林而携枕簟，则轩车迎送之苦免矣。留客只用家常茶瓜，客是以反乐得而迟迟也。写巳公屋下，真素如见。

江莲摇白羽，_{此巳公也。}天棘蔓青丝。_{此座客也。}

空忝许询辈，难酬支遁辞。

夫胸中蔓丝人，则乌知摇白羽者话头落处哉！推巳公至矣。"空忝许询辈，难酬支遁辞。"支遁、许询，皆晋时人。昔支公说法，必以许长史为都讲。盖一时机扣相入，虽云兴百问，瓶泻千酬，亦无不可。先生于巳公，谦不敢以都讲自居，故云然也。

句句是鹰，句句是画，犹是家常所讲。至于起句之未是画，已先是鹰，此真庄生所云鬼工矣！○末句不知其指谁，然亦何必问其指谁。自当日以至于今，但是凡鸟坏人事者，谁不为其所指？

素练风霜起，苍鹰画作殊。

拟身思狡兔，侧目似愁胡。

画鹰必用素练，只是目前恒事。乃他人之所必忽者，先生之所独到，只将"风霜起"三字写练之素，而已肃然若为画鹰先作粉本。自非用志不分，乃疑于神者，能有此五字否？三四即承"画作殊""殊"字来，作一解。世人恒言传神写照，夫传神、写照乃二事也。只如此诗，"拟身"句是传神，"侧目"句是写照。传神要在远望中出，写照要在细看中出。不尔，便不知颊上三毛，如何添得也。

绦镟光堪摘，轩楹势可呼。

何当击凡鸟，毛血洒平芜。

绦镟、轩楹，是画鹰者所补画，则亦咏画鹰者所必补咏也。看"堪摘""可呼"语势，亦全为起下"何当"字，故知后人中四句实填之丑。"击凡鸟"妙，不击恶鸟而击凡鸟，甚矣，凡鸟之为祸，有百倍于恶鸟也！有家国者，可不日颂斯言乎？"毛血"五字，击得恁快畅，盖亲睹凡鸟坏事，理合如此。

临邑舍弟书至苦雨黄河泛溢堤防之患簿领所忧因寄此诗用宽其意

题先序舍弟书至，次序苦雨河泛，次序领官忧患，次序寄诗慰之。诗则先序苦雨河泛，次序领官忧患，次序舍弟书至，次序寄诗慰之者，盖文字贵有虚实起伏，不如是，便略无笔势也。故第一解四句，先虚写积雨黄河必泛，妙在"闻道"字。第二解四句，又先虚写舍弟适当此任，大是可忧，妙在"防川"字。先虚写得此二解，然后轻轻折笔到前日书至，遂令读者凭空见有无数层折。不尔，便是一直帐，更无波折可使人诵也。

二仪积风雨，百谷涌波涛。

闻道洪河圻，遥连沧海高。

"百谷"句奇。未见书，先有闻，以闻衬书，已是奇笔。乃未闻黄河泛溢，先见百谷波涛，以百谷衬黄河，不更奇笔耶！○一"高"字何简，"难假"十句何繁，然都极河势之可骇，正不以繁简而或异也。○传闻固应简，书述固应繁。第一解。

职司忧悄悄，郡国诉嗷嗷。

舍弟卑栖邑，防川领簿曹。

忽然闻河泛，忽然想领此职者奈何，忽然忆防川恰是舍弟。看此一解，为是弟忧，为是忧弟？先生鹡鸰在原之情，于是乎千载如睹矣。第二解。

尺书前日至，版筑不时操。

难假鼋鼍力，空瞻乌鹊毛。

第三解，即来书所述也。鼋鼍难假，乌鹊空瞻，言桥梁断绝，无可奈何。第三解只此已尽。为欲详写河泛，故又有下文八句，其实只是一解。

燕南吹畎亩，济上没蓬蒿。

螺蚌满近郭，蛟螭乘九皋。

徐关深水府，碣石小秋毫。

白屋留孤树，青天失万艘。

只是第三解写不尽语，未尝别转笔。○逐句极写河泛之势，成奇语。

吾衰同泛梗，利涉想蟠桃。

倚赖天涯钓，犹能掣巨鳌。

第四解，寄书宽之也。○犹言吾衰有同泛梗，功名荒唐，方如度索蟠桃。然倚赖胸中之学，尚思为天下后世建立非常功业。汝今不过区区苦雨河决，便自以为大忧，然则汝将委卸何人？又有何事方堪任受也？书未至时，忧之甚至；书至以后，全不许忧。爱是爱，勉是勉，读此诗可以为兄，可以事君矣。○"泛梗""利涉""蟠桃""钓鳌"，悉用大水渨濩字，图与上文相称。

冬日有怀李白

先生欲李侯之去，凡四见矣。而其心愈切，其言愈婉。如此篇，何其真而善入也。

寂寞书斋里，终朝独尔思。

更寻嘉树传，不忘《角弓》诗。

"寂寞"，非言书斋寂寞，乃言书斋里人寂寞也。"嘉树传"，即昭公二年，晋韩宣子来聘之传也。传言季武子封植嘉树，以无忘宣子所赋之诗。先生有怀李侯，因更寻其文读之。所以云然者，盖先生赋诗赠侯亦已多矣，乃至今犹未肯去，岂已忘我之诗耶？因引武子"无忘《角弓》"之言婉曲讽之也。

短褐风霜入，还丹日月迟。

未因乘兴去，空有鹿门期。

五言今日又冬日矣，则又一年矣。六下一"迟"字，写得杳无归期。"因乘兴"三字，是急流勇退妙诀，稍迟即不可得者也。"未"字好是"不"字。"不因"殆近于罥之，"未因"则犹望之也。"空有"句，犹言口口说去亦何益。

此题乃截诗之首二字以名篇，非咏龙门也。唐人每有此法，而先生集中尤多。○前半何其热艳，后半何其悲凉。劈窠书此诗，勒石龙门山下，必有读而哭，哭而回辕者矣！

龙门
公自注：山有佛寺，金碧照耀，最为胜概。

龙门横野断，驿树出城来。

气色皇居近，金银佛寺开。

一二只十字，写尽马迟人急，极天苦事。宁未至龙门犹可忍，至龙门望驿树，而又急不得便到，此时胡可忍也！何人不思上京？何人上京不如此急切？被先生以此十字为业镜台也。三四十字，说尽上京人生小野里，骤尔观光上国，惊心骇瞩，神明都丧，实有此景。"气色""金银"，作虚字用，非写"皇居""佛寺"壮丽，正写行人目光眩惑。谚云："一日上杭州，三年说不了。"为此十字也。第一解，何其忙，何其热。

往来时屡改，川陆日悠哉。

相阅征途上，生涯定几回。

"屡改"字惨极。"悠哉"字尤惨极。此斜阳匹马，衰柳长堤，则古人之所留与今人，而今人用之不尽，又将留与后人者也。○岂惟川陆无情，曾不我顾。今只小庭阶石，木榻瓦樽，岂不日与之俱，因而体气都洽，然究竟我自屡改，彼自悠哉。既不我留，复不我送，睹此茫茫，百端交集矣。"相阅"者，往来相阅也。只此川此陆，有无边人纷然而去，有无边人纷然而来，中间有尚来几回者，有更来一二回者，有只于此一回者。夫我则乌能定其谁当更来，谁不更来？然我生莫不有涯，纵得还来几回，彼天下往来人，即岂有不尽之日哉？"生涯"字出《庄子》，言生之边涯，盖死日也，字本奇绝，被人用熟不觉耳。未知此日尚着几緉屐，便脱化出后半篇来。第二解，何其百忙中兜头一杓冷水也！

土山植慈竹（即《假山》）

天宝初，南曹小司寇舅与我太夫人堂下累土为山，一篑盈尺，以代彼朽木，承诸焚香瓷瓯，瓯甚安矣。傍植慈竹，盖兹数峰，嶔岑婵娟，宛有尘外格致。乃不知兴之所至，而作是诗。

三行余耳，便可抵潘岳《闲居》一赋，真乃制题第一手。○题亦繁矣，欲以八句收尽，不亦难乎？乃不惟宛转恰合，偏有本事向题外更添出"在野""生云""献寿""佳气"等句，真乃绝奇之构也！○全诗着眼，独在"不知兴之所至"一语。"不知兴之所至"者，犹云"不知手之舞之，足之蹈之"也。

一篑功盈尺，三峰意出群。

望中疑在野，幽处欲生云。

累土盈尺耳，何至"在野""生云"，如许幽旷？盖太夫人之所乐亦乐之，所谓"不知兴之所至"也。○养老亲，全须要用养小儿法。心诚求之，不中不远，乃名孝顺。如先生"在野""生云"语，皆从太夫人眉头眼底体贴出来。太夫人既以为疑在野，欲生云矣，我敢以为不在野、不生云乎？大抵老人晚年，多有一段痴况，极无谓处，偏是他极得意处。此处全须孝子顺媳，用包荒将顺之法，承接得欢喜无限，他便凭空生出精神，强饭少病，乃至寿考。呜呼，此道久不讲于天地之间矣！先生现身指点，血泪齐迸，人奈何遽读之而不肯少思也？○看他"疑"字、"欲"字，便全作孺子又痴、又媚、又慧光景，太夫人顾此岂不乐乎！

慈竹春阴覆，香炉晓势分。入慈竹、香炉不硬。

惟南将献寿，佳气日氤氲。

上文"在野""生云"，是太夫人眼中事。此一"寿"字，则太夫人心头事也。顺便借香炉、慈竹直说出来，俾太夫人听之一快，皆所谓"不知兴之所至"也。○事亲者，尚将致难得之物以悦其心。此"寿"之一字，则不过脱然出于吾口，即油然入于其耳，亦有何难，而世之人曾不少留念耶？先生"将"字、"日"字，一片纯是手舞足蹈，为人子之金式也。

先生之爱李侯，乃至论文不敢一毫假借。但未脱身时，或得细论；既脱身后，遂不得细论：此所以思之不置也。

白也诗无敌，飘然思不群。

清新庾开府，俊逸鲍参军。

岂谓李侯诗又"无敌"，思又"不群"耶？如是即岂复成语！盖是一纵一擒言之。言白也，人称其诗遂无敌，我谓其思则不群有之耳。下紧接"清新""俊逸"四字，皆是"思不群"边字。吾闻温柔敦厚，深于诗者也。"清新""俊逸"于诗且无与。此非文人相轻，实是前辈定论，不似后人一片犬吠也。○"白也"对"飘然"，妙绝！只如戏笔。"白也"字出《檀弓》。

渭北春天树，江东日暮云。

何时一樽酒，重与细论文？

春树、暮云，写尽缱绻。看先生"细"字、"重"字，信知作文不易。夫文岂"飘然不群"四字之所得了哉？今观李侯全集，纯是飘然不群，其余更无所有。○此诗不独当时针砭李侯，亦且嘉惠后贤多少！

郑驸马宴洞中

诗从《杂佩》篇翻出，在主家尤难。看其领句便提"主家"二字，固知当日如是主家，亦未可多得在。

主家阴洞细烟雾，留客夏簟青琅玕。

春酒杯浓琥珀薄，冰浆碗碧玛瑙寒。 前解。

从来男子折节好贤，必由闺房拔钗沽酒之德为多。故先生本叨潜曜之宴，而反殷殷致叹于临晋之贤也。看他一出手便大书"主家"二字，妙，妙！夫闺中有牝鸡之声者，其堂前岂有凤凰之辉哉！然则虽谓郑家，即是主家，此固其所，初并不为公主必加于驸马也。洞入烟雾，写开宴之地也。簟如琅玕，写置宴之席也。所以不即写宴而必于宴前先写之者，见是日之极致敬爱，而不在哺啜也。三四承之，亦只极写杯之与碗，言此皆其重器，寻常不轻示人者也。○三四句法，言春酒清空，今以杯色浓故，遂如琥珀而薄。冰浆雪澹，今以碗色碧故，遂如玛瑙而寒。皆极写主家重器，不写酒与浆也。○看先生不唯不写哺啜，乃至不写其器之为金为玉。

误疑茅堂过江麓，已入风磴霾云端。

自是秦楼压郑谷，时闻杂珮声珊珊。 后解。

前解极写驸马之宴之宠敬，后解特转笔推详，以明皆出于公主也。五言心疑盛暑，何故清凉如此。六言不知乃在极深最高之处。于是而珮玉璆然之声，遂已亲接于耳。呜呼！"知子之来之"诗，今日果尚有其人哉？岂不甚盛节与！○洞之清凉，前起句写已尽，此五六乃借笔转到秦楼耳。"杂珮"，即"以赠""以问""以报"之"杂珮"也。

此诗凡用七解成篇：一解洛城北，二解庙貌，三解玄元皇帝，四解吴道子，五解壁画五圣，六解先生冬日入谒，七解用史公《封禅书》笔法结之，最得讥讽之体。○只为与之同姓，便以巍巍天王之尊，遥认一千余年前茫茫不可知之人，尊之曰"圣太祖玄元皇帝"，又为立庙，已极可笑。乃又甚而至于画其高祖、太宗、高宗、中宗、睿宗五世祖考之像于其庙壁。嗟乎！汉武好仙，尚冀长生，今此又为何哉？

　　配极玄都闶，凭高禁御长。

　　守桃严具礼，掌节镇非常。

　　第一解，写洛城北。上配北极，为帝城之玄都。悬绳连竹，禁御来往，此其严闭，非可聊尔。若为本宗藏主，则分宫守桃，旧有严礼。如或外道惑民，则地官掌节，弹压非常。只四语，却写得凛凛然，使玄元立庙，五圣画壁，更是使不得。

　　碧瓦初寒外，金茎一气旁。

　　山河扶绣户，日月近雕梁。

　　第二解，写庙之壮丽。碧琉璃瓦，则上薄初寒之外。承露金茎，则高出一气之旁。名山大河，双扶绣户。日升月恒，互缠雕梁。不图洛城之北，有此巍巍一庙也。○"碧瓦""金茎""绣户""雕梁"，是庙；"初寒外""一气旁""山河扶""日月近"，是庙之壮丽。四语总成一样句法，只以倒转为异耳。

　　仙李盘根大，猗兰奕叶光。

　　世家遗旧史，《道德》付今王。

　　第三解，承上。洛城北如此严闭之地，忽有如是巍巍庙貌，实祀何人乎？因云老氏姓李，李氏之盘根大哉，安知今皇之非其苗裔也？汉孝景皇后以七月七日生武帝于猗兰殿，今奕叶而上，安知非于不可知之一日，吾之先人，为其后人所生也？据今日子孙为帝王，则前者史公必应列之世家，而仅入列传者，此自是马迁遗误耳！若其《道德》一经，今皇御注，便是一片嫡血，安得不谓有唐真苦县遗体也？初诵之，极是谀语，细寻，乃见其讥极。

画手看前辈，吴生远擅场。

森罗移地轴，妙绝动宫墙。

第四解，本欲便写壁画五圣，却恐太促，便嫌板实，因先叹吴生妙画，略作虚衍。"地轴"句，是述其昔画睒罗变相。"宫墙"句，是述其又画七十二子。"地轴"句妙于"森罗"二字，便可想见地轴之出奇。"宫墙"句妙于"妙绝"二字，便可想见宫墙之不同也。吴生妙手，较之前辈，擅场远甚。盖极赞之。通篇只此一解四语为衬句。

五圣联龙衮，千官列雁行。

冕旒俱秀发，旌旆尽飞扬。

第五解，写吴生所画壁，可笑在一"联"字。盖使五圣各占一壁，犹有可解。今既画作连衮，则与千官列成雁行，君臣无分，并为老子所隶。将欲尊之，辱莫大焉！或问亦可不画千官否？此则不免寒俭无气力。画千官，亦可画五圣作坐像否？则又非画于老子庙壁初意也。看先生下句，接用"冕旒""旌旆"字，皆是故作洗剔。"冕旒"则定应穆穆皇皇，深坐九重之上；"旌旆"则不免意色匆匆，将有远行之势。天下岂有着"冕旒"而远行者？今既不可降五庙为诸侯之服，又甚欲跻五庙于群真之后，于是"冕旒""旌旆"遂画出一片无理，真欲笑杀人！

翠柏深留景，红梨迥得霜。

风筝吹玉柱，露井冻银床。

第六解，柏景、梨霜、风吹、井冻，只是写冬日景色。

身退卑周室，经传拱汉皇。

谷神如不死，养拙更何乡？

第七解，结今尊老子为玄元皇帝，老子乐耶？据其退处藏室，殊似无意世荣者。即五千言之盛传，亦在汉文、景之世，老子初不自意也。今辱承本朝如许隆礼，老子死而无灵，则我不复能知；若果谷神尚存，则无名养晦，定不知何处水边，黝然一老耳。想决不在此庙之中，受其盼盦也！写得半非半是，若有若无，滑稽杀人。

城西陂泛舟

此题是先生咏城西陂中所泛之舟，非先生泛舟游城西陂也。通首诗全咏陂中泛舟，咏诗人却在陂岸上。

青蛾皓齿在楼船，横笛短箫悲远天。

只二起句，一唱一证，笔势灵幻非常。要看他用一"在"字之妙，言此陂中楼船，一例纯是珠帘翠幄，岸上睹之，窈窕重密，谁人知其中何所有，然我定知多载"青蛾""皓齿"在中。何以验之？我目虽不睹，耳实亲闻，此悲动远天，皆横笛短箫之声，以是知其必流连荒亡之徒也。○"悲远天"，亦是岸上听船中箫笛语。若身在其中，便徒有聒耳，不复得此三字。

春风自信牙樯动，迟日徐看锦缆牵。

青蛾皓齿，横笛短箫中间，则必拥一主人矣。是主人何如人耶？夫声色之中，则岂复有人者乎？因用十四字，活画他出来。言是主人也，彼乌知人力之艰难？春风面面皆顺，即荡荡万斛之舟，于中流自然而动耳。"自信"，"信"字妙，彼执以为如是，何人敢复争之？既而自欲顾视日影，方乃舒头外望，而后乃今徐徐却看船行，又有锦缆牵之，异哉异哉，因而告报一船，以为创见。看他写来，便活是"何不食肉糜"，"为官乎，为私乎"一样妙人。一解。

鱼吹细浪摇歌扇，燕蹴飞花落舞筵。
不有小舟能荡桨，百壶那送酒如泉？

后解痛与针砭一下，不嫌唐突。"歌扇""舞筵"，已极靡丽。又有水映歌扇，花缀舞筵，分外靡丽。水映、花缀，已是两重靡丽。又有鱼吹摇影、燕蹴飞红，天下事锦上起锦，花上增花，真有何限！此时舟中主人，乐而忘死。便谓鱼燕真大解事，千秋万岁，与君同之。而岂知舟中奇乐，乃全赖小舟来

往，送酒如泉。不然，李延年、黄幡绰为丰年之玉诚有余，彼则岂真荒年之谷

哉！读之使人务本重农之心，直刺出来。

陪李金吾花下饮

题不云"李金吾招饮",而云"陪李金吾饮",不以主陪宾,反以宾陪主,滑稽之极。

胜地初相引,徐行得自娱。

见轻吹鸟毳,随意数花须。

此一节是虚影"陪"字之意。首句妙在"初"字,有此胜地,自应频频招饮,而乃今始见招,何也?次句妙在"徐"字,初引之客,自应速速催赴,而乃慢慢起行,何也?着此二句,则其"见轻"可知矣。"见"者,先生见也。"鸟毳",轻极之物。彼既意不在我,我意何尝在彼?今日为看花而来,则亦随意数花须而已。花须极难数,而得细细数之,想见一时宾主绝无唱酬,岑寂无聊之苦。数花须,是用王羲之少年事。

细草称偏坐,香醪懒再沽。

醉归应犯夜,可怕李金吾。

此一节乃是实写"陪"字。初引之客,不正坐而只偏坐,是不以客礼相待也。不以客礼相待,是坐则陪之坐也。主人无量,仅仅竭壶而止,是不能尽先生之量也。不尽先生之量,是醒亦陪之醒也。陪之坐,犹可言也;陪之醒,不可言也。末二句,先生谑浪尽兴之辞。金吾掌夜禁,其不使我尽醉而归者,谓醉必夜深,夜深必犯禁,李金吾似有诃禁犯夜之意。不然者,彼特地引我看花,而有花无酒,乘兴而来败兴而归,何也?

此诗只用"老夫"二字翻覆成篇。前解忽然说是"老夫"，后解忽然又说未是"老夫"，老夫狂态，从纸上跳脱而出也。

昔别是何处，相逢皆老夫。

故人还寂寞，削迹共艰虞。

看他直是忽然请一老夫，陪自家老夫，何曾特为高式颜赠。○不问别是"何年"，却问别是"何处"，只要追算得何处出来，便见两人本非老夫。如何无端一别，相逢遂遽如此刺眼骇心，真怪事也。正相逢时，两人气色寂寞不寂寞，原入眼便睹。只为头鬓可骇，便不及问穷，且先问老。又此诗通篇原以"老夫"字为章法，如"寂寞"两句，只补叙也。"皆"字妙，"共"字妙。老又皆老，穷又共穷，不能不想当时并少年、同高兴是何处也。

自失论文友，空知卖酒垆。

平生飞动意，见尔不能无。

后解忽更自思，自高别后，直至顷未逢己前，我亦真既老矣。酒垆如故，邈若山河，设不因老，胡一至是？此二句便将"老夫"二字，自己招承明白。下忽通身翻跌云：乃今日逢尔，却不知何故直与昔日接连，重新飞动。然则谁说我两人"老夫"，岂有"老夫"如此飞动者哉！○道树云："富贵是我本无，固不望其到我；少年是我本有，佘何亦见夺耶！多哭老，略哭穷，先生别样血泪也。"

哀王孙

借一王孙说来，当时情事历历，岂非诗史！

长安城头头白乌，夜飞延秋门上呼。

又向人家啄大屋，屋底达官走避胡。

一解，便写尽无数事，如玄宗从延秋门出，满城达官悉已避去，方失落下王孙，入他人手，正未审几行始得到。轻轻插入"延秋门"三字，言玄宗从此去也。其事既在必书，然实书在玄宗名下，又失讳尊之体，因只写妖乌夜呼，便见用笔回避有法。且令出门时分外怕人气色都见。○"大屋""达官"，字法。平时居大屋，作达官，此夜妖乌空啄大屋，屋下达官，去已久矣！写尽朝中大臣伎俩。嗟乎，何代无贤！○匹夫犹有托子之谊，身食其禄，而祸至先去，失落下其王孙，即何以自解？○看他只四句一解中间，便有如许阳秋。

金鞭断折九马死，骨肉不待同驰驱。

腰下宝玦青珊瑚，可怜王孙泣路隅。

不知者谓"金鞭"二句，是写玄宗；"宝玦"二句，是写王孙。殊不知此一解，是先生以异样妙笔，曲曲剔出"王孙"二字来。言是日路隅忽见泣者，悚然惊曰，是真皇帝骨肉也。本应同驱前后，不待竟去，遂至遗失于此。或问何故不待竟去？嗟乎！金鞭一断，九马尽败，宗庙社稷已不复顾，安暇复保妻孥哉！问皇帝不待，是诚有之，然今日路隅泣者何限，何用知此必是王孙？嘻！不见其腰下宝玦，乃是青珊瑚所装耶？是岂他家所宜有？一解四句，凡用无数曲法，曲出王孙来。

问之不肯道姓名，但道困苦乞为奴。

已经百日窜荆棘，身上无有完肌肤。

上解从青珊瑚上，已断知其为王孙。此解四句，却故意拗出去，岂不奇绝杀人！○我自从青珊瑚上，断知其为王孙。及至问之，却并不肯吐出王孙字来。不但如是，及至口中吐出话来，却并不是王孙声口。因而察其脚色，又为久窜荆棘，通身破碎，亦全不似王孙千金娇养身躯。上解用无数曲法，曲出王孙字。此解用接连几拗全拗落。○若云此只是叙当时实事，即岂复成语？刘会孟每恨杜诗粗俗，都为此等处不解其用手柔弓燥法耳！

　　高帝子孙尽隆准，龙种自与常人殊。

　　豺狼在邑龙在野，王孙善保千金躯。

　　上解故意拗去，然后用此解重复收来。先生于"王孙"二字，凡用三解十二句写成。若使他人作此，只如路傍一小儿，额上贴作"王孙"字。○先从"宝玦"，断知其为王孙，然犹疑是偶尔。此又从"隆准"断知其的的王孙，是真高帝龙种也，何其与常人殊也！今日豺狼得志，龙偶在野，不足惜也。然豺狼终是豺狼，龙终是龙，此今日乞奴之躯，乃他日千金之躯。王孙大须善保之也。只因"善保"二字，渡出下半篇来。○此解三句定"王孙"二字，一句渡过下。

　　不敢长语临交衢，且为王孙立斯须。

　　半解却写得棱层之甚。为是不敢语？为是欲与语？上句充斥可畏，下句惠爱恻然。

　　昨夜春风吹血腥，东来橐驼满旧都。

　　朔方健儿好身手，昔何勇锐今何愚。

　　不敢长语，单向王孙私说二事，每一事作一解。○此一解说贼无大志也，唱乱健儿，久闻好手，乘势席卷，猝亦难制。今却有绝好消息：昨夜风吹血腥，却是橐驼东来，驮载所劫珍宝，志既在此，勇锐尽矣！此一快闻也。

　　窃闻太子已传位，盛德北服南单于。花门剺面请雪耻，

　　此一解，说肃宗即位灵武，回纥举兵助顺，又一快闻也。○一解四句，

今却只写三句，且停一句在后，而另自横插两句入来，作千叮万嘱已，然后将第四句说出，足此解。世间那有如此裁诗法？使千年之下，亦那有如此看诗法哉！思之不胜万世子云之痛！

慎勿出口他人狙。

横插此一句。"狙"，巧诈也。我与王孙说，王孙勿说也。

哀哉王孙慎勿疏，

再横插一句。○接连横插两句，总为不敢长语解。尚少二句，亦并补之。○此"慎勿"，即上"慎勿"也，只加"哀哉王孙"四字，便比上句分外有持手跌脚之苦。

五陵佳气无时无。

接"花门剺面请雪耻"句下，言唐德未衰，其气已验。承上两快闻，吐此一快语，以结上"王孙善保"之案。却用两番叮嘱，方说出来，快语不敢快说，是喜是苦？

寄妹如子耳。尚须不忘君国尔尔，况于身耶？由身说到妹，由妹说到郎伯，写尽骨肉流离之惨。而第四句偏遽念及京华。下解即反承京华，为不见朝正，故啼痕满面。举上三句一齐置却，真乃匪夷所思。

近闻韦氏妹，迎在汉钟离。

郎伯殊方镇，*三句一气注下，第四句便作转。* 京华旧国移。

前一解"韦氏妹"，后一解"元日"。只首二句是先生语，下俱是妹语也。"近闻""迎在"，则兄不见妹，妹不见兄。殊方作镇，则夫不见妻，妻不见夫。此两不见，何等惨毒，却都不用啼。下乃为不见朝正，故啼。啼之情理固如此。有"京华"句，遂转出下四句来。

春城回北斗，郢树发南枝。

不见朝正使，啼痕满面垂。

在元日，故有"春城"字。"北斗"，非谓长安北斗城，只是建寅之月，斗杓所指耳。钟离属濠州，在楚，故曰"郢树"也。身不在京华，故不见朝正之使。既不见朝正，自然涕泪满面。彼骨肉流离，又次之矣。此二句为是先生写妹，为是先生自写？妙在说向韦氏妹分中去，先生身陷贼中之苦，不言可知。

玉华宫

看四解"冉冉征途"句，知此诗及下《九成宫》，乃公奉墨制还鄜州路经有见，因记之也。

溪回 一境。松风长， 又一境。苍鼠窜 又一境。古瓦。 又一境。

不知何王殿，遗构绝壁下。

此第一解。四句乃叙事，非写景。看他逐节逐节，迤逦而来，先说缘溪而行，溪回亦回，是一境。乃溪未回，无松风；溪一回，忽有松风，是又一境。因风看松，因松见鼠，是又一境。见鼠，鼠窜；鼠窜，瓦见，是又一境。迤逦凡写曲曲四境，然后玉华宫在绝壁之下。彼俗手即安得不向第一句便直叫出耶？○此解全用《古诗十九首·青青河畔草》法，先生自云"熟精《文选》理"，不我欺也！

阴房鬼火青， 怕人。坏道哀湍泻。 怕人。

万籁真笙竽， 可人。秋色正潇洒。 可人。

此第二解，四句方是写景。不知者谓"溪回"等亦是景，岂不嫌其复。○四句写景，却分两番。"阴房"二句，就"何王"写，写得怕杀人。"万籁"二句，就先生写，写得妙杀人。夫怕杀前人，却已妙杀后人，然则益怕杀前人也。○"阴房"二句，他人所及；"万籁"二句，他所不及。正是最惨句，仔细思之，欲哭反笑。

美人为黄土，况乃粉黛假。 为近有苻坚墓。

当时侍金舆，故物独石马。 侵二字。

今即石马又安在？

忧来藉草坐，浩歌泪盈把。

冉冉征途间，谁是长年者？

本欲哭人，忽然自哭。正欲自哭，忽然不哭。哭人痛，自哭痛，总不如不哭尤痛也！○看他"溪回"等句，一路是行来到，然忽然藉草坐下，人生至此，真是通身都歇。

羌村三首

第一首，初归。第二首，既归。第三首，归之明日。要看他写归家气色情抱许多事，却纯是写不忘沟壑，决不应归，一片幽愤。全是笔力异样，故有此事。

峥嵘赤云西，日脚下平地。

柴门鸟雀噪，归客千里至。　　*十五字句。五字句。*
二字句。三字句。

看他先写临到家时。薄暮门前，眼见耳闻，如此气色，使千载后人，如同在此一刻。最怕人者，家中未见人归，归人先见家中，一也。未知家中何如，先睹门前如此，二也。未至，心头只余十里、五里，既至，便通共千里，三也。一解二十字，写尽归客神理。

妻孥怪我在，惊定还拭泪。

世乱遭飘荡，生还偶然遂。

"怪我在"，用《论语》成奇句。不必道，偏看他笔墨倔强，不写几死幸生，相煦相沫之语。一则曰"怪我在"，一则曰"偶然遂"，人已归矣，还作十成死法相待，岂非异致！

邻人满墙头，感叹亦歔欷。

夜阑更秉烛，相对如梦寐。

上解人已归，还作十成死法待，故承此解结也。"邻人满墙"，如画。"亦歔欷"，妙绝是一"亦"字。千里间关，十成死法，我自受之，我自知之。今我歔欷，渠亦歔欷。渠岂能知我百千万分中之一分耶？可发一笑也。"更秉烛"妙，活人能睡，死人那能睡？夜阑相对如梦，此时真须一人与之剪纸招魂也。右初归。

其二

晚岁迫偷生，还家少欢趣。

娇儿不离膝，畏我复却去。

此解用意最曲，不说不知，说之便朗如日月之在怀也。既归后，忽然自想早岁出此门去，岂不自谓致君尧舜，返俗黄虞，功成名遂，始奉身退，壮矣大哉！快乎乐也！乃今心短计促，迫为偷生，窜身还乡，昔图总废，咄咄自诧，又何惫欤！娇儿心孔千灵，眼光百利，早见此归，不是本意。于是绕膝慰留，畏爷复去。四句总是曲写万不欲归一段幽恨。

忆昔好追凉，故绕池边树。

萧萧北风劲，抚事煎百虑。

承上幽恨不可明说，于是诡辞谢之也。昔绕树追凉，今北风日劲，夏冬如此，壮老亦同，我无复又去也。

赖知禾黍收，已觉糟床注。

如今足斟酌，且用慰迟暮。

"赖知""已觉"，是初到家妙理。

因又细说所以不复又去之故。"禾黍收""糟床注"六字，生理足矣。"如今"妙，便明明说未归已前，饥渴不免，如今正复快意，安忍反弃去也？呜呼！先生则岂酒杯饭碗边人？末句"且"字分明败露。由来志士，不与妻子实语，类如斯矣。右既归。

其三

群鸡正乱叫，客至鸡斗争。

驱鸡上树木，始闻叩柴荆。

一解。写叩门，却三句写鸡，笔态奇恣。

父老四五人，问我久远行。

手中各有携，倾榼浊复清。

父老一问，直得无言可对，何也？先生远行，专为普天父老。今榼中清浊
酒味如此，然则父老欲问，我只须各自问：特地出门五年十年，而俾父老耕地
无人，羞杀也！愤杀也！先生妙笔，全在无字处如此。从来人读此以为平平。

苦辞酒味薄，黍地无人耕。

兵革既未息，儿童尽东征。

即用上解意，又反复申明之。先生被父老一问，方在无言可对，乃父老反
为酒薄自愧，说出无数絮叨，句句曲解酒薄缘故，句句热剥先生面皮，真异样
奇笔。

请为父老歌，艰难愧深情。

歌罢仰天叹，四座泪纵横。

我贻汝以艰难，汝报我以深情，真正愧杀也！○前父老问，竟到底不答。
至此但请为歌，歌即歌"艰难愧深情"五字也。歌罢浩叹，虽父老皆作殷浩咄
咄矣。右归之明日。

此诗以嘲讽为赞叹，另是一体。

世儒多汩没，叹绝。夫子独声名。

献纳开东观，君王问长卿。此二句，亦寓
讥切时政意。

不言世人早荣，子独晚遇，却言世多汩没，子独声名，似庆快之至，而实感伤也。三四句，正写"补阙"。

皂雕寒始急，天马老能行。

自到青冥里，休看白发生。正挽首句，
不哭而悲。

五六句，"寒"字、"老"字，皆惜其老而得官。七句，收三四及二句。八句，收五六及首句。通篇只是一意。

送孔巢父谢病归游江东兼呈李白

孔巢父、李白，同是竹溪六逸中人。

巢父掉头不肯住，东将入海随烟雾。句法奇。

诗卷长留天地间，钓竿欲拂珊瑚树。

深山大泽龙蛇远，"龙蛇远"下加何也转下。〇"深山"句，只换得一"远"字，便成妙句也。

春寒野阴风景暮。

蓬莱织女回云车，指点虚无引归路。《列仙传》写不出此七字。

自是君身有仙骨，世人那得知其故。

惜君只欲苦死留，"君"指蔡侯。〇"君"字，恐即上"君身""君"字。盖云世人不知其故而惜君，惜君，故苦留君也。下蔡侯，则非世人比，故能放之去，但嘱今寄我书。

富贵何如草头露？

蔡侯静者意有余，佳宾便有贤主作衬，故下"静者"字。清夜置酒临前除。

罢琴惆怅月照席，几岁寄我空中书？从"罢琴"七字，生出"寄书"七字来。〇"罢琴"，席毕也。"惆怅"，将别。"月照席"，反不别也。"寄我"欲其寄也。"几岁"，不敢必其寄也。"空中"，写仙人本色也。

南寻禹穴见李白，将没下落人，结有下落人，妙绝。〇反结。道甫问信今何如？

首"叹息"二字，冒下八句。

叹息高生老，新诗日又多。

美名人不及，佳句法如何。

一二三四句，写"高三十五"四字。首句，叹其老无一官。次句，叹其老而好学。三句，承首句，叹其非无名闻者，而胡为而至于老也？四句，承二句，叹其虽老而诗益工，非率尔成篇比也。

主将奴才子，崆峒足凯歌。

闻君已朱绂，且得慰蹉跎。

五六七八句，写"书记"二字，亦重叹之。五句，叹其虽得一官，不过为主将所奴隶耳，亦承首句、三句来。六句，叹其不得黼黻朝庙，仅得为哥舒作凯歌也，亦承二句、四句来。结以自家蹉跎，收束一二三四句，极足。

月

（天上秋期近）

天上秋期近，人间月影清。

入河蟾不没，捣药兔长生。

一二句见月，三四句赞月，五六句骂月，结二句戒月。一二句之妙，妙于天上只说"秋期"，人间方说出"月"，造语新妙。三四句，"蟾""兔"切月。

只益丹心苦，能添白发明。　　绝妙好辞。

干戈知满地，休照国西营。

三四"蟾""兔"，固切月事。五六句，却用"丹心""白发"，与月何与哉？乃深于诗者则曰：正为丹心白发故咏月耳，若"蟾""兔"于月何与哉？结二句，戒月勿照西营，似意在月，而实在"丹心""白发"四字也。

晚
出
左
掖

此诗最难看，细玩乃得之。

昼刻传呼浅，^{是昼未晚。}春旗簇仗齐。^{是立仗未入掖。}

退朝花底散，^{散仗矣。}归院柳边迷。^{方入掖。}

或问：《晚出左掖》何以有一二三四句耶？盖所谓"原题法"矣！夫"晚"，则必由早而午而后晚也。"出左掖"，则必由入朝而退朝而归掖而后出掖也。今若但写"晚出左掖"，则君子无日不念其君之惘，将遂释然于怀耶？故必原题云云。首句，未晚也。二句，未在左掖。三四句在左掖矣。然四句方是在左掖，三句是退朝而后入左掖也。

楼雪融城湿，宫云出殿低。^{晚矣。}

避人焚谏草，^{掖务毕矣。}骑马欲鸡栖。^{出掖已晚矣。○"欲"字，言日色欲也，非言己欲也。有抹其不成句者，何哉？}

花底柳边，虽写掖垣景，然意尚写未晚景也。至五六句，雪湿云低，始正写"晚"字。七句始正写"左掖"，八句始正写"出"字。而七句"谏草"，是左掖事。"焚谏草"，则掖中公事既毕，又应出矣。八句中，"骑马"是"出"字；然"欲鸡栖"，则日已向晚，非浪出矣。此诗只是"退食自公，委蛇委蛇"化来。

春宿左省

此诗之妙，妙于将题劈头写尽，却出己意，得大宽转。

花隐掖垣暮，啾啾栖鸟过。

星临万户动，月傍九霄多。

只起二句，已尽题矣。何也？"掖垣"者，左省也。"暮"则应宿之候也，却于"暮"字上加"花隐"二字，补"春"字也。"啾啾栖鸟过"，言万物无不以时而宿也。如此十字，"春宿左省"已完矣。下六句，何也？是则老杜一腔忠君爱国之心，而非诸家之所知也。三，"星临万户动"者，于左省而念及其民也。四，"月傍九霄多"者，于左省而念及其君也。二句，足上"暮"字意。

不寝听金钥，因风想玉珂。

明朝有封事，数问夜如何。

五，"不寝听金钥"，则宿而思其君，有辟门之难也。六，"因风想玉珂"，则宿而思其臣，有献替之忠也。结二句，始收到自己宿左省者。数问如何，则自明夙夜匪懈，未尝卧也。后之读此诗者，若欲知老杜封事为何语，则不出"下念百姓，上念君父；上者纳言，下者效忠"四语而已。嗟乎，岂咕哔小儒所及知哉！

酬孟云卿

前四句，当回环读之。

极乐伤头白，更深爱烛红。

相逢虽衮衮，告别莫匆匆。

犹言今夜乐极矣，但此生那得更几番乐极耶？则且极今夜之乐；而又深幸红烛，足助人极乐也。○遇知己，故乐极。图后会，故伤白。惜此夕，故更深。得尽欢，故爱烛也。四句曲折串成句矣。

但恐天河落，宁辞酒盏空。

明朝牵世务，挥泪各西东。

测然一遇，又成梦事，可痛！

观安西兵过赴阙下待命二首止一首

此诗是讥当时勤王之师迁延不进，又无节制也，而用语特浑。

四镇常精锐，摧锋皆绝伦。

还闻献士卒，足以静风尘。

起二句，姑予之。三四句，言闻其如此，未见其足以如此也。

老马夜知道，苍鹰饥著人。

临危经久战，用意始如神。

五句，讥其夜不辑将士，妄行者多也。六句，讥其时肆劫掠也。结讽其尚必用意，始得如神也。言之无罪而闻者足戒，其是诗之谓矣。

此是先生极奇极创之笔。

河间尚征伐，汝骨在空城。

从弟人皆有，只是"人皆有兄弟"五字，只换一字，成此妙句。终身恨不平。

上半言河间战征，从弟遂死及三年。于是人皆有兄弟而公独无也。

数金怜俊迈，总角爱聪明。

面上三年土，春风草又生。苦语不可多想，又以妙句，故偏耐想。

下半因死及三年，而追至幼时如此聪俊，而今化为黄土，春草生其上者，已非一遍也。〇仔细看来，却又分"河间"字、"征伐"至"又生"字，共三十九字为一番，言从弟死于河间，至今未收其骨也。分"尚"字独为一番，言所以三年犹未收其骨者，正为河间征伐，至今尚未休也。可谓奇格矣哉！〇通解之则曰：我有从弟，今死河间已三年矣，其骨犹未收者，何也？夫数金即怜之，总角又爱之，闻尔死则终身恨之，我之于弟，非无情者也。然忍令其骨在空城面土生草，则实惟征伐未止，不可得收故也。

独立

操危虑深，故云"独立"。

空外一鸷鸟，河间双白鸥。

飘摇搏击便，容易往来游。

起二句写得阴贼人与忘怀人如画。〇明明一鸷鸟，尚不知而游于河间。恨不在三句之"便"，正恨四句之"容易"也。后解"近"字，正是一副语。

草露亦多湿，蛛丝仍未收。

天机近人事，独立万端忧。

露又湿，蛛又丝，可见当时处处不容人入脚。"独立"者，言诸子皆往而受祸也。

狂
夫

味此诗，有何人浊人清，人醉人醒？看先生何等胸次！

万里桥西一草堂，百花潭水即沧浪。

风含翠筱娟娟静，雨浥红蕖冉冉香。

忍饿看花，我友
张存贞亦尔矣。

胸中忍饿，有何意兴尚云"娟娟""冉冉"？不尔，便是忍饿不得人。即作得下一解诗，亦是乞儿骂人，徒自取恶。○"风含翠筱"而云"娟娟静"，言其得雨而"娟娟"也。"雨浥红蕖"而云"冉冉香"，言其得风而"冉冉"也。立言之妙如此！

厚禄故人书断绝，恒饥稚子色凄凉。

欲填沟壑惟疏放，自笑狂夫老更狂。

犹言欲填沟壑矣，还只是疏放，此谓其狂不可及也。

南邻

此诗殆先生自谓。

锦里先生乌角巾，园收芋栗未全贫。

惯看宾客儿童喜，得食阶除鸟雀驯。

"乌角巾"，三字痛绝！如此人而令之角巾终身，岂非天下之不幸哉！
○一句写出其人，二句写其澹泊明志，三句写其吐握殷勤，四句写其恩泽
下被。

秋水才深四五尺，野航恰受两三人。

白沙翠竹江村暮，相送柴门月色新。

五句写其胸无尘滓，六句写其度量宽容，七八句写其功成名遂，进以礼，
退以义，绰绰有余也。○"白沙"，表其洁；"翠竹"，表其节。不尔者，如
何是暮景？

徐步

读之极似即事诗，而题曰"徐步"，"徐"字妙。篇中并无一"徐"字，而实句句皆"徐"也。

整履步青芜，荒庭日欲晡。

芹泥随燕觜，花蕊上蜂须。

燕与蜂，汲汲然如将不及，即其"泥随觜"，"蕊上须"。彼徐步者，何所得沾耶？徒目睹而心动耳。首句"整履"二字，写尽生平。天下卤莽人，往往得应时及令，安见整履者必能有及耶？荒庭日晡，何可胜慨！

把酒从衣湿，吟诗信杖扶。

敢论才见忌，实有醉如愚。

五六句云云，为欲下下二句，故先安此以为话端。

水槛遣心二首 止一首

前半幅，写胸中极旷。后半幅，写胸中自得也。

去郭轩楹敞，无村眺望赊。

澄江平少岸，幽树晚多花。

看他意思，全不取"轩楹敞""眺望赊"，只重"去郭""无村"为乐耳。三四句，写出无町畦而有情致也。

细雨鱼儿出，微风燕子斜。 *"细雨出"，"出"字妙，所乐亦既无尽矣。*
"微风斜"，"斜"字妙，所苦亦复无多矣。

城中十万户，此地两三家。

"城中十万户"，不知"此地两三家"；两三家不知鱼儿、燕子；鱼儿、燕子不知先生同处微风细雨之中。而各著其所著，各兢其所兢，所得甚少而所失甚大，吾多于此等事一叹！○昔所本无何必有，今所适有何必无？先生句不必如此解，然此解人胸中固不可无也。且端木"切磋"之诗，亦断章取义久矣。

一句秋，二句悲。三句秋，四句悲。五句秋，六句悲。七句秋，八句悲。

凉风动万里，群盗尚纵横。

家远传书日，秋来为客情。

首句"凉风动"三字是"秋"，妙在"万里"二字，生出"悲"来。二句群盗纵横是"悲"，妙在"尚"字，挽出"秋"来。三句虚幻之极，凭空说即今家中，定当寄书来，则非秋而何？然秋在此而悲在家中矣。四句只平平对过，然亦以"为客情"三字赋"悲"字。而"秋来"二字又结，挽定"秋"字。正不辨其秋生于悲，悲生于秋也。

愁窥高鸟过，老逐众人行。

始欲投三峡，何由见两京。

五句，鸟至秋而高飞，写"秋"字极高简。然文势与六句相抱成章，言鸟能高飞而过，朝出暮还，人何为而不如鸟乎？盖垂白之老，犹逐众人，不言悲而悲可知也。"愁窥""老逐"，对得参差变动，可法。七句，正指秋日欲投峡也。八句总结"悲"字，忧朝廷也。故读此诗者，谓其悲秋，则不知老杜；谓其悲无家，亦岂知老杜者乎！

严公仲夏枉驾草堂兼携酒馔得寒字

换上下半首之妙，真是鬼神于文者。

竹里行厨洗玉盘，花边立马簇金鞍。

非关使者征求急，*承首句。* 自识将军礼数宽。*承二句。*

"玉盘""金鞍"字，岂是穷眼生花，正于"竹里""花边"成趣矣。

百年地僻柴门迥，五月江深草阁寒。

看弄渔舟移白日，老农何有罄交欢。

俗儒读五六句，只谓写景如仙。岂知与上"玉盘""金鞍"作对哉！盖言一无所有，奉答盛意，只看弄渔舟，便算一景致矣。

二解八句，只得"何处是京华"五字。

江水东流去，清樽日复斜。

异方同 ^{"同"字痛！} 宴赏， ^{三句一笔。} 何处是京华。

"东流去"是东瞻，"日复斜"是西望，便使"何处是京华"五字跳脱而出。而又"东流去""日复斜"，便有日月逝矣，岁不我与之痛。京华何处，安得闲暇作宴赏也！

亭景临山水，村烟对浦沙。 ^{此方是写景。}

狂歌遇形胜，得醉即为家。

正是懊恼之至。

北征

《北征》，先生自行在奉诏还鄜州，迎看家室也。题是北归，通篇诗，全是忧劳朝廷，一片深心至计。虽十六解至二十三解稍叙妻女，然纯是心在朝廷，恍惚如梦语。读之悲感横生，涕泪交下。

皇帝二载秋，闰八月初吉。

杜子将北征，苍茫问家室。

《北征》起一解，竟如古文辞，望之不复谓是韵语。开后来卢仝、韩愈无数法门。○年月日，杜子将北征问家室，中间只插"苍茫"二字，便将一时胸中为在为亡无数狐疑，一并写出。

维时遭艰虞，朝野少暇日。

顾惭恩私被，诏许归蓬荜。

二解。忽作突兀之笔，言尔时于势于情于理，总不得北归。然蒙被私恩，诏既许之矣。先生北征时，初动笔便提出"诏许"二字，所谓家固臣之家也，臣恶得不念？乃身则君之身也，然则不蒙诏许，臣焉敢自去哉？作得如许诗垂示后人，不知增长几许忠义。○《北征》诗通篇要看他忽然转笔作突兀之句，奇绝人。

拜辞诣阙下，怵惕久未出。

虽乏谏诤姿，恐君有遗失。

上既被诏，三解便入拜辞，写得次序有法。○上云不被诏不敢归，此云被诏已，犹不肯归。不只见其笔势之曲，且服其笔力之大。然总是一片极厚心地中流出来，若无此一片极厚心地，亦生不出如此大力曲势。

君诚中兴主，经纬固密勿。

东胡反未已，臣甫愤所切。

四解。承上"恐君遗失"句未免过戆，因更转口作好语云：君之经纬密勿，固是中兴圣主，更无纤毫须臣补救；乃臣之临去，又若是其恋恋者，蠢兹未靖，愤切于心，遂不觉发言径直，不复自顾忌讳也。此解只作周旋上解之第四句。

挥涕恋行在，道途犹恍惚。

乾坤合疮痍，忧虞何时毕？

五解。始别行在，上道北征，写得全不是归途语。"挥涕"句，是初出行在。"恍惚"句，是已在道途。措句庠序有法。"合"字言无处不然。

靡靡逾阡陌，人烟眇萧瑟。

所遇多被伤，呻吟更流血。

六解。逾阡度陌，与行在渐远。"人烟"者，远望村市，其烟多者，其人亦多，少者亦少，故古字法连曰"人烟"。眇，不正视也。逾阡逾陌，眇望人烟，竟日萧瑟。丧乱之后，势必然也。居者为人烟，行者为所遇。今居者全无，行者或有，然皆被伤，问之则更泣血也。

回首凤翔县，旌旗晚明灭。

七解。忽然又回顾行在，笔势突兀。〇此解只二句者，咽不成声，不复能长也。

前登寒山重，屡得饮马窟。

邠郊入地底，泾水中荡潏。

八解。写一路所经，遂与《水经注》争奇。

猛虎立我前，苍崖吼时裂。

菊垂今时花，石戴古车辙。

上解是总写一路，此九解是独写一处。世间有如此怪文，陡然写一猛虎出来，为是真一猛虎，为是实无猛虎？设使真有虎在前，是日竟如何得过苍崖也耶？先生异样眼力，上观千年，下观千年，故今日行到此处，便明明见有一虎，正立我前，振威大吼。必问虎在何处，哀哉小儒！此事至所以无备，事去又复置诸无患也。试观苍崖分裂，却是为何？昔无虎吼，何以至此？此二语，便是《留花门》《塞芦子》等诗之根。小儒无长虑深顾，今日行到此处，只见今时菊花，不见古时辙迹。夫前人之败，正是后人之戒。设使于此等处，不知惊心骇瞩，即一部十七史，明载若干兴亡事迹，于后人终成何用？看先生如此眼光，如此学力，却于一路景物上，轻轻写出来。○此解四句，骤读茫不知所解，及至解得后，便因而悟上解"入地底""中荡潏"等语，却是写秦中险阻，遂令"屡得饮马窟"五字，不觉读之胆寒。盖"饮马窟"云"屡得"，则知此处前人必设重兵也。急接之以"入地""荡潏"二语者，此处有重兵则得险，无重兵即失险。得即我之险，失即他人之险也。"入地底"三字，写寒山自上临下，陡绝之势如画，又加以泾水荡潏，一陆一水，真是天险不可飞渡也。

青云动高兴，幽事亦可悦。
山果多琐细，罗生杂橡栗。
或红如丹砂，或黑如点漆。
雨露之所润，甘苦齐结实。
缅思桃源内，益叹身世拙。

上二解临险思害，便有英雄惟我意思。然试置青云，数幽事，则一路景物，又有别样可悦。二语结上转下，笔态曲折之甚，却不成一解。○十解、十一解，则写幽事可悦也。山果琐细，千态万状，到处深山绝谷，无不汗漫生遍。虽曾不蒙人齿牙盼睐所及，然而红黑甘苦，莫不各自尽情极致。因思人生在世，不过亦如草木一例罗生，各自结实已耳，何苦定欲作夔、龙、伊、吕等人，必为人齿牙盼睐之所得及乃为快乎？遂不觉遥望桃源，自叹计拙矣。○二解接前二解，笔势起落之甚。

坡陀望鄜畤，谷岩互出没。

我行已水涯，我仆犹木末。

十二解。〇前回首凤翔，是去君已远而忽然重顾。此坡陀远望，是到家将近而忽然先望，都是一样奇笔。"谷岩互出没"五字，便是一幅平远画，写得鄜州远已不远，近还未近，已是目力所及，尚非一蹴所至，妙绝！我已水涯，仆犹木末者，我心急步急，仆心宽步宽。仆本不自知其迟，然不因仆迟，我亦不自知其急也。看他用"已"字、"犹"字，都是心急中写出。

鸱鸟鸣黄桑，野鼠拱乱穴。

夜深经战场，寒月照白骨。

十三解。重写一番景物者，从来千里还家，最是九百里后将欲到之百余里，极是心头闪闪忽忽。于是克时袖占，即物取谶，无数忧疑，一时毕集。今鸱鸟鸣桑，野鼠拱穴，何其气色不祥之至也？未知家人在耶，否耶？正复委决不得。接下"夜深""月照""战场""白骨"，便十分中九分已不复在。写将到家人闪闪忽忽心头，真乃鬼工矣！

潼关百万师，往者散何卒？

遂令半秦民，残害为异物。

十四解。〇上解本为将到家，心头疑忌，故说到白骨。此解却因白骨陡然直追恨到哥舒翰事。一提起朝廷大计，便全然忘却家中矣。看他笔势如此来，却如此去，真如龙行夭矫，使人不可捉搦。〇哥舒翰师败而降也，此只云"散"者，为贤者讳也。百万雄师，卒然便散，此系何人？果系何故？问得严切。遂令秦民半为异物，"遂令"字，此罪真不可不寸磔也。

况我堕胡尘，及归尽华发。

十五解。承上言只因潼关一败，秦民便半为白骨。贼臣之祸，其烈至是！何况于我之陷在贼中，间关难归，又其小者，乃以为恨耶！方说不足恨，却已咽住，不能成一解，盖恨极矣。

经年至茅屋，妻子衣百结。

恸哭松声回，悲泉共幽咽。

十六解。始到家。○生还骤见，不觉失声一恸。却又因生还骤见，即时收泪忍住。“松声回”，写一恸。“悲泉咽”，写忍住。生还骤见，真有此事也。

平生所骄儿，颜色白胜雪。

见爷背面啼，垢腻脚不袜。

十七解。自此以下，细写家中苦事。○儿上写“平生所骄”，正与今日“见爷背面”，映出久别苦境也。平生骄儿，其颜胜雪，下若云今日还看，其黑如铁，便是张打油恶诗。看他只用“背面”二字，轻避过今昔黑白不同丑语，却别以脚上垢腻，似对不对，反形之。刘会孟奴才，每憎杜诗丑，试看杜诗如此避丑。

床前两小女，补绽才过膝。

海图坼波涛，旧绣移曲折。

天吴及紫凤，颠倒在短褐。

十八解。过膝短褐，约是前岁称身之物。经年以来，绽裂补缀，既已多次，花纹绣样，七颠八倒，写得奇绝人。

老夫情怀恶，呕泄卧数日。

那无囊中钱，救汝寒凛栗。

十九解。“那”字即“奈”字，承上儿女褴褛如此，若使囊中有少帛，便可每人略作周旋。今则忝为人父，而索手无策。心事烦恶，呕泄兼发，赖得此病，坚卧数日，自云节劳，实惟避羞矣。

粉黛亦解包，衾裯稍罗列。

瘦妻面复光，痴女头自栉。

学母无不为，晓妆随手抹。

移时施朱铅，狼藉画眉阔。

二十解。二十一解。只用"自伯之东"四句诗翻写出来。却因巧插"痴女"一段，便认不得。○"痴女自梳"，不知者谓是写女，殊不知乃是写母。试思何至任其随手朱铅，画眉狼藉？只因此时母方加意梳掠，故全不知娇女在侧翻盆倒箧也。况明有"学母无不为"句，看他本意写母，却旁借痴女影衬，便令笔墨轻茜清空之至。○女子只须丈夫回家，便一天大事都毕，因而粉黛衾裯，一时罗列，自是人情物理，自然必至之极致。岂知先生乃念念不忘朝廷，如下文转笔，一去更不复来，真正异样奇文也。

生还对童稚，似欲忘饥渴。

问事竞挽须，谁能即嗔喝。

翻思在贼愁，甘受杂乱聒。

新归且慰意，生理焉得说。

二十二解。二十三解。○"问事挽须"四句是一解，"生还"二句合"新归"二句是一解。先生每有将一解割开，横插一解于中间者，皆有故。即如此诗，是本欲于"生还"已后，计算生理；却又自念，既得生还，又见童稚，只此二事，足忘饥渴。然则只好且自慰意，安能连夜便觅生理？此皆辗转反侧，无法可处语。却正当先生低头计算，如是云云之时，彼童稚不知老人心曲，但见兄妹争先，杂乱问事，稍迟应答，竞上挽须，初欲嗔喝，既又甘受。一解在先生心头，一解在先生膝上，乃是一时齐有之事，不得不作夹叙法，割开前解，横插后解也。○写贫士饥寒，儿女并作一块，苦事如画。

至尊尚蒙尘，几日休练卒。

仰看天色改，旁觉妖氛豁。

二十四解。陡然转出至尊，笔势突兀之至。○此解写得不惟不顾救饥生理，且并不顾挽须儿女。陡然念及至尊，陡然仰看天色，妙绝！

阴风西北来，惨淡随回纥。

其王愿助顺，其俗喜驰突。

二十五解。言近闻回纥送兵，虽系其王助顺，亦是俗喜驰突。二者实惟兼而有之。下解"圣心虚伫"，只为其助顺；"时议"不决，亦为其驰突也。

送兵五千人，驱马一万匹。

此辈少为贵，四方服勇决。

所用皆鹰腾，破敌过箭疾。

圣心颇虚伫，时议气欲夺。

二十六解。回纥以驰突之俗，今来助顺。送兵五千，驱马一万，来即易来，去或难去。盈廷大臣，共议拒虎进狼，不如以少为贵，诚乃老成深忧至计。然四方所服，亦在勇决。勇有真勇，决有真决。勇决既定，又何复忧？不但今日全副仰托固非，彼一味忧畏亦非。二十七解。便承"勇决"二字畅筹之也。回纥既是驰突之俗，便皆鹰腾之士。兵法"一鼓作气"，又云"用其朝气"。彼既以助顺入来，便当乘其盛怒，用其至锐，疾命破敌，逾于射箭，此为真勇，四方之所服也。今圣心乃颇虚伫，而时议筑室，累日不决。彼兵临境候旨，拒纳两无所出，迁延久之，朝气夺矣，是为可惜之至！真恨前日北归，不得在彼中力持勇决之论也。○右二解，若以后解之结结前解，而以前解之结结后解，便畅。然而先生欲如此，此解只写上文"勇"字，"决"字且藏过不提起。何谓"决"？疾用之，疾遣之，其来也不必疑，其去也不必惑，优以金帛，封以名王，封关绝之，无少留恋，此处亦是少迟即不可之事。细思一"勇"一"决"，窥先生之雄略盖世，诚使得用，诸葛公不足二也。○读"破敌过箭疾"语，便觉"此辈少为贵"语，真是老生常谈。○已上三解，筹用回纥之法。只十二句，凡有无数筹画。

伊洛指掌收，西京不足拔。

官军请深入，蓄锐伺俱发。

二十八解。承上"勇决"言，诚得箭疾破敌而下，则伊、洛、西京，破竹便收。向来首鼠官军，亦复闻风雀举，莫不蓄锐俱发，效死深入。盖"勇决"之效，其疾如此。○读"官军"二语，知世间有上将，无上兵；有神医，无神药。向使官军真已蓄锐，即又何烦回纥？故知效死深入，一段锐气，只在一刻风信中蓄出来。故知此二句十个字，正与上"指掌"字、"不足"字一样用法，此先生所以深望"勇决"也。若如时议畏缩，官军岂复有此哉？试看先生盖世雄略！

此举开青徐，旋瞻略恒碣。

昊天积霜露，正气有肃杀。

二十九解。承上再作畅语。"此举"字妙，犹俗言"那回"。那回则不止杀贼，因更荡涤中原，普天整顿，昊天肃杀，使人快睹。通篇苦诗，独此四句使人开胸吐气，踊跃快活。

祸转亡胡岁，势成擒胡月。

胡命其能久，皇纲未宜绝。

三十解。已上三解，都是自作意外快语。

忆昨狼狈初，事与古先别。

奸臣立菹醢，同恶随荡析。

不闻夏殷衰，中自诛褒妲。

周汉获再兴，宣光果明哲。

桓桓陈将军，仗钺奋忠烈。

微尔人尽非，于今国犹活。

三十一、二、三解。非重述往事，乃是因上劝行在"勇决"，而忽思昨日明皇帝之亡而不亡，亦正在于"勇决"也。"奸臣"，杨国忠也。"同恶"，斥妃子也。陈将军，陈玄礼也。玄礼首建诛国忠之策，明皇不惜妃子，便杀以谢众，此等"勇决"，实是从来所无，今日中兴，不其宜乎？不尔，则人已尽非，国岂犹活？其事最近，胡可不证？○如"褒妲""夏殷"等字，正以参差不整为善用耳。必欲改"夏殷"为"殷周",则又安可不正"褒姐"为"姐褒"耶?鄙儒可发一笑。

凄凉大同殿,寂寞白兽闼。

都人望翠华,佳气向金阙。

三十四解。从京师想望收复说来。深幸至尊,早得决计。下"凄凉""寂寞"字妙,如此恶字,却有用得绝妙时。

园陵固有神,洒扫数不阙。

煌煌太宗业,树立甚宏达!

三十五解。笔势突兀之甚。〇自劝至尊早决大计收京,其辞往返曲折已尽。至此,却陡然提出"煌煌太宗",以昔者太宗树立甚宏达如彼,岂在天有灵,顾不式凭其后人,使亦树立宏达耶?祖宗之园陵,既神灵赫然,子孙之洒扫,又岁时无阙,然则幽冥呵护所在,勇决定计必矣。我小臣又何烦眷眷不释,唧唧不休耶?于是其诗遂止,更不重说到儿女生理,只愿朝廷收京了,便全家饿死亦足!

篇中先生自云"写此神俊姿，充君眼中物"，今看其一起一结，真乃写此神俊，充我后人眼中矣。咏鹘便笔笔纯用鹘势：起时，瞥然飞到人眼前；结时，瞥然飞出人意外。真是自来未见如此俊物也。

高堂见生鹘，飒爽动秋骨。

初惊无拘挛，何得立突兀。

题是画鹘，诗却是生鹘，骤然读，令我吃惊。直至转入下第二解，始爽然一笑，叹先生用笔之奇。○"初惊"，一奇；"何得"，一奇；"乃知"，一奇。接连用三奇笔，都从"飒爽动秋骨"五字中跳脱而出也。○一解。读之便似生鹘当面直掠过来，其势极俊。

乃知画师妙，巧刮造化窟。

写此神俊姿，充君眼中物。

二解，方说是画。○"画师妙"，非言所画之鹘妙，乃画师肯画鹘，故妙也。天地之间，号物有万，手边眼底，何不可画？而必深入化窟，搜括尽情，择此最俊，方充君眼，妙矣哉！向使随笔涂抹，泼作猪鼠虾蟆等物，即岂不大受其毒，然亦恶能禁之？而此画师独用意若是，不知为是渠自性爱此神俊之姿，抑是渠深信君必爱此神俊之姿？此皆未可知，而总之此画师之妙，真是超出常情万倍矣。四句一气说成，于第二句下，不得略住。○读"充君眼中物"五字，想吾辈平生之苦，安得倩此画师作阍人，为我一扫除之乎！

乌鹊满樛枝，轩然恐其出。

侧脑看青霄，宁为众禽没。

三解，写出真正名士意思寄托。○画鸾凤、鸿鹄，则四围可画众鸟。盖身量比众鸟特大，看去自然主伴分明。今画鹘，是其身先与众鸟相等，况乎众鸟又多于鹘，设使用意不至，鹘且没于众鸟之中，乃是必然之事。所以庸工于此，先避难路，宁于四围多画樛枝，不施乌鹊，盖父传子，师教弟，只用此一路藏拙，自古往往而然也。今此师画一鹘后，却于樛枝多作乌鹊，正是故走难路。第二句用倒句法，言恐其轩然而出。"轩然"字，是乌鹊意中恐其如此，非谓画得轩然。第三句"侧脑看青霄"正与"轩然恐其出"对照。盖满枝乌鹊，轩然恐出，即知众鸟眼目全注于鹘。而鹘方侧看青霄，全不以众鸟介于怀抱，一任群小环聚属目，我意思则岂与卿等作周旋耶？便写出名士在众人中，矫矫不没如画。

长翮如刀剑，人寰可超越。

乾坤空峥嵘，粉墨且萧瑟。

四解。不知是说画鹘，不知是说生鹘，不知是说名士。总是不肯一世，举头天外意思。○戏侮乾坤妙！汝即自以为峥嵘有气势，今被粉白能事直欺压下来也。看他作诗直作到此田地。

缅思云沙际，自有烟雾质。

吾今意何伤，顾步独纤郁。

五解。通篇画鹘，此又忽是生鹘直掠出来，岂不大奇！○为是生鹘从云沙忽飞来，为是先生忽飞向云沙去？笔势撇捩，总非常有。

解者曰：一例和早朝诗，不必定解作天宝君臣。是也。然先生虽故作此壮丽语，读去解去，天宝君臣，历历如见，可兴可观，又何足为先生讳？

五夜漏声催晓箭，九重春色醉仙桃。

旌旗日暖龙蛇动，宫殿风微燕雀高。

首句言当未明求衣，次句写其晏安不顾。"龙蛇"喻跋扈之性，画在旌旗，本飞扬不定，又加之以暖日。此则主恩太过，欲求无动，不可得也。"燕雀"喻处堂之辈，势本不高，乃微风送之，出于宫殿之上。此则宵小得志，欲保无危，不可得也。噫！燕雀已高，龙蛇已动矣，彼醉卧九重者知之乎？前一解，"早朝大明宫"。

朝罢香烟携满袖，诗成珠玉在挥毫。

欲知世掌丝纶美，池上于今有凤毛。

转二句妙。"朝罢"者，是舍人朝罢，当日不知何以遽罢也。"诗成"者，是舍人诗成，余人亦且相继而成也。从来朝廷之上，左史纪言，右史纪动。今则自早朝至于朝罢，绝无足纪。君既无所咨访，臣亦无可建明，仅仅满袖香烟，挥毫唱和，则何补哉？只益之戚耳！贾至为贾曾之子，故云"世掌丝纶"，"凤毛"字，用来却切。后一解，"和贾至舍人"。

曲江二首

前一首，着意在花，带出"酒"字。后一首，着意在酒，带出"花"字。

一片花飞减却春，风飘万点正愁人。

且看欲尽花经眼，莫厌伤多酒入唇。

本为万点齐飘，故作此诗，却以曲笔倒追至一片初飞时说起。细思老人眼中，物候惊心，节节寸寸，全与少年相异，真为可悲可痛。○看他接连三句飞花，第一句是初飞，第二句是乱飞，第三句是飞将尽。裁诗从未有如此奇事。○"欲尽花""伤多酒"，以三字插放句腰，其法亦异。酒是"伤多酒"，入唇最难，本最可厌，而先生叮嘱"莫厌"者，只为花是"欲尽花"。看他下"经眼"二字，便将眼前一片一片不算是花，直是老人千金一刻中之一点一点血泪也。

江上小堂巢翡翠，苑边高冢卧麒麟。

细推物理须行乐，何用浮名绊此身。

小堂翡翠，不过小鸟，而今日现存，即金碧可喜；高冢麒麟，虽是大官，而今日不在，即黄土沉冥。"巢"字妙，写出加一倍生意。"卧"字妙，写出透一步荒凉。"江上"者，又于生趣边写得逝波不停，便宜及时寻乐。"苑边"者，又于死人傍写出后人行乐，便悟更不能强起追陪也。如此二句十四字中间，凡寓无数悲痛感悟。因结之云：物理既一定如此，细推又深悟其然，然则浮名之与行乐，我将何去何从，孰得孰失也哉？

其二

朝回日日典春衣，每日江头尽醉归。

酒债寻常行处有，人生七十古来稀。

承前一首，遂力疾行乐也。八句，通首是痛饮，诗却劈头强安"朝回"二字，妙！便是浮名绊身四字一气说下语。而后首"懒朝"二字，亦全伏于此矣。"酒债"说是"寻常"，妙甚！须知穷人酒债，最不寻常：一日醉，一日债；一日无债，一日不醉。然则"日日典春衣"，一年那有三百六十春衣？"每日尽醉归"，三百六十日，又那可一日不醉而归？如是而又毕竟以酒债为寻常者，细思人望七十，大不寻常，然则酒债乃真是"寻常"。真惊心骇魄之论也！"日日""每日"，接口成文。

穿花蛱蝶深深见，点水蜻蜓款款飞。

传语风光共流转，暂时相赏莫相违。

"蛱蝶"句，写出残春。"蜻蜓"句，写出初夏。言蛱蝶穿花，深深尚见，可见余春未尽。蜻蜓点水，略求款款，莫令初夏便来。老人岂有多时，不过暂尔相赏，何苦流转太速，风光如此毒害耶！无聊无赖，望空传语，不知传语与谁？惟有思之欲涕！"共"字妙，犹言我尽尔亦尽。

曲江对酒

此一首，言我惜花饮酒，毕竟于吏情未便也。三首只如一首。

花外江头坐不归，水精宫殿转霏微。

桃花细逐杨花落，黄鸟时兼白鸟飞。

前诗云"尽醉归"，是虽醉还归。此诗乃云"坐不归"，竟醉亦不归，不醉亦不归矣。"江头"上又添"花外"，妙。自明非为赏玩物华，所以"坐不归"者，只为下三语耳。"霏微"，是描写春阴好字，只加"转"字，便是借好字作刺语，言迩来渐复阴蔽也。看他于"宫殿"上，故着"水精"字可见。桃花贪结子，而与杨花细落，即知渐渐百无一成。所以然者，"黄鸟"喻友声，而与白鸟闲飞，便悟是同学少年不相顾盼也。人生至此，生理尽矣。江头不归，不亦宜乎！

纵饮久拼人共弃，懒朝直与世相违。

吏情更觉沧洲远，老大悲伤未拂衣。

"纵饮"犹可言，"懒朝"不可言。前云日日江头去醉，还是"纵饮"，今云花外江头去坐，真是"懒朝"矣。"纵饮"还是人共弃我，"懒朝"直是我自违世。如此，便应拂衣竟去，而犹徒悲老大，全未拂衣者，先生眷眷不忘朝廷，故作此缠绵凄恻之词，尚希有所感悟也。此解不因"懒朝"二字，几不知前解一二句之妙。试思诸公衮衮入朝，先生却江头去坐，"坐"字奇杀人！骤然读之，使人笑泪一时俱有。坐江头却回身看宫殿，此水精霏微之所以了然于目中。坐江头又回身看宫殿，此水精霏微之所以决不能已于胸中也。后解因云：吏情到此田地，真觉沧洲非远。然老大终未拂衣者，试思懒朝去坐江头，犹看水精宫殿，如此人，则虽复老大，岂忍拂衣也？

同一《望岳》也，而此不独写岳势之高，与夫望而欲登之切，结语特结出"问真源"三字者，盖万物莫不发生于东，而成熟于西。西之为方，大休大歇之方也。先生于乾元戊戌为房琯事，出为华州司功，作是诗。盖言所遭如此，巴不得于热闹中觅凉冷，古所谓"问道崆峒"，其在是乎？明年弃官入蜀，固知意盖有所托云。

西岳崚嶒竦处尊，诸峰罗列似儿孙。

安得仙人九节杖，拄到玉女洗头盆。

世传华山四面皆远峰环抱，每一峰若一莲花瓣捧其心者，故名华山。殊不知"花"乃千红万紫字，"西"乃寂绝忘离方；犹之"东"为千红万紫方，而"泰"为寂绝忘离字。"泰""华"相望立名，其义甚奇，不可不知。前解说华岳之高如此，从眼中看见起，即以意中欲登承。然而仙人之杖既不可得，则玉女之盆亦安得洗？亦徒有望而已矣。

车箱入谷无归路，箭括通天有一门。

稍待秋风凉冷后，高寻白帝问真源。

即就望中作一转语曰：假使仙人杖可得，玉女盆可到，则当从山前何路去？从山后何路归？车箱谷，深不可测，是华山背后路也。算到已到后无有归路，见华山亦不可轻易便登。然而箭括峰有门可通，攀援而上，可至绝顶，见又不可等闲错过也。于是预计去之之时曰，稍待凉冷，便决计去矣。但不问真源则已，若果问真源，则或望而不去，亦未可知；其必去，亦未可知。

九日蓝田崔氏庄

语语是不服老。前解要看"今日"字，后解要看"明年"字。在今日必尽君欢，不敢以一人之不欢，败诸少年之欢。在明年未知谁健，不得以诸少年之健，笑此老之必不健。语意崛强，自是先生本色。

老去悲秋强自宽，兴来今日尽君欢。

羞将短发还吹帽，笑倩旁人为整冠。

"老去悲秋"，是大概说；"强自宽"，则说自己。今日君等邀我登高，我便兴来，为君尽欢，即是自宽处也。"尽君欢"者，大抵老人与后生最不相入，我若露一些老态，便为不尽君之欢。此正照"强自宽""强"字，起真起得好。"今日"，九日也。即以落帽事承。人老则发短，后生偏要以此笑老人。万一醉后登高，风吹帽落，在诸少年面前露此短发，索然无趣，故"羞"，势必须整自己底帽。于是反倩诸君各自整其冠，彼诸少年那个要整冠？只为各去整冠，我之整帽，便不为少年所觉耳！在己云"帽"，在人曰"冠"。"老去"暨"尽君欢"等字，一一承足，承又承得好。

蓝水远从千涧落，玉山高并两峰寒。

明年此会知谁健？醉把茱萸仔细看。

上一解都是写性情，转不用景，则语便不气色，故将蓝水、玉山作转。按《三秦记》蓝田有川，方三十里，其水北流。《唐书·地理志》：蓝水县有覆车山，一名玉山。"两峰"，指秦山、华山。自有天地，便有此蓝水、玉山。水落下来，不见其盈，不见其缩。三峰并峙，不见其加，不见其减。千万年后，只是如此。"水"喻人之文章材气，"山"喻人之德行节概。盖诸少年所恃者，不过年岁尚多，未免欺老。然年少何足恃？所重者在文章德行等常垂后世，可称不死。若专恃此年少，则百年亦旦暮，与朝菌、蟪蛄何异哉！转真转得好。因起有"今日"二字，结便以"明年"来合。今年今日，与诸君会蓝田庄；明年今日，诸君登高，当复在此。"知谁健"三字，有阳秋在内，诸君若把年纪老幼论身之健与不健，则不健者定是我一人。然而事不可知，或我老人尚健，而诸少年中反有不健者，不可谓事所必无。谁能保此身常健哉？说得少年悚然！九日佩茱萸，饮菊花酒，先生既欲尽君欢，老人量减，必致先醉。一听少年欢呼豪饮，却泠泠然细看茱萸，觉今日一场好笑。此老意中，真不可测也。合又合得好。何其律之细也！○批亦细极！此首及《戏呈路十九》《黑鹰》《见萤火》凡四首，唱经有批，未见全篇，从《说唐诗》补入。

春陪郑驸马韦曲二首

此诗定须二首，一首必说不尽。凡一题有几首，正是起承转结，恰完一篇文字耳，我既屡言之矣。

韦曲花无赖，家家恼杀人。_{狂语。}

绿尊须尽日，白发好禁春。_{狂语。}

平日本是一肚不合时意思，是日陪郑至韦曲，却是更忍不得。不觉颓然放口，借花痛骂。试思花有何无赖？且何至家家无赖？先生自年老官卑，不蒙诸公之所齿录，因此恃老放颠，全不顾人耳目，纵笔遂作此二句十字。先生可谓无赖之至也！绿尊必须尽日，不尔者，白发那好禁春耶？悉是无赖语，笔态狂甚也。

石角钩衣破，藤枝刺眼新。

何时占丛竹，头戴小乌巾。_{傲然狂语。}

钩衣刺眼，不是好语，殆极刺之也。既尔我却奈何与之争哉？丛竹乌巾，先生将去矣。〇石，比磐固久据；藤，比攀缘新进。先生好诗，不应入尔许恶解。然终不知是何语，即心头不肯置。相其"钩破""刺新"等，悉非好事，且下紧承"何时"二句作结，正见老大不耐耳。

其二

野寺垂杨里，_{大是好处。}春畦乱水间。_{大是好处。}

美花多映竹，好鸟不归山。_{句法摇动。}

承前首。我既不耐欲去，则或于野寺垂杨之内，或于春畦乱水之间，随分空闲，皆堪投老也。试看美花无不映竹，岂有好鸟而不归山？若必待有丛竹可占，方始乞休，则愧美花好鸟久矣！盖计决即去，更无留恋之辞。从来只作韦曲景物看，遂不解先生妙笔。

　　城郭终何事，风尘岂驻颜。

　　谁能共公子，薄暮欲俱还？ 十字句。

　　非恋韦曲，不欲入都城耳。"终"字、"岂"字、"谁能"字，妙！低徊心口，千思百算，偶然发恼，遂成熟商。哀怨而不愤激，尽风人之能事矣。

铜瓶

铜瓶，是宫中汲水器，久沉废井，新出世间者。岂先生于秦州见有此物耶？

乱后碧井废，独作一句，不与下连，笔态奇绝。 时清瑶殿深。

铜瓶未失水，百丈有哀音。

此诗真乃有鬼在腕，使人不能知其如何下笔！夫为出水铜瓶，写至其初失水时，已尽文人能事；今乃又必写至其未失水时，岂非搜奇抉怪，全不顾自己心血者耶！不宁惟是而已，且又于铜瓶文中，并写井之废兴，乃至如"美人"，如"百丈"，一切等事，细细毕具。只是八句四十字，为幅最为逼仄，而欲如是等七曲八折，莫不安置停妥，且使读者转见清空轻脱之至。先生笔补造化，真非世间之恒见也！○"乱后碧井废"，独作一句，此铜瓶之所以出世也。只五字便截住，却追想碧井之未废时，井上则有深殿，殿中则有美人，美人则转百丈，百丈则出哀音。铜瓶此时为清时致用，人受其福，知有何限？却又不写铜瓶如何汲水，只轻轻用"百丈有哀音"五字，想到铜瓶用时，分明镜花水月相似。从来实写不如虚写，有若是也。

侧想美人意，应悲寒瓷沉。

蛟龙半缺落，犹得折黄金。

上解用镜花水月之笔，写铜瓶用时。此解又用镜花水月之笔，写铜瓶失时。亦只轻轻将美人点染，而铜瓶入水，已不言自尽。"蛟龙半缺落，犹得折黄金"者，久沉井底，剥蚀不无，然旷世遗宝，不可恒有，其价犹得以黄金相准折也。

君子亦有囊。君子囊，亦欲其不空。君子囊空，亦且感愤成诗乎？须知《空囊》一篇，是先生自写不改之乐，非写不堪之忧也。吾党守志之士共辨之。

翠柏苦犹食，明霞高可餐。

世人共卤莽，吾道属艰难。

衣食二者，无一日可以暂废，乃小人偏于此卤莽，君子偏于此艰难。"卤莽""艰难"，字法妙绝！乱就下曰"卤"，乱就上曰"莽"；不能前进曰"艰"，不能后却曰"难"。四个字便活画出两样人、两样身分来。上"翠柏"二句，便是正写艰难，影写卤莽也。必是翠柏，则虽苦犹食；必是明霞，则虽高犹餐。然则所食所餐，盖已甚寡。此非君子不畏饥寒以杀身，而无奈以礼处身，以义处心，吾守吾道，之死无二，不能学当时小儿，甘者即食，卑者亦餐，卤莽觅活，腼颜人世也。一解。

不爨井晨冻，无衣床夜寒。

囊空恐羞涩，留得一钱看。

前一解，是先生自写骨力。后一解，是先生自写襟怀。看他"不爨"下又加"井冻"，则不惟无食，兼无汤饮。"无衣"下又加"床寒"，则不惟无衣，兼无襆被。夫人至于通晨彻夜，饥寒备极如此，他人已不知有几许悒郁侘傺，先生却有闲胸襟，自戏自谑。题是《空囊》，诗偏以不空作结，便似一文钱能使壮士颜色真遂不至于大坏也者。昔有渔人夫妇，大雪夜并卧船尾，不胜寒苦，因以网自覆。既而寒且逾甚，其夫试以指从网中外探，雪已深三四寸。便叹谓其妇："今夜极寒，不知无被人又如何过得也！"先生囊中一钱，正与此语同，的的妙撰！○翠柏明霞，空中妙文；冻井寒床，实地苦事。卤莽艰难，实地苦事；囊留一钱，空中妙文矣！

送人从军

弱水应无地，阳关已近天。

今君度砂碛，累月断人烟。

虽复二解，然前解实生起后解之势。○前解极言从军之险，为下解"失道"二字伏线。

好武宁论命，封侯不计年。

马寒防失道，雪没锦鞍鞯。

人生饥寒，多至失守，亦为论命计年之难也。嗟乎！岂独从军耶？"锦鞍鞯"，何等身价？至没于雪，谁复见之、惜之？看他"失道"上只轻轻加"马寒"二字，言马乃有失道之事，人则能防，决不至尔。说到"防失道"句，送人之情极其周至。○弱水、阳关，叙其地；曰"寒"曰"雪"，补其时。

近人酬答，并为次韵，踽踽不舒，适增丑笑。先生此诗，与高公只如对语，深足法也。

古寺僧牢落，空房客寓居。

故人供禄米，邻舍与园蔬。

一二酬一二。高诗云："传道招提客，诗书自讨论。"杜则酬云：寺僧牢落不亲，无人可语，则"自讨论"有之也。三四酬三四。高云："佛香时入院，僧饭屡过门。"僧饭过门，尔何所食？杜则酬云：幸有故人、邻舍也。

双树容听法，三车许载书。

草《玄》吾岂敢，赋或似相如。

五六酬五六。高云："听法还应难，寻经剩欲翻。"读书之暇，颇复听法否？杜则酬云：听法、读书，各随所便也。七八酬七八。高云："草《玄》今已毕，此后更何言？"杜则酬云：草《玄》不敢，聊复赋诗而已。

奉酬李都督表丈早春作

全首只一"悲"字。连"红入桃花""青归柳叶"俱作悲字用，不作早春佳字用。

力疾坐清晓，来诗悲早春。

转添愁伴客，更觉老随人。

"转添""更觉"，切上"早春"，透下"红入""青归"字。

红入桃花嫩，青归柳叶新。

望乡犹未已，四海尚风尘。

当此桃花、柳叶之时，而四海风尘，望乡徒切。则客之愁而人之老可知，所以见起处"悲早春""悲"字之妙也。曰"犹未已""尚风尘"，说明"转添""更觉"之故。〇此诗莫妙于起二句。

才尔卜居，而遽云"东行乘兴"者，须知裴冕之为主人，必不如严大夫，而先生亦暂为即次，不愿长居于此也。玩篇中"少尘事"，则更无乐事；"销客愁"，则未便无愁。且着"上下""沉浮"字，语意可见。

浣花溪水水西头，主人为卜林塘幽。

已知出郭少尘事，更有澄江销客愁。

一句赋其地，二句赋其人。"已知""更有"，写出主人选地，先生即次一段情事，所谓暂脱樊笼，其一时饮啄之乐如此。

无数蜻蜓齐上下，一双鸂鶒对沉浮。

东行万里堪乘兴，须向山阴上小舟。

"无数""上下"，笑杀朝局。"一双""沉浮"，惟我与尔。"沉"即先生自谓，"浮"谓主人裴冕也。要此不过宾主一时之合耳。先生岂终老于此者？因承结云：借使东行万里，正复何妨？然兴尽即返，亦何必久恋帝乡也？两句一行一止，义从《论语》"用行舍藏"脱出，勿误读结语是要人相访。

王十五司马弟出郭相访兼遗营草堂资

　　先生诗有二句作一句读者，如《课伐木》诗"报之以微寒，共给酒一斛"是也。有一句作三句读者，如《雨过苏端》诗"浊醪必在眼，尽醉抒怀抱"是也。"浊醪"二字读断，"必在眼尽醉"五字读断，"抒怀抱"三字读断。不然，"浊醪必在眼"，竟成何语？世间读杜诗者，不知如何读去。如此诗"他乡"二字读断，"惟表弟还往"五字连读，"莫辞遥"三字另读。细玩自见其句法变换之妙。

　　客里何迁次？江边正寂寥。

　　肯来寻一老，愁破是今朝。

　　一二三，一气读。第四句，看他对极松变。

　　忧我营茅屋，携钱过野桥。

　　他乡惟表弟，还往莫辞遥。

　　五六叙事。他乡、表弟，相为对映，言还往不绝，以破此寂寥，便是客边乐事，不必更有所遗。犹今人嘱亲友云"不消你费心，常来看看我"罢了，正所以深谢之也。

蜀相

前解咏祠堂，后解咏丞相。

丞相祠堂何处寻？锦官城外柏森森。

映阶碧草自春色，隔叶黄鹂空好音。

城外有丞相祠堂，然至城外而寻祠堂，是无心于丞相者也。先寻祠堂，后至城外，妙，是有一丞相于胸中。而至其地，寻其庙，则在锦官城外森森柏树之中也。三四，碧草春色，黄鹂好音，入一"自"字、"空"字，便凄清之极。二语，是但见祠堂而无丞相也。黄鸟所以求友，君子旷百世相感，有尚友古人之情，而无如古人终不可见，如隔叶也。

三顾频烦天下计，两朝开济老臣心。

出师未捷身先死，长使英雄泪满襟。

后解，承三四来。丞相不可见于今日矣，然当时若非三顾草庐，丞相并不可得见于昔日也。天下妙计，在混一不在偏安。丞相受眷于先，并效忠于后，虽不能混一天下，成开济之功，然老臣之计、老臣之心，则如是也。"死而后已"者，老臣所自矢于我。捷而后死者，老臣必仰望于天。天不可必，老臣之志则可必。第七句"未"字、"先"字妙，竟似后曾恢复而老臣未及身见之者，体其心而为言也。当日有未了之事在，今日长留一未了之计、未了之心。嗟乎！后世英雄，有其计与心而不获见诸事者，可胜道哉！在昔日为英雄之计、英雄之心，在今日皆成英雄之泪矣。

漫兴九首

九首自初春、仲春、残春、又初夏，一路写流光迅速，人命不停，正在愁恼。第九首忽然横插一论，假使或初春，或仲春，不待春残入夏，中道忽然断绝，又当如之何？真乃愁又愁不及，恼又恼不及，惟有瞪目噤口，更自动转不得，而漫兴遂以九首终也。不然，便如世间俗笔，自夏而秋而冬，十二月月月吟遍，岂不口臭！

眼见客愁愁不醒，无赖春色到江亭。

即遣花开深造次，便教莺语太丁宁。

"眼"，春之眼也。眼见客愁，可应暂避。今全然不顾，客自愁，春自到，毫无半分相为之意，则无赖之至也。且一"到"，无事不到，花即遣之开，莺便教之语，炫目聒耳，纷纷恼人，诚为造次之极，丁宁之甚，可厌也，可恨也。看他将春便当作一人相似，滑稽极矣。

其二

手种桃李非无主，野老墙低还是家。

恰似春风相欺得，夜来吹折数枝花。

前首才云"即遣花开"，此首早已风吹花折矣，流光之疾如此。○若云无主，则实手种；若云墙低，则亦人家。"得"字妙，便令"恰似"字，如闻脱于口。夫势豪侵夺，世所常见，春风作横，古所未闻，滑稽极也。

其三

熟知茅斋绝低小，江上燕子故来频。

衔泥点污琴书内，更接飞虫打着人。

此又燕子来矣，流光之疾如此。○"眼见"则春色眼见，"熟知"则燕子熟知，皆最滑稽语。夫同是燕子也，有时郁金堂上，玳瑁梁间，呢喃得爱；

有时衔泥污物，接虫打人，频来得骂。夫燕子何异之有？此皆人异其心，因而物异其致。先生满肚恼春，遂并恼燕子。看其"熟知"字、"故"字、"频"字，皆恼极，几于欲杀欲割，语可笑也。

其四

二月已破三月来，渐老逢春能几回？
莫思身外无穷事，且尽生前有限杯。

此言春将尽矣，诚乃流光疾甚也。"逢春能几回"语，在白乐天只解用入春来时，先生偏用入春去后，便令"能几回"三字，竟有一回亦未必之事，可骇也。先生与白用笔迥绝如此，刘会孟小儿乃谓此诗近白，尔乌知？

其五

肠断春江欲尽头，杖藜徐步立芳洲。
颠狂柳絮随风舞，轻薄桃花逐水流。

此言春竟去矣，诚乃流光疾甚也。妙于不说春欲尽，却说"江欲尽"，实字只作虚用，从来少此妙笔。"徐步立芳洲"，意欲留春，少作盘桓。乃前日不欲其来，则偏要来，且偏莺花纷纷齐来；今日不欲其去，则偏要去，且偏桃柳纷纷尽去。可厌也，可恨也！看此一首便是第一首之后半。《庄子·达生篇》云："生之来不能却，其去不能止，悲夫！"正暗用此意，作此二诗耳。

其六

懒慢无堪不出村，呼儿自在掩柴门。
苍苔浊酒林中静，碧水春风野外昏。

此首以前是春，此首以后是夏，恰置此首于春夏之交，明四序有推迁，一心无动静。此谓君子居易俟命，无入不得，素春行春，素夏行夏，更无他求也。九首中，赖是此诗，知先生胸中有本，不然，其将逐日愁苦者耶？

其七

糁径杨花铺白毡，点溪荷叶叠青钱。

笋根稚子无人见，沙上凫雏傍母眠。

此言春去夏来。"糁径"句，写春去之尽情。"点溪"句，写夏来之明
验。乃或有人疑春即已去，夏尚未来者，因更用"笋根"二句反覆证之。笋
根、稚子，人自不见耳。沙上新凫，孚乳已久矣，甚言流光之疾也。世间别有
恶解，可为呕哕！

其八

舍西柔桑叶可拈，江上细麦复纤纤。

人生几何春已夏，不放香醪如蜜甜。

此明言"春已夏"，桑肥麦熟，皆新夏景物也。夫自初春、仲春、深春，
而今倏然已夏，百年人生，如此能几？况有桑足衣，有麦足食，生在世间，饱
暖即快，不饮酒复奚求耶？前诗杂用无数莺儿、燕子、桃花、柳絮、杨花、荷
叶、笋子、凫雏，独此诗恰用桑麦字，先生固有意。

其九

隔户杨柳弱袅袅，恰似十五女儿腰。

谁谓朝来不作意，狂风挽断最长条。

前八首，次第写流光之疾。至第九此首，忽然说一意外变事。言我今为
有力所负而趋，日老一日，曾无暂缓，以为愁叹，更难慰遣。岂知天地间事，
尚有不可说者。邻家少年，年始二十，白皙长大，兼兼（翲翲）初髭，朝骑白
马，暮饮黄垆，钟动归家，半夜竟殁。"谁谓"字妙，真乃理之所必无，却

是事之所时有。"不作意"，犹言不在意也，言忽然出于不料也。然则我今老去，虽是万无奈何，然而以此方彼，所谓差胜乎尔！九首诗以此首作结，先生于《南华》《达生》之义，盖甚深矣！于是九首遂毕。

江村

只用《论语》"贤者避世"句反覆成篇。二解八句，清空一气，有如说话耳。

清江一曲抱村流，　　故曰"江村"也。用训诂体为诗，非写景也。看他下句，承出"江村"可知。

长夏江村事事幽。　　"事事"，言长夏服食起居等事，非指三四五六句。从来人不解诗耳。

自去自来梁上燕，相亲相近水中鸥。

题曰"江村"，诗曰"江村"者，非江边一村也。乃清江一曲，四围转抱，既不设桥，又不置艇，长夏于中，事事幽绝，所谓避世之乐，乐真不啻者也。问江村如是，即令人如何去来？答：我有何人去来？自去自来，只有梁上之燕耳！问：若无去来，然则与何人亲近？答：我与何人亲近？相亲相近，独此水中之鸥耳！二句乃以梁燕、水鸥写江村更无去来、亲近，非以自来自去、相亲相近，写梁燕、水鸥也。从来人不解诗，因误读耳。

老妻画纸为棋局，稚子敲针作钓钩。

多病所需惟药物，微躯此外更何求？

今人所以不能与世长辞者，只为检校一身，有求实多，于是濡足没首，长此苦海耳！我则自计微躯，仰资于世盖已少矣。胡为皇皇，尚不痛割？"老妻"二句，正极写世法嶮巇，不可一朝居也。言莫亲于老妻，而此疆彼界，抗不相下；莫幼于稚子，而拗直作曲，诡诈万端。然则江流抱村，长夏不出，胥疏畏涂，便如天上，安得复与少作去来亲近，受其无央毒害也？○中四句，从来便作长夏幽事，言老妻弈棋，稚子钓鱼，丈人无事，徜徉其间，真大快活。殊不知可以日日弈棋、钓鱼，不可日日画纸、敲针。试取通篇一气吟之便见。两解八句，只是前解之第一句尽之耳。然则纸本白净无彼我，针本径直无回曲，而必画之、敲之，作为棋局、钓钩，乃恨事，非幽事。而从来人闷闷，全不通篇一气吟，遂误读之也。○瞿斋云："先生以夔、龙、伊、吕自待者，起手便着'事事幽'三字，真乃声声泪、点点血矣！何必读终篇而见其不堪耶？"

不惟写妙画，兼写出王宰妙士来。〇天下妙士，必有妙眼。渠见妙景，便会将妙手写出来。有时或立地便写出来，有时或迟五日、十日方写出来，有时或迟乃至于一年、三年、十年后方写出来，有时或终其身竟不曾写出来。无他，只因他妙手所写，纯是妙眼所见。若眼未有见，他决不肯放手便写，此良工之所以永异于俗工也！凡写山水，写花鸟，写真，写字，作文、作诗，无不皆然。惟与之一样能事者，方得知之。所以特特走十百千里，馈十百千金，踵门叩首，求其为我作一画、一字、一咏，而或至于累月经年，终不能得，于心恬然，不怨不怒。何则？诚深知其不可迫促，若迫促所得，即非我之所欲得也。乃有世间食肉肥白富贵大人，遣一价持半幅刺，要置室中，日三饮食之余，辄督取笔砚置其前，使速为我作。又时时敕一人敦趣之，成一节半节，皆立报。嗟乎！此时则与阑中豚何异？尚安能出其妙眼妙手，为君家效死命哉？

十日画一水，五日画一石。

能事不受相促迫，王宰始肯留真迹。

壮哉《昆仑方壶图》，挂君高堂之素壁。

六句。看他先向自己意中撰出突兀。四句说王宰画之难得，然后亟承二句，说此高堂素壁，乃得挂王宰画耶？可谓壮哉！"壮哉"二字，是赞高堂得挂王宰真迹，非赞所画《昆仑方壶图》体势也。盖守之以十日，仅得一水；又守之以五日，借得一石。然则毕此大幅，时日何限？不难在王宰经营心苦，正难在贤主人死心塌地，到底不敢促迫，终竟时到功成，妙画入手，高堂素壁，俨然独挂。向时旁观不耐，因而请去者，至此日瞠眼并睹，莫不叹息。以此思"壮哉"，壮哉可知也！须知十日一水，五日一石，王宰原无此事，却是求王宰作画者必须办此一副深心静气，方与妙画少分相应。此是先生于未出题前，凭空发此极奇极怪不顾人笑之四句，先为王宰占身分。然合下"壮哉"二句，通共六句一气读之，却悟此并不是赞王宰，全是赞主人。寄语天下万世贤主人，宜日日吟此六句，莫促迫人妙画也！"真迹""真"字妙！何处不挂王宰画？然我只问破几日工夫得来，即真与不真，不辨可知。

巴陵洞庭日本东，赤岸水与银河通，中有云气随飞龙。

舟人渔子入浦溆，山木尽亚洪涛风。

此方看画。○上既明说此图之为昆仑方壶矣，此忽故作惊怪，恍恍忽忽，疑是洞庭，疑是日本，疑是赤岸。约此图，满幅是颒洞大水，天风翻卷，其势震荡。而于一角略作山坡、树木，更点缀数船，避风小港。画者既无笔墨相着，题者如何反着笔墨？于是万不得已，作此眼光历乱、猜测不得之语，以描写满幅大水。然后承势补完渔舟、山木，悉遭大风之所刮荡也。而又有"中有云气随飞龙"七字者，原来王宰此图，满幅纯画大水，却于中间连水亦不复画，只用烘染法，留取一片空白绢素。此是王宰异样心力画出来，是先生异样心力看出来，是圣叹异样心力解出来。王宰昔日滴泪谢先生，先生今日滴泪谢圣叹，后之锦心绣口君子，若读至此篇，拍案叫天，许圣叹为知言，即圣叹后日九泉之下，亦滴泪谢诸君子也！所以然者，此图本题，须知明明标出在前是昆仑方壶，若入俗手，岂不于大海中央，画作无数丹崖碧嶂，瑶草琪花，白鹤青鸾，吹笙行乐。今王宰偏不尔，偏只于大水当中留得一片云气，若谓方壶是有，则此一片云气中间，意者是耶？若曰方壶不经，儒者难言，则我此一片云气，乃是连水都不画处，无笔无墨，云何诬我曾画方壶哉？看他不着笔墨处，便将太史公一篇《封禅书》无数妙句妙字，一一渲染尽情，更无毫发遗憾。"随飞龙"三字妙，写此一片空白云气，是活云，不是死云。便是秦汉方士无数奇谈，一齐隐括，成此三字。试思作画用意至于此极，此岂受人促迫之所得几者耶？乃先生初看此图，也只因中间不用实笔，但见满幅大水，因疑是洞庭，疑是日本，疑是赤岸。既而加倍用意细看，始看着中间一片云气，方悟王宰胸中一部《汉武本纪》读得烂熟。今日乃不用笔，不用墨，轻轻地通篇挥洒出来。夫看画至于此极，亦乃前无古人，后无作者，只与王宰相视失笑，群豪侍侧，悉如蟋蟀。彼亦不复料一千年后，又被圣叹觑见也！

尤工远势古莫比，咫尺应须论万里。

焉得并州快剪刀，剪取吴松半江水。

上五句题画已毕，此用余文洗剔。若渔舟山木，近在一角者，则此云气如龙，不应在中，应直置之极远尽头处。若谓方壶是此图本题，应正置中间者，则于近角不应又作渔舟山木，相望为嫌也。因言王宰最工远势，咫尺之内，万里为遥。渔舟山木，虽在此角，望至中间云气所在，诚乃不啻数千万里。然则只须并州快剪，剪取一丝半缕，便是吴松半江。甚言自此角到中间，其为道里无算，绝不以相望故遂成病笔。此皆他人决不经心处，先生则必定写到者也。不然，安有人家挂山水图，而一人剪其半幅？

一室

前解，室中犹有先生；后解，直说至室中已无先生。夫先生得归而室中无先生，可也；先生不得归而室中无先生，是真大痛也！题之伤心如此，岂截篇初二字耶？○若据今日，应云有室。想到身后，故云一室。

一室他乡远，*"远"字奇，直从故乡来。* 空林暮景悬。*"悬"比"落"又苦，乍可落耳，悬竟几何时耶？*

正愁闻塞笛，独立见江船。*"正愁""独立"，笔态参差，便令"见""闻"二字不板。*

一"远"字、一"悬"字，写得室非我室，乡非我乡，林非我林，景亦非我景，便有暗鬼寒风，尸尸闪闪，出于纸上。三四句，"塞笛"是同不得归之人，"江船"乃何独得归之船也。"闻塞笛"苦，"见江船"更苦。"闻塞笛"，尚在思归；"见江船"，竟知不归矣！

巴蜀来多病，荆蛮去几年。

应同王粲宅，留井岘山前。*故云"一室"。*

身若无病者，十年二十年，将终必归耳，谁定其几年！乃今病急如此，归定何日？故知"几年"非不知何年之辞，乃无此一年之辞。肠断泪枯，接此十字，于是遂定此诗题曰"一室"也。○他人览古，尚当出涕；先生自说，得不痛杀！

萧八明府实处觅桃栽○凭何十一少府邕觅桤木数百栽○凭韦少府班觅松树子栽○又于韦处乞大邑瓷碗○早起

此五首诗以四绝一律为一篇，读者往往忽略分看，遂茫然不知起落，故拈出之。○吾读杜诗至此五首，不觉哑然失笑也。无量劫来，生死相续，无贤无愚，俱为妄想骗过。如汉高纵观秦皇帝，喟然叹曰："大丈夫当如此矣！"岂非一肚皮妄想？及后置酒未央，玉卮上寿，却道："季与仲所就孰多？"此时心满意足，不过当日妄想圆成。陈涉辍耕之垄，曰："富贵无相忘。"此时妄想，与汉高无别，到后为王沉沉，不过妄想略现。阮嗣宗登广武，观刘、项战处曰："遂使竖子成名！"亦是此一副肚肠，一副眼泪。后来身不遇时，托于沉冥以至于死，不过妄想消灭。或为帝王，或为草窃，或为酒徒，事或殊途，想同一辙。因忆为儿嬉戏时，老人见之，漫无文理，不知其心中无量经营，无边筹画，并非卒然徒然之事也。羊车竹马，意中分明国王迎门拥彗，县令负弩前驱；尘饭涂羹，意中分明盛馔变色，菜羹必祭；桐飞剪笏，榆落收钱，意中分明恭己垂裳，绕床阿堵：其为妄想，与前三人，有何分别？曾记幼年有一诗："营营共营营，情性易为工。留湿生萤火，张灯诱小虫。笑啼兼饮食，来往自西东。不觉闲风日，居然头白翁。"此时思之，真为可笑。既念生子孙，方思广园圃，如此妄想，便足一生。我既生子，子又生孙，后来不知何人，俱同此一副妄想。譬如此五首诗，亦是少陵无边妄想，于虚空世界，劈空捏一园林，东家讨树，西家讨碗，事成早起经营，皆一时一刻造就，真非东用寸楮，西驰尺幅，往来乞觅也。大抵先生异于人者，于妄想中成三禅乐，世人于妄想中成五浊恶也。

奉乞桃栽一百根，春前为送浣花村。

河阳县里虽无数，濯锦江边未满园。

欲于荒凉地上，劈空捏造园林，却百无一有，既少财物，更无工力，此念一动，昼夜不能自已。正无设法处，忽然一时想着萧八明府，得意之极，故开口便"奉乞桃栽一百根，春前为送浣花村"，既要讨得多，又要来得快，此刻便觉荒凉地上竟成锦绣园林。下二句，因思此桃亦无奇特，但此地绝少，独我得有百根，于此一方，无佛称尊，已似平泉、金谷，想出一时手舞足蹈光景。后来园亦未必成，连桃亦未必讨。我辈闲坐书斋，常有此事，莫认老杜持书乞索也。

凭何十一少府邕觅桤木数百栽

草堂堑西无树林，非子谁复见幽心？

饱闻桤木三年大，公自注："蜀人以桤木
为薪，三年可烧。"

与致溪边十亩阴。第三句必欲自注一句者，非表桤木易，亦非表桤木不才，盖笑俗人
举世无知，不知桤木可恁般受用，写出独得之秘，皆一时快活语。

前得桃树，主人无边快活。明年一春，受用已极。又思看朱成碧，倏忽长夏，不有清簟疏帘，何以解衣盘薄？堑西无树，将来散发披襟，木床投足，炎炎西日，岂不重难？故第一句，开口作失惊之辞。言如许大事，曾未算到，一时救急无策，何暇广求珍异？必贱而易致者，方可取快一时。左右思惟，浓阴易茂，除非桤木。第二句，妙绝！"非子"，"子"字指桤木。盖半日沉吟，胸结沉想，眼起空花，便如身坐其下，觉草堂堑西，拂云蔽日，一碧无际，与桤木亲切如良友然。子猷称竹为君，少陵又称桤为子，千古绝对，写尽当时神理。前一首，胸中本无桃树，因想着萧八，随其所有，就便栽桃，非爱桃树也。此却胸中先有桤木，方想着何十一。题用"凭"字，凭借也，犹言靠托也。言又有人替我用心，此园必成，从此安然受享，并不费心。故末句作志得意满之语。

落落出群非榉柳，青青不朽岂杨梅。

欲存老盖千年意，为觅霜根数寸栽。

第一首，因题衍诗。第二首，因诗著题。此首却将诗笑题。盖春夏乐事，备足无余，其余事事皆在可缓。无端无事讨事，又想数松点缀。静坐三思，不觉自笑，我欲成此园，原为逃名息机，聊以卒岁。今觅松树子栽，既不能取效目前，又不能馈实日后。老盖千年，霜根数寸，欲并三槐，作身后佳话。俟河之清，人寿几何？迂缓荒唐，莫此为甚。一生匏落，正受此病。乃尔习气未除，重复露出，因而自言自语，自嘲自笑，故诗中皆作推敲商榷之语。方寻快活，又起悲凉。若同前二首并看，不特文气板腐，有负良工苦心；亦且逢人硬索，见物便取，使少陵与当世贵人一例去也！嗟乎！吾辈刿心呕血，穷奇极奥，并为"千年"二字所误，皆觅数寸霜根者也。欲免斧斤比寿栎，杜计亦疏矣，即使有成，饥寒常在身前，功名常在身后，悲夫！

又于韦处乞大邑瓷碗

大邑烧瓷轻且坚，扣如哀玉锦城传。

君家白碗胜霜雪，急送茅斋也可怜。

已悟前事尚赊，今日作何消遣？惟有曲蘖，少延清欢数日，遂触动韦家瓷碗。手摩袖拂，心口相语，立刻送来，倾银注玉。从前经画，暂且阁起。〇一瓷碗至轻至微，却用三四层笔法，曲曲染就名士玩物性情来，与昌黎《竹簟》诗"有卖直欲倾家资"一样痴癖。第一句，先于未见瓷碗时生无限叹羡。第二句，想见入手后把玩时有如此可爱。先赞其质，后誉其声，方羡其色，觉在韦家案头，耀眼夺目，可望不可即一段光景，无限低徊，心头跃跃不能自持，方显第四句"急送茅斋"之乐也。"可怜"二字，如渴鹿望尘，忽得甘泉美草，一时身心泰然，皆文人常态，不失童心妙处。寄语世人勿见嗤也。

题最伤心。世间惟痴肥公子，夜饮朝眠，其他无一人不欲早起者。健儿提戈跨马，农夫负耒之田。抱布握粟，哓哓闤阓，侧肩叠踵，伺候朱门，庭燎盈廷，裳衣颠倒。上自天子、公卿、大夫及士庶人，无贤无愚，无不早起。即我当时，自谓挺拔，立登要路，一样闻鸡起舞。无奈许身太愚，为计太拙，直欲返俗唐、虞，次躬稷、契，老大无成。世既弃我，我亦弃世，颓然放废，形为槁木心成灰。纵横失计，妻子堪羞，乡里嫌身，人前短气。夜中千思万算，左计不成，右计不就，耿耿不寐。及到晓来，仰视屋梁，欲起无味，反复沉沉睡去，致令早起绝少。夫高眠者，小人之所甘，而君子之所悲也。张循王园中老卒，日中睡着，循王问之，对曰："无事可做，只得睡眠耳！"悲哉，言也！循王立捐五百万金钱，令之回易外夷。乘巨舸，跨鲸波，飘然而去，突然而来。珍奇光乎内府，宝马盈于外厩。丧败之余，一时循王军容独振。彼老卒不过略集余技，昔年睡魔，顿然失去。自叹二十年来，昏昏醉梦，未知何时得早起也！

春来常早起，此句盖于未来发愿如此，若作过后叙述，便索然无味。则下句所云"幽事"，皆如富翁日记账簿，俗子强作小窗清记恶札，不可不细心体贴。读书尚论古人，须将自己眼光，直射千百年上，与当日古人捉笔一刹那顷精神融成水乳，方能有得。不然，真如嚼蜡矣。勿以吟咏小道忽之。幽事颇相关。

帖石防隤岸，开林出远山。

一丘藏曲折，缓步有跻攀。

僮仆来城市，瓶中得酒还。

此首与前四绝，皆一时意中写就，非春来即事也。一向无事可做，懒废成习，家人见我全不事事，便谓我决做不来。试看此园一成，从此振作精神，常常早起，件件关心。又恐众人不信，故三四句卖弄出许多勤谨本事来。"帖石"句，言看我先事绸缪。"开林"句，言看我业成整顿。一时尽情高兴之语。后解又算出约束自己方法来。平日闲荡久惯，全不着家，恐一时静极思动。此园平平无奇，一览可尽，未免厌倦出门。必思方法，六尺地上，往复无穷，高卑异致，栖迟笑傲，方能禁足。"僮仆"句，非写长须解人，言如城市我不去久。"一丘"二句，盖求日里安居。"僮仆"二句，又算到夜中稳睡也。此首二解八句，作三段："春来"一句总提。"幽事"三句，盖发愿早起经营。"一丘"四句，乃发愿早起行乐也。○四绝一律五首，凡作三段顿挫：前二首一时高兴勃勃，极其勇猛精进；第三随复了悟；第四故于酒杯求大休歇；末首又想及时行乐。所谓住诸妄想，不加了知，不辨真实，于诸妄心亦不息灭也。〇不知何人，于题下硬派"上元二年成都作"七字，岂公自注耶？仰亲得追随少陵耶？反复不知其故。痴人说梦，真为可涕。但世之吞炭者固多，逐臭者更不少也。〇或曰：此是晋陵许庶庵笔，为唱经所鉴定者。果有之，亦足想见庶庵。

《华阳国志》：秦孝文王以李冰为蜀守，冰作石犀五头以厌水怪。是年秋八月，霖雨不止，灌口水损户口，先生作此诗。○是年无霖雨，水不损户口，《石犀行》又得不作耶？今吴越淫祠，几与民居交半错处，我欲尽毁，而愚俗震骇。聊托于此，幸后之大力贤人，有以救之也。

君不见秦时蜀太守，刻石立作三犀牛。

自古虽有厌胜法，天生江水向东流。

一解。竟不知李冰刻犀牛是何意？亦竟不知此犀牛定是李冰刻否？若谓厌镇江水，则江水天然东流，殊非犀牛之能。"天生"二字妙。

蜀人矜夸一千载，泛溢不近张仪楼。

今年灌口损户口，此事或恐为神羞。

二解。蜀人矜夸圣迹，动云千年蒙福；今不先不后，恰是今年漂损户口，竟不知是千年之神灵忽不验于今，亦竟不知是蜀人妄夸神灵？实则千年中间漂损之事，时复有之。总之，只据现事，神已无辨！

终藉堤防出众力，高拥木石当清秋。

先王作法皆正道，鬼怪何得参人谋！

三解。毕竟呼号众力，刊木舁石，高筑堤防，以救其半。"当清秋"三字妙，言今日日照于上，人睹于旁，明明可见不关犀牛之事，何得相传尔许神怪，诬民视听？真可痛恨也！

嗟尔三犀不经济，缺讹只与长川逝。

但见元气常调和，自免波涛恣雕瘵。

四解。旧闻五犀，今年只有三犀。今虽三犀，后来焉知不剩二犀、一犀以至无犀？因戏语之：尔犀即不能经济人事，然却须自作经济。若不然者，后来转缺转讹，蜀人或又妄说奇怪。我则晓然，知是只被江水漂去耳！犀尚自愁为水漂去，然则乌能为人厌水怪哉？真乃滑稽之雄！

　　安得壮士提天纲，再平水土犀奔忙。

　　五解。只二句结。但见人平水土，安见石厌水怪？公每切有望于天下后世，如将不能旦暮待者，则必用"安得"字作结。如此诗，盖了知三犀，后来终成漂没，而毕竟于心不快。故高呼圣人出世，提天纲，平水土，连取三犀，投之巨浸，以一快耳目之前！称"圣人"为"壮士"，大奇，亦为其一洗愚俗，祸福不惑于中，故作是称也。

三绝句（楸树馨香倚钓矶）

三绝句恰成一篇，不能少一首，亦更不可多一首也。

楸树馨香倚钓矶，斩新花蕊未应飞。

不如醉里风吹尽，可忍醒时雨打稀。

为儿子时，蚩蚩然只谓前亦不往，后亦不来，独有此身常在世间。予读《兰亭序》，亦了不知佳定在何处。殆于三十四五岁许，始乃无端感触，忽地惊心：前此犹是童稚蓬心，后此便已衰白相逼，中间壮岁一段，竟全然失去不见。夫而后咄嗟弥日，渐入忽忽不乐苦境。此"斩新花蕊未应飞"一句，正是初入苦境之第一日也。"风吹尽""雨打稀"，总是一般零落，而又必宁"醉里"莫"醒时"者，老死一事，既是无法可施，则莫如付之度外，任其腾腾自去。何得如是苦事，又刻刻置诸怀，终日愁老以老，怕死而死也！读之使晚年人不敢不寻快活，妙绝。为此一绝，生出下二绝来。

其二

门外鸬鹚久不来，沙头忽见眼相猜。

自今以后知人意，一日须来一百回。

此一绝与后一绝，相对成章。于今不来者，便极望其来。若定要来者，不知何计便可断其更不来也。○上二句写出妙客。久不来矣，今日方来，又却在沙头忽见，殊似尚无意于来者。下二句写出妙主。不惟今日须来，且愿常常而来。不惟愿得常来，且愿一日来至一百回。"一百回"字，本是最无文理语，却写得将朋友为金宝性命一片意思出。

其三

无数春笋满林生，柴门密掩断人行。

会须上番看成竹，客至从嗔不出迎。

久思密掩柴门，却恨更无题目。今春满林生笋，不觉计上心来。下二句，不单云不出迎，而云"从嗔不出迎"，便写尽恶客叫噪之恶，主人双眼之白也。○前一绝，久不来，而沙头忽见，尚无意于来，是何等意思？后一绝，定要来，而偶不许其来，辄便公然嗔人，是何等意思？夫主人本为娱老无计，故求妙友，纵谈胸臆，觅少快活耳。何苦如此紧追紧捉，不少放松，便如鬼伯催人，使我逃避无地也！此一绝，若无前绝"一日须来一百回"句，几谓此绝是绝人逃世。○不知诗者，谓是一咏楸树，一咏鸬鹚，一咏春笋，即胡不各为一绝句，而题之为《三绝句》哉？殊不知此诗，只是将魏文帝"请呼心所欢，可用解忧愁"十字化作三绝耳！盖前一绝即是忧愁，后二绝即是请呼心欢以解之也。既是呼欢解忧，岂可不欢人不呼自至哉！

寻常乘车戴笠语，已成烂熟，此乃重新洗刮拆补，复成妙诗。

有客骑骢马，江边问草堂。

远寻留药价，别惜到文场。

彼骢马上人，是一样气色；草堂中人，是一样气色。据此两样气色，此两人可谓风马牛，终不得相及也。乃今日江边远寻不忍别去，殷勤眷恋加人一等者，无他，云泥一判，日月如驰，老病无常，旧游若梦。"留药价""到文场"，妙。今日来寻，须留药价，甚矣吾衰，知扶几年？追念少时，共在文场，曾几何时，衰谢遂极。然则于今再别，岂复思意之所得料？盖车过腹痛之言，犹未痛于此诗矣。○"药价"字，下得极衰飒。"文场"字，下得极壮武。"药价"字，写后会苍茫。"文场"字，写旧游孟浪。百年眨眼，只此四字画绝。刘会孟云："'药价'甚雅，'文场'过矣。"吾不欲问其"文场"何过，正欲问其"药价"何雅之有？可恨可笑！

入幕旌旗动，归轩锦绣香。

时应念衰疾，书迹及沧浪。公自云："百花潭水即沧浪。"

"旌旗动""锦绣香"，此成何语？须知特特盛写，以与下"衰疾""沧浪"相望成妙事妙句也。看他于草堂别后，先写入幕；于入幕后，再写归轩。盖入幕，即建牙吹角，公事旁午，早与草堂冷热迥异者；更归轩，则珠围翠绕，柔情曼声，岂更得与草堂犹有少分牵挂哉？今魏十四，不只于草堂而远寻惜别，眷眷如此。乃至入幕，乃至归轩，而衰疾经心，沧浪在眼，到底如彼。真觉昔人乘车戴笠之不足复道也。

严中丞枉驾见过

按肃宗上元二年，严武镇蜀。宝应元年，召还。广德二年，严武再镇蜀。先生自阆复归成都。武表公为节度参谋检校工部员外郎，赐绯鱼袋。中丞之过，应在此时。盖欲先白其意云尔，故先生作诗志感。

元戎小队出郊坰，问柳寻花到野亭。

川合东西瞻使节，地分南北任浮萍。

"元戎"指严公。元戎必有大队，不言大队言小队者，拜客从简便也。邑外曰"郊"，郊外曰"坰"，"出郊坰"者，见来路之远也。"问柳寻花"，不但见是春日，谦言严公非特地过访也。玄宗还京后，于绵、益二州，各置一节度使。时武奉命镇蜀，使节是东西两川之使节，故云"瞻使节"也。长安在北，蜀在南。武奉命镇蜀，自北而南；召还，自南而北；及再镇蜀，又自北而南。一任君命，如"浮萍"然，略不自主，故曰"任浮萍"也。前解直言过访之由，由于严公之再镇，于是换笔从自身上作转。

扁舟不独如张翰，皂帽应兼似管宁。

寂寞江天云雾里，何人道有少微星？

张翰遇贺循于吴阊门，同舟入洛。管宁着皂帽，依公孙度于辽。故先生以之自况。少微星，名处士星，言我今日扁舟来往，到处栖迟，非贺循莫与同载；皂帽浮沉，安于僻远，非公孙度也不往依。"不独""应兼"，语气抑扬，见时无中丞，衮衮诸公，俱非知己。以此，江天云雾中，求无寂寞不可得也。然而处士有星，其光自见，独严公能见之。于是特特过访，岂非相知深而可终托者乎？后解寓言表为参谋之意，曰"何人道有"，言自严公而外，必无其人也，推重严公至矣。

唐人极有好起好结，此诗起句奇绝，出自意外，遂宕成一篇之势。

西蜀樱桃也自红，野人相赠满筥笼。

数回细写愁仍破，万颗匀圆讶许同。

妙在"也自红"三字，全篇用意不出三字，乃创见惊心之辞。言樱桃之色之红，我岂不知，然不过知之于宫中宣赐耳。摩诘所云"归鞍竞带""中使频倾"是也。若西蜀樱桃之红，我乃今日始见，则岂非因野人之赠哉！"数回细写"，"万颗匀圆"，不但写"满筥笼""满"字，亦见珍重所赠之物，不以其野人而忽之也。

忆昨赐沾门下省，退朝擎出大明宫。

金盘玉箸无消息，此日尝新任转蓬。

后解推开题面，自写悲愤。说出起句"也自红"一段惊创缘故来。看他五六对仗，非杜诗不有。

江上值水如海势聊短述

每叹先生作诗，妙于制题。此题有此诗，则奇而尤奇者也。诗八句中，从不欲一字顾题，乃一口读去，若非此题必不能弁此诗者。题是"江上值水如海势"七字而止，下又缀以"聊短述"三字。读诗者，不看他所缀之三字，而谓全篇八句，乃是述江水也，值江水之势如海也。则八句现在曾有一字及江海乎？先生才大如海，于值水时，纵有河沙口、河沙舌、河沙音声，决不能穷其势之所及，故聊为之短述，如先师川上一叹是也。天下物莫巨于江海，江有往来之迹，海则无边无际，亘古如斯。故以江之不可方物，究竟以海为壑，即天下事可知矣。之生之死，之死之生，头出头没，孰是安住海中，随流任运者乎？此先生《江上》诗之所由发也。读"江上值水如海势"七字，令人望洋而惊；读"聊短述"三字，不觉迎刃而解矣。○江海，即川流敦化义也。孟轲氏资深逢原，先生暗用其意，作题上半截。盖目中所值之水是江，意中所会之势如海，诗只是"聊短述"三字。言江言海，穷劫不尽，"聊短述"而江海之义已尽。

为人性癖耽佳句，语不惊人死不休！

老去诗篇浑漫兴，春来花鸟莫深愁。

此一节乃先生彻底销算之文，不必于江上有涉，而实从江上悟出也。观乎江之于海，则我一生为人如是，多生为人亦只如是。今日纵是春来，他年定当老去。今日既已老去，他年还许春来。去者听之去，何必刻意诗篇；来者任其来，但可陶情花鸟。兴言及此，觉得少年佳句之癖，不攻自破矣。第三句紧接上二句，第四句又开下五六句。

新添水槛供垂钓，故着浮槎替入舟。

焉得思如陶谢手，令渠述作与同游。

此一节乃先生现前结证之文，不必于江上无涉，而实非着意江上也。言我近日亦有事江上矣。水槛曰"新添"，浮槎曰"故着"，似乎有所经营。由今思之，"槛"不过供垂钓而已，不新添可，即新添亦可也。"槎"不过替入舟而已，不故着可，即故着亦可也。何则？世间一切有为，无细无巨，只是因缘生法，又况乎水槛、浮槎哉！今日使陶、谢二公而在，必将此一副胸襟，一副眼光，共相述作，以佳思出佳句，岂惟短述而已！我既不获与之同游，所以只

寥寥短述，亦不能更为惊人之语也，应转首二句。细玩通篇，云"老去"，言
到底无常；云"春来"，言终竟不灭。朝宗之时，江流入海，沃焦之后，海复
成江。大德之敦化如是，所以常见、断见等，为如来所诃也。水槛、浮槎，乃
是现前介尔一法，南泉大师所谓"随分纳些须"者，即曾点"暮春"遗意也。

越王楼歌

王子安《滕王阁》诗，从来是千载绝作。纵使后来子安再出，已是有景不道。何则？道不得，即不如不道。若使道得，已是前人先道了也。东山李白，负气使酒，犹于崔颢束手避路。岂以推诚服善如先生，反智不出此，而顾于《滕王阁》后，复作此《越王楼》哉？须知先生自具二十分眼，二十分胆，二十分笔，张目熟视子安此诗，还有开拓不尽，发挥不出之处，于是偶借"越王楼"，换题不换诗，随手隐括，别成妙句。却于篇初，弃割二句十四字，不便写楼，反写绵州州府。夫楼为宾朋宴游之地，府为代君牧民之所。若使诗人不说州府，便说有楼，即令后之读者，其谓越王何等人？此亦只是《论语》"禹，吾无间"烂熟语，写来便成高奇磊落之句，便是子安尽力开拓之所不到。篇后又弃割一句七字，不止写得今人不见前人，直写到后人又不见今人，便是子安尽力发挥之所未尽。小儒不知者，或谓先生此歌便与子安一副机杼，以为赞叹先生已极。殊不知子安诗在当时已是家弦户歌，岂有先生不知，却得机杼暗同？先生正是全取其诗，从头劈削，通身翻洗。试取对照读之，便见两诗脱胎换骨，转凡作圣，异样奇怪，不止是青蓝之事而已。

绵州州府何磊落！显庆年中越王作。 题是"楼"，诗是"府"，龙行天矫，全然不顾龟思鳖望者。
孤城西北起高楼，碧瓦朱甍照城郭。

使无"州府磊落"四字，即"碧瓦朱甍"那可道？读之深见"栋飞朝云""帘卷暮雨"之不善命辞。

楼下长江百尺清，山头落日半轮明。 较"物换星移"句，蕴藉多少！○"落日"句，字字鬼气侵人。
君王旧迹今人赏，转见千秋万古情。

不惟于王诗外添出千秋万古语，且将王诗"不见帝子"翻作"转见"后人，相他下笔时一段倔强不让古人气色。○李峤《越王楼》诗："越王曾牧剑南州，因向城隅建此楼。横玉远开千峤雪，暗雷下听一江流。"便与不曾作诗何异！

写客，却写夜。写客夜，却写下半夜。奇撰可思。

客睡何曾着？秋天不肯明。

入帘残月影，高枕远江声。

一解。句句是下半夜，然而已写通夜矣！○"客睡"句是一更、二更以至三更。"秋天"句自三更、四更以至五更。盖睡不着还望睡着，天不明直望天明矣。"何曾"，"曾"字妙，若有人冤其曾着者。"不肯"，"肯"字妙，便似天有心与客作冤然。"残月"句，妙于"入帘"字，着其渐渐移来。"远江"句，妙于"高枕"字，写出忽忽听去。"残月"句，明照此身在客。"远江"句，暗送此心到家也。四句中并无一"苦"字，而其苦无限。

计拙无衣食，途穷仗友生。

老妻书数纸，应悉未归情。

一解。言我为客在外，岂是"此间乐，不思蜀"，虽非吾土而洵美，故尔久恋梁园耶？人老计拙，资生大难，略仗朋友以自存活耳。因于千里外望空低呼老妻一声，而遥告之：我此苦趣，以前数书，曲折每尽，身虽未归，汝固应悉也。"老妻"二字须略住，不然不复成语。○久客不归，最无以自解于老妻，故此诗全为老妻而发。然亦只是意思中忽忽欲向老妻诉明，不必真寄与老妻读也。但得还家，此等语，要知全不向老妻提起。○诗是最苦诗，评亦是最苦评。

冬狩行
时梓州刺史章彝兼侍御史留后东川

是冬猎也，而曰"狩"者，意谓东川，天子之地；猛士，天子之兵，不过令章彝代将之耳，奈何肆意大阅，而全不以吐蕃之乱为心？称"狩"，以讥之也。

君不见东川节度兵马雄，校猎亦似观成功。

夜发猛士三千人，清晨合围步骤同。

一解。吐蕃作逆，天子蒙尘在陕，诏征天下援兵而无一人应者。正当此时，先生忽然奋笔书第一句云"君不见东川节度兵马雄"，只七个字，便足惊死人！下接云"校猎"耳，非"观成功"也，然夜发晨集，三千猛士，步骤悉同，精锐是精锐，号令是号令，纪律是纪律。只可惜是校猎耳，非观成功也。冷讥热刺，人何以堪！

禽兽已毙十七八，杀声落日回苍穹。

幕前生致七青兕，驼驼𪖇危垂玄熊。

东西南北百里间，仿佛蹴踏寒山空。

二解。禽兽已毙十之七八，杀声尚欲日退于天。幕献青兕，驼载玄熊，语语赋猎雄文，声声勤王反刺。○"落日回天"，即用鲁阳戈指事，写杀声正盛。

有鸟名鹡鸰，力不能高飞逐走蓬，

肉味不足登鼎俎，胡为见羁虞罗中？

三解。上总算所获，此独指一物，讥其好杀无理。

春蒐冬狩侯得同，使君五马一马骢。

况今摄行大将权，号令颇有前贤风。

四解。春蒐、夏苗、秋狝、冬狩，天子之事也。章以诸侯而得同之耶？只此便是制题本意。下因以天子恩遇，节节提出云：使君本是刺史，则是五马；新兼侍御史，则一马骢矣。又留后东川，则又摄行大将之权。今观其号令，又有前贤之风，则岂前贤之贤，只贤于号令耶？

飘然时危一老翁，十年厌见旌旗红。

喜君士卒甚整肃，为我回辔擒西戎。

五解。劝其勤王。

归来

此《归来》题最难解。是从客中又有所出，而是日仍归到客中，非竟从客中归家了也。又"归"下着"来"字者，昨在客中，必有甚不得已，如渊明饥驱之事。及至到彼，了无所济。"归"下又着"来"字，便见甚悔昨者之去。盖虚往实归谓之"归"，空往空来谓之"归来"，亦非截二句之二字也。

客里有所适，归来〔七字一串。〕知路难。

开门野鼠走，散帙壁鱼干。

客里难，故有所适。不料所适难上又难，于是归来而吟。而后客里之难，遂更无救路也。更开门别适乎？抑闭门散帙乎？开门别适，则见野鼠乱走，彼亦不审何往，我亦不审何往。若闭门散帙，则见壁鱼干朽，彼先枵腹以死，我将稿顶继之。于此于彼，何去何从，其难真不可再说也！

洗杓开新酝，低头拭小盘。〔无耻哉，刘会孟！何见而定"著小冠"胜乎？此句既定是冠，则上句既已开酝，何复有谁给之语哉？〕

凭谁给曲蘖，细酌老江干。

后解苦杀人、羞杀人事，却写作一片幻景，反见好笑杀人。想此行原因乞酒，归来春梦未断，只谓新酝已在，于是洗杓开埕，便将浅斟低酌。一句五字，全写梦眼迷离，鬼物着人光景。乃陡然定睛注视，新酝何在？是谁所给？因而满肚苦不足道，反是满面羞不可当。于是低头文过。念盘与杓，是一例器皿，闲居无事，洗杓拭盘，便作清课。谁谓洗杓乃欲开酝耶？然则我拭盘是亦欲开酝耶？道树云：洗杓时，洗杓是开酝；拭盘时，洗杓是洗杓。是也。虽然，口腹之事，关于性情，终不可忍也。上二句，文过是文过，下二句，不觉已溜然脱之于口。呜呼，真绝世妙笔矣！

先生多难之时，身适在蜀，徘徊吊古，欲图祸乱削平，无日不以诸葛忠武为念。其见之吟咏者，殆不一而足。盖先生之自待者，忠武也。"日暮聊为《梁父吟》"，言我今老矣，徒栖迟日暮，无所见长，虽负希世之材，而国无容贤之臣，追想隆中抱膝之吟，其寄托一何深远也，不觉于登楼发之。

花近高楼伤客心，万方多难此登临。

锦江春色来天地，玉垒浮云变古今。

伤心原不在花，在于"万方多难"，一到登临之际，忽已如箭攒心。锦江、玉垒，俱在成都。"锦江"句，承"花近高楼"，因见有花，便知春色也。"玉垒"句，承"万方多难"，因见云变，即知多难也。"春色"而曰"来天地"，"浮云"而曰"变古今"者，照上"万方"二字，言外便见浮云自变，春色依然，故下遂转到"北极"云云。

北极朝廷终不改，西山寇盗莫相侵。

可怜后主还祠庙，日暮聊为《梁父吟》。

朝廷虽屡经寇盗，几几欲改；而今日朝廷，犹是朝廷，于此不改，则终不改矣。"寇盗"，不专指吐蕃。玄宗回銮之后，蜀中僭乱颇多，如段子璋、徐知道等是也。"莫相侵"妙，若一一分付他，教他切莫如此。若夫朝廷之所以不改者，不必以他事证，即如蜀后主，不过一昏庸之主耳，只为他君主一方，故去今数百年，而祠庙如故。纵中间历几寇盗，终未有侵而改之者，况我唐堂堂共主哉！此"还"字直与"终不改""终"字应，因叹后主在蜀，全赖一武侯。若今蜀中得如武侯其人者，又何患西山之寇盗也。"日暮"字，伤心之极。年迫衰暮，于蜀无所损益，但把武侯《梁父吟》聊为吟之，未知北极朝廷曾知有此老否？

绝句
（江碧鸟逾白）

此诗初看去是望归期，而实非也。言总是一样江山，一样花鸟，有何他乡故土之别？但今日归又不能，住又不可，对此花锦世界，日复一日，催人易老，可奈何？三四悲极，则一二并不作快句读矣。

江碧鸟逾白，山青花欲然。

今春看又过，何日是归年？

今日此江山花鸟，明日亦此江山花鸟；今日此青红碧白，明日亦此青红碧白。谓此是真，则他乡何必非真？谓此是幻，则故乡何必非幻？先生之意，盖不在水，不在鸟，不在山，不在花，何以故？你看即此水，即此鸟，即此山，即此花，而今春才来，今春又过矣。"又过"者，言现见今春，实不自今春始也。"何日"者，言自今春此一日始，又不知那一日止也。流光迅速，命树易倾，流寓如斯，死河将决。归不归且无足论，即此山水花鸟，青红碧白，孰非断送人之物耶？

情至，非他送别语，先生之于路十六可知也。

童稚情亲四十年，三字连下句。中间消息两茫然。

更为后会知何地？分插此句在前，笔法矫绝。忽漫相逢是别筵。

别四十年而得会，会却是"别筵"，奇绝事。于"四十年"前插"童稚情亲"字，于今日后插"更为后会"字，奇绝笔。○前会既失，后会未期，今日此会，却是别筵。曾无几日聚首之乐，人生至此，真不堪也！○奇在第三句与第一句作对，前既已矣，后未可知。而第四句，却实指今日之别。

不分桃花红胜锦，生憎柳絮白于绵。

剑南春色还无赖，触忤愁人到酒边。

"不分""生憎""触忤"，全用一色俗语。"不分"者，谓桃花不自知分量也。○"桃花红胜锦""柳絮白于绵"，岂复成诗？诗在"不分""生憎"字，加四俗字，便成佳笔，固知文贵章法也。○"还"字妙，亦是俗字。犹言我愁如此，而汝春色还要如此触恼也。"春色"即指桃柳，皆是先生极无赖语。

上半首朝廷之大务，下半首朋友之私情。上半首是翰林南海制文勒碑，下半首方是送。先公后私者，臣子之至谊也。想见先生立言之体。

冠冕通南极，文章落上台。

诏从三殿去，碑到百蛮开。

"冠冕"者，张司马也。"南极"者，南海也。"文章"者，制文也。"上台"者，相国也。三句，翰林也。唐制翰林在三殿之西角厢门后，故云"从三殿去"也。四句，勒碑也。"百蛮开"，则南海勒碑也。半首叙公事已毕，下写"送"字。

野馆浓花发，春帆细雨来。

不知沧海上，天遣几时回？

五句，言其时候也。六句，言其行路艰苦也。七八句，言其送之情事也。又七句，结一二三四句；八句，结五六句。夫送则其未去，而已先计其归，为善能撮其至情也。

对雨

此名"诗上安题"法。

莽莽天涯雨，江边独立时。

不愁巴道路，恐失汉旌旗。

"诗上安题"者，盖君子居是邦，不非其大夫。然朋友讽切之谊，又不可自已，故隐其言于《对雨》，实非因对雨而作也。一二句起，三四句入正意。

雪岭防秋急，绳桥战胜迟。

西戎甥舅礼，未敢背恩私。

五六句，竟置雨而直叙时事之非。七八句，讽其不必如五六句所云也。是时公友高达夫新领西川节度，锐意南鄙。公谓吐蕃者，昔年与婚媾，宜可结之以恩，不应遽绝其内附之心，而有"防秋""战胜"之举。不然者，恐遂如三四句所云矣。是年达夫欲力制吐蕃，果陷三州，而后悟此诗之老成忠厚也。

玉台观（中天积翠玉台遥）公自注：滕王造。

上半首，极言元婴造台之盛。下半首，极言今日寂寞之景。

中天积翠玉台遥，上帝高居绛节朝。

遂有冯夷来击鼓，始知嬴女善吹箫。

玩"遂有""始知"字，可谓指挥而天地动，咄吒而风云生，何其盛也！

江光隐见鼋鼍窟，石势参差乌鹊桥。

更有红颜生羽翰，便应黄发老渔樵。

五句，言更无冯夷击鼓。六句，言那曾嬴女吹箫？便似"曲中人不见，江上数峰青"之法也。故接云更得元婴重活，定要安分过日。○"生羽翰"，妙谑。"生羽翰"乃成仙天上语，今接在"更有红颜"四字下，然则前日已不得成仙上天而死矣。岂其重生即有成仙哉？不如八句云云。

此诗莫作写景看。

苔径临江竹，茅檐覆地花。　十字，其法不可寻。

别来频甲子，归到忽春华。　"别来""归到"，非连字，莫用熟忘之。

倚杖看孤石，　"看孤石"，介如石矣。　倾壶就浅沙。　"就浅沙"能远害也。○"孤石""浅沙"，俱用《大易》。

远鸥浮水静，轻燕受风斜。　鸥静易解，燕斜难会。刘云"有态"，小儿语耳！○归即身轻如燕。即更受风，必非当头打来，便可随方回避得。

世路虽多梗，吾生亦有涯。　只知其至言，不知其干补也。

此身醒复醉，乘兴即为家。

第二解，人言是随手写景，即与起二句，成何章法？当知此诗，只有起二句写景。

韦讽录事宅观曹将军画马图引

国初已来画鞍马，神妙独数江都王。

将军得名三十载，人间又见真乘黄。

写曹将军，却从天落下一江都王，笔势矫悍，不可骤降。乃第三四句，早又着题，更不费力者，妙在"独数"，便挑"又见"；"国初已来"，便挑"得名三十载"；"神妙"，便挑"真乘黄"。宾主两边，字字对挑，遂一放一收，早已就题也。力大者挽强弓，柔手思试，鲜不被伤矣。

曾貌先帝照夜白，龙池十日飞霹雳。 *妙画之妙，只空写。留至本题，方实写。*

内府殷红玛瑙盘， *细玩句法。* 婕妤传诏才人索。 *细玩句法，只是空写。*

前解说江都王，方收到曹将军。此解悍笔忽又放去，忽又从天落下一先帝照夜白。怪矣哉，何其笔起笔落，亦须似龙池霹雳也！次欲写妙画称旨，宣赐宝盘耳，是亦绝技承恩恒事。他人搦管，亦所常叙。此忽又从天落语云"内府殷红玛瑙盘"。是与上接，是与上不接？读先生诗，最要学此等句法也。

盘赐将军拜舞归，轻纨细绮相追飞。 *人情如此。*

贵戚权门得笔迹，始觉屏障生光辉。

出韦录事宅，亦是大笔。不止韦宅，而韦宅已出矣。

昔日太宗拳毛𬴃，近时郭家狮子花。

今当写韦宅观画马矣，偏不写，偏再用悍笔折出题外去，横插二真马入来。

今之新图有二马，复令识者久叹嗟。

此皆骑战一敌万，_{便当真马看。}缟素_{绢素也。}漠漠开风沙。_{便当真马看。}

前二句悍笔正在题外，此解看他公然矫矫便折入来。○与其先看画，然后叹其与拳毛、狮子无二，何如先横插在外，此解便趁势落笔耶？其中具有无量神力，先生既绣出鸳鸯，圣叹又金针尽度。寄语后人，善须学去也。

其余七匹亦殊绝，迥若寒空动烟雪。_{补七马。}

霜蹄蹴踏长楸间，马官厮养森成列。_{补马官。}

本是九马，硬派作二马、七马，总是悍笔奇事。○于九马下，另补马官厮养作衬。孔子云："臣闻以桃雪黍，未闻以黍雪桃。何则？贵贱殊也。"今亦只应以马衬人，奈何以人衬马？须知马之神骏者非马，人之驽骀者非人，然则便用相衬，知未屈卿也。

可怜九马争神骏，顾视清高气深稳。

借问苦心爱者谁？后有韦讽前支遁。

"清高"，岂复叹马语？"深稳"，一发岂复叹马语？悍笔忽又从天落下一支遁。夫支爱真马，韦爱画马，则岂先生牵引不伦？不知全赖引得支遁，今日始知韦宅九匹，悉是真马。不尔，至今谓是画马而已。○道树云：曹将军外，忽请出一江都王；九马外，忽请出一照夜白、拳毛骝、狮子花，悉是我意已到。至于韦讽外，又请出支遁，真是思入风云，更不得料矣。

忆昔巡幸新丰宫，翠华拂天来向东。_{七字先衬。}

腾骧磊落三万匹，皆与此图筋骨同。

上文不知于题已完抑未完，但见此解又用悍笔放开去。《诗》有之曰："心乎爱矣，遐不谓矣？中心藏之，何日忘之？"身自在韦宅看曹画，无端却陡然想到东巡三万匹，为是为结此诗，为是不为此诗，漠漠风沙，几不能于纸上寻之矣。

自从献宝朝河宗，无复射蛟江水中。

君不见金粟堆前松柏里，龙媒去尽鸟呼风！ 明皇泰陵，在蒲城东北金粟山。

二解虽用悍笔，又陡写东巡三万匹，然末句仍挽到"皆与此图"七字，不近不远，使可结束。先生偏不肯，仍折出去，于是曹与韦画只是九匹，而诗则照夜白一匹，拳毛𬴻、狮子花二匹，新丰宫三万匹，炫目极矣！却结之以金粟山松柏中并无一匹，悍笔奇事，总非笔墨所曾到也！

韦讽宅观画九马，叙出无数马来，格最奇。此《丹青引》专为一马，却叙出无数人来，格尤奇。〇起处写将军之当时，极其茏葱。结更写将军之今日，极其悲凉。中间述其丹青之恩遇，以画马为主。马之前后，又将功臣、佳士来衬。起头之上，又有起头；煞尾之下，又有煞尾。至于插入学书卫夫人一段，授弟子韩干一段，昔日右军为弟子，贤过其师；今日将军得弟子，师贤于弟。波澜叠出，分外争奇，却一气混成，真乃匠心独运之笔。

将军魏武之子孙，于今为庶为清门。

英雄割据虽已矣，文采风流今尚存。

一解。非为将军溯遥遥华胄也，只要逼出"文采风流今尚存"一句。

学书初学卫夫人，但恨无过王右军。

丹青不知老将至，富贵于我如浮云。

二解。从学书不得意，去而学画，说得丹青有本领。不学王右军，直学卫夫人，即就学书一节，将军是何等意思，那得不浮云富贵乎！

开元之中常引见，承恩数上南薰殿。

凌烟功臣少颜色，将军下笔开生面。

良相头上进贤冠，猛将腰间大羽箭，

褒公鄂公毛发动，英姿飒爽来酣战。

三解、四解。画凌烟阁二十四功臣，此是承恩第一件事，以为下玉花作引。画到毛发欲动，百十年后，尚仿佛如酣战光景，岂非入神之画！

先帝天马玉花骢，画工如山貌不同。

是日牵来赤墀下，迥立阊阖生长风。

诏谓将军拂绢素，意匠惨淡经营中。

斯须九重真龙出，一洗万古凡马空。

五解、六解。先将天马安放，扫开一切俗工。牵来赤墀下，要亲看其下笔也。着"是日"二字，见与他画工下笔之日不同。"阊阖"，天门也。所画者天马，故用"阊阖"字。"生长风"，亦写天马行空之势。"拂绢素"，"拂"字下得轻妙。诏谓汝轻轻拂去，当胜他画工之累日不成也。然诏虽如此，将军手展绢素，凝眸打算，断断不轻用笔，有似苦难而形色惨淡者。然惨淡实不在外，乃是其意匠耳。"经营"者，将马从头至尾一直看去曰"经"，复从马四面看转来曰"营"。将军经营良久，俨然见天马立于绢素间，然后纵笔一拂，须臾而天马出矣。谓之"马"可，谓之"真龙"亦可。彼万古凡马，不几于群遂空乎？究所以空万古之马群者，只一绢素之马，画马何其工也！

玉花却在御榻上，榻上庭前屹相向。

至尊含笑催赐金，圉人太仆皆惆怅。

七解。玉花未画，玉花屹在庭前。绢素一拂，玉花宛在榻上。不知榻上者为真乎？不知庭前者为真乎？抑榻上、庭前一时有两玉花乎？不然，庭前既有玉花，则榻上不应有；榻上既有玉花，则庭前又不应有。相向之际，真令人眼花撩乱也。"赐金"何必用"催"？盖至尊宠赉之意，迫不能须，一时赐予之物，又来不及，故用"催"字，言外又见经营虽久，而绢素一拂，其事甚捷也。至尊于画马者，不觉得意含笑，直谓之真马。彼圉人、太仆，乃主真马者，能不对之惆怅乎？写一时人情注视榻上之马，有不能自持者然。

弟子韩干早入室，亦能画马穷殊相。

干惟画肉不画骨，忍使骅骝气凋丧。

八解。将军自图天马以后，声誉赫然，从而北面者无算，然总未有如将军者。因转笔到入室弟子，如韩干者而终莫及。盖以上赞将军之马，已罄无不尽，故作此一转，非过抑韩干也。然画肉不画骨，针砭世人多少！

将军善画盖有神，必逢佳士亦写真。

只今漂泊干戈际，屡貌寻常行路人。

九解。据将军画马独能画骨，故云"必逢佳士亦写真"。从来佳士，必不以肉重也。先生恨不身为裴颎，使颊上添毛。乃其干戈漂泊，佳士难逢，区区向行路人作缘，能不为之一哭。

途穷反遭俗眼白，世上未有如公贫。

但看古来盛名下，终日坎壈缠其身！

十解。不但结写将军末路，亦先生自写也。不但先生自写，实写尽古来盛名下士也。

春日江村五首

极似良辰无事，逍遥原野题。及读其诗，江村之大计如彼，春日之皇皇如此，叹先生一肚皮禹、稷，非雕虫小儿之所知也。

农务村村急，春流岸岸深。

乾坤万里眼，时序百年心。此眼便是禹、稷。

看先生劈头提起"农务"二字。题是一村，诗忽云"村村"，盖一村急，即村村不可缓也。于是先生放眼再思：一村急即村村急，今纵横万里，果得村村皆已急乎？或连兵漫野，或受甲不归，其若之何？念至此，便不胜已溺已饥之痛。然而一生之心，至今不试，时序又春，百年眨眼。我如苍生何？苍生如我何？真乃睹此茫茫，百端交集者也！

茅屋还堪赋，桃源自可寻。

艰难昧生理，飘泊到如今。"艰难"，说苍生。

此非无家语。承上"乾坤万里"，有田不耕如此，我奈何独以家为？盖非无茅屋，不少桃源，遭时艰难，甘就飘泊，正即大禹三过不入一副心肠也。读此诗，相先生何等人！

其二

迢递来三蜀，蹉跎又六年。看"又"字。

客身逢故旧，发兴自林泉。

二首。前此蹉跎，不道自从来蜀，即又六年蹉跎矣。六年，又不道眼见今春又蹉跎矣。逢故人，发高兴，不知不觉便又过此春日了也。二句十字，正写尽蹉跎人，并非得意语。

过懒从衣结，频游任履穿。

藩篱颇无限，恣意向江天。

不知者只谓是飘泊无家，来依故旧。今只试看衣破履穿，如此其极，若谓故旧可依，何不少乞沾润？今一置度外而恣意江天，即知人各有心，不能强白也。

其三

种竹交加翠，^{看"种"字。}栽桃烂熳红。^{看"栽"字。}
经心石镜月，到面雪山风。

三首。看"种"字、"栽"字，知竹翠桃红，大是苦语。六年以来，交加烂熳，有如此矣。"石镜""雪山"，皆蜀中事。言并无国事经心，天颜到面，月则蜀月，风则蜀风，可恼不可恼？

赤管随王命，银章付老翁。^{永泰元年，严武奏先生为节度参谋检校工部员外郎，赐绯。}
岂知牙齿落，名玷荐贤中。

此述永泰元年事，自笑也。六年傍蜀，甫得一荐。官不副望，转见恼人。"随"字、"付"字、"岂知"字妙，皆从夷然不屑意思中下得来，非负严公盛心。我心头自有第一首如许大愿，则此区区赤管银章，实是无可得展舒也！读"牙齿落"字，益笑"交加""烂熳"之为苦语矣。

其四

扶病垂朱绂，归休步紫苔。

郊扉存晚计，幕府愧群材。

四首。入幕也，谓之到官。出幕也，谓之归休。又才到官，便归休，总见恼，又见傲，此正翻第一首之后解成诗。言向来不问生理，只为苍生急耳，今既所愿俱违，则郊扉晚计，宜图存活，何用与衮衮诸贤，榆柳并列者？

燕外晴丝卷，鸥边水叶开。俯仰无聊
如见。

邻家送鱼鳖，问我数能来。

于是仰瞩晴丝，俯瞻水叶，不去无谓，欲去无因。邻家不知，疑我终此，又馈又招，情谊最厚。乃馈我又馈得不入眼，招我又招得不入耳。入幕受诸公恼，出来又受邻家恼，真是"恼不彻"也！"鱼鳖"字用得妙，唐突蛟龙何限！

其五

群盗哀王粲，中年召贾生。

登楼初有作，前席竟为荣。"初"字、"竟"
字，妙妙！

五首。试思"群盗哀"字，王粲心头何等意思？"中年召"字，贾生一生成何知遇？于是而始赋《登楼》，不待再决；前席一夜，竟了生平也。千秋万岁称杜"工部"，则是此日决也。

宅入先贤传，才高处士名。

异时怀二子，春日复含情。

因言今在时，谁思用之，至于异时矣。"异时"者，先生不复在之时也！是时定怀我，亦如我今怀二子矣。"异时"字妙，即用汉武帝"朕独不得同时"语翻出来。○"春日复含情"，临了忽宕此五字，吟之使人苍茫无际。夫二子后更无二子，先生后更无先生，独春日后年年须有春日也。于是二子后，先生含情；先生后，人含情；人后，又有人含情。除非不是先生一种人，此情真乃含之不了也！○看他五首，宛转反覆，只是一篇文字。

按史：永泰元年三月辛丑，大风拔木，此诗岂纪实耶？又，是年四月，严郑公薨。读起曰"草堂"，结曰"草堂"，知为郑公，不为楠树也。

倚江楠树草堂前，句法。　故老相传二百年。

诛茅卜居总为此，五月仿佛闻寒蝉。

四句写楠树，却又写江，又写故老，又写五月，又写根本久，又写荫庇大，笔态离奇拉杂，真非弱手所办。然犹不足奇，奇莫奇于第三句横插"诛茅卜居总为此"七字，便见"倚江""倚"字，"草堂前""前"字，"故老相传""相传"字，"仿佛寒蝉""仿佛"字，悉在先生心头眼底，千筹百度。凡未诛茅已前，既卜居已后，一片倚仗，无数周虑，尽提出来。道树云：此四句专写草堂，不写楠树，虽通篇亦专写草堂，不写楠树。真知言也。

东南飘风动地至，江翻石走流云气。

干排雷雨犹力争，根断泉源岂天意。

二句写风雨，二句写楠树。"干排"等十四字，字字惊心荡魄，乃中间一"犹"字，便哭杀诸葛忠武侯也！试思雷雨何等对头？"排雷雨"何等孤愤？楠树不与雷雨敌，然则力是何等力？楠树又不为雷雨降，然则争是何等争？乃正在鞠躬尽瘁，死犹不已之际，天地间事，往往有不可说者。干自力争于外，根已早断于内，高叫皇天后土，是遵何德者哉！

沧波老树性所爱，浦上童童一青盖。

野客频留惧雪霜，行人不过听竽籁。

上解欲哭，即直当哭杀矣！不如重起反覆吟叹之。陪一"沧波"，妙，笔墨便阔。浦，江浦也。"浦上"七字，即重写沧波老树，而"性所爱"，便不写自见也。"惧雪霜"，庇其盛德；"听竽籁"，仰其风流。想先生倾倒于严至矣。

虎倒龙颠委荆棘，泪痕血点垂胸臆。

我有新诗何处吟，草堂自此无颜色！

前第二解写正拔，此写已拔也。血泪垂胸，即下何处吟诗二句也。《论语》云："因不失其亲，亦可宗也。"看通篇结构，"草堂"起，"草堂"结，知为草堂，不为楠树。先生于是乎思去草堂矣。

去蜀也，非归关中也。永泰元年四月严武薨，五月以郭英乂为成都尹，公与郭有旧而志不合，遂且去耳。

去蜀

五载客蜀郡，"五载"字痛。　一年居梓州。"一年"字痛。

如何关塞阻，转作潇湘游。

五载蜀郡，一年梓州，骤读之，谓只记其年月踪迹，殊平平无警耳。不知先生以大臣自待，国家安危，无日去心，身在此中，真朝朝暮暮以眼泪洗面，虽一日有甚不可者，奈何"五载"？奈何"一年"？唱此四字，椎心喷血，已为积愤极痛。三句"如何关塞"一转，不觉失声怪叫："今日去蜀，又非归关中耶？"看他"游"，下得愤极。今日岂得游之日？我岂得游之人？然此行不谓之"游"，又谓之何？刘越石、祖士稚，一齐放声恸哭，是此二十字也。

万事已黄发，残生随白鸥。是勉强收泪语，正复更痛。

安危大臣在，何必泪长流。自云"何必"，正复更痛也！

试思先生心中是何"万事"？上解热极，此解乃假作冷极，以自排扑。然岂真有大臣在哉？有大臣在，关塞何至又阻？正暗用《左传》"肉食谋之"语。而彼自以为大臣，我亦因而称之为大臣耳！夫思不得而怨，怨又不得而愤，皆忠臣自然之致，无伤也。

宿青溪驿奉怀张员外十五兄之绪

　　既是奉怀张十五，却只有"中夜怀友朋"五字，其余并不更叙。然则通首皆宿青溪驿而偶及张耶？不知之人，讵曰不然。岂知此诗乃是写张十五无一日不怀先生，而日日苦不知先生在何处；先生却偶然此日，恰在此处，既料是张之所不知，实并亦自之所不料。于是哭不及，笑不及，撰诗三解，默呼遥告：劳君茫茫相念，我今夜乃适在此驿也。通篇一气呼应，总是借好友恩情，写自家流落。作怀张诗读固非，作纪程诗读亦非，全是一片灵幻摇动而成。

　　漾舟千山内，日入泊枉渚。

　　我生本飘飘，今复在何许？

　　通日漾舟，至日入泊舟，于是宿青溪驿也。言"千山"者，见不止此日，此日已前，此日已后，日日漾舟可知。而此日则适泊枉渚，陡然忽动心作诗耳。看他三分人语，七分鬼语，凭空托一好友，而于其好友心中口中，凭空问出四字曰：杜子美，"今在何许？"又即便自言自语答之曰："诚哉，吾生飘飘，昨亦不知在何许，明亦不知在何许，然则今夜真正复不知我在何许也！"先生已明在青溪驿而又云"在何许"，可知张语耳。如此想法、章法、句法，岂不奇？一解。

　　石根青枫林，猿鸟聚俦侣。

　　月明游子静，畏虎不得语。

　　写今夜宿处，下是石根，上是枫林，无数是猿鸟，一片是月明。不知者谓是写青溪驿景，殊不知乃是写宿青溪驿人。盖竖计一生百年，则今夜；横计乾坤万里，则此处。故下紧接"游子静"三字成句。"游子"者，石根上、枫林下、猿鸟边、月明中之人。"静"者，石根上、枫林下、猿鸟边、月明中之情也。第四句正写"静"字之苦，非必青溪有虎。即使无虎，而我为失群之人，即又何恃而不畏哉？既已甚畏，即又何敢出一语哉？盖友朋隔绝之苦如此。二解。

中夜怀友朋，乾坤此深阻。

浩荡前后间，佳期付荆楚。

"怀友朋"者，怀彼之怀我也。彼怀我，我安得不怀彼？既怀彼，安得不以我告彼？于是告之曰：乾坤大矣，于乾坤中有此驿，于驿前有此渚，于渚上有此舟。我则于此驿、此渚、此舟，深而又阻也。因云：今夜之前为前，今夜之后为后，前后之间为今夜。夫今夜，我尔佳期则既明明已矣。"付荆楚"，"付"字妙！是今夜佳期绝望之辞，非日后佳期早订之辞。看他如此二语上又加"浩荡"字，真令人茫然魂断也。三解。

狂歌行赠四兄

四兄真是好，此好歌又能副之。熟记作老年信口闲哦用也。

　　与兄行年校一岁，贤者是兄愚者弟。

　　兄将富贵等浮云，弟窃功名好权势。

　　一解。以先生之人品心地，岂得自作尔语？然较之如此四兄，真正愚乃不啻矣。

　　长安春雨十日泥，我曹鞴马听晨鸡。

　　公卿朱门未开锁，我曹已到肩相齐。

　　二解。亦是世间万不得已常事，然只可作，不可说。一说出来，便丑杀人。到齐在开门前，听鸡又在到齐前，鞴马又在听鸡前。由鞴马至开门，相距何止遥遥半日！写长安官人之苦、之丑遂尽。如此三句，上更加"泥""雨""十日"字，分外苦不可言。两"我曹"字，牵出他人，大家羞死。

　　吾兄睡稳方舒膝，不袜不巾踏晓日。

　　男啼女哭莫我知，身上须缯腹中实。

　　三解。写鞴马听鸡之时，正是吾兄睡稳舒膝之时；至朱门开锁之时，却是吾兄起踏晓日之时。夫冲泥候锁，得入朱门，岂曰无求？求岂必得？然则求而不得，踽踽无地之时，乃是吾兄身缯腹实，更无所须之时也。二解对写贤愚，各各尽情极致矣。"不袜不巾踏晓日"，是画新睡起胖中溺急人，表吾兄不为此事，便至今卧不起，亦暗用嵇叔夜语也。七字，字字入画。"莫我知"，犹言莫说与我知，又非用《论语》语。或问何必下此句？不下此句，恐人疑四兄是多收十斛麦老公也。

今年思我来嘉州，嘉州酒重花满楼。

楼头吃酒楼下卧，长歌短咏还相酬。

四解。如此兄，忽然远来，正是极难发付，恰好嘉州酒重花满。"楼头吃""楼下卧"，遂为极称也。○忽思此兄又敢与先生歌咏相酬，益复奇。

四时八节还拘礼，女拜弟妻男拜弟。

幅巾鞶带不挂身，头脂足垢何曾洗。

五解。前解知四兄能诗，此解又知四兄敦礼。一肚皮诗礼，方可作巢、许，不然，头脂足垢，牧猪奴遍身岂少哉！○礼不为我辈设，自是千古透底语。然未尝不为儿子辈设也。幅巾鞶带，曾不挂身，而岁时拜谒，男女必敬。诚以汝辈非我境界，且须谨守圣贤遗教。不然，其父报仇，其子行劫，万一荡而不返，真为老大害事也。一解写尽礼法外人最爱礼法，遂为嵇、阮诸公吐气。○看他第二句，一"女"，一"男"，一"弟妻"，一"弟"，便有四个人。中间又用两"拜"字。却用大力于七个字中，写得内外礼节井井然。

吾兄吾兄巢许伦，一生喜怒长任真。

日斜枕肘寝已熟，啾啾唧唧为何人？

六解。赞吾兄巢、许，只以"喜怒任真"四字实之。可见人但走得喜怒任真处去，便是真正巢、许。可怜长安官人，喜时不敢真喜，怒时不敢真怒，又有时乃至欲为不真之喜，不真之怒，校四兄真愚乃不啻也！○前写晚起，此写早睡，章法掩映之甚。"啾啾唧唧"者，便是鸡未鸣起鞴马人也，哀哉！

旅夜书怀

通篇是黑夜舟面上作，非偃卧篷底语也。先生可谓耿耿不寐，怀此一人矣。

细草微风岸，危樯独夜舟。*写岸、写樯，若卧篷底，不复知之。*

星垂*奇。*平野阔，月涌*奇。*大江流。

"独夜"者，舟上一夜之先生也。舟中若干人，烂熳睡久矣。星何故垂？以平野阔故，遥望如垂也。月何故涌？以大江流故，不定如涌也。夫平野阔则苍生何限，大江流则岁不我与，此二事，正自日日婴于怀抱，庶几独今夜暗中，无所触目，暂得一置耳。乃又以星垂月涌，惊骇瞻瞩，还算出来，然则何时始得不入于心哉？〇看他眼中但见星垂月涌，不见平野大江；心头但为平野大江，不为星垂月涌。千锤万炼，成此奇句，使人读之，咄咄呼怪事矣。

名岂文章著，官应老病休。*应，殆应也，非宜应也。是愁语，非歇语。*

飘飘何所似？天地一沙鸥。

丈夫一生学问，岂以文章著名？语势初欲自壮，忽接云但老病如此，官殆休矣。看他一起一跌，自歌自哭，备极情文悱恻之致。夫天地大矣，一沙鸥何所当于其间。乃言一沙鸥而必带言天地者，天地自不以沙鸥为意，沙鸥自无日不以天地为意。然则非咏天地而带有沙鸥，乃咏沙鸥而定不得不带有天地也。小同大异，可与知者道耳。

尤苦在结二语。"旧摘"二句，未为苦也，读去自知。

寒花开已尽，菊蕊独盈枝。

旧摘人频异，轻香犹暂随。

起二语，多恐亦是寄托语。"旧摘人异"，是苦语，加一"频"字，然则转盼又成旧也。生涯流水，岂堪多读！人非坚质，故菊亦称"轻香"。"暂"字苦，不知"犹"字尤苦，佛经谓之诈现亲附。

地偏初衣袷，山拥更登危。

万国皆戎马，酣歌泪欲垂。

人徒知万国戎马，故泪垂，即岂复成诗者耶？万国戎马，而此独酣歌，是以不得不泪垂耳！我见题中有"诸公"字，便知先生是日必无好气也。如此读断"泪垂"字，是则圣叹所以奉赠后贤者也。○读毕，始知寒花开尽。

十二月一日三首

三诗，全作来年春月语，题却是《十二月一日》。"十二月一日"者，言在十二月，还是月头一日，尚须遥遥阅三十日，始到来春。今先生更忍不住也，归去了也，快活了也。想人家学堂中节届小儿有此心事，今先生是此心事也。看他一题五字，直将未交今日前，月月日日，苦不得归，无限闷怀，都画出来，却又不见笔墨。

今朝腊月 望来年，遂望十二月。望之既久，今朝已是十二月矣。看他将题面"一日"字，倒安"十二月"字上，便成此四字，而一肚皮归去也，快活也，遂若跳脱而出。 春意动， 三字便如病热谵语。 云安县前江可怜。 平日人无奈江何，今日江无奈人何。平日人可怜，今日江可怜也。

一声何处送书雁， 雁去也。 百丈谁家上濑船？ 船去也。

"今朝"下，才接得"腊月"二字耳，安得春意早动？盖是归心切极，望到腊月便如已到正月，更不暇计还有三十日，而心头眼底全是正月。病热发谵，分明眼见，人自不知，彼非无见也。次句不说自可怜，反说江可怜。我今去也，弃却汝也。"一声"妙，"百丈"妙，身立江头，精神飞越，忽闻一声是雁去了也，忽见百丈是船又去了也。一片恍恍惚惚，不知其是何语。

未将梅蕊惊愁眼， 腊月。 更取椒花媚远天。 正月。

明光起草人所羡，肺病几时朝日边。 肺病不如下释，不能成句。

正应云"未将梅蕊""更取椒花"，今更等不得也。腊月即未动，正月宜速营。"惊愁眼"，是惊云安县前之眼；"媚远天"，便媚明光殿中之天。真是不能顷刻待也。第七句竟归矣，竟在殿中起草作制诰矣，竟闻多人啧啧羡之矣！倩女离魂，不过尔尔。第八句忽又转作憨态，言正苦肺病，不便侍从，得少缓几时为乐。一片恍恍惚惚，不知其是何语也。

其二

寒轻市上山烟碧，日满楼前江雾黄。 在腊月一日如此，岂不闷人！

负盐出井此溪女，打鼓发船何郡郎？

二首。瘴俗如此，苦住不去，岂人情哉？"负盐出井"四字，写得极苦。"打鼓发船"四字，写得极快。女为此溪女，虽负盐出井，亦老死甘之耳。郎若何郡郎，皆打鼓发船已力疾去之矣。然则我独何心，必久住不去者哉？

新亭举目风景切，茂陵著书消渴长。

春花不愁不烂漫，楚客惟听棹相将。

况乎新亭风景，不暇流涕，戮力王室，日夜以之。乃徒病免茂陵，著书费日，未免有心，岂可堪此！或乃因今日尚是十二月一日，因谓我何太早计者？夫日月之疾，喻如流电，春花烂漫，转眼便及。不问何日，一有船便，便决计归朝，更不能于此县前江边再作迁延也。○此首又正写。

其三

即看燕子入山扉，岂有黄鹂历翠微。

短短桃花临水岸，轻轻柳絮点人衣。 十二月一日诗，写出无数燕子、黄鹂、桃花、柳絮，岂不怪事？若无圣叹心知其事，奈何不问！

第一首，全是病热谵语。第二首，忽正写。此第三首，又发谵语也。《十二月一日》题，第一首，还作正月梦。此第三首，直作三月梦也。写燕子，又写山扉；写黄鹂，又写翠微；写桃花，又写临岸；写柳絮，又写点衣。来年三月，不啻若自其口出也。

春来准拟开怀久， "久"字好笑。 老去亲知见面稀。

他日一杯难强进，重嗟筋力故山违。

总上四句，谓之"春来"。"准拟开怀"，盖已久矣。何也？老去会稀，亲知可念也。悉是十二月一日最赊语，故妙。不然者，日复一日，遂成他日。万一一杯难进，故山尚违，岂不极大嗟恨哉！三首纯是得归快语。至此，陡然以不得归苦语作结。

子规

看他前解一二三句，都不是子规，至第四句，方轻点。后解五六七句，又都不是子规，至第八句，方轻写。一首诗便只如两句而已，我从未睹如是妙笔。

峡里云安县，江楼翼瓦齐。

两边山木合，终日子规啼。

于峡里有云安县，于云安县前有江，于江上有楼，于楼两边有翼瓦，于翼瓦外有山木围合。凡用若干字，写成三句诗。而若掩其第四句，即反覆测之，必不能知其为子规也。及乎四句一气全读，则不知何故，又觉"峡里"字非峡里，"云安县"非云安县，"江楼"字非江楼，"山木"字亦非山木。四句诗但见全是一片子规声，至今哀哀在耳。故某常与道树晨夕闲坐，细论此诗，若谓是咏物，既全不是咏物，然欲谓是写怀，又无一字是写怀。总之先生妙手空空，如化工之忽然成物。在作者尚不知其何以至此，岂复后人之所可得而寻觅也！○道树云：一二三句，"峡里"字，"云安县"字，"江楼"字，"翼瓦"字，"山木"字，一得"子规啼"字，便觉字字响。乃子规响中，实实坐一先生。故再得"终日"字，便又觉若干字，字字愁也。

眇眇春风见，萧萧夜色凄。

客愁那听此，故作傍人低。

五六句十字，全写客中愁境。言日则泪眼眇眇，对此春风，自亦不解见何所见。暮则旅魂萧萧，依于夜色，自亦不解凄何所凄。看他日日暮暮，徜徜恍恍，唧唧恻恻，所谓以此思愁，客愁可知也。此时即无子规，已是无奈之至。乃无端小鸟，偏来恼人！"故"字、"傍"字、"低"字妙，不知为是子规真有是事，抑并无是事？然据愁客耳边，则已真有其事也。○道树云："那听此"妙。便如仰诉子规，求其曲谅。"故傍人"妙，便如明知客愁，越来相聒。写小鸟动成情理，先生每每如此。

此诗要认得第三句，则吞吴之失，不辨已明。

功盖三分国，名成八阵图。

江流石不转，遗恨失吞吴。

孔明未出草庐，三分之局已定。由后日观之，孔明一生除了三分，亦更无可为先主效力者。故功成一统，孔明之才之心；而功盖三分，则孔明之时命也。"八阵图"，垒石作八行，在鱼复浦平沙上。一天、二地、三风、四云、五飞龙、六翔鸟、七虎翼、八蛇蟠，为八阵，设此隐以制东吴寇蜀之路。盖东和孙权，北拒曹魏，乃孔明三分胜算。幸而吞吴灭魏，亦或不可知之事。而不谓关羽奋一朝之勇，失之于先；先主又逞一击之忿，失之于后。不能亲吴，则亦岂能拒魏哉？徒使阵图之立，后人叹为奇才，而无益于一时胜败之数也。先生于鱼复浦目击阵图，因叹之曰：如此大江奔流而下，乃至十围巨木，百丈枯槎，纵横各失其故，而八阵图至今屹然不动。此虽赞阵图，实喻当日三分之势，有若横流，而孔明以一身为之长城，亦如阵图之石之屹然不动也。其至今遗恨者，不亲吴而欲吞吴，究反为吴所败。其失孰甚焉？失阵图之意，而空存阵图之名，非孔明之遗恨而何？

遣闷戏呈路十九曹长

先生赠李白诗云："何时一樽酒，重与细论文？"先生之诗已到极细。极细，则为人所不易窥。其谁复款以酒杯耶？篇中云"晚岁渐于诗律细，谁家数去酒杯宽"，当日之闷，闷在此二句。不关雨不雨也。非路十九，谁与拨闷者？特以长途雨湿，路既不能来邀，先生亦复不能遂往，而意又急欲往，故先戏呈，期于一拍即上耳。路曾官拾遗，在西省，故以曹长称之。

江浦雷声喧昨夜，春城雨色动微寒。

黄莺并坐交愁湿，白鹭群飞太剧干。

"雷声喧"者，见其雨大，是昨夜如此。"动微寒"者，春寒多雨，见天未即晴也。莺极怕雨。鹭，水鸟，不怕雨。"黄莺"句，承"春城"句。"白鹭"句，承"江浦"句。莺于林木为宜，鹭于野浦为宜也。"并坐交愁"妙，"群飞太剧"妙。"并坐"者，当是雄雌相并也。"剧"，即是戏。"太剧"者，喜其羽毛得干也。此二句，寓二种意在：若依黄鸟，只好坐在家里；若依白鹭，又好走出门去。先生一心要到路十九家去，写来不觉直如戏语。诗到此，岂非化境！

晚岁渐于诗律细，谁家数去酒杯宽。

惟君最爱清狂客，百遍相过意未阑。

"诗律细""酒杯宽"，用一路逼法，逼到路十九身上去。路十九爱先生，是爱其律之细也。却偏以"清狂"二字替之，妙绝。不然，便是以诗为酒杯地也。今之"酒杯宽"者，算来只有一个路十九，故曰"惟君"。今我要遣闷，除路十九，更到谁家？"百遍相过"者，我两脚只思走到君家，不顾有雨无雨。一遍不止，两遍不休，即至百来遍，亦无不可。何以故？度君爱我之意，正未阑也。路十九家，真是遣闷之地。是日雨中，性急要去，语语作相逼之势，是为"戏呈"也。○妙诗妙批。

此诗是遣闷，不可因"百遍相过"句，便谓与"江阁邀宾许马迎"一首是一意也。每见粗心人，见题中有一戏字，便谓先生老饕馋吻，动以杯酒赖人，殊可嗤也！○愁闷之来，如何可遣？要惟有放言自负，白眼看人，庶可聊慰。然不搜求出一同志人作伴，则众醉指摘，百口莫辩，方将搔揉无路，又焉望其自遣哉？此诗题是"遣闷"，先生独能找出一路十九相陪，便知必定心满意足。若夫"戏"字，则落魄贫人不戏，又焉得遣去闷乎？非但要看先生诗是妙诗，切须要看先生题是妙题。

遣闷戏呈路十九曹长（别批）

江浦雷声喧昨夜，春城雨色动微寒。

黄莺并坐交愁湿，白鹭群飞太剧干。

闷，莫闷于他人闹热之至，而自己寂寞之极。乃闷尤闷于因自己寂寞之极，转觉他人闹热之至。如江浦雷声，喧闻昨夜，即先生有诗，所谓"同学少年都不贱，五陵裘马自轻肥"是也。彼即岂顾春雷乍动，细雨生寒，白屋茅斋之下，有人伏处难堪者乎？三四"黄莺""白鹭"，黄鸟有求友之德，白鹭有弃旧之讥，是诗家用字一定之律。先生诗"两个黄鹂""一行白鹭"，职此意也。○黄莺曰"并坐"。"并坐"者，此身之外仅得一路十九也。"交愁"者，正所谓惺惺惜惺惺，好汉惜好汉。惟我愁路之湿，惟路愁我之湿也。写得真已闷极，却又怪他白鹭作队成群，偏不畏湿。不但不畏湿，而且太卖弄其干。"剧"之为言尽情极致，真使人不堪闷杀也。○前解，纯是写闷。

晚节渐于诗律细，谁家数去酒杯宽。

惟君最爱清狂客，百遍相过意未阑。

后解，纯是写遣。○人而至于晚节，发既苍苍，视既茫茫，成名乎？就利乎？老妻可以免于交谪，稚子可以免于饥寒乎？要之无一也，然则闷极矣。乃顾盼自雄，鼓腹自诩：独不知我诗律之渐细乎？不知者谓是满足自夸，岂知全是十成无赖；所谓"戏"也，所谓"遣"也。烦郁既极，所冀信步稍舒，然而亲戚友朋，一去而亲，再去而渎，三去而厌矣！谁家可以数去？且谁家可以数去而一任持杯自宽者乎？白眼自恣之言，所谓"戏"也，所谓"遣"也。岂尚顾他人之难当其傲睨乎？七句"惟"字，"最"字，八句"百遍"字，总图极畅，不怕笑破人口也。○凡题有"戏"字诗，只如此。

前一首言未乱以前，后一首言既乱以后。然未乱时，隐隐有个乱字，层叠写出；既乱后，隐隐望其不遂以乱终，何等忠厚！

宿昔

宿昔青门里，蓬莱仗数移。

花骄迎杂树，龙喜出平池。

落日留王母，微风倚少儿。

宫中行乐秘，少有外人知。

"宿昔"妙，见今日祸乱之有由也。天仗岂可数移？而明皇与诸姨往来无度。花骄龙喜，写诸姨与明皇迭为宾主，无礼法也。五句之淫，淫在"落日"字；六句之淫，淫在"倚少儿"字。七八句，承言当时明皇，岂不自谓秘不外闻？乃今普天之下，谁不知有天宝之事哉！○"迎杂树"，花骄极矣！"出平池"，龙喜之至也。只十字，写尽一时情事。

历历

历历开元事，分明在眼前。

无端贼盗起，忽已岁时迁。

巫峡西江外，秦城北斗边，

为郎从白首，卧病数秋天。

"开元事"，既云"历历"，又云"分明"，乃三句又言"无端"者，为尊亲讳也。此皆先生言外微意。若只云开元中事，分明如昨，而荏苒岁时，忽已迁改，即又安用诗为？"数"字妙，便是予日望之之意，岂为白首为郎之故哉？○"巫峡西江"，"秦城北斗"，眷眷京国，老而弥笃，岂以一官不迁为悲。

此首亦是忆昔之辞，故首句有"昔"字。前解妙于三句"初"字，后解妙于七句"仍"字。

洛阳

洛阳昔陷没，胡马犯潼关。

天子初愁思，都人惨别颜。

"初愁思"妙，言天子直至是日初有愁思，写得最好笑。一向花骄龙喜，何等快活，却变出愁来，然而潼关已不守矣！

清笳去宫阙，翠盖出关山。

故老仍流涕，龙髯幸再攀。

故老流涕，加一"仍"字妙。言如此天子而故老仍为流涕者，非欲再扳龙髯，殆自伤年老，未必又见太平也。前半首写天宝君臣之梦梦，为都人一哭。后半首写天宝天子虽幸得归，不为万民所惜也。

吾宗 公自注：卫仓曹崇简。

竟是一篇卫仓曹小传。○此诗只是一起、一承、一转、一合，看他起得好，合得好。君子之处乱世也，应如是矣。

吾宗老孙子，质朴古人风。

耕凿安时论，衣冠与世同。

"安时论""与世同"六字，针砭多少！

在家常早起，忧国愿年丰。

语及君臣际，经书满腹中。

早起云"在家"，忧国云"年丰"，未及君臣之际，不过尔尔，此真正"安时论""与世同"者，然非经书满腹不能。固知结语，不在意外转出，乃深证上六句之妙也。○今日经书满腹者，君臣之际，往往难言。始信先生此诗，不可不读。

第一首，见汝既不能；第二首，闻汝又不确，只得下春水而求汝矣。二首一气成文。

乱后嗟吾在，羁栖见汝难。

草黄骐骥病，沙晚鹡鸰寒。

楚设关城险，吴吞水府宽。

十年朝夕泪，衣袖不曾干。

"嗟吾在"，起得妙，便令下七句，真有恍惚之痛。无消息之人，病亦有之，寒岂免哉？写尽肠中车轮无念不到。若楚乎，则重关跋涉；若吴乎，则泽国苍茫，吾竟知汝何在？

其二

闻汝依山寺，杭州定越州？

风尘淹别日，江汉失清秋。

影著啼猿树，魂飘结蜃楼。

明年下春水，东尽白云求。

"闻汝依山寺"，此山寺，是杭州乎，是越州乎？自别日淹至于今，虽复清秋，于我何涉？言无日不思也。五句写失弟之孤，六句写思弟之幻。怀人真有如或遇之之事，如蜃气无端成楼台也。结更妙绝。

社日二首

两章俱用"南""北"字，总是先生眷恋旧邦之至。

九农成德业，百祀发光辉。

报效神如在，馨香旧不违。

南翁巴曲醉，北雁塞声微。

尚想东方朔，诙谐割肉归。

秋神为九农正。九农既成，百祀毕举。一起写得国家根本大计，郑重之至。三句转至"社日"字，四句趁势带出一"旧"字，便生出下半首无限感慨。夫社饮而醉，亦自足乐，而所与饮者，悉是南翁。不然，何所唱之悉巴曲也？因而念及北土，则雁声始来。夫流离如此，尚敢想东方细君之乐哉？"尚"字自写痴况，好笑。

其二

陈平亦分肉，太史竟论功。

今日江南老，他时渭北童。

欢娱看绝塞，涕泪落秋风。

鸳鹭回金阙，谁怜病峡中。

次首起句之妙在"亦"字、"竟"字，便有无数不满。上国人谪居下里，节序触目真有如此悲笑。"今日"字，承上云今竟老于是中，岂不记身本渭北生产哉？五六便转云：所以看他欢喜，转益我涕泪。而还阙故人，乃竟已忘我，如何如何！

此先生自写照也。○余尝谓唐人妙诗，从无写景之句。盖自三百篇来，虽草木鸟兽毕收，而并无一句写景，故曰"诗言志"。"志"者，心之所之也。诗字，从言从寺。先生集中，都是忠孝切实之言，往往有所寄托而愈见其切实，如《孤雁》诸篇是也。庄生书，通涂解向幻忽惝恍一边；殊不知其开口说鲲、说鹏，便是一片切实道理。"北溟有鱼，其名曰鲲"，喻言大德敦化。"化而为鸟，其名曰鹏"，喻言小德川流也。鲲从昆，言一法一法，同体共气。鹏从朋，言此法彼法，其位全疏。鱼为阴，鸟为阳。鱼在海中，其头数不可见，然而其中必有如喜怒哀乐之未发也。鸟之在空可见，而飞去则不见。小过有飞鸟之象焉，如喜怒哀乐之发也。鹏言"背"不言大者，既系小德，不得言大。然从大德化来，其所由来者大，故云"背"。"背"即北溟也。北人呼"北方"为"背方"是也。物相见为离，北不可见而南可见。《法华》龙女成佛必于南方，故曰"徙于南溟"。如此说来，有一字不切实否？因读先生咏物诗，附见于此。

孤雁不饮啄，飞鸣声念群。

谁怜一片影，相失万重云。

"不饮啄"，写得孤雁有品骨。"飞鸣""饮啄"四字，本皆雁事，一分便成两妙句。三四正写"相失"，却硬下"谁怜"二字作孤雁心事，真是奇笔。如此对仗，且非唐人数能，何况后来？

望尽似犹见，哀多如更闻。

野鸦无意绪，鸣噪自纷纷。

后解，爱慕孤雁，憎恶野鸦。看他下"无意绪"三字，写尽丑态。彼徒知我辈纷纷为群，即岂念孤雁之孤也哉！"自"字、"纷纷"字，皆所谓"无意绪"也。○孤雁已去，犹云似见如闻；野鸦当面，却如满眼钉刺。后半首之妙如此。野鸦可恨，不在"纷纷"，正在"自"字，看他目中全无孤雁。

秋兴八首

此诗八首凡十六解。才真是才，法真是法，哭真是哭，笑真是笑。道他是连，却每首断；道他是断，却每首连。倒置一首不得，增减一首不得，固已。然总以第一首为提纲。盖先生尔时所处，实实是夔府西阁之秋，因秋而起兴。下七篇话头，一一从此生出，如裘之有领，如花之有蒂，如十万师之号令，出于中权也。此岂律家之能事已耶？○尝读《庄子》内篇七，以三字标题。及观题字之次第，必以《逍遥游》为首。何以故？游是圣人极则字。逍有逍之义，遥有遥之义，于游而极。《鲁论》"游于艺"是也。余尝为之说曰：人不尽心竭力一番，做不成圣人，故有"志""据"字。人不镜花水月一样，赶不及天地，故有"依""游"字。若《齐物论》至《应帝王》，皆从极则字渐次说下来，与首篇不同。如齐而后物，物而后论，至于论，则是非可否，纷然不齐矣。应帝王之"应"，即《法华》"三十二应""应"字，如先师"老安少怀"是也。帝之谛当，王之归往，抑末矣。故曰皇有气而无理，帝有理而无情，王有情而无事。其事则齐桓、晋文，此之谓糟粕而已。举此二篇，可概余四。况《南华》见道之书，极重"南""北"字，首篇从"北溟"说到南，次则直提"南"字，其义了然，岂得混首篇于下六篇耶？大抵圣贤立言有体，起有起法，承有承法，转合有转合之法。大篇如是，小篇亦复如是。非如后世涂抹小生，视为偶然而已。吾不信天下事，有此偶然又偶然也。○分明八首诗，直可作一首诗读。盖其前一首结句，与后一首起句相通。后来董解元《西厢》，善用此法。○蓼斋云：唱经批《秋兴》诗，只存五首，中多脱落处，酌取而庵说补之。而庵，唱经畏友也。

玉露凋伤枫树林，巫山巫峡气萧森。

江间波浪兼天涌，塞上风云接地阴。

前解从秋显出境来，后解从境转出人来，此所谓"秋兴"也。○"露凋伤""气萧森"六字，写秋意满纸。秋者揫也，言天地之气，正当揫敛之时也。故怨女怀春，志士悲秋，皆因气之感而然。时先生流寓夔州西阁。夔州，旧楚地，最多枫树。巫山在夔州，有十二峰，巫峡为三峡之一。白帝城在夔州之东，公孙述于此僭号者。先生虽心在京华而身寓夔州，故即景起兴，不及他处。后来无数笔墨，一起一伏，若断若连，从夔州望京华，以至京华之同学，京华之盛衰，如曲江，如昆明池，如昆吾、御宿、渼陂，凡为京华所有者，感兴非一，总不出尔日夔府之秋。故下七首诗，实以此首为提纲也。"江间"承"巫峡"，"塞上"承"巫山"。"波浪兼天涌"者，自下而上一片秋也。

"风云接地阴"者，自上而下一片秋也。

丛菊两开他日泪，孤舟一系故园心。

寒衣处处催刀尺，白帝城高急暮砧。

先生寓夔，已两次见菊。故曰"丛菊两开"。"泪"言他日不言今日者，目前倒也相忘，他日痛定思痛，则此丛菊亦堪下泪也。此身莫定，不系在一处，故曰"孤舟一系"。身虽系此而心不系此者，故园刻刻在念。有日兵戈休息，去此孤舟，始得遂心也。呜呼，岂易言哉！因用"丛菊""故园"，转到寒衣上去。意谓我今客中，百事且暂放下，时方高秋，江山早寒，身上那可无衣？听此砧声，百端交集，我独何为系于此也？盖老年作客之人，衣食最为苦事，无食则橡栗尚可充饥，无衣则草叶岂能御寒哉？"催刀尺""催"字，"急暮砧""急"字，甚是不堪。乃从先生见闻中写出二字来，更觉不堪也！

其二

夔府孤城落日斜，每依南斗望京华。

听猿实下三声泪，奉使虚随八月槎。

第一首悲身之在客，此首方及客中度日也。前以"暮"字结，此以"落日"起。唐人诗，每用"秋"字，必以"暮"字对，秋乃岁之暮，暮乃日之秋也，都作伤心字用。此"落日斜"，却装在"孤城"下，尤为惨极。宛然见先生独立孤城中，又在孤城夕阳中也。前首明说夔州流寓，却不出"夔府"字。此特揭"夔府"以冠之者，正明身在夔府，心在京华。从此至末，一气贯下也。长安名北斗城，夔府在南，故依南斗以望之。此云"望京华"，末云"白头吟望"，以"望"字起，以"望"字结，乃七首自为章法。三四，承"望京华"来。楚地多猿，蜀山向晚，猿声不住，猿三声，泪三下。此是身历苦境，故下一"实"字。前首泪在"他日"，此首泪在今日也。传称汉张骞使大夏，寻河源，八月乘槎到天河，经年而返，问严君平始知。君平蜀人，故用此入诗。乘槎尚有还期，此生杳无归日，此是心作虚想，故下一"虚"字。盖为严武再镇蜀，辟先生为参谋，而先生留蜀。一年武卒，而先生仍寓蜀也。三，应云"听猿三声实下泪"，今云然者，句法倒装，与第七首三、四一样奇妙。

　　画省香炉违伏枕，山城粉堞隐悲笳。

　　请看石上藤萝月，已映洲前芦荻花。

　　省中以粉画壁，曰"画省"。《汉官仪》云：尚书郎入直，给侍史二人，执香炉以从。先生尝为尚书员外郎，故云"画省香炉"。"悲笳"者，笳叶卷而成声，边人以司昏晓者也。五六，转到望京华不已，月上而犹未睡，以足前解之意。言昔在省中，侍史焚香而寝，今身在西阁，则相违矣。况山城落日，笳声在粉堞之外，何其凄惨。"隐"者，痛也。当此之时，岂复放脚熟眠之时耶？先生只顾在那里望，绝不思睡。夫"违伏枕"，不欲睡也；"隐悲笳"，即睡亦不合眼也。俄然而"落日斜"，俄然又"月上"矣。"请看"二字妙，意不在月也。"已"字妙，月上山头，已穿过藤萝照此洲前久矣，我适才得见也。先生惟有望京华过日子，见此月色，方知又是一日了也！

其三

　　千家山郭静朝晖，日日江楼坐翠微。

　　信宿渔人还泛泛，清秋燕子故飞飞。

　　此夜已过，又是明日。"山郭"，言其僻也。"千家"，言其小也。"静朝晖"，言其冷寂也。"日日"，言每日朝晖时也。"翠微"，山之浮气。当朝晖时而浮气未净，或者是江楼之偶然，乃一日坐之如是，日日坐之亦如是，虽有朝晖，不敌浮气，先生其且奈之何哉？此处翠微，不作佳字用，承以"渔人""燕子"，即坐中所见，皆先生自况也。一夜曰宿，再宿曰信。渔人信宿，故可以息矣。"还泛泛"，是喻己之忧劳而无着落也。八月燕子将去，则竟去可矣。"故飞飞"，是喻己羁绊而不得脱然也。〇一本"日日江楼"作"百处江楼"。而庵说之曰："百处坐，非郭中有百处楼子，一一坐遍。是一座楼子百处坐也。心头有事人，东坐不是，西坐不是，前坐不是，后坐不是，坐一处不是，坐两处不是，坐不是，不坐不是，越坐越不是：此所以有'百处坐'也。"妙甚！

匡衡抗疏功名薄，刘向传经心事违。

同学少年多不贱，五陵裘马自轻肥。

言我若不坐江楼，而抗言政治之得失，何减匡衡？而遭际不如，功名安在，故曰"薄"。是则出不成出矣。我若不坐江楼，而讲论五经于石渠，亦何减刘向？而用世心切，伏处奚堪，故曰"违"。是又处不成处矣。"功名薄""心事违"，皆先生自谓，非谓匡衡、刘向也。末转到同学富贵上去，此非轻薄少年，亦非艳羡裘马也。若谓昔在太平之时，同学少年，致身青云，无一贫贱者，终日鲜衣怒马以为得志，孰意有今日之乱？昔日少年，今应白首。昔日富贵，今应困穷。我既如是，同学皆然，安得常如昔日轻衣肥马，在京师相驰骋哉？少壮无所建立，出处皆困，匡衡抗疏，刘向传经，总付之浩叹而已矣。

其四

闻道长安似弈棋，百年世事不胜悲。

王侯第宅皆新主，文武衣冠异昔时。

前首结"五陵裘马"，故此以长安起。"闻道"者，一则不忍言亲见，故托之耳闻；一则去国已远，不忍实说也。"长安似弈棋"，指明皇幸蜀以后而言。"百年世事"，由今大历纪年逆追至神尧有天下之初而言。"不胜悲"者，悲国政也。而曰"世事"者，盖微辞也。百年世事，固不胜悲，然先生之悲，至此日长安而极。故承之以三四，但言"第宅"，言"衣冠"，此所谓"世事"也。

直北关山金鼓振，征西车马羽书迟。

鱼龙寂寞秋江冷，故国平居有所思。

"直北"，指陇右、关辅一路，为有河北群盗及回纥也。"金鼓振"，言寇警甚急。"西"指吐蕃之乱。"羽书"，插羽于书，取其速也。"羽书迟"，言捷报甚迟。如此寇盗旁午，师行未克，不知王侯第宅、文武衣冠若何底止？正志士枕戈泣血灭此朝食之时，而乃去故国，窜他乡，对此秋江，曷胜寂寞！曷胜怅恨！此所以寄兴鱼龙而曰"有所思"者，正思此身为朝廷用也。郦道元《水经注》：鱼龙以秋日为夜。鱼龙极动之物，却如此寂寞者，盖处非其时也。"故国"，犹言故乡。"平居"，是在故国之平日。见朝廷北讨西征，便思戮力效忠久矣，不待今日也。此一首望京华而叹其衰。

其五

蓬莱宫阙对南山，承露金茎霄汉间。

西望瑶池降王母，东来紫气满函关。

因提故国平居，忽想到长安全盛之日，我岂不见之耶？前一首是峡中传闻，此一首是平居亲见也。长安宫阙甚多，独言蓬莱者，先生曾于蓬莱宫献《三大礼赋》，明皇奇之，故即用以起兴也。蓬莱宫，贞观间营，前对终南山。每天晴日朗，望终南如指掌。"承露金茎"，汉武之所设。汉武好神仙，造通天台，以金盘承云表之露，和玉屑服之，以求长生。此诗起句以蓬莱宫阙起，蓬莱，仙山；终南，仙窟；承露金茎，乃求仙之物。取景设色，都在神仙一边。三四遂承以"瑶池""紫气"云云，写来极是凑手。亦见当日天子太平在御，不但宫阙壮丽，亦颇留意神仙之事，有如汉武也。

云移雉尾开宫扇，日绕龙鳞识圣颜。

一卧沧江惊岁晚，几回青琐点朝班。

读结句"青琐朝班"字，乃知五六从蓬莱献赋转到拜左拾遗，笔墨无痕。先生先自蓬莱献赋时，方识得宫殿亲切。后自拜左拾遗时，方识得圣颜亲切也。天子临朝，御座左右，雉翣双开，若云之移。天子衮衣，上绣龙鳞，早旭照之，则光耀日。此乃亲觐天子而后见之，亦不必拟定在蓬莱宫。先生尔时，身列侍从之班，固于处处得见也。"沧江"，巫峡也。公始寓夔，故云"一卧"也。秋，岁晚也。"惊"，公献赋时，年四十；为左拾遗，年四十六；是岁代宗大历元年在夔，年五十有五，年老岁晚，故心惊也。"班"在青琐之下，先生刻刻系心朝廷，虽卧沧江，恍然若点朝班者。"几回"，是每每如此，不止一回也。此一首望京华而追其盛。

其六

瞿唐峡口曲江头，万里风烟接素秋。

花萼夹城通御气，芙蓉小苑入边愁。

前首结云"一卧沧江""几回青琐"，则瞿唐与曲江固未隔也。明皇自秦幸蜀，中原板荡，故有"瞿唐曲江""万里风烟"之句。瞿唐为三峡门户，最险。人到此者，但睁开两目，心数都绝，故从二目，从佳。佳者，短后鸟，喻后心不行也。唐者，唐丧。《内典》云："福不唐捐。"睁目看去，几乎丧身失命也。以是峡险极，故名。曲江池，唐开元中疏凿，号为胜境。都人游赏，盛于中和、上巳节。"万里"，不必指定瞿唐、曲江遥遥万里。前者幅员全盛之日，控制何啻万里；今者寇盗纵横之日，一片都是风烟，故曰"万里风烟"。而瞿唐口、曲江头，正接于素秋风烟中矣。三四，总承曲江来。"花萼夹城"者，明皇性极友爱，即位后，以隆庆旧邸为兴庆宫，五王赐第宫侧。又于宫西置楼，署曰"花萼相辉"之楼。开元二十年，广花萼楼，筑夹城，至芙蓉园。园与曲江相接。名"芙蓉"者，以其水盛而芙蓉富也。天子时幸芙蓉园，必从花萼楼夹城通去，故曰"通御气"。御气，天子之气也。御气无处不通，而花萼夹城，毕竟是明皇友爱之所，故时幸曲江游乐，未为大过。芙蓉小苑，毕竟是明皇游幸之地，故同此曲江游乐，已入边愁。边愁不从花萼夹城入，偏从芙蓉小苑入，先生立言之旨，盖不苟也。又"边愁"，不但禄山陷京，既就明皇幸蜀；而先生因此徙倚素秋，怅望于瞿唐峡口，岂非边愁乎？故知"入边愁"三字，隐已承瞿唐峡口，益见先生律法之细。

珠帘绣柱围黄鹄，锦缆牙樯起白鸥。

回首可怜歌舞地，秦中自古帝王州。

当日曲江之游，天子方以为通御气，而不觉已入边愁者，岂非歌舞极盛之所致耶？五六二语，只为转出"歌舞"字来。《西京杂记》：昭阳殿织珠为帘，绣帷为柱，通绣作黄鹄文。"锦缆牙樯"，江中御舟极其华丽，故能惊起白鸥也。形容歌舞地如此，则歌舞不言可知。然才说"可怜歌舞"，忽转出"自古帝王"，言秦中毕竟是帝王州，煌煌天朝，岂盗贼可得而觊觎者哉！

其七

昆明池水汉时功，武帝旌旗在眼中。

织女机丝虚夜月，石鲸鳞甲动秋风。

此因曲江而更及昆明池也，最为奇作。前诸作皆乱后追想，此作特于事前预虑。千年来，人只当平常读去，辜负先生苦心久矣，可叹也！昆明池，在长安城西南，周围四十里。汉武元狩年间，凿之以习水战者。东西岸立石，刻牵牛、织女以象天河。又刻石为鲸鱼，长三丈。武帝治楼船，加旌旗其上，往来习战，将以伐昆明也。因昆明有滇池，故凿池以象之。夫穷兵非美事，乃极称颂之曰"汉时功"，盖谓有此池水，在今日尚可习水师以防御东南之变，岂非功乎？次句正言其习水师也。"织女""石鲸"，承"昆明池"。"机丝""鳞甲"，承"旌旗"。"织女机丝"，喻言防微杜渐之思不可不密。"石鲸鳞甲"，喻言强梁好逞之徒蠢蠢欲动。今日西北，或可支吾。万一东南江湖之间变起不测，则天下事不可为矣！故先生预设此一着，以讽执政也。言若不早为之图，是犹织女停梭虚此夜月，则石鲸乘势已动秋风，可奈何？今昆明池在眼中，何武帝旌旗无有为之仿佛者耶？

波漂菰米沉云黑，露冷莲房坠粉红。

关塞极天惟鸟道，江湖满地一渔翁。

上解已毕，忽换笔作转。五六二句，不从昆明池来，盖为下解"江湖满地一渔翁"作转也。若谓昆明且置，吾今身在峡中，日与水相习，当此秋深之际，菰米波漂，莲房粉坠，一时衰飒如此，则江湖之上，实切隐忧。况时方战伐，蜀山鸟道，为关塞之至险，乃自上皇回銮以后，僭乱相仍，极天之险，竟无足恃。顾此江湖，滔滔皆是，将何底止耶？然而抱江湖之忧者，只一个渔翁，虽忧亦安所用之？其必在当事虑患于未然哉！"渔翁"，盖先生自谓也。

其八

昆吾御宿自逶迤，紫阁峰阴入渼陂。

红豆啄余鹦鹉粒，碧梧栖老凤凰枝。

末一首，乃其眷恋京华之至也。前解极言长安风土之乐。昆吾，地名，有亭。御宿，川名，有苑。汉武帝宿于此，故曰御宿。渼陂，鱼甚美，因以为名，在紫阁峰之阴。游渼陂者，必从昆吾、御宿经过，"紫阁峰阴"，因渼陂而及之也。先生年老，浪迹夔州，意在归隐。因昔尝同岑参兄弟游渼陂，经昆吾、御宿，喜其风土之良，故切切念之，特挂笔端耳。三四句法奇甚。畜鹦鹉者，必以红豆饲之，先生自喻不苟食也。啄之而有余，此真丰衣足食之所矣。黄帝即位，凤集东囿，栖梧树，终身不去，先生自喻不苟栖也。栖之而至老，此又安居乐业之乡矣。可见长安盛时，且不必说到天子公侯极意游玩，乃至布衣穷居，尽足自适有如此也。

佳人拾翠春相问，仙侣同舟晚更移。

彩笔昔曾干气象，白头吟望苦低垂。

后解从上转下，转到今日大历元年丙午秋作此《秋兴》诗。以结出吟望之苦也。言当日昆吾、御宿、渼陂之间，陆有为陆，水有为水。"佳人拾翠"则于陆，"仙侣同舟"则于水，亦既穷极水陆之兴矣。佳人与美人、丽人不同，从上至下，从下至上，节节看去，无有不佳，曰佳人。巧笑美目，胡天胡帝，曰美人。彼此争妍，相去不远，曰丽人。"仙侣"，如李、郭同载，望若神仙是也。"春相问""晚更移"，着一"春"字、"晚"字，乃反击"秋"字。

"相问""更移"，乃暗提"兴"字。五六二句，正欲转到今日作《秋兴》诗也。"彩笔昔曾干气象"，先生曾于蓬莱宫献三赋，干动龙颜。虽实有此事，然此处提出，非自夸张，不过借作转语，以反衬出"白头吟望"七字来。言此天涯穷老，望京华如在天上。既不见有拾翠之人，亦复无有同舟之侣。白头沦落，佗傺无聊，徒屈从前干气象之笔，以作此苦杀皇天之诗，即何能禁泪之淫淫下哉？"吟"，吟《秋兴》。"望"，望京华。一头吟，一头望；一头望，又一头吟。于是头低膝，泪垂至颐，其苦有不可胜言者。〇而庵诗曰："好个好丞相，清霜两鬓寒。头垂扶不起，老眼泪难干。"〇翟斋云：近又于同学案头，见唱经批《秋兴》诗数语，与此少异，而意实相发，附识于此。其首章云："寒衣处处催刀尺"，"处处"字悲极。口中言"处处"，意在家中一处也。"处处"实而虚，家中一处虚而实。此犹家也，以后则皆君国矣。其次章云：斜日落已晏，"落日斜"尚早。至月映洲前则夜半矣。"虚随八月槎"，言朝中相援无人也。其三章云：同学不必少年，亦不必扬扬裘马。玩"多不贱""多"字，"自轻肥""自"字，盖言知吾才而不与吾立，暗用"臧文仲窃位"句意讥之耳。余已见解中。

秋兴八首（别批）

兴之为言兴也。美女当春而思浓，志士对秋而情至。凡山川林峦、风烟云露、草色花香，目之所睨，耳之所闻，何者不与寸心相为蕴结？其勃然触发，有自然矣。乃先生以忠挚之怀，当飘零之日，复以流寓之身，经此摇落之时。其为兴也，真兴尽之至心灰意灭，更无纤毫之兴而有此八首者也。后人拟作者，或至汗牛充栋，亦尝试于先生制题之妙一寻绎乎？○题是《秋兴》，诗却是无兴；作诗者满肚皮无兴，而又偏要作《秋兴》。故不特诗是的的妙诗，而题亦是的的妙题；不特题是的的妙题，而先生的的妙人也。○从来诗是几首，多一首不得，少一首不得。如此诗是八首，则七首不得，亦九首不得。某既言之屡矣，而或未能深信。试看此诗第一首纯是写秋，第八首纯是写兴，便知其八首是一首也。

玉露凋伤枫树林，巫山巫峡气萧森。

江间波浪兼天涌，塞上风云接地阴。

露也而曰"玉露"，树林也而曰"枫树林"，只一"凋伤"之境，而白便写得白之至，红便写得红之至，此秋之所以有兴也。却接手下一"巫山巫峡"字，便觉萧森之气索然都尽。而"波浪""风云"二句，则紧承"巫山巫峡"来。若谓玉树斯零，枫林叶映，虽志士之所增悲，亦幽人之所寄抱。奈何流滞巫山巫峡，而举目江间，但涌兼天之波浪；凝眸塞上，惟阴接地之风云。真为可痛可悲，使人心尽气绝。此一解总贯八首，直接"佳人拾翠"末一解，而叹息"白头吟望苦低垂"也。

丛菊两开他日泪，孤舟一系故园心。

寒衣处处催刀尺，白帝城高急暮砧。

不知者谓"两开"者是"丛菊"，岂知"两开"者皆"他日泪"乎？不知者谓"孤舟"何必"一系"，岂知"一系"者惟此"故园心"乎？"泪"字上下一"他日"字，妙绝！惟身处其境者知之。七言"处处"，正是先生系心一处。白帝城在夔府之东，言近以指远也。肚里想着家中刀尺，而耳中只闻白帝砧声，远客之苦，为之凄绝。砧声也而下一"城高"字，见得耳为遥听，眼为悬望，远客之苦，为之凄绝。○三四承一二，五六转出七八，知余分解之言非谬。

其二

夔府孤城落日斜，每依南斗望京华。

听猿实下三声泪，奉使虚随八月槎。

言斜日落，则已是晏；"落日斜"，则尚早。紧接一"每"字，则知当此落日斜光，一年三百六十度，忽忽孤城，悬悬远望。"南斗"字，从"望"字上用来。盖大火西流，斗行南陆，举目即见，故曰"依"也。三承一句，四承二句，犹言夔孤城，听猿下泪是实；而南斗京华，乘槎可到是虚。真教人无可奈何此"落日斜"也。

画省香炉违伏枕，山城粉堞隐悲笳。

请看石上藤萝月，已映洲前芦荻花。

不云"违画省香炉"而伏枕，乃云"画省香炉违"于伏枕，得诗人忠厚笃棐立言之体。"山城粉堞"隐于悲笳，尤妙！前犹日落，此则竟晚，眼看山城粉堞渐隐不见也。乃因日暮，笳作笳动，"堞隐"，一似隐于悲笳也者。身处客境，满肚无聊，只三字写出。"请看石上"，是月之初出，上照藤萝。"已映洲前"，是月之渐升，下照芦荻。自日斜底于堞隐，世人匆匆，轻易忽过者何限？若石上之月，则明明上照藤萝，何至遽映洲前，已移芦荻？胸前有无数忠君眷国心肠人，真是刻不能耐耳！有人解做月在石上，光映洲前，乃至作画者惯图此景。真是将神龙作泥鳝弄也，可为古人常叹！〇三四承一二，七八合到五六，足证分解非谬。

其三

千家山郭静朝晖，日日江楼坐翠微。

信宿渔人还泛泛，清秋燕子故飞飞。

"千家山郭"下加一"静"字，又加一"朝晖"字，写得何等有趣，何等可爱。"江楼坐翠微"，亦是绝妙好致。但轻轻只用得"日日"二字，便不但使江楼翠微生憎可厌，而山郭朝晖俱触目恼人。三四再承两句，不嫌自己日日坐江楼，却嫌渔人之信宿；不怪自己日日到翠微，却怪燕子之飞飞。真为绝妙之笔也！

匡衡抗疏功名薄，刘向传经心事违。

同学少年多不贱，五陵裘马自轻肥。

下解。因日日之坐，不厌其烦，因而自思：欲如匡衡之抗疏，既愧功名之薄；欲如刘向之传经，又嫌心事之违。辗转反侧，因而想到少年同学，原俱不贱，但只五陵裘马，自炫轻肥。明知我之心事，而不与我以功名，以致见笑渔人，贻讥燕子耳！○分解甚明。

其 四

闻道长安似弈棋，百年世事不胜悲。

王侯第宅皆新主，文武衣冠异昔时。

"闻道"妙，不忍直言之也，亦不敢遽信之也，二字贯全解。世事可悲，加"百年"二字妙。正见先生满肚真才实学，非腐儒呴吁腹诽迂论。盖世事因循至于今日，非一朝一夕之故，其驯而致于此者有渐矣。且世事既因循至于今日，亦非一朝一夕可以遂致太平。将来正费周折，故曰"百年"。三四，紧承世事之堪悲，然而正不必为目前第宅之新、衣冠之异而致诧也。○读先生诗，真如闻无上甚深经典，使小儒意见都尽。

直北关山金鼓振，征西车马羽书迟。

鱼龙寂寞秋江冷，故国平居有所思。

上解是传闻，尚在半信半疑。若此直北金鼓，亲闻其振；征西羽书，目睹其迟，则为更不可解也。因而自审，为鱼为龙，虽不能自决，然目前惟有寂寞秋江而已。冷既彻骨，意望何为，惟有故国平居，实不能自已其思云尔！○"迟"字上用"羽书"字，妙。"羽书"最急，而复迟迟，想见当时世事。○

"故国"字下用"平居"字妙。我自思我之平居尔，岂敢于故国有所怨讪哉？
○分解无疑。

其五

蓬莱宫阙对南山，承露金茎霄汉间。
西望瑶池降王母，东来紫气满函关。

因故国之思而想至百年之事，盖当日亦不可谓非全盛也。"对南山"，言
宫阙之壮丽。"霄汉间"，言金茎之高峻。用"蓬莱""承露"字，见晏安日
久，惟愿长生，唐明、汉武，有同一辙。乃日望王母之降瑶池，岂知皇舆之幸
巴蜀；日望紫气之满函关，岂知两京之化灰烬！真有所谓不胜悲者，思之可为
流涕也！只因沓用"瑶池""紫气"等字，遂将后人瞒过多少。

云移雉尾开宫扇，日绕龙鳞识圣颜。
一卧沧江惊岁晚，几回青琐点朝班。

当此之时，先生目击时艰，何以略无谏议，而坐视其败？呜呼，兴言及
此，为之浩叹！盖先生虽为右卫参军，而其层级而上，则有等矣。皇皇殿陛，
可以次其列，不得升其阶，况雉扇环遮，亲臣密侍，岂得一望见天颜者耶？只
因云移雉尾而暂开宫扇，稍露日色，光耀龙衮，因而一识圣颜耳。从此遂卧沧
江，失惊岁晚，朝班预点，曾有几回？用是忧劳，莫能自慰，长歌当哭，神伤
心怆矣！○从"云移""移"字中，露出日光，日映龙鳞，方识此是圣人。虽
云"识圣颜"，却只遥遥摹拟，瞥见而已，真是化工之笔。○"点"字妙，先
生此时之在朝班，只如密雨中之一点耳，虽欲谏议，亦复何从？

其六

瞿唐峡口曲江头，万里风烟接素秋。
花萼夹城通御气，芙蓉小苑入边愁。

身处万里之外，心注万里之间，便定然有此等想头。瞿唐之与曲江，则有间矣，然其相去万里，里里风烟相接，则素秋之相接可知。乃同此秋光而秦、蜀风景迥异，则岂非以其以渐递改，当之者溺玩而弗辨乎？此不特地界相接有然，即世运递更亦无不然。三四紧承：明皇当日敦尚友悌，御气与花萼交辉；晚岁偶渔声色，边愁与芙蓉并惨。当一王之朝，而前后异政，国步遂移。倘辨之早辨，几何而至如此之剧也！○"御气"用一"通"字，何等融和。"边愁"用一"入"字，出人意外。先生字法不尚纤巧，而耀人心目如此。

　　珠帘绣柱围黄鹄，锦缆牙樯起白鸥。

　　回首可怜歌舞地，秦中自古帝王州。

　　珠帘绣柱，锦缆牙樯，总极豪华。"黄鹄"，即珠绣所织之文，用以衬起"白鸥"字。白鸥者，野鸟也，锦缆牙樯之下，胡为乎起哉？则其非以其全盛之日，但知珠围绣绕，以致绝汉南巡，黄鹄难寻，白鸥群起，真为可叹也！○"白鸥"上用"锦缆牙樯"字，一图映照反射作色，一见明皇虽遭颠沛，尚不知自检也。○同一秦中也，而谓之"歌舞地"，又谓之"帝王州"，使人毛发踟蹰，遍身不怿。当此而不斩然思奋者，殆非人君矣！○"回首"字合"起白鸥"句。"可怜歌舞地"合"珠帘绣柱"句。"秦中自古帝王州"则总合上六首、下二首，为八首十六解束腰法，又分解之一法也。

其七

　　昆明池水汉时功，武帝旌旗在眼中。

　　织女机丝虚夜月，石鲸鳞甲动秋风。

　　汉武穷奢极欲，贻讥后史，然而武威远震，炳焕千秋。不得已而思其次，则德盛唐虞所不可望，而功高汉代犹可比隆。奈何池水徒深，旌旗空耀，歌舞为欢，有同飞燕，旗常着绩，竟乏骠姚也耶！"在眼中"妙，汉武武功，固灿然耳目，百代一日者也。三四即承上昆明池景，而寓言所以不能比汉之意。织女机丝既虚，则杼柚已空；石鲸鳞甲方动，则强梁日炽。觉夜月空悬，秋风可畏，真是画影描风好手，不肯作唐突语礛磕时事也。

波漂菰米沉云黑，露冷莲房坠粉红。

关塞极天惟鸟道，江湖满地一渔翁。

五六转到黎民阻饥，马嵬亦败，亦以不忍斥言，故为隐语。犹言菰米为波所漂，而遂沉云之黑，固所料也，亦所甘也。讵意莲房红粉，亦遽坠于冷露，岂所料哉？尚忍言哉！目今关塞极天，往来闭塞，可通惟有鸟道。江湖满地，涣然瓦解，系心只一渔翁。纵有嘉谋，又将焉展也哉？

其八

昆吾御宿自逶迤，紫阁峰阴入渼陂。

红豆啄余鹦鹉粒，碧梧栖老凤凰枝。

此解与"玉露凋伤枫树林"句命意相同，盖极写秋之可兴也。渼陂之旁，则有紫阁峰。紫阁峰之前，则有昆吾、御宿逶迤之径。值此白露既零，枫叶鲜妍之际，自昆吾、御宿，逶迤而前，漾然渼陂，峰阴澄洁，诚有令人不知兴之何自起者！况鹦鹉啄余，当此衣食丰盈之盛；凤凰栖老，又承奠安可久之基。其足之蹈、手之舞，又宁有涯量哉！

佳人拾翠春相问，仙侣同舟晚更移。

彩笔昔曾干气象，白头吟望苦低垂。

五言佳人则拾翠寻芳，女子尚有同情。六言晚移则仙侣相从，入夜还须秉烛。挥毫落纸，笔走云烟，矢口成章，上干气象，所固宜也。却悄悄下一"昔"字，便令两解七句都成鬼哭，直逼出"白头吟望苦低垂"七字来，总结如上八首十六解六十三句四百四十一字。手舞足蹈了半日，却是瓦解冰消，烟尽灰烬，更无处可出鼻孔息也！○"白头"已是伤心，白头而"低垂"更伤心。以白头而"吟"、而"望"、而"苦"、而到底"低垂"，此伤心之所以彻骨也！○八首十六解诗，皆从"吟望苦"三字中吟出来、望出来、苦出来。

若其"低垂",则未作此诗之前,固如此低垂;既作此诗之后,到底亦只如此低垂也。〇试看八首诗,是一首,还是八首?增得一首否?减得一首否?增得一句、减得一句否?试看八首诗,是分解的,还是不分的?是圣叹勉强穿凿否?锦心绣口才子,当共证之。

诗本以八句为律,圣叹何得强为之分解?须知圣叹不是好肉生疮,正是对病发药。唐制八句,原只二句起,二句承,二句转,二句合,为一定之律。徒以前后二联可以不拘,而中四句必以属对工致为选。因而后人互相沿习,徒竞纤巧,无关义旨。至近代作诗,竟以中四句为身,而头上倒装两句为起,尾上再添两句为结。夫人莫不幼而闻,长而以为固然。自提笔摇头,初学吟哦,以及倨坐捻髭,自雄诗伯,无不以为此断断不易之体。抑岂知三四之专承一二,而一二用意高拔,比三四较严;五六转出七八,而七八含蓄渊深,比五六更切。宁可以起结二字抹却古人无数心血耶?圣叹所以不辞饶舌,特为分解。罪我者谓本是一诗,如何分为二解?知我者谓圣叹之分解,解分而诗合。世人之溷解,解合而诗分。解分前后,而一气混行;诗分起结,而臃肿累赘。盖有不得不蒙讥力诤者!千载而下,或能见谅也。附识于此。

咏怀古迹五首 止三首

咏明妃，为千古负才不偶者十分痛惜！

咏明妃

群山万壑赴荆门，生长明妃尚有村。

一去紫台连朔漠，独留青冢向黄昏。

前解。欲说荆门有明妃村，先着"群山万壑"句，用形家寻龙问穴之法，大奇！盖耸起则为山，跌下则为壑，耸起则又为山，无量劫来，天地如此其浩浩也。于其间有楚，楚山楚水，起伏无数，遥遥直走千里万里，而后有荆门，而后荆门有村，而后村中有明妃。然则此明妃其为天地间气特钟可知。今明妃往矣，村则尚有。"尚有村"者，言但有村而已矣。三四承上"村"字，言明妃当日虽生长此村，而后不复为村有者，为入汉宫也。乃至明妃既入汉宫，并不复为汉宫有者，则为去紫台也。夫明妃而去紫台，明妃之踪迹尚可问也。明妃去紫台，遂连朔漠，明妃之踪迹则不可问也。呜呼！其骨既朽，其冢犹青。绝代佳人，湮没于此。视当年生长之难，辜负多少！我虽不目睹青冢，其恶能不徘徊此村而不去哉？

画图省识春风面，环佩空归月夜魂。

千载琵琶作胡语，分明怨恨曲中论。

后解。从上转下，转出从来弃才之主一面照胆镜来。真才贵于确知确见，原无按图索骏之事。况元帝以汉天子择美妇人，则后庭春风之面，何难一一尽见、一一尽识？而顾凭贱工之手以为进退，可鄙也！探帝之意，不过为后宫充斥，欲尽识其面，其数何啻千万？姑且按图召幸，贪一时省事而已。因此一省之故，乃至奸生房闼而帝弗疑，迹混丹青而帝弗顾。美如明妃，抱恨绝域，虽以天子之势，欲再识春风之面，即亦岂能归其环佩哉？故云"空归月夜魂"

也。不但生不能归，试听其琵琶怨恨之曲，分明甘作胡语，虽千载而下永不愿为汉妇矣！岂非当日不识面之故致然与？"省"作省事之省。若作实字解，何能与"空归"对耶？此不可不辨。○矍斋云：杜诗用字有难读者，宜留心读。如此处"省识""省"字，《题张氏隐居》"远害""害"字之类是也。

咏蜀先主

蜀主窥吴幸三峡，崩年亦在永安宫。

翠华想像空山外，玉殿虚无野寺中。

前解。首句如疾雷破山，何等声势！次句如落日掩照，何等苍凉！三，虚想当年。四，实笑今日也。"山外"安觅翠华？意中却有。寺中旧为玉殿，目下却无。是无是有，是有是无，一语闪烁不定。"翠华""玉殿"，又极声势；"空山""野寺"，又极苍凉。只一句中，上下忽变，真是异样笔墨。

古庙杉松巢水鹤，岁时伏腊走村翁。

武侯祠屋常邻近，一体君臣祭祀同。

后解。翠华玉殿，既不可见，所见唯古庙存焉。而昭烈故天子也，以天子而有庙，必也玄堂太室，所谓振鹭来宾，和鸾至止者也，而今乃"巢水鹤"耳！以天子庙而有祭，必也八佾、九献，所谓群公执爵，髦士奉璋者也，而今乃"走村翁"耳！祠屋近，是一样水鹤、杉松；"祭祀同"，是一样村翁、伏腊。非幸其君臣一体，正伤其君臣无别也。○矍斋云：少陵为依严武而入蜀，蜀主为伐孙权而窥吴。后人所经，前人亦经焉。后人所止，前人亦止焉。后人吊前人，后人复吊后人。不独玉殿翠华，徒劳想像，抑且空山野寺，亦属虚无。蜀主与武侯同尽，千载莫辨君臣。村翁与水鹤俱闲，一时何分人物？昔年白帝托孤，已作英雄往事；今日蜀中怀古，岂非文士空花。先生此诗，得禅理矣！

咏诸葛孔明

诸葛大名垂宇宙，宗臣遗像肃清高。

三分割据纡筹策，万古云霄一羽毛。

前解。史迁疑子房以为魁梧奇伟，而状貌乃如妇人好女一语，正与此一二语相似。向闻其名，但震其大。今睹其像，又叹其清高。"清高"从遗像写出，加一"肃"字，又有气定神闲，不动声色之意。"三分割据"，英才辈出，持筹挟策，比肩皆是，如孔明者，万古一人。三是泛指众人，四是独指诸葛也。鸿渐于逵，其羽可用为仪。凤翱翔于千仞兮，揽德辉而下之。"羽毛"状其"清"，"云霄"状其"高"也。

伯仲之间见伊吕，指麾若定失萧曹。

运移汉祚终难复，志决身歼军务劳。

后解。"万古"，罕有其匹矣。古人中可与伯仲者，其伊、吕乎？若萧、曹辈，不足数耳！然耕莘钓渭与伊、吕同其清高，而荡秦灭楚不得与萧、曹同其功烈，何耶？此由汉祚之已改，非军务之或疏也。运虽移而志则决。"身"即所云"鞠躬"，"劳"即所云"尽瘁"，"歼"即所云"死而后已"，"终难复"，即所云"成败利钝，非臣逆睹"也。"终"字妙，包得前后拜表、六出祁山，无数心力在内。前解，慕其大名不朽。后解，惜其大功不成。慕是十分慕，惜是十分惜。

古"雷"字，下从"回"，天地之气，回薄转来，谓之"雷"。雷时时有，而发声则于蛰后。天地之气，那一刻不回薄？所谓隐隐隆隆者是也。先生此诗，正是乱极思治之语。

巫峡中宵动，沧江十月雷。

龙蛇不成蛰，天地划争回。

上解写变起不意，下解写不过如此。不必指天宝禄山事，而读之，令人不免想着。一二，出于猝然；三四，一至此极。五六，不解来意；七八，原来为此。虽欲不谓之天宝禄山事，岂可得哉！○"龙蛇不蛰"，承"十月"字。"天地争回"，承"雷"字。易知。

却碾空山过，深蟠绝壁来。

何须妒云雨，霹雳楚王台。

"却碾空山过"，此是何意？"深蟠绝壁来"，此是何意？既而单为霹雳楚台，夫而后知只为妒云雨也！"霹雳"者，劈然而起，所历之物，无不粉碎。二字个半。

鸥

先生为莘野、隆中作此传神之笔。

江浦寒鸥戏，无他亦自饶。

却思翻玉羽，随意点春苗。

此诗可谓清绝之作。鸥何能戏？只是天机偶然飞动耳，故言"无他"，又言"亦自饶"。全是写闲散人一片真趣。"却思""随意"，何等优游自得，承上"无他亦自饶"来。

雪暗还须落，风生亦任飘。

几群沧海上，清影日萧萧。

"雪暗须落"，来亦不辞。"风生任飘"，去亦不恋。如读《中庸·素位》一章，真正不怨不尤，居易俟命。末因想到沧海，所谓优而至于圣人之域也。○瞿斋云：江起海结，章法不苟。

猿

君子处艰难之会,杀身成仁,其正也。为蛇为鳖,其奇也。正不废奇,奇不害正,君子之所以为君子也。结处"父子莫相离",又为吴起、温峤一流人,下一针砭。

袅袅啼虚壁,萧萧挂冷枝。

艰难人不免,隐见尔如知。

纯是处乱世之言。艰难之及,免者几人?隐见之间,尔宜早计。不知是借人讽猿,不知是借猿讽人,读之但有忽忽不乐。

惯习元从众,全生或用奇。

前林腾每及,父子莫相离。

五六"元"字妙,"或"字妙。正论必以从众,为是全生,则或一出于奇耳。父子莫离,所谓从众正论也。

黄鱼

为儿时，自负大才，不胜佗傺。恰似自古迄今，只我一人是大才，只我一人独沉屈者。后来颇颇见有此事，始悟古来淹杀豪杰万万千千，知有何限？青史所纪，磊磊百十得时肆志人，若取来与淹杀者比较，乌知谁强谁弱？嗟哉痛乎！此先生《黄鱼》诗所以始之以"日见"二字，哭杀天下才子也！

日见巴东峡，黄鱼出浪新。

脂膏兼饲犬，长大不容身。

"日见"，犹言一个也，又是一个也。"出浪新"，"新"字妙。初出时，看他何等气色，何等意思！可怜后文，竟饲犬不容去也！第三四句写大才不适小用，便至到处狼藉。盖先师当日，既有莫究莫殚之用，便会计当，牛羊长，无所不至也。此身本自难容，犬又何罪乎哉？○"日见"二字，一气贯四句一解。

筒箝相沿久，风雷肯为神？

泥沙养涎沫，回首怪龙鳞。

颇闻世间尝有风雷，会送神龙上天。今日何独不为黄鱼一效神力？嗟乎！事出新奇，则风雷亦肯。沿习既惯，即筒箝相看。安见乡里小儿，朝朝暮暮，而能物色天子宰相者哉？末二句，不怪泥沙，反怪龙鳞。怪泥沙，犹以龙鳞自负；怪龙鳞，则竟以泥沙自毕也。呜呼！才子以才而建功垂名，则诚才之为贵。若才子以才而终至于饥饿以死，回首思之，我何逊于屠沽儿而一至于是？真不怪饥饿怪杀有才矣！

麂

先生如此等诗，何忍多读！然又不可不读。

永与清溪别，蒙将玉馔俱。

无才逐仙隐，不敢恨庖厨。

首句"别"字苦，"永"字更苦。次句"将"字奇，"蒙"字尤奇。麂生长清溪间，镇日随行结队，奔跳自得。不谓偶然失足一与之别，遂成永别，而不意中已列庖馔之数也。喻世事颠覆，贤愚莫辨。彼居位食禄者，诚宜不免；乃吾侪小人，僻处山野，亦复与于斯难。"蒙将"二字，下得滑稽。反若深感其不弃者，言外有玉石俱焚之痛可知。三四因自责，此实为藏身不密，不可徒怨他人也。

乱世轻全物，微声及祸枢。

衣冠兼盗贼，饕餮用斯须。

后解极论居乱世之难。"轻全物"，谓初不以全物命为心，解脰陷胸，同戏事耳！"微声及"者，谓不必真正犯难，但使姓名在人齿颊，即当不保，即庄子所谓"以不才终其天年"也。"斯须"字恨极，何曾日食万钱无下箸处，岂得长在腹中，不过取快一时之吻耳。人命物命，只如此用，所以不得不痛詈之曰"衣冠兼盗贼"也！

鹦鹉

彼以多知婴罗网者，岂独鹦鹉哉？觉鹦鹉别离之苦尚浅，彼别离之苦更甚也。

鹦鹉含愁思，聪明忆别离。

翠衿浑短尽，红嘴谩多知。

首句"含愁思"，只是形似之词，二句忽接云"聪明忆别离"，因而追出缘故来云：今日之翠衿短尽，只全为当时红嘴多知，着一"谩"字可怜。何不学庄生之书，以不才终而至于此极也！遂写得鹦鹉聪明，遂有"明哲保身"四字隐隐笔端。

未有开笼日，空残宿旧枝。

世人怜复损，何用羽毛奇。

后解便是足成上意。上半悔既往，后半悲将来也。承转结，全作鹦鹉自悔之辞。

此诗八句，凡两句为一解。

小奴缚鸡向市卖，鸡被缚急相喧争。

家中厌鸡食虫蚁，不知鸡卖还遭烹。

虫鸡于人何厚薄，吾叱奴人解其缚。

鸡虫得失无了时，注目寒江倚山阁。

此首全是先生借鸡说法。前四句借《孟子·牵牛章》"牛羊何择"演成妙义。"虫鸡""鸡虫"连呼，是法平等。"叱奴解缚"，怨亲俱释。"注目寒江"，悲众生之无了时。独倚山阁，叹先生之登上地也。妙绝！

正月三日归溪上有作简院内诸公

题先言"正月三日"，是从王之辞。后入溪上，是纪实之辞。玩诗末句，乃是放假得归之辞。

野外堂依竹，篱边水向城。

蚁浮仍腊味，鸥泛已春声。

首二句写溪上，三四句写正月三日。题先书"正月三日"，而后书"归溪上"者，时在正月三日而得归溪上也。诗先写"溪上"，而后写"正月三日"者，久有溪上，而归之日适值正月三日也。首句"依竹"妙。先有堂，而后植竹，则是竹依堂耳，今反云"依竹"，若重竹而轻堂也者。次句"向城"妙。以实论之，只有篱向城、城向篱耳，水则何背、何向之有？今忽云"向城"，则宛然身在篱下也。故善观诗者，又必分首句为"溪上"，次句为"归"。盖首句中尚无人，至次句中始有人耳。三句"仍腊"妙，见入春尚浅，是写"三日"二字。四句"已春"妙，见已入春矣，是写"正月"。○"仍腊味""已春声"，是正月三日不深不浅之间。"蚁浮"是酒，"鸥泛"者，当是茶熟耳。

药许邻人剧，书从稚子擎。

白头趋幕府，深觉负平生。

五六句，正写"归"字。"许邻人""从稚子"是非前日院中未归时关防机密之苦。结写"简院内诸公"。玩结句，知公此归，乃是新春放假，非遂挂冠长往也。○"堂依竹"，先见堂而次见堂后之竹；是初归溪上眼中景。"水向城"，先见水而次见城，是既归溪上眼中景也。其中有一转身。

此诗惓惓不忘君父，先思京而后思家，温厚有余，风人之旨也。

春日春盘细生菜，　"细"，细之也。春盘之中，细之以生菜也。　忽忆两京梅发时。

盘出高门行白玉，菜传纤手送青丝。

"春日"二字，作一句。"春盘细生菜"，作一句。"忽忆两京"之盘、之菜，念一字作一句。

巫峡寒江那对眼，杜陵远客不胜悲。

此身未知归定处，呼儿觅纸一题诗。

结句无味，只为要用"呼儿"二字，以愧灵武之不监国而即位者耳！

寄常征君

咄咄征君，令人深省。

白水青山空复春，征君晚节^{四字不堪。} 旁风尘。^{难堪。}

楚妃堂上色殊众，海鹤阶前鸣向人。^{十年声价，废于一旦，真有此惜。〇三四句奇艳无比。}

一句喝断，二句实之。三句承"征君"，四句承"晚节"五字。

万事纠纷^{笑杀。} 犹绝粒，^{笑杀。} 一官羁绊实藏身。^{猜破遁辞}

开州入夏知凉冷，不似云安毒热新。^{结得毒极，可谓善谑矣！〇开州，征君所官之地也。入夏知必凉冷，不然安得幞头袍笏而}

^{不病也？}

五六句言其苦趣，却带定征君字样。末承五六作结也。

杜题不可不知，如此江上乃是全题。盖身在江上，而心不忘魏阙也。通篇魏阙诗，却通夜不睡，故闻"高风"。一句于江上作，故曰江上，非断篇首二字也。

江上日多雨，萧萧荆楚秋。

高风下木叶，永夜揽貂裘。

只"萧萧荆楚秋"五字，是正写江上景。"日多雨"，乃原荆楚之所以秋也。"荆楚"二字妙，目睹荆楚，口言荆楚，心不在荆楚也。

勋业频看镜，行藏独倚楼。

时危思报主，衰谢不能休。

下解痛写"永夜揽裘"之故。我亦衰谢之甚，勋业行藏可以不经于怀，然犹"频看镜""独倚楼"。"频看镜"者，老年心热人，忽忽自忘其白，妙在一"频"字。"独倚楼"者，登楼所以远望，岂身羸弱者所宜？然衰暮之人，极恐人笑。于是背地自登，因而久倚，妙在"独"字。末言应休不休也。

奉送蜀州柏二别驾将中丞命赴江陵起居卫尚书太夫人因示从弟行军司马位

题极似因送柏二将命起居，乘便寄书与从弟，不知却是特为寄书从弟，故带叙出寄书人来。何以知之？看他如此长题，字字做到，独有头上"奉送"二字，八句中细细寻检，全然不见提起，而后知其用意，在此不在彼也。至其制题，似反于柏二最详，裁诗又似以前一解专叙柏二事者。此则先生用异样奇法，撰作异样奇文，凡所欲说向从弟者，悉不于弟边说，而悉于柏二边说。文家谓之"提花暗色"方法，不可不知。

中丞问俗画熊频，爱弟传书彩鹢新。

迁转五州防御使，起居八座太夫人。

一解。极似专叙柏家事。言中丞新转夔州、峡州、忠州、归州、万州防御使，而遣弟别驾起居卫伯玉尚书母邓国太夫人。称为"八座"者，唐以二仆射令为八座。今卫既是尚书，已是八座之一也。"起居"，言既是中丞起居，礼应中丞亲往；乃今转遣爱弟者，中丞巡方事烦，不得轻离重地耳。"画熊"者，汉制：刺史车画熊于轼。"彩鹢"者，船头所画压水也。一解四句，看他将题之前半无数头脑，无不收尽，已称异事。却不知乃是先生"提花暗色"方法，句句字字都要刺入从弟司马心中，其实并与柏家事了不相干。相他四句中间，凡暗藏两番苦语：一番言我今老矣，如卫家太夫人，已至烦人起居。我岂独以贫贱之故，便不足辱汝等起居耶？一番言柏氏兄弟一处，兄有所事，弟即代劳，彼岂身为中丞富贵，则弟兄承奉，而我只以贫贱之气逼人，故汝远避之耶？先将己之已老，弟之不来，欲吐难吐之二语，轻轻反提在彼。入下解即不须琐聒，而已痛不可言矣！

楚宫腊送荆门水，白帝云偷碧海春。

与报惠连诗不惜，知予斑鬓总如银。

水送字，写腊去之疾。"云偷"字，写春来之疾。腊去春来，少年谓是乐事，不知老人于此，真酸彻肝脾。两句须看"腊"对"云"，"水"对"春"之妙。不知者，谓巧作参差，殊不知"腊"是正在而送去，"春"是未来而偷出。然则定须如是而成句也。下言为我传语从弟：本应裁诗相寄，而今不及有诗者，非是我惜此一诗，只为我今愈益老矣。昔尔见时，我虽二毛犹斑鬓，今则一总如银，又大非前日之比。彼卫太夫人，想亦只为如是，故中丞遣弟往候起居。而我则独是客居，全无音耗，并惠连"池堂"之梦亦不见通，又安得有好怀抱作诗寄尔也哉？○瞿斋云：余廿年前，读此诗解，合什大士前，颂其青莲华眼，偈曰："西施南威号巧笑，实以美目为庄严。杏坛乍点壁遂破，鹿苑洞开花正拈。憔悴诗王扪篆熟，嵚崎酒圣吮毫尖。碧波万顷蟾光在，肝臂丛中愿力添。"《子美别传》：少时道遇鹅冠童子，与一图石，有金篆文曰："诗王本在陈芳国，九夜扪之麟篆熟，声振扶桑享天福。"

阁夜

阁即是夔州西阁。"阁夜"者，于西阁中度夜也。通篇悲愤之极，悲在夜，愤在阁。

岁暮阴阳催短景，天涯霜雪霁寒宵。

五更鼓角声悲壮，三峡星河影动摇。

一解写"夜"。言岁暮景短，忽忽已夜。是夜雪霁，寒宵湛然。二句专为欲起下二句，写出一肚皮刘越石、祖士稚心事来。言虽复短景入夜，然自一更以至五更，更更鼓角之声刺耳锥心，如何可睡？既不能睡，即不免走出中庭，瞻望天象。而是夜正值雪霁，满天星河湛然。汉东方朔言星辰动摇，民劳之应。今其象如此，苍生奈何？笔势又沉郁，又精悍。反覆吟之，使人增长意气百倍。○心在此处，则以别处为天涯；心在别处，则以此处为天涯。此第二句用"天涯"二字之法也。人断断用不出，于是断断看不出也。

野哭千家闻战伐，夷歌几处起渔樵。

卧龙跃马终黄土，人事音书漫寂寥。

一解写"阁"。○上解写"夜"如此，则岂可久于"阁"中也哉？而竟无计得去，安得不愤愤？○百姓新闻合战，遍处无不野哭；先生不离西阁，闲听渔樵唱歌。时事危急，急至于此；人事迟误，迟至于此。因思卧龙跃马，终成黄土，盖世英雄，会有死日。今不及时赴事，转盼没世无称，天乎天乎，痛哉痛哉！我今在西阁之中，不惟人事不来，且至音书悉断，使一旦遂死，真成万年极痛矣！从来"终黄土"语，都作放手叹世用。此翻作血热头痒用，大奇！○"卧龙"是诸葛亮，"跃马"是公孙述。左思《蜀都赋》"公孙跃马而称帝"是也。所以得入此诗者，《图经》：郭外有孔明庙，城上有白帝祠。正是西阁诗料也。

尝读王右丞《问寇校书双溪》诗云："君家少室东，为复少室西？别来几日今春风。新买双溪定何似？余生欲寄白云中。"悲在"别来几日今春风"七字下"余生"二字，从此生出先生"年侵"二句，一样手法。

水色含群动，朝光切太虚。

年侵频怅望，兴远一萧疏。

起二句"水色""朝光"，便写尽瀼西景物。下却作转折语虚描之。既云"年侵"，"怅望"何已？然有时兴至，辄复自得。余生欲寄，春来卜居，实不能舍此他之也。○"含"者谓仁，"切"者谓智，先生未必如此作，吾不可不如此读。

猿挂时相学，鸥行炯自如。

瞿唐春欲至，定卜瀼西居。

挂猿饮涧，闲鸥浮水，彼于世又何有哉？年侵兴远，是处皆可，故便决卜居之计。

不离西阁二首

一片好笑，结作二诗。〇"不离"妙，日夜求离，至今不离，本即久住二字。然久住写身，不离写心；久住写住，不离写去。一片好笑，结作妙题矣。

江柳非时发，江花冷色频。

地偏应有瘴，腊近已含春。言腊犹未至，春已先动。

一解。写西阁不可一朝居，日夜求离。不言可知，谓之"反起法"。

失学从儿懒，无家住老身。

不知西阁意，肯别定留人？

二解。言明明有子，已置度外。实实无家，欲我安往？因彷徨四顾，反问西阁：为肯放我别？为尚将留我？夫西阁何意之有，为此言者，非戏作小儿狡狯之笔，人至心尽气绝，计算不通之时，真有自家意，反问他人之事。今日先生去留，先生亦已自不作主，肯别肯留，一听西阁。写穷途分明死人，满纸墨点泪痕，不能复辨矣！〇"失学"句妙。题是《不离西阁》，且要问得离西阁，又有何事耶？当知年老心孤，亦已更无别事，只念教子学成，而不得试之吾身者，尚得试之后人。便暗用《论语》"归与""狂简"意，写作愁思苦调。而今即并此一事，亦既付之度外，只为无家住身，作《不离西阁》诗也。笔态曲折之极，取通篇一气细吟自知。

其二

西阁从人别，人今亦故亭。一解之半。

上解"肯别""定留"，语犹两持；此忽作决绝语，云"西阁从人别"，自哭自笑，如醉如呓。然则其不离何也？人自故亭，非阁留也。"故"字妙，写出一段穷途无赖气色。"亭"字，依亭午字，便作"停"字用，不可以"阁子"作"亭子"也。看他两篇如断若续，如问若答，三分真语，七分鬼话，又好哭，又好笑！

  江云飘素练，石壁断空青。二句十字，写一奇景，真是奇绝人。

  沧海先迎日，银河倒列星。又二句十字，写一奇景，真是奇绝人。

  平生耽胜事，吁骇始初经。前解之半。

忽然中插一解，写初到西阁所见奇事，皆以十字为句。言江云横飘如练，忽令空青石壁，断作两截。骤然见之，奇不奇乎？夜则沧海日光已动，银河星正灿列，奇不奇乎？此又先生集中别是一体。因结之云：平生最耽奇胜，今奇胜如许，正是初经乃曾吁骇。迩已见惯，还若平常，则可知不离之已久也。

谒真谛寺禅师

世间法，以日为俗谛，月为真谛，灯为中谛。出世间法，以文殊般若为真谛，普贤解脱为俗谛，世尊得法于传灯为中谛。此方以伯夷为真谛，叔齐为俗谛，国人立其中为中谛。真俗二谛，不相无者也。寺是真谛寺，诗是真谛诗，谁谓先生不作佛语？

兰若山高处，烟霞嶂几重。

冻泉依细石，晴雪落长松。

"冻泉""晴雪"，虽复即景，然禅师威仪，尽此十字矣。

问法看诗妄，观身向酒慵。

未能割妻子，卜宅近前峰。

看诗虽妄，然非诗无以悦情性。向酒虽慵，然非酒无以慰寂寥。总因未能割妻子，故诗、酒、妻子，近于俗谛。偏以俗谛形真谛，妙。结应首二句。

从来亲友相聚之乐，人人有之，况他乡失路时耶？先生有云："杖藜入春泥，无食起我早。"今不过于马上沾湿，与无食而犯泥雨，其为苦乐相去多少！所以佳期未赴，胸中怏怏不乐之甚也。结语似唐突，既云"戏简"，亦不顾矣。

江阁邀宾许马迎，午时起坐自天明。

浮云不负青春色，细雨何孤白帝城。

先生凡题中有"戏"字者，悉复用滑稽语，如此诗皆是。八句中凡三句有马，笔致淋漓，纵放之甚。"午时"，言只今已午时矣，然实起自天明。自晨而及于午，以候邀宾之马之来也。乃是倒装句法，自写兴致不浅。○王摩诘《陇西行》"十里一走马，五里一扬鞭"，亦是倒装句。若解作走到五里，始一扬鞭，可谓钝置极矣。盖云走马时一罄头走十里，才一扬鞭，不觉已走到半路了。写其心头火急，走马迅速如见，真乃奇句妙句。附识于此。

身过花间沾湿好，醉于马上往来轻。

虚疑皓首冲泥怯，实少银鞍傍险行。

"沾湿好""往来轻"，趣不可言。"虚疑""实少"，便不顾崔评事面孔也。

昼梦

特特犯《论语》"昼寝"字，先生岂不可雕之木，不可杇之墙哉？世既已昏昏然，我何得不昏昏然？言念及此，唾壶欲缺矣。

二月饶睡昏昏然，不独夜短昼分眠。

桃花气暖眼自醉，春渚日落梦相牵。

一句正出题，二句料简之，三四句释也。"不独"二字，一直注到"眼自醉""梦相牵"，此是何等笔力，亦是何等章法！言眼自醉耳，非我欲睡也；梦相牵耳，非我欲睡也。"桃花气暖"，"春渚日落"，非写春暄恼人，乃倒映下"荆棘""豺虎"字。世人皆醉，我何独醒？世人皆梦，我何不梦？只是眷恋君国之意，耿耿胸中，有不能睡者耳，遂接下半首。

故乡门巷荆棘底，中原君臣豺虎边。

安得务农息战斗，普天无吏横索钱。

私则故乡荆棘，公则中原豺虎，农务不修，横征日甚，写世界昏昏极矣！独是横吏索钱，乃正在故乡荆棘、中原豺虎之日，其为横也，比盗贼更剧！先生于醉梦中不觉身毛直竖，此所以眼钉之必拔也！

此二首诗，四十许人，便不可读。

消渴游江汉，羁栖尚甲兵。

几年逢熟食，万里逼清明。

松柏邙山路，风花白帝城。

汝曹催我老，回首泪纵横。

带病客游，连年不返，岂非兵甲之故哉？起十字，对得错落之极。出他人手，便费笔墨无数矣。三句，我亦能道；四句，非人所及也。熟读细思，便能自造奇句。老人忽忽无乐，只向松柏一路，纵复风花满眼，与之全没交涉。见诸少年及时行乐，不胜厌恶，真有催老之恨也。从"清明"字中，分出"松柏""风花"二项：松柏渐与老人亲，风花徒属少年事。真有"汝曹催我"之势，人特未老不知也。

又示两儿

令节成吾老，他时见汝心。

浮生看物变，为恨与年深。

长葛书难得，江州涕不禁。

团圆思弟妹，行坐白头吟。

令节也，实反成吾老，汝曹壮盛，未计及此。即日吾死后，当得汝悲痛耳，言今日不能令汝相信也。说得痛恻之极，何可多读！后半首，全悲自老，非念远之词。不云"见吾言"，却云"见汝心"，千锤百炼，成此痛语！

此首正写乱极思治，而乱终不已也。始疑"自阳台"，此云"未必自阳台"，令人无搜索处，语意更深一层。

始贺天休雨，还嗟地出雷。

骤看浮峡过，密作渡江来。

前半首，极写兵甲连年之苦。"始贺""还嗟"，"浮峡过""渡江来"，沉头没脑，生理都尽，不经乱离，那知此事！

牛马行无色，蛟龙斗不开。

干戈盛阴气，未必自阳台。

五六，正写本题。"牛马"变而为"蛟龙"，写普天战斗，无复务农之乐。七八，是追恨天宝之事，意谓雨自干戈来，干戈则自阳台来也。反言"未必自"，出语婉甚。

卜居（归羡辽东鹤）

前《卜居》，结出"东行万里"句；此《卜居》，劈头便出一"归"字。想见先生手法之妙。

归羡辽东鹤，吟同楚执珪。

未成游碧海，着处觅丹梯。

题本《卜居》，却偏反起一句，言本意只要归。二句言不归，则虽为"楚执珪"，犹作越吟。三句言奈一时未得归何。四句始折到题面。看他笔力矫绝，以得归为"游碧海"，而以卜居为"觅丹梯"，真乃望归如仙，读之使人不敢轻出门也。

云嶂宽江北，春耕破瀼西。

桃红客若至，定似昔人迷。

五句，"宽"字妙，且图一豁老眼。六句，"破"字妙，便足稍充饥腹。末又以桃源为结，则全是姜枣汤，自暖其肚矣。

题前自"得舍弟观书"至"到夔州"共二十四字，一二只十字了之。"乱离生有别"，单写一"悲"字；"聚集病应瘳"，乃写"喜相兼，团圆可待"七字。下一解，写"赋诗"二句。每叹杜诗妙于制题，非此层折不称。

尔到江陵府，何时到峡州？

乱离生有别，聚集病应瘳。

起句着二"到"字，更无字可代，亦不可省却一字，只信口直叙，妙绝！乱离之世，生尚有别，然则别之有死，乃分内字。而今忽然聚集，此乐何极，尚有不瘳之病哉？十字中便有无数层折，细细吟之自见。

飒飒开啼眼，朝朝上水楼。

老身须付托，白骨更何忧？

五六句，写尽快活。末结，正如人云："如今便死得了也。"全是快活极语。

得舍弟观书自中都已达江陵今兹暮春月末合行李到夔州悲喜相兼团圆可待赋诗即事情见乎辞

竖子至

诗叙小子送柰，通首全是幽人乐事。题却如此制就三字，便于笔墨之外，相其胸中蜿蜿蜒蜒，隐起无数悲愤也。盖先生欹枕江河，日望人至，乃今望者不至，而至者乃一竖子。心热人闻叩门声，不觉失口遽问，及至开看，自亦一笑。此《竖子至》"至"字之妙也。

楂梨且缀碧，梅杏半传黄。

小子幽园至，轻笼熟柰香。

于柰子外，忽想出楂、梨、梅、杏，碧者尚碧，黄者已黄，便令柰子于楂、梨前，梅、杏后，有分外出色处。起法之奇，又他人所未有。三四书其人、书其地、书其器、书其物，凡用四上虚下实字，写来却是极幽秀之句，岂不异事！连上"楂梨"二句，书其时，成一解。

山风犹满把，野露及新尝。

欹枕江湖客，提携日月长。

五六十字，新果之新，已尽于此，结束更奇。○好意献新，却被放出老饕无赖，言身今欹枕江湖，去期全无消息，如此轻笼柰，日提月携，正未有限。不知是怨愤，是滑稽，是哭，是笑！惟有千回读之，叹其妙手。

槐叶冷淘

只是偶然咏物小题，偏尽情尽理，有次有第，将许多采叶、付厨、买面、和汁、入鼎、加糁，色色拈来，事事点去，琐琐俗务，的的大雅。入第三解，忽然转笔，便又眷眷君父，无日忘之，遽令小题，遂成大作。常置几间吟叹，增长忠爱何限！

青青高槐叶，采掇付中厨。

新面来近市，汁滓宛相俱。 槐汁面滓，宛然和合。

既俗矣，又甚琐，如何可写？今看他偏写叶在树前，面在市里。四句二十字中，只是采叶和面，他人已愁费手。今偏于叶上另着"青"字、"高"字，于面上另着"新"字、"来"字。来者，面从别处，新来近市也。便不知此日还是眼见青青，忽然兴发；还是耳闻新来，算出妙事？四句二十字，一若宽然可以无所不备者，真妙笔也。

入鼎资过熟，加餐愁欲无。 此是分付须熟语而未餐。
碧鲜俱照箸，香饭兼苞芦。

入鼎后宁失之熟，则餐时柔滑宜人。香饭苞芦，既碧且鲜，皆加糁物也。冷淘小事，费心费口费手如此，未有大人不于小事费心者。

经齿冷于雪，劝人投比珠。 即"投桃""投"字。
愿随金腰袅，走置锦屠苏。

才经齿，便念人；才念人，便早又念此一人。问何得先念他人，次念一人？一者文情渐次生来，不得不尔；二者才经齿便念人，是此日实事。若"腰袅""屠苏"，则空抱此心，而力所不及，不得不另文反覆也。

路远思恐泥，兴深终不渝。
献芹则小小，荐藻明区区。

四句一句一折。人臣之事其君，悉抱此四句曲折以往，其庶几矣。

万里露寒殿，开冰清玉壶。

君王纳晚凉，十五字为句。上十字，又衬下五字也。此味亦时须。

冷淘小事，偶然经齿，无端送想，便直到万里之外，凉殿之上，夜露之下，君王之身，竟忘却手中未放冷淘碗箸也。

题只一园字，诗补出"仲夏"字，前一解都从仲夏生情。○陶公云："园日涉以成趣。"园于我何有？只因今日涉、明日涉，便涉出趣来，若此园竟为我之所不可少。凡境皆然，陶公寓意不浅。先生此诗，乃言为避喧故，正不妨一涉耳。

仲夏流多水，清晨向小园。

碧溪摇艇阔，朱果烂枝繁。

碧溪摇艇，岂比要津；朱果烂枝，绝胜华禄。如此佳处，人之所弃，天之所留也，故下半接云云。

始为江山静，终防市井喧。

畦蔬绕茅屋，自足媚盘餐。

除却江山，都成市井。言始意只是陶然取乐，既而乃知此外皆忧。然则绕屋菜蔬，盘餐已足，必欲逐喧而求升斗，又独何心也耶？

更题

前半首，痛定思痛之言，绝不指斥，措句妙甚。后半首，言甫脱丧乱，眼前光景，都看不得。不淹留又将何为？

只应踏初雪，骑马发荆州。

直怕巫山雨，真伤白帝秋。

踏雪犹肯，岂怕遭雨？盖暗指杨氏之祸几及乘舆，创甚痛深，觉至今犹心动也。有"巫山雨"，所以有"白帝秋"，至伤"白帝秋"，而后怕"巫山雨"，晚矣！二句抑扬入妙。

群公苍玉珮，天子翠云裘。

同舍晨趋侍，胡为淹此留？

五六言丧乱未几，而群公天子，宴然如故，曾无一人，少有戒慎，则恐丧乱正未已也。所以我虽眼见同舍之弹冠趋侍，我独何为不怀愁索处？"胡为"字，自问自嘲妙！

题是《见萤火》，诗却从"见"字写出。后解云"沧江白发愁看汝"，写其见，正写其愁也。

巫山秋夜萤火飞，疏帘巧入坐人衣。

忽惊屋里琴书冷，复乱檐前星宿稀。

全诗作"见"字。"巫山"，见萤火飞之处。"秋夜"，见萤火飞之时。"疏帘巧入"者，山中秋夜早凉，人便不能露坐，故坐疏帘之内。萤火也飞进屋里来，点人衣上而不去。"坐"者，言其不去。以疏帘而萤能穿入，是其巧也。"屋里琴书冷"，用"忽惊"字，妙。天热，萤在空野处飞，今见其入屋，必且惊曰："天又冷起来了！""檐前星宿稀"而曰"乱"者，萤火即飞出屋，亦不离檐之上下。秋夜星疏，檐前可数，萤火飞来飞去，是乱星宿也。

却绕井栏添个个，偶经花蕊弄晖晖。

沧江白发愁看汝，来岁如今归不归？

井是露井，井上有栏。萤火只在井边飞绕。初然一个，继而又一个，复又一个，"添"字摹神。花蕊必在露地，萤畏冷，不飞去，或偶飞到花蕊上。光照花蕊，见他一亮一亮，若相接，若不相接，不似夏天亮得通彻也，"弄"字摹神。"沧江""白发"，字法对映，正写"愁"字。言汝方秋冷无光，我正年衰发白，汝之行径与我行径相似，所以愁见汝也。汝生于巫山，今秋如是，明岁亦然；我却是借寓，虽归心日迫，而归期杳然。今岁已无论矣，来岁如今，不知我行踪何处。我若归，不得见汝；若不归，仍要见汝。我今日正愁见汝，然我亦安得归不见汝哉？

日暮

忽忽此生已老，忽忽此日又暮。读第一句，才说"牛羊下来"，却忙又下"久"字。夫久，则忽忽又已夜也，忽忽又黄昏也，半夜也。壮夫读之，遍身不乐，何况老人？

牛羊下来（只此四字是"日暮"，以下悉是夜。）久，（如此奇句，便是佛唱，岂复风人！）各已闭柴门。

风月自清夜，江山非故园。（直用王粲《登楼赋》"洵美而非吾土"句，开作两句。）

如此风月清夜，何得闭门不顾？嗟乎！此有至痛，非人所知也。题是《日暮》，我欲作日暮诗，乃甫吟"牛羊下来"四字，一句犹未毕，而日暮景色失已久矣。老人余光，统计已无几何，乃中间流注曾无少停，又且如是，即欲不闭门，无计可堪也。"自清夜"，写门外风月。"非故园"，写门内眼泪。使人读之，真视风月如无常鬼伯，自有此物以来，未遭如是用也。○"各已闭柴门"，不妙于先生诗中写他人闭门，妙于写他人闭门时，先生亦已闭门。想至此，真乃无贤无愚，只合与草木一例去也，是一齐闭门义也。

石泉流暗壁，草露滴秋根。（不是看到，乃是算出。）
头白灯明里，何须花烬繁。

泉流露滴，何刻不尔？暗壁秋根，人故不觉耳！二句便将前解第一句重更提唱一遍。然则身坐灯明，命驰鬼国，刹那刹那，呼变吸异。况在白头，其事倍速，花烬连连报我何喜也哉？前解不闭门不好，后解闭门又不好。《仁王经》四无常偈，到处筑着、磕着矣！

此题最无分晓。法应书何地月，或何时月，乃今只标一"月"字，便似咏物通套题耳。而其诗，却又云"四更山吐"，极不通套。然则还是此处山高，四更方见，还是下句月迟，四更乃吐耶？及至读其诗，反复哀怨，而后始知先生满肚忠君爱国，而当时又有不可显言者，于是托喻于月，以宛转攄其欲吐难吐之情抱也。设有嗔责之者，即不妨指题婉谢之曰："臣咏月也，非臣自咏。"于是先生即一字之题，无不备极风人之遥深矣。

四更山吐月，　"山"字着力，言山
　　　　　　　为之也，非月咎也。

残夜水明楼。　"水明楼"，着力表月之光明，本有如此。○四更即是残夜，然"四更"
　　　　　　　在未吐前，"残夜"在既明后。"四更"恨其久，"残夜"惜其迟。

尘匣元开镜，　"元"字好，我　风帘自上钩。　"自"字妙，待
　　　　　　　谓无此日矣。　　　　　　　　　　之不已久乎？

四句不知是庆是恨，是骂是诉。言自一更、二更，候过三更，几疑无月矣。讵知月本自明，只受山蔽，山势既尽，其明俨然。夫山之蔽月，必至四更方吐，山之力亦大矣。月之明楼，直到残夜如水，月之来不已迟乎？约山以论，岂不自谓永不使月出现？乃势穷理极，尘匣终无埋镜之事。彼贼臣眼见终归于尽耳！乃约楼以论，何曾一日不如或遇之？虽转望转赊，风帘宁有不上之时？彼孤臣真有久信于心也！嗟乎！四句二十字，声泪俱尽矣！○东坡称"残夜水明楼"为好景绝唱，小儿眯目，不见太山，真何足道！

兔应疑鹤发，蟾亦恋貂裘。　"兔""蟾"并用，微似不雅。
　　　　　　　　　　　　　只图渲染题面，遂不顾矣。

斟酌姮娥寡，天寒奈九秋。

前此不须复说，今既永夜上钩，值此四更开镜，意者辅弼姮娥，经纪九秋，在所不待再计耶？嗟乎！臣方壮时，辱在泥涂，今老无能为，复欲安往？兔疑蟾笑，臣不为也。已矣姮娥，天寒九秋，斟酌善为，臣不能重有筋力相助为理也已。四句二十字，声泪又一尽。○遥想一千年前，先生作此诗既毕，方乃伸笔向诗前婉署一字曰"月"。中间为是心血，为是眼泪？为是说得，为是说不得？寄语千年后人，实是说不得也！

小园

庞公每云："但愿空诸所有，慎毋实诸所无。"学道人，此身犹为大患，多方思欲委弃。岂可身外自招长物，轻于太虚空中注作黑点？昔日赵州和尚，自言除二时茶饭外，更无杂用心处。然则二时茶饭，赵州已自杂用心也。故吾每见道人弃家行脚，身边只留巾瓶杖履，吾谓不如并此数物，亦一切抛却。虽故先圣遗制，然毕竟多一事，多一心。自非上圣，未有啖针七钵，了无难色者也。先生《小园》诗，正快说此义。

由来巫峡水，本自楚人家。

客病留因药，春深买为花。

一解。笔势奇逸，写尽人生无事讨事，都从不意中偶然因缘而起。○一二句，言此园与客，风马无及，真乃不知从何说起。三四句，却以微因，生出事来。身既有病，时又深春，既资其药，又玩其花，因而"留"，因而"买"，小园从此遂于客成附赘悬疣，更洒不脱矣！○常想老人身边，偶收中婢，初本是天下女子，于我何与之有？只因二时粥饭，冬春浣涤，傍晚收书，中夜搔背，因而省一童子之食，畜此一物，略复自便耳。不意既入我室，全非初料，藤蔓桎梏，俨成继室，往往而然，胡可胜叹！

秋庭风落果，瀼岸雨颓沙。

问俗营寒事，将诗待物华。

一解。四句是平写四件事。才有小园，便色色关心，鹿鹿多事。如此人，岂可有小园也哉？○"落果"，仰视而知；"颓沙"，俯察而见。两句是写小园可恼。然小园主人，正复以恼为佳耳！"问俗"句，百计过年，实为事出无奈。"将诗"句，预迎新岁，毋乃可以暂已耶！只为多却一园，便平添出如许事。

前解，要吴郎原此一妇人之情；后解，为吴郎说普天下一妇人之情。

堂前扑枣任西邻，无食无儿一妇人。

不为困穷宁有此，只缘恐惧转须亲。

前解。"堂前"者，杜陵别业之堂前也。"西邻"者，杜陵别业之西邻也。"枣"，杜陵别业之枣也。别业为吴郎寓居，故杜以诗寄之。"任"之云者，一听其取，勿复问也。所以然者何？盖西邻之人，无食无儿之一妇人也。"一"字承两"无"字。无食有儿犹可，今无食又无儿，谁代为求食者？岂不困穷之至？所以当任之也。三，又代妇人设想，人谁不愿为长者？设令此妇人有食有儿，处丰乐之境，不难饷人以枣，何至扑人枣乎？富好行其德，彼亦与我同心。今之扑枣，岂其初心哉？故曰"不为困穷宁有此"。四，既代之设想，又使之宽心。彼不得已出于此，其心必有大不安者，恐人见之，惧人责之，其踟蹰可知。君子见其如此，不惟不禁，且或抚慰之，为代扑以予之矣，故曰"只缘恐惧转须亲"。三四句，即《论语》"如得其情，则哀矜而勿喜"之意，抵一篇《尚德缓刑书》读。吴郎官为司寇，故告以此，宜书座右也。

即防远客虽多事，使插疏篱却甚真。

已诉征求贫到骨，更思戎马泪沾巾。

后解。我与邻无扑枣之嫌，而邻与堂犹有一篱之隔，何也？以吴郎寓居于此，故使插篱间之。本为西邻防远客，非为远客防西邻也。因防远客，使插疏篱，虽我之多事，亦我之真情耳！且亦知其所以无食无儿之故乎？此妇人本未尝无食，只为朝廷征求太重，使其力已竭，以至无食也！本未尝无儿，只为朝廷戎马征发，使其子从军，以至无儿也！嗟乎！朝廷如此，为缙绅者，不能为之挽救，已负疚极矣，况忍复禁其扑枣耶？兴言及此，不特彼妇沾巾，即司马青衫泪湿矣！

人日

题是《人日》，诗当为远游作。

此日此时人共得，一谈一笑俗相看。

樽前柏叶休随酒，胜里金花巧耐寒。

先生前诗云："元日到人日，未有不阴时。"农家以此数日阴晴，定终岁丰歉之验。若人日阴雨不止，则岁之歉收可知，而出处俱困矣。今先生重欲远游，而人日恰逢佳日，虽欲不与俗共谈笑得乎？此江湖之兴所以勃发也。"休随酒"，言随处可以饮酒。"巧耐寒"，言虽寒可以曲耐也。

佩剑冲星聊暂拔，匣琴流水自须弹。

早春重引江湖兴，直道无忧行路难。

转句奇妙。先为远游算出行路之难与不难，非写琴剑随身实事也。佩剑冲星，得无有望气如雷焕者乎？匣琴流水，得无有知音如钟期者乎？如此则行路可保无忧，而今日江湖之兴，何妨重引哉！

《三绝句》，不可少一首，亦更不能多一首，惟先生法如此，余人不知。

前年渝州杀刺史，今年开州杀刺史。

群盗相随剧虎狼，杀人更肯留妻子！

《唐书》：部将吴璘，杀渝州刺史刘卞以叛，杜鸿渐讨平之，事在大历元年。部卒翟封，杀开州刺史萧崇之以叛，杨子琳讨平之，事在大历三年。二句只是写盗贼淫杀，不是一年，不是一处，不必定有意学"鱼戏莲叶"东西南北句法也。"相随"字妙，写尽盗贼无部署，无册籍，只是到处成群而走。"剧虎狼"，言尤甚于虎狼。"杀人"句，妙于"更肯"字，本是杀其人而淫其妻，却写得一似蒙其肯留，感出意外者。非是写惨恶事犹用滑稽笔，不尔，便恐粗犷不可读也。第一绝，写盗贼淫杀。

其二

二十一家同入蜀，惟残一人出骆谷。

自说二女啮臂时，回头却向秦云哭。

"自说"字，虽在第三句，须知上二十一家入蜀语，亦此人自说也。二十一家，共计凡有若干人，而今只剩此一人，此其杀可知。只此一人，已有二女，彼二十一家，共计妻女凡有若干人，此其淫可知。"啮臂"者，二女赴节就死，又念此臂曾为盗贼所持，不可以冰玉之身，有少点污，因自啮去此一片肉，然后乃死。书此者，盖因当时遍世界悉受淫污，天昏地黑，无复人理。先生不忍使廉耻种子于此渐灭净尽，故特特撰此骆谷一人说云：今日犹有如此二女，以培植廉耻于天地中间。虽谓先生此诗，功不在禹下可也！〇"惟余一人"，是剩一完全人。"惟残一人"，是剩一不完全人。只一字，写乱离之惨如睹。〇第二绝，写被淫杀之难者，只据骆谷一人口中，则有二十一家，其外何限？

其三

殿前兵马虽骁雄，纵暴略与羌浑同。

闻道杀人汉水上，妇女多在官军中。

劈头提出"殿前兵马"四字，不复自避唐突。"虽"字、"略"字，虽复多用曲折回护，然毕竟更忍不住矣。下二句，便直用第一绝之第四句，破作两句。非先生句法亦有重出之时，正是故作此交互映带之法，以见殿前兵马之即盗贼也。○第三绝，写殿前兵马即是盗贼。"杀人"，"人"字妙，并不杀贼可知。○此《三绝句》，非写三事，乃独刺殿前兵马也。却为"殿前兵马即盗贼"一语，投鼠尚忌其器，岂可唐突便骂？故分作三绝句以骂之。第一绝，言群盗则理当淫杀如此，若不淫不杀，亦不成为群盗。第二绝，言普天下人酷受淫杀之毒，我只谓都受群盗之毒。第三绝始出正题，言近则闻道殿前兵马乃复淫杀不减，竟不知第二绝是受群盗毒，是受官军毒？谁坐殿上？谁立殿下？试细细思之！

此诗是崔姓一人重邀先生泛湖而作也，乃不著姓名，而特溯其遥遥华胄，复及其外家，重叠反复，似乎推重也者，而不知正言外不然之极也。先生制题，每用《春秋》详略之法，以寓抑扬。书名书官及书行次，各不相等。"宇文晁尚书""崔彧司业"云者，非所亲厚之人，而其人足重，故既书官必书名也。"尚书之子"云者，尚书当是崔彧子，或名而彼不名，以其人无足重，故但书官不书名也。先生此题，明明与崔氏一人同泛，而但曰某人甥，某人孙若子，其人影迹不露，是其人岂复为宇文宅相，强爷跨祖之人乎哉？先生虽与同泛，有甚不乐此重泛意，而浑厚自然，真三百篇之遗也。○制题出人意表，当与《陪李金吾花饮》等同看。

郊扉俗远长幽寂，野水春来更接连。

锦席淹留还出浦，葛巾欹侧未回船。

郊扉既已远俗，则幽寂固所甘。春水更尔接连，则出入尤不易。何乃有此重泛之役乎？"锦席"曰"淹留"，"淹留"二字妙，既无酬和之乐，自觉留连之苦。"葛巾"曰"欹侧"，"欹侧"二字妙，无有风范可亲，不觉简傲自恣。玩此两上半句，乃是先生满肚皮不耐烦，不能说出。主人顾命舟重泛，"还出浦""未回船"，是亦不可以已乎？此节专写"重泛"字，借郊扉、野水，映带郑监前湖，而实则未写也，要留在下半节写。

尊当霞绮轻初散，棹拂荷珠碎却圆。

不但习池归酩酊，君看郑谷去夤缘。

"霞绮"，喻当时声伎杂然，所谓"锦席"也。刹那聚散，夫岂有常？"荷珠"，先生自喻也。处处皆圆，谁能碎却？不知者谓是写景，味制题之意，真无景可写也！"习池酩酊"，先生以山简自居。奇在"郑谷夤缘"句，彼一贵介在坐，夤缘之态至不可说，得无耸动郑监亦作此想耶？读此句，想一时泛湖声势，正自入眼不得。○有谓前解"郊扉""野水"二句，说郑监前湖者，非也。先生卜居，正与水近耳。

重泛郑监前湖（别批）

宇文晁尚书之甥崔彧司业之孙尚书之子

古人诗，有诗从题出者，有题从诗出者，有诗之所无题补之者，有题之所无诗补之者，有题与诗了不相关者，有诗与题融然一片分开不得者。如此律，固诗与题一片者也。

郊扉俗远长幽寂，野水春来更接连。

锦席淹留还出浦，葛巾欹侧未回船。

先以起二句，立定自家人品。下却写连日之趋承，而以后四句辨白之。淋漓痛哭之文也。

尊当霞绮轻初散，棹拂荷珠碎却圆。

不但习池归酩酊，君看郑谷去夤缘。

富贵无常，沧桑不定，我看破已久。"还出浦""未回船"，岂真周旋权要哉？夫前湖宛然，而郑监何在？若彼尚能夤缘，我亦不妨为之也。

晓
发
公
安
数
月
憩
息
此
县

此诗最恶，不知何年一见便熟，至今每五更枕上欲觉未觉时，口中无故便诵此诗。百计禁之而转复沓至，圣叹白发，是此诗送得也。

北城击柝复欲罢，东方明星亦不迟。

邻鸡野哭如昨日，物色生态能几时？

"欲罢""不迟"，便用《国风》"鸡既鸣矣""匪鸡则鸣"笔法。写客程忙促，惊心吊胆如画。乃于第一句，轻轻插一"复"字，而前此日日五更，声声入耳，真可痛可骇也！言数月以来，邻鸡野哭，耳得饱闻，日又一日，本不置意。却因今日临当发去，忽悟今犹昨，昨又犹昨，不意之间，数月何在？自今以去，又有几数月也？可痛可骇也！○道树云："北城"句，还在床上。"东方"句，直出门前矣。二句之跳脱如此。

舟楫眇然自此去，江湖远适无前期。

出门转盼已陈迹，药饵扶吾随所之。

未发公安，尚有公安可据。自今已去，茫然不复知所如也。如此便应极大悲恼，然而竟不者，数月公安，转盼便非，身世虚假，了无可信。可惜此行实无前期，纵有之，亦何须几何时，早与公安一样也！○此诗一二句是初发公安，五六句是既发公安，三四七八句是数月憩息此县。不悲于去公安，亦不悲十去公安后无处去，悲莫悲于数月憩息此县也。道树云："语云：'相随百步，犹有徘徊之意。'何况数月憩息？故悲也。"

发潭州

倪云林画中，从来不著一人，相传既久，妇人孺子无不知。却曾无人知此诗通篇不著一人，其法至奇也！○题是潭州，便从潭州上掇拾出贾、褚二人来，最是冬烘恶套。我欲骂之，彼便高援先生此诗为证。不知先生自有异样妙法，明明写出贾、褚，明明纸上反已空无一人。不惟无他人，乃至并无先生。此不知当日先生是何心血做成？亦不知圣叹今日是何眼光看出？总是前人心力不得到处，即后人心力亦决不到。若是后人心力得到之处，早是前人心力已到了也！千秋万岁之下，锦心绣口之人不少，特地留此一段话，要得哭先生，亦一哭圣叹，所谓"回首伤神"，辈辈皆有同心也！

夜醉长沙酒，五字中，并不见主人。　晓行湘水春。"夜醉长沙""晓行湘水"，虽写"发"字，然客游既倦，人情转薄，苦况恶境，尽此十字矣。

岸花飞送客，墙燕语留人。得此二句，上句愈明。

发潭州，原只应从晓行湘水写起。今乃于未发之前一夜，补出"长沙酒"一句，便见潭州只如空城，醉只自醉，行亦自行。夜犹潭州，晓已湘水，既无人留，亦无人送。夫先生至今日，谁不愿黄金铸躯，泥首万拜，乃在当时，只是如此！所谓饥寒困苦，身遍受之。而留此珠玉锦绣，怡悦后人，可痛也！三四句承上，正写潭州不送不留，非写飞花燕语。言"岸花飞"，或当送者；"墙燕语"，即算留人。此正重明夜醉晓行之苦况恶境，亦用"青蝇吊客"语翻作好句也。○一解四句中，并无一人甚明。

贾傅才何有，褚公书绝伦。

名高前后事，回首一伤神。若不寻得先生妙法，此四语复成何诗哉？

前解并无一潭州人，然犹有一发潭州之先生。至后解，忽然写出一谪潭州人，忽然又写出一谪潭州人，凭空添出两人，而发潭州之一人，遂悲不可说矣。"何有"，言才何在也。"绝伦"，言书仅传也。"回首"者，若论前后，则贾、褚已往，我今犹在。若论潭州，则不惟彼往，我亦已发。通篇八句四十字中，真并无一人矣。辛卯夏六月甚暑，当午读之，寒栗竟日。

只三解，写尽无端失足，终不自振，可笑可悯。○花岂可不开？但风雨岂开花之日？自不爱惜，一败莫救。然后读《论语》"邦无道，卷而怀之"句，不觉流泪。呜呼，不既晚乎！

江上人家桃李枝，春寒细雨出疏篱。

影遭碧水潜勾引，风妒红花却倒吹。

桃李枝，谁禁不出疏篱？然三春百日，何妨少待。又寒又雨，世界如此，卿乘千里马欲先安之耶？"潜勾引"妙，岂不内度诸心，外度之事，百便千便，万无一失。"却倒吹"妙，岂料一入此中，全不由我，千差百跌，总无一是。嗟乎，嗟乎！才被勾引，便受倒吹，中间何曾瞬息如意？我自轻出疏篱，于彼风雨又何尤焉？

吹花困懒傍舟楫，水光风力俱相怯。

赤憎轻薄遮人怀，珍重分明不来接。

一跌后更不自振，全望有人舒手相援，乃人见其前后踪迹如此，亦便分明置之不理。前解写落花，落花要哭。此解写舟中看落花者，落花一发要哭。真尽情尽事之笔也。○落花困懒，却借舟中人眼光看出来。"水光风力俱怯"妙，怯风力还为怕他倒吹，怯水光乃并怕他勾引矣。"轻薄"字，正与"珍重"字对。赤憎遮人，分明不接，犹可耐也。笑我陷自轻薄，彼因特作珍重，胡可耐也？然滔滔世情，大都如此。自出疏篱，于彼何尤？

湿久飞迟半欲高，萦沙惹草细于毛。

蜜蜂蝴蝶生情性，偷眼蜻蜓避百劳。

第一解写无端失足，第二解写更无人援，此解写是人遂不知所终也。○湿既久，飞极迟，然而心犹不肯遽死，因更为下"半欲高"三字。写失路人痴心妄想，真有此事。然此去随处沙草，竟如一毛，奄然不复见卿重来矣。于是蜂蝶小虫，以此为鉴，授眼蜻蜓珍重不出。然而我为前车覆则久矣，夫人亦何乐以身为他人前车者哉！

宾，大宾也。宾至不比客至，意中虽极欲款留，而势必难款留，看其措词之妙！

幽栖地僻经过少，老病人扶再拜难。

岂有文章惊海内，谩劳车马驻江干。

一句见幽栖非贵客所经之处，一句见老病非迎接贵客之人。先自叙绝无宾至之理，承言今贵客俨然临我，我实自信不过也。除非我有惊世文章，或者不嫌我地僻，不嫌我老病耳。自揣生平只有得者几句诗，诗却算得甚事，而劳他车马访我江干耶？前解做完"宾至"，后解做一时不能款留他。

竟日淹留佳客话，百年粗粝腐儒餐。

不嫌野外无供给，乘兴还来看药栏。

佳客是不可率易留者，初意到过即行，他却淹留在坐，话个不歇，已好大半日矣。"淹留"二字妙，因不能款他，要他速去，觉得有不耐烦他底意思，情事如见。"百年粗粝"者，没头没脑于其中也。见他不去，似不得不留他。然而家又无物。口对客话，肠中轮转：如何而可？除非留他一饭。算计到一饭则心力竭矣，但我平日所餐者，粗粝也。葱汤麦饭，在腐儒则不嫌，彼贵客那好便留？此句尚在沉吟不决之际，合二句遂决意不留矣。又恐客尚望其留，索性回绝了他，说我僻处野外，家无供给，心实不安，未审尊客嫌我否也？若不嫌者，"供给"我家固无，"药栏"我家则有。药栏可看，已在此看了半日，后此有兴还来，来则仍看药栏也。先生此日真亏煞这个药栏，若不是他，则尊客今日兴尽而返，尚复望其乘兴而来哉！嫌不嫌于来不来上验，妙甚！○此下五首，从《说唐诗》录入，因《唐才子书》无杜律。凡而庵所批，皆为分解存之。○杜诗单行全稿，不欲混于四唐之内，此唱经意也。今既不可得，而七律所缺过半，而庵其有意乎？矍斋识。

客至公自注：喜崔明府相过。

薛广文云：按公生母崔氏，明府其舅氏也。今看去，恐不是尊行，必是表兄弟。题曰《客至》，是又远分者。待他之法，客又不纯是客，亲又不纯是亲，故知其为远分表兄弟也。

舍南舍北皆春水，但见群鸥日日来。

花径不曾缘客扫，蓬门今始为君开。

一春多雨，舍之南、舍之北，一派皆水。群鸥水鸟，因水而来，游于舍南北之间，人迹则断绝矣。客既不来，径亦不扫，门亦不开。今始扫径开门，见是久雨之后，客来第一个也。

盘餐市远无兼味，樽酒家贫只旧醅。

肯与邻翁相对饮，隔篱呼取尽余杯。

如此大水，市久不通，家定无物。客至又不可不留，幸是亲戚，不妨随意出家中之所有。盘餐只得一味，无有第二样，以市远为托词。市即甚近，亦难致也。樽酒取之床头，然却是旧醅。醅是酒之未滤者，又托言家贫只此而已。"肯与"字妙，欲请人来陪，却先问客一过。酒不成酒，下箸又无可下箸，又茫茫是水，无处去请客，屈指来只有一邻翁，未审肯与饮否？如以为可，隔篱呼唤他来。"取"字见邻翁必来。"隔篱"二字照顾"舍南舍北"四字妙。村间房子，朝南北者多，南北是说舍之前后。隔篱则是间壁，因前后皆是水，故于间壁邀人也。邻翁是饮此旧醅惯者。"尽余杯"亦托词，不好说客不肯饮旧醅，亦不好说客饮尽此旧醅，故把邻翁尽兴。旧醅即不中饮，见此邻翁欢饮，亦略助客酒杯，庶几相忘此旧醅之劣也。不提起盘餐，又妙极！

一传闻如此，可见先生此心，无日不在朝廷。

剑外忽传收蓟北，初闻涕泪满衣裳。

却看妻子愁何在？漫卷诗书喜欲狂。

"剑外"，剑阁之外。"收蓟北"者，代宗广德元年，史朝义自杀，其将李怀仙以幽州降，田承嗣以魏博降是也。先生在剑外，刻刻思归洛阳，为因祸乱未息，朝中绝无动静，反放下念头过日子，谓不知在何年、何月、何日、何时，得听好消息。今一传到耳，且不问事之虚实，不觉大喜遍身。喜极反泪，此亦人心之常，勿作文章跌顿法会去了也。"愁何在"妙，平日我虽不在妻子面前愁，妻子却偏要在我面前愁，一切攒眉泪眼之状，甚是难看。今日涕泪沾湿中，却看妻子颜面已绝不类平时。然则你们底愁，竟丢向那里去耶？"漫卷诗书"妙，身在剑外，惟以诗书消遣过日，心却不在诗书上。今已闻此捷音，极其得意，要这诗书何用？见摊在案头者，趁手一总卷去，不管他是诗是书，一类非一类也。写初闻光景如画，为一解。

白首放歌须纵酒，青春作伴好还乡。

即从巴峡穿巫峡，便下襄阳向洛阳。

临老得见太平，即一日亦是快乐。我纵不善歌，当为曼声长歌；纵饮不得酒，当为长夜泥饮。皆所以洗涤向来之郁勃也。"好还乡""好"字，见此时不归，更待何时？趁此春天，一齐归去。此二句说归。合二句见说着归时，妻子皆飞得起要归，一似不待束装即上路为快者。"即"是即刻，"便"是便易。巴峡在重庆，巫峡在夔府。"穿"字，见甚轻松，有空即过去也。巫峡顺流而下，遂至襄阳，此是一水之地，故用"下"字。洛阳已是陆路，故用"向"字。此写闻过即欲还乡，神理如见，为一解。此等诗，字字化境，在杜律中，为最上乘也。○妙批！

见王监兵马说近山有白黑二鹰罗者久取竟未能得王以为毛骨有异他鹰恐腊后

春生骞飞避暖劲翮思秋之甚眇不可见请予赋诗二首

止黑鹰一首

据王监口中,说有是鹰。据先生诗中,必无是鹰。令人好异之念,不觉冰释。

黑鹰不省人间有,渡海疑从北极来。

正翮抟风超紫塞,玄冬几夜宿阳台。

"省"有数义:一、省觉之省;一、警省之省;一、省察;一、减省。此"不省"字,乃是省觉、省察边字,从"王监兵马说"五个字来。君虽说有,我不省其必有。"渡海"句,正言其不必有也。人间从无此鹰,虽云生于外国,必是渡海而来。然我疑其从天而降。用"北极"者,北色黑故。此二句是不信王监所说,欲其止罗者之求索也。"正翮"句,承渡海。"玄冬"句,承北极。紫塞,长城也。秦筑长城,土色皆紫。鸟飞翮多不正,《庄子》说大鹏"抟扶摇羊角而上者九万里","抟"是一个飞法,"扶"是一个飞法,"摇"是一个飞法,"羊角"又是一个飞法。大鹏上天,用四个飞法。今鹰只用一个"抟"法,直开两翮,不作反侧之态,从正北超越紫塞,此是具何等势力!"玄冬"亦贴"黑"字。鹰来必在秋冬之际,王说黑鹰时,正在冬,故用"冬"字。阳台在夔州境内。王说近山,故用阳台也。何故用"夜"字、"宿"字?王既说近山有,又说竟未能得,先生意中,总不欲王去罗取。王说有,不好说无。王说未能得,即诡其词曰:想此鹰日间不在这里飞,夜间或在这里宿。夜宿有谁看见?又不是连宿,一冬九十日,只得几夜,又不知是那几夜。若果是夜宿者,则鹰犹或可得,不知在那几夜,踪影俱无,如何能得?吾真不省人间有此鹰也!作前解。

虞罗自觉虚施巧,春雁同归必见猜。

万里寒空只一日,金眸玉爪不凡材。

礼:葬后五日之祭,谓之"虞祭"。"虞",乃重华字,虞之为言虑也。于彼乎?于此乎?犹云如在上,如在左右也。虞人处处张设罗网,或疑禽兽在那边来，或疑在这边来，故曰"虞罗"。王恐腊后春生，眇不可见，必令人多方捕取。虞人承命，敢不尽力。然虽多方施巧，而其意中知鹰卒不可得，则是虞罗虚设矣。"春雁同归"者，鹰超紫塞而来，中国广阔，东西南北，何处不去？不好捉摸。到得春雁归时，鹰少不得要归。归则与雁一路。鹰是黑色，就令杂在雁中，与雁自别，必然看见。必"见猜"者，非鹰雁自相猜，乃人去猜度鹰也。言彼虞罗既不可得，难道见也不使人一见？除非在雁归时，可以猜其有无。然鹰若有则可猜，无则猜亦无如之何矣。"万里寒空"者，因尚未春，故云"寒空"。此正鹰驰突之际，万里之远，不消一日，等闲过去。"金眸玉爪"，正衬"黑"字。先生未尝看见，竟说他眼是黄底，爪是白底，如此活现，正从下"不凡材"三字想得。盖鹰之敏捷在眼，猛利在爪，与起"正翮""翮"字相映。既云"不凡材"，则此鹰断不为人得。若为人得，便是凡材。今见也不使人见，真正鹰之出类拔萃者。王即于近山多方捕取，断不可得。若为王得，则亦犹夫鹰耳，又何必慕此鹰哉？王真不必令人取也。王监欲取是鹰，为害地方不少。先生教他不要捕取，不如直言鹰之不为人得为妙也。

燕子来舟中作

看先生待燕子直是故交相似，流离之苦，殆不言神伤矣。○按大历四年，公自岳阳至潭州，寻入衡州，复回潭州。五年，在潭，率舟居，又值臧玠之乱，因避入衡州。欲往郴州不果，回潭。谋归襄阳，道卒。此诗即是年作。

湖南为客动经春，燕子衔泥两度新。

旧入故园尝识主，如今社日远看人。

湖南在潭州，为客于此，辄又经春。燕子垒巢，已新两度。"新"字有无数不堪在内。"旧入故园"二句，紧承"燕子"，而"湖南为客"自见。旧在故园，燕子来巢，想必识我是个主人；如今社日（"如今"者，算不出年月也），却远来舟中看人。岂我思故园，燕子亦不忘旧人耶？先生见燕子来，不啻空谷足音，直把来作一旧相识，言之感伤。

可怜处处巢居室，何异飘飘托此身？

暂语船樯还起去，穿花落水益沾巾。

"处处"二字，即在"故园"与"湖南"上说，不必说开。燕子巢居，也不得安栖一处，原其情，真是可怜。今我舟居湖南，飘泊水上，燕子当亦可怜我。"暂语船樯"句，悲在"还起去"三字。言燕子既到舟中，何不竟在此垒巢，使我终日相对？今只在船樯上暂语，我道汝尚未即去，汝还起去，殊为惆怅！然若汝竟远去，只当汝不曾来，而今看汝却去穿花落水，或有意娱我，而然不知越形容我不堪来。燕作如是消遣，我却闷坐舟中，不如燕子多矣！不觉涕泗之沾巾矣！先生此诗，无异长沙《鵩赋》，其律遂终于此。

妙题。五十以外，全然是此二字矣。

向夕

畎亩孤城外，江村乱水中。

深山催短景，乔木易高风。 插此二语，是不奇崛。○临夜每有风色忽起，"易"字妙。○此非写景，要知此十字下，便紧接"草屋"。草屋正在孤城乱水中，畎亩江村中也。

三四忽接于一二之下者，言平生不意遂向此间老也。老人身中，每有异样衰败，非他人所知，亦非自己所料，"易高风"也！

鹤下云汀近，鸡栖草屋同。 "鹤下云汀"，何等意思！"鸡栖草屋"，何等卑屈！写尽大才沦落之苦。

琴书散明烛，长夜始堪终。

草屋与鸡栖无异，真非琴书无以度夜。然只须有琴书明烛，便已足见云鹤之姿，终不为屈折所坏也。

白帝楼

以为登楼诗亦可，以为坐楼诗亦可。

漠漠虚无里，连连晡晚侵。

楼光去日远，峡影入江深。

非登楼诗，乃坐楼诗也。日日眼前，那不可憎！○热人、热事、热语、热景，必憎。"憎"之为字，心曾也。上解全是憎。

腊破思端绮，春归待一金。 ^{"待"字，哀哉！}

去年梅柳意， ^{即上二句。} 还欲搅边心。 ^{尤苦，尤苦。}

今年又思端绮犹可，明年又待一金。悲哉，一金几何，早待两年也！

汉主追韩信，苍生起谢安。

吾徒自漂泊，世事各艰难。

逆旅招邀近，他乡意绪宽。

不才甘朽质，高卧岂泥蟠？

一解曲折无尽。言今日我谓主上不肯见用，殊不知上下相失，正复各不相照面耳。汉主追韩，临食三起。苍生望谢，渴逾云霓。茫茫天下，不知贤人何在？彼岂料正是我耶？然则吾自飘泊，非君相弃。君为无才，正苦艰难，惟我知之，非他人同喻。

其二

泛爱容霜鬓，留欢卜夜阑。

自吟诗送老，相劝酒开颜。^{苦。}

戎马今何地，乡园独在山。

江湖堕清月，酩酊任扶还。

"何地"，问得亲切。"独在山"，有不愿幸免意。

读之无奇耳，未有时正自难写。

公安送李二十九弟晋肃入蜀余下沔鄂

正解柴桑缆，仍看蜀道行。

墙乌相背发，塞雁一行鸣。

墙乌背发后，中间一行塞雁，写景妙极。

南纪连铜柱，西江接锦城。

凭将百钱卜，飘泊问君平。

后解说自今以后我行南纪，弟到西江，两不复知。借成都君平字，独写老兄漂泊可怜。〇下解只为"飘泊"二字。言我行直连铜柱，弟去乃接锦城，锦城之君平，当知我别后事。

清明

著处繁华矜是日，长沙千人万人出。 着他如此出笔。

渡头翠柳艳明眉，争道朱蹄骄啮膝。 写千人万人。

此都好游湘西寺， 写风俗可笑如画。 诸将亦自军中至。 结为此句也，何可胜叹！

马援征行在眼前，葛强亲近同心事。 写诸将尽至。

金镫下山红日晚， 转笔苍凉。 牙樯捩舵青楼远。 日暮途长如画。

古时丧乱皆可知，人世悲欢暂相遣。

弟侄虽存不得书， 从"千人万人"感出来。 干戈未息苦离居。 从"日晚""楼远"感出来。

逢迎少壮非吾道，况乃今朝更被除。

起得阔大奇肆，然只是赞清明之至，非题外作过分语。"金镫"二句，结"千人万人"。"古时丧乱"句，结诸将皆至。"人世悲欢"句，总结到自身也。"被除"字用得好，相传被除不祥，此老乃更被除累德也。

赠韦七赞善

赞韦曲全为标杜陵。殷浩怪事，便同侂傺。

梓里衣冠不乏贤，_{一句泛。} 杜陵韦曲未央前。_{句法奇甚，秀甚，花色甚。}
尔家最近魁三象，时论同归尺五天。

"魁三象"者，公自注："斗魁下两两相比为三象。"不可解云："尔家最近魁象，论我家，则惟尔家为最近，犹如魁前之三象。"故下接云云。"尺五天"者，公自注："俚语曰：'城南韦杜，去天尺五。'"

北_{同。} 走_{则。} 关山开雨雪，南_{同。} 游_{则。} 花柳塞云烟。_{须有尔许事，乃久迟滞洞庭耶？}
洞庭春色悲公子，虾菜忘归范蠡船。_{极叙两家之乐。○自称"公子"，亦图洞庭一色耳。}

洞庭虾菜，遂至忘归，岂不深可悲耶？昔有杜审言、韦见素，今有公与韦七。前乐其同进，后勉其同止，真诗人之遗也。

雍既于今年二月吉日，力请家先生上下快说唐人七言律体，得五百九十五首，从旁笔受其语，退而次第成帙矣。既复自发敝箧，又得平日私钞家先生与其二三同学所有往来手札，中间但有关涉唐诗律体者，随长随短，雍皆随手割截，去其他语，止存切要，都来可有百三四十余条。今拣去其重迭相同者，止录得三十余条。又概括先生居常在家之书，其头上尾后，纸有空白之处，每多信笔题记，其凡涉律体者，又得数十余条。又寒家壁间柱上，有浮贴纸条，或竟实署柱壁，其有说律体者，又得数十余条。一一罗而述之，亦复自成一卷。既不敢没先生生平勤勤之心，又思从来但有一书之前，必有凡例一通，今亦于义为近，因遂列之于首也。

松树子便已如法种讫，今初离立如人也。诚得天假弟二十年，无病无恼，开眉吃饭，再将胸前数十本残书，一一批注明白，即是无量幸甚，如何敢望老作龙鳞岁月哉！谢谢！尊教讽弟书注当以《世说》刘孝标为最胜者，此语人所同习，弟岂不闻！但弟今愚意且重分解，分解本是唐律诗中一定平常之理，何足哓哓多说！特无奈比来不说既久，骤说便反见怪，故弟不避丑拙，试欲尽出唐人诸诗，与之逐首分之。然则先生谓弟与唐人分解则可，谓弟与唐人注诗实非也。王摩诘十二首先驰览，愿洞照愚意之所存。其辞则皆儿子之所笔受，最似荒略，宜应稍加润泽，然而弟意则都不在此。（《答王道树学伊》）

昨道树有手札，微讽弟注书应如刘孝标，昔李北海以其尊人讳善所注《文选》，未免释事忘义，乃更别自作注，一一附事见义。尊人后见而知不可夺也，因而与己书两行之。今弟亦不敢诋刘之释事忘义，亦不敢谓己之附事见义。总之弟意只欲与唐律诗分解。解之为字，出《庄子·养生主》篇，所谓解牛者也。彼唐律诗者有间也，而弟之分之者无厚也。以弟之无厚，入唐律诗之有间，犹牛之謋然其已解也。知比日选诗甚勤，必能力用此法。近来接引后

贤，老婆心热，无逾先生者，故更切切相望。（《与徐子能增》）

承谕欲来看弟分解，弟今选塞前户，未可得入。先曾有王摩诘十二首在道树许，或可索看。所以先呈道树看者，道树与弟同学三十年，其英分过弟十倍，又且知弟最深，爱弟最切，弟有不当，能面净之，昨亦恐有不当，欲其面净，故特私之也。今如索得，看有不当处，便宜直直见示。此自是唐人之事，至公至正，勿以为弟一人之事而代之忌讳也。（《答徐子能》）

法师常说比丘入定相貌，弟子目今与唐律诗分解，恰恰正如其事。盖比丘入定，必须奋迅而入，出则必须安庠而出。今律诗之一二，正是其奋迅；三四，正是其深住定中；五六，正是其安庠求出；七八，正是其已出定来也。盖一二如不奋迅，即三四决不得住定中；乃五六如不安庠求出，即七八亦更无从出之处。弟子目今所以只说得两句话，两句话者，一句是一二必要奋迅而入，一句是五六必要安庠而出。此亦从法师边学得，绝非别有异事也。将暑，伏惟法体珍重。万万！（《答西堂总持法师》）

昨在筊溪浮桥边，忽然有人问某分解委是如何？某遽答以开弓放箭之喻，云前解如弓来体，后解如弓往体。盖弓来体，在初拽开时，眼之所注，箭之所直，更无旁及，而后引之而必至于满也。今一二，正如初拽开时之眼之所注、箭之所直更无旁及也；三四，不过如引之而必至于满也。弓往体，在既放箭后，其所到处，必中要害，而时亦有不得中要害者，则其既满放之时手法之异也。今七八，正如箭到之必得中要害也；五六，则如既满临发之时之手法也。此喻最是快意，归记于此。（唱经堂东柱上）

承教。律诗八句本是一首，如分解则恐似两首，此语乃大错。今且如人有一口气，若问修禅定人，则必分之曰安那般那。安那般那者，言一出息，一入息也。分之为一出息、一入息者，彼正欲明此一口气之有来处有去处，而欲调之于适中，不欲如牛马之喘声弗然也。而翁便谓一口气被人分作两口气，有是理乎？知翁之为诗，喘声弗然矣！一笑，不罪。（《答人》）

昨弟偶遇闲人说及律诗分解一事，弟冲口遽以弓之来体往体为喻。既归，而转思转快也，因更奉述。夫弓体则何来往之与有？只为射箭人拽之尽来，所以放之乃疾去也。且人又未知射箭人之只为欲其放之疾去，故特地拽之尽来也。先生试细思此喻，便可直透老杜"群山万壑赴荆门，生长明妃尚有村"与"千载琵琶作胡语，分明怨恨曲中论"之四句二十八字。弟眼中豁达开悟，未见有如先生者，故不觉又津津言之也。外《入蜀记》未如《吴船录》，当觅出呈览。（《与吴稽苍灏》）

辱过奖，弟乃不敢承。弟念唐诗实本不宜分解；今弟乃不获已而又必分之者，只为分得前解，便可仔细看唐人发端；分得后解，便可仔细看唐人脱卸。自来文章家最贵是发端，又最难是脱卸。若不与分前后二解，直是急切，一时指画不出。故弟亦勉强而故出于斯也。（《答顾掌丸慈旭》）

承问唐律诗之律字。此为法律之律，非音律之律也。自唐以前初无此称，特是唐人既欲以诗取士，因而又出新意，创为一体：二起、二承、二转、二合，勒定八句，名曰律诗。如或有人更欲自见其淹赡者，则又许于二起二承之后，未曾转笔之前，排之使开，平添四句，得十二句，名曰排律。此皆自古以来之所未有，而为唐之天子之所于自定夺者也。当时天下非无博大精深之士也，然而一皆俯首其中，兢兢不敢或畔。于是以其为一代煌煌之令甲也，特尊其名曰律。排律，则直用排闼之排字，甚言律诗八句之中间，其法度遒而紧、婉而致，甚非容易之所得排也者。则排之为言，乃用力之字也。此政如明兴之以书义取士也。明祖既欲屈天下博大精深之士，一皆俯首肆力于四子之书矣。既而三年试之，则又自出新意，创为一体：一破、一承、一开、四比。一时天下之士，其说四子之义，纵有至于明若日月，浩若江河者，如苟不用其法度，斯司衡者不得而妄收，求试者亦不得而妄干也。于是以其为一代煌煌之令甲也，特尊其名曰制。言义，固四子之义，而制，乃一王之制也。夫唐人之有律诗之云，则犹明人之有制义之云也。必若混言此或音律之律，则凡属声诗，孰无音律，而顾专其称于近体八句也哉？深秋，当过西晚村，为先生详说其事，且便欲奉托。（《答徐翼云学龙》）

昨读尊教，云诗在字前。此只一语，而弟听之，直如海底龙吟，其声乃与元化合并，岂复章句小儿所得模量哉！感激感激！弟因而思苍帝造字，自是后天人工，若诗，乃更生天生地，设使澒洞之初，竟复无诗，则是天地或久矣其已歇也。但今诗莫盛于唐，唐诗莫盛于律，世之儒者不察，猥云唐律诗例必五字为句，或七字为句，八五则四十字，八七则五十六字，其意殆欲便认此四十字与五十六字为诗也者。殊不知唐诗之字，固苍帝之字；若唐诗之诗，固苍帝已前澒洞之初之诗也。或者又疑唐诗气力何便遂至于此，则吾不知尊教所云字前之诗又指何诗哉？弟比者实曾尽出有唐诸大家名家，反复根切读之，见其为诗，悉不在字，悉复离字别有其诗。因而忽然发兴，意欲与之分解，或使后世之人不止见唐诗之字，而尽得见唐诗之诗，亦大快事。然又自顾身手无力，胡得得济，仰望援接，乃非一端。（《与许庶庵之溥》）

诗非异物，只是人人心头舌尖所万不获已，必欲说出之一句说话耳。儒者则又特以生平烂读之万卷，因而与之裁之成章，润之成文者也。夫诗之有章有文也，此固儒者之所矜为独能也。若其原本，不过只是人人心头舌尖万不获已而必欲说出之一句说

话，则固非儒者之所得矜为独能也。承示所作，便欲入许用晦之室矣。（《与家伯长文昌》）

诗非异物，只是一句真话，弟近日所以决意欲与唐律诗分解也。弟见世人说到真话，即开口无不郁勃注射者，转口无不自寻出脱。自生变换者，此不论英灵之与懵懂。但是说到真话，即天然有此能事，天然有此平吐出来一句，连忙收拾一句；又天然必是二句，必不是一句。今唐律诗正复如此，前解，便是平吐出来之一句，所谓郁勃注射之句也；后解，便是连忙收拾之一句，所谓自寻出脱、自生变换之句也，所谓真话也。然不与分解，却如何可认？承快许与弟共事，便请携箧相过，弟颙望颙望！（《与顾掌丸》）

诗如何可限字句？诗者，人之心头忽然之一声耳，不问妇人孺子，晨朝夜半，莫不有之。今有新生之孩，其目未之能眴也，其拳未之能舒也，而手支足屈，口中哑然，弟熟视之，此固诗也。天下未有不动于心，而其口有声者也；天下未有已动于心，而其口无声者也。动于心，声于口，谓之诗。故子夏曰：在心为志，发言为诗。故志之为字，从士从心，谓心之所之也。诗之为字，从言从之，谓言之所之也。心之所之，谓之言焉；言之所之，斯有诗焉。故诗者，未有多于口中一声之外者也。唐之人撰律，而勒令天下之人，必就其五言八句，或七言八句。若果篇必八句，句必五言七言，斯岂又得称诗乎哉？弟固知唐律诗，乃断断不出天下人人口中之一声。弟何以知之？弟与之分解而后知之。鲁桐声今在何处？弟欲与之往返十许日，搜尽此老诗学。（《与许青屿之渐》）

辱垂注。弟比来体中粗好，连日日长无事，止是闲分唐人律诗前后二解自言乐耳。乃复有人谓弟奇特，不知弟正复扯淡，何奇特也。弟因寻常世间会说话人，先必有话头，既必有话尾。话头者，谓适开口，

861

渠则必然如此说起，盖如此说起，便是说话，不如此说起，便都不是说话是也。话尾者，既已说过正话，便又哑自转口云，如今且合云何是也。亦颇见人说话无头尾者，一时众人便笑为此是不会说话人。今弟所分唐律诗之前后二解，正即会说话人之话头话尾也。弟亦诚恐人作诗直至无头无尾，故不自惜出手相为也。夫作诗无头无尾，而又苦作不休，此极似一人问云：今早某人特来，有何说话？其人笑云：我亦曾细听之，直是不曾说话也。佳酝拜领，如何可谢！（《答韩贯华嗣昌》）

昨正午，大雨时行，弟闲坐无事，因审看其来势去势。其来也，正犹唐律诗之前解也；其去也，正犹后解也。适门旁立一老妪，弟试问之："此雨来去，颇有异否？"老妪矢口便答："来去总是一雨，又有何异？"弟即笑而颔之。彼固不看来时郁乎欲压人，使人不敢少动气息；去时只是荡荡然使人意消也。今律诗之前解一二，其来也，未有不郁乎欲压人，使人不敢少动气息者也；若其后解五六，则未有不荡荡而去，使人意消者也。而世之人乃皆不知，此非不知，此固直如老妪之不考故也。（《与王斫山瀚》）

辱先生信弟最过，今独不信弟律诗分解一事；知非不信，只是不轻信耳。弟昔分《周易》上篇为天地之盛德，下篇为圣人之大业。此最不易信事，而先生一闻便自慨然。今又偏于区区近体，乃更难之。人固有见大敌勇、小敌怯时耶？弟行年向暮，住世有几？设有不当，转盼身后，岂能禁人哕骂哉！今因先分得老杜七律数十余首，特命雍儿缮写呈正。若此数十余首，其中乃有一首却是中四句诗者，便请下笔，快然批之驳之，直直示弟。弟于世间，不惟不贪嗜欲，亦更不贪名誉。胸前一寸之心，眷眷惟是古人几本残书。自来辱在泥涂者，却不自揣力弱，必欲与之昭雪。只此一事，是弟全件，其余弟皆不惜。（《与任昇之炅》）

前呈上老杜七律分解四十一首，仰冀奋笔批驳，颙颙六七早暮矣，未见有以教我，岂竟置不盼耶，抑弟尚应少俟也？弟自幼最苦冬烘先生，辈辈相传诗妙处正在可解不可解之间之一语。弟亲见世间之英绝奇伟大人先生，皆未尝肯作此语，而彼第二第三随世碌碌无所短长之人，即又口中不免往往道之。无他，彼固有所甚便于此一语，盖其所自操者至约，而其规避于他人者乃至无穷也。今弟虽更伺候先生再至六七早暮，亦无妨也，独愿先生必赐奋笔批驳，明白有以惠弟。当，则弟且拜焉；不当，弟亦不以相怨，但断断不愿亦作妙处可解不可解等语。（《与任昇之》）

与唐律诗分解，如何算得一件事。譬如把将鬈合来开看，乃云此一扇是盖，此一扇是底，未可算得一件事也。我若再说，便又似是一件事。今只将唐律诗自去细看，便知果然一扇是盖，一扇是底，我说不大僻错也。（《与家叔若水丽》）

人皆能言太虚空中，着不得云点，我亦言太虚空中，如何却可着八句诗。今日与之分之，便见唐人律体清空皎洁，犹如太虚空中，无有丝毫云点。（唱经堂东柱上）

分解而后知唐人律体之严，直是一字不可得添，一字不可得减也。如使不分，便可成句皆与改换，分解岂细事哉！（《与顾掌丸》）

分解不是武断古人文字，务宜虚心平气，仰观俯察，待之以敬，行之以忠。设使有一丝毫不出于古人之心田者，矢死不可以搀入也。直须如此用心，然窃恐时时与古尚隔一间道。（《与顾掌丸》）

昨有针客至舍，偶然说及针法，云只用指顶撚针，略作来去，便是病人周身补泻。弟闻而大乐之，天地间固有如此至理，因遂告以我分唐律诗正犹是也。前一解补也，后一解泻也，只在指顶略作来去，初

不费力也。此事本乃易晓，却无人见许。既承独契，肯过再说之否？（《与天在师》）

比来不知起于何人，一眼注射，只顾看人中间三四五六之四句，便与啧啧嗟赏不住口。殊不晓离却一二，即三四如何得好？不到七八，即五六如何得好耶？且三四五六，初亦并不合成一群，三四自来只是一二之羡文，五六自来只是七八之换头。譬如伯劳飞燕，其性迟疾东西，自来不在一处。三四生性自来是向前，五六生性自来是向后，今忽然前去其前，后去其后，却将并不相合之四句挺然束之，如四条玉笋，此岂非文林一端怪事！（《与张才斯志皋》）

弟曾戏喻，比来说唐律诗者，极似穷措大阑入豪贵人家酒席，归而向其乡里私数之也，曰：今早我曾扰得某人，甚是厌饫，一碗是东坡之猪，一碗是右军之鹅，一碗是鲁望之鸭，一碗是张翰之鲈。除此四碗之外，方论两头设放小菜，亦俱是早韭晚菘别样名蔬，不似我家恶草具也。此岂不好笑。（《与伯长文》）

且先生亦试思，文人除不动笔即已耳，文人才动笔，便自眼底胸前，平添无数高深曲折，此殆非数十百行之得以速了者也，而如之何乃以八句相限？今限之以八句，而彼仍得极尽其眼底胸前之无数高深曲折者，只赖分前分后，则虽一寸之阔之纸，而实得以恣展其破空之行故也。如曰不分，则是令之眼底胸前所有高深曲折，悉不得以少伸也。不则是其眼底胸前，乃曾无有高深曲折也。（《与沈方思永启》）

前后解虽是一样难作，然而前解比后又难。试想一二起手，一时擎笔向空，真问何处讨取？若是既已讨得一二来时，早是不愁无三四也。然则前解一二三四虽是一样难作，而一二比三四又难也。（《答内父韩孙鹤俊》）

前解断然不是后解，后解断然不是前解。此譬如果核中仁相似，虽是两瓣只成一合，然定是一瓣略雌，一瓣略雄。诗有前后解，亦是一解略雌，一解略雄者也。（《答秦齐祖松年》）

前解之一二，极似猛虎只待振威出林，更不怕三四无有风砂相助；又如竹林到雷动后，斗然发起丈许大笋，更不怕三四不笑出凤尾般枝叶也。（《与戴云叶镐》）

弟今再作譬喻：一二，分明便是一位官人，大步上堂来；三四，则是官人两旁之虞候节级，只等官人坐了，便与他吃呼排衙也。七八，是官人倦怠欲退堂；五六，是又换两名人从，抬将官人入去也。弟更无可奈何，作此出象譬喻，岂犹不相晓？（《与李东海荣字》）

承惠砚材，便付好人手开斫去矣。后来凡有点注，请皆从此砚出，不敢没知己之盛心也。感谢感谢！弟看唐律诗，其一二起时，不惟胸中早有七八，其笔下亦早自有七八。弟因悟其固有七八，故有一二也。七八如不从一二趁势，固是神观索然；然一二如不从七八讨气，直是无痛之呻吟也。来教，正与鄙意如掌中书字，独奈隔此数千里何！（《答周计百令树》）

贱恙遂得愈，不以为分律忧也。承注念，谢谢！自来唐律，无有脱却一二，另自作三四者。一二正如画家之落骨，二四则如画家之皴染。一二落骨，以待三四皴染；三四皴染，以完一二落骨。（《与王斫山》）

一二最是出力，三四从来只是省力。一二如开创人从白地上做起，须是全副见识，全副气力，全副胸襟，全副福德，一齐具备，然后可以大呼集事。三四只是继体守文，不差线路而已。至若赖其黼黻盛业，则诚有之。（杜诗纸尾）

来教云：一二定而三四定矣。甚善甚善！此始为知唐律诗三四者也。但弟愚意尚有进者，一二定而全诗皆定，岂直三四定而已哉。盖一二发笔，其直至全诗与止到三四，其间大小厚薄深浅高低乃至是非，相去极远。故谓一二定而三四定者，此自是阁下深看三四洒然有得之语，谓之知三四则可矣，要未可谓之知一二也。（《答许升年定升》）

弟自幼闻海上采珊瑚者，其先必深信此海当有珊瑚，则预沉铁网其下，凡若干年，以俟珊瑚新枝渐长过网，而后乃令集众尽力，举网出海，而珊瑚遂毕举也。唐律诗一二，正犹是矣。凡遇一题，不论大小，其犹海也。先熟睹之，如何当有起句，其犹深信海之有珊瑚处也。因而以博大精深之思为网，直入题中，尽意踌躇，其犹沉海若干年也。既得其理，然后奋笔书之，其犹集众尽力举网出海也。书之而掷于四筵之人读之，无不卓然以惊，其犹珊瑚之出海粲然也。（《与熊素波如澜》）

人本无心作诗，诗来逼人作耳。（贯华堂东柱）

一题必有一要害，得其要害，方可下笔作起。断断不得云我且闲闲吟之，看有好景来，再任填之。如此，便是心头本自无诗，何苦又必要作！（《与陈玉祠慈宝》）

承订同过蒨老，弟翘足相待三日夕，都不见台驾来，岂竟忘之耶，抑有别冗乎？蒨老天分高，心地厚，唐律诗分解一事，弟直望其一担挑去。盖天分高，则能眼看八句五十六字中间虚空之处；心地厚，则能推原八句五十六字都无一字之前，是从何处生来，以后说到何际即住。（《与戴云叶》）

独有唐律诗是一片心地，一段学问。前四句多出自心地，后四句却出自学问。学问非用得几个字句之谓而已。（《与许升年》）

弟昨与升兄书，有唐律诗出自一片心地之语。此何必臣忠子孝思家恋国等煌煌大篇方为合弟此意，只是寻常即景咏物之章，固莫不从至诚恻怛流出，是以为可贵可美也。弟见吴下独有高阳诸许，纯是一片心地。今又用弟此言再看得唐人律诗一遍，知必有进焉者也。（《与许人华定赉》）

弟固不肖无似，然自幼受得菩萨大戒，读过梵网心地一品，因是比来细看唐人律诗，见其章章悉从心地流出。所谓心地者，只是忍辱、知足、乐善、改过，四者尽之也。弟今乍语，亦知难信，何得此四者便是心地耶？且何得唐律诗乃是此四者耶？弟兹亦不曾云唐律诗却是此四者，弟亦只云唐律诗必从此四种人胸中始得流出耳。（《与邵兰雪点》）

弟昨与兰老论唐律诗，曾云必须忍辱知足乐善改过。此言除兰老外，窃恐河汉者不少。今于纸尾亦乘便求政。夫人不忍辱，不知足，不乐善，不改过，即断断未有能为律诗者也。律诗一起，一承，一转，一合，只是四句，每句只用七字，视之甚似平平无异，然其中间则有崎岖曲折，苦辣甜酸，其难万状，盖曾不听人提笔濡墨伸腕便书者也。烂醉天真，泼墨淋漓，无如青莲先生，然试观其律诗七章，何章不从崎岖曲折苦辣甜酸之后，乃始得成耶？或曰：八叉手便已得，此自是见其临赋之时，殊不知其不赋诗时，固无有一时半刻不心心于忍辱、知足、乐善、改过也者，此所谓心地也。《法华经》曰：罗睺罗密行，惟我能知之，此所谓密行也。先生半生，于是四者，亦可谓勤行甚苦，特不肯轻易作诗。且亦须知唐诸大家名家，皆不肯轻易作诗者也。弟分解一毕，望细看过。（《与韩贯华》）

律诗在八句五十六字中间空道中，若止看其八句五十六字，则只得八句五十六字。（杜诗纸背）

唐人每每互相传诵三四或五六之四句，乃至有因诗二句得名一时者。想是既得起句后，与未到结句时，

此一承一转，亦殊大难事也。（唱经堂东壁）

承问加意只作中间四句，其弊何自而起？弟生既晚，亦何从知？以意揣之，则疑正是唐人自起。盖其一起一结，自是本人开胸平吐，固更不须造作。至于既起之后，用两句作承，未结之前，用两句作转。此时争奇斗艳，正复多财善贾，因而人人贯珠，家家编贝。此风一扇，其波遂靡。当时固不料今日之一至于斯，今日亦不料当时之乃为如此也。（《与张原田梅牲》）

今人加意作中间四句，其端必是起于唐人。盖此体既以取士，则居恒揣摩之时，其才者组练，不才者抄撮。当时亦必有如今世之备考脚本，一时沿习既便，即不免父兄以教，子弟以学，纷然尽出于斯，而毫不以为耻者。后人不得其故，便以为诗只要作此中间四句。殊不知彼固多多预储，以俟试日之用得与用不得。而今则一挣得四句，即不顾用得与用不得，便自装头装尾，要算一首诗也，然否？（《与殷嘉生丽》）

诗与文，虽是两样体，却是一样法。一样法者，起承转合也。除起承转合，更无文法，除起承转合，亦更无诗法也。学作文，必从破题起，学作诗，亦必从第一二句起。从第一二句起，方谓之诗，为其有起承转合也。不见人学作文，却先作中二比也。（《示顾祖颂孙闻韩宝昶魏云》）

·七言律诗，虽较五言又多一｜六字，然毕竟为地至偪窄矣，那可于其中间又听一字落空。（杜诗书头）

七言律诗八七五十六字，便是五十六座星辰，一座一座皆有自家职掌，一座一座又有大家联络。岂可于其中间，忽然孛一妖星，非但无所职掌，乃至无其着落。（《与叔祖正士佶》）

唐律特未易看也。有诗八七五十六字，字字皆有原故，如龙鳞遍身，鳞鳞出雨。有诗八七五十六字，只得一字二字是其原故，如龙鳞爪万变，却只为一珠。（《与刘生三古洵》）

一诗也，有人读之而喜，有人读之而悲者，则以一诗通身写喜，而其中间乃于不意之处却悄然安得一字，又安得者是一虚字，而一时粗人读之，以不觉故，于是遂喜；细人读之，则恰恰注眼射见此字，因而遂更悲也。（《与王勤中宪武》）

作诗须说其心中之所诚然者，须说其心中之所同然者。说心中之所诚然，故能应笔滴泪；说心中之所同然，故能使读我诗者应声滴泪也。今如作中四句诗，此为心中之所诚然者乎？此为心中之所同然者乎？若唐律诗，亦只作得中之四句，则何故今日读之，犹能应声滴泪乎？（《答沈匡来元鼎》）

唐人思厚力大，故律诗本前后分解，而彼字字悉以万卷之气行之，于是人之读者，更不睹其有出入起伏之迹也。后之人先不曾读万卷，及看唐律诗，又不见其有出入起伏之迹，于是诵其一句，误认一意，遂谓四句四意。甚至有诗误谓其八句八意，因而又复矻矻然逐句作之。（《答闵康祉云祈》）

唐律诗，凡写景处所用一切花木虫鸟等物，彼俱细细知其名字、相貌、性情、香气、疗治、占验无不精切。先时罗列胸中，一齐奔走腕下，故有时合用几物，却是只成一义。今之人不然，写一物只是一物，写两物便是两物，甚至欲作闲斋即事诗，假如庭中却有三五样物，彼则心手沾沾然，竟不知应写此物耶，应写彼物耶？（《答陆予载志舆》）

唐人作诗会分解，故有好起好结。今人不会分解，故无好起好结也。唐人有好起好结，故三四五六虽复堆金砌碧，皆如清空。今人无好起好结，故中间但有一珠一翠，皆可剔取作别处镶嵌也。新分李义山十余首，先呈教。（《与吴敬生》）

865

弟读唐人七言近体，随手闲自钞出，多至六百余章，而其中间乃至并无一句相同。弟因坐而思之，手之所捻者笔，笔之所蘸者墨，墨之所着于纸者，前之人与后之人，大都不出云山花木，沙草虫鱼近是也，舍是即更无所假托焉。而今我已一再取而读之，是何前之人与后之人，云山花木沙草虫鱼之犹是，而我读之之人之心头眼底，反更一一有其无方者乎？此岂非其一字未构以前，胸中先有浑成之一片，此时无论云山，乃至虫鱼，凡所应用，彼皆早已尽在一片浑成之中乎！不然而何同是一云一山一虫一鱼，而入此者不可借彼，在彼者更不得安此乎？（《与许祈年来光》）

初欲作诗，且先只作前解，且先只学唐人一二起法，三四承法。唐人一二起如郁勃，则三四承之必然条畅，条畅所以宣泄其郁勃也。唐人一二起如闲远，则三四承之必然紧峭，紧峭所以逼取其闲远也。起如叙意，则承之必急写景，写景以证我意也。起如写景，则承之必急叙意，叙意以销我景也。小处说起，则承之必说到大处；大处说起，则承之必说到小处；顺起，则承之必以逆；逆起，则承之必以顺；空起，则承之必以实；实起，则承之必以空；直起者，必曲承之；逼起者，必宽承之；高提笔起者，必根切承之；低屈笔起者，必浩衍承之；精赤骨律起者，必姿媚承之；堆金砌碧起者，必雪淡承之。此是唐人前解四句一定方法。汝欲学时，不妨于私室无人之处，择取数十百首，尽截去其后解，且先细学前解。前解入手，而后解如破竹矣。（《与季日接晋》）

三四不比五六，此是一诗正面，措语最要温厚，最要绵密，最要高亮，最要严整，最要鲜新，最要矫健，最要蕴藉，最要委婉。作温厚语切忌颓唐，作绵密语切忌拖沓，作高亮语切忌叫啸，作严整语切忌迂板，作鲜新语切忌韶稚，作矫健语切忌傲岸，作蕴藉语切忌寡淡，作委婉语切忌弛散。（《示雍》）

三四写得秾丽，最是好手。但好手写到秾丽时，必是空无一字。（《吴周维之升》）

三四写得平淡，最是好手。但好手写到平淡时，必是咬咀之其中有无限至味。（唱经堂西柱）

三四自来只是承之一体，不必用力太过。若上文发笔意在起句，则三四可尽承起句。若发笔意在次句，则可尽承次句。若发笔起句次句尽有意，则三四必须双承之。双承之者，或是顺承，或是逆承。顺则三承一，四承二；逆则三反先承二，四乃徐承一也。此只是唐人出手极平常事，人自不察。玄解如先生，必能许我。（《答蔡九霞方炳》）

三四自来无不承一二，却从横枝蠹出两句之理。若五六，便可全弃上文，径作横枝蠹出，但问七八之肯承认不肯承认耳。（《答家叔胜私希仁》）

承问唐人三四必承一二，此理以何为验？甚为欣感。我亦只以眼前几篇烂熟诗验之耳。只如李太白"吴宫花草""晋代衣冠"，便是承"凤去台空"；郎君胄"月在上方""心持半偈"，便是承"夜叩禅扉"；钱员外"幽溪鹿过""深树云来"，便是承"红泉翠壁"。杜工部"西望瑶池""东来紫气"，便是承"承露金茎"；"遂有冯夷""始知嬴女"，便是承"上帝高居"；"自去自来""相亲相近"，便是承"清江一曲"。盖云江本不曲，若得清江而肯一曲，则环抱之村，便成绝境，我于其中，既不设桥，亦不置艇，滔滔长夏，寂寂无人，问谁去来？则有江燕，孰与亲近？则指闲鸥。此正翻《论语》旧句成新诗，犹言斯人之徒吾不敢与，禽鸟差可与同群。（《答陈汉瑞》）

弟固非知诗者，但弟实曾细认唐律诗矣。三四决非五六也，五六是一诗已到回身转向之时，若三四则固方当一诗正面也。今之词家，乃欲令三四五六便如两行榆柳成对森列，斯实过矣。（《答史夔友尔祉》）

诗非无端漫作，必是胸前特地有一缘故，当时欲忍更忍不住，于是而不自觉冲口直吐出来，即今之一二起句是也。但其冲口直吐出来之时，必要借一发端，或指现景，或引故事，或竟直叙，或先空叹。当其作势振落之际，法更不得不先费去十数来字，而于是其胸前所有特地之一缘故，乃竟只存得三四字矣。因而紧承三四，快与疏说，此固万万不得不然，一定之常理，亦初非奇事也。（《答沈文人永令》）

律诗如四时，一二须条达如春，三四须蕃畅如夏，五六须揪敛如秋，七八须肃穆如冬。先生澄怀味道之暇，试复尽出唐人名作，处处测之。（《与宋畴三德宏》）

唐人三四多作侧卸，最是好看。而老杜为尤得其法，如"羞将短发还吹帽，笑倩傍人为正冠""老去诗篇浑漫兴，春来花鸟莫深愁""常怪偏裨终日待，不知旌节隔年回""永夜角声悲自语，中天月色好谁看""郡人入夜争余沥，稚子寻源独不闻""楚妃堂上色殊众，海鹤阶前鸣向人""我已无家寻弟妹，君今何处访庭帏""石出倒听枫叶下，橹摇背指菊花开""竹叶于人既无分，菊花从此不须开""迁转五州防御使，起居八座太夫人""负盐出井此溪女，打鼓发船何郡郎""怅望千秋一洒泪，萧条异代不同时""不为困穷宁有此，只缘恐惧转须亲""岂谓尽烦回纥马，翻然远救朔方兵""乘舟取醉非难事，下峡销愁定几巡""花径不曾缘客扫，蓬门今始为君开""此时对客遥相忆，送客逢春可自由""昔去为愁乱兵入，今来已恐邻人非""但使闾阎还揖让，敢论松竹久荒芜""安得仙人九节杖，拄到玉女洗头盆""酒债寻常行处有，人生七十古来稀""且看欲尽花经眼，莫厌伤多酒入唇""苦遭白发不相放，羞见黄花无数新""更为后会知何地，忽漫相逢是别筵""万里伤心严谴日，百年垂死中兴时""岂有文章惊海内，漫劳车马驻江干""已知出郭少尘事，更有澄江销客愁"，皆是意思沉着，音节悲凉，

使人只读其二句十四字，便如读得贾谊《治安》三策与《庄子·齐物》一篇，真是天上人间，直上直下，异样快活，更非平举二句之得比也。（《示雍又与顾掌丸》）

三四必欲如崔汴州"白云千载空悠悠"，此岂可复得哉？当时惟有李青莲"芳洲之树何青青"，分明便是一笔脱成，然而上之三句，早已所失无算。沛公真是天授，胡可以学之也！（《答章湘御静宜》）

唐人三四，如"才是寝园春荐后，非关御苑鸟衔残""只言啼鸟堪求侣，无那春风欲送行""到来函谷愁中月，归去磻溪梦里山""鸿雁不堪愁里听，云山况是客中过""越人自贡珊瑚树，汉使何劳獬豸冠""叶县已泥丹灶毕，瀛洲当伴赤松归""寒雨送归千里外，春风沉醉百花前""江客不堪频北望，塞鸿何事又南飞""渔父置辞相借问，郎官能赋许依投""世事茫茫难自料，春愁黯黯独成眠""真僧出世心无事，静夜名香手自焚""能令瀑水清人境，直取流莺送客杯""青镜流年看发变，白云芳草与心违""已被秋风教忆鲙，更闻寒雨劝飞觞""正当秋风渡辽水，那值远道伤离群""暂惊风烛难辞世，便是莲花不染身""丹阙未承双凤诏，开门空对楚人家""不见山中人半载，依然松下屋三间""夜半听鸡梳白发，天明走马入红尘""京邑旧游劳梦想，历阳秋色正澄鲜""岂似满朝承雨露，共看传赐出青冥""欲为圣朝除弊事，肯将衰朽惜残年""组纴常在佳人手，刀尺空劳寒女心""知爱鲁连归海上，可令王蠋在频阳""楚山远色独归去，灞水空流相送回""更无新燕来巢屋，大有闲人去看花""由来碧落银河畔，可要金风玉露时""一春梦雨常飘瓦，尽日临风不满旗""玉玺不缘归日角，锦帆应自到天涯""徒令上将挥神笔，终见降王走传车""空庭苔藓饶霜露，时梦西山老病僧""迎忧急鼓疏钟断，分隔休灯灭烛时""巧峡岂能无本意，良辰未必有佳期""自欲放怀犹未得，不知经世又如何""尘

世难逢开口笑，菊花须插满头归""何人更结王孙袜，此客空弹贡禹冠""两见梨花归不得，每逢寒食一潸然""千年事往人何在，半夜月明潮自来""一自仙娥归碧落，几年春雨洗红兰""行人自笑不归去，瘦马独吟真可哀""正穿诘曲崎岖路，更听钩辀格磔声""题诗朝忆复暮忆，见月上弦还下弦""居士只今开梵处，先生旧是草玄堂""高窗曲槛仙侯府，折苇荒芹白鸟家""故山岁晚不归去，高塔天晴独自登""曹公尚不能容物，黄祖何因反爱才""圣主尚嫌蕃界近，将军莫恨汉庭遥""人在下方冲月上，鹤从高处破烟飞""看处便须终日住，算来宁得此身闲""四时最好是三月，一去不回惟少年""空庭日午独眠觉，旅梦天涯相见回""惟对松篁听刻漏，更无尘土翳虚空""为客正当无雁处，故园谁道有书来""皆言洞里千株好，未胜庭前一树幽""雨里共寻幽涧菊，樽前俱是故乡人""四海共谁言近事，九原从此负初心""锦字莫辞连夜织，塞鸿常是到春归""细草拥坛行不得，落花沉涧水流香"，其法皆侧卸而下，最是好手。先生试一一寻出，连上一二，抗声读之，便知近日中间四句之断断非是。弟无似，人不肯信，得先生三吴才子一言，实为重轻。（《与尤展成侗》）

三四只得十四字，而于其中下得四数目字者，如高达夫"百年将半仕三已，五亩就荒天一涯"，真是绝代妙笔。后来乃又有柳子厚"一身去国六千里，万死投荒十二年"，便更于十四字中，下却六数目字，此所谓强中更有强中手也。（《与沈鳞长龙昇》）

李义山诗曰："杜牧司勋字牧之，清秋一首杜秋诗。前身应是梁江总，名总还应字总持。"此更无余人得步其后者。忽又见韩冬郎诗曰："岸上花根总倒垂，水中花影几千枝。一枝一影寒山里，野水野花清露时。"便是一对好手也。（《与顾晦年陈眰》）

唐人三四，最喜侧卸而下，弟既尝为同学之人言之矣；乃或于一样侧卸中，又每每有作拗一句法者，此又非侧卸之谓，不可不致辨也。如"只言啼鸟堪求侣，无那春风欲送行""朝瞻双顶青冥上，夜宿诸天色界中""逋客未能忘逸兴，辟书翻遣脱荷衣""江客不堪频北望，塞鸿何事又南飞""不见山中人半载，依然松下屋三间""已脱素衣参幕客，却为精舍读书人""客舍莫辞先买酒，相门曾忝并登龙""巧晦岂能无本意，良辰未必有佳期""浮世本来多聚散，红蕖何事亦离披""一名我漫居先甲，千骑君翻在上头""遥知杨柳是门处，似隔芙蓉无路通""仙籍不知名姓有，世情真见往来疏""晨鸡未暇鸣山底，早日先来照屋东""近来雅道相亲少，惟仰吾师独得深""虽蒙静置疏笼晚，不似闲眠折苇秋""虽愁野岸花房冻，还得山家药笋肥""兰亭旧址虽曾见，柯笛遗音已不传""振锡才闻三径草，登船又挂一帆风""新劚松萝还不住，爱寻云水拟何之"，皆是于题外故作一拗，以自摅其胸前离奇屈曲之气，此又非侧卸一例之所得同也。（《与周静香荃》）

弟每举唐人三四侧卸之法，二三同学兄弟，闻之无不雀跃。然弟则又见其于侧卸之中，又另有拗一句与陪一句之法，此殊不可总以侧卸二字漫付之也。如"鸿雁不堪愁里听，云山况是客中过""天上河从阙下过，江南花向殿前生""甲子不知风御日，朝昏惟见雨来时""门临苍莽经年闭，身逐嫖姚何日归""漫有长书忧汉室，空传哀些吊沉湘""暗写五经收部帙，初年七岁着衫衣""门依高柳空飞絮，身逐闲云不在家""身外尽归天竺偈，腰间未解会稽章""眼穿常讶双鱼断，耳热何辞数爵频""只令文字传青简，不使功名上景钟""登第早年同座主，相思今日异州人""花枝满院空啼鸟，尘榻无人忆卧龙""半岸泥沙孤鹤立，三堂风雨四门开""寺寺院中无竹树，家家壁上有弓刀""碧落有情还怅望，瑶台无路可追寻""拂曙紫霞生石壁，何年绛节下层城""金管曲长人尽醉，玉簪恩重独生愁""愁里又闻清笛怨，望中不见白衣来""去雁远冲云梦泽，离人独上洞庭船""蝴蝶梦中家万里，子规枝上月三更""青云满眼不干禄，白发盖头惟著书""月明南浦梦初断，花落洞庭人未归""一瓶一钵垂垂老，千水千山得得来"，皆是明明走出题外，先陪一句，然后只以一句便完正题也。拗则如只言啼鸟云云。每见先生新作，最为顿挫如意，知其于此法甚深，故弟特地举似，用相怡悦。长夏无事，尚欲过香轮堂中快领余教。（《与顾五玉予鼎》）

唐人三四两句平写两景者更不必论，其中又有两句恰写一景者，如"昨夜葡萄初上架，今朝杨柳半垂堤""悬萝弱筱垂清浅，宿雨朝暾和翠微""云飞北阙轻阴散，雨歇南山积翠来""秦女峰头雪未尽，胡公陂上日初低""家散万金酬士死，身留一剑答君恩""内史旧山空日暮，南朝古木向人秋""暮雨不知郧口处，春风只到穆陵西""汉口夕阳斜度鸟，洞庭秋水远连天""平芜万里何人去，落日千山空鸟飞""秋草独寻人去后，寒林空见日斜时""野棠开遍空流水，江燕初归不见人""寒雨送归千里外，春风沉醉百花前""高斋独宿远山曙，微霰下庭寒雀喧""真僧出世心无事，静夜名香手自焚""长溪南路当群岫，半影东林照数家""连雁下时秋水在，行人过尽暮烟生""秦地故人成远梦，楚天凉雨在孤舟""初行竹里惟通马，直到花间始见人""无事日长贫不易，有才年少屈终难""空庭绿草闲行处，细雨黄花独对时""京邑旧游劳梦想，历阳秋色正澄鲜""野戍岸边留画舸，绿萝阴下到山庄""朦胧闲梦初成后，宛转柔声入破时""白日当空天气好，暖风吹面柳阴凉""人在定中闻蟋蟀，鹤曾栖处挂猕猴""楚山远色独归去，灞水空流相送回""更无人处帘垂地，欲拂尘时簟竟床""一院落花无客醉，五更残月有莺啼""湖上残棋人散后，岳阳微雨鸟归时""雉飞鹿过芳草远，牛巷鸡埘春日斜""岭猿群宿夜山静，沙鸟独飞秋水凉""溪云初起日沉阁，山雨欲来风满楼""碧云千里暮愁合，白雪一

声春断肠""橘花满地人亡后，菰叶连天雁过时""月过碧窗今夜酒，雨昏红壁去年书""一声溪鸟暗云散，万片野花流水香""残星几点雁横塞，长笛一声人倚楼""满楼春色旁人醉，半夜雨声前计非""遥知杨柳是门处，似隔芙蓉无路通""半夜秋风江色动，满山寒叶雨声来""残春花尽黄莺语，远客愁多白发生""秋深频忆故乡事，日暮独寻荒径归""香销南国美人尽，怨入东风芳草多""月明古寺客初到，风动闲门僧未归""侵阶草色连朝雨，满地梨花昨夜风""难归故国干戈后，欲告何人雨雪天""行人自笑不归去，瘦马独吟真可哀""黄叶黄花古城路，秋风秋雨别家人""去雁远冲云梦泽，离人独上洞庭船""鸟在寒枝栖影动，人依古堞坐禅深""枫汀尚忆逢人别，麦陇惟应欠雉眠""帘斜树隔情无限，烛暗香残坐不辞""江人依旧棹舴艋，江岸还是飞鸳鸯""天边飞鸟东西没，尘里行人早晚休""几树好花闲白昼，满庭芳草易黄昏""滩响忽惊何处雨，松阴自转一峰晴""细水流花归别涧，断云将雨下孤村""避客野鸥真有感，损花微雪故无情""浓春孤馆人愁坐，斜日空园花乱飞""滩头鹭占清波立，原上人侵落照耕""高阳酒徒半凋落，终南山色空崔嵬""秋风万里芙蓉国，暮雨千家薜荔村""数茎白发生浮世，一盏寒灯共故人""月明南浦梦初断，花落洞庭人未归""深秋猿鸟来心上，彻夜松杉在眼前"，此皆一时亲眼熟睹现前妙景，更不自意早从舌尖指尖忽然平流出来，所谓一片光明，略无痕迹。临济大师偈云：吹毛用了急须磨。此便是吹毛利刃用过急磨之事，如使稍滞见闻觉知，早已箭过新罗，更没交涉也。（《与张晦于伦》）

唐人作诗，皆有风义。如欲誉一人，此必其人遭时屈折，故特扶进之也。若其在逢时得意之人，则必望其进所未能也。爱其人之至，而人或有过，则微讽切之，非因以逞己之私怨也。居其邦，不窃议其大夫之得失，恶伤治也。常亦抚时太息者，欲行其所学问也。富贵初非其谋也，或老至而思休，是亦

人之大凡也。连类而引物者，所以比也，非玩物以丧志也。弟比日随手钞得七言律体六百余篇，尽是温柔敦厚之言，甚欲先生为我一订正之。（《与许孝酌王俨》）

唐无讥切朝政之诗，或间有之者，乃是殷鉴既往，人所共见，则始婉引之以戒将来耳。（《答沈湘完永荪》）

讽切之诗，未有不本于吾心之甚爱者。如其不本于所甚爱，而徒横出无妄之言以诋诬人，此诗之贼也。（《与蔡蔼士芬》）

古称君子居其邦，不敢非其大夫，何况于至尊哉！或曰诗有讽谏之义，则吾闻位卑言高，尚宜有罪，如何草野辄敢肆言！吾君自有台院之臣，吾党其为有道之庶人可也。（《与人》）

胸中无所甚感，而欲闲取景物而雕镂之，岂非诗之蠹蚀哉！（唱经堂柱）

微闻四郊说有小警，辄更张皇其言曰：我于兵戈涕泪，乃至不减老杜。呜呼，此好乱之民也！以后若见此等诗，幸悉付火烧之，更共为昌明惇厚之言。（《与叶有大弘勋》）

诗者，人之心声也。人之心未有不孝弟者，然则诗固人之孝弟之声也。弟比日在舍略说唐人七言律体，弟先私自作誓，苟有不本于心之所诚然者，我当悉择弃之。而唐之人乃更无不本于心之诗。（《与高元丹茂梓》）

诗者，圣人之遗教也。则有一字一句稍或诡于圣人也者，我当勿敢出也。诗者，天地之元声也，则有一句一字稍或违于天地也者，我当勿敢出也。（《与陈尔牧济让》）

律诗一二三四，只是说其甚诚之心。（《答沈允兼志斌》）

诗至五六而转矣，而犹然三四，唐之律诗无是也。诗至五六虽转，然遂尽脱三四，唐之律诗无是也。得便过我，试取唐律细细看之。（《与毛序始》）

五六，乃作诗之换笔时也。（书杜诗背）

作诗至五六，笑则始尽其乐，哭则始尽其哀。（《答俞安稳汝钦》）

唐律诗后解七八，多有"此"字者，"此"之为言，即上五六二句也。如"谁谓此中难可到"，此中，即经声天语炉气御香之中也。"来朝此地莫东归"，此地，即楼台气色凫雁光辉之地也。"此日侍臣将石去"，此日，即文成天象酒作寿杯之日也。"即此欢娱齐镐宴"，即此，即花飞锦绣鸟啭管弦之此也。"悬知此地是神仙"，此地，即遥接银汉直连紫微之地也。"宸游对此欢无极"，对此，即细草承华飞花落筵之此也。"谁与王孙此地归"，此地，即鸟讶山经花随月令之地也。"仙家未必能胜此"，胜此，即水喧笑语树隐房栊之此也。"何曾得见此风流"，见此，即茱萸宜寿翡翠作愁之此也。"此地从来可乘兴"，此地，即云开帆远路绕马迟之地也。"无如此处学长生"，此处，即北枕秦关西连汉畤之处也。"此外俗尘都不染"，此外，即如意天花闲房春草之外也。"从此舍舟何所诣"，从此，即枫叶夕阳芦花秋水之此也。"迁客此时徒极目"，此时，即兰叶风起桃花浪生之时也。"此处别离同落叶"，此处，即高人解榻过客登楼之处也。"向此隐来今几载"，向此，即闲花落书低柳碍鸟之此也。"别后此心君自见"，此心，即城闭清江马嘶白露之心也。"文体此时看又别"，此时，即佳期把酒远意登楼之时也。"此日相逢思旧日"，此日，即近臣零落仙驾飘飘之日也。"此心期与故人同"，此心，即苍苔古道落木寒泉之心也。"东阁此时闻一曲"，此时，即烟添柳色鸟踏梅花之时也。"九天未胜此中游"，此中，即涧发橙花山稠桂叶之中也。"对此独吟还独酌"，对此，即云衔日脚风驾潮头之时也。"此地还成要路津"，此地，即华表霹雳碑文埃尘之地也。"欲知此后相思梦"，此后，即瘴云似墨春水如天之后也。"到此诗情应更远"，到此，即江气连城山光满郭之此也。"此处吟诗向山寺"，此处，即阊门柳远茂苑莺新之处也。"君于此外复何求"，此外，即翡翠相逐鸳鸯共游之外也。"惆怅路岐真此处"，此处，即江汉连天乡关满眼之处也。"簪笔此时方侍从"，此时，即草承香辇桃艳仙颜之时也。"谢公此地昔年游"，此地，即山钟度江汀月生楼之地也。"从来此地黄昏散"，此地，即张盖渡江回头望柳之地也。"心许故人同此意"，此意，即韬钤经济岩壑隐沦之意也。"须知此恨难销得"，此恨，即花应怅望水莫潺湲之恨也。"古往今来只如此"，如此，即但酬佳节不怨落晖之此也。"此日沾巾念岐路"，此日，即正叹江南仍思塞北之日也。"此时愁望情多少"，此时，即思随原草书到海门之时也。"回首城中见此山"，此山，即竹户半开松枝初霁之山也。"独坐高窗此时节"，此时节，即雁飞霜落书寄人回之时节也。"此时为尔肠千断"，此时，即桂江泊雨梅岭阻程之时也。"相送河桥羡此行"，此行，即麦凉水店鲈美莼羹之行也。"此行怜我必多事"，此行，即一径就郭千花掩溪之行也。"古贤暮齿方如此"，如此，即欹枕钓鱼隔窗攀果之此也。"便来此地结茅庵"，此地，即萧帝松寺嫦娥桂潭之地也。"不得支公此会同"，此会，即鹤来珠象鸽在宝幡之会也。"争得共君来此住"，来此，即桂影茶具蘋花钓筒之此也。"若知方外还如此"，如此，即孤岛迎月远山送霞之此也。"只此萧条已白头"，只此，即山当大海云连古堑之此也。"旧山山下还如此"，如此，即尽日无人有时经雨之此也。"只此引人离俗境"，只此，即山深寒在松风韵长之此也。"此处正安吟榻好"，此处，即鼋鼍云嶂潺湲月溪之处也。故知

五六特为生起七八，非与三四同写景物也。（《与家叔若水及舍弟释颜》）

诗至五六，始发亮音。（天女房窗上）

唐人作律诗，不出五六，则无由结耳，非于三四后又欲为五六也。（《与沈初授世梾》）

特为五六，所以结也。特为五六，而又别结，则是五六费也。唐之律具在，澄怀味道之暇，试复闲过艺林一寻讨之。（《答熊焦易林》）

唐人律诗，三四承上一二，固各写题所应写也，至五六始多感矣。感者，必言秋，必言晚。如"猿狖何曾离暮岭，鸬鹚空自泛寒洲"，如"关河曙色催寒近，御苑砧声向晚多"，如"鸦翻枫叶夕阳动，鹭立芦花秋水明"，如"城隅绿水明秋日，海上青山隔暮云"，如"孤城晚闭清江上，匹马寒嘶白露时"，如"三湘愁鬓逢秋色，万里孤舟对月明"，如"旌旗四面高秋见，丝竹千家静夜闻"，如"山随匹马行将暮，路入寒城去欲迟"，如"雨余古井生秋草，叶尽疏林见夕阳"，如"孤猿学定前山夕，远雁伤离几地秋"，如"荷翻团露惊秋近，柳转斜阳过水来"，如"石麟埋没藏秋草，铜雀荒凉对暮云"，如"天接海门秋水色，风飘隋苑暮钟声"，如"深秋帘幕千家雨，落日楼台一笛风"，如"千秋钓艇歌明月，万里沙鸥弄夕阳"，如"高树有风闻夜磬，远山无月见秋灯"，如"鸟下绿芜秦苑夕，蝉鸣黄叶汉宫秋"，如"鸦噪暮云归古堞，雁迷秋雨下空壕"，如"一樽酒尽青山暮，千里书来碧树秋"，如"帆飞震泽秋江远，雨过陵阳晚树寒"，如"残柳宫前空露叶，夕阳川上浩烟波"，如"市朝迁变秋芜绿，坟冢高低落照红"，如"秋声暗促河声急，野色遥连日色黄"，如"蝉响夕阳风满树，雁横秋浦雨连天"，此皆人之自然之情，当其临时对景，则不自觉恻然其自言之者，并非有所相袭也。（《与后堂庄严法师及栴檀安庠二师》）

至于前从塔下见弟子所述，律诗五六，多举"秋"字、"晚"字，云欲寻诗细看。如看者，便须带看其三四，亦多有举"秋"字、"晚"字时。如"暮云空碛时驱马，秋日平原好射雕"，如"秋后见飞千里雁，月中闻捣万家衣"，如"内史旧山空日暮，南朝古木向人秋"，如"汉口夕阳斜度鸟，洞庭秋水远连天"，如"秋草独寻人去后，寒林空见日斜时"，如"山色远连秦树晚，砧声近报汉宫秋"，如"落日澄江乌榜外，秋风疏柳白门前"，如"蒹葭晚色苍苍远，蟋蟀秋声处处同"，如"寒树依微远天外，夕阳明灭乱流中"，如"连雁下时秋水在，行人过尽暮烟生"，如"立马望去秋塞净，射雕临水晚天晴"，如"岭猿群宿夜山静，沙鸟独飞秋水凉"，如"刘伶坟下稻花晚，韩信庙前枫叶秋"，如"高鸟过时秋色动，征帆落处暮云平"，如"秋深频忆故乡事，日暮独寻荒径归"，如"树隔五陵秋色早，水连三晋夕阳多"，如"虽蒙静置疏笼晚，不似闲栖折苇秋"，如"深秋猿鸟来心上，彻夜松杉在眼前"，此虽同一秋与晚也，然其为感则一，其措手乃各自不同，既已看，便不可不致察。（《答解脱法师》）

唐律诗三四五六，多有用"秋"字、"晚"字者，若在五六，则是转调高唱，以生七八之感也。其在三四，只是平写现景，以证一二之事也。虽同只得二字，而句体乃极不同。不信，但试取三四之用"秋""晚"字者，强欲与之结之，看可下得结语否？（《答沈鸿章永卿》）

律诗结，大不易，不得过悲，不得过愤，不得意尽，不得另添。其轻重之与远近，在于只管诵其前解，则心自能称等之。（《答王轮中宪度》）

来教说诗，可谓最精，夫唐人律诗后解，其于前解，正如善骨董人之急观其复手也。（《答绥祉焯禧》）

弟谛观唐人律诗，其起未有不直贯到尾者，其结未有不直透到顶者。若后来人诗，则起乃不能贯三四，结乃不能透五六，此为唐人与后人之辨也。（《与陈世则弘训》）

弟每见有人言唐某人某诗，其一结更精，使我读之，一时渺然无际，此最是可笑。夫一结渺然无际者，必其五六先已渺然无际者也，如之何乃但说其一结更精？（《与沈子拱沈松年》）

一夏所说唐律分解，共成八卷，今先以钞本奉致，望于文课之暇，私以尊意试呈令叔。令叔如有不然，便乞先以示我。盖弟前年有一书，松老大以为不佳。弟则逾年而后始心降也。（《与顾尼备嗣曾》）

所以独不入杜诗者，吾于杜诗乃无间然，犹孟子之于孔子，所谓愿学斯在者也。吾不敢以愿学之人之手，而上上于所愿学之人之诗也。（《答韩释玉藉琬》）

弟选唐律诗六百篇，而必始之以必简先生者，凡所以尊杜也。若曰唐一代之诗，既于杜乎集大成矣，则更不能不托始于杜也，又况必简先生之诗，实为唐初之鼎鼎者。（《与五禹庆复阳》）

弟于唐律诗，不敢以难之心处之，为其诗则皆其人之诚然之心也，非别有所作而致之者也；又不敢以易之心处之，为其诗则皆其人生平所读万卷之诗之所出也，非率尔能为是言者也。知弟者，其惟许子庶庵乎？何故至今久不见来？（《与杨云珮廷章》）

初唐、盛唐、中唐、晚唐，此等名目，皆是近日妄一先生之所杜撰。其言出入，初无准定。今后万不可又提置口颊，甚足以见其不知诗。（《答敦厚法师》）

弟新述唐七言律体诗，六百篇呈览。鄙意既在分解，便不及将心别注。中间或有疏脱，幸一一有以教弟。（《与嵇匡侯永仁》）

弟子即日新分唐七律诗，得六百首，缮写已竟，便欲于七月解夏之晨，敬告释迦文佛大师，望其加被广作欢喜，仰祈法师过我共读，盖此便是解一切众生语言大陀罗尼，故更不欲再诵别陀罗尼也。（《请云在开云二法师》）

男雍释弓集撰

学人顾祖颂孙闻校过

游龙门奉先寺

一游直遂去，几欲失招提。

月直夜将半，霜寒鸟未啼。

下民全梦寐，上界入玻璃。

心地能无动，榛苓我念西。

铜　瓶

美人脱纤手，此日下寒泉。

泥蚀夔龙尽，天令体格全。

遭时方丧乱，欲汝更迁延。

明福全无信，深为早出怜。

可　惜

花汝有何限，连朝力疾飞。

不愁樽罄尽，可惜兴全非。

子美篇篇老，陶潜顿顿饥。

迟生又千载，惆怅与谁归？

从韦二明府续处觅绵竹三数丛

可惜舍前江水清，只争舍后竹林成。

华轩得省幸早寄，莫误明年春笋生。

寄高三十五詹事

乱后人逾少，年高心最孤。

何曾一日夕，不望问泥涂。

水落双鱼尽，春深一雁无。

沉吟楼借杜诗

金圣叹

不然虽宦达，未至弃潜夫。

李监宅二首

天且忘龙种，人犹选雀屏。
春风开二室，花烛对三星。
特达排时俗，分明合礼经。
亦知鹰隼器，一为刷毛翎。

其二

龙子应归海，鹅儿暂借巢。
曲房花灼灼，深院鸟交交。
挥手停箫管，封侯觅鼓铙。
出门骑马去，昨夜妇亲教。

酬高三十五适人日见寄

连年人日多春阴，今年人日稍称心。
便觉病体得苏息，行下草堂窥树林。
树林微光作年好，柳条梅蕊尤能早。
妻子殊方泥杀人，不然此时我醉倒。
是日东风尔许来，心疑尔正行春回。
椎牛杀羊酒无算，吹角击鼓喧如雷。
酒酣鼓止双扶退，四面如花卧屏内。
纵使殷忧到两京，那望故人承一睐？
初八上弦初九晴，十三十五放灯明。
计程恰是人日发，诗到草堂真可惊。
认印开缄见名字，走之刺眼光相媚。
其中感愤皆人伦，至于清新且余事。

因思是日我正愁，安得如尔十数俦。
东西南北有脽户，我欲共尔先绸缪。
诗云今年不如愿，未必明年又能健。
天子虎臣此何语，老夫龙钟尚能饭。
珍重裁诗答故人，草堂不为养闲身。
但使青云求补衮，还将白发著纶巾。

寄常征君

六月风林好葛巾，征君忍热去垂绅。
野凫眠岸梦何事？老树著花思媚人。
深恐事烦还服食，更愁参谒露天真。
嵇康敢向山公说，我欲时时一欠伸。

熟食日示宗文宗武

消渴春尤甚，兵戈道正长。
今朝吾熟日，他日汝还乡。
梦寐通坟墓，神灵缺酒浆，
会期殊不远，何以答祠堂？

又示两儿

令节非吾事，他时识此言。
悬知多涕泪，且复强盘飧。
骸骨判如此，田园曷用存？
江州与长葛，随汝去招魂。

湘夫人

缘江水神庙，云是舜夫人。

姊妹复何在？虫蛇全与亲。

搴帏俨然坐，偷眼碧江春。

未必思公子，虚传泪满筠。

上巳日徐司录林园宴集

白发了无兴，青春勉就人。

袚除全怯水，杯酒暂沾唇。

不弃群贤德，难支老病身。

明年谁会此，天道最泯泯！

宴胡侍御书堂 公自注：李尚书之芳郑秘监审同集归字韵

余日帘钩尽，新花院落飞。

移樽近书架，点笔候灯辉。

天下吾侪事，文章举世非。

厌厌毕今夜，仆马汝先归。

吾宗

吾宗老孙子，无誉足耕田。

僮仆皆知命，羊牛尽太平。

三秋陈晒日，五柳扳门前。

日照便便腹，遗经百十篇。

麂

青溪闻最远，未必接华筵。

何事烟霞客，陈身比箸前。

呦呦微不慎，濯濯竟难全。

苹草今从长，余生已不还。

天宝初南曹小司寇舅于我太夫人堂下累土为山一篑盈尺以代彼朽木承诸焚香瓷瓯瓯甚安矣旁植慈竹盖兹数峰嵚岑婵娟宛有尘外数致乃不知兴之所至而成诗

经营同爱弟，岩峦入庭除。

真有云烟出，兼之竹树疏。

诸天香袅袅，万寿乐徐徐。

至性何多媚，终身天宝初。

王十五司马弟出郭相访兼遗营草堂资

生涯丁此日，吾道在江边。

直为林塘好，非求卜筑偏。

城中盛冠盖，表弟独哀怜。

不特存衰老，兼能割俸钱。

提封

提封盛唐国，犹故太宗时。

直以军书下，翻令百姓疑。

臣尝闻俎豆，素不学旌旗。

田野荒芜甚，深忧黠者知。

王十五前阁会

晚晴江岸湿，老病杖藜难。

值汝登高阁，来呼心所欢。

江鱼不厌细，破腹未容餐。

竹叶禁三爵，银花只满盘。

愁 公自注：强
戏为吴体。

江水流春不当春，江花江草故愁人。

开头捩舵汝何往？击鼓鸣铙皆不伦。

巫峡啼猿真进血，楚天朝雨最通神，

老夫欲寄精诚去，凭仗高风达紫宸。

燕子来舟中作

无官只合置天涯，偏有寻人燕子斜。

旧岁未成为地主，今春真累过寒家。

村村社鼓邀分肉，岸岸朱轮赴看花。

谅汝从来飞不惯，滩边蓬底寂无哗。

燕子

殿中双唱御经筵，殿下千官未进笺。

燕子不知防执法，衔花正堕圣人前。

清明

清明正是落花时，百舌声中折一枝。

恼杀东风太无赖，公然来我手中吹。

闻笛

何处谁人玉笛声？黄昏吹起彻三更。

沙场半夜无穷泪，不得天明尽散营。

今春

今春刻意学庞公，斋日闲居小阁中。

为汲清泉淘钵器，却逢小鸟吃青虫。

唱经诗不一格，总之出入四唐，渊涵彼土，而要其大致，实以老杜为归。兹附刻借杜诗数章，岂惟虎贲貌似而已。

矍斋识

才子杜诗解叙

王大错

余束发受诗书，即喜读金圣叹先生所评书，并心仪其为人。然坊肆所盛传者，仅《西厢》《水浒》及所序《三国》而已。而先生所自推许之"庄、骚、马、杜"四书，转百觅不得。因又疑此四书之目毋或为后之人所傅会者欤？然《三国》之序及先生其他遗著中，固明明自言之。间读前人笔记，亦有论及先生所分解之杜诗者，是则余之所疑亦陋尔！然二十年来此意耿迄不释。

今月之朔，突有友人以旧本书来嘱余鉴别者，卷之端名人钤章十数，皆藏庋家之小印也。纸色黝然，古香流溢，未开卷而余已知为可珍。逮一展页，而余六尺之身顿不禁蹲蹲舞矣！盖即二十年来所百觅不得之《才子杜诗解》（《金圣叹选批杜诗》）也！因竭日夜力卒读之，觉奋笔直入，以揭千古不传之秘，体少陵忠诚之心，诚生面别开，而令余有得读未见书之快焉！嗣今以往，非徒前疑涣然，并又增余一新见解曰：先生之评才子书也，盖自下而上，先小说，次诗，次乃及古文，至杜诗未卒业而身已被难。故"庄、骚、龙门"三书，我今敢决其未着墨焉！

是说于何证之？曰证诸圣瑗原序中所述先生临命寄示诗之二语而已。其曰"且喜唐诗略分解"者，即杜诗虽从事而尚未卒业之证。然何以复云"庄骚马杜待何如"？则以杜诗既未卒业，即不得谓之完成，即不免有散失遗弃之虞。虽已略略分解，此一番心血恐仍与"庄、骚、龙门"三才子书同成虚愿耳！此所以仍以"庄骚马杜"并举，而终付诸一叹，其心事已历历如见矣。故"庄、骚、龙门"，我敢决其未着墨焉。然则此《杜诗解》如干卷益可宝矣！余既鉴阅竟，因即怂恿友人亟钞印以公诸世，并为述其缘起如此。

岁己未孟冬吴县王大错识

震华本《才子杜诗解》

878

金圣叹先生传

廖 燕

先生金姓，采名，若采字，吴县诸生也。为人倜傥高奇，俯视一切，好饮酒。善衡文评书，议论皆发前人所未发。时有以讲学闻者，先生辄起而排之。于所居贯华堂设高座，召徒讲经，经名《圣自觉三昧》。稿本自携自阅，秘不示人。每升座开讲，声音宏亮，顾盼伟然。凡一切经史子集，笺疏训诂，与夫释道内外诸典，以及稗官野史，九彝八蛮之所记载，无不供其齿颊，纵横颠倒，一以贯之，毫无剩义。座下缁白四众，顶礼膜拜，叹未曾有。先生则抚掌自豪，虽向时讲学者闻之攒眉浩叹，不顾也！

生平与王斫山交最善。斫山固侠者流，一日以三千金与先生曰："君以此权子母，母后仍归我，子则为君助灯火可乎？"先生应诺。甫越月，已挥霍殆尽，乃语斫山曰："此物在君家，适增守财奴名，吾已为君遣之矣！"斫山一笑置之。

革鼎后，绝意仕进，更名人瑞，字圣叹。除朋从谈笑外，惟兀坐贯华堂中读书著述为务。或问"圣叹"二字何义？先生曰："《论语》有两喟然叹曰，在颜渊为叹圣，在曾点则为圣叹，予其为点之流亚欤！"所评《离骚》《南华》《史记》《杜诗》《西厢》《水浒》，以次序定为六才子书，俱别出手眼。尤喜讲《易》，《乾》《坤》两卦多至十余万言。其余评论尚多。兹行世者，独《西厢》《水浒》《唐诗制义》《唱经堂杂评》诸刻本。传先生解杜诗时，自言有人从梦中语云："诸诗皆可说，惟不可说《古诗十九首》！"先生遂以为戒。后因醉，纵谈《青青河畔草》一章，未几，遂罹惨祸。临刑叹曰："斫头最是苦事，不意于无意中得之！"先生没，效先生所评书，如长洲毛序始、徐而庵，武进吴见思、许庶庵为最著，至今学者称焉。

曲江廖燕曰：予读先生所评诸书，领异标新，迥出意表，觉作者千百年来，至此始开生面。呜呼，何其贤哉！虽罹惨祸，而非其罪，君子伤之。而说者谓文章妙秘，即天地妙秘，一旦发泄无余，不无犯鬼神所忌。则先生之祸，其亦有以致之欤？然画龙点睛，金针随度，使天下后学悉悟作文用笔墨法者，先生力也！又乌可少乎哉？其祸虽冤屈一时，而功实开拓万世，顾不伟耶！予过吴门，访先生故居而莫知其处，因为诗吊之，并传其略如此云。

《二十七松堂文集》

金人瑞，长洲人，初名喟，字若采，一字圣叹。生而颖异，倜傥不羁。明亡后，终日兀坐，以读书著述为务。所为诗文，腾踔奋发，熊熊有光。学使按临苏郡，爱其才气，拔置第一。常踞贯华堂上，讲解经义，发声嘹亮，顾盼自雄。凡一切经史子集，笺疏训诂，与夫释道内外诸典，以及稗官野史，九夷八蛮之所记载，靡不供其齿颊。人咸以徐文长目之。最喜读《易》，讲《乾》《坤》两卦，多至数十万言，秘不示人。故所讲《易》理不传，仅于《离骚序》中略及一二而已。人瑞为文，怪诞不中程法。补博士弟子员，会岁试，以"如此则动心否乎"命题，其篇末有云："空山穷谷之中，黄金万两；露白葭苍而外，有美一人。试问夫子动心否乎？曰：'动动动……'"连书三十九字。学使怪而诘之，人瑞曰："只注重'四十不'三字耳。"

越岁再试，题为《孟子将朝王》。人瑞不着一字，第于卷之四隅，书四"吁"字。曰："七篇中言孟子者，偻指难数。前乎此题者，已有四十孟子，是'孟子'二字不必作也。至云'朝王'，则如见梁惠王、梁襄王、齐宣王，皆朝王耳，是'朝王'二字，亦不必作也。题五字中，只有'将'字可作。宗师不见演剧者乎？王将视朝，先有内侍四，左右立而发吁声，此实注重'将'字之微意也。"以是每被黜。笑谓人曰："今日可还我自由身矣！"客问："'自由身'三字出何书？"曰："'酒边多见自由身'，张籍诗也。'忙闲皆是自由身'，司空图诗也。'世间难得自由身'，罗隐诗也。'无荣无辱自由身'，寇准诗也。'三山虽好在，惜取自由身'，朱子诗也。"客复问："圣叹二字何义？"曰："予名喟，圣叹即喟然叹之意。《论语》中有二喟然叹，在颜渊则为叹圣，在曾点则为圣叹。春风沂水，予其为点之流亚欤！"

年四十，黾勉剿述，丹黄不辍，贯华堂中，书如獭祭。心血耗竭，白发星星矣。人有以朱子学术、政事孰优为问者，不答。固诘之，曰："不观《鲁论》乎？篇章次第，已明言之矣。"问者仍不省，人瑞曰："《学而》第一，《为政》第二。"至今论朱子者，卒无以易。又好评书，以《庄子》《离骚》《史记》《杜诗》《水浒》《西厢》为六才子书，纵横批评，明快如火，辛辣如老吏。笔跃句舞，一时见者，叹为灵鬼转世。

其称《史记》，谓史公发泄一腔宿怨，所以于《游侠》《货殖》诸传，特地着精神。其余诸纪传，凡遇挥金杀人之事，便啧啧赏叹不置。一部《史记》，只"缓急人所时有"六个字，是一生著书之本旨。《水浒传》则不然。施耐庵本无宿怨可泄，第以饱暖无事，又值心闲，见史有"宋江三十六人"句，喜其足供挥洒，遂借题弄墨，写出自家锦心绣口，故是非不谬于圣人。后人不知，强加"忠义"二字于上，比诸史公发愤著书之例，此大谬也。其批《西厢》，只讲文情，不讲曲谱，明知后四出为关汉卿续，非王实甫本，亦略示轩轾，不加删削。以奇特之识见，批文章之妙处，别作奇警之新熟字以为命名。如《西厢》有烘云托月法，移堂就树法，月渡回廊法，羯鼓解秽法，那辗法，浅深恰好法，起倒变动法。《水浒》有倒插法，夹叙法，草蛇灰线法，大落墨法，绵针泥刺法，背面铺叙法，弄引法，獭尾法，正犯法，略犯法，极省法，欲合故纵法，鸾胶续弦法，其赅博审辨如此。

亥子之交，《庄》《骚》《史》《水》《厢》，批注既竣，继批杜诗，以为能将诗圣之诗，句解明晰，则杜诗一日不灭，句解亦一日不灭也。宵深不寐，勤心从事。乃伏案三月，未终一卷。一夕，忽梦有人语之曰："诸诗皆可说，惟《古诗十九首》不可说。"人瑞引以为戒。后大醉，纵谈《青青河畔草》一章。未几，罹于祸。

人瑞豪饮，喜读《离骚》，尝朗诵以下酒，醉则须眉戟张如猬毛，或掷铁灯檠于地。初，明之亡也，吴下讲学立社之风犹盛，各立门户，互相推排。人瑞以惊才绝艳，遨游其间。尤善王斫山，借其资给。遇贵人，辄嬉笑怒骂以为快，以是大吏颇憾之。

时吴令任维初，莅任甫二月，比征钱粮甚急，吴民大愤。会世祖崩，哀诏至吴，巡抚朱国治设幕哭临。吴倪用宾等十八人议逐令，抢入揭帖，继至者千余人。国治大骇，擒用宾等。以诸生于哀诏初临之下，集众千百，上惊先帝之灵，罪大恶极。奏入，命大臣莅江宁严讯，不分首从，凌迟处死，没其财产。人瑞狱中寄书家中曰："杀头，至痛也；籍没，至惨也。而圣叹以无意得之，不亦异乎？若朝廷有赦令，或可相见；不然，死矣。"临刑寄妻子书云："字付大儿看，腌菜与黄豆同吃，大有胡桃滋味。此法一传，我无遗憾矣。"官见之，笑曰："金圣叹死犹侮人。"时五月二十日也，同死者，倪用宾、沈玥、顾伟业、张韩、来献琪、丁观生、朱时若、朱章培、周江、姚刚、徐玠、叶琪、薛尔张、丁子伟、王仲儒、唐尧治、冯郅。

《清代七百名人传》

顺治十七年庚子十二月朔，新任吴令任维初，山西石楼县人也，由贡生为学谕，迁秩吴门。莅任之日，谒郡守余公至府门，左右请步入。任曰："彼亦官也，我何以步行为？"坚欲乘轿直入，左右惧而置之于门曰："宁受责，不敢奉命。"余公闻而笑曰："是呆者耶？理烦治剧者，固如是乎？"谒司李高公亦然。高公怒不见。回署开大毛竹片数十，浸以溺，示人曰："功令森严，钱粮最急，考成攸关。国课不完者，可日比，不必以三六九为期也。"初二日午时即追比。欠数金者重责三十，欠三星者亦如之。隶行杖轻，转责之。如以痛而出声者，则大怒，令隶扼其首，使无声。受责者皆鲜血淋漓，难于起立。以后杖而代者鲜矣，乡民悉自诣县庭。无何杖一人，毙堂下，邑民股栗。

十八年正月中旬，维初入常平仓，每石仓米取七升三合，每一廒则计其数米之多寡而斛出一石焉。逮兑粮，则各户之贮此廒者，各出偿之。计其所得三千余石，付县总吴之行枭焉。自明太祖立法，至我朝定鼎以来，未有如维初之典守自盗者也。当是时也，虽三尺童子皆怀不平，而诸生倪用宾遂有哭庙之举。

二月初一日，会世祖章皇帝哀诏至苏，幕设府堂，哭临三日。抚臣朱国治、按臣张凤起、道臣王纪及府县官、郡臣、缙绅、孝廉等清晨咸在。初，府教授程翼仓者，名邑，江宁人，壬辰进士，入为翰林院庶吉士，对职外调，与乙未进士韩允同改为府教授，而翼仓任苏州。每月一课郡士，教育英才，无忝其职者也。初四日，薛尔张作文，丁子伟于教授处请钥，启文庙门哭泣。诸生拥至者百有余人，鸣钟击鼓，旋至府堂，乘抚、按在时，跪进揭帖。时随至者复有千余人，号呼而来，欲逐任令。

抚臣大骇，叱左右擒诸生，及众，遂尔星散，只获去十一人：倪用宾、沈玥、顾伟业、张韩、来献琪、丁观生、朱时若、朱章培、周江、徐玠、叶琪等；同任维初，发道尊王公研审。道尊即唤吴之行拷问，招云："本官粜米，与书办无涉，所经手者四百石，得银三百二十两，送与本官，只此是实。"又问任维初："何故粜米？"维初云："犯官到县止二月，无从得银，而抚宪索馈甚急，故不得已而粜粮耳。"复问十一人，则极言县令贪酷。抚臣固有觇者在，还报以实，大惊，连夜使人于道尊处取口供，见之，怒甚。复即使人于道尊处易之，即发一宪牌，与维初高抬年月。其略曰：兵饷甚急，多征粮米，以备不虞。盖因维初干己，而使其立于无过之地也。道尊既审，则拘十一人于府治之亭中，拘任维初、吴之行于土地庙候旨定夺。

时教授程邑参任维初六案，金圣叹因有十弗见之笑焉。初六日，抚臣将拜疏，集各官及乡绅，谓之曰："任令一事，意欲从轻发落，不谓诸生鸣钟击鼓，震惊先帝之灵。而程教授又参六案，不得不上闻矣，奈何奈何！"各官及乡绅唯唯。是日，抚臣拜疏："为县令催征招尤，劣生纠党肆横，谨据实陈奏亟求法处事：看得兵饷之难完，皆由苏属之抗纳，而吴县为尤甚。新令任维初，目击旧官皆以未完降革，遂行严比，以顾考成。稍破从前之旧习，顿起物情之怨谤，是考成未及，而已先试其毒也。劣生倪用宾、沈玥、顾伟业、张韩、来献琪、丁观生、朱时若、朱章培、周江、徐玠、叶琪等，厕身学宫，行同败类。当哀诏初临之日，正臣子哀痛几绝之时，乃千百成群，肆行无忌，震惊先帝之灵，罪大恶极，其不可逭者一也。县令虽微，乃系命官，敢于声言扛打，目中尚有朝廷乎？其不可逭者二也。匿名揭帖，律令甚严。身系青衿，甘于自蹈，其不可逭者三也。尤可异者，道府自有公审，乃串凶党数千人，群集府学，鸣钟击鼓，其意欲何为哉？不能为诸生解也。

至于赃款，俱属风影，止有吴之行卖漕一款，出自役之口供，并无证见之人。赃私真伪，尚究再审。

总之吴县钱粮，历年逋欠，沿成旧例。稍加严比，便肆毒螫。若不显示大法，窃恐诸邑效尤，有司丧气，催征无心，甘受参罚，苟全身家而已；断不敢再行追比，撄此恶锋，以性命为尝试也。臣除将知县任维初摘印拘留外，为此密疏题参，伏祈皇上大彰乾断，严加法处施行。二月十一日。"题至京师，是时适有金坛叛逆、镇江失机二事同时俱发，于是遂奉旨着满洲侍郎叶尼、理事官英擎、春沙、海布勒等公同确议，拟罪具奏。

四月初一日，共传满洲大臣将至姑苏，县官封民房四五所，将为公署。李容仲者，富人也，有大房一所，在郡城之包衙前。其第三子号蜀材名桐居焉，亦为长洲刘令所封。至初三日，则传于江宁公审，不至苏州。盖抚臣恐民心有变，故欲江宁会审也。初四日起解，任维初乘马，从而去者，披甲数骑。十一人各械系，每人有公差二人押解，披甲数十骑拥之。父兄子弟往送者，止从旁睨之，不能通一语。稍近，则披甲鞭子乱打。十一人行稍缓亦如之。父子兄弟见者，惟有饮泣而已。凡三日，到江宁，即发满洲城。任维初至江宁，日与衙役三四人饮于江宁市中。抚臣以程翼仓参六案，恨入骨髓，扬言曰："一至江宁，即用刑矣。"总督郎公，名廷佐，驻扎江宁，惠政不一而足，江宁称为郎佛。

初，程翼仓之为庶常也，属郎公教习，有师生之谊，故欲为之解。初八日公审，不召任维初，止用严刑拷十一人。程翼仓亦俯伏公庭。郎公卒问曰："汝为谁？"对曰："教官。"郎公曰："是吴县教官耶？"曰："非也，苏州府教授耳。"郎公曰："吾以为吴县教官也，若府教官，则与汝无涉，可疾去！"翼仓遂出。时有人谓之曰："今止郎总督唤汝出，满洲大人未发放也，后日审时可再来。"初十日又审，翼仓进，郎公曰："汝非苏州府教官耶？我教汝去，何不去？"翼仓曰："在此听候。"郎公笑谓满洲大人曰："天下亦有此书呆乎？"又顾谓翼仓曰：

"此是何所？汝亦在此听候耶？"又笑谓四大人曰："有此呆子！"于是满洲大人皆笑曰："有此呆子，可疾去！"翼仓乃归署。四大人拷十一人，各以橐粮为对。四大人怒曰："我方问谋反，尔乃以橐粮为辞耶？"前五人，二夹棍，责三十板；后六人，一夹棍，责三十板。十一人皆文士，哀号痛楚，有不可以言者。

十二日，严檄唤吏部员外郎顾予咸，生员薛尔张、姚刚、王仲儒、唐尧治、冯郅、杨世俊、朱嘉遇及其子朱真。顾予咸者，字小阮，号松交，丁亥进士。初，任宁晋令，聿著循声，调任绍兴府山阴令。先是绍属多白头贼，其党以白布裹头，故名，实则饥民也。肆行抢劫，以致田野不辟，灾荒频仍。制府议行剿净，松交则力保以招抚为己任，遂立限状以止军行，如逾限不平，请以己身甘当军令。于是，单骑赴贼巢，开诚晓谕，数日之间，贼尽解散，不下数十万，归农耕作。是秋丰收，府境大治。举天下卓异第一，内升刑部郎转吏部铨曹。十六年，以病归里，杜门不与外事。立少年文社，奖励后学，教育英才，非郡中有大事，则不出。筑小圃以自娱。哭庙后，道尊访于松交，松交曰："任知县似不可使知牧民之责矣！"抚臣知其言，衔之，故及于难。十二日，适集同年之子弟之善属文者会课，至午间，阍人入报曰："太爷到来。"松交出见，太尊以江宁唤牌出视，其略曰：据倪用宾口供，顾予咸等九人速解至江宁会审，不得时刻有误。看毕，促呼轿，出阊门下船。朱嘉遇者，号鸣虞，吴中富室也，次子典，甲午举人，三子真，府庠生。当十一人因于府治之时，馈酒食十盒，或闻于抚臣，故波及。薛尔张等六人，则与哭庙之举者也。松交即于是日起行。

十三日，署吴县捕厅刘公起解尔张等八人，而程翼仓复以严檄召去，并四路驰夫，皆至江宁。顾松交则拘于故光禄寺，新改为府铺者也，系于东南隅，不得安其寝处。与戊子解元、己丑联捷金坛袁大受同系一室中。顾松交就道时，犹以为无患。至江宁城门，差官解其腰间织带，缚其两手。松交曰："我朝廷命官，未曾上疏削职，何得遽尔如此？"差官曰："我固知老爷之未削职也，但事至于此，不得不然耳。"松交已心异其太甚矣。会审时，抚臣属四大人不问松交，止夹薛尔张，问顾予咸知情否？尔张为松交多夹四五棍，张故文士而受重刑，虽哀号呼天，终不招松交"知情"二字。满洲大人无可奈何，问松交，松交则极言己之无罪，清辨数百言，皆合于理。审罢，与尔张八人同系府铺中。有狱卒持大链，盘及松交之首，重不可举，艰苦备尝。

前程翼仓参六案，云号哭者数千人。抚臣深恨之，属四大人穷究。翼仓不获已，供出丁子伟、金圣叹二人。四大人穷究益甚，翼仓将以凡与哭庙之举者尽列名以上。钱宫声闻之，立夜见翼仓曰："今纵开无辜数十，总不满数千人，无益，徒害人耳！且已有丁、金二人足以塞责矣。"翼仓遂止。四月二十六日，严檄唤丁子伟、金圣叹。二十七日，起解至江宁。郎公出示曰："任令一案，葛藤未已，今后不得更有攀招。"自此之后，遂无波及者。郎公虽为翼仓，而造福实无穷矣。

子伟、圣叹至，见四大人，各两夹棍，打三十板。圣叹口呼先帝，四大人怒曰："今上初即位，何得更呼先帝以诅皇躬耶！"掌二十，下之狱。四大人审毕，遂同抚臣商确拜疏，题为遵旨会审事：江苏巡抚朱题参一疏，内开：遗诏到苏之日，吴县秀才倪用宾等，鸣钟击鼓，纠众要打县官，妄捏无款揭帖等因。顺治十八年二月十一日具题，奉旨着臣等公同确议，拟罪具奏，钦此钦遵。该臣等会审得生员倪用宾等云云。该臣等看得秀才倪用宾处会齐，商议写揭帖。初四日赴府公所，率领众秀才要打知县任维初，递揭帖，自行招认是实。秀才张韩、来献琪、丁观生、朱时若、朱章培、周江、徐玠等供内说，倪用宾为首造揭，呈递时我等同跪，自行招认是实。叶琪虽称不知写揭帖，不曾与倪用宾等同跪，立在旁边；但同伙张韩、丁观生等供内说，我等同在前面跪，十一人拿住等语。叶琪、倪用宾递揭帖是实。秀才薛尔张供内说，我将倪用宾揭帖交与顾予咸看，顾予咸丢在地下，我付与倪用宾。鸣钟击鼓聚会处，我亦曾在那里，自行招认是实。姚刚、丁子伟、金圣叹称鸣钟击鼓，伊等亦说在于倪用宾家聚会。丁子伟、金圣叹、姚刚为首鸣钟击鼓，聚众倡乱是实。王仲儒虽巧辩不曾同倪用宾写揭帖投递，据用宾坚供在他家里商议写揭帖、同跪的。仲儒与倪用宾要告知县，写揭帖、跪递是实。唐尧治、冯郅虽巧辩倪用宾曾约我告知县是实，不曾同写揭帖、跪递。倪用宾、沈玥坚供伊等同跪。若非倪用宾一党，如何约你？唐尧治、冯郅同倪用宾等跪递揭帖是实。秀才倪用宾等平时不告知县任维初，于初二日遗诏方到，辄敢纠众聚党，于举哀公所要打知县，跪递匿名揭帖，鸣钟击鼓，招呼数千人，摇动人心，聚众倡乱，殊干法纪。

查律无正条，所犯事关重大，应将倪用宾、沈玥、顾伟业、张韩、来献琪、丁观生、朱时若、朱章培、周江、姚刚、徐玠、叶琪、薛尔张、丁子伟、金圣叹、王仲儒、唐尧治、冯郅等，不分首从，立决处斩；妻子、奴仆、家资、财产、田地入官；顾予咸虽称"众秀才在衙门喧嚷，拿着揭帖，要告任知县，与我看。我说这是甚么时候，你要讲告？不该。不曾看，捽手进去。"但薛尔张供内说"将揭帖与你看，你看过丢在地下"等语。若非伊主使，何不与各官员、众乡绅看？如何特与你看？顾予咸系现任之官，主使秀才写揭帖，至跪递在遗诏方到举哀之处，使倪用宾等倡乱讦告是实。应将顾予咸立决处绞，妻子、奴仆、家资、财产，当地入官。刑讯杨世俊，责四十板，流三千里。朱真不曾同跪，因受刑不过，故攀及。但顾伟业原供朱真同跪，朱真应责三十板，黜庠。倪用宾揭内所告书办吴之行一款，曾供粜米四百石，卖银三百二十两，送与本官任维初等语。

今研审云不曾送去，俱是倪用宾逼勒不过，所以混供等语。倪用宾揭内娄赃一款，审系子虚。吴之行不为众官辨明，反扶同诸供，应责二十板，革役。众称任维初并无娄赃等事，再讯倪用宾等，亦云没有等语。知县任维初既无过犯，应免议。奏疏中口供，皆非实据。抚臣为稿文致其辞。四大人署名而已。

二十九日，任知县至苏，与捕厅刘公交代五月初一日复任，谓衙役曰："我今复任，诸事不理，惟催钱粮耳。甲后不完者，三日一比，负固者夹之。至于官庠大户，抚台自有奏销，虽负固亦不得不完。"任维初虽贪酷稍逊，而狼子兽心，暴戾如故。疏上，奉旨三法司核拟具奏。居数日，又传邸报云：江宁会审、金坛叛逆、镇江失机、吴县抗粮等案，奉旨着议政王、贝勒大臣、九卿科道会议详悉具奏。议政王覆奏，有依议之稿。又奉旨：这各案事情，其中岂无轻重？着另具奏。于是议政王、贝勒大臣、九卿科道会议。议政王使人读抗粮一案，至"丢在地下"一语，遽呼曰："既丢在地下，顾予咸便无罪了！"于是贝勒大臣、九卿科道皆齐声曰："王爷讲得是。"议政王曰："汝等再议，还该如何处分？"皆曰："顾予咸宜革职。"议政王曰："彼既无罪，并免革职可也。"于是贝勒大臣等复齐声曰："王爷讲得是。"而松交之罪始轻矣。

二十日，抚臣还苏，仰府县籍没松交及十八生员之家。府尊籍松交家，见可欲之物，皆纳诸袖中。见一银壶，踏扁置之靴中。见一紫檀匣，封付亲随，捧入私衙。凡家资财物，被官吏劫掠一空。夫人及子皆就狱。至第三日夜，有盗三十余人，逾垣入松交家，将所余之物，悉行掠去。传云乃府尊所为。长洲刘中尊奉抚臣檄籍秀才家，见牌上有一朱姓者，以为是朱鸣虞也。遽籍之。家资财物，劫掠无算，一妻两妾并其子真之妻，皆下狱；次子典会试未归，未及于难。而抚牌上朱姓乃朱时若也，非朱鸣虞。中尊大悔，乃出其妻妾及媳于狱，而籍朱时若之家。

二十三日，长洲县县丞至木渎籍周江之家。是日，余适入城，寓养育巷陈毓承家，因见十八人及松交家眷入狱，有乘轿者，步行者，有扶老携幼者。每一起，则以一骑二公差随之。行道之人皆为浩叹。城中讹言大起，有言尽洗一乡民者，有言欲屠城者，人心惶惶，比户皆恐。或曰："众秀才何苦作此事？"或曰："是都爷欲如此耳，何与众秀才事？"城中竟有避于乡者矣。

顾松交在江宁狱中，自知薛尔张不招承，可以无患。至六月中旬，始知已问绞决，谓朱鸣虞曰："以我而至法场就死，不如自尽。"于是遂自书于身曰："千古奇冤。"又书"吏部顾"三字于身、首。二十日奉旨：倪用宾、沈玥、顾伟业、王仲儒、薛尔张、姚刚、丁子伟、金圣叹八名，俱着彼处斩决，妻子家产籍没入官；张韩、来献琪、丁观生、朱时若、朱章培、周江、徐玠、叶琪、唐尧治、冯郅十名，俱着就彼处斩讫，免籍没；顾予咸免籍没，并免革职，余依议，该部知道。密旨与金坛、镇江、无为共十案。二十三日，四大人差披甲至狱中，取松交，松交大惊，自分必死矣。进满洲城，见四大人曰："汝奉皇恩免绞，免籍没，并免革职了，去罢！"令左右去项上铁索。时当盛暑，汗流积项成膏，腐肉满铁索，其苦有不忍言者。松交既释，抚臣闻之，拍案大怒曰："老奴有如此好手段耶？"不怿者久之。

十八人在狱，有一白姓守卒，凡十八人饮食起居，左右维持必尽力。七月初一日当交代，乃入谓十八人曰："众相公亦良苦矣，但都爷与你作对，罪已甚重，不可挽回，所望皇恩即有大赦耳。我今日去，恐不能复与众相公聚，相公倘有家书，可速付我，当为你带出去也。"于是众人皆作书，或残柬，或旧纸，或草纸，付与守卒。初五日至苏州，止十五封。倪用宾、薛尔张、姚刚独无。沈大章用旧纸半幅，寄书与其尊人伯修云：儿犯之罪已至重，然无可奈何，所望惟皇恩大赦耳。外惟吩咐妻子数语，末则

慰父母而已。十五人书内皆有"皇恩大赦"一语，而不知实守卒之慰辞也。是时奉旨已半月，抚臣不即处斩者，因奉有特旨论至秋用刑耳。

初七八日，又奉特旨赦金坛案内一人。抚臣大惧，恐放虎出柙，自贻后患，而欲杀十案之人愈迫矣。七月十三日立秋。十二日，抚臣于江宁署中坐立不安，因郎公送大人未归，欲待之归，则恐事迟有变；不待之归，则恐获罪。徘徊莫决，而一念及于身家，则杀人之念大炽，故于十三日未时立秋，而于巳时未及立秋之前，不待郎公之归，而十案之人皆弃市矣。是日也，十案共一百二十一名，凌迟二十八名，斩八十九人，绞四人。抚臣分五处斩决，抗粮及无为告二案，斩于江宁之三山街。是时，四面皆披甲围定，抚臣亲自监斩。至辰刻，狱卒于狱中取出罪人，反接，背插招旗，口塞栗木，挟走如飞。亲人观者稍近，则披甲者枪柄刀背乱打。俄而炮声一震，百二十一人皆毕命。披甲乱驰，群官皆散。法场之上，惟血腥触鼻，身首异处而已。

沈大章有一叔，先至江宁，是日见群骑皆去，认大章之尸，无可认者，于众首中得一腮边有髭者，知是大章首也。方识认时，旁室中一卒出大呼曰："汝欲认谁？取钱来。"叔与之钱曰："认沈玥。"卒指其尸曰："这不是？我送汝去，于路便可无虞，须多与我钱。"卒即于项下衣内出旗，上书云："斩犯一名，沈玥。"大章，年三十余，白皙而肥；至是，须发顿白，久不净发，竟成头陀矣。其叔与卒抬至坛上，入殓后寄柩于僧寺而归，大章魂至家，其母出启门，闻有鬼声，母曰："得非大相公归乎？若是大相公，可再叫三声。"于是又连叫三声。其父遂即叫处立座祀之。倪用宾、薛尔张、周江无资以殓，顾松交买棺殓之。即买一地埋之。余十四人皆有亲人为殓，骸骨犹不敢归故里，恐官司有所稽察也。

十四日，抚臣发牌至苏州，仰府起解八家妻子。

十八日，府中发解，凡子女之抱持者不解；至五六岁者，皆手扭之；其长大者，皆械系之。时父母送其子女，祖父母送其孙，翁姑送其媳，兄姊送其弟妹，弟妹送其兄姊，亦有女送其母，媳送其姑者，妻送其夫者，子送其父者，岳送其婿，叔送其侄，甥舅相送者，妯娌相送者，哀号痛哭，凄楚之声，声闻数里。行道之人，无不寒心泣数行下，而唾骂抚臣之惨刻也。八人之旨，罪不及父母；惟王仲儒之父母亦在解中。或求郡伯余公开释，余公曰："公令森严，此非有司所得而主也。"相与哀号，驱出阊门而去。

是日，任维初奉旨落职，新任张公讳叙，于九月二十四日莅任。张公本籍扬州人，姓桑，数年前以不平事，掌盐运司运判之颊，同事者皆为所辱，而叙亡命河南，赘前任苏宗师名铨之家。适常州李愫字素心，督学河南，叙就童子试，拔之第一。甲午以儒士入场，竟得高魁。戊戌成进士，就选京师，初任为吴令，邑人莫不望中牟之令迹焉。

倪用宾，本姓王，吴江庠生。

沈玥，字大章，吴庠生。

顾伟业，昆山庠生。

王仲儒，本名重儒，吴庠生。

薛尔张，字文倩，长洲庠生。

姚刚，未详。

丁子伟，名澜，字紫洞，长洲庠生。

金圣叹，名喟，又名人瑞，庠姓张，原名采，字若采，为文倜傥不群，少补博士弟子员，后以岁试之文怪诞不经黜革。来年科试顶金人瑞名，就童子试，而文宗即拔第一，补庠生。圣叹以世间有六才子书：

《离骚》、《庄子》、《史记》、杜工部诗、施耐庵《水浒传》、王实甫《西厢记》。岁甲申批《水浒传》，丙申批《西厢记》，亥子间方从事于杜诗，未卒业而难作，天下惜之，谓天之忌才，一至于斯！十七人者皆可因圣叹一人而传矣。其寄狱卒家书云："杀头，至痛也；籍没，至惨也。而圣叹以无意得之，不亦异乎？若朝廷有赦令，或可相见，不然死矣。"初，生一子，请乩仙题号，仙判曰"断牛"。不解何意。及妻子流宁古塔，屋室后有断碑，但存一"牛"字，殆也有定数也。

来献琪，本姓钦，字起文，被难之前夜梦祖父持其颈而泣，极哀。觉以语妻，妻曰："何不作享以慰祖考！"享未毕，而王仲儒来拉同看哭临，遂及于难，竟无后。

丁观生，字仲初，紫洞之堂兄。偶往府进一呈词，遂罹于祸。

朱时若，沈大章之妹婿，本居窑市，岁初入城拜贺岳父母。初四日同大章往看哭临，遂被擒。

朱章培，未详。

张韩，字侠若，吴庠生。

叶琪，本姓□，云间庠生。

徐玠，字介玉，吴庠奉祠生，己亥秋学中，始起文书。被难之日，宗师批准方五日。

唐尧治，未详。

周江，木渎人，字真履，崇明庠生。

冯郅，字赞先，本姓孙，少继于冯氏，吴庠生。

是时，金坛、镇江、无为告共九案，计一百三人。

大约因己亥海寇之来，故及于祸。己亥秋，抚军以状闻，世祖章皇帝曰："他们怕死耳！不必问。"事遂寝。至今年世祖崩，抚臣朱国治欲行杀戮以示威，遂成大狱。其始末未详。共十案，予所见者止九案。盖亦有传闻之说焉。越明年，抚臣罢去，代之者韩公名心康，字世琦，以别案亦斩任维初于江宁之三山街。朱国治后抚云南，如故操。岁癸丑，吴三桂反，以刻剥军粮，将士积忿，乃脔而食之，骸骨无一存者。先君子感而有诗，其诗曰：

巧将漕米售金银，枉法坑儒十八人。

天道好还君不悟，笪桥流血溅江滨。

祸深缝掖岂无因，节钺东南密网陈。

窃得官储输暮夜，还君印绶杀君身。

中丞杀士有余嗔，罗织犹能毒缙绅。

开府罢官贪吏死，辟疆园里自垂纶。

丁澜侠骨世无伦，哭庙焉知遂杀身。

纵酒著书金圣叹，才名千古不沉沦。

据赵氏又满楼刊本《辛丑纪闻》校订

本版《金圣叹选批唐才子诗·杜甫诗》由以下两部分组成。

"金圣叹选批唐才子诗"部分，以清刻本《贯华堂选批唐才子诗甲集七言律》为底本，参校本为有正书局《圣叹选批唐才子诗》，同时参考中华书局《全唐诗》，北京出版社《金圣叹选批唐诗六百首》及浙江古籍出版社《金圣叹评点唐诗六百首》整理校订。在尊重底本诗目顺序的基础上，取消了传统的分卷形式，直接按照诗目顺序编排，以便读者阅读。

"金圣叹选批杜甫诗"部分，以1910年顺德邓实风雨楼丛书本《唱经堂杜诗解》和1918年上海震华书局石印本《才子杜诗解》为校本。其中杜诗本身，参校了仇兆鳌的《杜诗详注》。全书校勘的重点在异文，避免烦琐。文中的繁体字、异体字、古体字等，统一改为通行的规范简化字。

此次出版，选取金圣叹与亲友论诗的往来尺牍《鱼庭闻贯》和《沉吟楼借杜诗》，以及王大错《才子杜诗解叙》、廖燕《金圣叹先生传》、蔡丏因《金人瑞》和无名氏《辛丑纪闻》作为附录。

图书在版编目（CIP）数据

金圣叹选批唐才子诗. 杜甫诗 /（清）金圣叹选批. --

北京：北京联合出版公司, 2025. 3. -- ISBN 978-7

-5596-7989-5

Ⅰ. I207.227.42

中国国家版本馆CIP数据核字第 20246P5U73 号

金圣叹选批唐才子诗·杜甫诗

作　　者：（清）金圣叹选批
出 品 人：赵红仕
选题策划：先后出版
产品经理：朱　笛
责任编辑：李　伟
特约编辑：曹　海
装帧设计：别境Lab

北京联合出版公司出版
（北京市西城区德外大街83号楼9层　100088）
河北鹏润印刷有限公司印刷　　新华书店经销
字数 677千字　　787毫米×1092毫米　　1/16　　32插页　　58印张
2025年3月第1版　　2025年3月第1次印刷
ISBN 978-7-5596-7989-5
定价：299.00元